d

Philippe Djian

Blau wie die Hölle

Roman

Aus dem Französischen von Michael Mosblech

Diogenes

Titel der Originalausgabe:
›Bleu comme l'enfer‹

Umschlag: Standfoto aus der Verfilmung von
Yves Boisset
Abdruck mit freundlicher Genehmigung der
Concorde Filmverleih GmbH München

Für Année

300/90/42/1
ISBN 3 257 01841 X

Am Anfang war die Emotion
L. F. Céline

Man sieht den Himmel nicht und die Erde
Aber der Schnee fällt weiter.
Hashin

EINS

I

Das war tatsächlich schon sein drittes Bier, er fragte sich, ob er es hinunterbekommen würde. Es war elf Uhr vormittags, und die Sonne stach auf die Wagen, die über die Autobahn huschten. Er hatte schlecht geschlafen, er hatte ein grellrotes Coupé in die Leitplanken krachen sehen, genau vor ihnen, und die Blechteile, die davonflatterten, und dann die Explosion, sie waren durch die Flammen gerast.

– Ach du Scheiße, guck dir das an! hatte der Fahrer geknurrt.

Henri hatte sich zum Rückspiegel gebeugt und hatte den Mond gesehen, der langsam Feuer fing. Sie waren die ganze Nacht gefahren, und der andere hatte die ganze Nacht geredet, ein dicker Kerl mit einer hellen Stimme, unangenehm, keine Chance, ein Auge zuzutun, die Mädchen an der Wand des Führerhauses waren zum Gähnen. Und jetzt dieses Bier hier, das er austrinken mußte, er starrte mit dümmlichem Gesicht auf sein Glas, auf die Bläschen, die vor seiner Nase zerplatzten. An der Theke saß lediglich ein Pärchen, eine Blondine, die lauthals lachte, wenn der Typ sie anfaßte, er versuchte, eine Hand zwischen ihre Beine zu schieben, sie wollte zwar, zappelte aber auf ihrem Hocker herum, Henri guckte lächelnd zu ihnen hinüber, und der Barkeeper zwinkerte ihm zu, um diese Zeit war nicht viel los, es lohnte sich kaum.

Draußen wartete eine tolle Sonne, das Mädchen an der Theke hatte ein winziges Sommerkleid an, das machte sie beinahe schön, sogar Klasse, alle dachten das gleiche. Er trank einen langen Schluck, senkte den Kopf und lachte vor sich hin, Bier vertrug er nicht besonders. Er wußte nicht genau, wo er war, der Fahrer hatte ihn abgesetzt, um zwei Italienerinnen mit bunten Bermudashorts und Lippen wie aus Zuckerguß aufzunehmen. Er mußte an Lucie denken, die auf ihn wartete, das hieß, er hatte ihr geschrieben, er werde kommen, sie war weniger schön, aber er kannte seine Grenzen, und außerdem ließ sie ihn Musik hören, stundenlang, sie leierte Mantras herunter, sie war mager, er konnte mit dem Kopfhörer auf den Ohren rund ums Haus wandern, ein Kilometer Kabel und niemand, der ihm auf den Wecker fiel, niemand, der ihn ins Leben zurückrief.

Es war auch möglich, daß ihn Lucie keineswegs erwartete, aber das war eine Möglichkeit, die er lieber nicht in Betracht zog, dazu fehlte ihm die Kraft, sein Verstand war weich wie türkischer Honig, der in den Flammen zergeht.

Er kramte in seiner Tasche und zog sich dann zwei Captagon rein, er hatte noch ein gehöriges Stück vor sich und Muskeln hatte er nicht, manchmal aber Mumm, und ob, eines Tages, bei einer Schlägerei, da hatte er einem Kerl mit bloßen Händen ein Bein gebrochen, und er war mit verstauchten Knöcheln wieder aufgewacht und total gelb, sein ganzer Körper war hin, er liebte seinen Körper nicht, den von Lucie liebte er auch nicht, er liebte die Musik und von Ort zu Ort ziehen.

Die Blonde stieg von ihrem Hocker, während ihr Macker von seinem herunterpurzelte und eine Handvoll Münzen auf der Theke liegenließ. Henri war plötzlich allein mit dem Idioten da, der seine Gläser in Reih und Glied aufbaute, das war eine einsame Gegend mit einer Handvoll Sträuchern, nicht vielen, und Tischen, die auf der Terrasse standen, unter Sonnenschirmen aus unechtem Stroh, und nichts rührte sich, der Himmel war blau, total blau, man konnte die Hitze dicht über dem Boden flimmern sehen, man hatte Lust, die Augen zu schließen, sie nicht unbedingt wieder aufzumachen.

Henri machte sie genau in dem Moment auf, als ein schweres Buick-Kabrio auf den Parkplatz bog, ein sagenhaft arrogantes und verludertes Drecksbiest, das vor Schweiß troff. Ein Typ mit einem Hawaiihemd und einer Mütze mit rötlichem Plastikschirm stieg da raus, er schlenderte einmal um die Zapfsäulen herum, die Hände in den Taschen vergraben, dabei krümmte und bog er sich und verdrehte den Kopf in alle Himmelsrichtungen, schließlich kehrte er zu seinem Raubtier zurück und drückte voll auf die Hupe. Der Barkeeper ließ seinen Lappen fallen, ich komm schon, du Arsch, knurrte er, gerade laut genug, daß Henri ihn verstehen konnte, und Henri schickte dem Kerl ein verständnisvolles Lächeln nach, als er den Saal durchquerte und die Tür des Backofens aufstieß und wie ein Besessener zu den Zapfsäulen rannte.

Henri nahm die Gelegenheit wahr, einen Plastikaschenbecher seelenruhig in seiner Tasche verschwinden zu lassen. Lucie mochte solche Sachen, das war ein billiges Geschenk für eine Mantraverschlingerin. Er schielte bereits nach dem Aschenbecher auf dem Nebentisch, als der Besitzer des Buicks den Raum betrat. Er warf einen Blick durch den Saal, grüßte Henri mit einer kurzen Handbewegung und sauste leicht vornübergebeugt in Richtung Toilette.

Henri hing mit den Ellbogen auf dem Tisch und stützte sein Kinn mit den Händen, er lächelte, das Bier hatte seine Laune gehoben. Er blickte sich um, als der Barkeeper eintrat, und in diesem Moment rutschte sein Ellbogen ab, BONK, er schüttete sich das Bier über die Knie. Gottverfluchte Scheiße, er fuhr von seinem Stuhl in die Höhe und klatschte sich voll auf die Schenkel, dieses Drecksbier KLEBTE, selbst auf dem Hemd hatte er es, unter seinen Füßen war eine kleine Pfütze, und der Kerl da guckte sich die Sache mit nachdenklicher Miene an.

Die Toiletten waren am Ende eines schummrigen Flurs. Henri steuerte auf das Waschbecken zu, die Hose pappte an seinen Schenkeln, und er fing an, die üblichen Grimassen zu schneiden, als er den Rauch roch. Feuer, dachte er. Instinktiv drehte er die Wasserhähne auf. Auf dem Scheißhaus hustete jemand und spuckte, ein wunderbar weißer, dichter Rauch quoll durch den Türrahmen. Henri hatte seine Hose total vergessen, er stürzte sich auf die Tür, versuchte ungeschickt, den Rauch zurückzudrängen, er steckte den kleinen Finger in das Schloß und brüllte los:

– He, he ...!!! Verdammt, ziehen Sie ab! Ziehen Sie ab, Herrgottnochmal, o nein, Scheiße ...

Die Tür prallte gegen seine Nase, und er fiel auf die Fliesen. Der Typ mit dem Buick packte ihn an seiner Fliegerjacke, riß zwanzig Zentimeter Reißverschluß heraus und preßte ihn gegen die Wand. Henri hielt sich die Nase mit beiden Händen, über die Schulter des anderen hinweg sah er das Scheißhaus brennen. Er machte große Augen, er versuchte, in die Hand zu beißen, die an seinem Revers hing, erwischte bloß den Stoff der Jacke, stieß einen gellenden Schrei aus und erntete eine Ohrfeige. Sein Ohr fing an zu dröhnen wie die Sirene der Fabrik, in der er einen Finger verloren hatte, KLOCK, sein Fingerglied hatte sich in den Boden einer Mineralwasserflasche gebohrt, und das hatte ihn mitgenommen, er hatte die Flasche lange verwahrt, wohlverkapselt und sogar an einem besonderen Platz im Kühlschrank, aber am Ende war der Finger verfault, und eines Nachts, als er sich sehr stark fühlte, hatte er das Ganze zum Fenster rausgeworfen, o Gott, dieser Lärm, er hatte gelitten, man ist nicht immer so stark, wie man möchte, zudem war das sein Kindheitsfinger, der, an dem er so oft gelutscht hatte, der, der ihm alles beigebracht hatte.

Der Typ schüttelte ihn, seine Jacke war hin.

– He, hör zu ... Der Typ da ist doch 'n Halsabschneider, oder nicht? Nanu, du blutest ja aus der Nase, paß auf, der Kerl ist ein Gangster, der steht hier nur rum, um andere zu bescheißen. Ein Wichser ist das, und so 'n Wichser, der schert uns doch 'nen Dreck, was? Hör auf zu heulen ...

– Das kommt vom Rauch.

– Macht nichts, dieses Arschloch, das kauf ich mir. Laß mich nur machen. Dieser verdammte Kotzbrocken. Laß sein. Hier, nimm 'n Taschentuch, leg den Kopf zurück.

– Nein, das ist nicht gut.

– Alles Arschlöcher. Tu, was ich dir sage.

Der Rauch kroch langsam über den Boden in den Flur. Sie gingen raus. Kurz vor der Tür am Ende des Flurs wollte Henri zurück, um die Hähne abzudrehen. Er wirkte ein wenig belemmert.

– Scheiße, das Wasser!

– Was?

– Ich hab das Wasser vergessen! sagte er.

Er blieb stehen, doch der Typ schob ihn vorwärts, und in einer seltsamen Haltung platzten sie in den Raum, so, als bräche einer über dem anderen zusammen. Der Barkeeper besah sich ihren Auftritt mit verzogenem Gesicht, der Tag fing gut an. Henris Blick schweifte zur Decke, während ihm der andere auf einen Hocker half, es war köstlich, beinahe hätte er laut gelacht, als der Kerl hervorstieß:

– He, Ihr Dingsda steht in Flammen.

– ...

Henri zwinkerte dem Kronleuchter zu. Der andere hakte nach.

– HE, ALTER FREUND, DEIN SCHEISSHAUS BRENNT AB!

Der Barkeeper pfefferte seinen Lappen auf die Theke und raste in den Flur. Der andere stand bereits hinter der Theke, er hämmerte gegen die Registrierkasse. Henri war vergnügt, das Bier oder was auch immer, und seine Nase tat überhaupt nicht weh, ihm war höchstens ein wenig heiß. Er beugte sich ein Stück vor und guckte zu, wie sich dieser Kerl einen Packen Scheine schnappte, er war voller Bewunderung für die Reinheit dieses Augenblicks, und als sich der andere zum Ausgang verzog, stand Henri immer noch unter der Wirkung seines magischen Lächelns, er kletterte von seinem Hocker. Er wanderte auf die andere Seite, es war wie in einem Traum, da war noch ein ganzer Haufen Münzen, und der Barkeeper kam immer noch nicht zurück, gottverflucht, Berge von Münzen waren das, einfach phantastisch, der Saal war in einen goldenen Nebel gehüllt, Henri schnappte sich seine Tasche im Vorbeigehen, Richtung Ausgang, draußen sah man wahrhaftig überhaupt nichts, alles war weiß, und er riß die Tür auf. Er blieb für den winzigen Teil einer Sekunde stehen, um VERDAMMTER KOTZBROCKEN zu grölen, und vor lauter Schiß und Aufregung schaffte er es nicht mehr, die Klinke loszulassen, VERDAMMTES ARSCHLOCH, in seiner Panik stand er wie angewurzelt, AAAAAAHHHHHH.

Der Buick bremste genau vor ihm.

– Komm schon, Kleiner.

– AAHH...

Der Motor des schweren Kabrios brummte, Henri blinzelte im Licht, sein Verstand mußte sich wahrlich erst wieder in Gang setzen.

– Scheiße... LASS DIESE VERDAMMTE TÜR LOS!!!

Er stieß einen Schrei aus, als hätte ihm die Klinke die Finger verbrannt, und das Ding purzelte auf den Boden. Er schleuderte seine Tasche nach hinten und hüpfte über die Beifahrertür. Der Buick fegte Kieselsteine über die gesamte Terrasse, stieß einen Sonnenschirm um und gab ein langes, freudiges Heulen von sich.

Sie wandten sich nicht einmal um, zudem krümmte sich Henri vor Lachen, und dem anderen kamen aus dem gleichen Grund die Tränen, er sagte huuuuuuhh, ich seh nichts mehr, hör auf, und Henri tauchte an die Oberfläche, um nach Luft zu schnappen, das war nervös und schmerzhaft, er fuhr fort, seine Taschen bei hundertsechzig Sachen auf den ledernen Sitz zu entleeren, die Sonne besprenkelte alles, explodierte in ihrem Bauch, zerschnitt die Windschutzscheibe, und zuletzt nahm Henri all seine Kräfte zusammen, er griff tief in seine Tasche, packte den Aschenbecher und hielt ihn mit ausgestrecktem Arm. Er holte tief Luft, er stieß hervor:

– Uuuhhh, ALSO SOWAS!!! Auf diesen verdammten Drecksack, uuuuhhh...

Der Buick schwankte einen Augenblick, aber alle drei Spuren waren frei, es war Mittag, es lief gut für sie. Zur gleichen Zeit verließ ein bunter Mercedes den Parkplatz, zerquetschte den Sonnenschirm und kurvte auf die Autobahn. Das Antlitz Christi war auf seine Motorhaube gepinselt, drei Männer saßen innendrin, unter einer peruanischen Decke waren Waffen versteckt. Ungefähr dreihundert Kilometer weiter saß Lucie zusammengesunken auf einem Haufen Kissen, die Augen weit aufgerissen. Es war Mittag, und die Ärmste verblutete. Henri fing an zu reihern.

2

Ned war ein recht umgänglicher Kerl, aber es gab zwei Dinge auf der Welt, die er nicht ausstehen konnte: jemanden kotzen sehen und vor allem, wenn man ihm seinen Wagen vollkotzte, der Buick gehörte ihm zwar nicht, aber das war genau dasselbe, er war es, der am Steuer saß. Wenn er ein Mädchen auftrieb, das besoffen war, sah er zu, daß sie schleunigst in ein Taxi kamen, und wenn die Katastrophe einsetzte, drehte er die Scheibe runter und beobachtete die Reaktionen des Fahrers im Rückspiegel, er zündete sich eine Zigarette an und wartete, bis es vorüber war, aber der Spaß war ihm in solch einem Fall vergangen.

Zwölf Minuten. Zwölf. Zwölf gottverdammte Minuten mußte er das ertragen, bis er endlich auf einen Rastplatz einbiegen konnte. Er parkte den Buick direkt hinter dem Gebäude, das die Toiletten beherbergte. Er stieg aus, ohne Henri anzusehen, tat so, als interessierte er sich für die verdorrten und vertrockneten Grashalme, die auf der Erde herumflogen. Als sich der andere immer noch nicht regte, schlenderte er um das Kabrio herum und lehnte sich mit dem Rücken zu Henri gegen die Tür.

– He, mach das mal ein bißchen sauber, meinte Ned. Das macht mich krank.

Henri war weiß wie die Wand, das Gesicht voll von verkrustetem Blut, er regte sich, langsam, und Ned trat zur Seite, er entfernte sich ein paar Schritte und blickte einem Mercedes nach, der mit Volldampf vorbeirauschte. Es war heiß, er lüftete seine Mütze und fuhr sich über die Stirn. Er war schweißgebadet, trotzdem, er hatte sich köstlich amüsiert mit diesem Bekloppten, die Sache mit dem Aschenbecher und dann dieser wahllos verstreute Haufen von Münzen auf den Polstern, das gehörte schon zu den feinen Augenblicken. Er war fünfunddreißig, er konnte sie an den Fingern einer Hand abzählen.

Als er zu dem Buick zurückkam, saß Henri wieder auf seinem Platz. Ned rutschte hinter das Lenkrad. Aus dem Augenwinkel guckte er nach, ob die Reinigungsaktion vollzogen war. Ja, und außerdem hatte sich Henri das Gesicht gewaschen.

Ned streichelte über das Lenkrad, schraubte sich in seinen Sitz.

– Sieh dir das an, sieh dir dieses Wunderwerk an...

– Hm.

– Das ist ein V6 transversal, ich bin sicher, der ist frisiert. Hier, hör dir das mal an.

Er ließ den Motor an und blickte stumm nach vorne. Henri hörte überhaupt nichts, Autos, das war nicht sein Metier, hin und wieder guckte er ihnen ganz gern nach, vor allem die Farben taten es ihm an.

Ned fuhr los und schob eine Kassette in den Recorder. Ein Stück der Talking Heads, für das Henri schwärmte: *Listening Wind*, er war verrückt danach. Er legte den Kopf zurück und ließ sich treiben. Jetzt spürte er die Wirkung des Captagons, das war wie eine Extraration LSD. Er unterdrückte ein plötzliches Verlangen, die Augen zu schließen, überlegte einen Moment und schloß sie doch. Neben ihm summte Ned vor sich hin. Beide wußten sie die Temperatur des Windes zu würdigen, die Geschwindigkeit, in der Tat, sie hatten einiges gemeinsam, sie waren

LEBENDIG
ANEINANDER HÄNGENGEBLIEBEN
und ALLEIN.

Wenn diese drei Bedingungen erfüllt waren, ließen die Scherereien im allgemeinen nicht lange auf sich warten.

Nach einer Weile hatten sie den Mercedes eingeholt.

– Den da, den schnapp ich mir, feixte Ned.

3

Verdammt, wo mochten die abgeblieben sein? Sie waren an eine mörderische Abfahrt gelangt, die ganze Autobahn war kilometerweit zu übersehen, keine einzige Ausfahrt, nichts, nur ein schwarzer Strich, der sich ins Tal zog, Franck wußte, daß sie den Buick auf diese Entfernung hätten sehen müssen. Der Dicke war mit durchgetretenem Gaspedal gefahren, und viel Vorsprung konnten die beiden Arschlöcher nicht haben. SCHEISSE, BEEILT EUCH, DIE SIND SOEBEN ABGEHAUEN! Dieser Idiot von Georges hatte sich mit Glanz und Gloria reinlegen lassen, ein Glück für ihn, daß sie im rechten Moment eingetroffen waren und er ihm diesen kleinen Gefallen nicht abschlagen konnte. Drei Nächte lang hatte er satt verloren, Georges hatte ein sagenhaftes Blatt nach dem andern erwischt, na schön, Alter, wenn ich die beiden Typen schnappe, fangen wir wieder bei Null an. Da kannst du Gift drauf nehmen, und dann verjubel ich den Zaster mit Lili, vielleicht sollte er ihr 'ne kleine Reise spendieren, wenn es eins gab, was er wirklich tun konnte, dann das, oder würde er ausklinken, würde er den Verstand verlieren?

Franck war müde, er blinzelte hinter seiner Sonnenbrille, er spürte, er war nervös. Vorne waren diese Bilder auf der Karre, an die er lieber nicht dachte, aber hinten erst, da saß Willy, dieser Unglücksrabe, den mußte er im Auge behalten, sonst würden die Scherereien in einem fort über sie hereinprasseln.

Der Dicke hatte mit Hilfe des Gefälles die Nadel in die äußerste Ecke des Tachos gezwängt. Der Mercedes hielt durch und stank nach Patschuli, Scheiße, es gab Typen, die wurden in dieser Kiste tatsächlich geil und vernaschten seine Tochter, reihenweise vernaschten die irgendwelche stinkreichen Mädchen, während er, Franck, unaufhörlich ein paar Scheinen und einem bißchen Liebe, EINEM BISSCHEN LIEBE, nachlief, Lili, niemand konnte sich vorstellen, wie sehr er in seine zweite Frau vernarrt war, und es ging auch keinen was an. Sie hatte vor sechs Tagen ihre Koffer gepackt, und der Dicke hatte gemeint, ein kleiner Jagdausflug könnte ihn auf andere Gedanken bringen, natürlich war das total in die Hose gegangen, er mußte ungefähr alle drei Sekunden an sie denken, manchmal noch öfter.

– So eine Scheiße, knurrte er.

– Das kann nicht sein, meinte der Dicke. Guck dir das an, auf 'ner Autobahn, da müßten wir denen doch längst auf der Stoßstange hängen, ich fahr glatte Zweihundert.

Willy machte sich auf dem Rücksitz bemerkbar.

– An deiner Stelle würde ich was langsamer fahren, Dicker...

Franck drehte sich ruckartig um. Der Buick war keine dreihundert Meter hinter ihnen, er war bereits auf die dritte Spur gewechselt, er holte sie genüßlich ein. Der Dicke warf einen Blick in den Rückspiegel.

– Der Schlitten ist frisiert, Franck. Ich fahr Vollgas.

– Jaja, nur keine Bange, die quetschen wir ein.

Das war todsicher. Der Dicke war der ideale Fahrer für solche Kinkerlitzchen, er war schlicht und einfach großartig. Im letzten Moment, wenn es darauf ankam, setzte sein Verstand aus, und dann war er nur noch ein wunderbares Präzisionsinstrument, ein Uhrwerk, das einen unweigerlich in die Luft fliegen ließ.

Franck langte nach den Knarren auf dem Rücksitz. Er fing Willys Blick auf, dieser Bescheuerte lächelte wie ein Kind, seine Hände steckten in den Jackentaschen.

– Misch dich da bloß nicht ein, schnauzte Franck ihn an.

Der Typ beugte sich ein wenig vor:

– Ich tu, was du mir sagst, Alter. Stimmt was nicht?

Franck gab keine Antwort. Der Buick war ganz nah. Er preßte sich in seinen Sitz und legte seinen Karabiner quer über die Knie, einen »Original Mauser« vom Format einer 458 Winchester, ein Geschenk seiner Tochter, als gäbe es an jeder Straßenecke Elefanten, Herr im Himmel, langsam hatte er wirklich genug von ihr.

Genau in dem Moment, als der Buick zum Überholen ansetzte, scherte der Dicke nach links aus und begann sein Spielchen. Im allgemeinen stand der Typ direkt auf der Bremse und bretterte gegen die Leitplanken, und der Dicke wich seelenruhig wieder zur Seite, um keine Spritzer abzubekommen, das war ziemlich monoton, zudem ein wenig hopp-hopp. Der Buick hingegen gab sich einen Ruck und schob sich neben den Mercedes. Der Dicke nickte beifällig, er drehte sich so weit um, daß er die beiden Typen, die sich in dem Buick ereiferten, erkennen konnte und kniff die Augen zusammen. Er zog noch ein Stück nach links, bis er das Geräusch aneinanderschrammenden Blechs hörte, dann erfolgte der erste Schlenker. Er rückte ein paar Zentimeter zur Seite und riß den Wagen sogleich wieder nach links, doch diesmal war er in einer besseren Position, er befand sich ein Stück weiter vorn, und die Chromblende eines Scheinwerfers schoß vor seinen Augen in den weißen Himmel. Jetzt hatte er ihn in der Mangel, das war gut, wieder und wieder stieß er zu und wußte genau, in welcher Sekunde der andere aufgeben würde, er spürte es und verlangsamte allmählich das Tempo, einzig der Lärm drang ihm ins Bewußtsein, dieser fürchterliche Krach, und Willy, der sich an seine Rückenlehne klammerte und aufgeregt hin und her rutschte, noch mußte er auf der Hut sein, der Buick hatte noch ein, zwei Möglichkeiten, davonzukommen, er, er hätte gewußt, was zu tun war, und er war auf der Hut, aber seine Nerven entspannten sich langsam, und seine Nerven, die hatten ihn noch nie getäuscht, er zog ein letztes Mal nach links, konzentriert, und für den Bruchteil einer Sekunde trat Ruhe ein.

Franck schnellte aus dem Wagen und richtete den Karabiner über die Motorhaube des Mercedes hinweg auf die beiden Männer.

– Hopp, ihr Witzbolde. Raus mit euch, aber schnell! RAUS!!

Ned rührte sich als erster. Er ließ das Lenkrad los und legte die Hände hinter den Kopf, tu in solchen Fällen immer ein wenig mehr, als man von dir verlangt, alter Freund, du riskierst nichts und deine Haut ist Milliarden wert, vergiß das nicht, o nein, diese Typen sahen nicht so aus, als scherzten sie, die sahen nach dem Schlimmsten aus, und dann dieser auf die Motorhaube geschmierte Christus, so ein Stuß, was sollte das, er hatte vollkommen vergessen, daß sie eine Registrierkasse geplündert hatten, sein Verstand war unfähig, einen Zusammenhang zu sehen, sein Verstand heulte bloß PASS AUF, PASS AUF, BRUDER!!

Henri ahmte ihn flink nach.

– Bullen? murmelte er.

– Irgendwer, was weiß ich, antwortete Ned.

– He, muß ich euch raushelfen? brüllte Franck.

Willy war bereits draußen, begleitet von dem Dicken, der um die Wagen herumstrich und nickend, mit heiterer Miene, die Schäden zur Kenntnis nahm. Henri und Ned kletterten aus dem Buick, und Ned ging mit gutem Beispiel voran, er legte die Hände flach auf die Karosserie, spreizte die Beine, er bereitete sich netterweise auf die Leibesvisitation vor, alter Freund, tu immer ein wenig mehr... Die Hitze ließ sie wie angewurzelt stehen. Henri liefen Schauder über den Rücken. Willy pflanzte sich neben ihn und grinste ihm ins Gesicht. Er packte Henri am Hals und preßte sich gegen ihn, er liebkoste ihm den Nacken.

– Du Hurensohn, sagte er sanft.

– VERDAMMT UND ZUGENÄHT, HAU AB! brüllte Franck.

Willy quetschte Henris Hals ziemlich fest, bevor er zur Seite trat, und Henris Atem ging ein wenig schneller. Der Dicke kam näher und durchsuchte Henri.

– Der hat die Taschen voller Münzen, Franck. Ganze Tonnen.

– Soso, und der andere Idiot?

Die Hände des Dicken tasteten langsam, aber er wußte, was er zu tun hatte, er hatte das tausendemal getan. Das Bündel Scheine in der Hand, das er bei Ned gefunden hatte, kehrte er zu Franck zurück. Franck stopfte alles in seine Tasche.

– Wieviel, was meinst du? fragte der Dicke.

– Fahrt mir die Karren aus dem Weg, meinte Franck.

Er trat auf die beiden zu und bedeutete ihnen, die Fahrbahn zu überqueren, während Willy und der Dicke in die Wagen stiegen.

Ned ließ die Arme sinken.

– He, Jungs, soll das ein Witz sein...?

– Erraten, antwortete Franck. Ich amüsiere mich königlich. Mir gefällt deine Visage nicht, nimm die Hände hoch.

Der Mercedes rollte auf den Seitenstreifen, und Willy parkte den Buick genau davor, ein beträchtliches Stück des Kühlergrills schleifte über den Boden, wie ein gebrochenes Bein. Das war die große Einöde, in der sie da waren, sie hatten niemanden gesehen, seit sie unterwegs waren, weder in der einen noch in der anderen Richtung, Franck fiel auf, daß er schon ein Weilchen nicht mehr an Lili gedacht hatte, das war ein gutes Omen.

Er ließ sich einen Augenblick treiben, und das war ein Fehler, das heißt, er sah, daß Willy auf die beiden zuging, und Willy hielt eine Knarre am Lauf, mit ausgestrecktem Arm, aber sein Gehirn weigerte sich, die Szene zu registrieren. Henri war auch nicht darauf gefaßt, er hatte die Hände ein für allemal hinter dem Kopf gefaltet, so daß ihm der Kolben des Gewehrs quer über den Bauch fuhr und er zusammenklappte wie eine Crêpe, bevor er sich auf die Seite legte.

Franck packte Willy am Arm und riß ihm die Waffe aus der Hand.

– Du bist echt bekloppt, sagte er zu ihm.

– He, Franck, haste nich' gesehn, wie der mich angeguckt hat...

– Jaja, setz dich wieder in den Wagen.

Willys Haare waren goldblond und seine Augen blau, er hatte ein strahlendes Lächeln, aber trotzdem stammte er direkt aus der Hölle, und Franck wußte es. Er blickte ihm nach, während der Dicke schnaufend ankam.

– Pah, halb so wild, mach dir nicht ins Hemd...

– Ach was, das schert mich 'nen Dreck, aber ich will nicht, daß der noch länger um mich rumtanzt. Der ist doch nicht ganz dicht.

– Nein, er ist noch jung, er ist nur nervös, Franck.

– Der geht mir auf den Geist. Er ist dein Neffe, geht mich ja nichts an, aber ich will mit dem nichts mehr zu tun haben, und du, du läßt den noch mit 'ner Knarre rumlaufen, du bist bescheuert.

Ned hörte zu, und Henri lag vor seinen Füßen und wimmerte leise, er konnte nicht viel für ihn tun, er konnte für niemanden viel tun, trotzdem, er hätte gern eine Geste gezeigt, er hätte ihm gern geholfen, aber er war nicht verrückt, er war stets allein gewesen und er hatte es so schon schwer genug. Francks Stimme riß ihn aus idiotischen Gedanken.

– Wo haste die Karre geklaut, blöder Hund?

– Ich hab sie nicht geklaut.

Franck wandte sich seufzend an den Dicken:

– Ich glaub, der hätte besser den da verdroschen...

Der Dicke schlenderte ohne große Eile auf Ned zu. Unter der Sonne geizte er stets mit seinen Bewegungen, er ging wie in Zeitlupe. Er packte Ned an den Haaren, zog ihn ein ziemliches Stück nach unten. Es gab da einen Kniff, man mußte mit den Fingergliedern auf den Schädelknochen drücken, einen ersten Ruck anbringen, als wollte man die Kopfhaut abziehen, dann, erst dann, konnte man den Kopf in alle Himmelsrichtungen schütteln. Das war ein guter Auftakt, ein Auftakt mit einer deutlichen psychologischen Wirkung. Ein guter alter Trick.

Ned krümmte sich unter der Faust des Dicken. Auch wenn er das Gefühl hatte, jemand drücke ihm ein heißes Bügeleisen auf den Kopf, gab er keinen Ton von sich, seine Hände waren in seinem Nacken verschweißt, seine Hände hatten kapiert, und nicht nur seine Hände, sein ganzer Körper hatte kapiert, das war eine ziemlich negative Situation, Wut, Wahnsinn, Gewalt, die drei Irren da, von der Sonne überflutet, er steckte in der Klemme, er schloß für eine Sekunde die Augen, um zu versuchen, da rauszukommen, doch der Schmerz fuhr ihm im Zickzack durch den Kopf wie ein weidwundes Tier. Das war alles andere als ein Traum.

– Der Buick gehört meiner Schwester, stieß er hervor.

– Deiner Schwester, brummte der Dicke. Was für 'ne Alte kann sich denn so 'ne Karre leisten, mein Junge, sag schon...

– Verdammt, die Papiere sind im Wagen. Ich erzähl keinen Stuß...

Der Dicke drückte ein wenig fester zu, das war seine Antwort, eine Art Mitteilung, daß er ein solches Verhalten guthieß. Ned schaute sich Henris Körper an, dieser Schweinehund war offenbar in Ohnmacht gefallen, na klar, das war 'ne wunderbare Parade, ein Weg, sich in einem heiklen Augenblick zu verdrükken, aber WIE, wie ging das, mußte man die Augen schließen und SICH ZWINGEN oder einfach nur WOLLEN, mußte man aufhören zu atmen und sich sanft fallen lassen oder etwa ALLES AUF EINMAL, o Herr, ich glaube, ich habe weiche Knie, und ich habe Angst zu sterben, reicht das?

Franck schritt auf die beiden Wagen zu. Er legte das Gewehr in den Mercedes, wozu unnütz auf sich aufmerksam machen, die beiden Typen stellten kein Problem dar, die meisten Leute stellten kein Problem dar, wenn man sie anzupacken wußte, widerwärtig war das, wohltuend widerwärtig. Er beugte sich über die Tür des Buick und wühlte im Handschuhfach. Willy saß am Steuer, er fummelte an den Schaltern herum, schraubte seinen Hintern in das rote Leder der Sitze, er saß da und trieb Unfug, während Franck eine Brieftasche hervorholte.

– He, Franck, verdammt und zugenäht, haste schon mal so 'nen Schlitten gesehn...? Huuuuuu, allein bei dem Leder krieg ich 'n Rohr..

– Hab ich mir gedacht.

Franck entdeckte die Wagenpapiere. Er steckte sie in die Tasche, ohne sie sich richtig anzusehen. Fifty-fifty, entweder sagte der Kerl die Wahrheit, oder er log, was machte das schon, Franck war weder über die eine noch über die andere Möglichkeit sonderlich begeistert, es interessierte ihn nicht. Sein eigenes Leben nahm sämtlichen Raum ein, Lili, er war gerade noch fähig zu handeln, unfähig zu denken, Lili, was sollte er jetzt tun, Lili, er hatte den Zaster wieder, er steckte in seiner Tasche, Lili, Lili, die beiden loswerden und dann nach Hause, wo magst du in diesem Augenblick sein, er warf Willy einen ausdruckslosen Blick zu und kehrte zu dem Dicken zurück. Er hatte einen Weg gefunden, wie er seine Ruhe haben konnte.

– Dicker, du nimmst den Buick, du nimmst Willy mit und ihr zwei gönnt euch 'ne hübsche Sause. Die Sache hier regele ich schon, kümmert euch nicht um mich.

Der Dicke schien einen Moment zu zögern, aber es war

schwer zu sagen, ob das an einer eventuellen Mißbilligung, einer leichten Begriffsstutzigkeit oder an der übertriebenen Hitze lag. Man wußte nie so recht, was in ihm vorging, ein Umstand, der ihn gefährlich, aber auch erträglich machte. Für Franck war er der ideale Helfer, und irgendwie, unerklärlich für beide, gab es ETWAS zwischen ihnen, Franck hätte einen Arm für den Dikken gegeben und der Dicke für ihn sein Leben, das war eben so, eines Tages ist man mit der Welt des Leidens verwachsen, und von dem Tag an ist alles im Eimer.

Mit einem Puff streckte der Dicke Ned zu Boden.

– Nimm deinen Kumpel mit in den Wagen. Mach voran.

Ned tat alles weh, aber das war nicht der rechte Moment. Der Kontakt mit dem Boden war beinahe angenehm, es war eine Wohltat, auf kleinen Steinchen zu landen, wenn einen ein Drecksack losließ, der zu allem fähig war, das Leben, das Leben, was sonst? Er packte Henri an den Schultern, Henri hatte die Augen auf, aber er war leichenblaß, fast blau. Ned zwinkerte ihm zu, Henri schnitt eine Grimasse und fing an zu wimmern, eine Art leises Kindergeplärr, während ihn Ned fortzerrte. Er kippte glatt um, als ihn Ned auf den Vordersitz des Mercedes verfrachtete. Willy sah das mit entzückter Miene, er kurvte um den Wagen herum und quetschte sich neben Henri auf den Sitz, erneut schob er eine Hand um dessen Hals.

– He, Hurensohn, ich glaub, dir hab ich's gegeben, na sag schon...

Natürlich erwartete er keine Antwort, er sagte das nur so, aus Lust und Laune. Natürlich.

Seine Nase zerplatzte, und das Blut spritzte über die gesamte Windschutzscheibe.

Seine linke Augenbraue explodierte, öffnete sich wie ein Seestern.

Er fing an zu brüllen. Nicht sofort, doch als er sich im Rückspiegel sah, hatte er immer noch nicht begriffen, was passiert war.

Ned wußte seinerseits ebensowenig, was in ihn gefahren war. Er war einfach losgehechtet, mit dem Kopf voran, und jetzt tat ihm das schon leid, sein Körper war ihm entglitten. Er erkannte die Hände des Dicken wieder. Sie hatten sich in seinen Rücken gekrallt und rissen ihn aus dem Wagen, Herr im Himmel, er wog achtzig Kilo, und der Kerl hob ihn hoch wie eine Feder, er dachte, jetzt ist es soweit, ich fall in Ohnmacht, und er zog den Kopf ein.

– Hör auf! schrie Franck. Herrgott nochmal, ich brauch den zum Fahren!

Die Faust des Dicken schwebte in der Luft, er spielte mit dem Gedanken, Ned das Schlüsselbein zu brechen, für den Anfang, er stand günstig. Er blickte Franck an.

– Laß sein, fuhr Franck fort, keine Bange, darum kümmern wir uns später. Kümmer dich lieber um den Knirps.

Willy war aus dem Wagen gekraxelt wie ein Pfund weichgekochte Spaghetti, jetzt weinte er, und dieses Blut, das ihm aus der Nase lief, das glänzte, und tief durchatmen, das half auch nichts, manchmal bekam er keine Luft mehr, und er weinte noch mehr, es klang erbärmlich, alle guckten sie ihn an, der Dicke wischte ihm das Hemd mit einer Decke ab.

Ein wenig später stiegen sie alle in die Karren, keiner von ihnen war gut gelaunt. Dabei war das ein schöner Tag, aber das hieß nichts. Das war sogar der Tag, den Lucie auserkoren hatte, um sich das Leben zu nehmen, aber das hieß auch nicht besonders viel.

4

Franck beschloß, direkt nach Hause zu fahren, ja, mit den beiden Typen, lieber mit sämtlichen Drecksäcken der Welt als den Rest des Tages hinterm Schreibtisch hängen und diesen ganzen Stuß tippen, diese Scheißberichte, er konnte seine Kollegen nicht mehr ausstehen, niemanden mehr, und jetzt konnte er sich nicht mal dazu aufraffen, den Mund aufzumachen, alles, was er wollte, das war, o mein Gott, ich will mich bloß ein wenig hinlegen, mit 'nem Glas, und warten, die Vorhänge zuziehen, ich weiß genau, was ich zu ihr sagen werde, das wird schon wieder, ich hab die ganze Nacht Zeit, die beiden da, die loch ich morgen ein, morgen früh, ich hol den Dicken, ich kümmere mich um den ganzen Kram, aber morgen erst, und in diesem Augenblick kamen sie an, Franck drückte den Lauf des Karabiners ein wenig fester in Neds Nacken.

– Halt an, sagte er.

Das sah aus wie ein kleines Häuschen, ruhig gelegen, am Stadtrand, in einem ziemlich schicken Viertel mit ruhigen Leuten, Lili haßte sie, sie hängte sich immer an ihn, sie sagte, guck dir die doch an, GUCK DICH UM, ich werd verrückt hier, ich altere mit einem Affenzahn, siehst du das nicht, und während er Ned befahl, das Tor aufzumachen, fing er an zu kapieren, sie hatte recht, und selbst wenn er es nicht richtig kapierte, er wußte, sie hatte recht, der Mercedes fuhr mitten auf einen frisch gemähten Rasen von erschütternder Trostlosigkeit.

Henri tauchte sanft auf. Wenn er flach atmete, wurde der Schmerz, der seinen ganzen Körper durchwühlte, erträglich, er konnte sogar daran denken, die Dolche, die sich unter seine Rippen geschoben hatten, waren wie gebrochene Knochen, er dachte auch an Willy, er fragte sich, was in den Köpfen der Leute vorging, was eigentlich passiert war, o Herr. Als er Franck sagen hörte, sie sollten aussteigen, lief ihm ein eiskalter Schweiß bis in die Lenden hinunter, jeder Gedanke an eine noch so winzige

Bewegung war der reine Wahnsinn. Er warf einen flehentlichen Blick in den Rückspiegel, aber Franck war bereits ausgestiegen, und er fühlte sich sehr einsam, fast verloren.

Bei aller Behutsamkeit, mit der Ned vorging, der Weg zur Tür war ein einziges Martyrium, er quiekte und schwitzte wie ein Schwein. Franck stocherte im Schloß, er stieß die Tür auf und bedeutete ihnen, einzutreten. Henri versuchte, seinen Blick aufzuschnappen, als er an ihm vorbeikam.

– Ich möchte einen Arzt, murmelte er.

– Na klar, antwortete Franck.

Sie traten ein, und Franck langte nach einem Paar Handschellen, das an der Garderobe hing. Er führte sie ins Badezimmer und befahl ihnen, sich auf dem eisigen und roten Fliesenboden hinzulegen. Er kettete sie aneinander, dabei schloß er die Handschellen um die Rohre der Zentralheizung. Er ließ die Tür einen Spalt offen, damit er die beiden vom Wohnzimmer aus im Auge hatte, na fein, er zog die Vorhänge zu und ließ sich der Länge nach aufs Sofa fallen.

Er blieb fünf Minuten so liegen, den Kopf total leer, er wäre unfähig gewesen, seinen Namen zu nennen, dann stand er auf, er angelte sich eine Flasche Bier in der Küche, während draußen die Nacht zu einem Gleitflug ansetzte, und er schleuderte seine Schuhe quer durch das Zimmer. Im Gehen zählte er den Zaster in seiner Tasche, er hatte mehr erhofft, aber es war in etwa soviel, wie er gedacht hatte, vielleicht sogar etwas weniger, Georges war ein kleines eingebildetes Arschloch, seine Scheine, die konnte er abhaken, verdammt nochmal, sollte er sehen, wie er klarkam, das reichte für diese kleine Reise, das reichte, um ihm das Leben zu retten, die Sache war wirklich zu bescheuert und derart kompliziert, viel zu kompliziert, derart bescheuert, ha ha, er hätte sich das Ganze gern durch den Kopf gehen lassen, aber er war unfähig, seine Gedanken länger als ein paar Sekunden zusammenzuhalten, Lilis Bild stand ihm unaufhörlich vor Augen, dann verschwand es, diese heftige Liebe versetzte ihn in Schrecken, da war diese Frau, und er, er war wie von Sinnen, sie war nicht mal dafür verantwortlich, sie nicht und er auch nicht, er sah auf seine

Füße, seine Füße stanken, er schüttelte sich, wie hatte sie es nur angestellt, ihn zu lieben, und gleich würde er nach Bier stinken, Scheiße, ein wenig Einsamkeit, hatte er geglaubt, aber das war schlimmer als alles andere, das war schlimmer, als er es sich hatte vorstellen können.

Das Haus war still. Henri war auf dem Fliesenboden eingeschlafen, sein halbes Leben spielte sich auf der anderen Seite ab, es hätte ihm nichts ausgemacht, stehen zu müssen. Ned hatte Durst, er versuchte, sich einen Reim aus der Situation zu machen und seinen steifen Arm zu vergessen, warum hatte sie dieser schwachsinnige Bulle mit nach Hause genommen, das gefiel ihm nicht. Inzwischen tat es ihm leid, Willy derart ramponiert zu haben, aber nicht richtig, er hätte ihn garantiert umgebracht, wenn er gekonnt hätte, nur, er hatte eine ziemlich klare Vorstellung, was ihn erwartete, er hatte ihre Augen aufblitzen sehen, über seinem Kopf machte das Waschbecken ttiiiik tiiikkkk, alle zwei Sekunden, in puncto Wasservergeudung war das nicht der Rede wert, als Geräusch war das zum Kotzen, man kriegte Durst, er rief:

– He, HE!

Franck kam. Er hatte nichts gegen diese beiden Typen, tatsächlich hatte er mehr oder weniger VERGESSEN, daß sie im Badezimmer waren. Als er sie sah, fragte er sich, ob er ihnen nicht lieber ordentlich Schiß einjagen und sie dann laufenlassen sollte. Um den Zaster behalten zu können, war das die bessere Lösung, er lehnte sich gegen den Türrahmen und zog eine Augenbraue in die Höhe.

– Dürfte ich etwas zu trinken haben? fragte Ned.

Franck stieg über beide hinweg, ohne Antwort zu geben, und stellte sich vor die Kloschüssel, er urinierte ausgiebig, wie immer, wenn er Bier getrunken hatte. Er war nicht weit von Neds Gesicht entfernt, Ned sah sich das Geschlechtsteil einen Moment an, dann wandte er den Kopf ab. Franck lachte schallend, betätigte die Spülung und ging.

In der Küche dauerte es eine Weile, bis ihm endlich ein Karton Bierflaschen zwischen die Finger kam, er würde sich wohl oder übel dazu entschließen müssen, ein paar Sachen zu besorgen, sonst hatte er bald so gut wie nichts mehr, es gibt Dinge, die ein alleinstehender Mann kennt, Dinge, die ihm zu hoch waren. Er öffnete zwei Flaschen, ließ die kleinen fliegenden Untertassen über den Boden kullern und ging ins Badezimmer zurück.

Er reichte Ned eine Flasche, guckte nach, ob Henri wirklich eingeschlafen war, indem er ihn mit dem Fuß anstieß, und genehmigte sich die andere Flasche. Er ließ sich auf die Fersen nieder, die Flasche hielt er dabei gerade vor sich.

– Ich wette, deine Füße stinken, sagte Franck. Alle Füße stinken. Passiert jedem mal, oder nicht?

Ned prostete ihm mit der Flasche zu, das hieß, daß ihm das Bier schmeckte und daß er bereit war, sich jeden Blödsinn, der einem einfiel, anzuhören.

– Weißt du, ich glaub, der bringt dich dafür um, fuhr Franck fort. Dürfte schwer sein, ihn davon abzuhalten, der ist bekloppt.

– Wie lautet der Vorschlag? fragte Ned.

– Hab ich dir was vorgeschlagen? Mach's so wie ich, du sitzt doch bequem auf deinem Arsch, warte einfach ab und halt die Klappe. Das ist ein guter Rat, weißt du das? Du hast 'ne winzige Chance, ich bin Willy keinen Gefallen schuldig. Dir aber auch nicht, weißt du, tja, das ist schwierig. Ich muß darüber nachdenken, und ich hab anderes im Sinn. Paß auf, wir drehen die Sache so: Wenn sie kommt, tu ich was für dich, kommt sie nicht, mach ich Willy glücklich, alles klar?

– Ich hoffe, sie kommt nicht allzu spät.

– Sie hat die ganze Nacht Zeit, alter Freund.

– Ich hab das Gefühl, ich werde schlecht schlafen.

– Ich auch. Das ist 'ne große Nacht für uns, wie ein Spiel. Stell dir vor, ich setze alles und du bist gezwungen, mitzugehen, kapiert?

– Was ist das für ein Spiel?

Franck trank sein Bier aus, er war froh, daß er sie ins Badezimmer gesteckt hatte, das war einfacher für ihn, sollte Lili nicht kommen, saßen sie allesamt in der Scheiße. Jetzt konnten sie zu dritt hoffen, daß sie kam, und er hatte den Eindruck, das war 'ne gute Sache, ohne genau zu wissen, warum, aber er spürte es und, Herrgott nochmal, er hatte recht, er hatte verdammt nochmal recht.

Er angelte sich eine Zigarette und warf Ned das Päckchen zu. Er erhob sich mit einem Ruck.

– Im allgemeinen bist du eher ein Glückspilz, oder? fragte er.

Ned tat einen tiefen Zug, er sagte:

– Sicher. Sieht man das nicht?

Genau in diesem Moment klingelte jemand an der Tür, und es fiel Franck schwer, seinen Blick von Ned abzuwenden.

– Tjaja, sagte er, vielleicht sollte ich lieber nicht mit dir spielen, Kumpel.

Sein Herz fing an zu klopfen, und das war vielleicht eine Scheiße, in die Schuhe zu schlüpfen und seelenruhig zur Tür zu gehen, dämlich bis drei zu zählen oder bis vier, ehe man aufmacht, und zu beten, daß man eine vernünftige Fresse zieht. Nanu, was war das denn?

5

Lili? Lili? Nein, das war nicht Lili, mein Gott, warum hast du mir das angetan, dachte er, während ihn Carol zur Seite stieß, um einzutreten, verzweifelt durchkämmte er die Nacht, wie ein Hund, die Pupillen geweitet, wie angewurzelt stand er vor der Tür, sein ganzer Körper war steif.

– He, was ist los? sagte sie. Mach die Tür zu. Welches Arschloch hat meinen Wagen ramponiert, du etwa?

Carol war seine Tochter. Aus erster Ehe. Er hatte alles vergessen, was damals war, bis auf die säuischen Momente. In dem einen Jahr, das er mit seiner Frau zusammengelebt hatte, gut möglich, daß er höchstens hundertmal das Wort an sie gerichtet hatte, aber dafür hatte er sie mindestens tausendmal gebumst. Sie hatte nie nein gesagt und sich mehrmals am Tag nehmen lassen, egal wo, anscheinend war es ihr schnuppe, sie lachte die meiste Zeit über, und das machte ihn verrückt, er hatte versucht, bis in ihre Seele einzudringen, umsonst, und es ist hart, allein zu sein, wenn man zwanzig ist und sich sucht, das ist auf alle Fälle hart. Von all dem waren ihm nur ein, zwei erotische Bilder geblieben, aber er brauchte bloß die Augen zu schließen und daran zu denken, schon bekam er einen Ständer, das waren seine Lieblingsbilder. Die Familie hatte gewartet, bis die Scheidung ausgesprochen war, bevor sie den Zaster rausgerückt hatte, in der Hinsicht hatte es keinerlei Probleme gegeben, Carol redete zwar daher wegen ihres Wagens, aber nur, um ihm auf den Wecker zu fallen, sie konnte sich von einem Tag auf den andern einen neuen zulegen, ohne daß ihr Bankier auch nur eine Augenbraue hochgezogen hätte.

Er drückte die Tür wieder zu und ging zu Carol ins Wohnzimmer. Sie starrte ihn eine Minute lang an, ohne daß er in der Lage war, einen Ton zu sagen, denn ein Großteil seines Verstandes war zurückgeblieben, da hinten, in der Nacht, in dieser entsetzlichen Einöde.

– Was treibst du hier im Dunkeln? fragte sie ihn.

– Nichts. Du kannst Licht machen...

Sie trug ein kurzes Lamékleidchen, und sie drehte sich in dem Halbschatten einmal um die eigene Achse, um an den Schalter heranzukommen, ein glitzernder Barrakuda, der in einem gleißenden Sonnenstrahl jäh die Richtung ändert, sie war vierundzwanzig, sie hatte nichts am Hut mit der Dunkelheit und mit Gemütsverfassungen. Sie wandte sich ihrem Vater zu, ein makelloses Gesicht, eine eiskalte und unerbittliche Schönheit, die Selbstmordkandidaten hätten gefunden, was sie suchten.

– Was hast du mit meinem Mercedes angestellt? fragte sie. Wir haben eine Woche gebraucht, um ihn so zu lackieren, du hast ja keine Ahnung, was das für 'ne Arbeit war, der Spaß hat mich zwei deiner Monatsgehälter gekostet, du gehst mir auf den Geist.

– Schon gut, wir mußten jemandem über die Autobahn nachjagen, und...

– Ist mir egal, mit was für einem Blödsinn du dir die Zeit vertreibst, ABER NICHT MIT MEINEM WAGEN, KAPIERT??!!!

Ich sollte sie ohrfeigen, sagte er sich, aber sie war zu stark, sie würde ihn mit einem Wort fertigmachen, bei ihr hatte er ständig das Gefühl, der Unterlegene zu sein, er war ihr Vater, aber das einzige, was davon geblieben war, das war, daß er sie angucken konnte, ohne daß es ihn danach gelüstete, sie zu bumsen. Das war nicht viel, aber das war die einzige Abwehr, die er hatte.

– Hast du von Lili gehört? fragte er leise.

Sie schenkte ihm ein grausames Lächeln, er sollte ihr für alles büßen, sie liebte ihre Mutter, sie verehrte Lili, er hatte die einzigen Menschen verletzt, die sie jemals geliebt hatte, und er hielt sich immer noch aufrecht, zwar mit Mühe und Not, aber er hielt sich, er war der einzige Mann, für den sie etwas empfand, sie war vierundzwanzig, sie glaubte, daß sie ihn haßte. Sicher, sie dachte verquer, aber in dieser Welt, in diesem Leben, wer braucht da schon ein wenig Licht, wer ist bereit, einen Schritt zurückzuweichen, wer ist bescheuert genug dazu? Sie sagte:

– Es war von meinem Wagen die Rede. Ich hatte dir meinen Wagen geliehen.

Er seufzte. Das Bier stumpfte ihn ab. Nicht genug.

– Schon gut. Bring ihn weg, ich zahle. Du kannst dir die Muttergottes auf den neuen Kotflügel pinseln.

Einen Moment lang fragte sie sich, ob sie sich auf ihn stürzen oder abhauen und ihn in seiner Scheiße sitzenlassen sollte, aber er senkte die Augen, und im übrigen lag ihr auch nicht mehr daran als ihm, mit SOWAS durch die Gegend zu kutschieren, mit dieser alten Hippiekiste, es hatte ihr Spaß gemacht, inzwischen war es ihr schnuppe, in Wirklichkeit hatten sie nur drei Tage gebraucht, um ihn anzumalen, am Ufer eines Flusses, sechsmal hatte sie gebumst, sie hatte ein paar schöne Momente erlebt, das war bloß ein amüsantes Gemälde, weiter nichts, ein schönes Gesicht, sie kannte Dutzende.

– Ich will kein Bier. Hol mir was anderes.

Er stellte seine Flasche ab, er war kaputt, er driftete in die Küche. Sie hörte ihn mit Gläsern hantieren und dachte an Lili, die draußen im Wagen wartete, dieser Trottel hatte nichts gemerkt, eimerweise Bier trank er. Sie ging quer durch das Wohnzimmer, Richtung Bad.

Sie geriet an Ned, der sich gerade eine zweite Zigarette an der ersten anmachte. Der gute Henri pennte weiter, Ned bemerkte sie genau in dem Augenblick, als sie über ihn wegstieg, und er mußte husten. Sie streifte ihren Slip nach unten und setzte ihren Hintern auf die Brille, dann blickte sie Ned in die Augen und pinkelte geräuschvoll.

– HE, WER SIND DENN DIE BEIDEN TYPEN IM BADEZIMMER? brüllte sie.

Franck war dabei, ein Glas vollzugießen, der Wermut floß über, Herrgott nochmal, er hatte sie schon wieder vergessen, die beiden da.

– DIE HABEN WIR AUF DER AUTOBAHN GESCHNAPPT. NICHT WEITER WICHTIG.

– KETTEST DU NEUERDINGS DIE LEUTE IN DEINEM BADEZIMMER AN?

Er gab keine Antwort, er versuchte, sich nicht aufzuregen.

Ned ließ sich nichts entgehen, diese Schönheit neben ihm mit den langen, lebendigen Beinen und der schwarze Fetzen Stoff, der sich oberhalb der Knie ringelte, o Herr, sie hat sich langsam genug erhoben, daß ich ihre blonden Härchen habe sehen können, sie hat ihren Slip mit einem leichten Hüftschlenker hochgezogen und ihr Kleid fällt zurück, O HERR, du hast es so gefügt, schwarze Slips und kurze Lamékleidchen, ich bin erst achtunddreißig, ACHTUNDDREISSIG!

– He, alles klar? Gefällt dir das? fragte sie.

Ihre Stimme hatte einen harten Klang. Ned kannte diese Art Mädchen, diese Art Gesicht, da gab's nicht viel zu gewinnen. Er hatte nichts zu verlieren.

– Aber sicher. Komm wieder, wenn du willst, sagte er.

Ned war nicht schön, aber er hatte eine gewisse Visage, und er schaute den Leuten direkt in die Augen, das machte ihm Spaß, einer Unzahl von Leuten ging er mit diesem Spielchen auf die Eier, seine Augen waren beinahe schwarz und er wußte mit ihnen umzugehen, er hatte Schwein. Er krallte sich Carol mit seinen Augen, wartete dreißig Sekunden, gerade lang genug, daß sie sich ein wenig gehen ließ, dann schenkte er ihr ein idiotisches, ein vollkommen idiotisches Lächeln.

Als sie sich auf ihn stürzte und sich an einem ordentlichen Büschel Haare zu schaffen machte, versuchte er nicht, sich loszumachen, er fing an zu schreien wie ein Bekloppter, er wollte nichts hören, er durfte sie nicht zu Wort kommen lassen, wollte er als Sieger hervorgehen.

Franck trat ein und erblickte Carol, die sich über Ned beugte, sie stand mit dem Rücken zu ihm und ihr Kleid war weit genug hochgezogen und er hatte genug getrunken, um mit Bildern zu jonglieren, er sah Lili, und Lili hing über dem Waschbecken und schminkte sich die Augen, splitternackt, er hatte sich lautlos herangeschlichen, er hatte sich gegen sie gepreßt, ihr Parfum, die Sonne schien, er schloß die Augen, er hörte Wasser laufen und er zwiebelte ihr die Brustwarzen und fragte sich, warum sie wohl Wasser laufen ließ, sie stützte sich mit den Händen auf das

Becken, sie hatte den Kopf in den Nacken geworfen, er legte seine Arme um sie, er hatte einen stehen und seine Jeans quetschten ihm alles ab, Mama, er streichelte über ihren Hintern, und als sie sich öffnete, steckte er ihr einen Finger rein und hob sie hoch, dabei streichelte er sie weiter, mit einem Arm, was war das schon, ein Kinderspiel, Herrgott, ich erinnere mich, kinderleicht, ein Witz, er hatte sie bis zum Bett getragen, er hatte ihr einen Augenblick zugesehen, wie sie sich auf den Laken fläzte, und überlegt, womit er anfangen sollte, er wollte ALLES.

Er trat einen Schritt vor und packte Carol am Arm, sie war rot vor Wut.

– Scheiße, für wen hält der sich? sagte sie.

– Was ist los? fragte Franck.

Er verpaßte Ned einen Tritt, ohne große Überzeugung, mehr, um Carol eine Freude zu machen, es war ihm verdammt egal, was da vorgefallen sein mochte, sie war eine Nervensäge erster Güte. Sie nahm den Wermut, den er noch in der Hand hielt, kippte ihn mit einem Zug runter. Sie reichte ihm das Glas.

– Was ist mit dem anderen? fragte sie.

– Er schläft. Willy hat ihn verdroschen.

– Kein Wunder.

– Der andere hat Willy verdroschen.

Sie wandte sich zu Ned um, der Typ fing an, sie zu interessieren. Er lag auf dem Boden, an die Rohre gekettet, aber er hielt sich gut. Selten die, die sich gut hielten. Da sie so gut wie alle haben konnte, konnte sie sich den Luxus leisten, zu wählen. Und da sie nicht blöd war, suchte sie etwas, nicht immer, aber es kam vor. Zumeist dachte sie dabei an ihren eigenen Arsch, aber alle Dinge sind geeignet, einem den Seelenfrieden zu verschaffen, man muß nur gründlich vorgehen. Vierundzwanzig, sie hätte Berge versetzen können, verdammt, sie hatte recht.

Sie wandte sich an Franck:

– Schön, ich muß dir was sagen.

Franck warf Ned einen glasigen Blick zu.

– Du hast noch nicht gewonnen, sagte er. Geh uns nicht auf die Eier.

In diesem Moment wachte Henri auf. Er zerrte lasch an seinem gefesselten Arm, und Ned gab ein paar Zentimeter nach.

– Was ist los? fragte er.

Er kam geradewegs aus einem Traum, niemand konnte ihn verstehen, niemand. Er kam ein wenig spät ins Spiel. Außerdem war da dieser Schmerz, das war, als wären sie zu zweit, er mußte ihm einen Platz suchen, er mußte ihn schützen, sanft mit ihm umgehen, um ihn nicht zu wecken, der Schmerz macht einen bestußt, er sagte:

– Ogottogott...

Er krümmte sich auf den Fliesen, das rutschte gut.

Carol zog Franck ins Wohnzimmer.

– Hör zu, sagte sie.

Ned wandte sich Henri zu.

– Wie geht's? Tut's weh? fragte er.

– Schande, das tut verflucht weh. Beim Atmen.

– Lili. Sie ist draußen. Warte.

– Wo ist sie? fragte Franck.

– Wo sind wir? fragte Henri.

– Sie will nicht allein mit dir sein, einverstanden?

– WO IST SIE?

– Reiß dich zusammen, sagte Ned. Scheiße.

– Beruhig dich. Ich geh sie holen.

– Warum kommt sie nicht?

– Worauf warten wir?

– Der ist total ausgeflippt. Wir haben noch eine Chance.

– Was will sie? Ich will sie sehen.

– Du bist blau.

– Du, ich hab Schiß.

– Das ändert nichts. Wir haben 'n Deal. Sie muß bloß kommen.

– Wer denn?

– Ich bin noch nicht blau. Geh schon, ich bin müde.

– Sie wird mit mir zurückfahren. Sie will dich nur sprechen.

– Keine Ahnung, aber wenn sie kommt, läßt er uns frei. Wäre besser, sie kommt.

– Wir hängen hier wie die letzten Idioten.
– Einverstanden, murmelte Franck.
– Tja, seufzte Ned.

6

Carol schritt durch den Garten gar
so viele Möglichkeiten
hat eine Frau nicht
das zu tun
Manche
wissen noch nicht
daß man sich in den Hüften wiegen kann
Manche
brechen einem die Arme
entzwei.

Lili zuckte zusammen, als sich Carol über sie beugte, sie hörte Radio, *Karfreitagszauber* aus dem *Parsifal*, kannte sie nicht, aber sie hatte die Ohren aufgesperrt und steckte voll dadrin, um sie herum war alles pechschwarz, das war ganz leicht, der Ton war super und sie war high.

Carol sah es an ihren Augen, sie sagte:

– Meine Liebe, du bist verrückt. Er ist auf hundertachtzig, das kann heiter werden.

Lili räkelte sich auf dem Sitz, ihr war ein wenig schwindelig. Sie hatte geraucht, bevor sie gekommen waren, und im Wagen hatte sie sich noch einen gedreht, der erste im Bad, das Wasser bis zum Kinn, sie hatte ihren Körper betrachtet, dreiunddreißig und Brüste wie ein junges Mädchen, blond, sie fand, sie waren zu groß, es machte ihr Spaß, die Warzen steif werden zu lassen, sie fand nicht, daß sie dünn war, aber in Wirklichkeit war sie es, sie war dünn, an der Grenze dazu, aber deshalb sah sie trotzdem geil aus, vor allem hatte sie eine schneeweiße Haut und schminkte sich wie eine Irre, sie malte sich phantastische Gesichter, das reichte von Faye Dunaway bis Nina Hagen, je nach Laune.

– Das haut mich um, sagte Carol nach einer Pause. Das ist nichts für mich. Na schön, gehn wir?

Sie gingen schweigend zur Tür, Lili atmete tief durch. Sie hatte es ein wenig übertrieben, so eine Gemeinheit, ich bin bekloppt, sie fing an zu kichern und lehnte sich für einen Moment gegen den Türrahmen, kleine Mücken stießen gegen die Glühlampe, arme kleine Mücken, Carol sah zu ihr hinüber, arme Carol, sie hörte Franck husten, nicht sehr angenehm.

Im Wohnzimmer brannte kaum Licht. Franck hatte sich beeilt, die Beleuchtung zu regulieren, bloß eine kleine Lampe mit einem blaßroten Schirm auf einem flachen Tisch hatte er angelassen, er hatte nicht daran gedacht, die Flaschen zu entfernen, die überall im Weg standen, er warf sich alle möglichen Schimpfnamen an den Kopf, er war groggy, er hatte ganz schön getrunken, alle nur erdenklichen Schimpfnamen.

Sie trug eine Art weite Hose, aus schwarzer Seide, mit tiefen Taschen, sie hatte die Hände darin vergraben, die Schultern nach oben gezogen, sie wirkte noch dünner, ein weißes SUZUKI-T-Shirt, zwei Nummern zu groß, das war Absicht, trotzdem, ihre Titten waren nicht zu übersehen, und kleine Sandaletten aus rotem Leder, total unmodern, die zog sie bloß um des Vergnügens willen an, sich die Zehennägel violett zu lackieren. Sie leistete sich in der Tat einen seltsamen Aufzug, seit sie Franck verlassen hatte, dabei wollte sie vor allem ihren Spaß haben.

– Franck, sagte sie. Ich bin's. Den Wagen hab ich auch mit.

Franck hob behutsam den Kopf, er wappnete sich gegen den Schock, mit seinem Schummerlicht hatte er alles nur noch schlimmer gemacht. Lili erschien unwirklich, weit weg, viel zu weit weg, gottverflucht, worauf wartete sie noch, warum kam sie nicht näher, er mied ihren Blick, es war noch zu früh.

– He, willst du was trinken? Carol, du auch?

– Franck, ich laß mich von dir scheiden.

Sie hätte geglaubt, es sei schwerer, damit rauszurücken. Im Wagen hatte sie versucht, darüber nachzudenken, aber da war ihr der *Karfreitagszauber* dazwischengekommen, und auch der Joint, es hatte nicht geklappt, sie hatte nicht gewußt, wie sie das sanft vorbringen sollte, wie sie es anstellen sollte, und jetzt war sie einfach damit rausgeplatzt, einfach so, ohne Vorwarnung, das war wie mit den Blättern, die im Herbst abfielen, im Grunde war das gar nicht so kompliziert.

Er gab keine Antwort, lächelnd sagte er:

– Ich bin gleich wieder da, Mädchen.

Er verschwand in die Küche. Was er am meisten auf der Welt fürchtete, war eingetreten, aber es hatte ihn nicht umgehauen, der gute alte Franck war bei dem Schlag nicht ins Wanken geraten, er hatte nicht mit der Wimper gezuckt. Im ersten Moment hatte er gedacht, meinst du, meinst du wirklich, meine Güte, laß mich erst diese Gläser vollschenken, wir reden darüber, wir haben die ganze Nacht Zeit, Scheiße, meinst du das wirklich?

Carol faßte Lili am Arm und zog sie zum Sofa.

– Bravo, dem hast du's gegeben, sagte sie. Du bist großartig.

– Ich wäre lieber woanders, das hat für mich alles keinen Sinn. Vielleicht schulde ich ihm das, nein, ich spinne, huuuh, so ein Mist, ich hab keine Lust zu reden, ich würd gern Musik hören.

Carol streichelte ihr über die Wange.

– Was möchtest du hören? fragte sie.

– Ich weiß nicht, gibt nichts Vernünftiges hier.

Carol kramte in den Platten herum. Franck mit seinem gräßlichen Geschmack, er kaufte seine Schallplatten im Supermarkt, zusammen mit seinem Fraß, er hatte seine Scheißanlage wie jeder andere auch, also kaufte er sich auch Schallplatten, hören tat er sie nie, Musik ging ihm auf die Eier, er suchte sich seine Platten nach der Hülle aus, mit Vorliebe Tussis und Sonnenuntergänge, mit den Büchern war es dasselbe und mit 'ner Menge anderer Dinge, Typen wie ihn gab's wie Sand am Meer. Schließlich entdeckte sie eine alte Lennon-Platte, ein Sonderangebot, sie legte das Ding auf den Teller und dachte, der gute alte Lennon, was er wohl alles mit ins Grab genommen hat, aber die Platte war nicht berauschend.

Sie sank zu Lilis Füßen nieder, legte den Kopf auf ihre Knie, das Scheusal war noch nicht aus seiner Dreckskküche zurück, vielleicht wollte er sie vergiften oder das Gas aufdrehen, sie fragte:

– Sag, möchtest du, daß ich hierbleibe? Möchtest du allein mit ihm sein?

Lili streichelte ihr über den Kopf. Sie wußte nicht so recht, was sie wollte oder ob sie überhaupt etwas wollte, mitunter macht einen der Shit träge, er schneidet einen von allem ab, nun ja, es gelang ihr nicht, sich aufzurappeln.

– Puh, ich weiß nicht. Der will bestimmt bumsen, keine Ahnung, was ich ihm sagen soll. Es ist aus, mir wäre lieber, du bleibst in der Nähe.

– O.k., ich geh ins Schlafzimmer. Ruf mich, wenn was ist.

In diesem Moment erschien Franck mit den Gläsern. Er hatte sich Wasser ins Gesicht geklatscht, einige Strähnen klebten ihm noch auf der Stirn. Er lief mit eingezogenem Bauch durchs Zimmer, als ob nichts wäre, als wäre alles in bester Ordnung, ein Kerl von einsachtzig, den die Frauen noch angucken, den wirft so schnell nichts um, es sei denn, er schießt sich eine Kugel in den Mund. So weit war er noch nicht, das Leben hatte ihn gelehrt, drauflloszumarschieren, um sich zu schlagen, es gab nur ihn und die anderen. Und es gab Lili. Er blickte sie an, während er sich vorbeugte, um die Gläser abzustellen, um die Flaschen wegzurücken, und die Schlampe neben ihr, wollte die ihnen noch lange auf den Füßen rumtanzen?

Es war bald ein Uhr morgens, er klinkte sich bei einem Bourbon ein, bei ihm war's der Alkohol, hielt ihm auf einer dieser beknackten Abendeinladungen jemand einen Joint vor die Nase, paßte er höllisch auf, daß er nichts in die Kehle bekam, er roch den beißenden Rauch, er wußte Bescheid über die ganze Scheiße, die in den Zeitungen stand, er dachte an Horrortrips, Spritzen, er hatte in der Tat einen Mordsschiß vor diesem Zeug, und es machte ihn nervös, wenn er mitansehen mußte, daß ihm Lili das Ding lächelnd aus den Fingern nahm und wahrhaftig daran zog. Um nicht wie ein Trottel dazustehn, hielt er stets die Klappe, ansonsten hatte er sie noch nie kiffen sehen, er hatte sie noch nie richtig high erlebt, deshalb schob er diesen merkwürdigen Gesichtsausdruck, den sie seiner Meinung nach hatte, auf ihre Müdigkeit, oder die Aufregung, er wußte es nicht genau, und plötzlich mußte er an all die Nächte denken, die sie allein verbracht hatte, und sein Körper versteifte sich, vielleicht hatte sie sich von morgens bis abends von irgendeinem Idioten durchbumsen lassen, er wußte, daß das Quatsch war, so war sie nicht, er kannte sie, aber er verübelte ihr diese Nächte in Freiheit, er hatte einen Kloß im Magen und er konnte nichts dagegen tun.

Carol stand auf, sie schnappte sich ihr Glas.

– Schön, ich glaub, ich störe, sagte sie. Ich bin im Schlafzimmer.

Franck dachte Gott sei Dank, und er wartete, bis sie verschwunden war, bevor er neben Lili Platz nahm, nicht zu nah, er suchte nach Worten und er sagte: oh, Moment, er sprang auf, rannte zum Badezimmer, machte die Tür zu, ohne die beiden anzusehen, und kehrte auf seinen Platz zurück, einen Augenblick lang war er ganz mit seinem Glas beschäftigt, und da sie stumm blieb, die Hände unter die Schenkel gequetscht, sagte er in Richtung Teppich:

– Ich hab Kohle. Wir könnten 'ne kleine Reise vertragen, wir zwei. Was meinst du?

– Das zieht nicht mehr, Franck.

Sie blickte ihn durchdringend an, mit ihren großen verkifften Augen, sie war offen für alles, was Gutes auf sie zukommen mochte, das war keine Laune, nein, sie empfand nichts mehr, sie empfand absolut nichts mehr für diesen Mann, hätte sie nur das geringste verspürt, vielleicht hätte sie es noch einmal probiert, sie dachte in solchen Dingen nicht nach, da ließ sie sich treiben, sie konnte sich nicht zwingen, sie war eine Art Fee, fähig, einem alles zu geben, aber auch, einen zwischen den Fingern zerplatzen zu lassen, lautlos, wie eine Seifenblase.

Und er, er wollte sich auf keinen Fall in die falsche Richtung drängen lassen, er schaltete sein Gehirn aus, und Lilis Worte prallten von seiner Stirn ab wie Tischtennisbälle.

– Ich schwör's dir. Guck, hier hab ich die Kohle.

Er kramte den Packen Scheine aus der Tasche, er fand das eine prachtvolle Idee.

– Wir tun, was du willst. Du hattest recht.

Sie seufzte, er war stur wie zig Esel, das war alles andere als lustig, dennoch, sie mußte lachen, das war der reinste Kichershit, sie hätte zur Decke abheben können, während er sich die Pulsadern öffnete.

– Herrgott, LILI! sagte er.

Scheiße, das war derart theatralisch, LILI hatte er gesagt mit lauter Stimme, und das war wirklich zuviel, sie sagte zu ihm:

– Franck, ich hab keine Angst. Ich hab jetzt keine Angst mehr.

– Wie kommst du darauf? Mach ich dir angst?

– Nein, du nicht.

– Scheiße, besser, wir trinken 'nen Schluck, wir reden nur Stuß.

– Ich hatte vor mir selbst Angst. Davor, was aus mir werden sollte.

– Hör mal, ich kapier überhaupt nichts mehr. Wir hauen ab, du und ich. Laß mich nur machen, jetzt wird alles gut.

Er schaffte es, die Hand auszustrecken, ihr zwei leichte Klapse auf die Schenkel zu geben, und im gleichen Moment hörte die Musik auf, er fand das unerträglich, das war, als ginge man mit einem Wagen unter, die Drecksdinger von Türen verklemmt, kurz vor der Panik. Die Stille war verdammt dickflüssig. Er erhob sich, legte die gleiche Seite noch einmal auf und füllte behutsam die Gläser. Er fühlte sich nicht wohl in seiner Haut, er wußte nichts zu sagen, außerdem war das Frauenkram, dämliche Flausen, widerlich fand er das, total seicht, ihm wäre lieber gewesen, sie würde ihm nicht so einen Quatsch erzählen, statt dessen einen vernünftigen Grund, einen, den er verstehen könnte, dann könnte er kämpfen, er spürte all seine Muskeln, und den Teil seiner selbst, der verstanden hätte, den würde er ausreißen wie einen Arm, er lehnte diesen ganzen Krempel in Bausch und Bogen ab, er hatte keine Lust, in halbseidenen Tönen mit seinem Leben zu spielen. Er reichte ihr ein Glas, sie nutzte die Gelegenheit, es ihm erneut zu stecken, ohne ihm die geringste Chance zu lassen, in Deckung zu gehen:

– Es ist WIRKLICH aus, verstehst du?

– Was?

Er wollte sie ins Gesicht schlagen, und sehr fest, aber er hatte kein rechtes Gefühl mehr für Entfernungen, und sie, sie hatte reaktionsschnell einen Arm gehoben, er hatte mit der flachen Hand ausgeholt, und er erwischte das Glas, das sie festhielt, der Bourbon spritzte ihr in die Augen und er schnitt sich tief in die Hand. Er knurrte beim Anblick des Blutes und ballte die Faust, es war ganz warm und es floß.

Lili war aufgesprungen, das Zeug brannte ihr in den Augen. Sie sah nichts mehr. Sie zog ihr T-Shirt hoch und fing an, sich abzuwischen. Franck blieb einen Moment wie gelähmt stehen und betrachtete ihre Titten und dachte an den Rest. Sie kurvte ums Sofa herum, Richtung Badezimmer, sagte er sich und versperrte ihr den Weg. Sie scherte in die Küche aus.

Sie hing vornübergebeugt über dem Spülbecken und die ganze Küche schleuderte helle Blitze, nichts als Kanten und glatte Flächen, zum Heulen, Saustall, dazu eine Neonröhre, die flakkerte, jede zweite hatte 'ne Macke. Ohne sich umzudrehen, sagte sie:

– Tu das nie wieder, hörst du?!

Er ging zum Tisch. Er schnappte sich das Handtuch, das darauf lag, und wickelte es sich um die Hand. Alkohol und Wut, gepaart. Das Licht störte ihn, er wußte, sein Gesicht troff vor Schweiß, und das machte ihn verrückt. Sie drehte sich um, legte ihre Hände nach hinten, auf den Rand des Spülbeckens, sie spürte das kalte Ding, das gegen ihre Lenden drückte, sie sagte:

– So erreichst du nichts.

– Na und, ist mir scheißegal. Was dachtest du denn?

Er trat vor und blieb mit seinem Herzen, das in seiner Hand klopfte, kurz vor ihr stehen. Ihr Atem ging schneller, ihr Blick huschte über das Handtuch voll Blut und etwas zerbrach in ihr, sie spürte ihre Beine nicht mehr.

Diesmal berechnete er seinen Schlag richtig, und er traf sie am Kopf, genau über dem Ohr. Er hatte kräftig zugelangt, jedoch mit der flachen Hand, er wollte sie nicht töten, und sie verlor das Gleichgewicht, sie fiel und stieß gegen den Tisch. Kirschgelee stand da drauf, er hatte einen wahren Horror vor diesen gezukkerten Sauereien, aber bei Kirschgelee, da machte er eine Ausnahme, er hatte es nicht gern, wenn man ihn diesbezüglich übers Ohr hauen wollte, das war ein Glas von einem Kilo, gerade erst angebrochen, und sie hatte es geschafft, das Ding umzukippen, sie hatte nicht geschrien, nur dieses lächerliche Geräusch war zu hören gewesen, PLOCK, das Glas war genau neben ihr zerplatzt.

Sie bewegte sich, vielleicht wollte sie sich aufrappeln, und er wußte kaum, was er tat, er war wie ferngesteuert. Er beugte sich über sie und packte sie an den Haaren, er wirbelte sie herum, er drehte sie auf den Rücken, verdammt, das war ein Kinderspiel, er war nicht ganz er selbst, toll, aber sie, sie war sie selbst, und das war wunderbar. Er hielt Ausschau nach dem dicksten Batzen, er hatte eine verrückte Idee, es gab nicht den geringsten Grund dafür, aber das war stärker als er, er war unfähig, über den Augenblick hinauszudenken, das war sonnenklar. Und jetzt saß er sogar rittlings auf ihr, kein Problem, er war riesig.

Er erblickte einen dicken Klumpen Gelee, ganz in der Nähe, und er legte seine unverletzte Hand darauf. Lili riß die Augen auf, aber sie wehrte sich nicht, sie war total benommen. Sie hätte tot sein können, es hätte für ihn keinen Unterschied gemacht, nicht in diesem Augenblick. Er quetschte ihr den Gelee aufs Gesicht, sie bekam keine Luft mehr, aber das hielt ihn nicht davon ab, sie systematisch einzureiben, er schmierte ihr die Haare voll, und das Zeug wurde flüssig, lief ihr den Hals hinunter, und sie schüttelte wie wild den Kopf und hustete und sein Schwanz schwoll an, allmählich spürte er diesen Körper, der sich unter ihm bewegte. Er schlug sie weiter, er ohrfeigte sie und spritzte sich voll, wie besessen hampelte er auf ihr herum, und dieses Zeug, das da floß, das war kein BLUT, nein, er fing laut an zu lachen und packte ihre Brüste durch das T-Shirt und sie stöhnte, das kannte er, die Sachen, die sie beim Bumsen machte, diese fabelhaften Laute, die zur Decke stiegen, und alles, wie sie sich unterwarf, Herrgott, er holte tief Luft, zog das T-Shirt in die Höhe und leckte über ihre Brustwarzen, er rieb sein Gesicht an ihrem Bauch und sagte Lili Lili Lili, wie ein Bekloppter, Lili, er ließ einen ihrer Arme los, um ihre Reaktion zu testen, und da sie nicht um sich schlug, nicht mal einen Arm vor die Augen hob, faßte er mit einer Hand unter sich, er sah überhaupt nichts mehr, ihm war heiß, er hörte auch nichts mehr, schon möglich, daß seine Ohren sausten, daß er an den Tod dachte, er knurrte, als sich seine Hand auf Lilis Geschlecht legte, der dünne schwarze Stoff drückte sich in ihre Spalte, natürlich, NATÜRLICH, in diesem Augenblick sprach alles für ihn, nichts ist zarter als das in Seide eingewickelte Geschlecht einer Frau, mein lieber Freund, die Dinge entwickelten sich prächtig, diese Harmonie in seiner Hand, er spürte es, gut, sagte er sich, gut, sie ist wunderschön, aber reiß dich zusammen, so kannst du nicht bleiben, er fuhr mit der Kante seiner Hand durch Lilis Schenkel, und der Mist, das war dieses Gefühl grenzenloser Kraft und der Vergänglichkeit, der Mist, das war, daß er den Wellenkamm erreichte und daß er es spürte.

Er stand mit verzerrtem Gesicht auf, sein Glied stand dermaßen stramm, daß es weh tat, und er betrachtete seine Hände, das waren seine Hände, ROT, und Lili, sie hatte sich kein bißchen gerührt, er hob sie unsanft in die Höhe, Scheiße, sie konnte sich nicht mehr auf den Beinen halten, das macht die mit Absicht, sagte er sich, aber er war sich nicht sicher, er blickte sich um, er packte sie mit einem Arm, mit dem andern wischte er alles zu Boden, was auf dem Tisch stand.

Er legte Lili darauf, wälzte sie herum, auf den Bauch, sie waren genau unter den Neonröhren, und er zog an dem Ding aus Seide, er streichelte ihr über die Innenseiten der Oberschenkel und schielte lüstern nach ihrem Slip, sie hatte einen schönen Arsch und das war schon so lange her, und als er beschloß, es ihr in den Arsch zu besorgen, war es zwei Uhr morgens, seine Hand blutete immer noch, sein Herz klopfte und seine Seele war voller Dreck.

– Verdammt, Lili, sagte er. Lili.

Ächzend knöpfte er seine Jeans auf, er warf einen Blick durch den Raum, der ganze Mist auf dem Boden, er fühlte sich unglücklich, er zog seine Hose runter, er atmete schwer, sehr schwer, er wußte nicht mal, ob er lachte oder weinte, da war dieses leise Glucksen, das ihm in die Kehle stieg, er konnte es nicht unterdrükken, er zerrte an Lilis Slip und ließ einen Batzen Spucke in seine Hand fallen, er pappte ihr das lauwarme Zeug zwischen die Hinterbacken. Er steckte sein Glied rein, einmal. Nur ein einziges Mal, und Lili fuhr in die Höhe.

Sie drehte sich um. Sämtliche Klamotten hingen ihr auf den Knien, und trotzdem sah sie aus wie eine Königin. Sie war wunderbar, ihr ganzes Gesicht war verschmiert, die Haare vom Zucker verklebt, sie war dreckig, aber sie hätte, verflucht nochmal, eine ganze Armee, die im Laufschritt daherkam, zum Stehen gebracht, sie hätte ein Raumschiff mit einem einzigen Blick aus seiner Umlaufbahn katapultiert. Franck stand starr mit seinem steifen Schwanz, er wäre zu Staub zerfallen, hätte sie nur ein Wort zu ihm gesagt. In diesem Augenblick war er total aus dem Gleis, er dachte, WENN DOCH NUR DIESES DING ZWISCHEN SEINEN BEINEN VERSCHWÄNDE oder irgendein Irrer die Küche mit einem Flammenwerfer attackierte, das hatte es schon gegeben, er murmelte, schon gut, ich räum das auf, denn das Schweigen wurde unerträglich, eine Betonplatte, mit Eisen verstärkt, aber in Wirklichkeit war er unfähig, auch nur den kleinen Finger zu rühren, er erinnerte sich, daß er sie geschlagen hatte, das hatte er wahrhaftig getan, und das mit dem Kirschgelee auch, seine Unterlippe fing an zu zittern, zum ersten Mal, keine Chance, das abzustellen, und das widerte ihn an, er hatte Typen erlebt, die sich hatten gehenlassen.

Er war auf das Schlimmste gefaßt, statt dessen zog Lili ein Bein an und streifte ihre Hose ab. Sie ließ ihn nicht aus den Augen, aber in ihrem Blick stand nichts, nichts, das er verstehen konnte, sie mühte sich auch nicht. Sie winkelte das andere Bein an und legte das Ding hinter sich, auf den Tisch, mitsamt dem Slip, der sich darin ringelte wie silberne Spaghetti. Sie rutschte mit dem Hintern darauf, das war ein Tisch aus weißem Resopal, ganz die Sorte, vor der ihr graute, sie legte ihre Hände neben sich und spreizte ein wenig die Beine. Das kam unmerklich, sie kriegte allmählich Lust, und Franck rührte sich immer noch nicht. Sie senkte den Kopf, sie sagte:

– Scheiße, worauf wartest du?

Er trat näher. Sie spürte den steifen Schwanz, der gegen ihren Schenkel schlug, sonst nichts.

– Das verstehst du nicht, sagte er.

– Red keinen Stuß. Bums mich.

– So nicht.

– Aha! Wie denn sonst?

Sie schnappte sich sein Ding und dirigierte es zwischen ihre Schenkel. Sie war bereit, er drang leicht in sie ein, und tief, ich hab's geschafft, dachte er sogleich, das denkt man immer, er zog sich langsam zurück und stieß kräftig wieder zu, der Tisch rutschte ein Stück weg. Lili stieß einen Schrei aus, er fand das irre, außerdem wußte er, daß er länger aushielt, wenn er getrunken hatte, und diese Gewißheit tat ihm gut.

Sie taumelten durch die Küche, stolperten über einen Berg von Zeug. Lili hing mit geschlossenen Augen an ihm, sie spürte, daß sie abging, und klammerte sich an die Welle. Sie war ganz in ihre eigene Lust versunken, das war egoistischer Shit, der Shit der Einsamen. Sie prallten gegen die Tür des Gefrierschranks. Er hörte das komische Geräusch, als Lilis Hinterteil darüber rieb, er lächelte und ging leicht in die Knie, um unter ihr zu sein, fast hätte er sie nur mit seinem Schwanz getragen, verdammt, jetzt gehörte sie ihm wirklich, sie schmolz in seinen Armen, er glaubte, nach so etwas könne einen keine Frau mehr verlassen, das war schlichtweg unmöglich, er fragte:

– Was sagst du dazu?

Sie schwieg. Er versuchte, ihren Kopf hochzuziehen, er wollte wissen, was für ein Gesicht sie schnitt, aber sie wehrte sich.

– He, sagte er, und sowas wolltest du abhaken, hm?

Sie gab immer noch keine Antwort, er kapierte nicht, warum sie nichts sagte. Er legte einen Zahn zu. Er war wie ein Irrer, und sie näherte sich dem Höhepunkt, er merkte es, also stieß er ihr langsam seine Zungenspitze ins Ohr, er wußte, was sie gern hatte, das waren Dinge, die hatte er mit der Zeit herausbekommen, die hatte er gesucht. Sonst tat er das nie, aber diesmal schloß er die Augen, er träumte mit einem leichten Geschmack von Ohrenschmalz im Mund.

7

Franck schnaufte wie ein Walroß, er hatte sich noch nicht aus Lili zurückgezogen und er stützte sich mit den Händen auf den Gefrierschrank, er versuchte, wieder aufzutauchen. Und jetzt, dachte er, was jetzt, all diese Kraft, die er verspürt hatte, diese Sache, die ihn nach oben getrieben hatte, was blieb davon? Er bemerkte die klebrigen Abdrücke, die er auf der weißen Fläche hinterließ, er fühlte sich nur noch niedergeschlagener. Sie sah ihn immer noch nicht an, sie sagte:

– Schön, zieh dich zurück.

– Ich kann noch, wenn du willst.

Er war schlaff geworden, aber es gab noch eine Chance, er spürte die Wärme, die sein Glied umgab, er fing an, die Hüften zu bewegen.

– Ich hab keine Lust mehr. Ich will mich waschen.

Ohne einzuhalten, sagte er:

– Probieren wir's nochmal.

– Das gibt nichts mehr.

– Ich meine... du und ich.

– Ich kann's nicht ändern. Selbst wenn ich wollte. Ich bin nicht mal traurig.

– Scheiße, warum sagst du das, macht dir das Spaß?

– Ich versuche klarzusehen. Du solltest es auch.

Er hörte auf, zwischen ihren Beinen zu hampeln, er bekam ohnehin keinen mehr hoch, er konnte sich nicht konzentrieren. Gebumst hatte er sie bereits, was konnte er ihr sonst noch rauben? Das, was ihm entglitt, war ferner denn je. Jetzt, da er aufgehört hatte, sich wie ein Idiot zu benehmen, war er imstande, der Sache ins Auge zu sehen. Aber er konnte auch nicht aufgeben, etwas in ihm sperrte sich dagegen.

Er zog sich zurück, drehte sich um und zog rasch seine Hose hoch. Er war nicht müde, er war kaputt, total kaputt.

– Wenn du dich waschen willst, dann tu das hier, sagte er.

Da sie nicht antwortete, fügte er hinzu:

– Da sind zwei Typen im Badezimmer. Ich hab sie verhaftet. Verstehst du?

– Ich soll also ins Spülbecken pinkeln? Ist das dein Ernst?

– So ist es. Auf dem Stuhl liegt ein Handtuch.

Sie stellte sich vors Spülbecken und fing an, sich das Gesicht zu waschen. Das war gar nicht so einfach, ihre Haare waren total verklebt, aber das tat gut, das Wasser war kühl, beruhigend, sie wußte selbst nicht warum, alles mögliche konnte passieren, aber im Moment fühlte sie sich wohl. Sie trocknete sich ab und kletterte in das Becken, das Zeug lief ihr fast schon zwischen die Beine. Sie pinkelte und wusch sich mit den Händen, sie zappelte herum, um einen vernünftigen Platz unter dem Wasserhahn zu finden. Er beobachtete sie mit einem Auge, während er den Kram vom Boden aufhob, Gedanken gingen ihm durch den Kopf, seifige Gedanken, nicht zu fassen, gewunden wie Brezeln. Er mußte sich beeilen, schnell etwas finden.

– Franck, wir werden das zügig hinter uns bringen. Ich hab schon mit 'nem Anwalt gesprochen, das ist ganz unkompliziert, wenn du keine Scherereien machst. Wir können die Scherben nicht mehr kitten. Gib dir Mühe. Wenn ich bliebe, wäre das für uns beide nur schlimmer.

– Du bleibst. Ich brauche Zeit.

– Du verstehst mich nicht. Das ändert nichts.

Sie fing an, sich anzuziehen, er konnte nichts tun, die ganze Sache glitt ihm durch die Finger wie die Haare einer Zauberin. Das einzige, was ihm durch den Kopf ging, war auch nicht gerade umwerfend, nicht besonders toll, er sagte sich, ich werd sie einsperren, so kann ich nicht nachdenken, ich muß sie einsperren, um Zeit zu gewinnen. Er rannte zur Haustür, schloß ab, steckte den Schlüssel in die Tasche. Auf der Truhe erblickte er die Autoschlüssel, er steckte sie dazu. Er kehrte in die Küche zurück, schenkte sich schweigend ein Glas Bourbon ein. Sie stand hinter ihm, sie sagte gelassen:

– Was denkst du dir eigentlich?

– Hm? Willst du auch ein Glas?

– Denkst du, es reicht, eine Tür abzuschließen?

– Ich überlege, vielleicht sollte ich den Schlüssel aufessen.

– Sehr lustig. Und was wird jetzt?

– Keine Ahnung. Nichts wird, wir bleiben hier.

– Willst du mich verarschen?

Er drehte sich langsam um und fing an zu schreien:

– OB ICH DICH VERARSCHEN WILL??? VERARSCHEN??!! Weißt du, ich kann die ganze Nacht so weitermachen, ich kann einen Scheiß nach dem andern verzapfen. Faß es bitte nicht so auf, bitte nicht.

– Franck, du bist kein Kind mehr.

– Nein, ich bin vierundvierzig. Ich mach keine Witze mehr.

– Du bist im Unrecht. Laß mich gehen.

– Was willst du? Was ist passiert?

– Nichts. Gib mir diesen verdammten Schlüssel, gib ihn mir.

– Besorgt er's dir gut? Hat er Knete?

Sie ging ins Wohnzimmer, hob ihre Tasche auf. Vor ihr war das große Fenster, mit einem Ruck riß sie die Vorhänge auf. Ehe sie nur eine Hand an den Griff bringen konnte, hatte Franck sie am Arm gepackt, er zerrte mit aller Kraft, und Lili purzelte quer durchs Zimmer. Es gab einen fürchterlichen Lärm, Glas splitterte, Sachen zerbarsten, und Lili brach in ein lautes Schreien aus, ehe sie über das Sofa flog. Das war das zweite Mal, daß er sie an diesem Abend malträtierte, das war 'ne Menge, und jetzt hatte sie nichts mehr, um ihn zu beruhigen, sie wagte nicht, sofort aufzustehen. Ihr tat alles weh.

– Auf die Tour hast du keine Chance, sagte er. Außerdem hab ich die Wagenschlüssel eingesteckt.

Sie sah nur sein Gesicht, der Rest wurde vom Sofa verdeckt, KALT LÄCHELND hatte er das gesagt, überflüssig, sich irgendwelchen Illusionen hinzugeben. Sie hatte gedacht, die Sache werde nicht einfach, aber sie hatte sich nicht vorgestellt, daß es SO SCHWER sein würde, daß er in diesem Ausmaß durchdrehen würde. Sie war bereit, alles zu akzeptieren, was er wollte, jetzt, später würde man weitersehen, alles, was er wollte, wenn er sich nur beruhigte. Ohne jemals besonders darüber nachgedacht zu haben, wußte sie, wozu er fähig war, er hatte nicht viel zu verlieren, und außerdem gab es bescheuerte Gesetze und er war Bulle und überhaupt, Scheiße, ich werde für nichts und wieder nichts im Krankenhaus landen, soll er sich doch zum Teufel scheren, ich werd mir seinen Senf anhören und mich bis zum frühen Morgen betatschen lassen, wenn es das ist, was er will, bis er diese verdammte Tür vergißt, das war der Shit der Resignation, mit einem Funken Hoffnung und einem Stückchen Bitterkeit.

Sie lag da und überlegte, bedachte die Zartheit ihres Körpers, als Carol hinter ihr auftauchte, mein Gott, Carol, sie brach in ein leises Freudenwimmern aus.

Carol starrte Franck mit großen Augen an.

– Meine Güte, du bist TOTAL verrückt! sagte sie.

Franck erblickte auf der Stelle die 38er spezial, die auf ihn gerichtet war, der kleine, fünfzig Millimeter lange Lauf, wie ein abgehackter und verkohlter Zeigefinger. Danach erst begriff er, daß das Carol war, die ihn mit ausgestrecktem Arm bedrohte, und daß jemand total verrückt war, er sagte:

– Das ist doch nicht dein Ernst, oder?

Sie mußte das Ding in seinem Schlafzimmer gefunden haben, das war seine Lieblingswaffe, eine Smith und Wesson, Modell 60, in Carols Händen sah der Revolver aus wie ein Spielzeug, und das war seine Waffe und seine Tochter, er konnte die Sache nicht ernst nehmen. Er war wieder die Ruhe selbst.

– Misch dich da nicht ein. Geh wieder ins Schlafzimmer.

Ohne Franck aus den Augen zu lassen, half sie Lili auf die Beine. Geht's, fragte sie leise. Sie waren beide blaß, und Lili nickte, sie faßte Carol sehr fest am Arm und sagte, gehen wir, ohne daß sie es wagte, Franck anzublicken, am liebsten wäre sie hinausgerannt und in die Nacht gestürmt, sie verspürte ein unbändiges Verlangen, zu laufen, zu fühlen, daß ihre Beine sie davontrugen, sie hatte das Bedürfnis, sich mit einer physischen Anstrengung aus diesem Schlamassel zu ziehen, warum, wußte sie selbst nicht. Tränen standen ihr in den Augen, aber sie weinte nicht, das war nervlich bedingt, gab es einen Grund, daß man so etwas durchmachen mußte?

Franck trat einen Schritt auf die beiden Frauen zu. Carol fuhr zusammen, all ihre Muskeln spannten sich, und sie wich einen Schritt zurück und schüttelte den Kopf:

– Oh, verdammt, tu das nicht, ich warne dich, tu das nicht, versuch nicht näherzukommen, ich schwör dir, ich bring dich um, ICH HAB DIE NASE VOLL VON DIR, LASS UNS RAUS!!

– Carol, du bist ein kleines Miststück. Das wollte ich dir noch sagen. Und jetzt verschwinde.

– Gib mir den Schlüssel, Lili geht mit mir.

Er warf ihr den Schlüssel zu.

– Kümmere dich nicht um Lili. Leg das Ding weg und hau ab.

Lili guckte auf ihre Füße, plötzlich war ihr Kopf leer, und sie guckte auf ihre Füße, die das ganze Gewicht ihres Körpers trugen, sie schwankte sanft hin und her, gleich würde es bestimmt eine Lili geben, die mit Carol fortgehen, und eine Lili, die bei Franck bleiben würde, sie würden sie in zwei Teile reißen, das war ein unangenehmes Gefühl, sie konnte nichts dagegen tun.

Carol hob den Schlüssel auf, aber sie hielt die Waffe weiter auf Franck gerichtet.

– Wenn du dich rührst, schieß ich dir ein Knie kaputt, sagte sie.

Franck steckte die Hände in die Gesäßtaschen, er lächelte:

– Das glaub ich. Ich glaube, das würdest du tun. Du bist große Klasse.

Sie reichte Lili den Schlüssel.

– Geh. Hab keine Angst.

Lili sah zu ihr hoch. Der Kontakt mit dem Schlüssel war magisch. Sie stürzte zur Tür und steckte das Zauberding ins Schloß. Ein Dreh genügte. Nur eine leichte Bewegung aus dem Handgelenk und die Nacht würde kommen und sie aufsaugen und diese verfluchte Hütte verschlingen, und dann kein Franck mehr, nie wieder, sie wurde nervös, nie wieder er, nie wieder so etwas, oh, oohhhh, direkt hinter dieser Tür, direkt dahinter, jetzt weinte sie doch, denn das Schloß ließ sich keinen Millimeter bewegen, o nein, NNEINNNNN, sie hämmerte mit aller Kraft gegen die Tür, sie versuchte es erneut und sank schluchzend auf die Knie.

– Lili? LILI?!!

Das war Carol, sie wurde unruhig. Sie mußte ihr irgendeine Antwort geben, und trotz dieser Scheißnerven, die ihr durchgingen, sagte sie:

– Ich kann nicht. ICH SCHAFF'S NICHT, ich schaffe es nicht...

Carol warf Franck einen letzten Blick zu, jeden, egal wen, hätte sie mit einem solchen Blick vernichten können, er aber erlebte den bedrückendsten Augenblick seines Lebens, und er riß sich zusammen, er vermochte das wegzustecken, er strengte sich kurz an und schenkte ihr ein Lächeln. Er machte den Mund auf, er sagte:

– Scheiße, haltet ihr mich für blöd?

Aber Carol hatte ihm bereits den Rücken gekehrt, sie hatte nichts verstanden. Da er den Klang seiner Stimme gar nicht so übel gefunden hatte, eher sogar selbstsicher, erkühnte er sich:

– Tja, komisch, ich hab mich wohl mit dem Schlüssel vertan, oder?

Er hörte, wie sie am Schloß hantierten. Plötzlich explodierte etwas in seinem Schädel und erfaßte seinen Körper, er spürte, daß ihn die Wut überkam. In diesem Augenblick setzte sein Verstand aus, er rannte los.

Sie sahen ihn kommen. Sein Gesicht war von einer derart entsetzlichen Grimasse entstellt, daß Lili einen Schrei ausstieß und einen Arm vor die Augen hielt. Gar so viele Möglichkeiten, ihn aufzuhalten, gab es nicht, nichts hätte ihn aufhalten können, und Carol zielte auf dieses verdammte Knie und schoß, aber er geriet nur ins Straucheln, und in seinem Schwung schaffte er es bis zu ihnen, knurrend stürzte er sich auf Lili. O Gott, sie hatte ihn getroffen, Carol sah das Bein, aus dem das Blut quoll, sie konnte ihren Blick nicht von dem Fleck abwenden, der immer größer wurde, der riesig wurde, und dabei machte Franck kaum den

Eindruck, als kümmerte ihn das, er war vielmehr dabei, Lili zu erwürgen, er versuchte es und er hatte phantastische Hände, lang und kräftig, Hände wie geschaffen dafür.

Franck mit seinem gräßlichen Geschmack. Irgendwo hatte er diese Marilyn-Büste aus weißem Gips aufgestöbert, er hatte ihr die Brustwarzen mit rosa Nagellack angemalt, er fand das urkomisch, er hatte das Ding unübersehbar plaziert, im Eingang, damit jeder etwas von seiner geistvollen Art und seinem Humor mitbekam, das war alles, was in ihrer Reichweite war. Sie packte Marilyn am Kopf, und BOING, das Ding brach in zwei Stücke, der Kopf auf der einen, die Brust auf der anderen Seite, Körper und Geist auf immer entzweit, das lief ihr nach, und dem konnte Franck nicht widerstehen, er brach endgültig zusammen, eine tiefe Schramme am Schädel und lauter kleine Gipsstückchen in den Haaren.

Es kostete sie irrsinnige Mühe, Lili freizubekommen, denn Lili rührte sich nicht, sie sah Carol lediglich mit den Augen eines Mädchens an, das verloren durchs Kaufhaus irrt, in der Nähe der Abteilung mit den Messern, sie sagte:

– Herrgott nochmal, Lili, beweg dich. Der ist schwer.

8

Carol fand den Schlüssel in Francks Tasche. Sie steckte ihn ins Schloß und atmete auf. Sie fand auch den für die Handschellen, sie wog ihn eine Weile mit nachdenklicher Miene in ihrer Hand. Franck blutete wirklich stark, sie mochte kaum hinsehen, sie fühlte sich inzwischen weniger stark, aber jetzt war nicht der Moment, sich gehen zu lassen, Lili war völlig weggetreten, Lili war in der Küche und trank große Gläser Wasser, Scheiße, sie hörte überhaupt nicht mehr auf.

Sie versuchte nachzudenken, jedes Knarren zu vermeiden, aber das war gar nicht so einfach, beides auf einmal. Sie schlich zum Badezimmer, sie öffnete die Tür, und er war da, er sagte:

– Kuckuck!

– Wir haben einen Schuß gehört, sagte Henri.

– Natürlich haben wir einen Schuß gehört, wir sind doch bei Bekloppten! sagte Ned.

– Ich werde euch losmachen. Wißt ihr, wie man 'nen Verband anlegt?

– Das hab ich im Fernsehen gesehn. Mach mich los.

– Ich kenn mich da ein wenig aus, meinte Henri.

Sie suchte Neds Blick, um ihm zu verstehen zu geben, daß sie etwas brauchte, vielleicht gar ihn, aber er stellte sich doof, um seine Nerven im Zaum zu halten, und sie, sie hatte das Bedürfnis, jemanden zu SPÜREN, sie brauchte Trost, bei Blut war sie wie ein kleines Mädchen.

Sie ließ die Handschellen aufschnappen, und Ned sprang mit einem Satz in die Höhe, während sich Henri am Waschbecken festhielt, zwar winkte er Ned zu, alles in Ordnung, aber er brauchte gut eine Minute, um auf die Beine zu kommen, um sich fratzenschneidend im Spiegel zu begutachten. Danach trugen sie Franck aufs Sofa, und Henri kümmerte sich um den Verband. Ned sah sich pfeifend im Zimmer um.

– Sie haben sich geprügelt, sagte Carol.

– Sieht ganz danach aus. Sie ist also gekommen.

– Sie ist in der Küche.

– He, rief Henri, hilf mir mal. Hier, drück da ganz fest drauf.

Ned preßte den Wattebausch auf die Wunde, und Henri strengte sich an, einen schönen Knoten zu machen.

– Der ist ja überall lädiert, sagte Ned. Was haben die mit dem gemacht?

– Ich glaub, so schlimm ist es nicht. Selbst sein Bein, die Kugel ist oberhalb des Knies durchgeschlagen. Was soll's, uns kann's egal sein.

– Mir gefällt das nicht, wie sich das hier entwickelt. Dieser angeschossene Bulle da...

Er drehte sich um, um zu sehen, ob Carol zuhörte, aber sie war nicht mehr da. Er hörte sie in der Küche mit Lili reden.

– Ich sag dir, die spinnen. Es wird bald hell. Wir setzen uns hier nur in die Nesseln. Nicht, daß wir am Ende noch das Geschirr spülen müssen... Scheiße, ich bin schon mal draußen.

Er wollte losgehen, doch dann überlegte er es sich anders, er zwinkerte Henri zu und beugte sich über Franck, er durchwühlte dessen Taschen. Er zog den Packen Scheine hervor, und der Schatz verschwand in seiner eigenen Hosentasche.

– Davon wird er nicht gerade erbaut sein, meinte Henri.

– Das wird er ohnehin nicht. Der kann mich am Arsch lecken, der Kerl.

Sie wanderten durch das Wohnzimmer, sie sahen die beiden Frauen, die sich in der Küche umarmten, man konnte nicht von ihnen verlangen, daß sie die besten Menschen der Welt waren, sie gingen zur Tür, ohne einen Ton zu sagen, und achteten darauf, daß sie nicht in den Blutfleck auf dem Teppichboden traten, ohne besonderen Grund, aber wem gefällt es schon, in so etwas zu treten?

Am Horizont zeichnete sich bereits ein grünliches Licht ab, die Schlange, die den Tag mit der Nacht verbindet, und der Himmel war klar, es würde heiß werden. Sie stiegen in den Mercedes, und die beiden Türen schlugen gleichzeitig. Henri stöhnte laut auf.

– Haste immer noch Schmerzen? fragte Ned.

– Verflucht, da bleibt einem die Luft weg. Wenn ich mich zu plötzlich bewege, ich habe nicht aufgepaßt.

Ned zündete den Motor, schaltete die Scheinwerfer ein.

– Wohin? fragte Henri.

– Erst mal nichts wie weg von hier.

– Mit diesem Wagen?

– Mit dem oder mit 'nem andern ... Wir hätten ohnehin einen klauen müssen. Den hier sollten wir so schnell wie möglich loswerden. Keine Ahnung, was die mit dem Buick angestellt haben, das stinkt mir.

Der Mercedes stand direkt gegenüber dem Haus, und die Scheinwerfer überfluteten die Hütte. In dem kleinen schwarzen Loch der Tür erblickten sie die beiden Frauen, Carol faßte Lili um die Taille, sie blinzelten im Licht, sie wirkten wie gelähmt. Als Bild war das von unglaublicher Traurigkeit, vielleicht, weil sie beide schön waren und das Ergreifende gut zu ihnen paßte, die Schönheit ist eine hinterhältige Blume, die mit gezinkten Karten spielt und einem den Atem raubt, sie hielten die Luft an in ihrem Wagen, das Leben ist eben so.

Ned ließ das Lenkrad los und rieb mit den Händen über seine Levis.

– O nein, Scheiße, sagte er.

– Verdammt nochmal, die sind Spitze, sagte Henri.

– Ja ... Wir hätten uns besser sofort verdrückt.

Er wartete noch eine Handvoll Sekunden, dann kurbelte er seine Scheibe runter. Er war schlecht gelaunt.

– HERRGOTT NOCHMAL, DENKT IHR, WIR WARTEN HIER STUNDENLANG AUF EUCH???!!!

So kamen sie zusammen, auf die einfachste Art der Welt, wie bei einem Steppenbrand, wo alles, was Beine hat, in die gleiche Richtung rennt, ohne sich umzusehen. Sie fuhren eine Weile, ohne einen Ton zu sagen, und die Stille tat allen gut. Die Kreuzungen waren menschenleer, doch Ned bremste jedesmal ab, wenn er sich einer näherte, selbst bei Grün, und bei Gelb blieb er glatt stehen, er düste nicht durch wie sonst, er tat so, als wären die Bürgersteige voller Bullen, als hoffte er, in seinem Bett zu sterben.

Allmählich fühlte er sich ein wenig besser, er ging dazu über, *Sweet Virginia* vor sich hin zu pfeifen, während die Sonne vor seiner Nase emporstieg und einige Batzen reines Gold in den Wagen schüttete, er liebte die Nacht, die dunklen Stunden übten einen besonderen Reiz auf ihn aus, aber dem da konnte auch er nicht widerstehen, diesem Tagesanbruch, dieser blöden Sonne, die in den frühen Morgen spritzte wie Grenadine ins Herz einer Limonade, er spürte das in seinem Bauch, die Sache gefiel ihm.

Die Stadt war ein einziger Schlauch, verdammt, wie so ein Drecksding, das sich im Schlamm suhlt, und sie gönnten sich die Große Durchfahrt, sie rollten gen Osten, ins Licht, und niemand von ihnen machte den Mund auf, sagte: he, wo fahren wir hin, ich hoffe, du weißt, was DU TUST, niemand unter ihnen brach den Bann, denn sie alle waren am Leben und sie wußten es.

Sie achteten nicht sonderlich darauf, aber irgendwann waren sie von Fahrzeugen umgeben, wahrlich umzingelt, und die Leute darin hatten schläfrige und beschissene Visagen, sie waren gerammelt voll, diese Kisten, und die Leute waren komisch gekleidet.

– He, was hat das zu bedeuten? fragte Ned.

– Das bedeutet SONNTAG, antwortete Carol.

– Ja, Fußball, Picknick, Schwachsinn, Staus, Scheißdreck, genau das bedeutet das, sagte Henri.

– MAMMA MIA!

Vor einer Ampel ging er ein bißchen abrupt in die Bremsen, die Reifen quietschten, er kam ein paar Millimeter hinter einem alten Kombi aus den sechziger Jahren zum Stehen, hyperverchromt und schwer, stahlblau, Wahnsinn. Zwei Jungen warfen sich an die Heckscheibe des Kombi und legten mit ihren Fratzen los.

Der ältere der beiden war ein richtiger Könner auf diesem Gebiet. Sieben oder acht Jahre alt und schlimmer als ein Affe, ein schöner Affe. Henri grölte, und Ned fing an, mit den Armen zu fuchteln, zum Monster zu werden, er schaffte es, sich einen ganzen Daumen in die Nase zu stecken, furchterregend zu schielen, und der jüngere der beiden lachte sich überhaupt nicht mehr kaputt, er machte große Augen.

– Na warte, den andern, den krieg ich auch, sagte Ned. Paß auf, der scheißt sich gleich in die Hosen.

Und er veranstaltete einen derart entsetzlichen Zinnober, daß Henri lauthals lachend gegen das Handschuhfach flog, und die Mädchen hinten, die ließen sich nicht lang bitten, das kam von tief unten, aus dem Bauch, ein echtes Lachen, warm und sanft, es grenzte an ein Wunder, und Henri sagte, hör auf, hör auf, verdammter Mist, das tut weh, und Ned legte noch zu, so ein Arsch, und die Schreie, die er dabei ausstieß.

In dem Kombi hagelte es Ohrfeigen, eine Blondine mit strengem Gesicht, der Typ bekloppte Sekretärin mit loser Hand und gespaltenem Hirn, wahrscheinlich wurde sie von einem Magengeschwür geplagt oder sonstwas in der Art.

– Scheiße, hast du das gesehen? fragte Ned.

Er war außer sich. Bei der nächsten Ampel setzte er sich neben den Kombi, auf der Seite der Alten. Der Typ am Steuer hatte seinen schicksten Pulli an und überhaupt alles, was er anhatte, und alles, was sie am Leib trug, war einfach zum Kotzen, das fashionable Duo, zwei der Mode unterworfene Gebilde aus Fleisch und Blut, vom Geld verblödet, fein umhüllt, und Ned hatte diese Fresse eines Geisteskranken, struppige Haare, Dreitagebart. In Nullkommanichts hatte er seine Scheibe runtergekurbelt. Die Blondine versuchte sich an die letzten Tests zu erinnern, die sie über »Sind Sie jeder Situation gewachsen?« oder »Sind Sie wirklich AUF DRAHT?« gelesen hatte, und sie entschied sich dafür, ihre Scheibe ebenfalls zu öffnen.

– Ja? sagte sie.

– He, was ist denn in Sie gefahren? meinte Ned.

– Wie bitte?

– Stimmt was nicht?

Sie suchte nach einer Antwort, sie strengte sich dermaßen an, daß ihre Augen in einem fort klimperten, ungemein schnell, ihre Haut lief puterrot an.

– Was will der? fragte der Typ neben ihr.

– Es gibt vielleicht hirnrissige Ohrfeigentanten auf dieser Welt, sagte Ned.

– Was hat der gesagt?

Ned zwinkerte den beiden Jungen zu, ohne sie zu sehen, dann blickte er die Frau an, er sagte:

– Ich hoffe, eines Tages machen die dich alle. Dich möchte ich nicht bumsen müssen.

– ICH GLAUB, ICH HÖR NICHT RECHT! brüllte die Lacoste-Puppe.

Ned streckte seinen Arm aus dem Fenster und zeigte mit dem Mittelfinger nach oben. Die Ampel sprang auf Grün, er fuhr einen Moment so weiter, mit ausgestrecktem Arm und gen Himmel gerecktem Mittelfinger, die Leute blieben auf den Bürgersteigen stehen und schauten ihm nach, es war Sonntag, sie hatten nichts zu tun, der Kombi war sogleich in eine ruhigere Straße abgebogen.

Sie verließen die Stadt und glitten unter einem Himmel dahin, blau wie ein Lapislazuli-Splitter. Sie gerieten in eine richtige kleine Wüste, ohne einen Baum, ohne eine Anhöhe, nichts als diese Art gelbrotes Pappmaché, Ned hatte sämtliche verrückten Abzweigungen genommen, die, die alle anderen mieden, und jetzt kapierte er auch, warum, das war das Paradies für Eidechsen und Coca-Cola.

Es war kurz vor zehn, er sagte:

– Ich hoffe, wir kriegen hier bald ein Bier.

Henri lächelte im gleichen Moment, denn er hatte eine Hand in die Tasche seiner Jacke gesteckt und seine Hand war auf eine Schachtel Captagon gestoßen, das, das war was für ihn, das kam ihm gerade recht. Mit geschlossenen Augen zog er sich zwei Tabletten rein, er betete, die Wirkung möge schleunigst einsetzen, er brauchte einen Schub, es mußte knallen wie die Schnur eines Flitzbogens. Ned beobachtete ihn aus dem Augenwinkel, seufzend schüttelte er den Kopf, und als sich Lili noch ein Stäbchen anzündete und eine dicke Rauchwolke über seinen Kopf blies, knurrte er:

– Na, dann ist ja alles bestens. Ein tolles Team sind wir, das ist genau der richtige Augenblick, verdammt und zugenäht, ich hätte nur noch gern ein gut gekühltes Bier.

Er sah das Ding in der Ferne, und er gab Gas, obendrein war das einer dieser modernen Snacks, seelenlos wie eine Raumstation, was da in der Hitze flimmerte. Und es lief eine saudämliche, entrückte Musik, sie suchten sich einen Tisch weit weg von den verglasten Wänden, weg von der Sonne, so weit weg wie möglich von allem.

Der Kellner tauchte auf, er guckte die beiden Mädchen an und ließ sie nicht mehr aus den Augen, er ließ sich nicht hetzen, er machte das nicht auf eine arrogante Tour, nein, die beiden waren einfach toll, und das war nicht der schlechteste Weg, den Tag anzugehen, er wirkte richtig fröhlich.

– He, Typ, hat dich der Schlag getroffen? fragte Ned.

– Keine Ahnung. Wie geht das?

– Ach du Schande, dumm daherreden tut der auch noch.

– Wir haben WIRKLICH großen Durst, sagte Lili.

Sie lächelte ihn freundlich an, und der Typ schwebte zu den obligaten Klängen einer Melodie der Beach Boys oder irgendeiner anderen Scheißgruppe durch den Raum.

Ned stand auf, er fragte nach dem Telefon und stellte sich in eine Kabine im Keller.

– Ja...?

– Hallo, Sonia...?

– Ned? Grüß dich, he, laß mal los, das ist Ned.

– Ja, ich bin's.

– Ich weiß, daß du es bist, Ned. Ich hab nur Marjorie gesagt, wer am Apparat ist. Willst du ihr guten Tag sagen? Sie will dir unbedingt guten Tag sagen, nicht wahr, na komm, mach schnell.

– Hallo Ned.

– Hallo Marjorie, paß auf, gib mir deine Mutter, ich hab's eilig.

– Er sagt, er hat's eilig, Mama.

– Meine Güte, Marjorie, du kriegst 'nen Kuß, aber gib mir endlich deine Mutter. Sonia?

– Ja. Wie geht's, Ned?

– Gib mir mal deinen Macker, ist er da?

– Er muß nebenan sein, ich ruf ihn. Und sonst, alles klar?

– Das Leben ist großartig.

Er hörte sie rufen, JJJIIMMYYYYY, NED IST AM APPARAT!!, und Jimmy war da, bevor Ned auch nur dazu kam, seine Taschen auf der Suche nach einer Zigarette umzukrempeln.

– Na, Typ, was is?

– He, ich muß mit dir reden, oder biste zu?

– Typ, ich bin zu, aber du kannst reden. Ich hör dich super, stehst direkt neben mir, doch doch.

– Schön, ich hab mir den Buick klauen lassen.

– Klar, du hast dir den Buick klauen lassen, und ich scheiße pures Heroin, hhhuuuaaaaaaaaaaaaaa...

Ned nahm den Hörer vom Ohr, selbst so behielt Jimmys Lachen eine beachtliche Lautstärke. Als er sich beruhigt hatte, sagte er:

– Puh, ich hab mich bepißt vor Lachen. Furchtbar.

– Jimmy, ich red keinen Stuß.

– Hm?

– Die Bullen.

– ...

– Hey, biste noch dran?

– Iiiiiiiiiiiiiiiiiiiiii...

– Ist ja gut, reiß dich zusammen.

– ... iiiiiiiiiiiii...

– Na schön, hör zu, ich bin heute nacht da. Ich erklär's dir...

– OH... OH... JA, DU SCHUFT... KOMM VORBEI, OOHHH... ICH BIN TOT.

– Du bist nicht tot, was erzählst du da...

– ICH BIN TOT, ICH SAG'S DIR!

– Ja, schon gut.

– ICH HAB DIR GESAGT, DU SOLLST AUFPASSEN!

– Ja, hast du. Das ändert auch nichts.

– DU HAST SCHEISS GEBAUT, ICH WUSSTE ES! HERRJEMINE!

– Ich komm vorbei. Leg dich solange hin.

– HERRGOTT, MIR PLATZT DER SCHÄDEL, UND DER KERL DENKT, ICH KÖNNTE MICH HINLEGEN... DER IST BEKLOPPT!

– Ja, genau das wollte er sehen, dein Hirn, das an der Bettdecke pappt.

Als er an den Tisch zurückkehrte, fand er die anderen lachend vor, ein Glas in der Hand, sie alberten herum, er dachte, Herrgott nochmal, die haben 'ne verflixte Moral, das kann nicht wahr sein, die denken wohl, wir machen 'ne Spazierfahrt, aber im Grunde fand er das phantastisch, ein wenig Hitze, sie kamen alle vier aus einem fürchterlichen Mist, aus einer miesen Sache, aber es sah ganz danach aus, als klappte es mit ihnen, was einem das Leben auf der einen Seite raubt, das gibt es einem auf der andern wieder, und sie waren dahinter her und liebten das, die Gegenwart, die nie endete. Sein Bier stand vor seinem Platz, ein leuchtend helles Ding, das auf ihn wartete, er ließ sich auf seinen Stuhl sinken und leerte sein Glas, gänzlich in sein Vergnügen vertieft. Er stellte es langsam wieder ab, er sagte:

– Schön, und was passiert jetzt?

Sie sahen ihn alle drei an, als hätte er ihnen den Zusammenbruch der Börse verkündet.

– He, fragte er, alles klar? Habt ihr sie noch alle?

Lili versuchte, eine Strähne hinter ihr Ohr zu schieben, aber sie fiel zurück, sie faltete die Hände um ihre Knie.

– Der läßt mich nicht laufen. Ich weiß es. Als erstes wird er nach dem Wagen suchen lassen...

– Du meinst Straßensperren und dieser ganze Zirkus? fragte Ned.

– Ja, das macht er bestimmt, sagte Carol. Das ist kein Problem für ihn, er braucht sich nur irgendeinen Grund auszudenken.

– Er wird sich freuen, uns alle auf einen Schlag zu kassieren, sagte Henri.

– Der Mercedes ist in Ordnung, fügte Carol hinzu. Wir können unbesorgt sein, bis er aufwacht. Wir müßten ein wenig Luft holen, uns die ganze Sache durch den Kopf gehen lassen.

Ned lehnte sich zurück, er blickte nach draußen, auf diese Landschaft der Einsamkeit, in der die Luft flimmerte und leuchtende Fäden spann, er fragte sich, was er sonst tun konnte, wozu er überhaupt LUST hatte, und sagte:

– Ich glaube, ich weiß, wo. Für eine Weile.

Sie setzten sich wieder in den Wagen, und Ned raste in das Licht und die Hitze fegte auf den Gipfel zu. Nach gut hundert Kilometern hielt er an, um zu tanken, um ein wenig Luft zu schnappen. Er klopfte auf das Bündel Scheine und rüttelte am Getränkeautomat. Das war ein alter Typ mit einer total heruntergekommenen Tankstelle, und während er das Benzin zapfte, beobachtete der Alte diesen Bekloppten, der ihm seinen Apparat demolierte, er spuckte in das Super, das überschäumte, und hängte seelenruhig den Zapfhahn ein. Er trat auf Ned zu.

– Mein Junge, du solltest mich machen lassen.

– Das Ding ist im Eimer.

– Soso, laß mich mal ran...

Er nahm Ned die Münze aus den Fingern, schnippte sie in die Luft und steckte sie in den Schlitz. Er versetzte dem Apparat einen kurzen Schlag auf die Seite, und es ertönte dieses leise Klicken, das Leben ist sagenhaft, er öffnete ein Fach und schwenkte eine Flasche Cola in der Sonne, lächelnd blickte er Ned an.

– O NEIN! sagte Ned.

– Was haste, mein Junge?

– Ich krieg das Zeug nicht runter. Du hast dich vertan.

Der Alte beugte sich über den Apparat, um sich den Inhalt der Fächer anzusehen, und Ned tippte über seine Schulter hinweg mit dem Finger auf das Fach PEPPERMINT. Sie schwitzten alle beide.

– Das da will ich.

Der Alte richtete sich wieder auf und starrte Ned an, er hatte blaue Augen und lange Wimpern, er war dünn, fast schön.

– He, willste mich verarschen? Ist doch eh alles der gleiche Scheiß!

Die anderen waren aus dem Mercedes gestiegen. Henri pfiff drauf, er schnappte sich die Colaflasche und setzte sich in den Schatten, um in aller Ruhe zu trinken, während Ned mit dem Alten über den Unterschied zwischen Karamel- und Pfefferminzsirup diskutierte, er schloß die Augen, er hörte: Scheiße, du hast doch keine Ahnung, hast du das denn EIN EINZIGES MAL in deinem Leben getrunken, du Greis, mein Junge, ich hab mich mit diesem Zeug vergiftet, da warste noch nicht auf der Welt, eher würd ich verdursten. Henri räkelte sich gemütlich, er knackte mit den Fingern, langsam kitzelten ihn die Amphis in den Gliedern, er legte den Kopf in den Nacken und ließ seine Halsmuskeln spielen. Dann guckte er Lili an, die auf ihn zutrat, er war sich nicht ganz sicher, ob ihre Füße den Boden berührten, sie wirkte dermaßen leicht, und er, er brauchte dermaßen wenig, um ins Schwärmen zu geraten. Er fühlte sich wohl, er hatte eine Stelle ausgewählt, wo es stark zog, und er hatte sich voll dahin geknallt, er benutzte den Tod, um am Leben zu bleiben, das war alles, was er gefunden hatte, Lucie fand, das sei lächerlich, und er, er schlief während der Meditationssitzungen ein, sie waren sich nicht einig, was die Mittel anging.

Lili setzte sich neben ihn, sie wedelte mit dem Saum ihres T-Shirts, um sich ein wenig Luft zuzufächern, sie sagte:

– Puh, dieses Zeug ist widerlich, das klebt überall.

Sie lachte ihn an und fügte hinzu:

– Das ist Kirschkonfitüre.

– Das ist die beste, antwortete Henri.

Sie flocht sich auf die schnelle einen Zopf, seitlich, mir ist viel zu heiß da drunter, stöhnte sie, und Henri kniff die Augen zusammen, um ihr in dem Licht nachzublicken, draußen war ein dicker Wasserhahn. Sie zog ihr T-Shirt aus, und das Wasser spritzte auf ihre Füße, während sie sich das Gesicht besprühte, sie trat ein Stück zur Seite, damit sich Carol die Haare naß machen konnte, meine Güte, Carol mit ihrem Lamékleidchen im Sonnenlicht, wie im Kino, und danach hielt sie das T-Shirt unter den Wasserhahn und beide fingen an, es auszuwringen, und Henri erzitterte und der Alte kratzte sich am Nacken, ohne sich das Geringste entgehen zu lassen:

– Mann, die sind irre, was?

– Du meinst wohl, die beiden sind schön, Opa. Fall nicht um.

– Ich seh nur diese beiden Titten, und eins weiß ich, ich hab schon verdammt lang keine mehr gesehn. Ein schöner Tag ist das.

Weißt du, ich brauch nicht mehr viel, sie ist ein bißchen mager, aber die beiden Dinger, die sie da hat, die hüpfen vor meinen Augen auf und ab, und deshalb ist das ein wunderbarer Tag, ich glaub nicht, daß ich umfalle.

Sie standen da wie angewurzelt, bis Lili wieder in ihr T-Shirt schlüpfte, und die Erde ringsum tat sich auf und spuckte, die kleinen Eidechsen flitzten im Zickzack und warteten im Schatten, das waren mindestens vierzig Grad, es war gar nicht so einfach zu atmen, nichts war besonders leicht.

Der Alte steckte die Hände in die Taschen seiner Latzhose und blickte Ned von unten an, Ned war gut einen Kopf größer, der Alte sagte:

– So, jetzt kannste mir 'n Bier ausgeben. Ich hab's kalt gestellt.

– Was hast du gesagt, EIN BIER???

– Scheiße, hörst du nicht, was man dir sagt, mein Junge? Ich hab 'nen Kühlschrank da drin, und da paßt kein Ei mehr rein, denn das Ding ist BIS OBENHIN voll Flaschen, Herr im Himmel, nur 'n kleines Trinkgeld, und wir ziehen uns das beste Bier des Landes rein, na, was sagst du dazu, oder bist du total TAUB?

– HERRJE!

Sie drangen in die Bude ein und Ned blieb einen Moment im Türrahmen stehen, bis sich seine Augen an das Halbdunkel gewöhnt hatten, es war kühl da drin.

– Mach zu, sonst gehn wir bald ein.

Ned zog die Tür zu. Es herrschte nur ein wenig Licht, das längs der heruntergelassenen Vorhänge hereinrieselte oder unter der Tür herkroch, aber das reichte, der Kühlschrank bildete einen großen weißen Fleck im Hintergrund, links türmte sich ein wahrer Berg von Flaschen, rechts dasselbe, das Lustigste war, daß die beiden Stapel zusammenliefen und über den Kühlschrank hinweg rankten, das ging bis zur Decke, und Ned stand da und fragte sich, ob dahinter EINE MAUER war und ob das Dach darauf ruhte, jetzt hatte er wahrlich Durst.

Der Alte guckte ihn an, er sagte: Fall nicht um, mein Junge, er öffnete die Tür des Kühlschranks und trat zur Seite, das Licht des Innenraums flammte auf und schlängelte sich durch die Flaschen. Der Motor sprang an, und der ganze Krempel begann zu vibrieren, mindestens zweihundert Pullen, die da sanft wach wurden, klicklicklicklicklicklicklicklicklicklick.

– ACH DU JEMINE!

Sie tranken in aller Ruhe, und Ned erstarrte gegen Ende ein wenig, als er die dicke Schlange vom Bett purzeln sah, keine Bange, die ist alt, die hat nur noch einen Zahn, erklärte ihm der Alte und schob das Ding mit dem Fuß ans andere Ende des Zimmers, ganz sachte, und als sie fortfuhren zu reden, als sich Ned erklären ließ, wo sie sich genau befanden und welches die ruhigsten Straßen waren, und selbst, als sie alle vier wieder in den Mercedes stiegen, blieb ein Teil seines Wesens wie gelähmt bei der alten Schlange, die sich im Dunkeln zusammenrollte, und dieser Arsch hatte keinen einzigen Zahn mehr, aber ein Bett mitten in der Wüste hatte er gefunden und ein Plätzchen im Schatten.

9

Es war heiß heiß und irgendwann sagte Ned ich hab Hunger sie waren an einem dieser großen Läden in einer winzig kleinen Stadt vorbeigekommen und die anderen auch au ja etwas essen und Ned fuhr ein ziemliches Stück im Rückwärtsgang auf den Straßen war niemand zu sehen es mochte gegen zwei drei Uhr nachmittags sein sie wußten es nicht so genau der Tag dehnte sich es gab keinen Anhaltspunkt solange die Sonne da oben am Himmel stand selbst Henri wußte nicht mehr ein noch aus erst hatte er zwei gesagt dann drei und jetzt war er sich überhaupt nicht mehr sicher das war nur ein Spiel um die Zeit totzuschlagen Lili hatte ein wenig geschlafen und sie hatten einander abgelöst Scheiße jeder kommt mal dran und Carol hatte sich ans Steuer gesetzt sie hatten angehalten um zu pinkeln und Ned war wieder gefahren er sagte es zwar aber in Wirklichkeit kotzte es ihn kein bißchen an zu fahren und jetzt saß Carol vorne neben ihm sie beobachtete ihn von Zeit zu Zeit er merkte es und es war ihm schnurz aber unangenehm war das auch nicht er setzte also zweihundert Meter zurück er parkte genau vor dem Ding und er drehte sich um er sagte wer geht und Henri verschwand in dem Drugstore ich glaube wir kommen nachts an huuh Lili räkelte sich ihr T-Shirt war fast wieder trocken außer unter den Armen im Moment läuft alles bestens die Straßen sind leer ich glaube wir haben 'ne Chance je mehr wir hinter uns legen um so weiter weg sind wir und Henri tanzte an die Arme voller Nüsse Rosinen Backpflaumen Mandeln Scheiße du bist bekloppt sowas nennst du Essen und die Mädchen brachen in Lachen aus Henri stand da und kapierte nicht ach nee du magst das nicht das ist voller Vitamine okay das ist voller Vitamine aber ich fahr nicht die ganze Strecke mit 'ner Handvoll Rosinen im Bauch also nein und er verschwand seinerseits in dem Laden und kam mit Sandwichs und Bier zurück damit bringst du dich um jaja schon gut mag sein verwahr mir ein paar Mandeln für später Mandeln das erinnerte ihn an seine Kindheit Mandelkuchen seine Mutter war die einzige die den machen konnte komisch Lili versuchte die Nüsse mit den Füßen zu knacken sie schaffte es nicht und Henri knackte ihr ein paar sie lächelte ihm zu also knackte er weiter und sie lächelte ihm weiter zu Carol hatte ein halbes Sandwich bei offenem Fenster gegessen sie war immerzu gezwungen die Haare zur Seite zu schieben die ihr ins Gesicht schlugen sie hatte raus wie man das macht sie war bezaubernd während Ned das Papier rauswarf er hatte den Sitz zurückgelegt und fuhr wie in einem Sessel Lili hatte ihm ihre Brille mit dem durchsichtigen rosa schimmernden Gestell und den dunklen Gläsern geliehen phantastisch hundert hundertzwanzig kaum jemand zu sehen aber er wollte nicht zu schnell fahren wäre auch zu bescheuert trotz der offenen Fenster sie schwitzten alle vier und jede Minute zählte und dehnte sich wie Weingummi sie hielten nur an um zu tanken oder um sich die Beine zu vertreten wenn sie eine einsame Ecke fanden sie sahen zwei Bullen mit dem Motorrad vorbeifahren zwei Marsmenschen und mindestens fünf Minuten sagte keiner von ihnen ein Wort sie hatten sich alles mögliche zu sagen aber ihre Gespräche liefen sich tot sie waren müde sie waren alle ein wenig auf der Hut und wegen unterschiedlicher Dinge besorgt aber im Augenblick waren sie gut zusammen das dauerte Stunde um Stunde und die Landschaft änderte sich erst als sich die Sonne neben den Wagen schob die Straße fing an sich zu winden und zu klettern Ned hatte sich eine Handvoll Rosinen geschnappt und knabberte sie einzeln Lili war einmal mehr eingenickt in ihrem Schlaf war sie an Henris Schulter gesunken und er wagte sich keinen Millimeter mehr zu rühren obwohl sein Arm ganz steif war er konnte sogar den Duft ihrer Haare riechen zu guter Letzt schlief auch er ich glaube die beiden schlafen sagte Carol die Sonne war verschwunden Ned schaltete die Scheinwerfer ein er sagte die haben die Ruhe weg und er fragte Carol ob sie müde sei nein die dunkle Nacht brach urplötzlich herein das Schweigen zwischen ihnen war anders seit die beiden anderen schliefen das Schweigen klebte sie zusammen und auch ihre Stimmen ihre Stimmen waren anders so als sprächen sie beide lauter und doch versuchten sie jeden Lärm zu vermeiden irgendwann sagte sie etwas zu ihm er achtete nicht auf den Inhalt des Satzes doch allein der Klang ihrer Stimme machte ihn geil er hätte sie ansehen können aber es machte ihm Vergnügen nur diese Stimme neben ihm diese Kurven er beschleunigte ein wenig er spürte die Gefahr außerdem hatte er diesen Mist vollkommen vergessen du fährst schnell oh du hast Angst nein ist es noch weit nein nicht allzuweit und erneut die Einöde sie sahen nichts aber sie spürten es die Scheinwerfer stürzten sich auf den Straßenrand die Erde die Steine die Sträucher und sie nahm seinen Arm und lehnte ihren Kopf gegen ihn wortlos er sagte nichts er nahm bloß den Fuß ein wenig vom Gas um auf ein normales Tempo zurückzugehen er hatte es nicht mehr eilig er fühlte sich in Hochform er war bei klarstem Verstand die Nacht hatte ein wenig Abkühlung gebracht er wußte nicht wann sie eingeschlafen war sie antwortete nur nicht als er sagte mach mir mal 'ne Zigarette an sie hing an seinem Arm er hatte das noch einmal gesagt und sie rührte sich nicht er hatte gewartet das machte ihm jetzt nichts er war allein ganz allein er dachte an nichts mehr es war schön und da war dieses Mädchen an seinem Arm die beiden anderen hinten schliefen ihr Leben war in seiner Hand Herrgott so wohl hab ich mich lang nicht mehr gefühlt und als er zwei Stunden später vor dem Haus seiner Schwester anhielt war ihm als hätte sich dieser Gedanke den ganzen Weg lang gehalten Herrgottsowohlhabichmichnochniegefühlt er schaltete die Scheinwerfer aus und weckte sie ganz sanft wach auf wach auf wir sind da huiiiihhhhh sie lächelte ihn an aber er nahm sich vor sich nicht fangen zu lassen ja wir sind da weck die andern ich geh vor sie hatte geschwitzt an seinem Arm und die Frische draußen stürzte sich darauf und er rieb seinen Arm während er auf das Haus zu ging eiskalt war das eine verrückte Sache er preßte seinen Arm gegen seinen Körper als sei er gebrochen vielleicht war er gebrochen.

10

Es brannte Licht, und die Tür flog auf, bevor Ned geklopft hatte. Jimmy, ein wenig bleicher und nervöser als sonst, aber es war Jimmy, der da im Türrahmen stand.

– Mein guter alter Jimmy! sagte Ned.

– VERDAMMT NOCHMAL KOMM REIN SAG SCHON WO STECKT DIE KARRE??!!

Da ihm Ned nicht schnell genug ging, lief er ihm entgegen, er warf einen mißtrauischen Blick auf den Mercedes, legte Ned einen Arm um die Schulter und schob ihn ins Haus.

– Scheiße, ich hab nachgedacht, du spielst mir nur 'nen lausigen Streich, hast mir wohl Angst einjagen wollen sowas kann uns gar nicht passieren ich hab das I-Ging befragt Sonia hat für mich Tarock gespielt ich fühle nichts Böses nichts deutet darauf hin Alter ich hab die schlimmsten Stunden meines Lebens hinter mir ich bin nicht sauer aber hör auf du hattest vielleicht ein kleines Problem das kommt vor aber nicht die Bullen bitte nicht die Bullen guck ich hab jetzt noch 'ne Gänsehaut komm sag schon wo steckt die Scheißkarre ich bin um zwanzig Jahre gealtert.

Sie hatten den Eingang und die Diele durchschritten, und jetzt stolperten sie beinahe über ein marokkanisches Sitzkissen, das mitten im Wohnzimmer herumflog. Sonia lag auf einem Berg von Kissen, die schlafende Marjorie in den Armen, sie kniff ein Auge zusammen, sie sagte:

– Hey, Ned, wie geht's?

– Jaja, ihm geht's gut, sieht man doch, oh, ich bitte dich, Sonia, ich bitte dich, wir müssen über EXTREM wichtige Dinge reden, er hat jetzt keine Zeit zu quatschen, später, später, Ned, nebenan haben wir mehr Ruhe.

Er hatte ihn bereits am Arm gepackt, aber Ned riß sich los.

– Scheiße, was ist? Was ist mit deinem Arm, ist er gebrochen?

Ned ging auf, daß er immer noch seinen Arm festhielt, er ließ ihn sogleich los, er sagte:

– Warte, ich bin nicht allein. Ich hab Freunde.

– Klar, ich auch. Jeder hat Freunde.

– Ja, aber meine warten draußen.

– Soso. Na gut. Kein Problem, Sonia wird sich um sie kümmern, Sonia, sei brav, ich muß UNBEDINGT allein mit Ned sprechen, und frag mich nicht, warum und wie lange, wir haben schon genug Zeit verplempert.

Er wandte sich an Ned und verzog das Gesicht:

– Herrgott, komm mit, guck dir an, in was für einem Zustand ich bin.

Er schleppte Ned in das Zimmer, das er sein »Büro« nannte, das war seine ureigene Bude, der einzige Raum, den er abschloß, der Rest der Hütte konnte ihm gestohlen bleiben, aber hier in diesem Zimmer hatte er all seine persönlichen Sachen, seine Bücher, seine Werkzeuge, seinen Shit-Vorrat und den ganzen Kram, auch einen kleinen Kühlschrank und einen Fernseher, einmal, als er sich mit Sonia verkracht hatte, da hatte er es vierzehn Tage darin ausgehalten, ohne ein einziges Mal hervorzukommen, sie hatte ihm kleine Zettel unter der Tür durchgeschoben und er hatte nicht geantwortet, er wollte sie nicht einmal lesen, er wußte nicht einmal mehr, weshalb sie sich verkracht hatten, aber er hatte seinen Stolz, am Ende hatte Sonia eine Polaroid genommen, sie hatte sich splitternackt auf dem Bett fotografiert, auf die Rückseite hatte sie geschrieben DU ODER EIN ANDERER, MIR WÄRE LIEBER, DU WÄRST ES, und sie hatte das Bild unter der Tür durchgeschoben. Zwei Minuten später war er rausgekommen, brüllend, SONIA, BABY, WAS IST IN UNS GEFAHREN??!!!, er war gerannt und hatte sich an den Wänden gestoßen.

Er zog die Tür behutsam hinter Ned zu und lehnte sich mit dem Rücken dagegen, die Hände flach zwischen Türfüllung und Hintern geklemmt. Ned suchte sich das dickste Kissen aus und fläzte sich auf Tonnen von Federn, allmählich fühlte er sich abgespannt.

– Los, los, RAUS DAMIT, knurrte Jimmy. Hör auf, mich zu verarschen.

Ned seufzte und erzählte ihm die ganze Geschichte, von Anfang an. Jimmy stieß ab und an einen leisen Schrei aus, er rutschte die Tür hinunter. Es folgte ein langes Schweigen.

– Bleib nicht auf dem Boden sitzen, sagte Ned. Ich dreh dir 'nen Joint, dann denken wir nach.

Jimmy stieß ein leises, idiotisches Lachen aus, er war nervös.

– Hiiiiiiii, nachdenken, sagt der.

Ned stand auf und wühlte in den Schubläden des Schreibtischs, obenauf lag ein Berg von Pornoheften, Seiten waren rausgerissen, und irgendein Kranker hatte die Farbfotos ausgeschnitten, die interessanten Details.

– He, ist das dein neuster Tick? fragte Ned.

Jimmy begnügte sich damit, den Kopf zu heben und mit dem Kinn auf die Wand zu zeigen, dann stützte er seinen Kopf wieder auf seine Knie. Ned trat näher, das war eine Montage, eine eindrucksvolle Collage von Ärschen und Geschlechtsteilen in allen Farben und Größen, eine Art barocke Spirale. Jimmy räusperte sich:

– 'n Entwurf für 'ne Homozeitung. Die können sich nicht entscheiden.

Ned sah noch einmal genau hin, er sagte soso und widmete sich wieder dem Schreibtisch. Er fand einen satten Batzen Shit in einer Zigarrenkiste und Zigarettenpapier, er klebte drei Blättchen zusammen und drehte einen Joint, nicht zu fest, goldrichtig, er zündete ihn an, das war gutes Kraut und er war müde, es würde guttun.

– Na schön, hör zu, du sagst den Typen einfach, die Sache sei schiefgegangen. Wir sehen zu, daß wir an Geld kommen, und entschädigen sie. Wir schaffen es schon.

– Da machen die nicht mit.

Ned reichte ihm den Joint, er fühlte sich schon besser. Er hörte Musik, das kam aus dem großen Zimmer, weit weg schien das, eine leise, unbedeutende Musik für eine Stunde tief in der Nacht.

– Scheiße, sagte er. Die werden doch wohl noch andere Schlitten auftreiben können.

– Weiß ich nicht.

– Wie, weißt du nicht? Jimmy, was für eine Scheiße läuft hier?

– Weiß ich nicht.

– Herrgott nochmal, es geht doch nur um 'ne lausige Überführung von irgendwelchen Dreckskarren. Sowas gibt's hundertmal am Tag. Na schön, ich geb zu, ich hab die Lieferung des Wagens übernommen, aber das Ding ist nun mal in die Binsen gegangen, das müssen die doch kapieren, schließlich war die Kiste nicht aus Gold, verdammt, es hat halt nicht geklappt. Außerdem haben wir unser Geld noch nicht kassiert.

– Oooooooooooohhhhhhhh...

– Was hast du?

– Ooooohhhhhh...

– Scheiße.

Ned richtete sich auf und nahm ihm das Ding aus den Fingern. Schweigend inhalierte er ein paar Züge.

– Es hieß, wir bekämen den Zaster erst nachher. Erinnerst du dich?

– Jaja, für dich ist das kein Problem, aber ich, ich hab Marjorie, ich hab Sonia, die Hütte und was weiß ich, für mich durfte das Ding nicht schiefgehen, ganz einfach. Scheiße, ich war mir darüber nicht mal im klaren.

– Wieviel?

– Fast mein ganzer Anteil.

– DEIN GANZER ANTEIL????

– Fast.

– Ach du Schande.

Ned fing an, durchs Zimmer zu tigern, einen Moment lang blieb er vor der Collage stehen, er fühlte sich allmählich belemmert, weggetreten.

– Schön, wir werden was unternehmen, wir treiben den Schotter auf und geben ihn ihnen. Das machen wir.

– Die machen nicht mit.

– Es ist nun mal so. Die soll'n sich zum Teufel schern.

– Ned, hör zu, ich glaub, wir sitzen wirklich in der Scheiße. Ich glaub, denen liegt wirklich was an dem Schlitten. IM

ERNST. Das war 'n gut bezahlter Job. Wenn du mich fragst, das war 'n verdammt gut bezahlter Job.

– Wenn du mich fragst, hätten die uns ruhig noch mehr bieten können, ich hätte nichts dagegen gehabt.

– Ned, ich glaub, in der Karre war was.

– Wie bitte, IN DER KARRE WAR WAS, und das sagst du mir ERST JETZT??!

– Scheiße, es bestand überhaupt kein Risiko. Erst hatte ich ja nur das Gefühl, jetzt bin ich mir ziemlich sicher. Aber du mußtest ja unbedingt Scheiß bauen und dieses Ding da ausrauben.

– Na gut, aber nur aus Jux. Das Geld war mir scheißegal, ich hab's nicht mal gezählt. Ich wollte nur mal sehen. Was haben die da drin versteckt, was meinst du?

– Ist doch schnurz. Irgendwas. Geschäfte kann man mit allem möglichen machen. Ob Heroin, Gold, ein Stück vom Kreuz oder irgendein anderer Mist, sauer sind die auf jeden Fall. Die Sache ist verpfuscht.

– Verdammt nochmal! Die haben uns nach Strich und Faden verarscht!

Er schlug mit den flachen Händen auf den Schreibtisch, Fotos flatterten zu Boden, Jimmy stürzte vor, um sie aufzuheben und zu sortieren. Ned holte tief Luft und ließ sich nach hinten fallen, dann machte er sich daran, einen neuen Joint zu drehen.

– Ich merke, daß ich mich aufrege, sagte er. Und dann dieses Scheißpapier, das nicht hält.

Er pfefferte das Ganze durchs Zimmer.

– JIMMY, WIR HABEN UNS REINLEGEN LASSEN!!

Er nahm drei neue Blättchen und klebte sie zusammen. Jimmy kniete auf dem Boden, die Ellbogen auf den Schreibtisch gestützt, er hielt sich den Kopf und guckte Ned zu.

– Ich sag dir, diese Kerle, die können mich mal.

Er hörte für einen Moment auf zu drehen, um Jimmy einen Blick zuzuwerfen, er sagte:

– Junge, du hast ROTE Augen. Das Zeug ist gut.

– Und du, du hast Augen wie Geldschlitze, du bist zu, alter Schweinehund.

Er drehte den Joint zu Ende und zündete ihn an. Er blies Jimmy den Rauch unter die Nase, dann hauchte er zwei absolut einwandfreie Ringe in die Luft. Es brannte nur eine kleine, auf eine Dromedarblase montierte Lampe, ein makelloses, goldenes Licht.

– Das beste wäre, wir holten uns diesen verdammten Buick zurück, sagte er.

– Das wäre ideal.

– Zuletzt saß da so 'n dicker Bulle drin.

– Aha.

– Und 'ne Art Sado.

– Soso.

– Ergo: es ist völlig unmöglich, wieder an ihn ranzukommen.

– Wir sitzen fest.

– Die Typen werden bald aufkreuzen. Wir müssen uns was einfallen lassen.

– Ich glaub, ich meiere ab.

– Laß mich nicht allein, Jimmy.

– Ich meiere ab, aber ich bin bei dir.

– Es gibt nichts Schlimmeres, als sich allein zu fühlen, alter Freund.

– Das ist nun mal so, das muß man akzeptieren. Das ist nicht schlimm.

– Ich werde aufstehen und gehen, wenn du mir hier durchdrehst.

– Weißt du, ich hab ganze Tage auf diesem Stuhl hier verbracht und darüber nachgedacht. Es war phantastisch, alles war klar in meinem Kopf, zu der Zeit war gerade 'n Posten Speed reingekommen und ich hab das Zeug nicht angerührt, das war nicht nötig, verstehst du, ich hing schon an der Decke, ich hatte einen MUSKEL im Kopf und kein Gehirn, Scheiße, ich hab nichts mehr gegessen, und je länger das dauerte, um so KLARER wurde alles, verflucht, das ist 'n Ding, von dem hat man GEHÖRT, aber ich, ich hab das ERLEBT, hier auf diesem Stuhl, auf dem du einfach nur mit deinem Arsch sitzt.

Sie schwiegen eine Zeitlang, Ned gähnte.

– Ich merk schon, sagte er, du bist noch genauso nervtötend wie früher. Hast du vielleicht was zu trinken?

– Es ist ALLES da, was dein Herz begehrt.

Ned zog mit der Fußspitze den Kühlschrank auf. Er war leer, er drückte ihn wieder zu.

– ALLES, was mein Herz begehrt, hm? brummte er.

– Das ist nur 'ne Redensart.

– Verdammte Scheiße, gibst du mir nun was zu trinken oder nicht?

Jimmy stand auf, er taumelte ein wenig, aber er schaffte es bis zu einem Stapel Bücher und fing an, darin herumzuwühlen. Schließlich sagte er AHA und schwenkte eine Flasche Wein. Er warf sie Ned zu und blieb vor dem Durcheinander stehen, das er veranstaltet hatte, er schien nachzudenken.

– Herrgott, jetzt kann ich DEN SCHEISS HIER aufräumen.

Ned kippte einen gehörigen Schluck, und das war nicht einfach, denn er verspürte einen Hustenreiz.

– Was für 'n Scheiß? sagte er. Ist doch alles bestens. Der Scheiß ist in deinem Kopf.

Jimmy schien mit den Gedanken woanders, er hob ein Buch auf, warf einen Blick auf den Schnitt und legte es dann wieder auf den Haufen.

– Das ist total klein hier, verstehst du, ich kann es mir nicht leisten, daß hier Unordnung herrscht. UND JETZT IST AUCH NOCH DIE TÜR VERSPERRT!!

– Wir werfen ein paar zum Fenster raus, ich helf dir.

– Vielleicht sollte ich die Gelegenheit nutzen, sie zu sortieren, was meinst du?

– Laß mich machen. Ich trink die Flasche aus, dann komm ich.

– Hier, *Das Buch* von Watts. Ich hab gedacht, ich sterbe. Ich hab mir damals 'ne ganze Kiste davon gekauft und meine Freunde damit versorgt, mein ganzes Geld ging dabei drauf, aber das war es mir wert. Andauernd sah ich diese Scheißkriege im Fernsehen, ich bin ausgeflippt. Abends, wenn die Nachrichten kamen, hab ich mich eingeschlossen, ich hab mich an meinen Sessel geklammert, verrückt. Eines Morgens hab ich ein hübsches

Päckchen gemacht, und das hab ich an den Präsidenten geschickt, ich hab geschrieben: »Monsieur, wenn ich mir erlauben darf, ich glaube, dieses Buch könnte Ihnen weiterhelfen. Wir leben wie die BEKLOPPTEN!«

– Toll, ein irres Ding.

– Auf die erste Seite hab ich ihm das gekritzelt, in ROT, ich hab sogar unterschrieben. Scheiße, wenn ich daran denke, mir war ganz schwer ums Herz.

– Mann, du bist total meschugge. Du glaubst doch nicht, der hat dein Buch gelesen?

– UND OB! NATÜRLICH HAT ER ES GELESEN! ER HAT SOGAR GEANTWORTET!

– Was...?

– Dieser Irre, weißt du, was der geschrieben hat, dieser unsägliche Arsch?

– He... immer mit der Ruhe.

– Diese Knacker, die uns regieren, wortwörtlich hat er geschrieben: »Werter Herr, Sie haben vollkommen recht, unsere Welt ist verrückt. Aber ich weiß nicht so recht, wo da das Problem ist, WIR SIND ALLE BEKLOPPT!!!« Stell dir das vor!

– Der Wein ist tadellos. Ich finde, der hatte durchaus Humor.

– Weißt du was, auf diese Art Humor scheiß ich.

– Wenn du uns noch einen drehn willst, ich kann nicht mehr.

– Wenn ich mich jetzt setze, steh ich nicht mehr auf.

– He, sag mal...

– Ja?

– Ich glaub, ich krieg langsam Hunger. Ich hätte Lust auf was Süßes.

– Ich hab Lukum. Fünfundzwanzig Kilo, ich hab 'n Geschäft gemacht. Jetzt widert mich das Zeug an. Sonia ist verrückt danach.

– Die Typen sind bestimmt entzückt, wenn sie hören, wofür ihr Zaster draufgegangen ist.

– AH, VERDAMMTER MIST!! WARUM MUSS AUSGERECHNET UNS SO EIN SCHEISS PASSIEREN???

– Ist ja gut, hör auf zu schreien. Morgen sehen wir weiter. Sag mir lieber, wo dieses Wunderzeug steckt.

– Wenn du nichts dagegen hast, gehen wir besser nach nebenan. Ist dir aufgefallen, daß ich meinen Teppich nicht mehr habe?

– Ja, bist du das scheußliche Ding endlich los?

– Das war kein scheußliches Ding. Das war ein echter chinesischer Teppich, im Grunde das einzige, was mir in der ganzen Bude was bedeutete. Als du zuletzt hier warst, hast du auch Wein getrunken, du hast Lukum gegessen und dich vollaufen lassen.

– Mag sein, ich kann mich nicht mehr erinnern.

– Natürlich kannst du dich nicht erinnern, kein Wunder, voll wie du warst. Du hattest dermaßen die Lampen an, die ganze Nacht bist du uns mit diesem bestußten Tanz auf die Eier gegangen.

– Ich hab getanzt?

– Herr im Himmel, keine Ahnung, was du genau gemacht hast, aber am nächsten Morgen hab ich diese drei zerquetschten Lukumstücke auf meinem Teppich gefunden, die Dinger waren regelrecht GESCHMOLZEN, und ich weiß nicht, ob ich das noch einmal ertragen könnte, weißt du, deshalb wäre mir lieber, wir essen dieses Sauzeug WOANDERS. Hier sind noch 'n paar Sachen, an denen mir was liegt.

– Hups, tut mir leid.

– Jaja, nimm den Shit mit, mal sehen, ob wir die Tür aufkriegen.

Sie klammerten sich beide an die Tür und zogen sie gut zwanzig Zentimer auf, die Bücher verkanteten sich, Herrgott nochmal, ziiieeehhh, ich ziiieeehhh ja, he, paß trotzdem ein bißchen auf meine Bücher auf, ach was, davon gehn die nicht kaputt, die Dinger, die stehn ordentlicher als vorher, ich hab gesagt, PASS AUF, SCHEISSE, da ist ein dickes, das stört, ein dickes, das muß ULYSSES sein, unmöglich, du stehst drauf, oh, entschuldige, das ist doch DIE WELLEN, ich spüre es, ja, ich spüre es, guck doch, nein, das ist der Schinken von TOLKIEN, bau da bloß keinen Scheiß mit, an dem Ding häng ich, wir haben's bald geschafft, noch zwei-, dreimal, dann können wir raus, verdammt, was für 'n Saustall hier, ich bin MÜDE, HUNDEMÜDE.

Als sie das große Zimmer betraten, hingen die anderen schlaff in den Kissen und tranken Tee. Ned ließ sich direkt neben den flachen Tisch fallen und legte den Shit darauf. Er wollte gerade einen neuen drehen, als sein Blick auf Lili fiel. Sie lächelte ihn an.

– Willst du? fragte er.

Sie stand auf und nahm ihm gegenüber Platz. Er schob ihr den ganzen Kram hin. Sie klappte die Schachtel auf und schnupperte.

– Kolumbianischer, sagte sie. Er riecht gut, ich werde einen dicken machen.

– Ja, nur zu, mach uns 'nen riesigen. Wir werden gut schlafen. Das ist prima gelaufen, was?

– Ja.

– Wir haben die ganze Strecke ungestört hinter uns gebracht, keine Scherereien, und jetzt trinkst du Tee, du bist relaxed und du machst uns diesen vermaledeiten Joint, was sagst du dazu?

– Das sag ich dir NACHHER.

– Einverstanden, sagte er.

Er sah sie zum erstenmal wirklich an, sie hatte die Augen auf ihre Hände gesenkt, sie wirkte ruhig, und ihm, ihm ging dieser Gedanke durch den Schädel, er fragte sich, werde ich alt, und danach versuchte er zu verstehen, warum er das gedacht hatte, er sah keinen Zusammenhang, er wunderte sich eine Weile, bis Jimmy mit dem Lukum auftauchte. Jimmy hielt ihm die Schachtel hin, eisigen Blicks.

– Ich versprech dir, diesmal werd ich es ESSEN, sagte Ned.

Lili blickte zu Jimmy hoch, sie nahm sich ein Stück. Er stellte die Schachtel neben sie, er sagte zu ihr:

– Paß auf, daß der mit dem Zeug keinen Unfug anstellt.

Sie lachte, er hatte viel zu große Jeans an und eine leicht lächerliche Haltung, nach hinten gebeugt, und erst seine Visage, original Zappa, er hatte lange schwarze Haare, im Rücken zusammengebunden, und er hatte das mit großen Kulleraugen gesagt, er war groß, vielleicht einsneunzig, und er war dünn wie ein Streichholz, wohlwollend reichte sie ihm den Joint.

– Machst du ihn an? fragte sie.

Er beugte sich zu ihr hinab und hielt seine Haare mit einer Hand fest, als er sich der Flamme näherte, er hatte schlechte Erfahrungen gemacht, und mit seinem Schnurrbart war das nicht anders.

Rauchend wanderte er durchs Zimmer, dann reichte er Lili das Ding, ohne einen Ton zu sagen, denn er hatte die Lungen noch voll, und Lili sog bedächtig daran, Ned betrachtete das glühende Ende, das zwischen ihren Lippen aufblitzte, sie mochte das wirklich, es gibt Leute, die mögen das wirklich, und es gibt Leute, die pflegen ihr Image, die fragen sich, ob es im Augenblick eher schick ist, zu rauchen oder nicht zu rauchen, die größten Kotzbrocken der Erde, Ned dachte keineswegs darüber nach, aber er war in der Lage, jeden dieser Idioten auf Kilometer zu riechen, da war diese beschissene Sache, die ihm immer wieder durch den Kopf ging, dieser zu Boden geschlagene Bulle mit der Kugel im Bein und dann DER BUICK, die Typen, die auf die Lieferung warteten, aber er zwang sich dazu, diese Bilder zu verscheuchen, und sobald er spürte, daß er sich gehen ließ, fegte er sein Gehirn leer, er dachte an einen Balkon voller Blumen oder an Mondfische.

Er merkte erst, daß Musik lief, als sie aufhörte. Carol war in den Kissen eingeschlafen, er beugte sich ein wenig vor, um einen Blick zwischen ihre Schenkel zu werfen, aber er bekam nichts Interessantes zu sehen, nicht mal ein Stück Unterhose, und er richtete sich wieder auf, er fing an, in dem Stapel Schallplatten zu wühlen, aber er hatte auf nichts Lust, manchmal ist es unmöglich, die passende Musik zu finden, das ist eine ÄUSSERST knifflige Sache, er kam ans Ende des Stapels, ohne daß es klick machte, und da Henri neben ihm stand mit dem Joint in der Hand, den er ihm reichen wollte, bat er ihn darum, er sagte:

– Keine Ahnung, was ich auflegen soll, mach du das.

– Naja, ich würd lieber schlafen gehn. Wo ist das?

– In dem Zimmer hinten steht ein großes Bett. Außerdem gibt es die Kissen hier, mach, was du willst.

Unwillkürlich rieb er sich über den Schritt, und er beschloß, pinkeln zu gehen. Er ging nach draußen, wanderte ein Stück in die Nacht und blieb mit gespreizten Beinen stehen. Er wartete einen Moment und schauderte, dann riß er sämtliche Knöpfe seiner Jeans auf und zog an seinem Slip. Er nahm sein Ding in die Finger, er hatte eigentlich keinen stehen, dennoch preßte er es ein-, zweimal zusammen, die Müdigkeit bringt einen mitunter auf solche Sachen, zu einer gewissen Lauheit, aber er hatte keine Lust, sich Unannehmlichkeiten zu verschaffen, es konnte jemand kommen, also entschied er sich für das Einfachste, er hörte den Strahl auf die Erde prasseln, und der Geruch des Urins stieg ihm in die Nase.

Er knöpfte sich langsam wieder zu, die Nase zu den Sternen erhoben, er lächelte und fing an zu brüllen. DAS IST SCHÖN WAS IST DAS SCHÖN VERDAMMT ICH KÖNNTE TAUSEND JAHRE SO STEHEN BLEIBEN UND EUCH ANGUCKEN IHR KLEINEN MISTSTÜCKE, er verschränkte die Arme im Nacken, er war voll, er spannte sämtliche Muskeln an und ließ sich absichtlich all diese Kotzbilder durch den Kopf gehen, den Wagen, den Bullen, die beiden Wichser, er dachte, ich laß mich nicht verarschen, so nicht, und er wiederholte mit erhobener Stimme: Ich laß mich nicht verarschen, so nicht, dann schlenderte er zufrieden zu der Bude zurück.

Lili war die einzige in dem Zimmer, die noch ein wenig rauchte, jemand hatte eine leichte Decke über Carol gezogen, ihr Lamékleid lag neben ihr und sie schlief auf dem Bauch, einen Arm unter dem Kopf.

– Wo sind die anderen? fragte er.

– Sie haben sich hingelegt, sagte sie.

Er setzte sich nicht allzuweit, nicht allzunah hin, er verspürte die komischsten Sachen bei diesem Mädchen, und er war voll wie eine ganze Herde Ochsen, für einen Moment wirkte er nachdenklich, dann fuhr er mit einem Satz in die Höhe, er hatte es. Er stürzte sich auf die Platten, veranstaltete ein Heidentheater auf dem Chassis und zielte nach einem schwarzglänzenden Strich auf der Platte, haargenau *Stairway to Heaven,* das Ende des Stückes ließ ihn jedesmal abheben, er ging zurück und knackte mit den Fingern. Er wußte nichts zu sagen, eigentlich interessierte es ihn auch nicht besonders, sich zu unterhalten, er fühlte sich ganz einfach wohl.

– Na schön, ich glaub, ich leg mich auch hin, sagte sie.

– Ja.

– Nicht müde?

– Ich mach uns noch 'nen letzten, ja?

Er wollte das nur, um noch ein wenig mit ihr zusammen zu sein und etwas mit seinen Fingern anzufangen, ansonsten hatte er genug, er hätte drei Tage und hundert Nächte lang weiterrauchen können, ohne sich deshalb zugekiffter zu fühlen. Er setzte sich.

Er fing damit an, daß er Mist baute mit den Blättchen, er vertat sich mit der Seite und fing wieder von vorne an, das dauerte eine Weile. Danach legte er das Ding auf den Tisch, um ein Stück Pappe für den Filter zu suchen, und er biß die Zähne zusammen, als er merkte, daß er den Joint in eine kleine Lache Tee gelegt hatte, der auf dem Tisch verschüttet worden war. Er verzog die Lippen und fing erneut von vorne an. Lili zog ihr T-Shirt aus und ihre Hose, und in diesem Moment hämmerte das Schlagzeug sehr laut und erfüllte den ganzen Raum und er war allein mit dieser Frau, die da neben ihm stand, in einem silbernen Slip, und ihre Brust, der helle Wahn, und er wußte nicht so recht, was passiert war, was er mit seinen Fingern angestellt hatte, jedenfalls saß er da mit leeren Händen und konnte ein drittes Mal anfangen.

Als die Musik aufhörte, war er beinahe schweißgebadet. Lili streckte sich in den Kissen aus und zog sich eine Decke über die Schultern.

– Ich rauche gern im Bett, sagte sie. Stört dich das?

– Nein, es ist alles bestens so.

Er zündete ihn an und rutschte auf den Knien zu ihr hinüber, um ihn ihr zu geben. Er kehrte schleunigst an seinen Platz zurück und sah sie an. Es wäre ihm lieb gewesen, wenn sie auch geschlafen hätte, wie die andere, nur er und diese beiden schlafenden Mädchen, er hätte phantasieren können, Lukum lutschen, von Zeit zu Zeit hätte er ihnen einen Blick zugeworfen, er hätte geglaubt, die Nacht nehme kein Ende, es gebe nichts Wichtigeres auf der Welt, es hätte ihm wirklich gefallen, grundlos, einfach so wach zu bleiben, reglos in der großen bläulichen Stille.

Sie blickte ihn fragend an, freundlich, und sie sagte:

– Hast du keine Lust zu reden?

– Nein, nicht besonders.

Sie schwiegen. Sie reichte ihm den Joint und streckte sich wieder aus, sie legte die Hände unter ihren Kopf und starrte an die Decke. Das war ihm lieber so, er wollte ruhig bleiben, der Shit hatte damit fast gar nichts zu tun.

– Vielleicht hast du auf etwas anderes BESONDERS Lust? sagte sie. Ich bin zu, ich werd dabei nicht an dich denken.

Er gab keine Antwort, er überlegte, was sie ihm gerade gesagt hatte, und ihm ging auf, er war an ein LEBENDIGES Mädchen geraten, das war schon so lang her, er konnte sich nicht mal mehr erinnern. Er beugte sich vor, klappte die Schachtel mit dem Shit zu und stand auf.

– Gute Nacht, sagte er.

Sie blickte ihm nach, wie er durchs Zimmer schritt, er versuchte, gerade zu gehen.

Henri war in Decken gehüllt, er schlief, zur Wand gedreht. Ned legte sich in voller Montur hin. Nach einer Weile fand er die Kraft, seine Schuhe mit den Füßen abzustreifen. Alles drehte sich ein wenig, das war nicht unangenehm. Er hatte seit zwei Tagen nicht geschlafen, dennoch amüsierte er sich eine Zeitlang mit den Flecken oben an der Decke, er fand nichts Weltbewegendes, vielleicht das Gesicht einer alten Frau mit strengem Blick, aber das störte ihn nicht, sowas sah er jeden Tag, er versuchte, darüber nachzudenken, was mit ihnen geschah, unmöglich, sein Verstand glitt immer mehr ab. Er schlief ein, während er noch versuchte, ihn wie eine Decke an sich heranzuziehen, sein Körper war in kleine Stücke zerlegt.

11

Ned sah niemanden, als er wach wurde. Die Küche war leer. Er wärmte sich einen Rest Kaffee auf, er fühlte sich nicht besonders, es mußte gegen zehn, elf Uhr sein, und schon wieder diese beknackte Sonne. Er kletterte auf einen Hocker, massierte sich das Gesicht und steckte seine Haare hinter die Ohren, ein Scheißtag, der da anfing.

Er ging raus mit dem Kaffee in der Hand, er kniff die Augen zusammen und erblickte Jimmy im Hof, über den Motor eines Autos gebeugt, ein blutrotes Ding mit Rädern, bestimmt ein Auto. Ned trat näher.

– Was bastelst du da? fragte er.

Jimmy richtete sich mit einem Ruck auf, seine Arme glänzten vor Schmier.

– HA! He, da bist du ja. Tag.

– Was ist denn das für ein Vehikel?

– Ein VEHIKEL?! Haha, alter Freund, das ist 'n toller Schlitten. Ich hab den seit zwei Tagen, ich mußte ihn nur noch mal nachstellen, du wirst dich wundern.

– Sag bloß, der fährt noch?

– OB DER NOCH FÄHRT? Mensch, sowas wird heut gar nicht mehr gebaut, dreißig Jahre ist der alt und noch wie neu. Die Sitze sind aus Leder, guck dir die mal an.

– Schon gut... Wir sollten was unternehmen, findest du nicht?

Jimmy verzog das Gesicht. Er warf die Motorhaube zu, sie wog zwei Tonnen.

– Jaja. Ja, wir rufen die Typen erst mal an und horchen vor.

– Und was willst du ihnen sagen?

– Die warten seit gestern morgen. Wir sollten uns was einfallen lassen, bevor die nervös werden. Mann, ich hab echt Schiß, daß diese Idioten hier aufkreuzen, und die kreuzen bestimmt auf, wenn wir nichts unternehmen. Ned, die Sache ist saublöd.

– Schon gut, okay, wir rufen an.

Jimmy hob den Schlauch auf, der vor seinen Füßen lag, und fing an, sich die Hände mit einer Art Orangengelee zu waschen, Ned hockte sich ein Stück weiter hin und trank seinen Kaffee aus. Das war eine wahnsinnige Landschaft, sehr schön, sehr wild, mit ockergelber Erde, mit roter und gelber Erde, die Bude stand auf einer Art Plateau, und keine hundert Meter weiter ging dieses Plateau in einen steilen Hang über, bis unten zum Bach nichts als Bäume, dicke Brocken waren da runtergekommen, und der einzige Weg, der zum Haus führte, tauchte aus einem Tannenwald auf, das war die einzige Bude weit und breit, die ideale Gegend, wenn irgendwelche Typen ungestört Scheiße bauen wollten. Das ganze Maklerbüro hatte sich die Hände gerieben, als dieser Idiot von Jimmy unterschrieb, das Haus hatte einem steinreichen Paar gehört, das auf der Suche nach Einsamkeit war, sie hatten einen Sohn, zwanzig Jahre und krank im Kopf, und eines Nachts hatte der junge Typ eine Axt zu fassen gekriegt und ein Gemetzel angerichtet, genau die richtige Geschichte, um so ein Haus unmöglich wieder an den Mann zu bringen, es sei denn, man fand einen anderen Bekloppten, und sie hatten einen gefunden. Das Paar hatte ein Vermögen dafür ausgegeben, Wasser- und Stromleitungen verlegen zu lassen, und Jimmy hatte das Ganze für ein paar Erdnüsse gemietet, im Keller war er auf die Matratzen und das praktisch zerhackte Bett gestoßen, dort beendete er meist auch seinen Rundgang mit Gästen, er blieb ein Stück zurück, und wenn er in Form war, brach er in dieses entsetzliche Brüllen aus, die, die dem standgehalten hatten, die konnte er an den Fingern einer Hand abzählen, zwei Ohnmachtsanfälle waren ihm geglückt, einem Handkantenschlag war er ausgewichen.

Als Ned sich erhob, erblickte er Henri und die beiden Mädchen, die aus dem Wald hervorkamen. Er reagierte nicht auf ihr Winken, denn er war kaum wach, und dieser Tag hing ihm schon zum Hals heraus.

Er ging mit Jimmy ins Haus zurück, und Jimmy schnappte sich das Telefon, das Kabel war zweihundertfünfzig Meter lang, er konnte das Ding überallhin mitnehmen, es gab eine besondere

Ecke, wo er seine Ferngespräche am liebsten erledigte und wo er ungestört war. Er setzte sich auf den niedrigen Tisch neben Ned und klappte die Schachtel mit dem Shit zu.

– Das war das erste, was deine Freundin nach dem Aufstehn gemacht hat, sagte er.

– Und du, was machst du?

– Ich trink als erstes Kaffee, und ich zieh mich vorher an.

– Beschwer dich nicht, dafür hast du ihren Silberslip gesehn.

– Ach du Schande, Sonia ist deine Schwester.

– Ja, Kumpel.

– Die andere ist wunderschön. Ich hab mal eine gekannt, die sah ganz genauso aus, und...

– Scheiße, rufst du jetzt endlich an?

– Hm? Ja.

Er zog ein Notizbuch aus der Tasche. Zwischen zwei Seiten voller Zeichnungen stand ein Name, ZAC, daneben eine Telefonnummer. Jimmy hielt den Zeigefinger darauf und wählte. Ned hatte sich den zweiten Hörer genommen, er spielte mit einem kleinen Löffel.

– Hallo?

– Ja.

– Ist Zac zu sprechen?

– Ja. ZAC!!

Jimmy legte die Hand auf den Hörer, das ist 'ne Kneipe, sagte er, da hängt der immer rum. Dann ertönte diese arschige Stimme am anderen Ende:

– Ja, wer da?

– He, hallo Zac, alter Freund, Jimmy hier.

– Wie, bist du noch nicht tot?

– He, Zac, hör auf mit dem Blödsinn, was erzählst du da?

– Nach dem Ding, das du gedreht hast, wird es Probleme für dich geben.

– Machst du Witze?

– Na klar. Meine Freunde kugeln sich. Ich hab sie gestern abend gesehn, die haben noch nie so gelacht.

– Paß auf, es gibt da ein kleines Problem, aber das läßt sich regeln. Regt euch nicht auf. Sag denen, das kommt in Ordnung, das ist kein linkes Spiel. Laß mir ein wenig Zeit.

– He, du spinnst, ich entscheid das doch nicht.

– VERDAMMTE SCHEISSE, DANN RED MIT IHNEN, LEG DICH INS ZEUG, TU WAS!!!

– He, du Arsch, schrei mir nicht die Ohren voll. Mir gefällt der Ton nicht, den du anschlägst. Warum sollte ich mich für 'nen Bekloppten wie dich abrackern? Mach's gut, armer Irrer...

– He, heeeeeeeee, he, warte, warte, Zac, entschuldige, ja, ich spinne, du bist es doch nicht, Zac...

– Du verhedderst dich, natürlich bin ich es.

– Nein, ja, ja, ich weiß, ich wollte sagen, dich mein ich nicht, tut mir leid, Zac, mir ist dieser Scheiß dazwischengekommen, aber nichts Ernstes, ich schwör's dir, ich brauch nur ein bißchen Zeit.

– Wieviel? Eine Stunde, zehn Jahre?

– Naja...

Jimmy gestikulierte heftig in Richtung Ned, aber Ned schüttelte den Kopf mit weit aufgerissenen Augen, sollte heißen, er hatte nicht die geringste Ahnung, wenn er hätte reden können, hätte er Scheiße gesagt, wo willst du drauf hinaus, und Jimmy schaute Ned in die Augen.

– Paß auf, ich glaub, ich brauch vierundzwanzig Stunden...

Der andere pfiff durch die Zähne:

– Scheiße, ich weiß nicht, ob die sich das gefallen lassen.

– Meine Güte, Zac, versuch es, VERSUCH es ihnen klarzumachen, versuchst du es?

– Vielleicht. Wenn du mich freundlich bittest.

– Ich bitte dich freundlich.

– Sag bitte, bitte.

– Bitte, bitte. Ich flehe dich freundlich auf Knien an.

– Schön, ich ruf zurück.

Jimmy legte langsam auf, er hatte Ned nicht aus den Augen gelassen.

– Dieser verfluchte kleine Arschficker, sagte er. Der hat mich ganz schön ins Schwitzen gebracht.

– Ja, der ist gut drauf, dein Freund.

– Das ist kein Freund. Das ist ein lausiger kleiner Dealer, den ich flüchtig kenne, der hat mir die Sache vermittelt, ich weiß es gar nicht mehr, für Heroin, glaube ich, er wollte, daß ich ihm 'ne Adresse gebe.

– Und du willst versuchen, den Buick zurückzubekommen, oder was geht dir durch den Schädel?

– Weißt du was Besseres? Du siehst doch, was das für Typen sind.

– Herr im Himmel, ich ahne schon, das wird der letzte Mist. In der Karre sitzt 'ne ganze Horde Bullen, oder hast du das vergessen?

– Die Bullen sind Vollidioten, Familienväter, Typen mit Wochenende und Scheißhobbys, außerdem leg ich mich lieber mit denen an als mit den Bekloppten von der anderen Seite, die Arschlöcher da brechen dir den Arm, nur um dir 'nen Platz im Kino wegzunehmen. Ned, ich will dich nicht zwingen, aber ich werd's probieren.

Er stand auf, ohne eine Antwort abzuwarten. Ned blickte ihm nach, und sein Blick fiel auf Henri, der in einer Ecke stand, die Hände in den Taschen, und allein an der Art, wie er sich auf seinem Platz wand, die Augen sperrangelweit auf, sah man, daß er sich was reingezogen hatte.

– Ich hab ein bißchen mitbekommen, sagte Henri. Ich hoffe, die Sache renkt sich ein.

– Meiner Meinung nach wird alles nur noch schlimmer.

– Es geht um den Buick...

– Ja, in einem gewissen Sinne. Aber so ist mein ganzes Leben, ich bin dran gewöhnt. Das ist nur eine beschissene Sache unter vielen anderen, keine Ahnung, warum ich dir das erzähle, ich beklag mich nicht.

– Ich könnte dir von den Jobs erzählen, die ich in der Fabrik gemacht hab, das waren Sachen, die waren echt beschissen. Mir kann nichts Schlimmes mehr passieren, ich geh da nie mehr hin. Wenn du willst, begleite ich euch.

Ned stand auf, ohne einen Ton zu sagen, er fand das lustig, daß ihm Henri seine Hilfe anbot, denn ganz gleich, von welcher Seite er diese vertrackte Geschichte auch angegangen war, wenn er versucht hatte, ihre Kräfte einzuschätzen, ihre Chancen zu ermessen, der Gedanke, Henri könnte sich aus der Sache raushalten, einfach abhauen, der war ihm nicht gekommen, nicht daß er dachte, Henri schulde ihm was, niemand schuldete ihm was, dennoch, das war lustig.

Er fand zwei eiskalte Bier im Kühlschrank, lächelnd schlurfte er zu Henri zurück.

– Du bist keinen Deut besser, sagte er, du denkst wohl auch, wir machen nur 'ne kleine Spritztour, was?

– Nicht unbedingt.

– Nicht unbedingt, meinst du.

Er wollte ihm gerade die Sache in einem Licht schildern, das finsterer war als der Ausbruch des Perbuatan auf Krakatoa, als das Telefon klingelte. Er hob ab, es war Zac.

– Jimmy?

– Ja, antwortete Ned.

– Sie sind einverstanden, du hast noch vierundzwanzig Stunden, um den Schlitten herbeizuschaffen. Das hast du nur mir zu verdanken, du solltest dich bei Gelegenheit daran erinnern...

– Keine Bange.

– He, Jimmy...

– Ja?

– Ich glaube, die geben dir keine Minute länger.

– Klar.

Ned legte auf, und Jimmy erschien im Zimmer, völlig abgehetzt. Er hörte sogar auf zu atmen und guckte Ned fragend an.

– Geht in Ordnung, sagte Ned. Wir sollten uns ranhalten.

Jimmy fing an, quer durchs Zimmer zu hopsen.

– Ogottogottogott, was haben wir ein Schwein, jetzt geht alles klar, das Glück wird uns nicht mehr verlassen, alles geht klar, die Sache ist geritzt!!!

Ned blickte gen Himmel.

12

Jimmy fuhr und Ned hing schlaff auf seinem Sitz, vorne, beide Füße ins Handschuhfach geklemmt, er hatte eine Sonnenbrille gefunden, total arschig, und sie sich auf die Nasenspitze gesetzt, bestens, beschissener ging's nicht.

– He, sagte Jimmy, willste eigentlich noch lange 'ne Flappe ziehen, die Kiste fährt doch, oder?

– Ich versuch zu schlafen.

– Was hat die dir denn getan, die Kiste?

– Sie ist ROT.

– Du bist introvertiert.

– Geh mir nicht auf die Eier. Wir wollen um keinen Preis auffallen, nicht wahr, das ist wichtig bei dem, was wir vorhaben, so eine verdammte Scheiße, und du kutschierst uns mit diesem Schrotthaufen über die Autobahn, der mehr auffällt als jeder andere nur vorstellbare Mist, das Ding schleppt sich mit gerade 80 dahin, und dreh dich mal um, DREH DICH UM, guck dir an, was wir für 'ne Rauchfahne hinter uns herziehen, weißt du, was passiert, wenn wir den Bullen begegnen, GLAUBST DU, JETZT IST DER PASSENDE MOMENT DAFÜR?

Jimmy verzog das Gesicht, er blickte dermaßen sauer drein, daß Neds Wut urplötzlich verflog. Er wandte sich an Henri:

– Guck dir diesen Arsch an, sagte er.

Kurz zuvor hatten sie einen Blick auf die Karte geworfen, sie hatten einen verdammten Umweg gemacht mit dem Mercedes, über die Autobahn mußten sie gegen Abend ankommen, wenn alles glatt lief, und natürlich herrschte eine fürchterliche Hitze, die Gegend zitterte wie durchsichtiger Gelee, schwer zu sagen, ob sie vorankamen, es war immer das gleiche, einer dieser Flekken Erde, wo nichts ist, höchstens zwei, drei Steine und Disteln.

Schließlich gelang es Ned, richtig einzuschlafen. Henri und Jimmy quatschten eine Weile, Jimmy vor allem, und das traf sich gut, denn Henri liebte es, den Leuten zuzuhören:

– ... also hab ich gesagt, du Arsch, willste 'n Homomagazin rausgeben oder 'n Ding für die Heilsarmee, und Junge, ich sag dir, der Schwule ist rückwärts in seinen Sessel gekippt, und dabei hat er 'nen spitzen Schrei von sich gegeben, ich hab gedacht, der hat sich weh getan, verstehst du, ich bin aufgestanden, aber er ist wieder hochgekommen und hat gesagt: Aaaaahhhhh, du übertreibst, und Scheiße, ich hab mich wieder hingesetzt, ich hab dem direkt in die Augen geguckt und hab gesagt: Alter Freund, entweder RICHTIG oder die Heilsarmee, verdammter Mist, und dann bin ich abgehauen, bevor der wieder anfing, nach meinen Händen zu grapschen. Irgend 'nen Abend ist es dem Typ mal gelungen, mich zu ficken, doch, doch, ich war dermaßen zu, und seitdem versucht der jedesmal, meine Hände zu befummeln, und das, weißt du, DAS KANN ICH NICHT HABEN, das widert mich an, nicht nur, wenn das 'n Typ ist, ich geb auch keiner Frau die Hand, he, was is'n das wieder für 'ne Sauerei?

– Was denn?

– Das orange Ding, das da leuchtet. Meine Güte, bei der Hälfte der Knöpfe hab ich keine Ahnung, wozu die gut sind. Diese Kiste ist URALT!

Henri beugte sich über seine Schulter.

– Der Sprit? fragte er.

– Oooooooohhhhhh ...

– Was meinst du?

– Das ist GUT MÖGLICH!

Sie fuhren weiter mit der Angst unterm Hintern, und Jimmy wußte nicht mehr so recht, ob er abbremsen oder die Zündung aus- und wieder einschalten mußte. Brachte es vielleicht etwas, zu BETEN? Oder die Finger über Kreuz zu legen?

Eine Tankstelle mit ihrer großen Blase aus Plexiglas in der Luft kam in Sicht. Jimmy preßte sich in seinen Sitz, die Arme ausgestreckt am Steuer, er rollte sanft auf die Zapfsäulen zu.

– Herr, ich danke dir! sagte er.

Sie stiegen alle beide aus, und während Jimmy um den Wagen herum ging, die Fäuste in die Seiten gestemmt, rannte Henri zur Bar, eingehüllt in eine Zunge aus Feuer.

Er klopfte gegen die Fensterscheibe, und Ned schlug die Augen auf. Henry ließ den Verschluß knallen, und der Schaum floß ihm über die Finger. Ned beugte sich vor, um zu trinken, das Bier war nicht besonders kalt, aber gut, man kann nicht alles haben, manchmal muß man das Leben auch lieben, wenn es diesen Geschmack hat, bitter und lauwarm.

Sie trafen in einem gelblichen Licht ein, es war noch nicht richtig Nacht, aber der Périphérique schwamm bereits unter diesen Dreckslampen mit Natriumdampf, sie hatten violette Lippen, sie sagten kein Wort mehr, sie waren alle drei ziemlich angespannt und die Fahrt war zu Ende, sie hatten nichts geplant, sie hatten nicht mal nachgedacht, und das, das war wirklich das einzige, wenn sie nicht gleich wieder nach Hause fahren wollten. Ned faltete die Hände auf dem Kopf.

– Schön, sagte er, wir können hier nicht stundenlang rumgurken. Ich seh nur eins. Die haben den Buick zu 'ner Verwahrstelle gebracht, und sowas gibt's bestimmt nicht an jeder Ecke. Wenn nicht, dann weiß ich nicht, was wir tun können...

Sie bogen auf eine bedeutende Verkehrsachse ein, die gespickt war mit leuchtenden Reklameschildern, und ein Blitz zuckte am Himmel oberhalb der verwirrenden Neonröhren. Eine Minute später zerplatzten dicke Tropfen auf der Windschutzscheibe, irgendwelche Idioten flitzten über die Bürgersteige, irgendwelche Idioten, die angehalten hatten. Vom Wageninneren aus fing die Straße an zu verlaufen wie Schminke über einem Vulkan.

– Die Scheibenwischer, sagte Ned.

Jimmy warf ihm einen Blick aus dem Augenwinkel zu. Er spielte an ein paar Knöpfen herum, schließlich erwischte er den richtigen, aber der Wischer vor Neds Gesicht klemmte. Jimmy schaltete das System mehrmals ein und aus, umsonst. Ned stöhnte.

– Macht nichts, sagte er. Halt an. Wir hören uns mal um.

Sie fanden einen Parkplatz unmittelbar vor einer Kneipe und flitzten über den Bürgersteig, Herr im Himmel, dieser Regen war WARM, und die ganze Straße dampfte. Sämtliche Tische waren besetzt, aber die Theke war leer, sie setzten sich auf die Hocker aus Skai, und Ned bestellte einen Bourbon.

– O nein, keinen Alkohol, sagte Jimmy. Das ist jetzt nicht der passende Augenblick.

– Scheiße, ist der bekloppt, sagte Ned.

Der Kellner war ein Typ mit einer Halbglatze und einem kleinen Schnurrbart, und offenbar ging ihm sein Job schwer auf die Eier, die Kunden gingen ihm auf die Eier, überhaupt schien ihm die ganze Welt zutiefst zu stinken. Er füllte Neds Glas, ohne einen Ton zu sagen, ohne hinzusehen, ein feuchter, kleiner Lappen hing trostlos auf seiner Schulter, und da war dieser Packen von Brusthaaren, der aus seinem Hemdenkragen hervorstach und zum Himmel schrie.

– He, sagte Ned, sagen Sie mal, meinem Freund hier hat man den Wagen abgeschleppt. Wissen Sie, wo die hingebracht werden?

Sein Gegenüber blickte ein klein wenig auf.

– Woher soll ich das bitte wissen? Ich hab keinen Wagen. Ich find, die schleppen noch viel zu wenig ab.

Er stöpselte die Flasche wieder zu und entfernte sich. Ned schlug sich mit beiden Händen auf die Schenkel und guckte die beiden anderen an.

– Herrgott nochmal, habt ihr das mitgekriegt? Da bitte ich den freundlich um was und krieg so 'nen Stuß zu hören...

Währenddessen winkte Henri dem Typ zu, daß er gern dasselbe hätte. Der Kellner tanzte erneut mit seiner Flasche an. Er bediente Henri, und erneut ohne aufzusehen, deutete er mit dem Kopf auf Jimmy.

– Wenn sich Ihr Freund sofort entscheiden könnte, bräuchte ich nicht nochmal zu kommen.

Er versenkte sich eine Sekunde lang in die Betrachtung des Glases, das langsam überlief, und fuhr fort:

– Wenn ich an Ihrer Stelle wäre, würde ich die Ausfahrt Süd nehmen, die, die an der Bahnlinie entlangführt. Das liegt am Stadtrand, und es wird Sie einiges kosten, wenn Sie Ihre Chaise wiederhaben wollen, das ist klar.

Ned beugte sich vor und packte den Typ am Ärmel.

– Du willst uns wohl auf die Nüsse gehen, was?

Der Typ versuchte nicht, sich loszumachen, er fuhr nur mit einer Hand kurz unter die Theke und brachte sie diskret, mit einem wundervollen Schlagring geschmückt, vor Neds Nase wieder zum Vorschein.

Da er lächelte, lächelte Ned auch und ließ ihn behutsam los.

– Das ist wie im Traum, sagte er.

Henri legte einen Schein neben die Gläser und zog Ned zum Ausgang. Niemand sah in ihre Richtung, da fragste nur 'nen Typ nach dem Weg, sagte Ned, die sind doch bekloppt hier, und als sie alle drei draußen waren, stiegen die beiden anderen schnell in den Wagen, es regnete noch genauso. Ned hatte den Türgriff in der Hand, er drehte sich um und betrachtete die Fensterscheibe der Kneipe. Er sah nicht viel, bloß ein erleuchtetes Ding, und das Wasser lief ihm übers Gesicht, reglos blieb er mindestens fünf Minuten so stehen, er wußte nicht, was er da trieb, er fühlte sich nicht gut, die beiden anderen klopften gegen die Scheibe und guckten ihn von unten an, er schloß die Augen, als ihn diese heiße Welle überkam, und danach hatte er Schwierigkeiten, seine um den Türgriff verkrampften Finger zu lösen, aber die Sache war vorbei, er riß sich von der morbiden Betrachtung dieses erleuchteten Punktes los.

13

Die ganze Stadt neigte sich nach Süden, sie kippte, und ohne es zu wollen, folgten sie den Flüssen, die durch die Gossen strömten, sie wurden von schmierigen Papierschnitzeln und Plastikflaschen überholt, die sich um keine Ampel scherten, es gab Mädchen in durchsichtigen, an den Titten klebenden T-Shirts, und Typen, die sich den Kopf an Laternenpfählen einschlugen, und Blitze wie Atombomben, bei jedem spaltete sich die Erde.

Sie konnten sich nicht verfahren, es ging in einem fort geradeaus, und sie kamen an einem Bahndamm und entsetzlichen Häusern entlang, wie man sie an jedem Stadtrand findet, mit BISSIGEN HUNDEN und Leuten, die darin eingepfercht leben, das war eine große, schlecht beleuchtete Straße, an der es nichts zu sehen gab.

Sie fuhren an einem Verschiebebahnhof vorbei, der völlig im Dunkeln lag. Genau in diesem Moment hörte es auf zu regnen. Es folgten zwei weite Kurven, sie stürzten sich voll darein. Ned legte Jimmy eine Hand auf den Arm, und dieser bremste ab. Neben der Einfahrt stand ein kleines erleuchtetes Haus, aber daß sie mit großen Augen hinschauten, das lag an dieser rotweißen Sperre, das Ding sah eher nach einem geschminkten Eisenbahngleis aus als nach einem Plastikrohr.

Sie rollten dreihundert Meter weiter und kurvten auf ein Brachland. Jimmy schaltete die Scheinwerfer aus, er bretterte die Böschung hoch und fuhr an dem Drahtzaun entlang, der den Wagenpark umgab, er riskierte alle möglichen Dellen, und alle möglichen Teile schrammten an der Karosserie entlang.

Er stellte die Zündung aus, und für eine Weile saßen sie da, ohne sich zu rühren, während der Mond auf der nassen Motorhaube schimmerte. In der Mitte des Platzes stand eine Art Mast mit Scheinwerfern wie in den Stadien, und ein oranges Licht fiel von da runter, prallte von den Chromteilen ab und sickerte in die Erde.

– Verdammt, all diese Karren, das schaffen wir nie! sagte Jimmy.

– Was hast du denn gedacht? antwortete Ned. Und wir müssen da rein, um ihn zu finden.

– Wenn er überhaupt da ist, sagte Henri.

– Eben, sagte Ned. WENN ER ÜBERHAUPT DA IST, und wenn, dann müssen wir ihn obendrein aus diesem Stall hier rausholen. Wenn alles klar geht, wird man höflich die Schranke hochfahren, und die Bullen entschuldigen sich noch bei uns.

– Wir müssen diesen verdammten Zaun aufschneiden, sagte Jimmy.

– Haste 'ne Zange dabei, HASTE ÜBERHAUPT WAS DABEI???

– Ich hab 'ne Zange dabei.

Jimmy beugte sich vor und faßte mit einer Hand unter seinen Sitz. Er holte einen verschmierten Lappen hervor, er wickelte ihn auf seinen Knien auseinander: drei Schlüssel, ein Schraubenzieher und eine lächerliche, winzige Zange.

– Was willst du denn DAMIT? fragte Ned.

– Das klappt schon, die ist gut. Du wirst sehen.

Ned sah ihn kopfschüttelnd an, und sie stiegen aus, sie waren mitten in einem Pulk von rotem Fingerhut gelandet. Sie folgten dem Zaun bis zu der Stelle, die am weitesten von der Einfahrt weg war, die Wagen standen in ungefähr zehn Reihen, genau in der Verlängerung der Einfahrt, und von da, wo sie waren, konnten sie zwei Silhouetten in dem Wachhäuschen erkennen, sie hörten gedämpfte Musik und ein leises Knacken, ganz in der Nähe.

– Hör das auf mit deinen Fingern, das macht mich verrückt, sagte Ned.

Jimmy steckte die Hände in die Taschen. Ned untersuchte den Zaun, das war dicker Draht, alle fünf Meter durch eiserne Pflöcke zusammengehalten, drei Meter hoch, er versuchte, mit dem Fuß das Gras zu entfernen, um zu sehen, ob der Zaun in der Erde versenkt war, nein, aber das brachte sie auch nicht viel weiter.

Jimmy näherte sich mit seiner Zange, die erste Masche sprang so leicht auf wie ein Streichholz, tschack.

– Na, was sagst du? fragte er.

Er machte weiter, bis er den Zaun auf einer Länge von etwa einem Meter fünfzig durchgezwickt hatte, dann bogen sie die Enden zur Seite. Sie schlüpften hindurch.

– Na schön, jeder nimmt drei Reihen, sagte Ned.

– Unmöglich, meinte Jimmy. Es sind zehn Reihen.

– Stimmt, dann nimm du vier. Los.

Sie duckten sich und schlängelten sich zwischen den Stoßstangen hindurch, und von Zeit zu Zeit hob Ned den Kopf, um die beiden anderen zu beobachten, aber er konnte sie nicht sehen, der Boden war eine einzige Schlammbahn, irgendwann glitt er aus und stieß mit der Hüfte gegen den Kotflügel eines total beschädigten BMW, das zerknautschte Blech ritzte ihm leicht die Haut, er fluchte und setzte sich wieder in Bewegung, er schwitzte. Er hörte ein Rascheln hinter sich, er drehte sich um.

– He, he, flüsterte Jimmy, was hat der für 'ne Nummer, der Buick?

– WAS?

– Das Kennzeichen. Da hinten steht ein weißer. Woher soll ich wissen ...?

– Ich komm mit.

Sie rannten im Zickzack durch die Reihen, geduckt, Jimmys Hände schleiften fast über den Boden. Ned erkannte den Schlitten auf der Stelle, er ließ sich dagegen fallen, auf den Fersen, und Jimmy machte es ihm nach. Ned richtete sich ein wenig auf und warf einen Blick ins Wageninnere.

– Mamma mia, ich glaub, ich spinne, der Schlüssel steckt.

– Es geht aufwärts, Alter. Nur gut für uns.

– Hol Henri, wir müssen uns beeilen.

Während sich Jimmy entfernte, öffnete Ned vorsichtig die Fahrertür des Buick und stieg ein. Er probierte die Zündung. Bestens. Der Wagen stand ungefähr in der Mitte des Geländes, aber in der falschen Richtung. Er wartete zwei lange Minuten, die Hände am Lenkrad, dann trafen die beiden ein.

– Schön, ihr müßt mir den Zaun aufhalten. Ich werd drauflospreschen, wir sind weg, ehe die begreifen, was los ist.

Er hatte noch nicht zu Ende gesprochen, als sie laute, heftige Stimmen hörten, das kam aus der Bude der Wächter, sie sahen, daß die Tür aufflog, und ein Typ in Uniform stürzte schreiend nach draußen:

– ICH WEISS GENAU, DASS DU GEPFUSCHT HAST! SCHEISSE, DAS IST DER REINSTE MATSCH HIER, ICH KOMM WIEDER REIN!!!

– IST MIR SCHEISSEGAL, ICH RÜHR MICH NICHT VOM FLECK!

– VERDAMMT UND ZUGENÄHT, DAS IST DAS LETZTE MAL!!!

Der Typ lief vor der Tür im Kreis und guckte dabei auf seine Schuhe, er redete kurz zu sich selbst, dann schritt er motzend in Richtung Wagenpark. Er hatte die goldrichtige Reihe erwischt, die allerbeste, der Buick war nur ungefähr fünfzig Meter entfernt.

– Verdammt, der Zaun. Der sieht den ZAUN! knurrte Jimmy.

– Er kommt. Hau ihn um, flüsterte Ned.

– WIE DENN DAS???

Ned duckte sich unter das Lenkrad. Jimmy kauerte zwischen dem Buick und einem Lieferwagen mit der Aufschrift BUITONI, Henri hockte direkt hinter ihm, und der Typ stapfte gähnend vor ihrer Nase vorbei, ein Transistorradio am Ohr.

Jimmy richtete sich lautlos auf, er fühlte sich ganz seltsam, als hätte er sich eine ordentliche Dosis reingezogen. Er wußte selbst nicht genau, was er tat, aber mit zwei Schritten hatte er den Typ eingeholt, und dann schlug er ihn in den Nacken, mit geballten Fäusten, und um ein Haar hätte er geschrien, denn er hatte sich die Finger zerquetscht, er biß die Kiefer dermaßen zusammen, unmöglich, den Mund aufzumachen, der Typ sank langsam auf die Knie, ich hoffe, das war's, nochmal, das schaff ich nicht, er trat vor und schlug erneut zu, Scheiße, das gibt's doch nicht, ich treff an der falschen Stelle, und der Typ setzte seine Rutschpartie fort, der braucht ja ewig, dieser Mistkerl, endlich sackte er der

Länge nach in die Pfützen, und seine Nase versank vollständig im Schlamm, er hatte keine Nase mehr und Dreck in den Augen, im Mund, was mach ich denn jetzt, er breitete die Arme aus und blickte in Richtung Buick, der Mond spiegelte sich darin, beeil dich, na los, KOMM SCHON, brüllte Ned.

Jimmy kletterte in den Wagen, er hatte weiche Knie, seine Ohren brannten, mit näselnder Stimme, als hätte er Helium eingeatmet, stieß er hervor:

– He... habt ihr gesehn? Wie hab ich das gemacht?

Einer, der alles gesehen hatte, dem kein bißchen entgangen war, das war der andere, der, der beim Kartenspielen mogelte, der sich sechs Wochen vor der Rente einen Dreck um die Kontrollgänge scherte, um die Wagen, wenn er nur seinen Blick darauf warf, brach ihm der kalte Schweiß aus, zehn Jahre lang, Nacht für Nacht, nichts als Brote und Kreuzworträtsel und diese verflixte Wirbelsäule, die immer schlaffer wurde. Als er sah, wie sich dieser Typ auf diesen Trottel von Charlie stürzte und ihm eine verpaßte, zog er seine Knarre, die noch nie geschossen hatte, und öffnete vorsichtig das Fenster. Er bückte sich, nahm seine Mütze ab und ließ nur ein Auge und eine Handvoll grauer Haare, die auf seiner Stirn klebten, hervorgucken. Er erblickte einen zweiten Typ zwischen den Wagen und einen dritten in diesem weißen Schlitten, der am Morgen vorbeigebracht worden war, er wechselte die Haltung, da sein Rücken schmerzte, er war sechzig Jahre alt, er hatte noch nie auf jemanden geschossen und er hatte nicht die Absicht, seine Laufbahn mit einem Donnerschlag zu beenden, wenn du dein ganzes Leben lang mit Bullen verkehrst, verstehst du irgendwann überhaupt nichts mehr, die Wichser stehen nicht alle auf der gleichen Seite, und dieser Charlie war ein gottverfluchter Scheißwichser, vielleicht war das mit dem Alter so gekommen, daß er es nicht mehr ertragen konnte, die ganze Nacht mit diesem Schwachkopf zusammenzusein, früher war er auch so gewesen, dummes Zeug erzählen, über jeden Mist lachen, inzwischen interessierten ihn die Sportergebnisse nicht mehr, und der ganze Schweinekram kotzte ihn an, er fand das nicht besonders angenehm, diese Knarre in der Hand, Charlie spielte jede Nacht mit seiner rum, er zielte auf irgendwas durchs Fenster, er stützte sich mit dem Ellbogen auf den Tisch und machte PENG, PENG, aus Jux, Blut floß zwischen den Reifen der Kisten, Ströme von Blut, und die meiste Zeit schnarchte und furzte dieser Mistkerl in einer Lautstärke, er hätte ihn umbringen können. Charlies Wagen stand direkt nebenan, SEIN NEUER WAGEN, er schoß, und Charlies Windschutzscheibe flog in die Luft, o Herr im Himmel, tat das gut. Im nächsten Moment sah er den Buick im Rückwärtsgang aus der Reihe scheren, wie eine Rakete, er zielte seelenruhig, schoß, und diesmal zertrümmerte er die Scheiben des Abschleppwagens der Verwahrstelle, so hatte er sich schon lange nicht mehr amüsiert. Der Buick raste direkt in den Drahtzaun und das Ding legte sich mit einem Heidenlärm halb auf die Seite, aber nicht genug, um ihn durchzulassen. Während der Buick zurücksetzte, nahm der Alte einen Scheinwerfer aufs Korn, aber er verfehlte ihn, der Buick schlitterte für einen Moment im Matsch, dann schoß er wie ein wildgewordener Wal wieder auf den Zaun zu. Er sah ihn drüberwegfliegen und über das Brachland davonrauschen. Jetzt erst richtete er sich auf und ging raus.

Als er bei Charlie ankam, war dieser immer noch im Tran, schwarz vor Dreck, das Transistorradio neben ihm lief weiter, die letzten Takte von TUNNEL OF LOVE, dieses verfluchte Radio, er stieß es mit dem Fuß in eine Pfütze und trat mit dem Absatz auf das Ding ein, bis es im Schlamm versunken war, er tanzte eine Weile darauf herum, bis er völlig erschöpft war. Dann erst kümmerte er sich um Charlie, er schüttelte ihn am Arm, wach auf, wach auf, DU ÄRMSTER!!!

14

Als er wach wurde, lag er nackt auf dem Sofa, eine blaßrote Decke über den Beinen, das Ding war zur Hälfte auf den Boden gerutscht. Er hörte diese Stimme aus der Küche, diese heisere Stimme, sie trällerte *It's a heartache, nnoooootbing but a heeeaaaaartache,* Scheiße, sagte er sich, die fühlt sich tatsächlich wie zu Hause, verdammt, was hat die hier zu suchen, er sah sein schlaffes Glied, das auf einem Schenkel lag, und er zog die Decke darüber. Sämtliche Vorhänge waren auf, überall war Licht, und das Zimmer war ruhig, perfekt aufgeräumt, lauwarm. Er hatte einen makellos sauberen Verband an der Hand, einen weiteren um den Kopf, er hob die Decke hoch und ließ sie wieder fallen, sein Knie war noch da, er bewegte das Bein, Carol hatte ein klein wenig zu hoch gezielt, er machte keinen Versuch aufzustehen, er rief HELEN!, er mußte zwei Jahrhunderte warten, bis sie endlich erschien, in der Küche hing kein Spiegel, das mußte ihr gestunken haben.

Sie war groß, noch keine vierzig, aber sie wirkte älter, sie schminkte sich zum Kotzen, wegen der Falten, sie versuchte, diese verdammten Schandflecken zu vertuschen und die Tränensäcke wegzuwischen, die sie unter den Augen hatte, dieses Leben hatte sie total kaputtgemacht, und sie trank, sie besaß den größten Fressalienladen der Gegend, zwei Straßen weiter, das Ding hatte sie zehn Jahre ihres Lebens gekostet, ZEHN JAHRE, ihr Macker hatte jeden Pfennig auf die hohe Kante gelegt, sie hatten sich alles versagt in den schönsten Jahren ihres Lebens, und als sie aus dem Schlamassel raus waren, war der Typ gestorben, jetzt war sie die reichste Witwe weit und breit und sie besoff sich regelmäßig, sie hatte niemanden mehr auf der Welt, sie wohnte in dieser protzigen Villa, dem Haus nebenan, eines Tages hatte sie Franck gezeigt, wie man Rosen schneidet, und kurz darauf, am Nachmittag, hatte er sie sich hinter einer Magnolie geschnappt, mit einem Auge hatte er Lili beobachtet, die sich auf dem Rasen

Rasen sonnte, er hatte Bammel bekommen, er hatte ihr bloß einen Finger reingeschoben, er wußte nicht mal, ob sie gekommen war oder nicht, er hatte Lili betrachtet, er fand das ziemlich komisch, er hatte seinen Finger hin und her flutschen lassen, jeden Moment rechnete er damit, daß Lili aufsprang oder die Beine breiter machte und sich gehenließ, danach hatten sie zu dritt auf der Terrasse ein Glas getrunken, er hatte in der Sonne zufrieden die Augen zusammengekniffen, weder er noch Helen hatten je ein Wort darüber verloren, sie hatten nie wieder damit angefangen. Sie war ein wenig fett, das auch, nicht zu viel, für Franck waren alle etwas üppigeren Frauen Schlampen, in der gleichen gedanklichen Kategorie war er davon überzeugt, daß es besser sei, einen langen Schwanz und Haare auf der Brust zu haben, es gibt Existenzen, die gründen sich auf so etwas.

Sie baute sich in einem alten, gelb-schwarz karierten Männerhemd vor ihm auf, das auf ihre ausgewaschenen Jeans fiel, schnaufend löste sie das Band, das ihre Haare zusammenhielt.

– Scheiße, Franck, glaub nicht, daß ich jeden Tag bei dir aufräume.

Sie setzte sich neben ihn und strich leicht über den Verband, den er um den Kopf hatte.

– Der sitzt schon schief, sagte sie.

– Heute ist Sonntag, oder?

– Ja, es ist zwei Uhr, kurz vor zwei. Hast du Hunger?

– Bist du schon lange da?

– Puh, keine Ahnung, vielleicht seit neun Uhr, deine Tür stand sperrangelweit offen, da bin ich reingekommen.

Franck deutete auf seine verbundene Hand und all die anderen Scheißverbände.

– Ich danke dir, sagte er, und auch für das Aufräumen.

– Dein Bein ... ich glaub, das ist halb so schlimm. Es blutet kaum noch. Du hattest schon ’nen Verband drum.

– Aha? meinte er.

Sie stand auf.

– Na gut, in der Küche sind noch zwei, drei Sachen zu erledigen. Fühl dich nicht verpflichtet, mir zu erzählen, was passiert ist.

– Soso, du stirbst doch vor Neugier.

– Könnte dich so etwas beeinflussen?

Sie verzog sich in die Küche, ohne eine Antwort abzuwarten. Er pfefferte die Decke auf den Boden und versuchte, mit dem verletzten Bein aufzutreten. Er war nicht zimperlich, aber das war, als hätte er einen Schlag mit einem Stock abbekommen, das war alles andere als lustig. Seine Hand ging ihm ebenfalls auf den Keks, der Verband störte ihn, und sobald er die Finger bewegte, spürte er, daß sich die Wunde wieder öffnete, er hatte einen klebrigen Klumpen auf dem Handteller.

Er flitzte nackt ins Badezimmer, humpelnd, er setzte sich auf die Brille, um zu pinkeln, natürlich hatte er nicht erwartet, die beiden Arschlöcher noch vorzufinden, er hätte nicht mal gewußt, was er mit ihnen hätte anfangen sollen, er richtete den Strahl auf das Email, um das Geräusch zu dämpfen, und dann gefiel ihm die Vorstellung, sie beieinander zu wissen, das käme ihm auch aus praktischen Gründen gelegen, der Bulle setzt den beiden Bastarden nach, und als Prämie bekäme er Lili in die Finger, und Carol, für Carol würde ihm schon was einfallen, er fühlte sich entspannt, die Jagd konnte losgehen, er riß ein Blatt lavendelblaues Papier ab und wischte sich den letzten Tropfen weg, normalerweise machte er sowas nicht, und seine fleckigen Slips, die rollte er zusammen und warf sie in die Maschine, ihm war lieber, wenn Lili die nicht sah, aber jetzt legte er keinen Wert darauf, daß ihm das Zeug die Beine runterlief, er trat zurück und stieß mit dem Fuß gegen die Handschellen, sicher, es war möglich, daß sie sich getrennt hatten, das war eine der beschissenen Möglichkeiten, die man berücksichtigen mußte, aber er WUSSTE, daß sie zusammen waren, Herrgott, er war total aufgeregt. Er dachte an Helen, die in der Küche rumhing, aber die Vorstellung, was danach wäre, war ihm doch zuwider, diese ganze lauwarme Schminke, die auf seiner Brust einnicken würde, das war zuviel für das bißchen Lust, aber vielleicht konnte er es so deichseln, daß er sich bloß einen blasen ließ oder einfach in der Küche an sie herantrat und sie an sich preßte, danach müßte sie schnell ins Bad und er hätte Zeit genug, sich wieder anzuziehen, es klingelte, er zuckte zusammen, er hüpfte durch den Flur, wobei er sich an der Wand abstützte, und ließ sich aufs Sofa fallen, er zog die Decke heran, machte die Augen zu und lächelte, als er den Dicken fragen hörte:

– Franck, schläfst du? Was ist passiert?

Er schlug ein Auge auf, der Dicke trug ein kurzärmeliges, unter den Armen durchnäßtes Hemd und Khakijeans mit seinem verdammten Ledergürtel, die Schnalle war so groß wie ein Nummernschild, voller Perlmutt und Türkisen, eine Imitation des Schmucks der Navajos, die er in einer Zeitschrift entdeckt hatte, die Typen hatten erklärt, wie man ihn anzufertigen hatte, wie man Indianer spielt, obendrein hatte er in der Mitte ein Goldstück plaziert, das war seine eigene Idee, es gab keinen Typen auf der Welt, der sich darüber lustig gemacht hatte, keinen mit sämtlichen Armen und Beinen und Ohren und Zähnen. Seine fuchsroten Haare steckten schweißverklebt hinter den Ohren, und seine Stirn war mit Sommersprossen übersät, außerdem hatte er kleine, runde, ganz gelbe Augen und diese seltsame Marotte, er blinzelte nie. Franck richtete sich auf:

– Rat mal.

Helen erschien mit einem Tablett, das sie auf Francks Knie stellte, es gab Spiegeleier und Käse, es war ihr gelungen, eine saubere Serviette aufzutreiben, sie hatte sie sorgfältig neben den Teller gelegt, das war typisch Helen, und Franck hatte ein für allemal beschlossen, solche Sachen nicht als Freundlichkeit, sondern als Ausdruck einer manischen Veranlagung aufzufassen. In Wirklichkeit war es beides, die Eier waren tadellos, er stach mit der Gabel in das Gelbe, um Helen zu ärgern, denn sie guckte ihm zu, diese Frau hätte alles für ihn getan, er wußte es.

Der Dicke rückte einen Stuhl neben das Sofa und ließ sich darauf nieder, wozu raten, er ließ seinen Verstand nicht gern arbeiten, an sowas fand er keinen Gefallen, er beugte sich vor, die Arme auf den Schenkeln verschränkt, und wartete, er war nicht einmal besonders neugierig, entweder trafen die Dinge ein oder eben nicht, es gab nichts, was ihm besonders zusagte, manchmal fühlte er sich wohl, ohne zu wissen, warum, er fand das Leben nicht besonders unangenehm, im Augenblick hätte er gern ein Bier gehabt.

– Helen, würdest du mal gucken, ob du ein paar Flaschen Bier findest? fragte Franck.

Sie verließ das Zimmer, ohne einen Ton zu sagen, Franck faltete die Hände im Nacken, er räkelte sich.

– Das ist der beschissenste Sonntag meines Lebens, sagte er. Na, das denkst du doch, oder?

– Könnte sein. War das Lili?

– Ja, aber Carol auch und die beiden Typen.

Helen erschien mit dem Bier, für sich selbst hatte sie was Härteres gefunden, ein großes Glas, sie fand einen Platz am Rande des Sofas.

– Deine Eier werden kalt, sagte sie.

Er verschlang ein halbes Ei auf einmal, und während der Dicke sein Bier aufstöpselte, tischte er ihnen ein, zwei Märchen auf, Lili war mit Carol gekommen, es hatte Ärger gegeben wegen Carol, die ihm ständig auf den Keks gegangen war, er hatte sie geohrfeigt und sie war ins Schlafzimmer gelaufen, danach erst hatte er mit Lili quatschen können, hatte er ungestört mit ihr reden können, Scheiße, die andere oben, die hatte er darüber vollkommen vergessen, wir tranken gerade 'nen Schluck, als die drei aufkreuzten, keine Ahnung, wie die das hingekriegt hat, ich hatte die Typen zuverlässig angekettet, was meinst du?, nein, Helen, die Typen, die haben wir auf der Autobahn gekascht, die hatten Georges' Kasse geplündert, du kennst doch Georges, aber sicher, nun ja, obendrein hatten sie meinen Revolver gefunden, und ich saß da mit Lili, ich bin aufgestanden und sie haben gemeint, ich sollte mich zur Wand drehen, Scheiße, die fanden offenbar, ich machte nicht schnell genug, der eine, der, der Willy niedergeschlagen hat, der hat mir 'ne Kugel ins Bein gejagt, ich bin ihm fast vor die Füße geflogen, und da hat er mir ordentlich eins verpaßt, die beiden, Dicker, ich garantier dir, die finden wir wieder, er aß schnell seinen Teller leer, die kalten Eier schmeckten zum Kotzen, er fragte sich, warum sich das nicht so ereignet hatte, die Geschichte gefiel ihm.

– Und Lili? fragte Helen.

– Lili? Keine Ahnung, vielleicht hat sie Carol nicht allein lassen wollen, vielleicht haben sie sie gewaltsam mitgenommen, ich weiß es nicht, ich hab nicht die leiseste Ahnung.

– Und deine Hand? fragte Helen.

Sie sah ihn ganz komisch an, irgendwie belustigt, klar doch, sie hatte beschlossen, ihm auf die Eier zu gehen, er wollte nicht antworten, aber die Lüge kam ihm weiter über die Lippen, ohne daß er etwas dagegen machen konnte, die Lüge ist wie ein bunter Dauerlutscher, feurig und süß zugleich.

– Oh, sagte er, ach so, du meinst wegen der Küche ... Wegen dieser sagenhaften Sauerei?

Er kippte einen tiefen Schluck Bier.

– Stell dir vor, du kennst doch diese dicke Katze, haste die noch nie gesehn? 'ne dicke schwarze Katze, halb wild, aber sicher haste die schon gesehn, naja, die steckte in der Küche, die war gerade dabei, ihre Scheiße zu hinterlassen, also wollte ich sie rausschmeißen, aber die ist total bekloppt, überall ist die hingesprungen, ich hab mich geschnitten wegen dem Scheiß, den die gebaut hat, wenn du das Theater erlebt hättest!

– Wenn ich dich recht verstanden hab, hattest du noch unglaublich Massel, sagte sie.

Er lächelte dümmlich und warf dem Dicken einen Blick zu, aber der war mit den Gedanken schon woanders, auf diese ganze Katzengeschichte hatte er nicht mehr geachtet, er hatte an Francks Story nichts komisch gefunden, das reichte ihm, so war das nun mal passiert, die Sonne hatte das Fenster eingedrückt und knallte ihm auf den Rücken, er rührte sich nicht.

– Morgen geht's los, Dicker. Bevor du kommst, bring den Buick weg, wirf noch mal 'nen Blick rein. Und Willy?

– Nasenbein gebrochen, er ist blau und grün.

Helen erhob sich und nahm ihm das Tablett von den Knien, seufzend sammelte sie die leere Flasche Bier ein, die der Dicke auf den Boden hatte fallen lassen, und verschwand in der Küche, Franck streckte sich aus und schwieg, das passierte ihm oft mit dem Dicken, daß sie die ganze Nacht zusammen steckten, ohne einen Ton zu sagen, auf der Lauer, in einem Wagen oder in einem leerstehenden Zimmer, nichts als das Geräusch ihres Atems und das Knistern der Zigaretten. Nach einer Weile schloß er die Augen, er versuchte, sich Lili vorzustellen, aber alles in allem brachte das nicht viel, er hörte den Stuhl knarren, und der Dicke berührte ihn am Arm, okay, sagte er, in der Küche wurden noch zwei, drei Worte gewechselt, dann schloß sich die Eingangstür, langsam übermannte ihn der Schlaf, in der Küche lief Wasser, und da war diese Frau, er hörte das Wasser laufen, darauf hatte er noch nie geachtet.

15

Er wachte jäh und schweißgebadet auf, es wurde dunkel. Er trug noch ein Stück Traum mit sich herum, er kannte es, er wollte eine Straße überqueren, er wartete ganz allein darauf, daß die Ampel auf Rot sprang, und genau in dem Moment, wo er einen Schritt machen wollte, war der Bürgersteig unter ihm eingestürzt, Scheiße, das war sein Lieblingsalptraum, er kannte ihn nur zu gut, das Ding war total bekloppt. Er stand auf, seine Eier baumelten, weil er wahrlich nicht auf dem Damm war, er schnappte sich seinen Slip, zog ihn an und hielt auf die Küche zu. Helen hatte alles aufgeräumt, saubergemacht, ein Segen, denn er hätte weder die Kraft noch den Mut dazu gehabt. Sein Bein schmerzte ein wenig, er machte den Kühlschrank auf, ohne so recht zu wissen, ob er auf etwas Lust hatte, es war noch Bier da, er schleppte es mit sich herum, während er durch die Küche spazierte, schließlich ließ er sich auf den Stuhl fallen, hier hatte er sie gebumst und jetzt war der Tisch blitzblank und sie hatte sich tatsächlich davongemacht und er war noch da, hatte er alles getan, was er tun konnte, verdammt, was hätte ich sonst noch tun sollen, sie hat mir keine Chance gelassen, er versuchte, Abstand zu gewinnen, zu sehen, ob es ohne sie gehen könnte, aber im Grunde konnte er dazu nichts sagen, er verscheuchte diesen Gedanken aus seinem Gehirn, weil er ihn ankotzte, ohne sie, was sollte das heißen, sie war ein Teil seines Lebens, alles andere war ihm zu hoch, die Scherereien, die er mit ihr hatte, die machten ihm nichts aus, die gehörten zum Spiel, da hatte er nichts gegen, aber er war unfähig, einen völligen und endgültigen Bruch in Betracht zu ziehen, das war ein wenig wie der Tod und er hatte keine Lust zu sterben, das hatte nicht mal etwas mit Liebe zu tun. Er hielt den Verschluß an die Tischkante und versetzte der Flasche einen heftigen Schlag, um sie zu öffnen. Ein Stückchen Resopal splitterte ab, er fuhr mit dem Finger darüber, das ließ ihn vollkommen kalt, zur Not hätte er diesen verfluchten Tisch zum

Fenster raus geworfen, er trank, ein feines Rinnsal lief ihm über das Kinn, er warf sich zurück, um kein Bier auf die Beine zu bekommen, und in seinem Schwung kippte er nach hinten, die Flasche glitt ihm aus der Hand und zerschellte an der Wand, hinter ihm, Scheiße, Scheiße, er stand wieder auf und rieb sich den Ellbogen, er war nervös, die Neonröhre machte einen fürchterlichen Krach, er sah sie einen Moment an, er lehnte sich gegen die Wand, in der Nähe des Schalters, diese Drecksbude war noch nie so zum Kotzen gewesen, verdammt und zugenäht, er hätte sich all diese Klamotten einzeln nehmen und in Stücke schmeißen können, er machte das Licht aus.

Er zog die Vorhänge im Wohnzimmer zu und schaltete bloß eine kleine Lampe an. Er schnappte sich eine Zeitschrift und legte sich hin, er blätterte die Seiten um, ohne hinzusehen, nichts als Reklame, von Zeit zu Zeit geriet er an 'n Ding für Unterwäsche, er schielte nach den kleinen, gepflegten Hintern, man sah die Härchen da durch, irre, diese Tussis, einfach unglaublich, die beiden da, die könnte ich garantiert bumsen, sagte er sich, und die beiden Mädchen blickten ihm in die Augen, er durchlöcherte das Foto mit dem Finger, in Höhe des Bauchs, mit einem Ruck zerriß er die Seite und schleuderte die Zeitschrift quer durchs Zimmer, Scheiße, ich bin hellwach, was fang ich jetzt mit dieser ganzen Nacht an, er zog die Knie an die Brust und drückte sie sehr kräftig, bis ihm sein Rücken weh tat und er fast umkippte. Er stand auf, pflanzte sich vor den Fernseher. Er probierte sämtliche Programme durch, klack klack klack klack, in Windeseile, vielleicht hätte es ein Film getan, und wenn er noch so schlecht war, aber nein, alles lief schief, das einzige, was er noch tun konnte, das war, sich ein Bad zu gönnen, er würde das Bein raushängen lassen, eine Zigarette im Mund, Lili hatte ein Sammelsurium von Schaumbädern zurückgelassen, er schleppte sich träge voran, vielleicht sollte er sie alle ausprobieren, Scheiße, warum eigentlich nicht?

Sie saß in der Wanne, mit geschlossenen Augen, das Wasser dampfte noch. Sie war gut drauf, sie summte leise vor sich hin, ein tiefer Ton, den sie leicht modulierte, eine Hand hatte sie hinter dem Kopf, mit der anderen strich sie über den Schaum, wegen diesem weißen Scheißzeug konnte er sie nicht ganz sehen, die Flasche Bourbon war so gut wie leer, sie stand auf der mauvefarbenen Badezimmermatte, er trat näher, sie hatte ihn nicht kommen hören, er betrachtete diese halb eingeschlafene Frau, ihre Haut war sehr weiß, ihre Knie ragten leicht gespreizt aus dem Schaum, er fragte sich, bis wohin das Wasser dazwischen wohl reichte.

Er tauchte eine Hand ins Wasser und packte eine ihrer Brüste. Sie fuhr in die Höhe. Sofort zog er seine Hand zurück. Er setzte sich auf den Wannenrand, fast drehte er ihr den Rücken zu.

– Aha, sagte sie. Wachgeworden? Willst du selbst rein?

Sie hatte schwarze, halblange Haare, die Spitzen waren naß, und sie hatte unter ihrer Schminke ein wenig geschwitzt, das Zeug war an einigen Stellen verlaufen, sie hatte wirklich ein tragisches Gesicht, ein Gesicht von entsetzlicher Traurigkeit, vor allem jetzt, das war gar nicht so einfach, wie er gedacht hatte.

– Ja, sagte er. Aber das macht nichts, bleib ruhig drin. Ich hab Zeit.

Sie richtete sich auf in dem Wasser, sie schob ihre Hände unter ihre Brüste, ihre Stimme war noch heiserer als sonst, sie sagte:

– Gefallen sie dir nicht?

Er wandte ihr den Kopf zu, sie hingen ein wenig, aber sie hatte ganz kleine, sehr dunkle Warzen, dafür hatte er was übrig, das Wasser reichte ihr bis zum Bauchnabel. Wenn er Lili in der Wanne überraschte, machte er dasselbe, er tauchte eine Hand ins Wasser und streichelte sie, oder diese einfach geniale Idee, sie einzuseifen, das klappte jedesmal, er brauchte bloß die Seife in die Hand zu nehmen, schon hatte er einen stehen, dieser verdammte Schaum machte ihn total plemplem. Helen wirkte überhaupt nicht so auf ihn, er dachte an etwas Komplizierteres, warum, wußte er selbst nicht, das Licht ausmachen oder mit ihr Fernsehen gucken, ja, irgendeinen langweiligen Kram, sie säßen schweigend da und um sie nur dieses phantastische Licht des Bildschirms, er könnte ganz langsam eine Hand ausstrecken, eine unmerkliche Annäherung, und über ihre Schenkel wandern,

Herrgott, sie würde so tun, als hätte sie nichts gemerkt, ihr ganzer Körper warm, total entspannt, und in dieses Ding mit den ausgeleierten Gummizügen, da käme er spielend leicht mit den Fingern rein, es entstand dieser Aufruhr im Wasser, als sie sich stellte, er zuckte zusammen, sie setzte den Fuß auf dieses schreckliche mauvefarbene Ding und wickelte sich in ein Handtuch, bevor er dazu kam, sie ganz nackt zu betrachten. Sie hatte keinen festen Stand, sie lehnte sich gegen die Wand, vor dem Spiegel, und richtete sich ein wenig die Haare.

– Du hast recht, sagte sie. Ich hab nicht den Körper, den ich mir erträumt hab.

Er beobachtete sie, während sie sich eine Zigarette von der Ablage nahm und anzündete. In diesem lackroten, ausgeflippten Zimmer wirkte sie wie ein gealterter Star, der kurz davor ist, sich die Pulsadern zu öffnen, das lag an der Art, wie sie in den Spiegel lächelte. Sie hielt das Handtuch mit einer Hand über ihrer Brust zusammen, sie kniff sich in die Nasenspitze, blickte auf ihre Finger.

– Eine einzige Katastrophe, seufzte sie. Ich kann's dir nicht übelnehmen.

Er sah auf seine Füße. Da er im Augenblick keine Lust auf sie hatte, fiel ihm nichts Nettes ein, irgendein Blödsinn, den er über ihren Körper hätte sagen können, um ihr eine Freude zu machen, er konnte ihr nicht helfen. Ohne zu überlegen, stieß er hervor:

– Gut, daß du da bist. Ich bin nicht gut drauf.

Sie wandte sich um, hüllte ihn in eine Kugel aus weißem Rauch.

– Weißt du, sagte sie, ich bin schon seit Jahren down. Reden wir von was anderem.

Sie nahm die Flasche vom Boden, trank einen langen Schluck und bot ihm den Rest an. Er lehnte ab.

– Ich nehm ein Bad. Danach können wir essen, wenn du willst.

– Es ist lang her, daß mich ein Mann zu sich zum Essen eingeladen hat, sagte sie.

Er beugte sich zu den Wasserhähnen hinunter und ließ Wasser einlaufen, während sie sich abrieb. Sie hob ihre Sachen auf und ging. Allein sich vorzustellen, wie sie im Wohnzimmer in ihren Slip schlüpfte, das war 'n Ding, das änderte alles. Er schnitt eine Grimasse, weil das Wasser zu heiß war.

Er mischte Himbeer und Zimt, die Farben gefielen ihm. Als er den Schaum zur Seite schob, hatte das Wasser eine ganz seltsame Farbe, er planschte eine Zeitlang darin herum, der Geruch war fast widerlich, vielleicht hatte er zuviel genommen, er fragte sich, ob sich der Duft in seine Haut einnisten werde, allmählich bereute er es. Er ließ das Wasser ablaufen und drehte die Dusche auf, er knurrte, denn das Sauzeug hatte einen zähen Film auf seiner Haut hinterlassen, und er mußte fest reiben, um ihn abzubekommen, das erinnerte an diese Schwulenparfüms, Patschuli, Opoponax, er vermied es, diese Typen zu berühren, er pfefferte sie auf den Rücksitz und kurbelte sämtliche Fenster runter, beim Fahren biß er die Zähne zusammen. Er kam unter der Dusche hervor und trocknete sich systematisch ab, er schnüffelte an seinem Arm, er roch vor allem nach Himbeer, obendrein war der Verband an seinem Bein naßgeworden, das hatte er fein hinbekommen.

Er zog seinen Slip an. Er fand Verbandszeug in diesem Hausapothekending, neben einer Schachtel Tampons EXTRA, er war noch nie neugierig darauf gewesen, sich diese Dinger anzugukken, mit Bio-Applicator – wie bitte? – stand da drauf, der innere Schutz, der den meisten Frauen Sicherheit bietet, er holte eines dieser Röhrchen heraus und brach es durch, um es sich von innen anzusehen, er zerrieb den Karton zwischen den Fingern, er hielt den Wattebausch unter Wasser, um sich eine Vorstellung zu machen, wenn er allein gewesen wäre, hätte er sämtliche Schachteln geöffnet, an allen Tuben geschnüffelt, er hätte rumgesponnen mit dem ganzen Zeug, er schleuderte das weiche Ding in eine Ecke und räumte die Schachtel weg. Er setzte den Fuß auf den Wannenrand und fing an, den Verband abzuwickeln, nur eine Umdrehung, dann richtete er sich wieder auf, er hielt den Verband mit einer Hand fest, während er sich einen neuen angelte und in Richtung Küche humpelte.

Er lehnte sich gegen den Türrahmen. Die Neonröhre war

durchgeknallt, um so besser, mal sehen, wie lange die andere noch hielt, eine wahre Scheißbude. Helen stand mit dem Rücken zu ihm, sie hatte bloß ihr Hemd und einen Slip an, die kleinen Karos reichten ihr gerade über den Hintern, sie stand barfuß auf den weißen Fliesen, mehrmals warf er den Kopf zurück, bevor er sich zum Reden entschloß:

– Würdest du mir vielleicht helfen …?

– Ja, komm her, ich bin soweit.

Er trat zur Seite, um sie mit den Tellern vorbeizulassen, keine Überraschung, der Gefrierschrank enthielt nichts als Hacksteaks und grüne Bohnen, sie trug die Leckerbissen ins Wohnzimmer und stellte sie auf einen niedrigen Tisch, das Besteck war schon gedeckt. Er setzte sich aufs Sofa, das weiche Leder klebte ihm an den Schenkeln, er ließ sich nicht zu tief sinken, um sie den Verband anlegen zu lassen, er fragte sich, ob er einen hochbekäme, sobald sie nur seinen Oberschenkel berührte, oder ob das ganz allmählich käme, aber wenn er nur daran dachte, rückten die Wände zusammen und seine Ohren schnitten ihn vom Rest der Welt ab, sperrten ihn in einen schalldichten Kokon. Als sie sich vor ihm hinkniete, hatte sie eine Zigarette zwischen den Lippen, und sie blinzelte wegen des Rauchs, sie sagte:

– Toll. Ich eß für mein Leben gern grüne Bohnen.

Sie blickte zu ihm hoch, sie schaffte es, den Verband abzuwikkeln und ihm mit Ach und Krach einen neuen anzulegen, sie hatte bald genug intus.

– Und erst die Steaks, sagte sie. Ich nehme an, Steaks magst du auch.

– Jaja. Wie kommst du darauf?

– Nur so. Ich hoffe, du hast noch was zu trinken, dann hätte ich's leichter.

– Ach was, du machst das gut. Nicht ganz so fest.

– Davon red ich nicht. Franck, hör bitte auf, dich wie ein Trottel zu gebärden, ja?

– Scheiße, was hab ich denn jetzt schon wieder gemacht?

– Nichts. Nichts hast du gemacht, noch nicht, aber ich kann's dir erklären, wenn du willst. Ich knie hier vor dir, wir sind beide halbnackt, ich weiß, woran du in diesem Augenblick denkst. Hör zu, ich bin nicht vollkommen blau, noch nicht, da ist eine Sache, die solltest du wissen, hör mir gut zu, mir wäre lieber gewesen, das hätte sich anders abgespielt, ich hab wirklich kein Glück mit dir. Seit sechs Monaten hab ich keinen Mann mehr angerührt, es wird also ganz einfach, aber das gefällt mir nicht, verstehst du, auf die Tour ist die Sache von vornherein vermasselt. In meinem ganzen Leben hat es nicht einen Mann für mich gegeben, meinst du, ich fang es verkehrt an?

– Natürlich fängst du's verkehrt an, wir fangen es alle verkehrt an, klar, aber ich hab da keine Ahnung. Ich mag dich, Helen, ich hoffe, du findest jemanden.

– Franck, ich hab damals keinen Orgasmus gehabt.

Aus ihrer Stimme klang kein Vorwurf, das war eine Feststellung, sie hatte aufgehört, ihn zu verbinden, und sie senkte die Augen, um ihn nicht in Verlegenheit zu bringen, sie fing es immer noch verkehrt an, eigentlich wollte sie ihm zu verstehen geben, daß zwischen ihnen nichts schiefgelaufen war, daß da NICHTS GEWESEN WAR, und das machte ihr ein wenig Hoffnung, aber sie fühlte sich auch gehemmt und betrunken, sie würden alles verderben, ihr Körper scherte sich nicht um das Morgen, das war dieses Leben zwischen Lachen und Weinen, trotzdem hätte sie gern daran geglaubt.

Im ersten Moment, für den Bruchteil einer Sekunde, hätte er sie beinahe hochgehoben und in die Arme genommen, er fand das alles entsetzlich traurig, dann erinnerte er sich, daß er daran nicht unbeteiligt war, dennoch, seine Manneskraft war davon unberührt, schließlich hatte er nur mit dem Finger, Scheiße, die wird doch nicht dieses Ding wieder aufs Tapet bringen, er wikkelte den Verband selbst fertig, schweigend, und stand auf.

– Du wirst zufrieden sein, sagte er.

Er beugte sich nach vorn, über die Schallplatten, und holte eine nagelneue Flasche Bourbon hervor. Er schenkte zwei Gläser voll.

– Du hast einigen Vorsprung, sagte er.

Sie sank auf den Hintern und lehnte sich mit dem Rücken

gegen das Sofa. Sie trank ihr Glas langsam, mit halb geschlossenen Augen, kleine Schweißtröpfchen hatten sich oberhalb ihrer Lippe gebildet.

– Ich hab keinen großen Hunger, aber das wird kalt, sagte sie.

Er entschuldigte sich, daß er keinen Wein hatte, aber sie hatten beide nichts dagegen, bei Bourbon zu bleiben, sie aßen schweigend und er ließ sich ordentlich vollaufen, das war die einzige Lösung, sie spürten es alle beide, manchmal spült der Alkohol alles hinweg, manchmal sperrt er einen in einen Panzer aus Beton und das Resultat ist dasselbe. Als er fühlte, daß er reif war, legte er sich auf den Teppich und fing an zu lachen, er faltete die Hände hinter dem Kopf. Sie guckte ihn lachend über den Tisch hinweg an:

– Was hast du?

Er zeigte auf den Verband und stützte sich auf den Ellbogen:

– Ich finde, ich stell mich auch nicht dumm an.

Da sie ihn nicht verstand, zog sie ein schiefes Gesicht, und er lachte nur noch lauter. Sie rollte seine Serviette zu einer Kugel zusammen und warf ihm diese weiche Bombe ins Gesicht. Er warf zurück.

So fingen sie an, eine Art Spiel, brutal und sinnlich zugleich, sie mühten sich, jedesmal, wenn sie den Arm hob, jedesmal, wenn sie eine abrupte Bewegung machte, sah er einen Teil ihres Slips, ein Stück weiße und geheimnisvolle Prärie, und das zeichnete sich immer klarer ab, sein Herz schlug schneller, er rollte sich auf die Seite und schnappte nach ihrem Arm. Sie versteifte sich, er zog sie an sich und sie ließ ihn machen.

– Jetzt noch nicht, sagte sie.

Er schob eine Hand unter ihr Hemd. Da sie ein Gesicht machte wie ein geprügeltes Kind und er ziemlich fröhlich gestimmt war, rief er aus:

– Ach du Schande, die wiegt ja mindestens drei Kilo!

Sie stieß ihn zurück, aber sie lächelte wieder.

– Idiot.

Sie stand auf, er versuchte, sie am Bein festzuhalten, aber sie riß sich los. Ihr Hemd wurde nur noch von einem einzigen

Knopf zusammengehalten. Sie sah, daß es das war, worauf er mit großen Augen starrte, sie mühte sich, nicht auf der Stelle zu stehen, denn sie hatte Schwierigkeiten, das Gleichgewicht zu wahren, das war ein Trick, den sie entwickelt hatte. In diesem Moment kippte sie zur Seite, sie ließ sich fallen, sie rollte auf seinen Körper zu, und ein hemmungsloses Lachen brach aus ihrer Kehle hervor, selbst Franck spürte, daß etwas geschehen war. Sie zog ihr Hemd aus, mag sein, daß ihre Hüften ein wenig breit waren, mag sein, daß sie diese paar elenden Kilo zuviel hatte, doch an diesem Abend fand Franck sie wirklich vollkommen, es ist Stuß, zu glauben, man sei stets für die gleiche Art von Schönheit empfänglich, es ist unglaublicher Stuß, sich stets für denselben zu halten, er fragte sich sogar, wie er es geschafft hatte, so lange zu zögern. Sie wälzte sich einmal um die eigene Achse, er legte sich flach auf den Bauch und er konnte ihren Arsch bewundern, er sah ihr bei ihrer kleinen Nummer zu, sie war wirklich große Klasse, sie drehte sich und er sah durch ihr ganzes Geschlecht hindurch, das war wirklich toll, er hielt sich den Kopf mit beiden Händen und lächelte dämlich, dann schoß ihm dieses IRRE DING durch den Kopf, er fuhr in die Höhe, er drückte sie an sich und schob eine Hand in ihren Schlüpfer, Herr im Himmel, das war nicht möglich, ihre Haut war weich, wahrhaftig, wie eine reife Aprikose.

– VERDAMMT NOCHMAL, sagte er, DAS IST WAHNSINN!!

– Gefällt dir das?

– Scheiße, das ist gut. Seit wann?

– Seit letztem Sommer. Die gingen mir bis auf die Oberschenkel, ich war's satt.

Er rückte ein Stück zur Seite und zog an ihrem Slip, um zu gucken. Sie preßte sich an ihn, sie sagte ihm ins Ohr:

– Warte, ich geh pinkeln.

Sie lief los, aber er wartete nicht, er füllte zwei Gläser und flitzte ins Badezimmer. Sie stand gerade auf, als er ankam. Er reichte ihr ein Glas, und während sie trank, stellte er seins aufs Waschbecken. Er ließ sie aus ihrem Slip schlüpfen, sie stützte sich auf ihn und hob erst das eine, dann das andere Bein, er streichelte ihr über den Oberschenkel, steckte einen Finger in ihre Spalte und spielte mit ihrem Nabel. Sie trat zurück und pflanzte ihren Hintern gegen das Waschbecken.

– Hu, ist das kalt, sagte sie.

– Du spinnst, das ist doch nicht kalt.

– Scheiße, willst du fühlen?

Er hatte einen stehen, so langsam wußte er selbst nicht, was er sagte. Er küßte sie auf den Hals, um nachzudenken, er wollte das Vergnügen hinauszögern, sie nicht sogleich bumsen, aber dieses rasierte Geschlecht machte ihn verrückt, auf dem Bord stand diese Schönheitscreme, ein gallertartiges oranges Zeug, er wußte nicht, was das war, diese Sauerei hatte todsicher einen GANZ bestimmten Zweck, aber die Konsistenz war gut, er tunkte zwei Finger darein und schmierte ihr das Zeug auf eine Brust, er massierte es kreisförmig ein.

– He, was machst du? sagte sie.

– Macht Spaß, was?

– O ja, warte.

Sie ließ ihn auf dem Wannenrand Platz nehmen, und er nahm eine Bestandsaufnahme der Kosmetika vor, sie stellte einen ganzen Berg davon aufs Waschbecken. Sie setzte sich rittlings auf ihn, einen Lippenstift in der Hand. Sie malte ihm einen langen roten Strich quer übers Gesicht, sie machte oohhhh, als sie über die Nase kam, er strich mit vollen Händen über ihre Hüften, da war dieses weit offene Geschlecht, er langte danach und es schmiegte sich in seinen Handteller, während sie ihm mit Wimperntusche dicke Karos ins Gesicht zeichnete, sie wand sich auf seinen Knien, er sagte sich, großer Gott, das ist zuviel, und alles drehte sich ihm im Kopf, hoffentlich muß ich nicht kotzen, sie hatte auch die Schminkstifte gefunden, auf einer ganzen Gesichtshälfte verpaßte sie ihm goldene und mauvefarbene Rauten, seit 'ner Weile hatte sie ununterbrochen was davon, nicht der große Wurf, aber doch ein irgendwie spezieller Zustand, eine Mischung aus Sexualität und Nervosität, außerdem war sie mit ihrem Werk zufrieden, sie hatte ihm ein pechschwarzes Auge fabriziert, so gehörte er ihr wirklich, sie zog ihm den Mund nach, das verlieh ihm einen etwas traurigen Ausdruck, fast hätte sie das Gleichgewicht verloren, als sie sich zurücklehnte, um sich ein Röhrchen silberner Pailletten zu angeln, abgesehen von Francks Gesicht fing die ganze Welt an zu verschwimmen, sie konzentrierte sich darauf, beide blickten sie sich an, das war leicht, sie waren dermaßen vom Alkohol gebeutelt, daß ihr Verstand aussetzte, er konnte ihr einen Finger bis ganz hinten reinschieben, es gelang ihr nicht mehr, ihre Lust zu lokalisieren, er schaffte es, seinen Slip mit einer Hand abzustreifen, praktisch ohne sich zu bewegen, er machte ein schiefes Gesicht, weil es ihm schwergefallen war, sein Glied auszupacken, dieser verdammte Gummizug, sein Ding war total geschwollen und knallhart, er mochte es nicht, wenn das zuviel war, dann hatte er nur halb so viel davon, dann spürte er nicht mehr viel, zudem war Helen dermaßen naß, ihm war heiß, sie schob eine Hand zwischen seine Beine, das war so lange her, sie machte es sich darauf bequem, das Ding flutschte so leicht in ihren Bauch, das war kein Quatsch, das war wirklich gut, letztlich konnte sie sich gar nicht genau erinnern, bumsen, sie wußte zwar, was das hieß, es gab da einige Bilder, aber das hier, was sie jetzt, IN DIESEM AUGENBLICK empfand, ein himmelweiter Unterschied, der Verstand vereinfacht alles, und das macht das Leben noch komplizierter, sie schaffte es nicht mehr, sich gerade zu halten, ihr Rücken bog sich, sie klammerte sich an Francks Schultern, sie hatten einen guten Rhythmus gefunden, schon möglich, daß es noch andere gab, sie spürte, daß es ihr langsam kam, das vermischte sich mit ihrem Rausch, wer war stärker, sie versuchte, ihn zu küssen, aber er riß sich sogleich wieder los, das lenkte ihn ab, sie hatte ihm die Lippen beschmiert, deshalb dieser komische Geschmack im Mund, er zog sich fast ganz aus ihr zurück, um bis zum Anschlag wieder in sie einzudringen, das dauerte gut zwei, drei Sekunden, er hatte das Gefühl, als stieße er ganz hinten gegen etwas, er hatte Lust, die Augen zuzumachen, aber das war unmöglich, Scheiße, ich hab zuviel getrunken, über den Duft der Kosmetika legten sich ihr Schweiß und der Geruch ihres Geschlechts, für den Bruchteil einer Sekunde dachte er an Lili, denn wenn es eins gab, was er mochte, dann war das ihr Geruch, wenn sie bumsten, den schleppte er den ganzen Tag mit sich rum, es passierte ihm, daß er an seinen Fingern schnupperte, im Büro, im Wagen, überall, das überkam ihn vor der roten Ampel, beide Hände am Lenkrad, das war das Größte, sogar wenn er gar nicht mehr daran dachte, das stieg ganz langsam in seine Nasenlöcher, das hob seine Laune, sie kamen gleichzeitig, ohne es zu merken, Helen hüllte sich in eine Art brutale Wonne, das machte ihn fertig, dieses Rauf und Runter, Franck biß die Zähne zusammen wegen des Alkohols, er hatte immer noch Lust, ich ramm die an die Decke, sagte er sich, verdammt, ich ramm die an die Decke, ein großer Teil seiner Lust kam davon, daß er spürte, wie sie auf ihm zum Höhepunkt kam, daß er ihre Titten sah, und von der Art, wie sie ihren Kopf nach hinten warf, den Mund halb offen, er knurrte, das ist gut, was, aber sie gab keine Antwort, sie sagte ja mit den Augen, sie klammerte sich weiter an dieses buntgescheckte, sehr harte Gesicht, aber sie sah da keinen Zusammenhang mit dem, was sich in ihrem Körper tat, das war bloß ein bizarres Bild, sie dachte nicht darüber nach, da war ein ganzer Haufen erotischer Bilder, der ihr durch den Kopf ging, mit der Zunge kitzelte sie ihn unter der Achsel, daraufhin steckte er ihr einen Finger in den Arsch, ihm war nicht gut, sie schob seine Hand zurück, im Augenblick war ihr nicht danach, er ließ sie machen, er machte schneller, um zum Ende zu kommen, er streichelte sie, er packte sie an den Hüften, hob sie hoch und ließ sie wieder auf ihn zurückfallen, er fragte sich, ob er ein zweites Mal kommen werde, er wußte es nicht, und als es kam, drehte sich alles nur noch mehr und das Vergnügen war zum Teufel, er blieb allein zurück, in diesem Moment kam Helen wieder zum Höhepunkt, sie zitterte, er wartete, bis er sicher war, daß es vorbei war, ehe er aufhörte, und sie blieb an ihm hängen und biß sich auf die Lippen. Er hatte kaum Zeit, sich zurückzuziehen und zur Seite zu rücken. Sie sank auf die Knie, während er sich zur Wanne drehte und sich übergab.

Herrjemine, das war wirklich furchtbar, das tat weh bis in die Nase, er erzeugte schreckliche Geräusche, er hätte alles dafür gegeben, wäre sie nicht bei ihm gewesen, er schämte sich seines Körpers, wenn er das machte, diese Sache hier oder auch den Geruch von Scheiße auf der Toilette hinterlassen, wenn eine Frau nach ihm reinging, er verspürte stets die gleiche Scham, kotzen, scheißen, phantasieren, ein grünes Zeug lag unten in der Wanne, er war tatsächlich krank, er versuchte, es mit der Dusche zu entfernen, er übergab sich immer noch, das brannte, inzwischen fror er, er hing weiter über der violetten Badewanne, er ließ einen Faden Speichel von seinen Lippen fallen, er war am Ende. Ohne es zu wollen, ließ er die Dusche los, das Ding fiel auf den Rücken und spritzte bis an die Decke, keine Kraft, sich nach vorne zu beugen, um sie umzudrehen, er mußte sich möglichst wenig bewegen, trotzdem klammerte er sich an den Wannenrand und senkte sein Gesicht über die Quelle, so blieb er eine Zeitlang, die Augen geschlossen, das feine Stechen war unangenehm, aber die Kühle tat ihm gut, er wußte, er würde nicht sterben.

Als er sich wieder aufrichtete, war es unverändert Nacht, Helen lag mit angezogenen Beinen auf den Fliesen, beide Arme zwischen den Beinen, ihre Brüste hatten eine seltsame Form, sie schien zu schlafen, er brauchte Luft. Er stieg über sie hinweg, im Spiegel starrte ihn dieses groteske Gesicht an, er kapierte nicht sogleich, er stöhnte und schnappte sich einen Waschlappen, das ging nicht so schnell wieder weg, er schmiß das fleckige Ding ins Waschbecken, er schaffte es bis zum Fenster, indem er sich an der Wand entlang hangelte, er zog die Vorhänge auf, er brauchte zwei Anläufe, bis er es aufhatte. Die Luft war frisch, es war noch sehr dunkel, er atmete sie langsam und tief ein, das war phantastisch, die Nacht war ruhig, es roch nach feuchtem Gras, er zog die Haut über die Spitze seines Glieds, körperlich fühlte er sich besser, der Rest war eher in blue, keine richtige Trauer, bei der Trauer weiß man, woran man ist, er versuchte klarzusehen, was hast du, liegt das an Lili, nein, das wäre zu einfach, auch nicht an Helen, nichts Eindeutiges, das lag tiefer, er sagte laut, was willst du, doch alles, was ihm einfiel, war, sich eine Zigarette zwischen die Lippen zu stecken und nackt am Fenster stehenzubleiben, die Hände auf dem Hinterteil, ohne die Zigarette anzuzünden. Eins war sonnenklar, diese Bude, die konnte er nicht mehr ertragen. Er ließ seinen Blick durch das Wohnzimmer kreisen, in der Tat, was kratzte ihn das alles, ha, ha, was für eine Möse, er streckte seinen Bauch raus, so weit es ging, WAS FÜR EINE MÖSE, morgen würde er sich wieder an die Arbeit machen, das war beruhigend, auf diese Tour blieben die meisten halbwegs dicht im Oberstübchen, er machte das Fenster wieder zu, dieser Arschlochweltschmerz, er dachte schon nicht mehr daran.

Scheiße, sie war wirklich eingeschlafen. Er überlegte einen Augenblick und hob sie in seine Arme, Herr im Himmel, die ist ja das reinste Schwergewicht, sagte er sich, die eine Seite ihres Körpers war eiskalt, er stiefelte keuchend ins Schlafzimmer und ließ sich mit ihr aufs Bett fallen, sie hatte höchstens einmal leise geächzt, sie war nicht wachgeworden. Er setzte sich auf die Bettkante, um zu verschnaufen, er machte lediglich eine winzige Lampe auf dem Boden an, sie lag mit dem Rücken zu ihm, sie hatte die Lage von vorhin wieder eingenommen, er stellte fest, daß er immer noch die Zigarette im Mund hatte, er hatte den Filter zwischen den Zähnen zerdrückt, er riß ihn ab, fand Streichhölzer am Fußende des Bettes. Er rückte zur Seite, um sie zu betrachten, er pustete den Rauch in ihre Richtung, ein Teil zog über ihre Hüfte hinweg, der andere wirbelte gegen ihre Lenden. Er dachte an nichts. Er besah sich den Ansatz ihres Geschlechts zwischen den zusammengepreßten Oberschenkeln, er beendete sein kleines Spiel in aller Ruhe mit ein paar tadellosen Ringen, die er ihr auf den Hintern blies, ein Mann, der allein ist, ist stets eine monströse und erhabene Maschine. Er drückte seinen Stummel aus, als wollte er sich einen Vampir vom Hals schaffen. Er faßte sie an der Schulter und drehte sie auf den Rücken, danach spreizte er ihre Beine, das war gar nicht so einfach, sie preßte sie in ihrem Schlaf immer wieder zusammen, aber er probierte es so oft von neuem, wie es nötig war, und als sie in der richtigen Lage war, robbte er zum Fußende und betrachtete sie, tatsächlich betrachtete er vor allem dieses unglaubliche Geschlecht, kein einziges Härchen, er war beinahe hypnotisiert, noch nie hatte er einen solchen Reiz und Abscheu auf einmal empfunden, das war der grauenhafte Körper eines Kindes und von absoluter Schönheit zugleich.

Er streckte sich auf ihr aus und betete, daß sie nicht wach wurde, so war ihm das lieber, er wollte keine Komplikationen, er wollte etwas ganz Einsames, nicht als sein eigenes Vergnügen, er ging ganz behutsam vor, und als er spürte, daß er tief hinten war, dachte er nur daran zu atmen, er stützte sich auf seine Arme, die Beine angespannt, um sie nicht zu zerquetschen, sie bewegte sich ganz sachte, er hielt inne, er wartete vier, fünf Sekunden, sie hielt die Augen geschlossen, er machte weiter. Von Zeit zu Zeit warf er einen Blick unter sich, UM HINZUSEHEN, ihm war heiß, seine Arme fingen an zu schmerzen, ungeduldig wartete er auf seinen Höhepunkt, aber er kam nicht, er versuchte an die schlimmsten Dinge zu denken, aber er war unfähig, auch nur ein Bild in seinem Kopf festzuhalten, Grimassen schneidend guckte er seinem Glied zu, das hin und her fuhr, er betrachtete Helens Titten, ihren Mund, sie kamen und gingen wieder, sämtliche Frauenbilder, die er im Kopf hatte, das führte zu nichts, all die traumhaften Bumsabende, die er sich in sämtlichen Details ausgemalt hatte, ein Haufen unnütze Scheiße, er schloß die Augen und gab auf, all seine Muskeln waren steif, er ließ sich auf die Seite sinken, die Knie an den Bauch gezogen. Er blieb eine Zeitlang so liegen, sein Herz beruhigte sich allmählich, das Bett unter ihm war voller Schweiß.

Er ging ins Wohnzimmer hinunter, fläzte sich aufs Sofa. Er zog sich eine Decke über die Schultern, den Blick auf diese beschissene Decke hoch über ihm geheftet, schnurgerade, keine Flecken, nichts, er legte einen Arm über seine Stirn, noch nie hatte er sich so allein gefühlt, darin steckte eine solche Intensität, daß er Schiß bekam. Er war noch nie so down gewesen, so nicht. Er war vierundvierzig, keinerlei Erfahrung im großen Taumel, die Sache war besonders hart für ihn. Steif wie ein Brett schlief er ein, die Decke eng um die Brust geschlungen, es war ihm nicht gelungen, wieder normal zu atmen, o Herr.

16

– Meine Fresse, wir haben verdammt Schwein mit dieser Karre, sagte Ned.

Vielleicht achthundert Meter hinter dem Zaun hatten sie eine Auffahrt gefunden, die direkt in den Périphérique mündete, es war einiges los, sie würden ihre Ruhe haben, die Typen drehten noch ein paar Runden, bevor sie sich in ihre weichen, geblümten Federn stürzten. In dem Moment, wo er die Scheinwerfer einschalten wollte, fing er an zu motzen. Er parkte auf dem Seitenstreifen und stieg aus, er pflanzte sich vor den Schlitten.

– So eine gottverdammte SCHEISSE! DAS DARF DOCH NICHT WAHR SEIN…!

Die beiden Dinger waren total zersprungen, innendrin lagen noch ein paar Splitter, direkt neben ihm donnerten die Kisten mit Volldampf vorbei, bleib mit dem Wagen nachts am Straßenrand liegen und du existierst nicht mehr, Scheiße, wie dem auch sei, da war nichts mehr zu machen, er schaffte es, seine Tür halb aufzuziehen, ohne sie sich abreißen zu lassen, immerhin etwas, er fuhr mit den Standlichtern weiter, solange diese irrsinnigen Lichter über ihnen brannten, ging das, aber danach, was war DANACH?

– Kein Wunder, sagte Jimmy. Bei dem Schlag, den der vor die Schnauze bekommen hat…

– He, es ist Vollmond, sagte Henri.

Jimmy brach in Lachen aus:

– Huuuuuhhhhh, der bringt einen um, der Kerl. Da interessiert der sich glatt für die Landschaft! SAGENHAFT!

Henri wandte sich um und lächelte:

– Nein, aber vielleicht sehen wir genug, wenn wir über Nebenstrecken fahren. Wenn wir keinen Mist bauen… Die Läden, die sind jetzt alle geschlossen, wir könnten natürlich auch zufällig den gleichen finden und die Scheinwerfer stibitzen, aber das dürfte schwer sein.

– Ja, ach was, das ist doch Scheiße, sagte Ned. Du hast recht, wir versuchen, diese Strecke wiederzufinden, das könnte klappen.

Dabei beugte er sich nach vorn, um die große weiße Kugel zu orten, sie stand über ihnen, schräg rechts, und zwei Typen waren darauf rumgetanzt, das war ja doch ein starkes Stück, Wahnsinn, total unnütz, nur zum Vergnügen, als müßte man möglichst viele hartgekochte Eier in sich reinstopfen, ohne dabei draufzugehen.

Er fand diese gottverdammte Straße, er zögerte kein einziges Mal, das Ding schien in seinen Kopf eingraviert, bei jeder Abzweigung sprang Henri von seinem Sitz auf, JA, GENAU, verdammt, wir sind richtig, und sie gerieten wieder auf diese kleine Straße, die in die Wüste führte, Ned mußte an die alte Schlange denken.

– Vielleicht haben wir ja ein wenig Massel, sagte er.

Ja, sie hatten es richtig gemacht, er sah genug, um sich ein bißchen Tempo zu gönnen, hundert, hundertzwanzig, und die Straße war beinahe schnurgerade, er konnte jeden Wagen von weitem sehen, solange sie nicht auf die Bullen stießen, war das sogar ziemlich angenehm, bei diesem Licht wirkte alles unwirklich, selbst das Ding, das sie gedreht hatten, ähnelte einem Traum, der Mond, verdammt, sie waren auf dem Mond. Es war schön, Henri beugte sich vor, um in den Kassetten zu wühlen.

– Erinnere mich daran, daß ich sie rausnehme, sagte Ned.

– Ja. DIE GEHÖREN NÄMLICH MIR, brüllte Jimmy. Ich kann mich nicht erinnern, daß du mich darum gebeten hast.

– Alles, was mir gehört, gehört auch dir. Du hast aber auch alles vergessen.

– Ha, ha, das ist zwanzig Jahre her, daß ich nicht lache. Alles, was mir gehört, behalte ich.

Ned stieß Henri in die Seite:

– Hör dir das an. Die alten Freaks haben einen widerlichen Durchblick.

– Leck mich am Arsch, antwortete Jimmy. Das war trotz allem die beste Zeit meines Lebens. Damals konntest dir mit zwei, drei Trips besser die Birne vollhauen als mit fünfzig Bier, der Trick war, sich nicht kaputtzumachen, sondern was anderes zu finden. Heutzutage ist es schwer, 'nen heißen Kopf in einer eisigen Welt zu bewahren.

– Mein Lieber, da muß man die Zähne zusammenbeißen.

Jimmy ließ sich nach hinten fallen.

– Jaja, und nicht nur das, sagte er.

Er hatte den ganzen Rücksitz für sich allein, alles Leder, er faltete die Hände hinter dem Kopf, er lächelte, er betrachtete nichts Bestimmtes, er wartete auf nichts Bestimmtes, okay, er weinte dem nicht nach, er hatte damit nichts mehr am Hut, fünfzehn Jahre danach hatte auch er sich verändert, er war härter geworden, er spielte weiter den Hampelmann, um sich zu amüsieren, die großen Worte, die konnte man sich in die Haare schmieren, und mit den Gefühlen war es dasselbe. Monster waren das, die aus der Flasche stiegen, um der Welt auf den Geist zu gehen, er redete nicht mehr darüber, aber er hing noch daran, es gibt so wenig Dinge im Leben, die etwas taugen.

Henri schob eine Kassette in den Recorder. Nach der dritten Note fuhr Jimmy in die Höhe:

– Mamma mia! Das Stück da, das Ding, das kenn ich, SCHEISSE, IST DAS GUT! Das ist extra dafür gemacht, ohne Licht durch die Dunkelheit zu fahren, ODER NICHT? He, spürt ihr das, he, ihr da vorn, spürt ihr nicht, was das für ein fabelhafter Augenblick ist? Und ich hab nichts zu rauchen, NICHTS, oh, ist das gut, und wie SCHÖN es draußen ist, oooohhhhh...

Sie drehten sich um, um Jimmy zuzugucken, wie er auf dem Rücksitz überschnappte, er schlang die Arme um seinen Körper, er wiegte sich mit geschlossenen Augen im Rhythmus der Musik, sie blickten sich lachend an, der Wagen war komfortabel und weich, die Straße war keine Straße, die Erde wurde von unten angestrahlt, sie brauchten nur einen Blick darauf zu werfen, sie konnten so weit sehen, wie sie wollten, hinter die dornigen Dinger, unter die Steine, da war dieses zittrige Schimmern des umgewälzten Glimmers, der Sturzflug der Sternschnuppen, alles nur für sie. Henri zog einen riesigen Joint aus seiner Hemdentasche und klopfte damit auf Jimmys Schädel, DAMIT. Jimmy schlug die Augen auf und schielte eine Sekunde danach.

– Spiel da nicht mit rum, sagte er. Oder träum ich?

– Scheiße, nimm ihn schon, der ist schwer. Der wiegt mindestens zwanzig Gramm.

Jimmy riß ihm das Ding geradezu aus den Fingern und beförderte es unter seine Nase. Wenn es eins auf der Welt gab, das er am Geruch erkannte, dann das.

– O JA ... DU ALTER SCHWEINEHUND! sagte er.

Henri gab ihm Feuer. Jimmy drehte den Joint oberhalb der Flamme, er wartete, bis das geringelte Ende zu Staub zerfiel, ehe er sich das Ding zwischen die Lippen schob, er atmete tief ein, und während er das tat, wandelten sich seine Züge vollkommen, eine Grimasse, als hätte er die Taucherkrankheit.

– Sonia hat gemeint, so würdest du an sie denken, flüsterte Henri.

Jimmy nickte, die Lungen vollgepumpt, dann stieß er den Rauch durch das offene Fenster, die Hälfte strömte in den Wagen zurück.

– Ah, verdammt, ich liebe sie, sagte er. Ich liebe sie. Stellt euch vor, sie denkt an mich, Herrgott, ihr könnt das gar nicht verstehen, was wäre ich ohne sie, ich bin schon so nicht viel, laßt mir diesen Joint noch fünf Minuten, Henri, laß nochmal das Stück von vorhin laufen, du weißt schon, wie heißt der noch, ich vergeß das immer wieder, dieser Typ mit seiner Strato, Scheiße, Scheiße, ach ja, Knopfler, sag schon, der war das, oder? Aber von Anfang an, ja?

Henri lachte sich kringelig, während er zurückspulte, er antwortete:

– Ja. Das Stück heißt *Where do you think you're going?* Echt stark.

Das Stück ging wieder los, und Jimmy schloß erneut die Augen. Den Nacken auf dem ledernen Polster, drückte sich Henri in seinen Sitz, auch er fand, daß das 'ne gute Musik für eine solche Situation war, es war ziemlich warm, aber sie brauchten sich nicht zu bewegen, nur ihre Klamotten klebten ein wenig, und das Atmen war etwas schmerzhaft. Henri zog an dem Joint, er brauchte nicht viel, er war da ziemlich empfindlich, im übrigen kam es vor, daß er auch mal nein sagte, er war davon schon regelrecht krank geworden, sein Verstand war abgegangen wie ein Pfeil, er war nicht mehr mitgekommen, einmal hatte er sich eine hübsche Herzattacke geleistet, er war wie ein Irrer durch ein Zimmer getigert, ein Gefühl, als platzte ihm das Herz, jetzt sah er sich vor, er wartete, bis er wirklich Lust dazu hatte, und dieser Schweinehund von Jimmy hatte ihnen wahrlich ein Band zum Relaxen eingepackt, nichts als gute Musik, jetzt gerade ein Stück von B. Springsteen, das ihn buchstäblich abheben ließ. Ohne sich umzudrehen, gab er Jimmy ein Zeichen, die Finger nach oben gestreckt, Daumen und Zeigefinger zu einem Kreis geschlossen.

Ned starrte auf die Straße.

– Wenn ich nicht spinne, sagte er, gibt's bald was Kaltes zu trinken...

– Der schläft bestimmt, sagte Henri.

– Scheiße, ich wette, der schläft seit Jahrhunderten nicht mehr.

– He, wer schläft nicht mehr? Wo gibt's was zu trinken? fragte Jimmy.

– Wart ab, Alter, wirst schon sehen. Hol schon mal deine Moneten raus.

Ein wenig später kurvte Ned an den Zapfsäulen vorbei und setzte den Wagen hinter die Hütte. So konnte man ihn von der Straße aus nicht sehen, klar, das war vielleicht nicht sonderlich klug, jetzt anzuhalten, vielleicht hätten sie mit Vollgas weiterbrausen sollen, Schiß haben, ein bißchen mehr schwitzen, vielleicht kannten sie die nicht, die Vorsicht, vielleicht hatten sie keine Lust, sich damit abzugeben, oder ihr Verstand geriet ins Trudeln, vielleicht war eins wie das andere, dem Tiger auf den Schwanz treten oder ihm in die Augen blicken, sie stiegen aus und schritten auf die Tür zu, Jimmy zerdrückte mit einem leichten Herzstich den Stummel des Joints.

Es brannte kein Licht, nichts als das Zirpen der Grillen, das sich unter die Stille mischte, der Mond neben ihnen in einer Wanne mit Altöl versunken, und vor ihnen diese Bude aus Holz, die Tür um den Griff herum schwarz vor Schmiere, zu Blumentöpfen umfunktionierte Reifen und ein verrotteter Vordersitz unter der Veranda, in dem Roßhaar die Abdrücke seines Hinterns und seines Rückens, das Ding, das hätte er tausendmal wegwerfen können, und ob, daran war kein Mangel, und diese kaputte Scheibe mit dem quer darüber genagelten Michelinmännlein und dem Reifendruck, VORN und HINTEN, beinahe hätte sich Henri an dem riesigen Kaktus aufgespießt, der im Eingang thronte, und als Ned an die Tür klopfte, bemerkte er die große offene Blüte inmitten der Stacheln.

Sie hörten ein Geräusch von innen, eine Art Schleifen und die Tür ging ein Stück auf, der Alte war in langen Unterhosen, ein einteiliges Ding, das sich auf der Brust öffnete, überall ragten Knochen heraus, er guckte Ned von oben bis unten an.

– Aha, du? sagte er.

Er ließ die Tür los und schlenderte ins Innere des Raumes zurück. Als sie eintraten, stand er mit dem Rücken zu ihnen, er hatte eine Hand in sein gelbliches Ding geschoben und kratzte sich ausgiebig am Hintern.

– Haben wir dich geweckt? fragte Ned.

Der Alte drehte sich um, weiße Stoppeln höhlten seine Wangen aus, seine Haare waren zerzaust, aber seine Augen waren offen, auf dem Tisch stand eine kleine Lampe mit einer Zeitung oben auf dem Lampenschirm, bloß ein Blatt, das ergab dieses eigenartig weiche Licht inmitten der leeren Flaschen, es war gerade noch Platz für ein dickes, aufgeschlagenes Buch und eine Brille.

– Nein, sagte er. Du hättest stundenlang klopfen können. Ich schlaf nicht mehr viel, das ist wie mit dem Scheißen, Essen und ’ner ganzen Menge anderer Dinge, das hab ich hinter mir. Das ist ganz gut so, das läßt mir Zeit.

– Wir wollten dein Bier aussaufen, sagte Ned. Uns ist heiß geworden.

– Nur zu, mein Junge. Leg dein Geld auf den Tisch und bedien dich.

Ned öffnete den Kühlschrank, verteilte das Bier, er beobachtete Jimmy aus dem Augenwinkel, um dessen Reaktion mitzubekommen, dieser Berg von Flaschen, was für ein Gesicht er machen würde, aber Jimmy reagierte nicht, schließlich stieß er ihm seinen Ellbogen in die Rippen, er sagte:

– He, siehste das nicht? Fällt dir nichts auf?

– Wieso?

– Scheiße, siehste nicht diesen Berg von Bier mitten in der Wüste, he, läßt dich das kalt, findste das nicht wahnsinnig?

– Nein, hätte ich genauso gemacht. Man müßte schon vollends daneben sein, sich hier ohne 'nen Mindestvorrat begraben zu lassen. Bei dir würde mich das nicht wundern.

Ned kratzte sich am Kopf. Henri ging auf den Tisch zu, das Buch war bei einem Kapitel mit der Überschrift »Die Bonsais« aufgeschlagen, es gab ein Foto und Zeichnungen, die die Wurzeln im Querschnitt zeigten, der untere Teil der Seite war voller Fingerabdrücke, er guckte den Alten an, der gerade dabei war, ein wenig Platz zu schaffen, er hatte beide Arme voll leerer Flaschen, er preßte sie an sich.

– Der Kaktus draußen, sagte Henri, ich hab noch nie 'nen Kaktus mit so einer Blüte gesehn...

– WAS SAGST DU DA, MIT EINER BLÜTE?????

– Ich hab eine gesehn.

Der Alte rannte zur Tür und riß sie in vollem Lauf auf, sie knallte gegen die Wand, und das Licht der Lampe fing an zu flackern, die ganze Bude quiekte, die anderen folgten ihm, und sie stellten sich zu viert um den Kaktus, sie beugten sich über die Blüte, der Alte war ganz aufgeregt.

– Guckt euch das an, GUCKT EUCH DAS AN! sagte er. Der blüht nur ein einziges Mal im Jahr, nur eine einzige Nacht, morgen ist nichts mehr zu sehen. Fast hätte ich das verpaßt.

Die anderen schwiegen, das war eine komplizierte Blüte, man brauchte eine Zeit, um ihre ganze Schönheit zu erfassen, sehr reine, sehr zarte Farben, es herrschte gerade soviel Licht wie nötig, sie hatten die Augen weit offen, sie blieben eine Weile davor stehen, kippten still ihr Bier, erstarrten vor diesem Stück Leben, das war, wie wenn man eine Zitrone bis auf den letzten Tropfen auspreßt oder das Ende eines Films abwartet.

Als sie wieder reingingen, flitzte der Alte zum Kühlschrank, angelte sich vier Bier und stellte sie auf den Tisch.

– Die spendier ich euch, sagte er. Normalerweise tu ich das nicht. Das geht mir auf den Keks, die Typen fühlen sich wie im siebten Himmel, und mein ganzer Vorrat geht dabei drauf. Aber jetzt kann ich nicht anders, ich tu das ihretwegen, ihr seid im richtigen Augenblick gekommen, nur eine einzige Nacht in dieser ganzen Hölle, eh Jungs, das ist kein Zufall, die hat euch gerufen.

Jimmy und Henri hatten sich an den Tisch gesetzt, Ned hob seine Flasche und fand in einer Ecke auch etwas zum Sitzen, eine umgestürzte Kiste, er blickte sich unauffällig um, aber er sah sie nicht. Der Alte ließ sich direkt neben ihm nieder.

– Wo ist die Schlange? fragte er leise.

– Die schläft, die liegt bei mir im Bett.

Ned stand auf und stellte sich vor das Bett. Er zog die Decke herunter. Sie lag da, eingerollt, dick wie ein Arm, Ned packte sie am Kopf, hob sie hoch und schleuderte sie Jimmy auf die Knie.

– Und das, wundert dich das auch nicht?

Jimmy stieß einen Schrei aus und kippte mit seinem Stuhl hintenüber.

– AH, WAS BIST DU BESCHEUERT! brüllte er.

Die Schlange kroch seelenruhig in eine Ecke, während er sich aufrappelte, er hatte sein Bier nicht losgelassen, hatte sich aber vollgespritzt, er schüttelte seine Jeans, die anderen lachten.

– Mach das nie wieder, wenn ich geraucht hab, verdammt. Was fällt dir eigentlich ein?

– Du warst bald eingeschlafen. Jetzt weißt du, daß du bis zum bitteren Ende bei mir bleibst. Ich kann dich nicht missen.

Jimmy verzog sich schmollend in eine Ecke, während Ned den Alten fragte:

– Sag mal, wenn du was in ’nem Wagen verstecken müßtest, wo würdste das tun?

– Ich müßte schon bescheuert sein, die Verstecke kennt ja jedes Kind. Du solltest dir lieber was anderes ausdenken.

– Du verstehst mich nicht. Ich suche etwas, ich will nichts verstecken.

– Hast du im Handschuhfach nachgeguckt? Unter den Sitzen? Was ist das denn?

– Keine Ahnung.

– Das ist aber ein feines Spiel. Wenn du den Ersatzreifen suchst, da kann ich dir bei helfen.

Ned seufzte, der Alte hatte recht, außerdem, was änderte das schon, das war nichts als dumme Neugier, aber dennoch, man kann nicht über allem stehen, man muß etwas tun und seine Finger in die Scheiße tunken, Abstand nehmen ist gut und schön, aber der wahre Schluß, wenn man eine Zeitlang danach geschielt hat, lautet, daß in Wirklichkeit nichts der Mühe wert ist, etwas tun hingegen, wenn man mit dem Ergebnis nichts am Hut hat, das ist noch besser, die Freiheit besteht darin, daß es immer noch etwas Besseres gibt, selbst wenn man nichts damit anfangen kann.

– Wir werden diesen Schlitten zurückbringen und sonst nichts, sagte Jimmy. Wir sollten uns hüten, unsere Nase da reinzustecken. Die kriegen ihren Dreck morgen mittag wieder, und danach kannst du deinen Lukumtanz eine Woche lang aufführen, ich schließ mich nämlich mit Sonia ein, und vor Sonntag steig ich nicht aus dem Bett, ich hab 'nen netten Vorrat, verdammt nochmal, ich schwör dir, das tu ich, wir organisieren 'ne Fiesta mit allem Drum und Dran, da kenn ich nichts. Hör auf rumzuspinnen, wir haben schon genug Energie in dieser scheußlichen Kacke verpulvert.

– Das scheint mir 'ne gute Lösung zu sein, sagte Henri.

– Dieser Wichser am Telefon, der hätte sich doch unsertwegen bekackt vor Lachen, sagte Ned.

– Was soll's, das passiert jeden Tag in dieser Welt, sagte Jimmy.

– Das kommt dir nur so vor, die Leute leiden im allgemeinen eher an Verstopfung, sagte der Alte.

Ned: trotzdem würde es mich erleichtern, wenn ich mir dieses Arschloch kaufen könnte, der plustert sich ganz schön auf am Telefon.

Jimmy: schön, zugegeben, aber danach haben wir die ganze Meute auf dem Hals, du kennst doch die Sorte, diese Typen sind bekloppt, die finden keine Ruhe, eh sie dich nicht in Scheiben geschnitten haben, ich sag dir, die hätten noch ihren Spaß dabei.

Henri: ich glaub, Jimmy hat recht, puuh, so langsam bin ich voll, und die Sache da mit Sonia, he, sobald diese Geschichte aus der Welt ist, schlagen wir zu, was?

Der Alte: ich versteh das, ich kann verstehn, wie du dich fühlst, ich hab selbst erlebt, wie das ist, wenn dir ein Typ unwahrscheinlich auf die Nerven geht, ich hätte jeden zum Teufel gejagt, der mich hätte zurückhalten wollen. Ich hab dabei nichts gewonnen, vielleicht hab ich dabei auch nichts verloren, ich glaube, das Beschissenste überhaupt, der größte Bockmist, den man beim Pokern bauen kann, das ist, wenn man nicht rechtzeitig passen kann.

Jimmy: genau, die ballern dir bloß 'ne ordentliche Ladung ins Kreuz. Alter, den Rest der Tour wechsel ich mich mit Henri ab, du kümmerst dich um nichts mehr, du warst super, laß mich die letzten Kleinigkeiten erledigen, 'n Klacks ist das, wir haben's geschafft.

Ned: schön, ziehn wir 'nen Strich drunter, du spinnst doch, als suchte ich auf Teufel komm raus Scherereien, es gibt immer mal Dinge, die gehn in die Hose, das ist alles, aber ich hab nicht immer recht, wir tun, was du sagst, ich hau mich hinten in die Karre und knack ein wie diese verdammte Schlange.

Jimmy: die schläft nicht, die hat die Augen SPERRANGELWEIT OFFEN.

Der Alte: das heißt nichts, das passiert mir auch schon mal, hör dir dein Herz an, mein Junge, wenn du nichts hörst, heißt das auch nicht, daß du schon abgekratzt bist, und meins, hör mal, es schlägt, dabei bin ich schon tot, stell dir vor!

Er fing wie irre an zu lachen, er hielt sich den Bauch, der Mond hatte die Seite gewechselt, er klebte am Fenster, fast hätten sie das Licht ausmachen können, zum einen gab es nichts Interessantes zu sehen, zum andern ist es durchaus möglich, daß der Tag mit einem Schlag anbricht, daß er diese kilometerlange Nacht mit einem Ruck wegreißt, sie hatten keine Ahnung, wie spät es war, und die Stille strickte ihnen Baumwollkugeln in den Mund, sie waren erledigt, das war eine seltsame Atmosphäre, denn es gelang ihnen nicht, sich vollständig zu entspannen, allein ihr Verstand, um nicht umzukippen, und für all das, was sie noch zu tun hatten.

Der Alte rannte erneut raus, um sie sich anzusehen, und die anderen kamen nach, dicht gedrängt, eine Bande von Bekloppten im Mondschein, rülpsend und schwankend, und die Blüte, die ihrem Ende entgegenging, fast schlaff, als würde sie ersticken.

– So, sagte der Alte. Ich glaube, jetzt werde ich mich hinlegen.

– Vielleicht sollten wir eben noch tanken, oder? fragte Jimmy.

Er lief los und tauchte mit dem Buick wieder auf. Der Alte schaltete die Zapfsäulen ein, die Morgendämmerung brach an und eine kleine blaßrote Wolke schob sich gegen seinen Nacken, er zuckte mit der Schulter, weil ihn das kitzelte, heute mach ich nicht auf, sagte er, ich hab die Nase voll, wie oft mach ich auf und kein Mensch kommt, er blickte vor sich hin, er wirkte nicht müde, nur ein bißchen zu alt, die anderen stiegen in den Buick, Jimmy setzte sich ans Steuer und reichte ihm die Knete durchs Fenster, er ließ den Motor an.

– Warte, ich mach dir noch die Windschutzscheibe sauber, mein Junge.

– Nein, laß, du spinnst...

– UND OB ICH DAS MACHE!

Er fischte einen Schwamm aus einer Gießkanne und machte sich an die Arbeit. Die anderen guckten ihm durch die Scheibe zu, ohne einen Ton zu sagen. Er spuckte auf den Rest eines gelben Schmetterlings, er kratzte ihn mit dem Nagel ab. Als er fertig war, trat er zur Seite, gab dem Kotflügel einen Klaps. Er stand nach hinten gelehnt, die Hände an den Hüften, er wartete, daß sie abzogen, er bewegte sich kein bißchen.

Sie fuhren los. Als er ganz sicher war, daß sie verschwunden waren, betrachtete er die Straße, es war niemand mehr zu sehen, er fuhr die Zapfsäulen rein. Als er an dem Kaktus vorbeikam, schnippte er die Blüte mit einem Finger zu Boden, das hatte überhaupt nichts Bildliches an sich, um Bilder scherte er sich ’nen Dreck, es war einfach so, daß er das nicht ausstehen konnte, die Agonie und diese ganze melodramatische Scheiße. Danach schob er diese Bekloppte am anderen Ende des Bettes mit dem Fuß zur Seite, er blieb eine Zeitlang liegen, mit offenen Augen, er zog sich nicht einmal eine Decke über die Schultern, die Sonne würde knallen, während er schlief, verflixt nochmal, sollte sie sich doch zum Teufel scheren!

17

Sie kamen am späten Vormittag an, sie hatten totalen Mist gebaut, einen großen Teil der Strecke waren sie am hellichten Tag gefahren, genau das richtige, um sich schnappen zu lassen, jeder nur halbwegs aufgeweckte Bulle hätte gequiekt, wenn er sie hätte vorbeifahren sehen, und diese Scheißmotorräder waren ständig auf Achse. Ned hatte geschlafen, die letzten Kilometer hatte er noch in einem fort gegähnt, sie waren alle drei ein wenig angespannt, sobald ein Wagen vor ihnen auftauchte, hielten sie die Luft an, sie sagten keinen Ton, die beklopptesten Dinger sind immer die, die einem zustoßen, erst als sie in den Hof der Bude einbogen, atmeten sie auf, es herrschte bereits eine fürchterliche Hitze. Jimmy brauste direkt in die Scheune, er parkte den Buick hinter den Mercedes und stellte den Motor ab. Er ließ den Schlüssel in seine Hand hüpfen und machte huuuh, sie stiegen aus, schlossen das Holztor und überquerten den stillen Hof, Marjories Katze spielte mit einer dicken Smaragdeidechse, im Vorbeigehen packte Jimmy sie am Hals und hob sie hoch, die Eidechse verzog sich, die Katze hing mit steifen Pfoten nach unten, Ned lachte sich kaputt, Jimmy hatte die Katze immer noch auf den Armen, als sie ins Haus traten, er wollte sie auf seine Schulter setzen, eine kleine grauweiße Katze mit blauen Augen, aber sie purzelte ihm den Rücken herunter, er kreischte:

– AAAaahhh, dieses Mistviech, mit den Krallen!

– Was ist los mit denen, pennen die noch? fragte Ned.

Er hob den Deckel der Kaffeekanne hoch, sie war leer, er stellte einen Topf Wasser auf den Herd, die Katze kam herbei und rieb sich an seinen Beinen, er bückte sich, he du, was willst du denn, er blieb einen Moment in der Hocke, die Finger verschränkt, während die Katze miauend um ihn herum schlich. Henri ließ sich in die Kissen fallen, er streckte die Beine aus und räkelte sich. Jimmy untersuchte brummelnd den Inhalt des Kühlschranks. Das Wasser fing gerade an zu zischen, als Carol ins Zimmer trat. Sie guckten sich alle drei an, das dauerte Stunden, bis einer von ihnen den Mund aufbekam oder auch nur zuckte, sie war kreidebleich, ein beängstigender Blick, sie stand da mit diesem Ding in der Kehle, vollkommen unmöglich, etwas zu sagen, natürlich hatten sie geschnallt, daß etwas Ernstes passiert war, aber was konnte schrecklicher sein als dieses mitgenommene und stumme Gesicht, das Wasser kochte pfeifend über, ein Signal, sie murmelte:

– Die haben Marjorie mitgenommen.

– WIE BITTE? WAS ERZÄHLT DIE DA???!!! schrie Jimmy.

Ned nahm die Katze auf den Arm und richtete sich auf, Henri zog rasch die Beine an seinen Bauch, Jimmy klebte an der Kühlschranktür.

– Sie haben sie mitgenommen.

Jimmy machte den Mund auf, als wollte er schreien, aber kein Ton kam heraus. Ned ließ die Katze los, sein Geist unternahm eine fürchterliche Anstrengung, um ihn das Gas abstellen zu lassen, er fragte:

– Wo ist Sonia?

– Sie schläft, glaube ich.

– WIE BITTE, SIE SCHLÄFT???! SCHEISSE!!! heulte Jimmy.

– Sie haben sie geschlagen.

Jimmy machte ooaarrrkkktt, als müßte er sich übergeben, dann sauste er los, und die anderen folgten ihm. Als Ned an Carol vorbeikam, schaute er ihr in die Augen, er schüttelte den Kopf, verdammt nochmal, sagte er, komm, er packte sie am Arm, und sie rannten ins Schlafzimmer.

Jimmy war ein paar Schritte vor dem Bett stehengeblieben. Sonia lag darauf, neben ihr, auf einem Stuhl, lief ein kleiner Ventilator, Lili hielt ihre Hand, und es stimmte, sie schien zu schlafen, die Sonne, die sich durch die Rillen der Fensterläden schlängelte, zerlegte den hinteren Teil des Zimmers, Schatten- und Lichtstreifen, alles hatte daran teil, Jimmy trat vor und lüftete das gelbe Handtuch, das die Hälfte ihres Gesichts bedeckte. Die Haut war unheimlich geschwollen, als würde sie aufplatzen, und blau und rot, leuchtend rot, ihr Auge war unter der Schwellung halb verschwunden.

Jimmy legte das Handtuch vorsichtig zurück, er zitterte.

– Womit haben die das gemacht? fragte er.

– Ich weiß es nicht, antwortete Lili. Ich war mit Carol spazieren, und als wir zurückkamen, haben wir sie so gefunden. Sie kniete mitten im Hof, sie sagte nur etwas von Marjorie, sie sagte immer wieder das gleiche. Vor einer halben Stunde ist sie endlich eingeschlafen, ich hab Mandrax im Badezimmer gefunden. Das sieht nicht schön aus, aber schlimm ist es, glaube ich, nicht, das Auge hat nichts abbekommen, sie muß sich nur ausruhen.

– Verdammt, die hätten sie umbringen können! flüsterte Jimmy.

Er war fast noch bleicher als Carol vorhin, wenn das überhaupt möglich war, er preßte seine Finger nervös zusammen, er warf Ned einen Blick zu, bevor er rausging, Ned folgte ihm.

– Diese Bande von Wichsern, sagte er, mir tut alles weh.

Er hatte sein Notizbuch gepackt, er mußte zweimal von vorn anfangen, bis er die richtige Nummer gewählt hatte, der Schweiß stand ihm in dicken Tropfen auf der Stirn, er schüttelte den Kopf, als sich eines dieser salzigen Mistdinger an sein Lid klammerte.

Als er hörte, daß am anderen Ende jemand abnahm, reichte er Ned den Apparat und nahm den zweiten Hörer.

– Scheiße, red du, ich schaff das nicht, sagte er.

Ned nickte.

– Hallo, sagte er, ich hätte gern Zac gesprochen.

– Der ist nicht da. Wer ist am Apparat?

– Ein Freund, Jimmy.

– Ach ja. Ich soll dir was ausrichten. Er hat gesagt, du sollst dich nicht vom Fleck rühren, er ruft zurück.

– Wann?

– Scheiße, weiß ich nicht mehr. Am Abend, hat er, glaub ich, gesagt. Ich tu das ungern, für jemanden was ausrichten, mich darfste nicht fragen. Naja, das war's, mehr ist nicht.

Ned wartete, bis das Bip bip unerträglich wurde, dann legte er auf, Jimmy hielt den Hörer noch in der Hand.

– Was fällt denen eigentlich ein? murmelte Jimmy. Die waren doch einverstanden. Und Marjorie, Alter, ich hab vielleicht einen Schiß, aber wir haben den Schlitten, es geht doch alles klar, oder? Was wollen die denn noch ...?

– Natürlich. Die wollten dich fertigmachen. Wir hätten auf der Hut sein sollen, aber das kriegen wir schon hin.

– Wir albern da rum, und in der Zeit veranstalten die das hier, hätten wir doch bloß nicht angehalten ...

– Komm, hör mit dem Blödsinn auf, beruhig dich. Wir müssen abwarten, das wird nicht einfach sein, also, fang nicht damit an, das bringt nichts. Willst du was rauchen?

– Nein. Ich will überhaupt nichts.

Jimmy ließ den Hörer auf den Boden fallen und hielt auf Sonias Zimmer zu, ihr gemeinsames Zimmer. Vor der Tür blieb er stehen, die beiden Mädchen waren immer noch da und Henri stand am Fußende des Betts, sie schwiegen. Als Jimmy auf das Bett zu trat, gingen sie geschlossen hinaus, Jimmy drehte sich um und drückte die Tür hinter ihnen zu.

Auf dem Boden stand ein Becken mit einem Tuch darin, er wrang es ein wenig aus und faltete es, dann entfernte er vorsichtig das andere, das auf Sonias Gesicht lag, sie schlief immer noch, er wechselte die Tücher, das alte war glühend heiß, er ließ es in das Becken fallen, er setzte sich auf die Bettkante, ich weiß nicht, was ich dir erzählen soll, sagte er, draußen ist es schön, ich weiß nicht, wie ich es hingekriegt hab, dich in sowas reinzuziehen, und außerdem liebe ich dich, es bringt mich um, dich so zu sehen, ich bin ein gottverfluchter Idiot, daß ich sowas denke, aber ich glaube, ich leide noch mehr als du, ich hab das Gefühl, ich ersticke, ich will mich ja zusammenreißen, weißt du, mit dir hab ich immer irren Spaß, ich krieg nie genug davon, ich liebe es, dich anzusehn, ich schaffe es nicht mal, dir etwas ganz Einfaches zu erklären, es stimmt, ich liebe es, dich anzusehn, und dich lieben, das lieb ich auch.

Er hörte auf zu reden, auf einmal erschien ihm das überflüssig.

Die Worte waren wahrhaftig ein beschissener Schirm, um sich zu verschanzen, aber das hatte seinen Reiz, eine schöne, stimmungsvolle Musik, wenn man nicht so sehr auf den Text achtete, er hätte nicht einmal sagen können, was er ihr eigentlich erzählt hatte, einzig die Musik war wichtig, er hatte mit sehr leiser, monotoner Stimme gesprochen, und außerdem schlief sie, was sie brauchte, das war so etwas wie ein akustisches Streicheln, er hatte das gespürt, er sagte sich, daß er ihr in ihrem Schlaf geholfen hatte, er täuschte sich nicht. Jetzt betrachtete er die Lichtstreifen, die an der Wand hingen, es gab nichts in diesem Zimmer, nur ihr Bett und weiße Wände, so wie sie es gewollt hatten, er schaltete den kleinen Ventilator aus, der mit seinem Scheißbrummen alles verdarb, und die Stille machte die Lichtstreifen noch intensiver, die Dinger blieben auf seiner Netzhaut haften, wenn er die Augen schloß, lange, grüne Linien, die langsam verschwammen, er wußte, wie weit er auf diese Weise gehen konnte, mit den Phosphenen phantasieren, aber jetzt war nicht der rechte Augenblick, er war bereits in einem seltsamen Zustand, kraftlos und steif wie ein Spannbetonträger, er schaffte es nicht, vernünftig zu atmen, und wenn er sich noch so anstrengte, dabei kannte er mehrere Methoden, er konzentrierte sich, um einen normalen Rhythmus zu finden, es gelang ihm auch, aber er fühlte sich nicht besser, es war eben so. Er wechselte erneut das Tuch auf Sonias Gesicht, er fragte sich, ob das noch weiter angeschwollen war, er war sich nicht ganz im klaren, Herr, sagte er, O HERR IM HIMMEL!!, er legte sich neben sie, er faßte ihre Hand, um sich zu beruhigen, was konnte es Schrecklicheres geben, was muß man tun, um nicht vollkommen durchzudrehen, er versuchte zu schlafen, unmöglich, wachbleiben, unmöglich, stundenlang ließ er sich so treiben oder auch nur eine Sekunde, Marjorie war eine fürchterliche Wunde, wie Sonia, er war zwischen beiden hin und her gerissen, sein Geist war nur noch ein einziges Nest voll Schmerz, er wimmerte leise, er hätte nie gedacht, daß das möglich wäre, daß er so war, Wahnsinn, heller Wahnsinn, es widerte ihn an, eigentlich kannte er sich sehr gut, sehr, sehr gut, deshalb vertrug er auch einiges, in gewisser Weise näherte er sich wirklich dem Grund, dieses Scheißtelefon meldete sich zur rechten Zeit, er schlug die Augen auf, die hellen Streifen waren weniger grell, die Sonne mußte über das Haus geklettert sein, fast wäre er aufgesprungen, aber er schaffte es im letzten Moment, sich zurückzuhalten, er stand vorsichtig auf, öffnete lautlos die Tür und zog sie wieder zu, er war wieder an die Oberfläche gelangt, er war stets wieder nach oben gekommen, in dieser Hinsicht konnte er sich nicht beklagen, außerdem war das wirklich gut, sie alle beide zu lieben, das war etwas Konkretes in seiner Existenz, und manchmal kann einem so etwas weiterhelfen.

Ned wollte gerade abheben, als Jimmy in das Zimmer stolperte, er überließ ihm den Apparat, die anderen saßen ringsum, das Klingeln hatte sie eingefroren, Ned preßte den zweiten Hörer an sein Ohr.

– Jimmy? fragte Zac.

– Jaja, JA, was fällt euch ein, wo ist Marjorie?

– Paß auf, hast du den Schlitten?

– Natürlich hab ich ihn, das hab ich doch gesagt, WO IST SIE?

– Keine Bange, sie ist da. Du siehst, wir haben Vorsichtsmaßnahmen ergreifen müssen.

– Du sagst, sie ist da, ich will sie sprechen.

– Später, mein Lieber.

– Na schön, hör mir gut zu, wenn ich sie nicht sofort sprechen kann, kriegst du deine verdammte Karre nie mehr zu sehen, und dich, das schwör ich dir, dich bring ich um, ich schwör dir, du hast nicht die geringste Chance, heil davonzukommen, das kannst du mir glauben.

Am anderen Ende folgte ein langes Schweigen, Jimmy hatte das ganz langsam gesagt, der andere konnte sich nichts vormachen, das würde sich todsicher so abspielen.

– Okay, was juckt es mich, du hast dich in die Scheiße geritten, nicht ich.

– Jimmy!

– Marjorie, verdammt, wie geht's dir?

– Ich hab Hunger. Weißt du, mein Zahn wackelt, ich kann kein Brot essen.

– Ja, das ist normal. Ich komm bald.

– Ich hab ein Buch über Löwen und Rhinorosse.

– RhinoZErosse. Ja, ich hol dich bald ab.

– Ja. Mama will mir Sanddorncreme kaufen, die mag ich. Das hat sie gesagt.

– Sag mal, wo will sie die denn kriegen?

– Schön, du siehst, wir haben sie nicht aufgefressen. Jetzt hör zu, wir machen 'nen Treff aus, heute abend um zehn, du fährst...

– Warum so spät, SCHEISSE, WARUM NICHT SOFORT!??

– Ich hab gesagt, um zehn, und dabei bleibt's, du solltest besser die Ohren aufsperren, ich fang nicht nochmal von vorn an, du fährst also Richtung Süden, rechts liegt diese Schokoladenfabrik, die stinkt zum Himmel, du kannst dich gar nicht verfahren, direkt dahinter kommt 'ne Straße, da fährst du rein und dann bis zum Ende, dann siehst du eine zerfallene Hütte, da sind wir.

– Und Marjorie?

– Eh Papa, du gehst mir auf die Eier. Laß uns bloß nicht warten. Das ist keine Uhrzeit für kleine Mädchen.

Jimmy gab keine Antwort, er schloß die Augen, während Zac auflegte. Als er sie wieder aufmachte, blickte Ned ihn an.

– Es ist kurz vor sechs, sagte Ned. Willst du nichts essen?

– Doch. Ich weiß nicht. Die sind total bekloppt.

– Es geht ihr gut. Was soll denn noch schiefgehen?

– Ja, du hast recht.

Jimmy kauerte sich auf die Kissen, auf dem Tisch lagen ein paar Sachen, er pickte sich ein Stück Käse mit einer Gabel und knabberte bedächtig daran herum. Lili saß direkt neben ihm, sie fragte:

– Schläft sie? Soll ich mal nachsehen?

– Hm, ich weiß nicht. Ja, ich glaub, sie schläft. Marjorie muß unbedingt wieder da sein, wenn sie wach wird.

– Mach dir keine Sorgen, sagte Ned.

– Klar doch, mach dir keine Sorgen, bleib ruhig, ISS WAS!

– Schon gut, alles klar, geh mir nicht auf den Keks, es ist nun mal so. Was soll ich denn sagen, ich will doch nur, daß du dich nicht gehen läßt, wenn ich sage, mach dir keine Sorgen. Das soll heißen, es sind nur noch vier Stunden bis dahin, also DREH JETZT NICHT DURCH, mehr mein ich nicht.

Jimmy nickte, ohne ihn anzusehen, er hatte begriffen, aber die anderen konnten nicht begreifen, immer das gleiche Theater, er steckte sich eine Zigarette zwischen die Lippen, er grinste dämlich, dann stand er auf und ging aus dem Zimmer.

Er ging quer über den Hof, geradewegs auf die Scheune zu. Er trat ein, machte das Tor hinter sich zu und setzte sich auf eine Kiste, unmittelbar vor dem Buick. Er zündete sich seine Zigarette an, dieser ganze Scheißdreck nur deinetwegen, sagte er, keine Ahnung, was sie dir untergejubelt haben, daß es soweit kommen konnte, verstehst du? Er stand auf und öffnete die Fahrertür, er spielte mit dem automatischen Fensterheber, tatsächlich hatte er noch keine genaue Vorstellung, er bückte sich, um unter die Sitze zu gucken, dann ging er um den Wagen herum, den Kofferraum öffnete er auch. Er blieb stehen, um eine Weile zu überlegen, allmählich kam ihm der Gedanke.

Im hinteren Teil der Scheune fand er die Kiste, er hatte die Menge darauf vermerkt, hundertfünfzig, zehn davon mochte er verbraucht haben, mehr nicht, das mußte reichen, er hob die Kiste hoch und trug sie neben den Buick.

Er war sich da nicht im klaren, mit Dynamit kannte er sich nicht aus. Als er die Bäume in den Schotter hatte pflanzen wollen, da hatte er zwei Stangen genommen, zusammen mit einem Freund hatte er eine dicke Eisenplatte rangeschleppt und darüber gelegt, die wog bestimmt ihre hundertzehn, hundertzwanzig Kilo, und in dem Moment, wo die Dinger explodierten, war die Platte in die Luft geflogen wie ein Brautschleier. Er konnte sich nur schwer vorstellen, was das geben würde, hundertvierzig Stangen, die auf einmal losgingen, vielleicht war das zuviel, aber was hieß das schon, zuviel? Er fand auch Zündschnüre und Plastikklebestreifen, die Jungs in den Krimis bauten stets kleine, komplizierte Bomben, ganz ausgetüftelte Scheißdinger, aber er, Jimmy, hatte da keine besonderen Kenntnisse, er wußte bloß, daß Dynamit in die Luft flog, man brauchte es bloß anzuzünden, ganz einfach.

Er stellte den ganzen Krempel auf die Werkbank, kramte die Schraubenzieher zusammen und alles, was ihm nützlich sein konnte. Dann machte er sich daran, sorgfältig die Polsterung der Tür zu entfernen, er entdeckte die Kabel. Er fuhr die Scheibe nach oben und trennte die Kabel durch. Als er auf den Knopf drückte, um die Scheibe zu senken, blieb sie geschlossen, einfacher geht's nicht, sagte er sich, er warf einen Blick auf den Sperrmechanismus der Tür, eine Art Metallklappe konnte das System blockieren, er zog daran, schließlich hatte er den ganzen Mechanismus kaputtgekriegt, diese Tür würde nie wieder aufgehen, wenn sie einmal zu war, ha, ha, bestens, wunderbar, ein Witz, er setzte sich auf den Boden und fing an, die Dynamitstangen zu Zehnerpacken zu sortieren, er nahm die Zündschnüre und wickelte sie damit zusammen, so ging das also, töten, genau so, er fragte sich, ob er etwas Besonderes empfinden würde, nein, das hatte nichts Sensationelles an sich, das war wie alles andere, die Welt war platt wie ein Quecksilberteller.

Er war gerade fertig mit seiner kleinen Tätigkeit, als jemand am Tor klopfte:

– MACH AUF! ICH BIN'S!

– Verpiß dich, Ned.

– MACH AUF! WAS TUST DU DA?

– Nichts. Ich will meine Ruhe haben.

– MACH AUF! DENKST DU, ICH SEH DICH NICHT?

– Du spinnst, du siehst überhaupt nichts.

– ICH SEH DICH, DU SITZT AUF DEM BODEN!

– Schön, ich sitze auf dem Boden.

– WAS TREIBST DU DA EIGENTLICH? MACH AUF!!!

Jimmy seufzte, er wickelte seine Beine auseinander und stand auf. Er öffnete das Tor. Ned guckte ihn an und kam rein. Er ging auf den Buick zu, einen Moment lang sagte er nichts.

– Na schön, meinte er. Ich kann dir nicht unrecht geben. Aber das macht alles noch komplizierter.

– Nein, das ist ganz einfach. Da ist nichts Kompliziertes bei.

– Du schlägst mich noch auf diesem Gebiet.

– Nein. Du würdest dasselbe tun.

– Ich bin allein.

– Fangen wir nicht wieder von vorn an.

– Nein. Wie soll das vor sich gehen?

– Die Türen sind blockiert. Unter den Sitzen sind hundertvierzig Stangen Dynamit, und der Kofferraum ist vollgestopft mit Benzinkanistern. Das ist eine Menge, findest du nicht?

– Ich weiß es nicht. Ich nehm an, das reicht.

– Du bringst Marjorie weg, und ich steck die Zündschnur an.

– Soso, du steckst die Zündschnur an.

– Ja.

– Schön. Ich helf dir.

– Ich hätte sowieso aufgemacht.

– Ich weiß.

18

Sie bastelten zwei, drei Stunden lang an dem Buick herum. Sehr schnell hatten sie den Zweck des Ganzen aus den Augen verloren, es ging darum, eine unkomplizierte, aber wirksame Sache auszuarbeiten, die ganze Diskussion drehte sich um praktische Probleme, sie waren nicht bösartig, Jimmy hatte an ein Loch in der Karosserie für die Zündschnur gedacht, und Ned war nichts Besseres eingefallen, er wollte nicht zuviel darüber nachdenken, ich mach das, sagte er, er packte die Bohrmaschine und schaffte das schönste Loch seines Lebens. Danach befestigte er den Sprengstoff unter den Sitzen und verband die Packen miteinander, er verlegte die Zündschnur unter dem Teppichboden und ließ sie durch das Loch, das er in den unteren Teil der hinteren Tür gebohrt hatte, rausgucken, nicht viel, höchstens zehn Zentimeter, meinst du, das reicht, fragte er, und Jimmy warf einen Blick darauf, ja, ich glaub schon, weißt du, ich muß sie ja nur anzünden, jaja, das reicht, Ned dachte Scheiße, Scheiße, dann kümmerte er sich um etwas anderes, während Jimmy weiter die Türschließer demolierte, er fackelte nicht lange, er haute alles kurz und klein, er empfand überhaupt nichts, einzig seine Finger regten sich, sonst nichts, seine ganze Wut konzentrierte sich auf seine Finger, er riß die Kabel heraus, hämmerte mit der Faust auf den Schraubenzieher, natürlich hätte er sich diese Typen auch so vorknöpfen können, mit seinem entfesselten Körper, er hatte einen Moment lang daran gedacht, aber schon der Gedanke an einen physischen Kontakt mit diesen Hirnrissigen hatte ihn regelrecht krank gemacht, er wußte selbst nicht, was das war, eine Art unbegreiflicher Ekel, etwas Ähnliches hatte er empfunden, als er Sonias Gesicht sah, dieses Ding, das sie so entstellte, Scheiße, er hätte die Kerle nicht mit der Kneifzange anfassen mögen, Scheiße, er hämmerte wie ein Irrer und er spürte nichts, das Blech war schon seit einiger Zeit verbogen, sein Leben auch.

Ned zapfte Benzin aus einem Zweihundertlitertank, den

Jimmy seit dieser Scheißkrise stets halbvoll aufbewahrte, alter Freund, pflegte er zu sagen, an dem Tag, an dem die ihre Tankstellen dichtmachen, da hab ich immer noch genug, um ein letztes Mal über eine einsame Straße zu düsen und den Supermarkt meiner Träume zu plündern, dann hab ich noch 'ne Zeitlang diese mit Lebensmitteln vollgepfropfte Karre, die volles Rohr in deren verdammte Todesstille platzt, verdammt, er sagte das lachend, aus Spaß, aber nicht nur, denn irgend etwas in dieser Richtung hätte er bestimmt gemacht, sich amüsieren bis zum bitteren Ende, so weit es nur ging. Er füllte alles mit Benzin, was er über die drei Plastikkanister hinaus finden konnte, Tupperware, Flaschen von dem Berg leerer Flaschen, Feldflaschen und eine Thermoskanne und eine italienische Weinflasche mit einem Hals von über einem Meter Länge und andere unglaubliche Dinger, alles bis obenhin, und er übernahm es, das Ganze in den Kofferraum zu verfrachten, und als sie fertig waren, steckten sie einen Nagel in das Schloß und sägten ihn ab, denn man weiß ja nie, sagten sie sich, nein, man weiß nie, das wußten sie, ohne es aussprechen zu müssen, es gibt einen Punkt, da kann man nicht mehr zurück, und den hatten sie erreicht. Danach wickelte Jimmy Lappen um die Türen, damit sie nicht zufielen, das fehlte noch, er warf einen letzten Blick auf den Buick, bevor er hinausging, einen eisigen Blick.

Dort, wo der Himmel anfing, zerfloß alles in Rot-Orange, und ein bißchen Popcorn versank im himmlischen Schwimmbad, Ned guckte nach oben, als sie den Hof überquerten.

– Wir sollten mit den kaputten Scheinwerfern lieber aufkreuzen, bevor es dunkel wird, sagte er.

– Ja, fahren wir. Ich seh nur nach, ob Sonia wach ist.

Ned gesellte sich zu den anderen, während Jimmy das Schlafzimmer betrat. Sie schlief immer noch. Er blieb am Fußende des Betts stehen, die Hände in den Taschen vergraben, er schaute sie nicht an, aber es tat ihm gut, in ihrer Nähe zu sein, er fand, was er gesucht hatte, und sogar mehr, denn nach einer Weile fühlte er sich sehr ruhig und fing an zu lächeln, das war gut, er senkte den Kopf und ging langsam wieder raus.

Als er das Zimmer betrat, blickten ihn die anderen an, er lächelte immer noch, er schnappte sich eine Apfelsine vom Tisch, er hatte zwar keinen Hunger, aber sein Mund war ein wenig trocken.

Er guckte Ned an, und Ned stand auf, er winkte den Mädchen zu, da er nichts zu sagen wußte, Henri war in der Küche, er rief ihm zu, bis gleich, fast wäre er über die Katze gestolpert, die vor seinen Füßen lag, er war ruhig, aber sein Körper war angespannt, ein wenig steif, er durchquerte das Zimmer mit dem geschmeidigen Gang eines Zombies, und Ned war ihm auf den Fersen.

Als er die Scheune betrat, spürte er, daß seine Knie weich wurden, aber er zwang sich, weiterzugehen, sein Verstand war hart wie Stein, wenn es hätte sein müssen, hätte ihn sein Verstand mitgeschleift, selbst wenn all seine Muskeln im Wundstarrkrampf gewesen wären, hätte er diesen Scheißkörper vorangetrieben, er setzte sich ans Steuer, O HERR IM HIMMEL, beinahe hätte er seine Tür zugeschlagen, der Schweiß brach ihm aus, Ned rückte neben ihn:

– PASS AUF, DIE TÜR! brüllte Jimmy.

– Ja, ich weiß, ich bin nicht blöd...

– Verdammt, ich hab meine total vergessen. Weißt du, was das für 'ne Scheiße gewesen wäre?

– Ja, stopf 'nen Lappen dazwischen.

Jimmy fuhr los. Als sie die asphaltierte Straße erreichten, atmete er ein wenig auf, die Schlaglöcher des Feldwegs hatten ihm Nitroglyzerinängste eingejagt. Sie hatten vielleicht noch zwanzig Kilometer vor sich, sie würden zu früh eintreffen, auf der Straße war nicht viel los, und es wurde langsam dunkel, er blieb friedlich auf der rechten Fahrspur, er hängte sich an einen Tankwagen, der langsam vorwärtskroch.

– Mach schon, überhol ihn, sagte Ned. Der stinkt nach Benzin.

Jimmy stierte gut zwei Minuten lang in den Rückspiegel, bevor er ausscherte, er wartete, bis die Straße vollkommen frei war, er überholte gemächlich. Wegen der offenstehenden Türen zog es durch den Wagen, Jimmy schauderte:

– Scheiße, mir ist kalt, sagte er.

– Jetzt können wir nicht mehr zurück, sagte Ned.

– Was faselst du da? Ich hab nur gesagt, mir ist kalt, mein Gott.

– Ich schwitze, wenn du's genau wissen willst.

– Na schön, ich frier halt vor Schiß, aber das geht vorüber, das kommt daher, daß ich den ganzen Tag hab warten müssen, ich pfeif auf dem letzten Loch, so erledigt bin ich. Ich hab Schiß, aber das wird mich nicht aufhalten.

– Na schön, hast du Feuer?

– Eh, mit den Benzindämpfen, das ist riskant. Du kannst nachher rauchen...

– Ich will nicht rauchen. Ich frag deinetwegen, wegen der Zündschnur...

Jimmy bog sich auf seinem Sitz, um in seinen Taschen zu kramen.

– Ach du Scheiße, sagte er.

– Ich wußte es. Da, nimm.

Ned reichte ihm ein Päckchen Streichhölzer.

– Du bist der letzte blöde Hund, sagte Ned.

Sie blickten sich an und grölten.

– Du hast gut lachen, ich muß auch an alles denken. Ich hab die Bullen wegen deiner Kiste angerufen, ich hab gesagt, jemand hätte sie dir gestern morgen geklaut, ich hoffe, die schnüffeln jetzt nicht rum, aber weißt du, dieser Bulle da, der Typ von Lili, das gefällt mir überhaupt nicht, Scheiße, keine Ahnung, mach erst mal deine Aussage, dann sehen wir weiter, wir müssen uns was einfallen lassen, zur Zeit kommt's knüppeldick.

– Wir stecken in 'ner Flaute, es geht schon wieder aufwärts.

– Wenn du denkst, es geht nicht mehr... Kenn ich.

– Das ist kein Blödsinn.

– Nein, aber das Problem ist, daß man nie weiß, ob man schon ganz unten angelangt ist, ob nicht alles noch schlimmer werden kann...

– O Mann, du bist toll, du kannst einem Mut machen. Du bist einfach großartig.

Sie erreichten die Stadtgrenze gut eine halbe Stunde zu früh, die Straßenlampen brannten schon, kaum Fahrzeuge, die Schokoladenfabrik war ein riesiges, mauvefarbenes, von einem Drahtzaun umgebenes Gebäude, sie bogen in die Straße ein, die Zac ihnen angegeben hatte, sie war unbeleuchtet, aber man sah noch genug, das war eine verlassene Gegend, fast nur Schuppen und Höfe voller LKWs, scheußlicher Zement, Eisentore, alles in eine tiefe Stille getaucht, voll von unheimlichen Schattenzonen, Packpapier, verfaulten Kartons, zerfetzten Kisten, jeden Moment mußte der Mond da drauf knallen, das Ganze noch untermalen.

Jimmy fuhr langsam bis zum Ende der Sackgasse, einem kleinen Wendehammer, es war gerade genug Platz, um einen Wagen hin und her zu rangieren, er fuhr direkt neben die kaputte Kabine, kein Telefon drin, nur ein Bündel Kabel in allen möglichen Farben wie ein bunter Blumenstrauß, die Scheiben waren zersprungen, das Aluminiumgefüge eingebeult, als hätte ein Engel mit der Faust darauf gehämmert. Er schaltete die Zündung aus, die Uhr des Armaturenbretts zeigte noch eine Viertelstunde, er nahm sich eine Zigarette, stieß die Tür auf und setzte die Füße auf den Bürgersteig. Er zündete ein Streichholz an, das waren gute Streichhölzer, ganz trocken, zum tausendstenmal versuchte er, das kleine Holzstückchen ganz abbrennen zu lassen, indem er es zwischen seinen Fingern drehte, aber er verbrannte sich erneut, ein Scheißspiel, der Schmerz kam nicht sofort, das ganze Vergnügen konzentrierte sich auf diese eine Sekunde Warten, er kehrte Ned den Rücken zu, und als ihm dieser kleine Gedanke durch den Kopf ging, ließ er seine Zigarette los, ohne daß er es merkte, er murmelte:

– Herrgott, da haben wir überhaupt nicht dran gedacht. Stell dir vor, die kreuzen mit ’nem Wagen auf und steigen gar nicht in den Buick, Scheiße, das wär ’ne Katastrophe!

– Jetzt ist es zu spät, daran zu denken. Die können auch zu sechst oder siebt kommen und uns abknallen, es kann alles mögliche passieren. Jetzt werden wir erfahren, ob wir ganz unten sind, vielleicht kommt er allein und führt uns irgendwohin, vielleicht läuft alles so, wie wir gesagt haben. Noch fünf Minuten. Ich glaub dran.

Um zehn Uhr fing Jimmy an, sämtliche Nägel seiner rechten

Hand abzunagen, Ned zündete sich eine Zigarette an. Fünf Minuten später hatte er sich blutig gekaut, also nahm er sich seine linke Hand vor, er hatte harte Nägel, manchmal knallten seine Zähne aufeinander und er schloß die Augen, es wurde vollständig Nacht und ein schwaches Licht schwappte aus einem Fenster eines Pavillons, weiter oben, und noch eins, das war eine Nacht wie ein italienischer Kuchen, mit mehreren Schichten, Dunkelheit, Stille, Hitze, Dunkelheit, Stille, Hitze, Schokolade, Hitze und obendrauf helles, widerliches Zuckerzeug.

Zwanzig Minuten später stand Jimmy kurz vor dem Zusammenbruch, er hielt es keine zehn Sekunden aus, ohne auf die Uhr zu gucken, ich darf mich nicht rühren, sagte er sich, wenn ich hier aufstehe und anfange, im Kreis zu laufen, dann werd ich bekloppt, die einzige Möglichkeit ist, unbeweglich sitzenzubleiben und zu warten, er ließ einen Knöchel nach dem andern knacken, er konnte das sogar mit den Füßen.

Als er sie kommen sah, kapierte er nicht sofort, er mußte erst Ned am Arm packen und sagen:

– Eh, da sind sie.

– Ja, ich hab's gesehn. Wir waren ganz unten.

Jimmy wollte von seinem Sitz aufspringen, aber Ned hielt ihn zurück:

– Eh, beruhig dich, BERUHIG DICH!

– WAS??!!

Er atmete heftig aus, fuhr sich mit beiden Händen über das Gesicht, die anderen waren noch fünfzig Meter entfernt, sie tanzten seelenruhig zu Fuß an, sie waren aus dem Nichts aufgetaucht, er schnaufte von neuem und sagte hastig:

– Okay, du nimmst Marjorie mit, verzieh dich, soweit du kannst, ich komm schon klar, nimm sie bloß mit.

– Bist du sicher, daß das funktioniert?

– Verdammt, und ob ich sicher bin!

Er schnellte wie ein Irrer aus dem Wagen, Ned schaffte es gerade noch, sich quer über den Sitz zu werfen, damit die Tür nicht zufiel, die waren zu zweit, Zac hielt Marjorie am Arm, der andere stand ein Stück weiter vorn, Jimmy ging an ihm vorüber, ohne ihn anzusehen, Marjorie war ganz nah, sie lächelte ihn an, der andere drehte sich mit einem Ruck um und schlug Jimmy mit einem sehr kurzen Gummiknüppel, den er aus seinem Ärmel gezogen hatte. Jimmy schrie auf, das Ding war abgerutscht und hatte sein Ohr getroffen, er wandte sich um und preßte seine Hand auf das Blut, das ihm satt aus dem Schädel lief. Der andere rührte sich nicht. Zac ließ Marjorie los, vielleicht hatte sie sich auch selbst befreit, sie kam angerannt und schlängelte sich zwischen seine Beine, er drückte sie an sich, ohne den anderen aus den Augen zu lassen. Zac kam lachend näher:

– Das ist ein Kumpel von mir, sagte er. Ich hab ihn von 'ner Pokerpartie losgeeist, er ist sauer. Das Ganze ist deine eigene Schuld, wundere dich nicht. Schön, ich sehe, du hast den Wagen...

In diesem Moment stieg Ned aus. Zac verzog das Gesicht.

– Wer ist das? Was treibt der hier?

Jimmy versuchte, seinen Kopf loszulassen, um zu sehen, ob sein Ohr noch hielt, er war sich nicht sicher, das brannte wie Feuer, er konnte sich kaum noch auf den Beinen halten und Marjorie klammerte sich an sie, o jemine, was war passiert? Er strich seiner Tochter über die Haare, er sagte zu ihr:

– Lauf zu Ned, tu, was ich dir sage.

– Du blutest, sagte sie.

– Ja. Beeil dich.

Er löste sich von ihr und schob sie sanft nach vorn, Scheiße, sie kam ihm so klein vor, als sie an diesem Idioten vorbeiging, und der Idiot trat einen Schritt auf sie zu, er wollte es, Jimmy ließ sein Ohr los, das zwei, drei Zentimeter runterhing, und schrie:

– VERDAMMT, RÜHR SIE NICHT AN!!!!!!

Marjorie, sie war einfach süß, statt stehenzubleiben, ich fleh dich an, bleib nicht stehen, lief sie auf Ned zu und sprang in seine Arme, schön, das hätten wir, sagte er sich, er drehte sich um, legte seine Hand wieder auf sein Ohr, Zac lächelte immer noch, die Sache schien ihn zu amüsieren, außerdem sah er den Buick, warum hätte er heulen sollen? Der andere wirkte nervös, besonders schwer war er sicher nicht, er war klein und mager, aber er hatte wahrlich eine dreckige Visage, er lutschte an seiner Unterlippe, er guckte Jimmy von unten an, der Schrei hatte ihn überrascht und das Kind war ihm entwischt, das gefiel ihm nicht, mit seinem Knüppel hatte er bislang noch jedes Arschloch kleingekriegt, ein Ohr hatte er ihm schon zerfetzt, er konnte weitermachen, er hatte nicht übel Lust dazu. Jimmy spürte das recht gut, er wich zurück, auf Zac zu, es ging jetzt darum, sie in diese verfluchte Karre zu lotsen, und nicht, sich kaputtschlagen zu lassen, er sagte:

– Du hast den Buick, sag deinem Kumpel, es ist alles klar, wir hatten Schwierigkeiten, aber jetzt ist alles in Ordnung, oder nicht?

Zac hatte die Hände in den Taschen, er strahlte, er hatte den Schlitten, nichts konnte ihn hindern, ein wenig rumzualbern:

– 'ne ordentliche Tracht Prügel geschäh dir nur recht, sagte er. Wir haben deinetwegen 'ne Menge Zeit verloren, und dein Balg ist mir ganz schön auf die Eier gegangen, ich hab ihr irgend'nen Blödsinn kaufen müssen, eh, Knallarsch, du schuldest mir Geld, weißt du das...?

Jimmy wühlte in seinen Taschen und gab ihm alles, was er fand, wieviel, wußte er nicht genau, es waren ein paar Scheine darunter. Zac steckte das Geld ein, ohne ihn anzusehen.

– Scheiße, du liegst zu tief, Bruder...

– Mehr hab ich nicht.

– He, ich hab sie auf meine Knie hüpfen lassen, 'nen kleinen Hintern hat die, und auch sonst, also weißt du...

– Jaja, und 'ne Muschi, sie ist eine Frau.

Zac prustete und schlug Jimmy auf die Schulter:

– Jawohl, ganz genau, mein Freund. Die läßt sich bestimmt bald aufspießen, irre, mein Schwanz war leider zu dick, ich hab's nicht geschafft, ihn reinzustecken, verstehst du, ich muß noch warten, stimmt's?

– Ja, stimmt.

– Na schön, na schön. Mein Lieber, du hast mir immer noch nicht gesagt, wer der Wichser da hinten ist.

Jimmy drehte sich um, Ned stand gut dreißig Meter hinter

dem Buick mit Marjorie auf den Armen, er guckte zu ihnen herüber, Scheiße, was steht der da rum, ich hab ihm doch gesagt, er soll abhauen, Scheiße.

– Keine Panik, das ist bloß ihr Onkel. Mir flatterten die Nerven, er ist gefahren.

– Du hattest wohl kein Vertrauen, Kumpel, du wolltest den guten alten Zac verarschen, stimmt's?

– Das hätte ich nie, du hattest Marjorie.

Der andere trat näher, er schien auf ein Zeichen von Zac zu warten.

– Tja, nimm's mir nicht übel, aber mein Kumpel ist nervös, du hast uns auf die Folter gespannt, und du hast ihm den Abend verdorben. Es dauert nicht lang, alter Freund.

– Halt, warte. Ich könnte dir noch zwei, drei Adressen besorgen, wenn du mal welche brauchst. Sag ihm, es tut mir leid...

Zac guckte ihn einen Moment an, er überlegte, er rieb sich grinsend sein Glied, er hatte einen wilden Blick, aber er sagte ganz sanft:

– Alles klar, du machst das gut, mein Freund, du machst das super...

Er ließ Jimmy stehen mit diesem Ohr, das allmählich richtig weh tat, aber das war nichts gegen sein Herz, das wie ein entfesselter Sparringspartner hämmerte, und seinen schmerzenden Verstand, der erstarrt war wie ein gefrorener Klumpen Tinte, Herrgott nochmal, und jetzt mußte er zu dieser Karre gehen, unbedingt, es war idiotisch, aber er wußte nicht mal mehr, warum er das auf der Stelle tun mußte, er verstand nichts mehr.

Zac schlenderte mit dem anderen zu dem Buick, Ned entfernte sich ein Stück, und Jimmy tastete durch den Stoff nach den Streichhölzern, er setzte sich in Bewegung. Zac saß bereits auf seinem Sitz, er hatte einen Flachmann aus der Tasche gezogen und trank, ER HATTE SEINE TÜR ZUGEKNALLT, er blickte Jimmy durch die Windschutzscheibe an und lachte. Der andere rutschte gerade hinters Steuer, er hatte die Tür in Höhe des Fensters noch in der Hand, sämtliche Finger in Reih und Glied wie kleine weiße Puppen, der Moment der Abrechnung nahte, als sei das gar nichts, sprang Jimmy mit geschlossenen Füßen gegen die Tür. Der Kleine hatte keine Zeit, seine Hand wegzuziehen, und das Ding knallte voll darauf, Jimmy hörte die Knochen krachen, während er auf den Boden flog. Der Typ fing an zu brüllen wie am Spieß, seine Finger waren immer noch eingeklemmt, aber die Tür war zu, und er schrie weiter, als Jimmy die Streichhölzer suchte, Marjorie fragte, warum schreit der so, und Ned gab keine Antwort.

Jimmy rieb das Streichholz an, er hörte sie innendrin toben, vielleicht regten sie sich wegen der Türen auf, er sah sie nicht, er wollte nicht hingucken, die Schnur entzündete sich mit einem Zischen und verschwand in ihrem Loch, jetzt erst erhob er sich, er sah die verzerrte, gegen die Scheibe gepreßte Visage Zacs, der nachsehen wollte, was er da trieb, er rannte Richtung Marjorie, ohne sie einzuholen, denn Ned raste ebenfalls wie ein Irrer, und als die Karre explodierte, war ihm, als würde die halbe Stadt weggepustet, der Krach fiel ihm erst später auf, er steckte ihm noch in den Ohren, zu dick, um ganz durchzupassen.

Sie blieben stehen, völlig außer Atem. Jimmy nahm Marjorie in die Arme und drehte sich um. Es brannte, man konnte nicht viel erkennen, ringsum standen all diese Gebäude, rot, orange, es rumorte, immer noch explodierten irgendwelche Teile, die Flammen machten einen Höllenlärm, Marjorie guckte sich das an und hielt sich die Ohren zu, Scheiße, mit dem Zeug in dem Buick hätte man einen Flugzeugträger versenken können, die waren bestimmt total zermatscht, die Karosserie des Buick zeichnete sich mitten auf der Straße ab, das, was davon übrig war, dunkle Eisenteile, verbogenes Blech, eiförmig verstreut.

Bevor sie sich wieder in Bewegung setzten, tauschten sie Marjorie, Jimmy mußte sein Ohr festhalten. Sie kehrten den Flammen den Rücken, Marjorie reichte Jimmy ein kleines Buch.

– Das gehört mir. Das hat er mir gekauft, sagte sie. Die Löwen. Siehst du die Löwen?

– Ja, ja, meinte Jimmy.

– Du guckst ja gar nicht.

– Doch, gleich. Es ist dunkel.

Sie gingen nicht besonders schnell, aber sie atmeten schwer, direkt vor ihnen waren ihre Schatten, der Schokoladengeruch, das Bullern des Monsters, die roten Mauern, und niemand, keine Menschenseele in dieser verfluchten Gegend, zum Glück tickten die Stempeluhren in den leeren Gebäuden, die Schlösser waren eingeschnappt.

– Hast du den Wagen in Brand gesteckt? fragte sie.

– Nein.

– Was machen wir? fragte Ned. Halten wir 'nen Wagen an?

– Ja. Keine Ahnung.

– Brennt der noch lange? fragte Marjorie.

– Jaja, das hört vorerst nicht auf, erklärte Jimmy. Da kann man nichts mehr machen.

An der Straßenecke drehten sie sich um, dunkler Rauch kreiste um die Flammen, ein Wagen stoppte auf der anderen Seite, der Typ hing über dem Lenkrad und die Frau an ihm, eine Blondine mit Ohrringen, groß wie Papierdrachen, sie guckten einen Moment lang zu ihnen hinüber und der Typ nutzte die Gelegenheit, um die Frau zu küssen, bevor er weiterfuhr, Marjorie hatte ihren Daumen wieder genommen, sie machten sich über den Seitenstreifen auf den Weg, wortlos, kein Martinshorn, kein Blaulicht, nichts, sie hatten ein verdammtes Stück vor sich, der erste Wagen, der an ihnen vorbeifuhr, bremste nicht mal ab, ist sie dir nicht zu schwer, fragte Jimmy, Ned gab keine Antwort, sie mußten fast einen Kilometer gehen, Bürgersteige, Gras, Schotter, sie taumelten durch die Finsternis, sie hatten nicht mehr daran geglaubt, ein schwarzer Camaro mit breiten Felgen, er bremste, und der gelbe Blinker explodierte in der Nacht, sie rannten wie Mißgestalten, Jimmy hielt seinen ausgestreckten Daumen in der Hand, steif wer weiß wie.

Ohne lange zu zögern, kletterte Jimmy nach hinten, er nahm Marjorie auf seine Knie, ohne sie zu wecken, und Ned stieg vorne ein. Der Fahrer war ein junger Kerl mit schwarzen, sehr kurzen Haaren, einem T-Shirt und superengen Jeans, er trug eine Sonnenbrille, MITTEN IN DER NACHT, weiße Tennisschuhe und Lederhandschuhe, er drehte ihnen kaum den Kopf zu, er hatte schmale Lippen, er fuhr los, während Ned irgendein dummes Zeug faselte, so ein Glück, in dieser gottverlassenen Gegend. Ned drehte sich um:

– Alles klar? fragte er.

Jimmy beugte sich gerade über Marjorie, er blickte langsam zu ihm hoch, er sah müde und unglücklich aus, wie van Gogh gegen Ende.

– Ich empfinde nichts, sagte er, überhaupt nichts.

19

– He, komm her, ich blas dir einen, komm schon.

– Ach du Schande, was erzählst du da? sagte Ned.

Der Typ hatte sie genau vor dem Weg, der zum Haus führte, abgesetzt. Sie hatten noch den ganzen Wald vor sich, 'ne Sache von 'ner halben Stunde, ein Klacks, Jimmy war mit Marjorie bereits ausgestiegen, und in dem Moment, wo Ned seine Tür zuschlug, hatte sich der Typ quer über die Sitzbank gelegt, er hatte die Scheibe runtergekurbelt, er hatte ihn gerufen.

– Kriegst 'n Scheinchen dafür, komm schon.

Husch, husch hatte er eine Hand in die Hosentasche gesteckt, er hielt Ned einen Schein hin, die letzte Scheißbrille war das, Spiegelgläser, unmöglich zu sehen, was dahinter oder drinnen vorging.

Ned streckte die Hand aus und schnappte sich den Schein.

– Verpiß dich, sagte er.

Der Typ hakte seine Jeans auf und holte seinen Schwanz hervor, er war lang und schlaff, er war halb geschwollen.

– Ich mach das gut, du wirst es nicht bereuen, sagte er.

Ned entfernte sich und schlenderte auf Jimmy zu, der auf ihn wartete.

– Was wollte der?

– Der wollte mir für Geld einen blasen. Ich hab die Knete genommen.

– Ich brech zusammen.

Sie standen rund zwanzig Meter weit weg, der Typ kletterte aus seiner Kiste und lehnte sich im Glanz des Mondes samt dem Ding, das ihm raushing, auf einen Kotflügel, er ließ es durch einen Handschuh streichen, er büllte:

– He, DU SCHWULER HUND, du hast die Knete genommen, WAS DENKST DU DIR?

– Jetzt haben wir den Salat, der regt sich auf, sagte Ned. Wenn wir nichts dagegen tun, geht der uns weiter auf die Eier.

– ICH WETTE, DU BIST DER LETZTE SCHLAPPSCHWANZ!

Da er keine Antwort bekam, trat er einen Schritt vor:

– EUCH INTERESSIERT WOHL DIE GÖRE, WAS?

Jimmy reichte Marjorie an Ned weiter, er bückte sich, er hob einen Stein auf und schmiß ihn mit voller Wucht gegen den Camaro, PLOCK, er hatte die hintere Tür gewählt, er hatte es satt, andauernd diesen Stuß über seine Tochter zu hören, sie schlief, sie war still, er hatte gerade daran gedacht, daß das auch für sie hart gewesen sein mußte, er konnte es sich nur zu gut vorstellen, all diese perversen Idioten, die über sie herzogen, er hatte es satt, er tastete nach einem weiteren Stein, während der Typ in seinen Wagen sprang und losfuhr, die Rücklichter waren schon verdammt weit weg, als er sich wieder aufrichtete, er warf ihn trotzdem, er spürte das Blut, das ihm an den Fingerspitzen klebte, das Ding stieg hoch in die Luft, verschwand zwischen den Ästen der Bäume, den Wurf hatte er total vermasselt.

Sie gingen die ganze Strecke, ohne an die Sache zu denken, von Zeit zu Zeit lösten sie sich mit Marjorie ab, sie waren ziemlich müde, aber dieser Spaziergang tat ihnen gut, ein wenig Stille und der Mond, der die Tannennadeln verschlang, doch da hatten sie nichts mit am Hut, sie wären nicht einmal stehengeblieben, um zum Himmel hochzugucken, wenn er auseinandergebrochen wäre, sie gingen schnell, sag mal, hast du keinen Hunger, doch, so allmählich, sie hatten einen guten Trott gefunden, so 'n Scheiß, was haste gesagt, ich hab gesagt, so 'n Scheiß, findste nicht, ich weiß nicht, kommt drauf an, wie du das meinst, fang bloß nicht damit an, nein, nein, hier, willst du sie nicht wieder nehmen, gib sie mir, Scheiße, das Buch, wir haben das Buch verloren, nein, ich hab's, ha, Jimmy war was für sein Ohr eingefallen, er hatte sich ein Taschentuch um den Kopf gebunden, es blutete zwar nicht mehr so, trotzdem, das Ding war total rot, mein Held, hör mit dem Quatsch auf, mein Held, sie erblickten die Lichter der Bude, ungefähr dreihundert Meter unter ihnen, was wirst du ihr sagen, ich weiß noch nicht, keine Ahnung, sie traten aus dem Wald hervor und machten sich vorsichtig an den Abstieg, sie mußten schwer aufpassen, daß sie nicht mit Marjorie auf den Armen über einen Stein flogen, Herrgott nochmal, fast wär's passiert, jaja, sieh dich vor, Ned, ein Glück, daß du bei mir warst, jaja, geh weiter, Scheiße, ist mir warm, ich geh kaputt, sie wanderten durch den Hof, kein Ton zu hören, nichts, überhaupt nichts, Mamma mia, sie hatten 'ne Heidenangst, fast hätten sie die Tür eingetreten, sie hatten genug abgekriegt, waren sie am Ende doch nicht ganz unten gewesen, Scheiße, sie stürmten in das große Zimmer, ohne zu atmen.

– Ah, da sind sie ja! sagte Henri.

Herr im Himmel, sie sahen vielleicht aus, ihnen fehlte bloß noch die Zigarre im Mundwinkel, unrasiert, schweißglänzend, struppig, fiebriger Blick und dieses Kind, das auf ihren Armen schlief, schneeweiß in seinem fröhlichen Kleidchen, dazu das Kinderbuch mit dem großen Löwen auf dem Einband, das sie in der Hand hielten.

– Verdammt nochmal, hier seid ihr. Sonia, du auch, sagte Jimmy.

Sie war immer noch weggetreten, aber es ging ihr besser, sie ging auf ihn zu und klammerte sich um seine Taille, was sollte er tun mit Marjorie auf den Armen, er beugte sich über ein Kissen mit einem handgestickten Drachen, und sie schlief weiter.

Außerdem standen Sachen auf dem Tisch, sie hatten auf sie gewartet, sie hatten zu essen gemacht, Carol hatte davon keinen blassen Schimmer, sie hatte den anderen geholfen, Sonia war aufgewacht, kurz nachdem sie losgefahren waren, sie hatte unbedingt aufstehen wollen, die anderen waren nicht gerade begeistert, aber sie hatte gesagt, ich bin doch nicht tot, nur ein wenig Kopfschmerzen, schön, gegen zehn war sie dabei gewesen, Zwiebeln zu schälen, sie heulte über den Ringen, sie hatte weggeguckt und die anderen hatten sich leise abgerackert, er bringt sie zurück, ich weiß es, hatte sie gedacht, das war 'ne Zwiebelpizza, sie weinte immer noch ein wenig, nichts zu machen.

Ned beugte sich vor und angelte sich ein rosiges Würstchen, dabei erblickte er die dicken Stücke Gruyère im Salat, und Mais, verdammt, die hatten glatt Mais drangetan, Lili sah ihn an, das kitzelte, he, das ist gut, vor allem, wo Carol an seinem Arm hing und ihn nach unten zog, damit er sich setzte.

– Scheiße, ich sterbe vor Hunger, sagte er.

Sie aßen, ohne von den miesen Augenblicken zu reden, die sie hinter sich hatten, nicht der Hauch einer verdammten Anspielung, sie lachten, und das fiel ihnen leicht, sie fühlten sich ziemlich gut, sie hatten Mordsschiß gehabt und erholten sich davon, vor allem tranken sie, Jimmy umarmte Sonia alle dreißig Sekunden und auf eine komische Art, Stück für Stück, dabei streifte er ihre Möpse, und jedesmal lachten die anderen verstohlen, sexuell gesehen ist die Angst 'ne gute Sache, wie alle großen Emotionen, sich bei 'ner Beerdigung berühren, Schiß haben auf 'ner Demo, bei der es hoch her geht, das ist nicht das Schlechteste, sie sahen den beiden zu, und es verschlug ihnen den Atem, Schande, Schande, Ned hatte sich dem Einfachsten zugewandt, vor allem, da Carol unmittelbar neben ihm saß, mit Lili war das ein wenig heikler, er fühlte sich noch nicht bereit, man ist nie ganz bereit für diese Art von Dingen.

Irgendwann blickte Jimmy Sonia tief in die Augen, und er sagte laut:

– Na gut, ich glaub, wir gehn jetzt schlafen.

Sonia trug Marjorie hinaus, denn Jimmy hatte genug mit sich selbst zu tun, er stieß die Tür auf und ließ sich quer übers Bett fallen. Während sie sich auszog, stellte er den Ventilator an, direkt unter seiner Nase, sein Kopf war auf einmal total leer, weißt du, ich hab sie umgebracht, sagte er, sie antwortete nicht, sie gehörte zu ihm, bis zum Ende, er hatte Marjorie zurückgebracht, ihr Verstand weigerte sich, darüber hinaus zu denken, doch selbst ihr Verstand wäre dagegen nicht angekommen, er lag da, vor ihr, und er wartete auf sie, und welcher Blödsinn hätte sich dem widersetzen können? Er lag auf dem Bauch, sie legte sich neben ihn, und er faßte sie um die Taille, ein paar Federn knarrten, gemeinsam betrachteten sie den Teppich, Jimmy fing an, die Fransen zu zählen, er fragte:

– Hast du gehört?

– Ja.

– Ich weiß nicht, wie ich's geschafft hab. Ich konnte nicht anders.

– Reden wir nicht davon. Ich möchte nicht daran denken.

Er streichelte sie, jetzt war er sicher, daß es gehen würde, sie hielt zu ihm, der Rest war ihm scheißegal, er wälzte sich auf die Seite und schob sich ganz angezogen zwischen ihre Beine, sie hatte ihren Slip anbehalten, er sagte:

– Ach du Scheiße, hast du deine ...?

– Seit gestern. Egal.

Er verschlang praktisch ihre Titten, er hängte sich an die Gummizüge.

Gegen zwei Uhr morgens hatten sie dermaßen getrunken, Ned kippte auf die Seite, das war ein Teppich, der geradewegs ins Paradies führte, er keilte sich auf einem Ellbogen fest, und Lili bot ihm eine Apfelsinenscheibe mit vereistem Zucker an, er ließ das kleine Ding mit einem satanischen Lächeln zwischen den Zähnen knacken.

Henri war splitternackt, er war total übergeschnappt, er kümmerte sich um die Musik, er legte Schmusestücke auf, gezuckerte Regenbogen, in die Fluten gepflanzte Kokospalmen, wohlgeschwungene Gazellenhörner, die am frühen Morgen erzittern. Scheiße, sagte er sich, da hab ich mich abgerackert, um diese verdammten Orangen zu vereisen, und die beiden anderen haben sich hingelegt. Unmittelbar danach nahm er seinen Kopf in beide Hände und lachte vor sich hin, grundlos, nur um der Milde des Lachens willen, das stieg ihm aus dem Bauch, er konnte nicht trinken, er trank zuviel und auf Teufel komm raus, egal was, egal wie, jedesmal, wenn er eine andere Platte auflegte, kam er an den Flaschen vorbei und suchte sich eine nach dem Etikett aus, der Alkohol schoß ihm pfeilschnell in den Schädel, er verkroch sich unter den Kissen, stand wieder auf, seelenruhig machte er sich daran, ein Stück Mandarine zu lutschen, das auf eine Bananenscheibe gepappt war, das ganze Obst in der Bude war dabei draufgegangen, er selbst hatte sich die Apfelsinen vorgenommen, er hatte sie besonders sorgfältig behandelt, und währenddessen hatte er an nichts gedacht. Als er sich auf die Seite wälzte, kam niemand auf die Idee, ihn anzustoßen, er war mitten in Schaumstoff gelandet, von Zeit zu Zeit schlug er die Augen auf, aber er sah nichts, Stimmen schwirrten durch seine Träume, freischwebend wie fliegende Untertassen, doch niemand stieg aus, die beiden Mädchen hatten angefangen, den Tisch abzuräumen, Ned hatte eine bestimmte Haltung gefunden, die endgültige, die gleiche wie zuvor, nur auf einem anderen Ellbogen, der erste war von Ameisen zerkribbelt worden.

Er lag mit dem Rücken zu ihnen, als er Wasser laufen hörte, soso, es ist soweit, sagte er sich, die spülen das Geschirr, und als er spürte, daß sich eine von beiden hinter ihn pflanzte, als er anfing, ihren Atem in seinem Nacken zu spüren, wollte er es nicht sogleich wissen, er machte sich ein unglaubliches Vergnügen daraus, es hätte nicht viel gefehlt, und er hätte bis zum Schluß die Augen zugehalten, er hätte das Licht ausgemacht und den Rest der Nacht gebetet, sie möge sich verziehen, bevor es hell wurde, es war Carol, er erkannte ihre Stimme, als sie sagte, gehen wir woandershin, die andere war bei dem Wasser geblieben, das über die dreckigen Teller floß, und bei dem Schaum, der die Gläser raufkroch, es war halt so, es hätte anders sein können, er hatte nicht gewählt, das war schon einiges.

Er richtete sich mühsam auf, und sie schmiegte sich an ihn, sie tat nicht nur so, sie preßte ihren Bauch gegen seine Hüfte, er schaute zu Lili, die über dem Spülbecken hing, sonst hätte er sie an Ort und Stelle gebumst, im Stehen, das war es, was sie wollte, Lili konnte sie nicht sehen, er streichelte ihr über den Hintern, sie zog ihn in ein anderes Zimmer, vielleicht war er es auch, der vorausging, im Flur bollerte er von einer Wand zur anderen.

Sie fielen sanft aufs Bett, er drehte eine Art Looping und sie landete auf ihm, sie schob ihm ihre Zunge in den Mund, ihre ganze Zunge, das gefiel ihm nur halb, was ihm gefiel, das war, auf einmal diesen wundersamen Dom auf seinem Bauch zu haben und die Makellosigkeit dieser beiden Titten.

Lili trocknete sich die Hände ab, sie war fertig, sie hatte diesen erloschenen Joint zwischen den Lippen, komisch, dieser Typ, sie dachte an Ned, nur so, das war angenehm, Carol hatte das fein hingekriegt, das mußte man ihr lassen, sie hatte sich ganz schön rangeschmissen, verdammt, die kannte die Spielregeln aus dem Effeff, sie suchte nach Streichhölzern, um diesen kleinen Joint in Ruhe zu Ende zu rauchen, in Wirklichkeit nahm sie ihr das nicht übel, sie kannte Carol dermaßen gut, und es war auch schon vorgekommen, daß sie sich einen Typen geteilt hatten, sie hatten das irre gefunden, das hatte sie einander nähergebracht, und das war gut, sie war total zugekifft, sie verschlang ein paar Datteln, die an der Wand hingen, die Wand versuchte, sie zurückzustoßen, sie war sich nicht einmal mehr sicher, ob sie das Geschirr gespült hatte, sie zielte mit den Kernen nach dem Aschenbecher, ohne ein einziges Mal zu treffen, trotzdem, Scheiße, sie hätte den Abend gern anders beendet, und der andere, der in die Kissen gesunken war, war auch nicht übel, den ganzen Abend war er sehr nett zu ihr gewesen, sie hatte kaum darauf geachtet, weil sie sich für Ned interessierte, aber jetzt hätte er es auch getan, sehr gut sogar, er war jünger, bestimmt war er sehr sanft, außerdem suchte sie nicht die große Liebe.

Sie trudelte gegen die Wand und bog in den Flur ein. Natürlich hatten sie die Tür nicht geschlossen, Jimmy hatte sie vor zwei Wochen ausgehängt, um die Scharniere auszubauen, EINE GANZ DRINGENDE SACHE, er hatte statt dessen einen Vorhang aus Perlenschnüren angebracht, so gut wie nichts, Carol saß rittlings auf ihm, sie schwitzte, sie hatte silberglänzende Schultern, von Zeit zu Zeit warf sie ihre Haare zurück, Lili hing an einer Handvoll Perlen, sie sah sich das seelenruhig an, irgendwann federte Carol ein Stück zu weit in die Höhe, und das Ding flutschte zwischen ihre Schenkel, sie stieß einen leisen Schrei aus, und eine winzige Sekunde lang hampelte sie nervös herum, um es wieder an seinen Platz zu bringen, Lili ließ die Perlenschnüre wieder fallen, kliklikliklikliiiiik.

Draußen war es nicht heiß, sie lehnte sich neben die Tür, die Arme um ihren Körper geschlungen, sie fragte sich, ob sie sich eine Zigarette gönnen sollte, andererseits roch es dermaßen gut, ein Geruch von Harz und Stein, eine leichte Brise zerstäubte das alles auf ihrer Haut, Scheiße, manchmal hatte sie ungeheuer Lust darauf, sie fühlte sich lasterhaft und in Stahl gegossen. Sie blieb eine Stunde so stehen, ohne sich zu rühren, sie zitterte bloß in der Dunkelheit, rings um sie war alles blau, das war gar keine richtige Nacht.

20

Der Montag war für Franck eine einzige Katastrophe. Scheußlich, schon das Aufwachen war scheußlich, weiche Knie und dann wieder diese Speiübelkeit, er hopste ins Badezimmer, was für eine Scheißvisage, eine abgetakelte Nutte, die zwölf Stunden im Regen geheult hat, Tropfen von Wimperntusche und Streifen von Lippenstift, er stöhnte vor dem Spiegel, Wasser, ach du Scheiße, er hielt nur die Finger darunter, auf dem kleinen Plastikbecher und der blauen Bürste waren Zahnpastakringel, das war zuviel, durchsichtige Makkaroni mit Pfefferminzgeschmack, die Tube war ramponiert wie eine Miniatur des Weltkriegs, er pinkelte ausgiebig, mit eingefallenen Schultern.

In der Küche spritzten die Schnitten aus dem Toaster, und die Kaffeemaschine rülpste beharrlich in ihrer Ecke, er hatte die Tasse mit Messer Gabel Butter Untertasse auf den Tisch gestellt, das hatte er noch nie gemacht, normalerweise trank er immer im Stehen, es hielt ihn morgens nicht an seinem Platz, er setzte sich davor, mit dem Arsch auf dem Stuhl, die Brote waren verbrannt, der Kaffee bitter, verdammt, ich hab mich genau daran gehalten, was die immer sagen, den Filter naß machen und zwei Kaffeelöffel pro Tasse, diese Typen sind doch echt bekloppt. An Helen dachte er erst, als er den Tisch abräumte, er blieb mitten im Raum stehen, die halbvolle Tasse noch in der Hand, was sollte er tun, wenn er sich ranhielt, schaffte er es vielleicht, ihr aus dem Weg zu gehen, er wollte sie nicht sehen, nicht aus den Gründen, die er sich vorgestellt hatte, Herrgott nochmal, er hätte mit niemandem reden können, er spitzte die Ohren, um zu hören, ob sich oben was rührte, in weniger als fünf Minuten konnte er weg sein.

Es war schön draußen, das änderte nichts, zu heiß, zu hell, er erblickte seine Karre, Lili hatte sie direkt vor die Tür gesetzt, diese schwarze, zehn Jahre alte Schrottmühle von einem Ford. Er kehrte um und holte die Schlüssel, er stellte fest, die Marilyn-Büste war verschwunden, das stank ihm, ihm gefiel das Ding, wenn er nach Hause kam und sich in Form fühlte, strich er ihr über eine Brust.

Der Wagen fuhr normal, immerhin etwas, denn obendrein war die Lüftung defekt, außerdem soff die Kiste wie ein Loch, er kam mit den Tankquittungen gerade so hin, selten, daß er seine privaten Touren nicht aus eigener Tasche bezahlen mußte, umsonst fahren war schwerer, als jemand mit hundert Kilo Heroin zu schnappen.

Er sprang vor einer roten Ampel aus der Kiste, um ein paar trockene Croissants zu erstehen, die Typen regten sich auf, sie hupten, mit einer laschen Geste empfahl er ihnen, sich zu verpissen, er fischte seine Sonnenbrille aus dem Handschuhfach und kurbelte das Fenster runter, während er losfuhr, die Tussis lachten in ihren T-Shirts auf dem Bürgersteig, es war wie verhext, alle sahen sie blendend aus in ihren engen Hosen, wie das blühende Leben, was sie interessierte, war offenbar, einen kaputtzumachen, o Herr, O HERR, die waren noch ein paar Jahre unverwundbar.

Es mußte gegen neun Uhr sein, kurz davor, er schlug mit einer Hand auf das Lenkrad, allmählich kamen seine Gedanken wieder ins Lot, er erinnerte sich, daß er den Dicken gebeten hatte, vorbeizukommen, mit ein wenig Glück konnte er ihn noch zu Hause erwischen, langsam fühlte er sich besser in seiner Mühle, das Fahren kotzte ihn nicht an, er saß bequem, schnell vorwärts ging's nicht, die Typen waren wie ein Rudel tollwütiger Hunde, die sich gegenseitig reizten.

Er parkte und ging quer durch den Garten, es gab hundert davon auf der einen Seite, hundertfünfzig auf der andern, immer wieder die gleiche Hütte, abgesehen von der Farbe der Fensterläden, die des Dicken waren grün, das kam von einem Sonderangebot im Supermarkt um die Ecke, grün, NICHTS ALS GRÜN, die Knauserer und die Abgebrannten hatten sich darauf gestürzt, acht von zehn Buden, kein Wunder, Franck hatte sich immer gefragt, zu welcher Kategorie wohl der Dicke mit seinen widerlichen Blumenbeeten gehörte, die reinste Kloake, die Sonne ruhte ein wenig darauf.

Im Wohnzimmer traf er Willy, er hing schlaff auf einem rotgetüpfelten Sofa und war in die Betrachtung einer weit geöffneten Vagina vertieft, eine Doppelseite in Farbe, nichts als ein Loch und Haare, dick wie Baumstämme, keine Beine, keine Arme, kein Nabel, nicht mal ein Mädchen mit einem idiotischen Lächeln, nicht mal was zum Träumen, todlangweilig. Willy blickte auf, er war grün und blau im Gesicht mit violetten Ringen unter den Lidern, er hatte einen dicken Verband auf der Nase. Er stützte sich auf einen Ellbogen.

– Tag!

– Interessierste dich jetzt für sowas? fragte Franck.

– Guck dir das mal an! Da könnte ich mein ganzes Knie reinstecken.

– Na klar, denk nur weiter darüber nach. Ist er da?

– In der Küche, glaub ich. Ich warte nur, daß der endlich fertig ist, damit ich auch was mampfen kann.

Der Dicke aß ganz allein, den Blick ins Leere, die Küche sah aus wie eine Puppenstube, lauter Nippfiguren an der Wand, der letzte Mist, kleine rot-weiß karierte Vorhänge, Kupferpfannen, das ganze Scheißzeug, das man im Laufe der Jahre so einheimst, er wirkte darin wie ein Ungeheuer, aber er durfte nichts anrühren, dreimal hatte sie den Küchenherd ausgetauscht, ohne daß er es gemerkt hatte, mit ihren Kleidern und Frisuren war es dasselbe, vielleicht liebten sie sich, vielleicht wußten sie es nicht mehr, sie kam direkt hinter Franck in die Küche und bot ihm einen Kaffee an, ja, wenn's geht, er setzte sich mit einer Grimasse zu ihm, wegen des Lebens.

Millie war die Königin des Kaffees und aller anderen Dinge, die mit Kochen zu tun hatten, besonders brillant war sie in Süßem, sie war klein und rosig, alterslos, andauernd setzte sie einem irgendein saudämliches Zeug wie einen Apfelkuchen vor die Nase, es war zum Heulen, der Dicke blickte sie an, und sie brachte ihm auch einen.

– Haste über den Wagen was rausbekommen? fragte Franck.

– Nein. Willy hat ihn heute morgen weggebracht. Das eine Arschloch hat den garantiert geklaut.

– Wir müssen uns um den Mercedes kümmern.
– Der fällt schnell auf, die schnappen wir schon.
– Na gut. Da ist noch was.
– Was denn?
– Keinen Ton von dem Zirkus gestern, jaja, wegen Lili, ich will abwarten, wie sich die Sache entwickelt...
– Hast du von ihr gehört, Franck? fragte Millie.
– Nein, eigentlich nicht. Hat er dir nichts erzählt?
– Ja und nein. Man muß ihm jedes Wort einzeln aus der Nase ziehen.
– Millie, laß ihn damit in Ruhe.
– Also gut, Dicker, wir regeln das diskret, ich hab keine Lust, daß mir alle möglichen Hampelmänner in die Quere kommen, wenn wir die schnappen, jedenfalls nicht mehr als nötig, mal sehen, wie's läuft, ich verlaß mich auf dich, hör zu, ich hab heut' keine Lust, in dem Saftladen vorbeizuschauen, denk dir irgendeinen Blödsinn aus, aber paß auf, was du sagst. Versuch rauszukriegen, wo der Buick herkommt, guck dir die Papiere an und den ganzen Scheiß, danach sieh zu, was du tun kannst, um den Mercedes ausfindig zu machen, meiner Meinung nach sind die nicht weit, die Kiste fällt viel zu sehr auf, aber mach nicht zuviel Wind. Schön, soweit alles klar, komm heut' abend vorbei und sag mir Bescheid.
– Ja. Keine Sorge. Biste sicher, daß Lili bei denen steckt, und Carol auch?
– Ja, bestimmt, wo sollen sie sonst sein?
– Ich weiß nicht.
– Hör zu, tu, was ich dir sage.
– Schön.
– Du kannst es mir glauben, Dicker, die sind bei den beiden Bekloppten, garantiert.

Einen kurzen Moment lang überlegte er, ob er ihm nicht die Wahrheit sagen sollte, das hätte die Sache leichter gemacht, die Geschichte, die er erzählt hatte, als Helen dabei war, war nicht gerade überzeugend, auf Anhieb, als seine Wunden noch frisch waren, war ihm nichts Besseres eingefallen. Er hatte sich beinahe dazu durchgerungen, als Willy hüftwackelnd antanzte, na schön, sagte er sich, das eilt nicht, mal sehen, ob sie abgehauen oder entführt worden ist, aber selbst das war für ihn kein großer Unterschied, er wollte sie wiederfinden und zurückholen, um den Rest kümmerte er sich nicht, na schön, sie ist abgehauen, aber was dachte sie sich eigentlich? Die Frauen sind bekloppt.

Das überkam ihn mitten im Garten, vielleicht hing das mit dem Buch zusammen, das Willy las, er stellte sich vor, daß einer der beiden Typen mit ihr gebumst hatte, gut möglich, was sollten sie letzte Nacht sonst getrieben haben, Carol war ein Flittchen, das wußte er, er hatte eine Zeitlang darunter gelitten, aber er sah sie nicht sehr häufig, er versuchte, möglichst wenig über sie zu wissen, dennoch, Carol war mit von der Partie, jaja, sie brauchte bloß auf die Idee gekommen zu sein, Lili war bestimmt abgespannt, vor allem, wenn sie wie die Irren gerast waren, die Sache war klar, er sah sie vor sich, die Hitze, die klebrige Nacht, die Erleichterung, der Schweißgeruch im Wagen, er fing an zu ächzen, als die beiden Mädchen ihre Brüste an die frische Luft brachten, Lili hielt ihr T-Shirt zum Fenster raus, um es zu kühlen, das hatte sie schon einmal bei ihm gemacht, eines Nachts waren sie sternhagelvoll nach Hause gefahren, das hatte sie erregt, die beiden anderen guckten bestimmt lüstern, Carol war im Slip, sie hatte ihr Laméding wie eine Handvoll Gold hinten in den Wagen geworfen, das Ding glitzerte schwach, sie war bereit, sich die Muschi auffressen zu lassen, er sah das schon, und er kannte Lili, er wußte, sie hatte sich auf ihrem Sitz umgedreht, um sich das anzusehen, sie kniete, das interessierte sie, zugucken, wie Carol abhob, das hatte er schon immer geahnt, Lili und andere Frauen, er fand das gar nicht so übel, er hatte sich sogar schon konkretere Vorstellungen gemacht, etwas, wo er auch was davon hatte, in dem Moment, wo er in den Ford stieg, schnappte sich der andere eine von Lilis Titten und hielt schleunigst an.

Er fuhr los, ohne hinzusehen, Lili streifte ihre Jeans ab, er sah ihr Höschen aufblitzen, und als der andere die Hand danach ausstreckte, gab es einen fürchterlichen Knall, Francks Körper klappte nach vorne und prallte hart auf den Sitz zurück.

Das war der gleiche Ford wie seiner, nur unwesentlich neuer, er hatte ihn voll erwischt, und der Typ versuchte auszusteigen, er rammte seine Schulter gegen all dieses kaputte Blech, es gelang ihm nur, die ganze Tür zu sprengen, und die Scheibe zerbarst auf der Erde. Franck schloß eine Sekunde lang die Augen und klammerte sich an das Lenkrad, dann stieg er aus. Seine Nerven hatten sich in seinem Bauch zu einer Kugel zusammengerollt, ein Nest rasender Klapperschlangen, er strich um seinen Wagen herum, bei ihm war nicht viel passiert, nur ein Scheinwerfer kaputt und ein Kotflügel eingedrückt. Der andere war ein Typ mittleren Alters, in Hemdsärmeln, er guckte Franck an und zuckte mit den Schultern, dann bückte er sich, um seine Tür aufzuheben. Das Ding mußte einiges wiegen, er lief grün an, als er es über den Kopf hob, er stieß ein Knurren aus und wandte sich seinem EIGENEN Wagen zu, dann schmetterte er die Tür auf das Dach seines Ford, das Ding beulte sich zehn Zentimeter tief ein, danach fing er an, knurrend auf die Motorhaube zu hämmern, er tat nicht nur, als ob.

– He, was ist denn mit Ihnen los? fragte Franck.

– Nichts, auf Ihrem Wagen ist eine Polizeiplakette.

Er wanderte um seine Kiste herum und verpaßte der Karosserie einen Tritt nach dem andern, er wirkte nicht wütend, er machte das sogar eher ruhig, danach deutete er seufzend auf die Bude des Dicken:

– Sie kommen von IHM, stimmt's? Mit dem hatte ich schon mal zu tun, ich weiß, wie das abläuft.

Er nahm eine Handvoll Steine und zertrümmerte seine Heckscheibe:

– Es ist eben so, sagte er. Verzichten wir auf die Papiere, ich bin schuld. Sie sind rausgefahren, ohne auch nur hinzugucken, ich bitte Sie um Entschuldigung. Ich hoffe, Ihr Schaden hält sich in Grenzen.

Franck hatte sich keinen Zollbreit gerührt. Der andere war dabei, die Reste seiner Tür in den Kofferraum zu pferchen.

– Sie sehen, sagte er, ich nehme meinen Dreck auch noch mit. Ich entschuldige mich bei Ihnen, darf ich jetzt fahren?

Franck nickte mit stierem Blick. Der andere fuhr los und verabschiedete sich mit einem leichten Nicken. Auf dem Bürgersteig standen bereits drei, vier Arschlöcher mit grinsendem Gesicht. Scheißpack, nuschelte er zwischen den Zähnen, er strich um seinen Ford herum, die Straße war mit Glasbröckchen übersät, das gab ein lächerliches leises Knirschen, wenn er da drauf trat, total idiotisch, er hatte nicht einmal den Motor ausgestellt, er fuhr im zweiten Gang an, diese Kiste ging ihm auf die EIER.

Lili, vor einer Ampel, sie ließ ihre Tasche fallen, von dort, wo er war, pflanzte er seinen Blick zwischen ihre Schenkel, kurzes säuisches Kleid, darunter deine weiße Haut, irgendein Arsch neben ihm, dem sein Spiel aufgefallen war, blinzelte ihm zu, er lachte sich kaputt.

Lili, er bremste ab, Lili vor einem Unterbekleidungsgeschäft, die Brustwarzen unter dem T-Shirt aufgerichtet, und als sie sich wieder in Bewegung setzte, fing die Straße Feuer, und ihre Silhouette brannte sich tief auf seiner Netzhaut ein, es war heiß, er zerschmolz.

Lili, die da hatte dermaßen enge Jeans an, daß man ihre Muschi sah, ein Einschnitt, der einem den Atem verschlug, was sollte man davon halten, von einem Mädchen, das einem derart den Arsch vor die Nase knallte, wie ein Faustschlag in die Fresse, von einer, die einen damit verletzte, sie war auf einen Milchwagen geklettert, sie saß auf ihren Schenkeln, er stellte sich diese ganze Milch vor, er schüttelte sich, diese lauwarme Milch.

Lili, ein Erdbeereis in der Hand, sie war an der Straßenecke stehengeblieben, mitten in der Sonne, ihre Brust mußte ganz weich sein, und bestimmt lief ihr eine Schweißspur zwischen die Hinterbacken, das gefiel ihr wohl, denn was wärmte sie sich sonst den Arsch auf dem Bürgersteig, allein, MUTTERSEELENALLEIN, gleich würde sie sich die Klamotten vom Leib reißen, und dann ihr praller weißer Arsch offen auf dem weich gewordenen Asphalt.

Er stürmte im Galopp in ein Kino, Herrgott nochmal, wegen der Kühle und des Schattens, er guckte sich den Film eine Zeitlang an, ohne etwas zu kapieren, Paul Newman war am Flennen, das Ganze in einem Fluß, sein Kumpel lag im Sterben, eingeklemmt unter einem Baumstamm, er sagte zu ihm, er solle mit dem Scheiß aufhören, ein anderer lag im Wasser, kurz vor dem Ertrinken, ER DREHTE DURCH, er rutschte auf seinem Sitz hin und her, um an eine Zigarette zu kommen, Henri Fonda hatte den Arm kaputt, er lachte gequält, Franck wußte nicht, was mit ihm passiert war, sein Geist verlor von Zeit zu Zeit den Faden, seine Augen klebten folgsam an der Leinwand, einige Schaltkreise waren offen, andere geschlossen.

Er ging wieder raus, mitten in die Sonne, er schleppte sich bis auf den Hocker einer Snackbar, direkt vor die hartgekochten Eier und den Zucker, er bestellte ein Bier und ein Sandwich, klack, er zerbrach die Schale eines Eis auf der Theke, HE! HE! DIE DÜNNE HAUT, DIE KLEBT, SCHEISSE, doch der Typ blickte nicht mal von seiner Kasse hoch, denn in diesem Moment KAM KOHLE REIN! Er bestellte ein weiteres Bier wegen des Eis und des Toastbrots, ein Mädchen schob seinen kleinen Hintern auf einen Hocker neben ihm, er drehte sich unmißverständlich um, sie hatte ihm noch nichts getan, aber er haßte sie.

Er zögerte, fast wäre er in ein Pornokino gegangen, aber der Typ am Eingang kannte ihn, irgendwann hatten sie eine Reihe von Razzien in dem Ding durchgeführt, sie hatten einen Typen gesucht, der Stammgast in diesen Schuppen war, er legte keinen Wert darauf, daß ihn der Kerl mit einem dämlichen Grinsen begrüßte, er betrat das Geschäft nebenan und verließ es mit drei Paar Socken, jetzt konnte er die alten wegwerfen, ohne sie waschen zu müssen, immerhin etwas. Er warf die Dinger auf den Beifahrersitz und fädelte sich in den Verkehr ein, die Trauer kam von diesen Socken mit dem goldenen Etikett und dem leeren Sitz neben ihm, der schrie.

Da ihm nichts Besseres einfiel und er ohnehin in der Nähe war, beschloß er, in dem Saftladen vorbeizugucken. Um diese Zeit war nicht viel los, der Wärter grüßte ihn, als er an ihm vorüberging, in der Halle die gleichen Nutten wie immer, der Exhibi der Gegend, die Hirnrissigen, die Schreihälse, seine Kollegen in Hemdsärmeln, sie waren nicht anders als die anderen, nur daß sie es waren, die die Fragen stellten, sein Büro war nichts als eine kleine, mit durchsichtigen Scheiben abgetrennte Ecke dieser Hölle. Grüß dich, he, Franck, wieder raus aus dem Bett, alter Schweinehund, wie geht's, also sowas, heeyyy Franckie, hello, jaja, ihm platzte das Trommelfell, er machte die Tür zu und ließ sich in den Sessel mit den Rollen fallen, er hörte noch das Klappern der Schreibmaschinen, kilometerlanger Stuß in gedämpftem Rhythmus.

Zwei Sachen lagen an, zwei umwerfende Dinger, ein Witzbold hatte sich eigenhändig verstümmelt, nachdem er dieses Sauzeug geschluckt hatte, mit dem man Tiger und Elefanten betäubt, kurz davor hatte er seine Möbel zum Fenster rausgeworfen, aus der sechsten Etage, der Schrank hatte einem Typen, der die Straße runterging und die Türen abklapperte, um Kreide und Schlüsselanhänger zu verkaufen, den Arm abgerissen. Und dann war da noch dieser Typ, der sich nachts an Autos heranschlich, er knackte die Tankschlösser und pinkelte in den Tank, offenbar wußte er sich zu beherrschen, denn er gönnte sich den Spaß gut zwanzigmal Nacht für Nacht, seit einer Woche ging das so, alle Welt lachte sich kaputt, bis er sich eines Nachts den Tank eines Streifenwagens vorgeknöpft hatte, damit hatte er seinen Fall nicht verschlimmert, er hatte ihn gründlich verdorben. Wenn der arme Kerl auch nur eine Hand in Richtung Hosenstall ausstreckte, hatte er im gleichen Moment fünfzig wütende Bullen auf dem Hals, für jeden Ehekrach mußte er büßen, für die zurückgelassenen, auf dem Bett schmollenden Ehefrauen, für das Ding im Fernseher, das durchgeknallt war, für die natürlichen Bedürfnisse, die gegen ein Uhr nachts, kurz vor Torschluß, auf dem Scheißhaus endeten, während auf der Theke der Kaffee kalt wurde, meine Fresse, dieser Typ hatte ja keine Ahnung, daß die Wut sich anstauen kann, daß ein Bulle, der die ganze Nacht untätig rumlungert, kein normaler Mensch mehr ist, seine Kiste fängt am frühen Morgen an zu stinken, ein Mensch, der seine Wut schürt, ist zum Schluß immer stinkig.

Er rollte mit dem Sessel zum Fenster und guckte nach draußen, er fragte sich, warum er überhaupt hergekommen war. Er hatte nicht vor, sich persönlich um die Nachforschungen zu kümmern, er stand nicht gerade in dem Ruf eines Bullen, der sich um den Kleinkram riß, um den Scheiß kümmerte er sich so gut wie nie, für sowas hatte er den Dicken, seine Vorgesetzten schanzten ihm nur glasklare Fälle zu, in denen es genügte, den Typen zu erwischen oder aufzuspüren, die ganze Ermittlungsarbeit, die kotzte ihn an, nicht daß er dazu zu dumm war, manchmal machte er die auch, er ließ seinen Verstand arbeiten, aber im allgemeinen drückte er sich davor, er galt als AKTIVposten, in Wirklichkeit scherte er sich einen feuchten Dreck um die Belange anderer, die Psychologie des Täters konnte ihm gestohlen bleiben, er gehörte nicht zu denen, die sich nachts, im zigarettenverqualmten Schein der Nachttischlampe, mit elenden Kopfschmerzen auf dem Bett wälzten und sehnsüchtig, mit gepeinigtem Verstand, auf DIE LÖSUNG warteten, was hatte er mit der Lösung am Hut, er war nicht von seinem Beruf besessen, das war sein Job, sonst nichts, daneben lebte er sein Leben, er machte nicht viel daraus, aber ein Unterschied war da schon. Wenn er jetzt anfing, dem Mercedes oder dem Buick hinterherzuschnüffeln, würde garantiert irgendein Arsch antanzen, der das seltsam fand, und seinen Senf dazugeben.

Er schaffte es, an ein Bier zu kommen, indem er hinter den Scheiben mit den Armen fuchtelte, der Schaum tropfte auf seinen Schreibtisch, nicht schlimm, es stand nichts drauf, außer Papierkram war da nie was drauf, und um den kümmerte sich meistens der Dicke, er selbst hatte keinen blassen Schimmer von nichts, seine Chefs guckten zwar entrüstet, aber sie brauchten ihn, sie konnten ihm höchstens bei der Beförderung eins auswischen.

Schön, er brauchte also bloß die Zeit totzuschlagen, es machte ihm nichts aus, nichts zu tun, Scheißtag, er mußte abwarten, was der Dicke für Neuigkeiten brachte, bevor er etwas starten konnte, wie lange noch, es war noch zu früh, nach Hause zu fahren, er würde wie ein Irrer durch die Wohnung tigern, Scheiße, da es ihn nicht mehr auf seinem Platz hielt, fuhr er mit einem Ruck in die Höhe und schoß auf die Straße, er taumelte ein wenig unter der Sonne, bevor er in seinen Wagen stieg.

Doch, es gab etwas, um die Zeit zu überbrücken, das hatte er ganz vergessen, Georges, ja, außerdem würde die Fahrt eine Weile dauern, das war 'ne gute Idee, er könnte sich ein Glas spendieren lassen und ihm erzählen, daß die Sache in die Hose gegangen war.

Er donnerte ein wenig über die Autobahn, er ließ dieses alte Wrack von einem Ford erzittern, he, die blöde Gurke war glatt in der Lage, ihm zwischen den Fingern zu explodieren, die Lenkung kam ihm auch schon ein wenig schwammig vor, ha, ha, die Angst kitzelte ihm den Bauch, aber er stand weiter auf dem Gas, dazu die Wassertemperatur, die bereitwillig überschnappte. Er hegte keine Selbstmordgedanken, überhaupt nicht, er hatte nur das Gefühl, sich abreagieren zu müssen, er revanchierte sich ein wenig bei seinem Körper, er hatte rumgesponnen, mit Lili, mit Helen, das rächte sich jetzt, er zitterte beinahe ebenso wie die Karre.

Er parkte vor Georges' Bude, er wartete ein, zwei Minuten, ehe er ausstieg, Herrgott, er konnte sich nicht erinnern, jemals einen derart heißen Sommer erlebt zu haben, er konnte sich an gar nichts erinnern, aber es war glühend heiß.

Er erblickte Georges hinter der Theke, und bevor er auch nur den Mund aufgemacht hatte, bereute er schon, daß er gekommen war, es gibt Tage, da kann man bestimmte Visagen nicht ab, die geben einem den Rest, und Georges hatte eine Visage in dieser Richtung, grau getönt und einen fürchterlichen Atem, DAS SAH MAN, und dieser Blick, normalerweise fand den niemand angenehm, nur er selbst, er versuchte, kleine Mädchen anzumachen, und er schaffte es, Jessesmaria, HERR IM HIMMEL!

Franck bestellte einen doppelten Scotch, um ihm auf die Eier zu gehen, und er sagte zu ihm, tut mir leid um dein Geld, wir haben getan, was wir konnten, wir haben sie erwischt, aber es hielt sich in Grenzen.

– WIESO???

– Ich meine, berauschend war das nicht mit dem Zaster.

– WAS???

– He, hörst du mir überhaupt zu?

– DAS WAR EIN VERDAMMT DICKER BATZEN, GLAUB MIR!

Er war jetzt eher dunkelgrau, er nannte eine Zahl, total meschugge, zehnmal mehr als der Betrag, den Franck gezählt hatte, dieser Wichser, Angst kannte der nicht, er zerknüllte seinen Lappen zwischen den Fingern, er hatte lange, dreckige Nägel, wenn er mit Georges Karten spielte, widerten sie Franck an, er stellte sich vor, so eine Hand würde ihm das Gesicht zerkratzen, immer wieder stand ihm dieses Bild vor Augen, er verlor die Konzentration.

– Sobald ich was Neues erfahre, sage ich dir Bescheid. Reg dich nicht auf.

– SCHEISSE, REG DICH AUF, DU HAST GUT REDEN!!!

– Wir brauchen Zeit, wir fahnden nach ihnen.

– Soso, dann tu mir einen Gefallen, häng denen alles an, was irgend geht, diesen Drecksäcken. Sieh zu, daß die nicht unter zwanzig Jahren wegkommen, und ich geb 'ne Spende für die Waisenkinder der Polizei.

– Das ist zuviel.

– Ich geb dir mein Wort.

– Nein, ich mein die zwanzig Jahre, das ist zuviel, soviel kriegen die nie im Leben nicht aufgebrummt, ich schätze, du kannst dir dein Geld sparen.

– DAS WAREN MEINE ERSPARNISSE!

– Georges, du bist wohlauf, das ist die Hauptsache. Denk daran, während wir die suchen.

– NEIN, MIR IST ÜBERHAUPT NICHT WOHL, WENN ICH DARAN DENKE!!!

Franck vertiefte sich einen Augenblick in die Betrachtung von Georges' Ohren, sie waren rot, fast durchscheinend, man konnte sich lebhaft vorstellen, daß er sich nicht gern darüber hauen ließ, in dem Licht waren sie fast zu schön.

Georges fuhr mit seinem Schwachsinn fort, aber er hörte ihm nicht mehr zu, nach einer Zeit lächelte er ihn an und stand auf, ohne einen Ton zu sagen. Er fuhr ganz langsam nach Hause, er klebte auf seinem Sitz, einen Arm draußen, nicht am Lenkrad, zum erstenmal an diesem Tag dachte er an nichts.

Gegen sieben Uhr parkte er vor dem Haus. Das ist die letzte Scheiße, eine leere Bude, wenn man nicht gut drauf ist. Er nahm das Telefon, der Dicke war noch nicht zurück. In der Küche bekam er nicht mal ein Bier zu fassen, nichts mehr im Kühlschrank, nur Butter und Joghurts, er mußte unbedingt einkaufen, wenn er es jetzt nicht tat, würde er es nie mehr tun, er wußte auch noch nicht, ob er Lust hatte, Helen zu sehen, er war längst draußen, da überlegte er immer noch.

Als er vor dem Laden ankam, verpaßte er dem Armaturenbrett einen heftigen Faustschlag, er schrammte sich die ganze Haut ab, das war ein Scheißmontag, alles war zu, ER HATTE ES VERGESSEN. Er war gerade dabei, seine Hand abzulecken, als er Helen hinter der Scheibe erblickte, sie winkte ihm zu. Er wartete vor der Tür, den Kopf wie vernagelt, sie bückte sich, eine Hand an der Klinke, sie stocherte in dem unteren Schloß herum, er guckte sie nicht an, er holte Luft.

– He, du hast Schwein, ich war gerade bei der Abrechnung.

– Ja, sagte er. Ich hab vergessen,. daß heute Montag ist.

– Nett, daß du vorbeikommst.

– Ja, ich hab mir gedacht, ich kann gleichzeitig ein paar Sachen einkaufen. Ich hab nichts mehr zu Hause.

– Verflixt, stimmt, tut mir leid.

– Ich weiß nicht. Wenn ich dich störe...

– Nein, nein, mach nur, ich hab noch zwei, drei Sachen zu erledigen.

Er rührte sich nicht, sie bemerkte seine blutende Faust.

– Komm rein, ich sag doch, bedien dich. Verbandszeug gibt's vorne links.

Vornübergebeugt wie ein Dieb flitzte er die Konserven entlang, im Vorbeigehen ließ er die Sachen in seinen Wagen purzeln, selbst Dinge, die er nie im Leben runterbekam, Selleriestangen, Kichererbsen, er paßte nicht besonders auf. Es war schwierig, all dem zu widerstehen, den SONDERPREISEN SPARPREISEN SUPERPREISEN SCHLEUDERPREISEN PREISE HIER

PREISE DA IRRSINNIG WAHNSINNIG UNGLAUBLICH SPOTTBILLIG SPOTTBILLIG SACK UND ASCHE SACK UND ARSCH ARSCHIG ARSCHFICK ZICKEZACKE EIER PIMMEL DEIN ARSCH DEIN ARSCH HER DAMIT ALS GÄB'S ZIG MÖGLICHKEITEN DIR DEN ARSCH DEN ARSCH ZU FICKEN KOMM HER NA LOS PACK ZU PACK ZU NIMM MICH DU SAU DU SPINNST MACH'S MIR. Das große Geschäft konnte man mit den Seifen machen, im Hunderterpack, es gab eine Reise in die Südsee zu gewinnen, zu zweit, diese Idioten glaubten doch glatt, das Leben spiele sich zu zweit ab, na schön, das Interessante daran waren die zwanzig Gratisstücke, zwei Jahre lang sich mit Lavendel einseifen, das war ein Stapel, der bis zur Decke reichte, er lud seinen mit einem leichten Schauder der Befriedigung ein.

Sie erwischte ihn in der Wurstwarenabteilung, er hatte einen ganzen Berg von in Plastik verpacktem Schinken auf dem Arm.

– Soll ich heute abend vorbeikommen? fragte sie.

– Hm, ich weiß nicht, der Dicke dürfte da sein...

– Was soll das heißen? Ich frage DEINETWEGEN, du Idiot!

– Jaja.

– Ich bin nicht vollkommen blöd. Dir geht es nicht gut, ich wollte dir nur helfen, SONST NICHTS, Franck.

– Ich glaub, mit der Seife hab ich ein Geschäft gemacht.

– Toll.

– Ich bin verloren.

– Ich weiß.

– Ich weiß nicht, was ich einkaufen soll.

Sie warf ihm einen vernichtenden Blick zu, dann schnappte sie sich den Wagen, und die Hetzjagd begann. Er rannte ihr nach, er fragte sich, ob hinter all dem ein System steckte, sie lief eine Abteilung nach der anderen ab, sie hatte sechs Arme, zwei Köpfe, und das funktionierte, sie lud den Wagen voll, es gefiel ihm nicht besonders, daß sie seine Seifenschachteln verbeulte, aber er sagte nichts, irgendwann legte sie drei Pizzen dazu, das wurde langsam zur Gewohnheit, die alleinstehenden Typen entwickeln sich allesamt zu Pizzaexperten.

An der Kasse warf sie ihm ein paar Tüten zu und half ihm, sie vollzupacken, das heißt, sie stopfte alles irgendwie rein, sie sagten beide keinen Ton. Sie war erregt, am Ende sagte sie:

– So, jetzt bist du gerettet. Du siehst, es war ganz einfach.

– Ja.

Er hüpfte von einem Bein aufs andere und wartete, daß ihm etwas einfiel, da waren diese Fressalien zwischen ihnen und dieses Packpapier, das auf seinen Armen knisterte, er sagte:

– Ich stell dir 'nen Scheck aus.

– Oh, sagte sie, ich pfeif auf deinen Scheck. Ich glaube, eins hast du noch nicht begriffen, Franck, ich versuch nicht, Lilis Platz einzunehmen, ich fall nicht über dich her. Was das Bumsen angeht, da komm ich schon noch klar, du bist längst nicht der Beste, aber da ist eine Sache: ich kenn dich, und dir geht es nicht berauschend, ich weiß, was du empfindest, verdammt, das ist, als wäre ich an deiner Stelle, all diese dreckigen Augenblicke, man rennt stundenlang im Kreis herum, fix und fertig, wir sind im gleichen Alter, Franck, das heißt, wir werden langsam, aber sicher alt, und da benimmt man sich wie der letzte Idiot, für mich bist du zur Zeit die einzige ein wenig lebendige Person, die einzige, die ich verstehe. Du brauchst davor keine Angst zu haben, ich will dir nur helfen, ich kann stundenlang sitzen, ohne etwas zu sagen, ich kann dir zuhören, wenn du das möchtest, oder sonstwas tun, wir können bumsen oder auch nicht, aber das ist wirklich nicht so wichtig, es stimmt, das Leben ist manchmal hart und zum Kotzen, wir sind beide allein, siehst du denn nicht den Zusammenhang, schau mich an, ich erwarte nichts Großes, ich versuche nur zu leben, selbst so ein kleiner Abend lohnt sich, bei dir habe ich das Gefühl, ich lebe, weil wir uns mit demselben Mist rumschlagen, das Leben ist kein kontinuierliches Dingsda, das sechzig Jahre dauert, nein, das ist eine Kette von Perlen, die auf einer beschissenen Schnur aufgereiht sind. Schön, wenn du unbedingt etwas zahlen willst, da stehen sämtliche alkoholischen Getränke, die du dir nur denken kannst, wenn du mir ein Glas spendieren willst, sag ich nicht nein.

Er sah sie an, ohne zu antworten. Es war leichter, in Sachen

Alkohol zuzuschlagen, es war wirklich alles da, was man brauchte, er fragte sich, sollte er knauserig sein oder ein halbes Vermögen auf den Kopf hauen, Bourbon-Cola, das mochte er, es gab nichts Besseres, um sich zu benebeln, er stand unter Druck, je größer seine Wut wurde, um so schwieriger war es, auch nur den kleinen Finger zu bewegen.

Er legte die Knete vor sie hin und guckte nach draußen, es herrschte ein sanftes bläuliches Licht, die Sonne spielte verrückt auf der Straße, er räkelte sich, eigentlich war das eine ziemlich ruhige Atmosphäre, aber Franck war außerstande, das zu spüren, er seufzte leise, die Registrierkasse klingelte in die Stille wie ein Spielzeug, er zuckte zusammen, er sagte:

– Kommt mir vor, als wär ich lebendig begraben.

– Sicher. Obendrein hüpft man dir noch auf dem Bauch herum. Das ist ein Spiel.

– Ich weiß nicht, vielleicht solltest du wirklich mitkommen.

– Natürlich.

Er quetschte die Tüten in den Wagen, auf den Rücksitz, er warf seine Socken ins Handschuhfach, sie fuhren ganz langsam, bei offenem Fenster, ohne daß einer einen Ton sagte.

Er parkte vor dem Haus, hüpfte mit den Tüten auf den Armen von einem Bein aufs andere, Scheißdreck, er ließ die Tür hinter sich offen und rannte zum Küchentisch, in diesem Moment klingelte das Telefon, der Dicke bellte ihm in die Ohren:

– HHEEeeee, das ist jetzt das dritte Mal, daß ich anrufe, Millie ist auf Achse, ich muß irgendwas auf dem Herd beaufsichtigen.

– Ja.

– Wie ich dir gesagt hab, der Buick ist geklaut, falsche Papiere usw., ich hab's gewußt. Was den Mercedes angeht, ich hab das über mich laufen lassen, ich hab irgend'nen Stuß erzählt. Sobald er gefunden wird, werde ich ohne großen Zinnober benachrichtigt.

– Schön, dann können wir also nichts tun als warten, oder?

– Ja, aber vielleicht dauert's nicht lang.

– Jaja, dein Zeug brennt gleich an.

Er legte auf. Sie hatte angefangen, die Vorräte in der Küche zu verstauen, er holte zwei Gläser hervor, halbe halbe für den Anfang, er verzog sich mit seinem ins Wohnzimmer, er haute sich vor die Glotze, es lohnte sich nicht mal, daß er aufstand, um das Bild einzustellen, irgendein Quatsch von wegen Raumfahrt, das interessierte ihn einen Dreck, Lili fand das großartig, einmal war er nach Hause gekommen und hatte sie völlig verzückt vor dem Gerät angetroffen, beim Countdown, Menschenskind, hatte sie gesagt, das sieht aus wie eine Kathedrale, aber er war total kaputt gewesen, er hatte ihr keine Antwort gegeben, das Ding war in einem goldgelben Licht verschwunden.

Sie machte sich daran, rote Paprikaschnitzel in kleine Würfel zu schneiden, sie stand vor dem Tisch, ihre Scham auf die Tischkante gepreßt, sie wichste sich nicht wirklich, das war eine Angewohnheit, die sie als kleines Mädchen angenommen hatte, sie tat das unbewußt, sie war auf einen mexikanischen Salat aus, sie wußte nicht so recht, wie sie es mit Franck anfangen sollte, es stimmte, was sie ihm gesagt hatte, sie hoffte nur auf ein wenig mehr. Sie genehmigte sich ein zweites Glas, eine enorme Chance bot sich ihr da, sie spielte verliebt, selbst auf die Gefahr hin, daß sie daran zerbrechen sollte, sie fand das dermaßen gut, er war nebenan, bestimmt dachte er nicht an sie, das war ihr egal, es gibt nichts Schlimmeres als die Einsamkeit, sie hatte nichts zu verlieren, sie trug einen kurzen, vorne geknöpften Jeansrock und sie hatte frühe Falten, eine empfindsame Seele und große Titten, damit mußte sie klarkommen, sie wischte sich mit dem Handrücken über die Stirn, das waren mindestens dreißig Grad, der Bourbon half da nicht unbedingt.

Er streckte die Beine aus, faltete die Hände hinter dem Kopf, auf einer verkehrt herum liegenden Zeitschrift entzifferte er BOB MARLEY IST TOT, er wußte nicht, wer das war, er lachte, er sagte laut BOB MARLEY IST TOT, ICH LEBE, er stand auf mit seinem Glas, was trieb die da eigentlich mit den Paprika, er strich hinter ihr her, um sein Glas nachzufüllen, es herrschte eine verdammte Stille, es machte ZICK ZICK ZICK bei jedem Stück, das sie zurechtschnitt, und PPSCHIIIIIIIIITTT, als er seinen

Bourbon mit Cola begoß, Lust, ihr über den Arsch zu lecken, ihre Brust zu zerquetschen, ihr den Slip runterzureißen, eine schmerzhafte Lust, er nahm sie in die Arme und küßte sie wie der letzte Trottel, das große Spiel, er war wie von Sinnen, er schob ihr seine Zunge in den Mund, das war wie ein Schwertkampf, er hielt sie theatralisch fest, leicht nach hinten gebeugt, er preßte sie an sich, ohne sie zu befummeln, mit geschlossenen Augen, nach einem Weilchen versuchte er, sich auf den Kuß zu konzentrieren, eine komische Sache, eher unangenehm, aber man konnte sich daran gewöhnen, lustig war das.

Später stellte sie den Salat auf den Boden, neben ihn, er starrte gedankenverloren auf den Fernseher. Sie ließ sich im Schneidersitz nieder und lehnte sich zurück, auf ihre Ellbogen. Sie wartete. Bis sich das Kribbeln meldete, hätte sie sich am liebsten gar nicht gerührt, sie fühlte sich wohl, es bahnte sich etwas an zwischen ihnen. Meine Güte, wie er mich geküßt hat, das war zuviel.

Er aß widerwillig. Er mußte scheißen, er fühlte sich verpflichtet, eine Bemerkung über den Wetterbericht anzubringen, Temperaturanstieg, verdammtes Wichserpack, konnte es denn noch heißer werden, hm? Er stand auf, und ein lächerliches Glucksen stieg ihm aus dem Bauch.

Irland. In Irland war die Kacke am Dampfen. Wo war noch mal Irland, sie beugte sich ein wenig vor und kratzte sich am Hintern, die zeigten fürchterliche Bilder, sich mit einem Glas in der Hand auf dem Teppichboden zu lümmeln und sowas zu sehen, das war wie *Der Krieg der Sterne*, unmöglich, ganz daran zu glauben. Außerdem brodelte es in ihr. Sie hatte ihr ganzes Leben mitgeschleppt, das war schwerer als der Schwanz eines Drachen. Trotzdem fing sie an, leise zu singen, und es wurde dunkel.

Er richtete sich auf, die Arme auf die Oberschenkel gestemmt, die Beine waren ihm dabei abgestorben, er sagte sich, die beste Lösung war, sie zu bumsen, er sagte sich das, um zu sehen, ob er Lust dazu hatte, nie zuvor hatte er eine solche Wut auf sich selbst verspürt, er gähnte, er war überhaupt nicht wütend, er hatte einen Kurzschluß.

Sie bereitete dieses Zeug zu, Kaffee-Bourbon-Sahne, das war eine Nettigkeit, die sie ihm erwies. Er trank und schaute ihr dabei in die Augen, das war alles, was sie wollte. Als er ihr Bein berührte, öffnete sie sich wie von selbst, als er anfing, ihr irgendwelche Sachen in die Ohrmuschel zu erzählen, war es ihr bereits zweimal gekommen, aber das war nur ihr Körper, ihr Geist war woanders, sie merkte es erst, als er sagte, was ist denn mit dir, verdammt nochmal?

Das hatte er noch nie gemacht, noch nie hatte er sich getraut, in Wirklichkeit war das GANZ einfach, es war dunkel, nicht zu sehr, und die Luft war mild, lau, er lief nackt quer durch den ganzen Garten, das Glas in der Hand, ein Fetzen Mond, der sich in den Spitzen der Grashalme und den Haaren seiner Brust verfing, Scheiße, sagte er, SCHEISSE, KOMM HER, aber sie blieb im Türrahmen stehen, die Schenkel zusammengepreßt, und als sie sich nicht rührte, lachte er lauthals.

Sie guckte ihn an. Er schlief auf der Seite, und er streckte seinen Bauch raus. Sie fand das nicht häßlich. Was sie belustigte, das war, wie seine Eier in dem Sack hin und her tanzten, die Haut war locker, in ihrer Hand bewegten sich die Dinger weiter, um sich zu amüsieren, nahm sie eines in die hohle Hand, ganz behutsam. Sie räkelte sich auf der Decke. Um ihn zu wecken, ließ sie ihn vom Bett purzeln.

Gegen drei Uhr morgens ging er runter in die Küche, um ein Glas Wasser zu trinken. Als er zurückkam, hatte sie die Augen sperrangelweit auf.

– Weißt du, sagte er, wir sollten besser schlafen.

– Ich habe gerade überlegt, ob Lili überhaupt zurückkommt.

– Wahrscheinlich haben wir morgen den Mercedes schon gefunden.

– Ich finde, das klappt gar nicht so schlecht mit uns beiden.

– Verstehst du, ich bin sicher, es gibt Neuigkeiten.

– Du wirst es mir nicht glauben, aber ich habe es vorher gespürt. Ich fühle mich gut.

– Die brauchen bloß einmal Mist zu bauen, wenn überhaupt, dann haben wir sie am Wickel.

– Das ist so lang her.
– Wo denkst du hin, ich geb denen keinen Tag mehr.
– Ja, es wird Tag.
– Ja, wir sollten besser schlafen.

ZWEI

1

– Was soll's, ist mir scheißegal. Sag ihm, ich bin einverstanden.

Ned packte sie am Arm und zog sie zur Seite. Das war ein Aschenplatz mit einer guten Schicht Altöl, das glänzte unter der Sonne, und ekelhafte Dämpfe stiegen in Schichten auf, wie mit Scheiße aufgeblähte Quallen, sie sollte sich bloß nicht einmischen, Jessesmaria, der Typ war interessiert, er hatte sich auf die Motorhaube des Mercedes geknallt, sie waren jetzt fünfzig Meter weit weg, er blieb stehen, er versuchte ihr das klarzumachen, abgesehen von ihren Bumsabenden kannten sie sich kaum.

– Carol, hör zu. Wir können da einiges mehr rausschlagen. Hör zu. Der will uns reinlegen, das ist sein Job, doch, laß mich nur machen, Scheiße, ich hab Erfahrung mit solchen Kerlen, wir werden diesen Bus haben und noch Knete dazu, der Mercedes ist gut in Schuß.

– Dafür sind da diese Malereien drauf, o Ned, und es ist dermaßen heiß hier, da geht man kaputt, komm, wir tauschen ihn gegen diesen Ford und hauen auf der Stelle ab...

Er faßte sie an den Schultern, so machten die das in den Filmen.

– Schön, okay, einverstanden, gib mir nur noch FÜNF WINZIGE MINUTEN!

Er kehrte schleunigst zu dem Schrotthändler zurück, er legte beide Hände flach auf den Kotflügel, der Typ hatte die dreckigste Visage, die man sich nur vorstellen konnte, innendrin sind wir alle so, aber der ging am hellichten Tag damit spazieren, Ned betrachtete die glänzende Haut des Kerls, er sagte:

– Sie hat die Nase voll. Du mußt dich schon ein wenig ins Zeug legen, oder du vermasselst das Geschäft deines Lebens. Ich hab dir 'nen anständigen Preis genannt, du bist zu gierig.

Der Typ kniff die Augen zusammen, im nächsten Moment wurde das zur Grimasse, er war dick, das ging ihm bestimmt mordsmäßig auf die Eier unter diesem weißen Himmel, er stank nach Schweiß, SEIN SCHWEISS stank, diese Knacker kannten sich mit Knete aus. Ned hatte genug nachgegeben. Er winkte Carol zu und stieg in den Wagen. Der Kerl richtete sich langsam auf, er stemmte die Fäuste ins Kreuz und schlurfte auf Ned zu. Er pfiff durch die Zähne und zog eine Brieftasche aus seiner Gesäßtasche, die Scheine zirpten in seinen Fingern wie verliebte Grillen. Ned nickte, er zeigte mit dem Finger auf Carol.

Sie gingen einkaufen, bevor sie zurückfuhren, Ned lud einen ganzen Vorrat von Wassereis ein, seit drei Tagen, seit sie unterwegs waren, war er verrückt danach, der Geschmack war ihm ganz egal, Hauptsache, die Dinger hatten eine hübsche Farbe, so etwas kommt schon mal vor, Sachen, die WIRKLICH keinerlei Bedeutung haben, Vanille, Johannisbeere, Erdbeere, er begann mit einem tiefen Violett, dessen Ränder dampften.

Er fuhr den Bus hinter den Bungalow, unter den Baum, zu jeder Bude gehörte ein Baum, immer der gleiche, er klemmte sich seine Kiste Eis unter den Arm, im Vorbeigehen warf er Henri, der schlaff im Wohnzimmer hing, ein paar zu, Lili war immer noch nicht aus dem Bad gekommen, er sagte sich, das darf nicht wahr sein, er machte den Kühlschrank auf und schob das Eis nach hinten durch, er drehte den Knopf auf MAXIMUM.

Eine Hand guckte aus dem Wasser, eine Hand mit einer Zigarette. Als sie darunter hervorkam und ringsum alles bespritzte, setzte er ein schwaches, spitzbübisches Lächeln auf, er steckte die Hände in die Gesäßtaschen, er war mit sich ziemlich zufrieden, er sagte:

– Wir haben jetzt einen gelben Bus. Wir können beruhigt sein.

– Ich werde niemals beruhigt sein, sagte sie.

Sie saß im Wasser, sie rührte sich nicht, und Wassertropfen liefen weiter über ihre Haut, kleine durchsichtige Säulen, die aus ihren Haaren kamen, sie scherzte nicht.

– Na schön, wenn du es sagst. Wie ist dein Bad?

Das dauerte Stunden, bis sie ein Lächeln auf ihre Lippen zauberte. Es gefiel ihm, sie anzusehen, vor allem, wenn sie nackt war, das war gut, er ging genau in dem Moment raus, wo sie wieder unter dem lauwarmen Wasser verschwand.

Den ganzen Abend bekamen sie keinen Bissen runter, wegen der Hitze, sie saßen auf dem Teppichboden, Scheiße, sie hatten die Kiste vor sich hingestellt und lutschten das Eis, Henri erzählte zwei, drei seiner Liebesabenteuer, sie lachten sich kaputt. Lili drehte ihren letzten Joint, sorgfältig. Carol sahnte beim Pokern so gut wie alles ab, sie bekam einen fürchterlichen Lachanfall, der mindestens fünf Minuten anhielt. Die sahen nach nichts aus, diese Abende, sie fühlten sich wohl, aber das Ganze kam ihnen unwirklich vor, in Wirklichkeit fühlten sie sich gar nicht so wohl, Franck konnte sie am Arsch lecken, sie hatten nicht mehr Schiß als andere auch. Wenn etwas war, dann höchstens, daß sie die ganze Zeit unterwegs waren, ohne etwas zu haben, woran sie sich klammern konnten, daß sie mit etwas unter dem Hintern herumrasten und die Chancen gleich groß waren, daß das Ding vor ihnen oder neben ihnen oder INNENDRIN war. Mehrere Fullhouse auf die Hand, drei Flush und eine unglaubliche Dreistigkeit, sie hätte als nächstes selbst Edward G. Robinson aufs Kreuz gelegt.

Schön, gegen drei Uhr morgens stand Ned auf, um pinkeln zu gehen, es war viel zu heiß, das hätte ein kleiner Spaziergang werden können, tatsächlich stieß er auf Henri und Lili, die sich in den Kissen kugelten, na gut, er hatte sich das gleiche mindestens hundertmal vorgestellt, das mußte schön sein, er blieb im Flur, im Schatten, der Schatten ist gut, was macht dir das aus, das da zu sehen, ich weiß nicht, WAS MACHT DIR DAS AUS, sie hat einen wunderbaren Hintern, draußen war irgendein Arsch mit voll aufgedrehtem Kofferradio eingeschlafen, ein kleiner Reggae, natürlich hatte er keine Lust zu tanzen, aber er wackelte ein wenig im Rhythmus der Musik, die Haare klebten ihr auf der Stirn, kein Wunder, er hatte vergessen, was er da suchte, verdammt und zugenäht, er hatte vielleicht einen Durst, VERFLUCHT, DIE KÜCHE IST DRÜBEN AM ANDEREN

ENDE, OJE OJE OJE!!!, er huschte durch das Zimmer wie ein Gespenst, er kam ganz nah an ihnen vorbei, ein Gespenst, das es mit der Angst kriegte, die Luft um ihn herum geriet kaum in Bewegung, und die beiden machten nur noch heftiger weiter, prima, zuerst ließ er nur einen feinen Strahl auf das rostfreie Metall schießen, er probierte, einen Schluck zu trinken, krumm, Kopf nach unten, bis er nebenan Lärm hörte, SCHEISS DRAUF, er drehte das Ding auf und fuhr mit dem Kopf darunter. Und dann nichts mehr. Das Kofferradio war geschmolzen. Das Wasser war fast warm. Lebloses, stehendes Wasser.

2

Lucie war seine Freundin. Seine EINZIGE Freundin, er hatte noch keine andere gehabt, sie kreuzten am frühen Morgen auf, sie hatten sich mitten in der Nacht aus dem Bungalow verdrückt, ohne zu zahlen, einfach so, Scheiße, nichts ist öder, als eine Hotelrechnung zu bezahlen, nichts lustiger, als an der Rezeption vorbeizugehen, wenn sämtliche Lichter erloschen sind, im großen Lächeln der Nacht.

Die Bude stand im oberen Teil der Stadt, ein großes Haus mit fabelhaften Fenstern, Lucies Vater war eine Geldmaschine, als ihm aufging, daß ihm seine Tochter nichts als Probleme oder saures Aufstoßen bereitete, hatte er einen großen Batzen für die Bude abgezweigt, danach hatte er ihr jeden Monat einen Scheck geschickt, jedesmal, wenn er ihn unterzeichnete, sagte er sich, daß er ein gutes Geschäft gemacht hatte, er litt seitdem kaum noch an Blähungen.

Um sechs Uhr, als sie klingelten – sie hatte sich eine kleine Anlage mit drei tibetanischen Glöckchen basteln lassen, Ned wollte das auch ausprobieren, er hielt den Finger noch auf der Klingel –, machte ihnen ein großer kahler Typ gähnend die Tür auf, ohne sie eines Blickes zu würdigen, er war nackt, sein Schwanz halb aufgerichtet, er drehte ihnen den Rücken zu und verschwand durch eine Tür am anderen Ende des Flurs.

Henri ging voran, er stieg die Treppe hoch und trat ein, ohne zu klopfen. Sie saß auf ihrem Bett, auf einmal war er in einem Krankenhauszimmer samt all dem Scheiß, der dazugehört, als erstes fing er an, ganz leise zu reden:

– Lucie...

– Ich freu mich, daß du da bist.

Sie hatte große blaue Ringe unter den Augen, die dicken Verbände um ihre Handgelenke hatte er sofort bemerkt, er sah nicht, daß sie ihn anlächelte, er sagte:

– Aber Lucie, was ist denn passiert??

Sie lachte:

– Eh, wir können normal sprechen, ich bin nicht tot. Ein Anflug von Trübsal, es ist vorüber. Wie geht's? Ich hatte dich früher erwartet.

– Ja, ja. Ah ja, hast du meinen Brief erhalten?

– Mach nicht so 'n Gesicht, die Sache wäre ohnehin schiefgegangen, die Typen haben mir erklärt, daß man keine Chance hat, wenn man sich das Handgelenk INNEN aufschneidet, es hat bloß Stunden gedauert, bis ich das Ganze wieder sauber hatte, ich bin bekloppt.

Sie stand auf und schritt durch einen Strahl der Sonne. Sie wirkte durch den weißen Kimono hindurch noch dünner als beim letzten Mal, sofern das überhaupt möglich war, noch dünner. Da er sie sehr gern hatte, war er ziemlich froh, daß ihr die Sache mißlungen war, zudem dachte er nicht gern an den Tod, er seufzte, sie hatte ihr eigenes Blut aufwischen müssen!

Sie frühstückten alle zusammen in dem großen Zimmer auf der unteren Etage, der kahle Typ servierte ihnen Eier und Rosenkonfitüre, wortlos und immer noch nackt, Carol sah sich sein Ding in aller Ruhe an, als er sich nach vorne beugte, um sie zu bedienen, und Ned lehnte sich zu Lucie hinüber, er fragte:

– He, läuft der immer so rum?

– Ja, das ist Yan, er hat ein Gelübde abgelegt. Aber das ist schon in Ordnung so, er kümmert sich um alles hier.

– Mann, das ist irre. Hat der vielleicht noch 'ne Freundin, die auch so...?

Danach erzählte Henri ein wenig, was passiert war, und Lucie bestand darauf, daß sie so lange blieben, wie sie wollten, ob nun hier oder woanders, dachten sie, und zudem wurde niemand von ihnen irgendwo erwartet, sie hatten es nicht eilig und sie waren es leid, immer nur zu fahren, das war eine Stadt, wo sie waren, der Drecksbulle würde es um einiges schwerer haben, sie zu finden, das war Neds Ansicht, und Henri war mit ihm einer Meinung, aber den Mädchen zufolge kannten sie ihn schlecht, so leicht würde sich Franck nicht abschütteln lassen, schön und gut, mag sein, antwortete Ned, aber ändern können wir es auch nicht, also schlage ich vor, wir bleiben 'ne Zeitlang hier, vielleicht gewöhne ich mich dann an diese zweiunddreißig Zentimeter, solange er sie mir nicht in den Hals schiebt, wenn er den Tisch abräumt.

Der Aufmarsch begann gegen zehn Uhr und hielt bis spät in die Nacht an. Lucie kannte Gott und die Welt und ihr Kühlschrank hatte in der ganzen Gegend einen sagenhaften Ruf, aber das war es nicht allein, Lucie hatte die Gabe, Leute anzulocken, die wirklich wichtigen Dinge spielten sich bei ihr ab, außerdem hatte die Kunde ihres Selbstmordversuchs einen gehörigen Teil der Stadt aufgerüttelt, das Telefon in ihrem Krankenzimmer war heißgelaufen, Menschenskind, Lucie, DAS wolltest du uns antun? Sie antwortete dann bloß, danke, daß du angerufen hast, sie wußte so gut wie nie, wer am Apparat war, und wollte es auch nicht wissen, wenn sie wieder auflegte, hatte sie das Gefühl, sie allesamt verraten zu haben.

Der erste klopfte an die Tür wie ein Wirbelwind, die Dichter kommen immer als erste, wegen der schlaflosen Nächte, im Vorbeigehen versetzte er Yans Apparillo einen Klaps, na, wie geht's, fragte er, er küßte Lucie und flitzte in die Küche.

– Als Dichter ist er echt stark, erklärte Lucie.

– Der wirkt auch so echt stark, sagte Ned.

Der Typ hatte bereits den Kühlschrank auf den Küchentisch gekippt, er machte einen gar entsetzlichen Lärm, aber Lucie schenkte ihm einen besonders sanften Blick. In diesem Moment trat ein weiterer Typ ein, er sah wütend aus, er keuchte.

– WELCHES ARSCHLOCH HAT DIESEN GELBEN BUS DA DRAUSSEN ABGESTELLT? bellte er.

Sie blickten sich alle vier an, ohne einen Ton zu sagen, die Hände des Typs zitterten, er war den Tränen nah.

– André, was ist denn los? fragte Lucie.

André mühte sich verzweifelt, seinen Speichel zu schlucken, er versteckte seine Hände unter den Armen:

– WAS LOS IST? NICHTS, NUR DASS DIESE MISTKARRE MITTEN AUF MEINEM MANDALA STEHT, UND DIE VERLIERT ÖL, SCHEISSE!!!

Der Dichter kam mit einer kalten Crêpe in der Hand aus der Küche angetanzt.

– André, du hast Verdruß, ich empfehle dir einen Ausflug in die Küche, sie ist der einzige lebenswerte Ort in dieser Welt des Jammers. Deine Crêpes sind schlicht und einfach köstlich, meine Liebe.

– Es tut mir leid, setzte Henri an. Wir sind mitten in der Nacht angekommen...

– ABER DIE PLASTIKFOLIE, DA WAR 'NE PLASTIKFOLIE DRAUF, MIT STEINEN!

Der Dichter kratzte sich am Kopf und lächelte schwach:

– André, bemüh dich nicht, ICH habe diese Folie entfernt. Ich habe einen Drachen daraus gebastelt. Er sei dein, wenn du möchtest, sein Arsch ist ein wenig zu schwer. Du weißt, es gibt kein Werk von Menschenhand, das der Zeit widersteht.

– TROTZDEM!!!

– Sieh mich an, es kommt vor, daß ich auf Wände schreibe.

– JA, ABER NICHT AUF IRGENDEINE WAND, ALTER HALUNKE!!!

– Ach, ich frage mich, weshalb ich mit dir diskutiere, du bist zu engstirnig. Ich komme nicht darüber hinweg, und zudem bemühe ich mich, anderen zu helfen, so ist es nun mal, ich nehme stets alle Schuld auf mich, und dabei mag ich es überhaupt nicht, zu leiden.

– NA SCHÖN, ABER DU BIST NICHT AN MEINER STELLE.

– Daß ich nicht lache, du bist braungebrannt wie nur einer, du bist in Höchstform, die Mädchen lieben es, wenn du dich drei Tage nicht rasierst, DU BIST ZEHN JAHRE JÜNGER, Kleiner, WILLST DU WIRKLICH MIT MIR TAUSCHEN, WILLST DU DAS??? Ich kenne gerade mal zwei, drei Schlampen, die von Zeit zu Zeit nicht abgeneigt sind, aber NUR VON ZEIT ZU ZEIT, ich weiß nicht, wo ich mich betten soll, die Venen meines Arsches sind dick wie mein kleiner Finger, ich habe einen fauligen Atem, und ich muß mir stundenlang die Birne zermartern, um einen winzig kleinen Satz hervorzupressen, und bei all dem, das macht das Maß voll, bin ich, wie du siehst, loyal zu dir, aber wenn du immer noch entschlossen bist, dann laß uns tauschen, wann immer du willst, ich hätte nichts dagegen, wenn es sofort wäre.

André brummelte irgend etwas, er hüpfte einen Moment lang auf seinem rechten Bein, während sein Gegenüber seelenruhig seine Crêpe verzehrte, dann machte er plötzlich auf dem Absatz kehrt und ging. Henri lief ihm nach, drunter konnte er es nicht tun, und schließlich hatte er die Schlüssel des Ford. Der andere ging in die Küche zurück, er blieb kurz im Türrahmen stehen:

– Diese jungen Leute, sagte er, je schöner sie sind, um so empfindlicher. Es gibt noch eine Gerechtigkeit. Die Welt bleibt bewohnbar.

Später erschienen Schwule, Päderasten, Künstler, Bekloppte, das war 'ne ganze Menge, wenn man nicht das gewohnt war, ein paar Hartgesottene, massenhaft Schlaffe, am Nachmittag verkrümelte sich Ned mit Carol in ein Schlafzimmer, ein großes schneeweißes Zimmer mit einer Matratze auf dem Boden, auf dem Teppichboden, das hatte ganz komisch angefangen, Carol kniete auf dem Boden und er hatte sie angesehen, es waren Leute im Zimmer, das war ein wenig so, als wären sie allein, die Hitze, die Müdigkeit, das Stimmengewirr, er stand auf und strich ihr unauffällig über den Hintern, sie wand sich lächelnd, er beugte sich vor und packte sie am Arm, sie waren die Treppe hinaufgeflogen, das war ein rein körperliches Verlangen, an der Grenze des Erträglichen. Er hatte Glück, denn sie kam sehr schnell zum Höhepunkt, das ließ ihm ein wenig Spielraum, er vergnügte sich ein wenig mit diesem Körper, der sich über ihm aufbäumte, sie saß ganz einfach auf ihm, die Augen unverwandt zur Decke gerichtet, Scheiße, sagte er sich, wenn sie wenigstens eine Seele hätte, als er spürte, daß es ihm kam, stützte er sich auf die Ellbogen, um sich den ganzen Zirkus anzusehen, sein Glied bis in Höhe des Bauchnabels eindringen zu sehen, vielleicht noch tiefer, er raste vor Lust, vor Carols Lust, bis sein Ding vollkommen erschlafft war. Sie legte sich auf ihn, und er schlief ein, er versuchte nicht einmal, sich aus ihr zurückzuziehen.

Als er wachwurde, war er allein. Direkt nebenan entdeckte er ein Badezimmer mit zwei Mädchen darin. Die eine saß mit einem Handtuch um die Schultern auf dem Klodeckel, ihre Haare lagen auf dem Boden, lange blonde Haare, sie machte eine komische Fresse, und die andere mit der Schere sagte zu ihr: aber ja, mein Schatz, ICH SCHWÖRE DIR, du siehst wunderbar aus, und ICH VERSICHERE DIR, Rot steht dir noch besser, sie drehten sich mit angewiderter Schnute um, und er lächelte, als er seine Hose und den Rest abstreifte, er sagte Entschuldigung und sprang unter die Dusche, er hatte das königlichste aller idiotischen Lächeln, wenn er wollte. Das Mädchen mit der Schere zerrte zornig an dem Duschvorhang, den er offengelassen hatte.

– Es gibt Leute, die kennen gar nichts, sagte sie.

– Oh, schon gut, laß doch, meinte die andere.

– Ich kann nichts dafür, daß mich diese debilen Trampeltiere aufregen. WIR WARTEN, BIS ER WIEDER WEG IST, DANN SIND WIR UNGESTÖRT!

– Jane, ich kann mich nicht dazu entschließen. Rot sieht man viel zu oft.

– Hör mal, rote Haare sind sensationell, ich weiß, daß du dafür schwärmen wirst, vertraust du mir nicht mehr?

– Doch, doch, aber trotzdem, findest du nicht auch...

– ICH SAGE NICHTS, ERST SOLL DIESER BLÖDMANN DA VERSCHWINDEN.

Ned zog den Vorhang zur Seite und trat triefend auf die Badematte. Zu dritt war das einigermaßen eng dadrin, bestens, er trocknete sich in aller Ruhe ab und ließ das Handtuch fallen. Anschließend faßte er die Haut seines Glieds, die noch aufgerollt war, er zog daran, nicht zu knapp, dann schüttelte er sein Ding hin und her, sie guckten ihn an, er drückte es leicht, damit es ein wenig anschwoll, lang und weich, er entdeckte einen Kamm auf der Ablage und fing an, seine Schamhaare zu entwirren.

Das Mädchen mit der Schere riß entsetzt die Augen auf.

Das Mädchen mit den kurzen Haaren guckte interessiert.

Er versuchte, mit einem Bein in seinen Slip zu schlüpfen, er tat so, als verlöre er das Gleichgewicht, und hüpfte auf erstere zu, tatsächlich streifte er ihren Oberschenkel mit seinem Apparillo.

– AAAAAHHHHHH, BERÜHR MICH NICHT DAMIT, SAUKERL!

Er wich zurück und zog sich schnell an. Das Mädchen mit den kurzen Haaren betrachtete ihn vergnügt. In dem Moment, wo er zu gehen schien, lehnte er sich gegen den Türrahmen und fing an, mit verzerrtem Gesicht zu röcheln:

– OOOHHH, AAAHHH. Mir ist schlecht, AAAHHH, OOOHHH...

– He, was fällt dir ein, was ist mit dir los? fragte das Mädchen mit der Schere.

– UUUUUHHH...

Sie kam näher, er fiel in ihre Arme, er ließ sich regelrecht fallen, mit seinem ganzen Gewicht, sie sah sich gegen die Wand gequetscht, er vergrub seine Nase zwischen ihren Titten, dabei stöhnte er leise weiter, hhnnn, hhhnnnnn, er schlang seine Arme um sie und glitt über ihren Bauch nach unten, das Mädchen wußte nicht so recht, wie ihm geschah. Ihr Rock hatte bloß einen Gummizug, er zog ihn mit bei seiner Rutschpartie, sie hatte keinen Schlüpfer an, er schnappte sich ihre Härchen und wimmerte MAMA, MAMA, er ließ sie erst los, als die Schläge auf seinen Kopf prasselten, es gelang ihm, ihre Arme zu packen, sie hatte keine Schere mehr, um so besser, er drückte ihr einen dicken Kuß auf die Lippen:

– Du und ich, sagte er, das ist für immer. Ich bin verrückt nach dir.

Er nutzte den Augenblick, wo sie sich ihrem Rock widmete, um der anderen, die immer noch lächelte, zuzublinzeln:

– Die spinnt mit ihrem Rot, sagte er. Du solltest Blau nehmen.

Er flitzte durch den Flur. Zuviel los unten, er ging vor die Tür. Er schritt auf André zu, der mit einem Lappen in der Hand auf dem Boden kauerte und versuchte, sein Mandala zu retten, vier Stunden sitz ich da jetzt dran, erklärte er, was Schlimmeres als Motoröl konnte gar nicht kommen, eine Katastrophe, Ned schlenderte kopfschüttelnd davon, er drehte sich einmal um die eigene Achse und nahm die Gegend in Augenschein, die Stadt lag tief unten, im Dunst der Hitze versunken, er fühlte sich von ihr angezogen, er steckte die Hände in die Taschen und machte sich auf den Weg nach unten, Kinder rasten in Tretautos die Straße hinunter, die Knie bis unters Kinn angezogen.

Er brauchte eine Zeitlang, bis er unten ankam, in Straßen voller Leute, Dicke, Weiße, Schwarze, Große, Blasse, Häßliche, Straßen voller Lärm, Fahrzeuge, Türen, Hupen, Schreie, Straßen mit dem Duft von Waffeln, Abwässern, Parfüms, Würstchen, Zeitungen, gute alte Straßen.

Er betrat eins dieser Dinger mit den Groschenautomaten, dieser ganze elektronische Stuß interessierte ihn nicht, er suchte einen guten alten Flipper, an denen man ins Schwitzen geriet, keinen von denen, die ständig aufjaulen und deren Highscore eine Milliarde und ein paar Zerquetschte beträgt, nein, nein, ein anständiges Spielchen mit zweitausend Punkten und so wenig Zielen wie möglich, diese neuen Dinger spiegelten den Zeitgeist wider, komplizierter, bekloppter, und je bekloppter, desto komplizierter, wem mochte es schon GEFALLEN, darin zu leben, wer konnte DARAN glauben? Er verpulverte trotzdem ein halbes Vermögen an diesen Überschallgeräten, es dauerte eine Weile, bis er kapierte, daß die kleinen Dinger, die auf dem Bildschirm explodierten, feindliche Flugzeuge sein sollten, ER war das, der die runterholte, und die Dinger, die versuchten, ihn zu erwischen, sie wollten ihn alle machen, am Ende gab er das Spiel mittendrin auf, die Japse ballerten unverdrossen weiter.

Er ging auf den Typ zu, der den Eingang bewachte, der die Minderjährigen wegscheuchte, er sagte zu ihm:

– He, gibt's eigentlich keine anständigen Flipper mehr, an denen man noch 'n Freispiel kriegen kann ...?

Der Typ kaute an einem Stück Lakritz, er kniff die Augen zusammen, ohne ihn anzusehen, er schien sich dafür zu interessieren, was sich auf der Straße tat.

– Hm, was hör ich da ...? sagte er. Glaubste denn, du bist hier in 'nem Museum, alter Freund? Freispiele, da kannste doch drauf scheißen, das ist doch purer Zeitverlust für alle. Die Dinger von heute, die heulen dir unter den Fingern, die machen jede Menge Geräusche und 'n ganzer Stall von Lampen geht an, das ist, als würdste dir einen blasen lassen, mein Freund, und da gehst du einem mit deinen Freispielen auf die Eier, biste eigentlich bekloppt oder was? Hier wird nicht mehr gespielt, um zu gewinnen, hier gibt nichts zu gewinnen, diese neuen Dinger, die hängen nur da, um dich zu verarschen, mit Spaß ist da nicht mehr viel.

– He, kannste mir wenigstens 'nen Schein kleinmachen?

– Aber klar doch, dafür bin ich da.

Als die Nacht hereinbrach, betrat er ein Selbstbedienungsrestaurant. Es war einiges los, aber er fand trotzdem einen kleinen Tisch für sich, zur Straße hin, er war froh, nach all diesen Tagen allein zu sein. Er aß langsam, wie erschlagen von dem Stimmengewirr um ihn herum, er hörte nicht richtig hin, er fühlte sich wohl in dieser verdammten klimatisierten Luft, er mußte an Franck denken, keine Ahnung, warum das Bild des Bullen vor seinem inneren Auge aufstieg, aber er unternahm nichts dagegen, nach einer Weile wußte er genau, was der andere in diesem Moment trieb, FRANCK DACHTE AN IHN, ja, genau das tat er. Ned tunkte seinen kleinen Löffel in die Sahne, durchstieß eine Lage Eis und glitt an einem Pfirsich ab, durch den Eisbecher hindurch hatte er den roten Sirup ganz unten erspäht, und als Franck am anderen Ende anfing, sich aufzuregen, verwischte er das Bild, nichts einfacher als das, den Sirup hochzuholen war eine schwierige Angelegenheit, die seine ganze Aufmerksamkeit erforderte.

Ein Typ schaffte es, sich direkt vor seine Nase zu knallen, ein magerer Typ mit einem T-Shirt VIVA ROXY MUSIC, kaum Platz für zwei Teller, aber Ned war fertig, er schaukelte mit seinem Stuhl nach hinten, während der andere sein Steak mit Ketchup begoß, die ganze Flasche. Ned guckte nach draußen, der andere sprach ihn an, ohne von seinem Teller aufzublicken:

– Hey, kennen wir uns nicht?

Ned schwieg eine Zeitlang, er versuchte, die Visage des Typen zu erkennen, aber der Kerl hing mit der Nase im Teller, er trug eine Brille mit dicken Gläsern.

– Was soll das heißen, kennen wir uns nicht?

– Wir haben uns schon mal gesehen, auf irgend'ner Abendeinladung.

Er hob mit einem schwachen Lächeln den Kopf, kleine Tropfen Tomatensauce klebten an seinen Mundwinkeln, schwarze Haare, Meckifrisur, kein sonderlich angenehmes Gesicht wegen der entstellenden Gläser.

– Schon möglich. Ich hab Millionen von Leuten auf irgendwelchen Abenden gesehn, das heißt nichts. Was willst du mir andrehn?

Der andere steckte seine Nase wieder in seinen Teller, er sagte ganz leise:

– Was du willst, LSD, Heroin, Speed, Opium, was du willst, Shit, ich hab Superkoks. Probleme gibt's bei mir nicht, ich versorg nur Leute, die ich kenne.

Ned streckte den Arm aus und schlug dem Typ über den Tisch hinweg auf die Schulter:

– MENSCH, DU! Sag mal, das ist ja ewig her!

Der Kerl schrumpfte auf seinem Stuhl, er schnappte sich eine Papierserviette, um sich den Mund abzuwischen. Ned ließ ihn einen Moment auf Tischhöhe zappeln, dann sagte er:

– Zeig deinen Shit her, weißt du, ICH FREU MICH DERMASSEN, DICH WIEDERZUSEHEN, ALTER KUMPEL!

Dreißig Sekunden später huschte ein Päckchen Silberpapier zwischen den beiden Tellern hindurch, der Typ manövrierte es mit seinem Zeigefinger. Ned entfernte die Enden und fummelte nervös an dem Ding herum, das war ein Stück ordinärer marokkanischer, er schob das Päckchen seinem Gegenüber zurück.

– Scheiße, haste nichts Besseres für 'nen alten Freund? seufzte er.

Dem Brillenfritzen brach der Schweiß aus, er lehnte den Oberkörper zurück, um die Hände in die Taschen stecken zu können. Der zweite Konvoi passierte den Engpaß ohne Zwischenfall, das Zeug war teuer, aber Ned versuchte nicht zu handeln, und was den Koks anging, da dachte er lieber gar nicht erst dran, trotzdem, er hätte schon gern, das war 'ne Zeit her, daß er das zuletzt probiert hatte.

Der andere stand im nächsten Augenblick auf, und so schnell, daß er das ganze Geschirr vom Tisch fegte, die Leute drehten sich um, beim Essen begnügen sich die Leute mit einer kleinen Katastrophe, als er aufbrach, stieß Ned seinen Stuhl um, drunter konnte er es nicht tun.

Als er zurückkam, waren die Schwachköpfe fast alle verschwunden, das betraf immerhin den größten Teil der Leute, die nach Hause gegangen waren. Er kreuzte durch ein Fenster zum Garten auf, das Zimmer war dunkel, aber es gab 'ne Menge Mond, das schien zu reichen, sie hingen auf den Teppichen oder in den Kissen, das Fenster stand offen wegen der Hitze. Als Atmosphäre war das wahrlich zum Kotzen, jeder wartete nur darauf, die Klappe aufzureißen, er machte dasselbe, wenn er in Form war, aber diesmal fühlte er sich kaputt, und er hatte Lust, allein zu sein. Er schritt durch das Zimmer, niemand hätte ihn aufhalten können, sie blickten bloß zu ihm hoch, ha, ha, er sah sie nicht, im Vorbeigehen warf er Lili sein kleines Geschenk zu, sie fing das silberne Päckchen im Fluge auf.

Er fand ein leeres Zimmer. Dreimal wachte er in der Nacht auf, zweimal allein, einmal mit Carol, die sich um ihn gewickelt hatte. Ihm war heiß, er stieß sie vorsichtig zurück, er legte keinen Wert darauf, sie zu wecken. In ihrem Schlaf klammerte sie sich an ihn, dort, wo sich seine und ihre Haut berührten, entstanden Ströme von Schweiß, aber es war besser, stillzuhalten, das hatte er manchmal, er hätte mit niemandem ein Wort reden können, er wußte nicht, warum, aber seine Lippen waren verwachsen, das kam immer häufiger vor, es stimmt schon, daß man ab dreißig mehr und mehr vom Grund der Dinge angezogen wird.

3

Zu lachen hatten sie auch einiges.

Die Mädchen brauchten ein paar Sachen zum Anziehen, und in puncto Zaster herrschte ziemliche Ebbe, um nicht zu sagen die letzte Scheiße, Carol hätte ihre Mutter darum bitten müssen, aber das war kompliziert. Sie fuhren eine Zeitlang umher und orteten den Laden.

Der Typ war allein, in Hemdsärmeln, um diese Zeit war Leerlauf, und er empfing sie mit dem berühmten Lächeln, die beiden Mädchen waren wirklich Klasse, das war schon mal was.

Die beiden flitzten zwischen die Regale, während Ned gemächlich zur Kasse schlurfte, er stand im Gegenlicht, und der Typ trug eine dicke Brille, seine Haut war ganz weiß, es waren neununddreißig Grad angesagt, vielleicht noch drüber, sie rafften einen ganzen Berg an Klamotten zusammen, sie lachten sich tot, manchmal riefen sie sich etwas von einer Abteilung zur andern zu.

Ned beugte sich vor, er sagte zu dem Typen:

– Beweg dich bloß nicht.

– Wie bitte?

– Setz dein Leben wegen sowas nicht aufs Spiel. Die beiden haben nichts mehr anzuziehn.

Der Typ grinste dämlich, und seine Hände fuhren unter den Ladentisch. Das war eingeplant. In diesem Moment sollte Henri seine Handgranate rausziehen und dem Typ unter die Nase halten. Statt dessen kam er auf den glorreichen Gedanken, seine Rolle ein wenig auszuschmücken, er versuchte, über den Tisch zu springen, Scheiße, er wollte den Eindruck erwecken, als sei er zu allem entschlossen, der andere sollte sich vor Angst in die Hosen machen, er blieb mit dem rechten Fuß an einem Sockenständer hängen und flog auf der anderen Seite voll auf die Fresse, die Plastikgranate in seiner Hand machte psiiik, und er knallte gegen einen Schrank.

Dreißig Sekunden lang bewegte sich niemand, alle hielten den Atem an, Henri erwachte als erster, er sprang auf die Beine, den Arm mit der Granate ausgestreckt, er glaubte daran, und der andere auch, er legte seine Hände wieder auf die Kasse, Henri hatte einen fürchterlichen Schrei ausgestoßen, ein tierisches Gebrüll, bei dem es ihn selbst eiskalt überlief. Und seine Augen erst, ein böser, ein irrer Blick, Ned packte den Typ am Ärmel:

– Los, los, gib mir den Schlüssel von dem Ding, sagte er.

Der Kerl hatte auf einmal mordsmäßig Schiß, er deutete auf seine Registrierkasse:

– Gibt's nicht. Gibt's nicht. Die hat keinen Schlüssel.

– Nein, den Ladenschlüssel, DEN VON DER TÜR, DU IDIOT!

Der andere reichte ihm unverzüglich den Schlüssel, er sagte:

– Was macht der denn da mit der Granate? Ist der verrückt? Will der sich selbst in die Luft sprengen oder was?

– Keine Ahnung, mir jagt der auch Angst ein.

Henri nickte zwischen zwei nervösen Zuckungen, das machte er nicht einmal mit voller Absicht, das war eine wunderbare Rolle, voller Feinheiten, Carol tauchte zwischen den Regalen auf, sie hatte einen Stoß T-Shirts in der Hand, sie winkte ihm zu und deutete auf die Klamotten, er verdrehte die Augen, er warf die Granate in die andere Hand, er sagte:

– Nein, NEIN, KEINE ROTEN!

Er sah dem Typen in die Augen, aber der Kerl zuckte nicht mit der Wimper. Solange er das so aufnahm, unter Schock, war es gut, aber wie lange hielt das noch an, er hörte die Mädchen am anderen Ende des Ladens lachen, Scheiße, was trieben die denn da, WAS TRIEBEN DIE DENN DA, Ned stützte sich auf den Ladentisch, er gähnte, Henri spürte, daß seine Knie weich wurden, die nervliche Anspannung und seine Rolle pumpten alles aus ihm heraus, er knurrte regelrecht, wenn ihm der eiskalte Schweiß in die Hände rann.

– SCHEISSE, WAS IST, GEHN WIR?

Sie durchquerten den Laden in umgekehrter Richtung, die Arme voll beladen, Henri ging rückwärts. Als sich der Typ hinter seinem Tisch in Bewegung setzte, schleuderte er ihm mit dem gleichen entsetzlichen Schrei die Granate entgegen und stürzte nach draußen. Ned schloß mit Lichtgeschwindigkeit ab.

Sie sahen den Typen hinter einer zwanzig Millimeter dicken Scheibe gestikulieren, er riß den Mund auf, daß das Glas beschlug, aber sie hörten nichts, der Trottel brüllte bestimmt wie ein Stier, aber kein Ton drang auf die Straße, irre, wie ein Farbfernseher auf Lautstärke Null. Unmöglich, sich von dem Anblick loszureißen, der Typ war krebsrot, er preßte die Hände flach gegen die Scheibe wie ein Frosch in einem Glas, unmöglich, sich von diesem verflixten Bürgersteig zu lösen. Henri platzte als erster vor Lachen, er lief auf die Tür zu, der Kerl erstarrte, Henri pappte seine Hand auf die Scheibe, genau dort, wo der andere seine hatte. Der Typ zog seine Hand hastig zurück, Henri preßte sich gegen die Scheibe und wackelte mit dem Hintern, er rieb sich eine Zeitlang daran und drückte seine Lippen drauf, ein langer Kuß, hart und lauwarm, der kein Ende nahm. Die Leute blieben stehen, um sich das anzusehen, die Leute sehen gern zu, wenn es etwas zu lachen gibt, zu lachen oder Blut.

Der Typ fing an, gegen SEINE Scheibe zu böllern, er verpaßte Henri einen Tritt nach dem andern in die Eier, das heißt, in Höhe der Eier, denn Henri war dabei, ihm den schönsten Zungenschlag der Welt zu verabreichen, er ballte die Fäuste und bolzte auf dieses Miststück ein, das seine Scheibe besabberte. Ein Typ trat aus der Gruppe vor, die sich draußen gebildet hatte, er trug schöne Jeans mit einem silberglänzenden Gürtel, sehr kurze Haare, sehr blaue Augen, er stellte sich neben Henri und ließ seine Hose runter, in Wirklichkeit war das wohl eher eine Frau, sie preßte ihm ihren Hintern gegen die Scheibe. Ein paar Leute klatschten Beifall. Ein anderer wagte sich vor und fing an, die Scheibe zu besprengen, er hielt sein Ding in der Hand und bewegte sich wie eine Krabbe, auf der ganzen Länge lag ein gelbes Pulver, wegen der Hunde.

Eine Frau schmiß mit einem Blumenkohl, das war eine schnurgerade, sehr breite Straße, sämtliche Rollos runtergezogen in der Nachmittagshitze, nichts als Sonne und ein paar glühendheiße Autos, die in dem gleißenden Licht glitzerten, faule Kreaturen, ungeheuer bunt, ungeheuer stumm, endlich einmal, der Blumenkohl zerplatzte an dem Schaufenster, die kleinen weißen Dinger flogen in alle Himmelsrichtungen, eine monströse Blume, PLOTSCH!

Ein Typ tanzte mit einem Pinsel an, er schrieb in Weiß mittendrauf: VERPISS DICH

Der Typ drinnen verdrehte den Kopf, er versuchte zu lesen. Die Leute fingen an, unanständige Sachen zu schreiben, eine Alte schrieb LECK MICH in eine Ecke und streckte ihm die Zunge raus. Es waren viele Leute da, von hinten flogen die ersten Steine.

Henri und Ned und Carol und Lili, sie schafften es, sich zu verdrücken, sie stiegen in dem Moment in den Bus, als das Sekuritglas das Bild zerschnitt. Schreie ertönten, die Leute hinten schubsten, den Leuten vorn drangen kleine Sekuritbröckchen in die Haut, der Typ drinnen schrie längst nicht mehr, er hatte seine Brille zusammengeklappt, er steckte sie in die Tasche.

Trotzdem, die Mädchen waren zufrieden, sie hatten gefunden, was sie suchten, der Bus wandelte sich in einen Ankleidesalon, die beiden Kerle hatten plötzlich HAWAII-Dinger mit Pailletten an, und wenn die Mädchen fuhren, mußten sie sich festhalten, sie wußten nicht, daß die beiden das mit Absicht machten, sie hatten sich damit abgefunden, sie fluchten immer noch, als sie ankamen. André beobachtete den Bus, der mitten auf seinem Mandala stehenblieb, er fläzte sich auf seinem Liegestuhl, ein Glas in der Hand, ein Mädchen kraulte ihm die Brust, die Kleine war reich, er hatte kaum zwei Tage gebraucht, um das Leben mit anderen Augen zu sehen, er prostete ihnen zu und schloß die Augen. Er machte gerade ein Auge auf, als sie das Haus betraten, und kniff es unverzüglich wieder zu, obendrein die Kleine neben ihm, die machte vielleicht Sachen mit ihrem Nagel, die zeichnete Straßen auf die Innenseite seines Oberschenkels, Scheiße, das war großartig, der Eiswürfel in seinem Glas war rein wie ein verdammter Diamant.

4

Sie kamen ohne Licht, und sie machten den Motor genau am Waldrand aus, die Kiste rollte langsam weiter, mit silbernen Lichtreflexen, lautlos, nur die Steinchen knallten unter den Reifen. Sie waren zu dritt, ein Dicker, ein Schwarzer und ein Kleiner, unglaubliche Typen, richtige Schweine, wenn der Job leicht war, hatten sie auch noch Vergnügen daran, und das da versprach ein Mordsspaß zu werden.

Marjorie schlief, bis obenhin voll mit Sanddorncreme, und Jimmy hing in den Kissen, zu bis obenhin wie Aldous Huxley in *Die Pforten der Wahrnehmung* er hörte *My Life in the Bush of Ghosts,* von dieser Tussi, die auf arabisch sang, eben hatte er noch Marjorie auf dem Schoß gehabt, da war es *Amon Düül, Vive la Transe,* er schaute sie an, sie sah aus, als hörte sie zu, ob sie dabei dasselbe verspürte wie er, vielleicht achtete sie nicht darauf, sie mußte eine fast vollkommene Welt haben, verdammt, was war sie schön.

Sonia rieb sich die Hände mit Mandelöl ein, sie nahm sich jeden Finger einzeln vor, sie fand das erholsam, sie schloß die Augen, vollkommen entspannt, sie hatte sich einen dicken Zopf geflochten, der zur Seite hing, sie hatte unglaublich dichtes Haar und Hände, fein wie Libellenflügel, sie dachte an ihre Kräuter, die sie vergessen hatte zu gießen, die Tage waren dermaßen heiß, sie mußte aufpassen. Am Nachmittag war sie in den Läden einkaufen gewesen, all diese Frauen, die von ihrem Körper redeten, der Mist baute, das hatte sie umgebracht, sie dachte nicht so oft daran.

Ein starker, warmer Windstoß fegte heran, im nächsten Augenblick zersplitterte das Küchenfenster, sämtliche Lampen gingen aus und die Musik verstummte mit einem lauten, lächerlichen Jaulen. Das waren zwei Schocks auf einmal, das Fenster, das kaputtging, und der Stromausfall, na los, das kann man ja versuchen, nach so einem Schlag braucht man mindestens dreißig

Sekunden, bis man sich rührt, da hat man all diesen Speichel, den man mit einem Schluck runterwürgen muß. Sonia starrte in die Dunkelheit, sie tastete nach Jimmy, er hatte sich bloß ein wenig aufgerichtet. Er hatte ein paar Brocken von dem Fenster auf den Schädel bekommen, das da war ein Stein, er hatte ihn gegen die Wand prallen hören, kleine Glassplitter rieselten über seinen Rücken, folgten den Falten seines T-Shirts, er zog das Ding aus der Hose, um sie abzuschütteln, Scheiße, sagte er, Scheiße, SCHEISSE, wegen des Shits erlebte er das Ganze hoch zehn, er hatte bloß seinen steifen Körper, um darauf zu reagieren. Gemeinsam mit Sonia wich er in den hinteren Teil des Zimmers zurück, sie hatten nichts begriffen, aber in solch einem Moment findet der Körper immer etwas zu tun, vor allem sucht er nach einer Möglichkeit, davonzukommen.

Die drei Kerle schlichen in das Zimmer, man sah überhaupt nichts, es war groß, aber sie erahnten einander, eine stumme und brennende Gegenwart, dem Dicken wurde in der Küche ganz kühl, während den beiden anderen allmählich heiß wurde, sie bewegten sich leise wie Schlangen, die über Butter gleiten, dem Dicken fiel es schwerer als den andern, die Luft anzuhalten, und sein Magen fing an zu knurren, ein derart jämmerliches Klagen, daß der Schwarze plötzlich auflachte, der Kleine schlich an der Wand entlang, er stieß gegen einen weichen Gegenstand, das mußte ein Kissen sein, er blieb stehen, als er den Schwarzen hinter sich quieken hörte, er konnte sich ein Lächeln nicht verkneifen, die beiden waren schon ein Paar, richtige Kindsköpfe, da lachte der sich kaputt, die großen nassen Augen in der Hand, trotzdem waren sie bekloppt, immerhin konnten die anderen bewaffnet sein, er kauerte sich hin, bis die beiden mit ihrem Theater fertig waren, dann schlich er weiter.

Der Schwarze stieß als erster auf sie, das heißt, sie streiften ihn, als sie versuchten, durch den Flur zu verschwinden, sie hielten sich an der Hand, es war zu dunkel, um nachzudenken, also ließ er seinen Arm kreisförmig durch die Luft sausen, kraftvoll und mit unvorstellbarer Geschwindigkeit, das konnte irgendwer sein, was kratzte ihn das, niemand arbeitete gern mit ihm zusammen, denn er war gefährlich, er erwischte Jimmy mit der Spitze seiner Klinge, von einer Schulter zur andern, Sonia stieß einen Schrei aus, aber sie kamen trotzdem vorbei. Der Schwarze fing wieder an zu lachen, sie hatten einen ersten Kontakt aufgenommen, und die Partie ließ sich gut an, eins zu null auf dem Feld des Leidens.

Sie erreichten das Ende des Flurs, es war nicht einmal möglich, tief Luft zu holen, Jimmys T-Shirt war voller Blut, das Ding klebte, er atmete zu schnell, der Dicke war in den Flur eingedrungen, es war einfach unmöglich, nachzudenken, Sonia war hinter ihm, sie drückte seine Hand so fest, daß er nicht mehr wußte, wo ihre begann und seine aufhörte, sie huschten durch den Perlschnurvorhang, in dem Zimmer stand ein Stuhl mit einem Chromgestell, kaum hielt der Dicke seinen Kopf herein, schlug Jimmy mit voller Wucht zu, er hatte weit ausgeholt, beinahe einmal um die eigene Achse, ein Schlag, der eine Lokomotive zum Stehen gebracht hätte. Der Vorhang zerriß, und die Perlen flogen in alle Himmelsrichtungen, unter dem Aufprall flog der Dicke mit ausgebreiteten Armen rückwärts durch den halben Flur, und er brach zu Füßen des Schwarzen zusammen, mit zertrümmertem Schädel, ein Stuhlbein hatte seine Augen platzen lassen, sämtliche Zähne waren ausgeschlagen. Der Schwarze hörte auf zu lachen. Das war 'ne Antwort, das mußte er anerkennen, er hatte bei Schlägereien auch schon einen Stuhl zu Hilfe genommen, das bot einige Vorteile, Größe, Gewicht, aber es gab auch Nachteile, ja, so ein Ding war nicht besonders handlich, man durfte auf keinen Fall danebenhauen, ein zweischneidiges Schwert ist das, und man hat nur ein Herz, Bruder.

Er bückte sich und streifte dem Dicken einen Stiefel vom Fuß, dann ging er vorwärts. Er preßte sich gegen die Wand, so dicht er konnte, es gibt Typen, die haben keine Ahnung von der Angst, er atmete tief durch und feuerte den Stiefel in das, was von dem Vorhang übrig war. Das Ding rasselte wie ein ganzes Nest von Klapperschlangen, und Jimmy reagierte in Sekundenbruchteilen, er holte erneut aus, aber er schlug ins Leere, und in seinem Schwung flog er halb durch den Türrahmen, der Schwarze hatte etwas in der Art erhofft, er trat einfach einen Schritt zur Seite und pflanzte Jimmy seine Klinge mitten in den Bauch, bis zum Heft. Jimmy blieb an dem Messer hängen, auf Zehenspitzen, er erstarrte regelrecht in der Luft, und der Schwarze hatte Zeit genug, seine Klinge mit einem Ruck rauszuziehen und erneut zuzustoßen, diesmal brach Jimmy zusammen, mit angezogenen Beinen, und der Typ fing wieder an zu lachen, er rief seinem Kumpel zu:

– So, jetzt kannste wieder Licht machen.

Der andere grummelte irgend etwas hinter ihm, aber der Schwarze ließ nicht locker:

– Scheiße, tu, was ich dir sage, na los!

Sonia hörte die Haustür knallen, sie war die Wand hinuntergerutscht, sie konnte sich überhaupt nicht mehr bewegen, Jimmy hatte mit dem Stuhl zugeschlagen und danach nichts mehr, irgend etwas hatte sie von den Beinen geholt, es gelang ihr nicht, zu sich zu kommen, sie sperrte die Augen auf und Jimmy war verschwunden, sie wußte bloß, sobald er wiederkommen würde, würde sich die Welt wieder in Bewegung setzen, doch als sie jemand in der Dunkelheit am Arm packte, war das nicht Jimmy, sie konnte nicht einmal schreien. Hände taten ihr weh, zerquetschten ihr die Brust, eine Hand hatte ihren Rock hochgeschoben, jemand versuchte ihr einen Finger durch den Slip reinzustecken, irgend etwas Schweres legte sich auf sie, sie schaffte es lediglich, ihre Knie bis unters Kinn anzuziehen, sie krümmte sich, jemand riß brutal an ihrem Slip, die Gummizüge schnitten ihr in die Schenkel, bevor sie platzten.

Der Schwarze richtete sich auf, er zog sie mit einer Hand hoch und verpaßte ihr einen fürchterlichen Faustschlag in den Bauch, noch nie hatte ihr etwas so weh getan, sie spürte, daß sie mit einem rötlichen Schleier vor den Augen zu Boden sank, es brannte in ihr. Der Typ knöpfte in dem Moment seine Hose auf, wo das Licht das Zimmer durchflutete, er legte sich auf sie und schob ihre Beine zurück, ihr Mund stand offen, sie schnappte nach Luft.

Dafür, das wußte er, hatte er genug Kraft, das war ein Klacks, und wenn er noch so blutete wie ein abgestochenes Schwein, das machte nichts, das war, als würde sich der Körper vor dem Tod noch einmal so richtig aufbäumen, ein letztes Mal, die Wut der Muskeln und das Lächeln der Nerven, der Schwarze versuchte, in Sonia einzudringen, er sah die beiden, der Kerl fingerte nach der richtigen Stelle. Jimmy schaffte es, auf die Beine zu kommen.

Er ging im Tran und packte den Schwarzen am T-Shirt, er zerrte mit aller Kraft. In seine Hose verheddert, kippte der Typ auf die Seite, Jimmy warf sich auf ihn, sein Verstand setzte aus, aber sein Körper hatte verstanden, er schlang seine Beine um die Taille des Schwarzen, er preßte sich gegen ihn, der Typ schlug um sich, aber Jimmys Hände schlossen sich um seinen Haarschopf, er zog die Arme an und der andere war gezwungen, seinen Kopf zurückzulegen. Als er die Kehle des Schwarzen sah, ganz lang, beinahe blau, die Adern straff und der Adamsapfel, der innendrin hüpfte, als steckte er in einer hundsgemeinen Falle, schlug er seine Zähne da rein, er biß mit aller Kraft zu, er preßte die Kiefer zusammen und warf den Kopf zurück, das riß leichter, als er gedacht hätte, aber er war sich der Kraft nicht bewußt, mit der er das machte, und er schnappte erneut wie besessen nach dieser Hölle, und das Blut verschmierte ihm sehr schnell das Gesicht und verklebte seine Haare, der Kerl mußte ihm ganz zu Anfang einen Arm gebrochen haben, aber er spürte nicht viel und er brauchte seine Arme nicht mehr, er hörte verschwommen irgendwelche Geräusche ringsum, er interessierte sich nicht mehr dafür, er spürte, daß er erschlaffte, aber der andere rührte sich nicht mehr unter ihm, sein Gewicht steckte in irgend etwas Warmem, er wartete darauf, daß sein Leben vor seinen Augen vorbeizog, wie er es sich immer vorgestellt hatte, aber das da hatte keinerlei Ähnlichkeit damit.

Als der Kleine die Bude betrat, haute es ihn glatt um. Das Mädchen hing zusammengekrümmt, reglos in einer Ecke, und die beiden andern schwammen im Blut. Das mit dem Schwarzen ließ ihn im Grunde kalt, aber dennoch, er versuchte, ihn zu befreien, er packte Jimmy und schüttelte ihn mit aller Kraft, aber da war nichts zu machen, sie waren miteinander verwachsen, er ließ ihn los, er nahm ein Kopfkissen vom Bett. Er hockte sich neben Jimmy und pappte ihm das Kissen auf den Kopf, gleichzeitig zog er seine Knarre, er zielte in Richtung Ohr und drückte ab.

Er stand auf. Er guckte Sonia an, aber Mädchen interessierten ihn nicht besonders, er sah auch nicht ihre Augen, er fand es einfacher, das so zu machen. Er feuerte noch zweimal durch das Kopfkissen, und die Federn flogen auf, bestimmt hatte er ihn schon beim ersten Mal gehabt, bestimmt, er war froh, daß er ein Kissen hatte nehmen können, das war nicht immer so, und ihm graute vor dem Knall, er hatte ein empfindliches Gehör.

Er kehrte ganz allein zum Wagen zurück, die Sache war erledigt, der Wind war angenehm, beinahe frisch, er stellte das Radio an, ein lokaler Sender, der die ganze Nacht lief, ein Typ hatte gerade angerufen, um sich irgendeinen Scheiß von den Beach Boys zu wünschen, er fuhr langsam los in dem Schmalz, oo wooooww uuuuu waaaooooo woo.

Das passierte Marjorie nicht oft, daß sie mitten in der Nacht wach wurde, aber jetzt hatte sie keine Angst mehr, Sonia hatte eine Lampe direkt neben sie gestellt, für den Fall, daß sie GANZ GROSSE ANGST haben sollte, aber diesmal fühlte sie sich wohl, es war nicht nötig, Licht zu machen, vielleicht war sie von irgendeinem Geräusch geweckt worden, sie wußte es nicht genau, doch es war nichts mehr zu hören. Sie starrte eine Weile ins Dunkel, ganz ruhig, und wartete, daß der Schlaf wiederkam, sie hatte es nicht besonders eilig, jetzt, wo sie ihren Daumen im Mund hatte, die Nacht konnte die ganze Nacht so weitergehen.

5

Schön und gut, aber das konnte noch bis zum Sankt-Nimmerleins-Tag dauern, die brauchten nur noch mal den Wagen zu wechseln, dann ging die Sucherei wieder von vorne los, verdammt, er wußte, das konnte endlos so weitergehen, das war nun mal so. Solange er sich nicht dazu entschließen konnte, in die vollen zu gehen, ihnen eine ganze Horde von Bullen auf den Hals zu hetzen, würde er sie garantiert nicht finden, das war der letzte Scheiß, den er da verzapfte, aber er konnte sich nicht dazu durchringen, er versuchte nachzudenken. Bei einer dringlichen Suchmeldung hätte er ihnen keine achtundvierzig Stunden gegeben, aber das kotzte ihn ein wenig an, er hätte die Sache lieber allein geregelt, er malte es sich aus, GANZ ALLEIN, er könnte sich jeden Fall einzeln vorknöpfen, er könnte alles tun, was ihm durch den Kopf ginge, wenn er sie erst mal geschnappt hatte, das war wie ein Zipfel des Paradieses. Außerdem konnte durchaus was dabei rumkommen, wenn er es diskret anfing, immerhin hatten sie den Mercedes gefunden, und theoretisch zockelten diese Wichser jetzt mit einem zitronengelben Bus durch die Gegend und ließen es sich gutgehn, na schön, aber das war ungefähr so stabil wie ein seidener Faden, die Sache konnte von einer Sekunde auf die andere nichts mehr wert sein. Es wurde dunkel, Franck kramte in seinen Taschen nach einer Zigarette. Er hörte Schritte auf der Treppe, er drückte sich in eine dunkle Ecke, um den Typ vorzulassen.

Ein junger Kerl um die fünfundzwanzig, dreißig, nicht gerade ein Kleiderschrank, aber mit kräftigen Armen, Franck packte ihn an den Haaren und feuerte ihn gegen die Briefkästen, ohne ihn loszulassen, er hielt ihn von hinten fest, er verdrehte ihm einen Arm, der Typ schrie, denn sein Muskel würde bald reißen, Franck zerrte den Kopf des Kerls zurück und schmetterte ihn von neuem gegen die Wand, der Typ purzelte zu Boden.

Franck zog ihn wieder hoch, sie brauchten bloß über den

Bürgersteig, er drückte ihn der Länge nach auf die Motorhaube, um ihn zu filzen, der Typ rutschte über den Ford, er versuchte sich auf die Seite zu wälzen, die Hände vors Gesicht zu schlagen, er wimmerte, er blutete. Franck riß die Tür auf und schmiß ihn auf die Rückbank. Der Dicke reichte ihm im gleichen Moment die Handschellen.

– Schön, ich geh rauf. Die muß oben sein, sagte Franck. Warte hier auf mich.

Er lief über den Bürgersteig zurück. Der kleine Lichtschalter, fast hätte er draufgedrückt, er riß sich zusammen, vorsichtig fing er an, die Stufen hochzusteigen, das war ganz oben, mit ein bißchen Glück würden die den Bus behalten, ja, wenigstens 'ne Zeitlang, so lang, daß man ihn entdecken würde, und dann konnte er sich ihnen widmen, er brauchte bloß ein bißchen Glück, plötzlich stand er vor der Tür, ohne zu wissen, wie er dahingekommen war, er war ein wenig überrascht.

Der schmale Lichtstreifen unter der Tür. Er lehnte sich gegen die Wand des Flurs und dirigierte seinen Fuß knapp unter das Schloß, ein Tritt mit voller Wucht, die Tür spaltete sich und ein ganzer Teil flog nach innen, er hatte seine Knarre in der Hand, doch er merkte es nicht einmal.

Er fand sie in der Küche, das war tatsächlich das Mädchen auf dem Foto, bloß zehn Jahre älter, im Bademantel, die Haare fettig und verdreckt, das Gesicht vor Müdigkeit total verquollen, und Augen, groß wie Untertassen, weit aufgerissen, starr, jede Menge zersprungenes Geschirr, dazu dieses teuflische Neonlicht, das sich darüber ergoß, phantastisch. Sie stierte vor sich hin, sie saß auf einem Resopalstuhl, er stand vielleicht einen Meter von ihr entfernt, ihm war, als guckte sie durch die Hose auf sein Glied, er sagte:

– Zieh dich an. Er ist unten.

Da sie sich nicht rührte, faßte er sie an der Schulter, ohne ihr wehtun zu wollen, und sie ließ sich ins Schlafzimmer führen, ohne einen Ton, ohne einen Blick, ohne irgend etwas Lebendiges, er war sich nicht einmal sicher, ob sie atmete. Er setzte sie am Fußende des Bettes ab, und während sie einen verstörten Blick um sich warf, hob er ein paar Sachen vom Boden, er reichte ihr ihre Klamotten und drehte den Kopf zur Seite, er suchte ein gemütliches Eckchen, um sich zu setzen. Er ließ sich auf der Bettkante nieder, den Rücken an der Wand, sie rührte sich nicht, er erblickte den ganzen Mist auf dem Nachttisch, die Schachteln, die Spritzen, den ganzen Siff, den die haben.

– Scheiße, haust du dir das alles rein? Du bist bekloppt.

Er hatte schon einen ganzen Haufen von Idioten in diesem Zustand gesehen, aber es ging ihm auf die Eier, wenn das ein Mädchen war, er fand das fürchterlich, und als sie sich immer noch nicht rührte, stand er auf und pflanzte sich vor sie hin, er sagte leise zu ihr:

– Komm, zieh dich jetzt an.

Sie zog nicht mal ein Augenlid in die Höhe. Er packte sie am Arm, ein Teil ihres Bademantels verrutschte und gab eine Schulter frei, sie hatte schöne Schultern, ganz rund und glatt wie Marmor, sie senkte den Kopf, und ihre Haaren fielen nach unten wie schwarze Klingen, sie biß sich auf die Lippe, sie steckte die geballten Fäuste tief in die Taschen, der Stoff zerquetschte ihre Brust. Er senkte den Blick auf ihren Gürtel, das Ding war ganz lässig verknotet, es hing runter, das war eine dieser blöden Sachen, bei denen er geil wurde.

Er merkte, daß er den Atem anhielt, DASS ER PRAKTISCH NICHT MEHR ATMETE, das Ganze war zu bekloppt, diese Tussi da, die ließ sich garantiert für ein halbes Gramm hundertmal bumsen, er holte tief Luft und zog an dem baumelnden Ende. Das Ding öffnete sich wie eine Nuß, das ist immer wie beim ersten Mal, wenn einem sowas widerfährt, sie hatte weiße Titten und ein verdammtes Büschel Haare, verdammt, die gingen der sogar auf die Beine, er entblößte die andere Schulter, der Bademantel fiel zu Boden wie eine vertrocknete Schale.

Nichts, keine Bewegung, er legte seine Hand auf ihre Hinterbacken, schob einen Finger bis zu ihrem Arschloch, das war ganz heiß, er zog sie ein wenig zu sich heran, fast hätte sie das Gleichgewicht verloren, verdammt nochmal, die war total weggetreten. Eine Puppe, ein Mädchen mit einem halb lebendigen Körper und einem total durchgebrannten Hirn. Er ließ sie auf das Bett fallen, sie schloß die Augen, das macht jede Puppe, die man auf ein Bett wirft, er spürte, daß er in seiner Hose total anschwoll, er hatte nicht vor, sie zu bumsen, er hatte zuviel Schiß, daß jemand reinkam, ihr Slip, er sah sich danach um, und als er diesen verdammten kleinen Stoffetzen endlich fand, zusammengerollt auf dem Boden, ein wenig feiner noch als ein Strumpf, pochte sein Schwanz in seiner Hose wie ein Gummihammer.

Außerdem war das ein alter Traum, er hatte es nie gewagt, Lili darum zu bitten, auch sonst keine, das war 'ne alte Wichsvorstellung, er streifte ihn ihr erst über das eine Bein, seine kleine Puppe war immer noch tot, der einzige Mist war, daß ihre Augen OFFEN waren und daß sie ihn anguckte, dann über das andere Bein, er blickte erst hin, als er an den Knien vorbei war, man sah nicht viel durch die Haare hindurch, er spürte, daß es ihn heiß und kalt überlief, eiskalt, weil ihr Blick auf ihm ruhte, egal, er zog ihr das Ding die Schenkel hoch, mühelos, denn sie preßte die Beine zusammen, zudem hatte er in diesem Moment das Gefühl einer beinahe grenzenlosen Kraft, im übrigen machen die heutzutage Slips mit 400 Prozent Elastizität.

Er hörte auf, er war tatsächlich schweißgebadet, er erhob sich, er brauchte glatt zwei Stunden, bis er sagen konnte:

– Zwing mich nicht, dich so mitzunehmen.

Er sah ihr zu, als sie sich anzog, schweigend schlüpfte sie in ihre Jeans, Blödmann, in Wirklichkeit hatte er sich die Sache anders vorgestellt, er hatte ihre Beine auseinandergeschoben, das war gut hinter der kleinen durchsichtigen Leinwand, er legte seine Hand ganz flach darauf, und am Ende würde sie ihm den ganzen Handteller naßmachen, während er ihr darüber streichelte, ein irres Ding, das passierte ihm schon mal, daß er alles verkehrt anfing, aber zur Zeit war er einfach nicht ganz er selbst, der andere war in der Tat stark, ihn derart lahmzulegen, er verstand es nicht, VIELLEICHT HÄTTE ES IHR GEFALLEN, WARUM NICHT, jetzt, wo sie ihr Hemdchen anhatte, war die Sache endgültig verratzt, er würde sie nicht mal in angenehmer Erinnerung haben, wenn ihm danach war, in der

Hinsicht hatte er noch nichts Besseres als Lili gefunden. Das hätte 'ne hübsche Sache werden können, 'ne leichte Sache. Na schön, andererseits war sie halb tot, das wäre trotz allem weniger lustig gewesen, all diese Tussis, nichts als Schlampen, mit denen konnte man wirklich nichts anfangen, er war so, er glaubte das allen Ernstes.

Er ging mit ihr runter, im Vorbeigehen stieß er einen Arsch in seine Bude rein, das Mädchen vor ihm, weggetreten wie nur eine mit weichen Locken und Trägerchen, sie klammerte sich ans Treppengeländer, unglaublich, das kam regelmäßig über ihn, vielleicht auch die Hitze, das konnte eine Woche dauern, dann beruhigte er sich wieder, eine Woche lang wie eine Schlange in einem Käfig, überall züngelte er herum, sämtlichen Frauen guckte er nach, sämtlichen, mit steinharten Eiern, Hunderte von Frauenkörpern konnte er so an einem einzigen Tag sammeln, es war, als wüßten sie über die Sache Bescheid, sie warfen sich in Positur, stellten ihr Bestes vor seiner Nase zur Schau, und es überall, in den Läden, auf der Straße, sie stiegen genau vor ihm aus dem Wagen, sie hatten sagenhafte Schenkel oder schleuderten ihm ihre Titten unter transparenten Wolken entgegen, er spazierte mittendrin, und sie schauten ihm in die Augen, manchmal wurde es unerträglich, so sehr gelüstete es ihn, in diesen Momenten war ihm nicht im geringsten nach Zärtlichkeit zumute. Das waren anstrengende Zeitspannen, er kam da raus wie aus einer Art Delirium, ganz schön mitgenommen, das Mädchen stakste in seinen hautengen Jeans langsam die Treppe runter, und Franck dahinter, er trug sein Kreuz, das war eine Welt des Schmerzes, leiden mußte man in fast allen Fällen.

Er begleitete den Dicken bis zu dem Polizeischuppen, es war dunkel, um diese Zeit konnte man einen blutüberströmten Typen durch das Portal schleppen, und außerdem hatte man ihm gesagt, bringen Sie ihn her, bringen Sie ihn UNBEDINGT her, und das Mädchen auch, und das hatte er getan. Der Dicke stieg gemächlich aus und half dem Mädchen, Franck hatte Zeit, einen Blick in den Rückspiegel zu werfen, auf den Typen, gut möglich, daß er diese beiden Frauen auf dem Gewissen hatte, wie sie meinten, nicht ausgeschlossen, und das galt auch für seine Freundin, trotzdem, jetzt flennte er, das Blut mischte sich mit den Tränen, in seinem Gesicht war nichts zu lesen. Seiner Nase konnte er Lebewohl sagen. Franck bereute nicht, daß er ihn so zugerichtet hatte, ein Glück, daß es das noch gab, sonst wäre er längst geplatzt, das war schon der dritte Typ, seit sich Lili aus dem Staub gemacht hatte, den er in solch einem Zustand ankarrte, er war sich dessen bewußt, er dachte, das lege sich schon wieder. Komisch, er fühlte sich nicht einmal besonders gereizt, aber als er die drei Kerle verprügelt hatte, da hatte er eine unglaubliche Kraft in seinen Muskeln verspürt, den ersten, den hatte er regelrecht mit der Faust abheben lassen, und auch vorhin den, den hätte er umbringen können, wenn er gewollt hätte, als er ihn gegen die Briefkästen gedonnert hatte, ein seltsames Gefühl, er ließ vorsichtig das Lenkrad los, Scheiße, die Kiste war so schon kaputt genug, das Lenkrad in tausend Stücke, das hätte noch gefehlt. Er ließ sie alle drei auf dem Bürgersteig stehen, er zwinkerte dem Dicken zu, das war eine schnurgerade, beinahe menschenleere Straße, er schaltete die Gänge wie ein Bekloppter und die Ampel hinten zeigte Rot, KNALLROT, in der Regel klappte das, er holte alles aus dem Ford heraus, er flog darauf zu wie ein Komet, im letzten Moment sprang die Ampel auf Grün, wie immer, das Ding war hervorragend eingestellt, er hatte das schon hundertemal gemacht, und jedesmal hatte er Angst gehabt, daß eines schönen Tages irgendein Spaßvogel auf die Idee käme, die Harmonie zu zerstören, die das Ganze hatte, vielleicht die Phase um eine Sekunde verlängern oder sonst einen Scheiß, jedenfalls hätte er die ganze schöne Ordnung kaputtgekriegt, Franck versuchte, nicht daran zu denken, er machte sich vor, nicht daran zu denken, diese Ampel, die direkt vor ihm auf Grün sprang, die war ein gutes Zeichen. Diesen Abend hätte er nichts dagegen gehabt, wenn ihm ein Typ in die Quere gekommen wäre, er hätte ihn über die Dächer katapultiert, er hätte ihn alle gemacht, und ob!

Bei ihm zu Hause brannte Licht, er bremste nicht einmal ab. Helen, die blöde Kuh, bestimmt wartete sie auf ihn, sie hatte sich praktisch bei ihm eingenistet, allmählich ging ihm das auf die Eier, die Schweinereien halten nie lange vor, vielleicht ein, zwei Tage, wenn's hoch kommt, jede andere Frau auf der Welt wäre ihm recht gewesen, aber nicht sie, nicht heute abend, sie machte ihn wahnsinnig mit ihren Frauenbedürfnissen, erzähl mir was, sagte sie zu ihm, aber er konnte nicht mehr erzählen, er hatte ihr nichts zu sagen, die ganze Bude dröhnte allmählich wie eine Trommel, das einzige, was er dagegen tun konnte, war, mit ihr zu bumsen.

Er verließ die Stadt, auf der Landstraße drehte er das Radio an, ein trauriges, lässiges Stück der Crash, *Shepherds Delight*, die Nacht schien wellenförmig hereinzubrechen, sie wogte sanft im Licht der Scheinwerfer, das war ein irres Stück, der Stimmung angemessen, er fuhr nicht besonders schnell, die laue Luft verfing sich in den offenen Fenstern wie eine unsichtbare Katze, das Auto war der letzte Zufluchtsort für einen Mann in dieser Zeit, das hatten noch eine ganze Menge anderer verstanden, sie warteten auf die Raketen und die Nacht, die kein Ende nahm, sie würden allesamt vorher sterben, das ohnehin.

Er ließ sich von den Lichtern eines Motels anziehen, schwer atmend durchquerte er die Eingangshalle, der Portier war gesichtslos. Den Schlüssel in der Faust, stieg Franck hoch zu seinem Zimmer. Er setzte sich auf die Bettkante, ohne Licht zu machen, er legte keinen Wert darauf, Gegenstände um sich herum auftauchen zu sehen, dieses Scheißbett war zu weich, vielleicht hätte er ein Brett mit verdammt spitzen Nägeln gebraucht, vielleicht hätte der Schmerz etwas bewirkt, er biß sich in den Arm, und nicht zum Spaß, am Anfang war der Schmerz in den Kieferbacken noch schlimmer, diese ganze Kraft, die nicht nachließ, er ließ sich auf die Seite fallen, und sein Kopf versank in den Laken, er zerknautschte sie mit seinem Schweiß, irgendwelche Dinger liefen ihm aus den Augen, aber er hielt sich gut, das Blut verteilte sich in seinem Mund und auf seinen Lippen, das war das einzige Mittel, um nicht durchzudrehen.

Franck bildete sich zwar wunder was ein, aber er kannte längst nicht alles. Er war sogar ein wenig überrascht, als ihm das geschah. Er fuhr mitten im Bett hoch und vergaß seinen Arm, er starrte mit weit aufgerissenen Augen in die Dunkelheit, irgend etwas kam auf ihn zu, es kreiste um seinen Bauch, ES VERSUCHTE REINZUKOMMEN, aber er hatte keine Angst, er war neugierig, er atmete stoßweise, Bilder wie Pastillen reinen Lichts zerplatzten in seinem Kopf, rote, weiße, schwarze, immer näher zusammen, er rührte sich nicht, und das war eine Art Sakrament, ein dumpfer und monströser Haß, er schauderte, als er sich in ihn stahl, das war ein Fall von Besitzergreifung, wie man ihn häufig sieht, er fand das dermaßen gut, daß er anfing zu lächeln, Lili und Carol, die ganze Bande, er erprobte seine neue Macht an Bildern, das war toll, heiß, danach stellte er fest, daß er die ganze Welt in einen Topf werfen konnte, und er fühlte sich wahrlich frei, zum erstenmal in seinem Leben verspürte er die Intensität seiner Existenz, das war unglaublich, nichts konnte sich dem widersetzen, das war wie eine zweite Geburt, nichts als Mumm und Blut, zugleich war das das Schlimmste, was einem Menschen passieren kann: Die ganze Welt aus sich zu verbannen, sich gegen die gesamte Erde aufzulehnen war der sicherste Weg, sich zu vernichten, dafür zu sorgen, daß alles wieder Nacht wurde.

Aber er war in diesem Zimmer, und er lächelte, er lächelte die ganze Nacht, am frühen Morgen hatte sich sein Körper glatt zu Stein verwandelt, und der Himmel war strahlend blau.

6

Es gibt dämliche Dinge im Leben. Ned schlug unter Carols Liebkosung ein Auge auf. Im Morgengrauen aufzustehen, wenn man spät ins Bett gekommen ist, gehörte zu der Sorte von Dingen, die er nicht ausstehen konnte, und Scheiße, obendrein war das jetzt sein Bett, er knurrte und machte sich in den Laken breit, Beine gespreizt, Arme ausgestreckt. Man hätte schon einen Bohrhammer gebraucht, um ihn da rauszuholen.

– Komm, beeil dich. Na komm, sagte sie.

Er erblickte sie mit dem einen Auge, sie stand vor dem Spiegel und probierte einen ganzen Haufen von Badeanzügen an, die ihr Lucie geliehen hatte, im Moment war ihr Hintern im Freien, das Oberteil des Bikinis ähnelte einer großen violetten Banane, sie inspizierte die Sache von allen Seiten, sie hatte wirklich einen erhabenen Körper, manchmal fand er das fast zum Kotzen. Allmählich gewöhnte er sich an den Zinnober, den sie vorm Spiegel veranstaltete, alles, was ihr ein Bild von ihr geben konnte, war für sie 'ne feine Sache, das war stets das erste, wonach sie suchte, und verdammt nochmal, finden tat sie sich immer. Aber das macht jeder, fast jeder, dieses Scheißbild, diese Angst.

Er betrachtete für einen Moment diese verflixte Maschine, nervös und lauwarm mit ihren seidenweichen Schenkeln und diesen Stücken Frau, die da und dort an ihr pappten, sie tat so, als reichte sie ihm das jedesmal, wenn er wollte, dar, er kniff das Auge wieder zu, er bat sie um gar nichts, er wußte, daß sie nicht anders konnte, es gibt Leute, die gehören sich nicht mehr, die Schönheit ist für alle da, im Grunde hätte er nicht mit ihr tauschen wollen, sich ständig ans Leben ranschmeißen, an diese Welt, so ein Scheißdreck!

Als sie auf ihn zu kam, brummelte er irgendein Zeug, er stellte sich tot, dabei war er angespannt, bis er die Tür schlagen hörte, sie rauschte aufs Meer zu, und diese Arschlöcher, die sich an den Stränden rumtrieben, o Herr, ihm war das Unerträgliche erspart geblieben, naja, nett war sie trotzdem, das lag eher an ihm, er war nicht gerade umgänglich, er wußte es, es kratzte ihn wenig. Die Bude war still, er lief nackt durch die Flure und stolperte in die Küche. In dem großen Zimmer waren Geräusche zu hören, er schneite mit dem Frühstück auf dem Teller hinein. Der Dichter war auf eine Leiter geklettert, er hatte eine ganze Wand vollgekritzelt, er war gerade dabei, seine Schmiererei rot zu umranden:

Selbst wenn sie sich
Mit ihren engen Jeans zeigt und allem
Mit diesem Lächeln das sie aller
Welt schenkt
Selbst wenn sie mir ihre Hand dorthin legt
wo es schön ist
Genau dort, wo ich Lust hab
Selbst wenn sie ganz
Nah bei mir ist
Selbst wenn sie mir sagt
Jetzt machen wir es jetzt
Was kratzt es mich daß
du mich auf deiner Schreibmaschine nimmst
Dein Krampf der
INTERESSIERT MICH NICHT
Selbst wenn sie Scheiße baut auf meinem Bett
Erdnüsse knackt und mir
lachend zuwinkt
Selbst wenn sie mich dem Tod entreißt
Selbst dann
Schaffe ich es nicht ihr zu sagen
Es ist eben so
All die die vor ihr waren
suchten den Weg zu meinem Herzen
Die letzte meinte
Oh ich bin vielen Schweinehunden begegnet
Aber du
Du haust mich glatt um, ja.

Ned biß in ein altes, weichgewordenes Croissant, während der Kerl grinsend die Sprossen runterpurzelte:

– Aaahh, aahhh, sagte er. Sie hat es so gewollt. Das Ding hat sie noch in zehn Jahren vor der Nase. Aaaahh, sie hat mich lang genug damit genervt, mit IHREM Gedicht, na schön, ich hatte es ihr versprochen. Ich hab schon Besseres geschrieben, auf alle Fälle, aber ich hab auch schon Schlimmeres verbrochen. Alter, man muß begreifen, daß es gleich schwer ist, gut zu sein oder schlecht zu sein, Scheiße, mindestens zwanzigmal wäre ich um ein Haar von da oben abgestürzt. Erzähl mir nicht, daß dir das gefällt.

– Mir gefällt das Mädchen.

– Schön, du hast alles verstanden. Es gibt nichts Schwereres auf der Welt als die Poesie, deshalb findet man auch soviel Scheiß. Da entdeckst du endlich ein wahres Gedicht, doch in der Zwischenzeit haben die Omas ganze Eimer von Alexandrinern ausgekotzt, und die anderen haben sich geschworen, dich zu Tode zu langweilen, Hirnrissige, Preziöse, Kultivierte, Kranke, Halbherzige, alle haben sie sich daran versucht, und die Leute sind schlau genug, kein Gedicht mehr zu lesen. Schön, davon abgesehen kannst du immer noch Dinger finden, die dermaßen stark sind, daß dir Hören und Sehen vergeht, und in diesem Moment bist du wirklich hin und weg.

– Wenn du willst, es ist noch Kaffee da.

– Hier, hör mal, ich hab lange gezögert, erst wollte ich das hier nehmen.

Er zog einen dutzendfach geknickten Zettel aus seiner Tasche:

na schön, das ist ein schwieriger Moment
ich hatte mir etwas ganz
Fürchterliches vorgestellt
aber ich bin gekommen
und der andere der uns folgt
in seiner zitronengelben Kiste
der lacht sich schief
er ist wunderbar sagst du und

ich ich denke er ist glatt
imstande
mit seiner Karre
bis ans Ende der Welt
zu gurken
denn er ist bereits halb tot
und ich sag das nicht
um der Folgen willen
der lautlosen Nächte
– zitronengelbe Träume, stell dir vor! –
wenn du von Zimmer zu Zimmer eilst
wie eine Irre
das kalte Wasser in der Küche
der Mond
die Blumen
die Spiegel
die Leidenschaft
ich sag das nicht um dich zu ärgern
weißt du mir ist lieber du läßt mich aussteigen
du sagst küssen wir uns
aber ich hab damit zu tun mich aus meinem Sitz zu schälen.
Der andere tippt kurz auf die Hupe
ich habe die Augen geschlossen
ich stehe auf dem Bürgersteig
Wieselfüße im Dunkeln rauchen
wandern ohne Hose Zeitschriften
vom Ende her lesen
ich frage mich
was ich mit all dem wohl machen soll
im Grunde warte ich daß mich ein Blitz trifft
im Grunde lehrt einen die Trauer nichts nichts
pinkeln gehn müssen
und du kannst nichts dagegen tun
Unglückseliger
renn ruhig los, Unglückseliger
es gibt wahrhaftig nichts was Bestand hat

mein Gott habe ich gedacht
wenn ich mich schon nicht zurückhalten kann
gib daß sie bereits fern ist
natürlich
bin ich nicht vollkommen.

Er schob den Zettel seelenruhig in seine Tasche zurück und ließ sich in einen Sessel fallen.

– Scheiße, sagte er. Das hat mir in der Tat ganz schön zu schaffen gemacht.

– Und hast du dich zurückhalten können?

– Das hat sich in Wirklichkeit anders abgespielt. Der Typ hat mich aus dem Wagen geworfen, er hatte Arme wie ich Oberschenkel, sie hat sich in der Zeit das Gesicht gepudert. Er hat mir sämtliche Hemdenknöpfe abgerissen und mir empfohlen, mich unverzüglich zu verpissen. Um dieses Ding zu schreiben, mußte ich noch da stehen, habe ich mir gedacht.

– Du hattest recht.

– Sie war das schönste Mädchen, das ich je hatte. Ich hätte mich an sie klammern sollen. Ich weiß nicht.

– Sich an jemanden klammern, das heißt, bis zum Mord gehen.

– Natürlich, und ich will nicht sterben.

– Das versteh ich.

– In Wirklichkeit geben sie nie genug, als daß man ihnen nachtrauern sollte.

– Manchmal tun sie zuviel, das läuft aufs selbe hinaus.

– Jaja, und deine, soll ich dir mal was sagen, die ist wirklich zu schön.

– Schon gut, ich erwarte nichts. Die Sache ist noch nicht alt, noch ist alles bestens und sie erlebt etwas, das sie amüsiert, ich gehöre dazu. Aber das wird nicht lange anhalten.

– Da hab ich gar nicht nach gefragt.

– Jaja, aber ich hab auch nichts Großes gesagt.

– Schön, trinken wir ’nen Schluck, wenn du willst.

– Man sollte meinen, heute ist so ein Tag.

– Nein, du liegst verkehrt, ALLE TAGE sind so. Strahlend

hell ist es, du stehst auf, und bis sechs Uhr abends weißt du nichts mit dir anzufangen, und der Nachmittag wird von Mal zu Mal tödlicher, du tigerst herum, während die ganze Welt volle Kanne loslegt, und deine Gedanken werden genauso schlaff wie der Bauch des Trottels hinter seinem Schreibtisch, alles, was du tun kannst, ist warten und deine Kräfte aufsparen für das, was kommt, trinken ist vielleicht nicht gerade die beste Lösung, mein Junge, aber es ist die einzige, wehe, du rührst dich vom Fleck.

Er brauchte zehn Sekunden, um mit einer Flasche und Gläsern wieder aufzutauchen, eine Stunde später waren sie beide total besoffen, und als er losfuhr, nahm der Dichter mit der Fahrertür eine Ecke des Hauses mit, verdammt, sagte er, VERDAMMT NOCHMAL, aber er fuhr weiter, und Lucies Jaguar bog röhrend in die Straße ein.

Sie rasten im Sonnenlicht bis zum Supercenter am Stadtrand, sie tappten zwischen Millionen von Flaschen, der Dichter kotzte zwar nicht direkt auf die Kasse, aber unmittelbar daneben, und Ned fragte sich, ob das am Ende ein Trick war, um ihn bezahlen zu lassen, die Kassiererin war bereits schreiend aufgesprungen, und die kleinen Chefs schwirrten heran wie Fliegen, allein die Musik, die in dem Ding lief, war zum Kotzen. Die kleinen Pisser mit ihren Plaketten versuchten den Dichter an den Armen festzuhalten, aber er riß sich mit einem entsetzlichen Grunzen los und warf sogar mit einer Flasche Four Roses um sich, die an einem Waschmittelstand zerplatzte. Bis sich die Typen aufrappeln konnten, waren sie längst wieder in der Stadt, und was sie gerettet hatten, war stark, kein Fusel, gutes Zeug, und gekostet hatte es keine müde Mark.

Die anderen waren bereits wieder da. Feixend stellten sie den Berg von Flaschen auf den Tisch, Ned war schon wieder los, sein Kumpan verkündete, daß er ihnen auf der Stelle einen diabolischen Cocktail mixen werde, Ned stiefelte geradewegs nach oben, ein Geruch von Sonnenöl und Jod zog durch die Bude.

Die Tür stand offen, er trat ein, ohne zu begreifen, ohne zu überlegen, sie stand mit dem Rücken zu ihm, aber vor ihr war ein Spiegel, und darin sah sie ihn kommen, sie spürte, daß er sich an sie preßte, sogleich streichelte er ihr die Brust und sie schloß die Augen. Sie blieben eine Weile so stehen, aneinandergeklebt wie zwei Lakritzstangen.

Trotz allem, die schönen Dinge sind nicht von Dauer, er löste sich von Lili und flitzte ins Badezimmer. Am Anfang sagte er sich Scheiße, ich bin total bekloppt, aber das sagte er sich ein wenig spitzbübisch. Trotz des Wasserstrahls, der ihm auf den Schädel prasselte, gelang es ihm mühelos, Lilis Geruch im Gedächtnis seiner Nasenlöcher zu behalten. Das haute alles nicht so ganz hin mit dieser Tussi, nur was genau nicht? Er war sich einigermaßen darüber im klaren, daß sie ihm Angst einjagte, Alter, wenn du merkst, daß das Leben von jemand anders wie ein Schatten über deinem schwebt und das Ding ist groß genug, dir den Atem zu rauben, was kannste DARAN noch geil finden? Er stellte den Warmwasserhahn ab, und das eiskalte Wasser brachte ihn langsam ins Leben zurück, aber er fühlte sich trotzdem nicht besonders gut. Er dachte wieder an Franck, das war nur eine Frage der Zeit, vielleicht würde er danach ein wenig klarer sehen. Dann faltete er zum Spaß die Hände hinter dem Kopf, er sagte laut:

– Scheiße, was treibt der bloß?

Lili hatte sich in ihrem Zimmer nicht gerührt, sie hatte sich genau das gleiche gefragt, nur daß sie dabei nicht an Franck dachte. In der Liebe sind die Frauen stärker, selbst wenn sie einen Arm auf den Rücken gebunden haben, und die Scheiße ist, daß sie meistens beide Hände frei haben. Vielleicht gab es überhaupt kein Mittel, damit zu Rande zu kommen.

7

Das ließ sich gleich schlecht an. Dieser Arsch, als erstes ließ er sie eine halbe Stunde in einer Ecke des ersten Kellergeschosses warten, nichts als Beton und Lampen, und die Autos fegten da rein, sie röhrten und stießen einen feinen bläulichen Rauch aus, aber es gibt Dinge, die macht man halt für einen Freund, sogar eine ganze Menge von Dingen, o Scheiße. Ned klopfte dreimal gegen die Scheibe, aber dieser Lackaffe im weißen Hemd war schlicht damit beschäftigt, einen ganzen Batzen Scheine zusammenzuraffen, und ohne aufzublicken, bedeutete er ihnen zu warten, ZU WARTEN, und währenddessen strömten die Wagen in einem fort rein, und es regnete Knete, das war die größte Tiefgarage der Gegend, die am günstigsten gelegene, sämtliche Neonröhren auf die Kinos gerichtet, auf die Freßbuden, das war genau über ihren Köpfen, gnadenlose Bürgersteige. Aber sie hatten ja gesagt, und unter Tränen hatte der Dichter ihnen gesagt, Kinder, ihr rettet mir das Leben, ICH VERLASSE MICH AUF EUCH!

Der Typ in dem Hemd fand doch noch einen Moment Zeit und pflanzte sich vor sie, vielleicht war er nicht mal dreißig, aber das Leben hatte ihn bereits tobsüchtig gemacht.

– Und? sagte er. Was is'n jetzt schon wieder mit diesem Arsch von Eddie?

– Er ist vom Tisch gefallen, hat sich den Arm gebrochen, erklärte Henri.

Der Typ blickte böse drein, aber er guckte sie nicht richtig an, er zielte eher unter ihre Augen.

– Na schön, sagte er. Ich will's gar nicht wissen ... Schlimmer als mit ihm kann's nicht werden. Hat er euch aufgeklärt?

– Nein. Das sieht kompliziert aus, sagte Ned.

– Der Kunde läßt seinen Wagen stehen. Ihr gebt ihm 'nen Parkschein, und danach fahrt ihr den Wagen runter. Ihr werdet schnell merken, daß die Nummer auf dem Schein mit der Nummer des Stellplatzes übereinstimmen muß. Bezahlt wird beim Abholen, ich bin morgen früh da, um Kasse zu machen. Fragen?

– Wieviel kassieren Sie dabei? fragte Ned.

Der Typ grinste dämlich, er preßte die kleine Kiste mit dem Zaster an sich und flitzte zum Ausgang.

Der Strom der Fahrzeuge ebbte bald ab, die Leute kommen immer um die gleiche Zeit zum gleichen Ort, einfach toll. Henri verteilte noch ein paar Parkscheine, und Ned fuhr die Karren nach unten, es gab sechs Ebenen und die Kerle hatten maximal an Platz gespart, die Abfahrten waren dermaßen eng, daß man unwillkürlich die Luft anhielt und praktisch im Stehen fuhr und nach den Stoßstangen schielte. Danach mußte er wieder raufkommen, und der Aufzug war eine widerliche, stinkende Kiste mit den üblichen schwachsinnigen Kritzeleien in der Farbschicht, ein paar ungemein deftige Sachen, und Zeichnungen wie aus einem Kinderheft.

Sie hatten einen Moment Ruhe, und mit dem Rücken gegen die Kabinenwand gelehnt, qualmten sie ihre erste Zigarette, die Mauern waren schwarz vor Abgasen, und die Lampen da drauf waren wie ein mörderisches Grinsen, das ganze Ding war in der Tat ein stinkendes und stickiges Grab, zwei Wagen kreuzten auf, Scheinwerfer voll aufgeblendet, und Henri trat mit den Parkscheinen vor, eine Bande von Schreihälsen mit hysterischen, ziemlich dicken Weibern, denen die bunten Kleider eng um den Hintern saßen, großer Gott, die Vulgarität ist eine Kunst, die keinen Quatsch verträgt, und die Kerle waren recht rot im Gesicht, stämmig vor Fett, ununterbrochen fiel das Licht auf irgendwelche Klunker, und diese Handvoll Idioten glitzerte wie ein ganzer Klumpen Gold, ja, und selbst als sie in dem allgemeinen Schreien und Lachen untergetaucht waren, brauchte das Schweigen irre lang, bis es wiederkam, das ist, wie wenn man den Grund eines Teiches aufwühlt, für die Frösche, die sich in die Augen blicken und sich in klareres Wasser verziehen, für die ist der Tag im Eimer.

– Hör mal, sagte Ned, eins wird mir langsam klar. Wenn ich bei jeder Karre, die hier auftaucht, diese Abfahrt runter muß und dann mit diesem Bummelfahrstuhl wieder rauf, Scheiße, dann kann ich mich die ganze Nacht ranhalten wie ein Paternoster, dann tu ich nichts anderes mehr. Hier ist genug Platz, wir warten, bis wir 'ne Reihe von Karren haben, DANN ERST machen wir uns zu zweit daran und fahren die ganze Fuhre auf einmal runter, was hältst du davon? Auf die Tour haben wir ein wenig Ruhe.

– Naja, wenn du meinst, sagte Henri. Hast du Hunger? Die Mädchen haben uns was gemacht.

– Die sind großartig. Wie denkst du eigentlich über die ganze Sache?

– Ich denke überhaupt nicht. Nein, wirklich, ich mach mir keine Gedanken. Es läuft doch alles bestens, oder?

– Doch, es läuft bestens. Wir haben unseren Spaß, wir nehmen alles, wie es kommt, doch, es läuft bestens. Verdammt, nicht daß wir am Ende noch total überschnappen. Der andere läßt uns nicht laufen, da kannst du Gift drauf nehmen.

– Ja, aber dagegen können wir nichts machen. Oder wir müßten IHN finden und ihm dieses Verlangen austreiben.

– He?

– Wenn du darüber nachdenkst, ist das sonnenklar. Oder wir warten ab, was kommt. Mir ist es gleich, tun wir, was du willst, ich halt auf jeden Fall zu dir. Scheiße, da kommt schon wieder einer.

Als sich Henri mit seinem Packen Parkscheine wieder neben ihn setzte, ging Ned dieses Ding immer noch durch den Kopf, das war ein total verrückter, aber angenehmer Gedanke, es ist immer eine Freude, zu wissen, daß es eine Lösung gibt, der Verstand begnügt sich mit einer kleinen Chance von eins zu tausend, mit einem winzig kleinen Streifen Licht.

– Wir müssen die Kisten bald runterfahren, sagte Henri. Noch eine oder zwei.

– Und du, was meinst du, glaubst du, wir können ihn irgendwo erwischen? Ich kann mich ziemlich genau an den Kerl erinnern, dürfte schwierig sein, ihn zur Vernunft zu bringen.

– Es geht nicht darum, ihn zur Vernunft zu bringen.

– Guck mich an. Ich red im Ernst.

– Scheiße, ich sag nicht, daß wir das tun müssen, aber es macht mir nichts aus, daran zu denken. Stell dir vor, der findet uns! Ich hab mit Lili darüber geredet, allein bei dem Gedanken fällt sie in Ohnmacht. Ned, egal wie, ich laß den nicht an mich heran. Wie gesagt, wir können warten oder ihm zuvorkommen, ich weiß nicht, aber wenn es nur eine geringe Chance gibt, ihn aufzuhalten, ich würde keine Sekunde zögern. Vorher hatte ich ein anderes Weltbild, ich dachte, das Leben sei heilig, jedes Leben, und das ist bestimmt auch die Wahrheit, aber eines Tages stellst du fest, die Wahrheit ödet dich an, weil sie dich daran hindert zu leben, das ist, als würdest du jede Nacht das Licht anlassen, und am Ende heißt das nichts mehr, verstehst du? Das Leben pfeift auf die Wahrheit, es geht ohne sie genausogut weiter wie mit ihr, soweit bin ich inzwischen. Guck mal, angenommen, du willst was erreichen, was weiß ich, die Ekstase, die Weisheit, die Selbstverwirklichung, keine Ahnung, sagen wir, irgend etwas, das läuft aufs selbe hinaus, sicher, die Wahrheit wird dich schon dorthin führen, das ist ein wenig wie ein Wegweiser auf einer Straße und...

– Die Wahrheit ist vielleicht das Ende der Reise, Papa.

– Nein, warte, wir reden nicht über ein und dasselbe. Ich meine, es gibt Fragen, die sind wesentlich, und du kannst es schaffen, gute Antworten darauf zu finden, aber dein Geist tut nichts anderes, als sie gelten zu lassen, das ist genauso angenehm, als würdest du Diamanten vors Licht halten, nur heißt das noch lange nicht, daß du reich bist. Du findest also einen Sinn für eine ganze Menge von Dingen, und es ist, als wäre dein Weg beschildert. Es gibt Leute, die düsen jetzt los, aber stell dir vor, daneben ist ein anderer Weg, und da ist nichts, überhaupt nichts, du weißt nicht, wohin er führt, du siehst keinen einzigen Hinweis, aber dieser Weg ist eine Möglichkeit, und ohne so recht zu wissen, warum, schlägst du ihn ein, dein Leben hat dich dazu gedrängt, du verstehst längst nicht alles, aber der Weg ist prima, von Zeit zu Zeit fragst du dich, ob du in der richtigen Richtung bist, aber das vergißt du, weil dein ganzes Wesen auf die Strecke fixiert ist, du merkst nicht einmal, daß du auf dem Gaspedal stehst, und um dich herum mischen sich die Schönheit und das Entsetzen, verstehst du, was ich meine, man kann nicht wissen, ob man ankommt oder irgendwann auf die Nase fällt, ich für meine Person, ich glaube, daß man auf jeden Fall ankommt. Auf diesem Weg kannst du sämtliche Bullen der Erde um die Ecke bringen, die dich nerven, und die andern auch, das Leben ist heilig, was soll's, damit hast du nichts am Hut. Na schön, ich mein damit, wenn er mir nur die geringste Chance läßt, laß ich sie mir nicht entgehen.

– Amen. Schade, daß Jimmy das nicht mitbekommen hat. Er liebt solche Geschichten.

– Immerhin kriegt man damit die Zeit rum. Zwanzig vor zwölf, ach du Schande, das geht lahmer, als ich dachte, und das mieft hier vielleicht!

Das mit den Kisten hörte keineswegs ganz auf, zwei, drei Fuhren durften sie runterbringen, und bummeln durften sie nicht, denn ausgerechnet in diesem Moment kreuzte regelmäßig irgendein Typ auf, um ihnen auf den Wecker zu fallen, immer mit der Ruhe, Alter, wir haben auch nur zwei Hände, der Dichter hatte schon einen Grund, sich den Arm zu brechen, Herrgott nochmal, das war vielleicht zum Kotzen, und jede dieser Karren roch anders, aber auf jeden Fall abscheulich, die meisten Jobs zeigen einem unseren Nächsten in einem widerlichen Licht, oder etwa nicht?

Als sie sich gerade eine Essenspause genehmigen wollten, kullerte dieser Porsche in die Tiefgarage. Na schön, sie stöhnten, aber sie erhoben sich doch prompt, und Ned war gerade dabei, sein Butterbrot hinzulegen, als ihnen das ganze Gebäude auf den Kopf fiel, eine lodernde Flamme wickelte ihn ein und ließ ihn erstarren. Allmählich stieg der ganze Schmerz in seinen Schädel, es dauerte eine Zeit, bis er seinen Arm bewegen konnte, aber das lohnte sich, vor allem, als es ihm gelang, sich einen Finger ins Ohr zu stecken, das war eine italienische Zweitonhupe, und das kam von überall, wegen des Echos.

Der Typ, der aus dieser Kiste stieg, einfach perfekt, er hatte alles, Aussehen, Kohle, Miezen, zwei Tussis hatte er dabei, o Herr, das war bestimmt der größte Wichser weit und breit, ein

Mädchen hatte er in der einen Hand, das andere hing ihm an der andern, er mußte lachen, als er Henri auf sich zutorkeln sah, und Ned erst, er rief ihnen zu:

– He, was ist los, ihr Künstler?

Bevor sie nur einen Ton sagen konnten, hatte er sich schon einen Parkschein geschnappt und sich mit seinen beiden Wundern aus Titten und Beinen verzogen, erst auf halbem Weg blieb er stehen und drehte sich nach ihnen um. Er kramte in seinen Taschen, natürlich hatte er ein paar Münzen, er suchte eine aus, legte sie auf seinen Daumen und schnippte sie in ihre Richtung. Das Ding wirbelte durch die Luft, prallte gegen die Decke und fiel auf den Boden. Es folgte ein unwahrscheinliches Schweigen, nur die Münze klirrte auf dem Beton, kling klin klin kling klingkliklikliklikliklick, mindestens zehn Minuten ging das so und niemand rührte sich, der Typ lächelte nicht einmal mehr, ein Glück, daß ihn die Mädchen wegzerrten, seine Schultern waren eingesunken, und er ließ sich fortschleifen.

Henri reagierte nach einer Weile recht gesund. Er fing an zu schreien:

– WICHSER! WICHSER! WICHSER!

Er schleuderte seine Faust in die Luft, und die Scheine flatterten wie an einer Schnur gezogen quer durch das Parkhaus, das war keine Absicht, er sagte Scheiße, Scheiße, SCHEISSE, er ließ sich nieder, um sie auf allen vieren wieder aufzuheben, doch Ned packte ihn am Arm.

– Warte, sagte er. Erst kümmern wir uns um seinen Schlitten. Der ist brandneu.

Er ließ Henri vorn einsteigen, beugte sich über ihn, um den Sitzgurt einschnappen zu lassen, dann rannte er auf die andere Seite und setzte sich ans Steuer, er legte seinen Gurt an, er tippte nur kurz aufs Gas, und der Porsche fuhr in Nullkommanichts los, ein echtes Schmuckstück, sie hatten das Gefühl, sich an der Mähne eines Raubtiers festzukrallen.

– Paß auf, sagte Ned. Jetzt kriegt der was für sein Geld.

Der Porsche machte einen unglaublichen Satz und stürzte sich jaulend auf Ebene eins.

Für den Anfang knöpfte sich Ned einen Scheinwerfer vor, TSCHONG, um warmzuwerden, um den Schlitten richtig in den Griff zu bekommen, und die Karosserie folgte exakt der Rundung der Betonmauer, die Reifen quietschten, Ned schlakkerte ein wenig mit dem Lenkrad, um die Widerstandsfähigkeit der hinteren Stoßstange zu testen, doch das Ding riß vollständig ab und prallte wie eine silberglänzende Banane von einer Wand zur anderen. Auf Ebene zwei machte es sich Ned leicht, er schmiegte sich auf Henris Seite gegen die Wand und ließ sich sanft, mit sechzig Stundenkilometern, nach unten treiben, und es war, als würde es schneien, wegen der weißen Farbe, die Türgriffe drückten sich langsam, leicht verbogen, durch das Blech, und das, das war gut, er gönnte sich das gleiche noch einmal, nur auf der anderen Seite, die Tür zuckte an seinem Bein, und auf einmal waren sie in einem Foto von David Hamilton, als nämlich die Windschutzscheibe zu Sternchen zersplitterte, das war auf Ebene vier, Henri hätte geschworen, daß sie in einem riesigen Shaker saßen, und in der Tat schien sich alles zu vermengen, Geräusche, Schläge, vorne, hinten, gut, böse, außerdem hatten sie eine kleine idiotische Meinungsverschiedenheit, als sie da raus waren:

– Nein, sagte Ned. Ich schwör dir, wir haben uns nicht überschlagen.

– Und ob, guck dir die Räder an. Die sind oben.

– Du bist bekloppt, das heißt doch nichts.

– Ach du Scheiße, o nein, SCHEISSE!

Es mochte ein Uhr nachts sein, als sie auf die Straße traten. An die Theke gelehnt, ein kühles Bier vor sich, zählte Ned laut die starken Momente ihrer Abfahrt auf. Am frühen Morgen gelangten sie zu dem Schluß, daß sie ruhig noch ein wenig warten konnten, es wäre schon ein Scheißpech, wenn Franck in nächster Zeit seine Nase um die Ecke stecken würde. Und das, das glaubten sie, weil sie dieser kleine Job in gute Laune versetzt hatte.

8

– Franck? Hm ... wir sind's. Ich bin's.

– Soso, wer immer du bist, ich leg wieder auf. Es ist ein Uhr nachts.

– Warte, ich bin der Typ aus dem Buick, die Mädchen stehn neben mir. Man will mit dir sprechen.

– ...

– Hörst du?

– Was willst du? Gib mir mal Lili.

– Die anderen sind zwar nicht meiner Meinung, aber ich glaub schon, daß wir miteinander reden können.

– Sag den andern, wir sehen uns sehr bald wieder, Lili kennt mich, frag sie. Und dich, dich vergeß ich nicht.

– Das ist genau der Punkt, du solltest uns besser vergessen.

– Klar doch, kein Problem. Was kann ich sonst noch tun?

– Du willst mich nicht verstehen. Leck mich am Arsch.

– Mach nur weiter, ich liebe deine Stimme. Ich werd mich dran erinnern.

– Hör mal, ich weiß nicht, ob du uns jemals findest oder nicht, aber eins ist sicher, sie geht auf keinen Fall mit dir zurück. Du solltest dich damit abfinden.

– Ist sie da?

– Nein, ich bin allein. Ich hatte Angst, du würdest auflegen, ich hab die Nummer in ihrer Handtasche gefunden.

– Macht nichts. Wenn du sie mir gegeben hättest, hätte ich ihr gesagt, Lili, hättest du mich drei Tage früher angerufen, wäre ich mit allem möglichen einverstanden gewesen, ich hätte beide Augen zugedrückt und deine Freunde hätten sich in aller Ruhe verziehen können, aber jetzt ist es zu spät, ich werde euch finden, und Geschenke gibt's keine mehr. Eh, hast du verstanden? Nichts anderes hätte ich ihr gesagt, du kannst es ihr ausrichten.

– Komisch, ich war mir sicher, daß du so weit bist. Bist 'ne Art Irrer, was?

– Tut gut, sich ein wenig gehen zu lassen, nur zu. Hör mal, hör dir das an.

– Was machst du?

– Das ist 'ne Frau. Helen. Ich hab sie soeben gebumst, ich glaub, die träumt, die macht öfters solche Geräusche. Na schön, paß mal auf, ich zieh die Decke weg, was seh ich?

– Kommt drauf an.

– Naja, sie liegt mit dem Rücken zu mir, ich kann dir bloß von ihrem Arsch erzählen, er ist fett, aber prächtig. Verstehst du, was ich meine?

– Ich kann's mir denken.

– Nein, du liegst verkehrt. Da ist diese Frau, die mir ihren Hintern in meinem Bett entgegenstreckt. Die putzt hier, die spült das Geschirr, die macht mir zu essen, die liest mir jeden Wunsch von den Augen ab, und ich kann sie so oft bumsen, wie es mir gefällt, kannst du mir folgen?

– Mühelos.

– Es gibt eine Handvoll Miststücke von Lilis Sorte, und allesamt sind sie nur darauf aus, einem den Verstand zu rauben, und ich sag dir, außer daß sie nackt durch den Flur tippeln und ein Höchstmaß an Geld auf den Kopf hauen, haben die nichts Sensationelles an sich, die haben nicht mal 'ne besondere Art zu bumsen oder einzuschlafen, der Rest ist Krimskrams. Hör mal, ich hab gerade eine Hand zwischen ihre Beine gesteckt, es ist heiß da, wie es sich gehört, du siehst, ob Lili, Helen, Dingsda, damit hab ich nicht mehr viel am Hut, ich kann mir meine Gedanken für was anderes aufsparen.

– Nun denn, dann können wir uns ja einigen.

– Du hast nichts kapiert. Ich hab den Kopf jetzt frei. Ich denke dauernd an euch. He, ich verspür sogar was ganz Komisches, ich hab das Gefühl, wir sind allein auf der Welt. Wir werden uns zwangsläufig wiedersehen.

– Wer weiß. Vielleicht hast du recht.

– He, eine Frage, nur so, ich glaub zwar kein Wort von dem, was du sagst, aber bumst du mit Lili?

– Nein.

– Du lügst, oder es ist der andere, dein Kumpel, aber was juckt es mich, du hättest es mir ruhig sagen können, es hätte ohnehin nichts geändert. Oder ihr seid alle beide stockschwul.

– Schön, und jetzt hörst du mir mal zu. Du scheinst dir nicht darüber im klaren zu sein, das wird nicht so einfach, wie du denkst. Bisher warst du immer auf der stärkeren Seite, du Glückspilz, aber diesmal wirst du dich wundern. Das wird dir 'ne gute Lehre sein.

– Scheiße, du weißt gar nicht, wieviel Spaß du mir machst. Ich hab das Empfinden, wir rechnen noch miteinander ab.

– Franck, da ist eine Sache, die kapier ich nicht. Was versprichst du dir von dem Ganzen?

– Nichts. Überhaupt nichts. Das kannte ich noch nicht, ein ziemlich angenehmes Gefühl ist das. Ich hab mich noch nie so stark gefühlt. Du siehst, die Chancen sind ungleich verteilt, tut mir leid.

– Mach dir keine Sorgen, und wenn ich nur 'ne Chance von eins zu einer Million hab, ich werde sie nutzen. Ich bin daran gewöhnt, ich lebe so. Sieh mal, es ist dunkel, und sämtliche Typen wie du liegen im Bett, aber ich bin noch auf, siehst du den Unterschied? Du glaubst das Spiel gut zu kennen, aber die Karten sind noch nicht verteilt, du Schlaukopf, und was ist, wenn ich dir jetzt sage, es ist noch längst nicht klar, wer hinter wem her ist, wenn ich dir sage, daß du in Gefahr schwebst, sobald du dich nur einem Fenster näherst oder in deinen Wagen steigst oder was auch immer?

– Das ist normal, daß du es versuchst. Ich hab nicht geschlafen.

– Ich bin so allein, wie du es dir nur vorstellen kannst. Ich hab nichts zu verlieren. Ich glaube, ich würde nicht zulassen, daß du ihr auf den Wecker gehst.

– Du hast soeben deine letzte Chance vertan, mein Junge. Hast du nichts gespürt?

– Ich spüre nur, daß ich mich leichter fühle.

– Es ist mir ein Vergnügen, mit dir zu reden. Zögere nicht.

– Wo ist denn der Bulle in dem Ganzen?

– Du spinnst, das ist 'ne Familiengeschichte. Naja, ein wenig helfen wird mir das schon.

– Du denkst, die Sache ist schon abgehakt, was?

– Das versuche ich dir die ganze Zeit zu verklickern.

– Ich frag mich, wie du's angestellt hast, so 'n Mädchen zu kriegen.

– Keine Bange, ich werd's dir erzählen.

– In Wirklichkeit bist du nämlich noch bescheuerter als sonst wer.

9

Es war ein großer Abend. Nichts ist beschissener, nichts großartiger als einer dieser Gala-Abende, auf denen sich die halbe Stadt drängelt, naja, zumindest die, die von sich glauben, im Bilde zu sein, und das sind die Schlimmsten. Yan hatte zu diesem Anlaß eine so gut wie durchsichtige Dschellaba angezogen und bewachte streng den Zutritt zu den Küchen, wo der Punsch in großen Schüsseln zubereitet wurde. Der Dichter hatte sich darin eingeschlossen, er war schweißgebadet wegen der Kompliziertheit des Gebräus und der Konzentration, die das erforderte, sein ganzer Ruf stand auf dem Spiel. Henri hatte angeboten, sich um die Musik zu kümmern, er war völlig aus dem Häuschen, denn eine Schar junger Mädchen lief ihm ständig vor den Füßen herum und flehte ihn an, den neuesten Tophit aufzulegen, wenn er das machte, würden sie nur für ihn tanzen, Herrgott, die hatten Sachen an, die glänzten und die waren HAUTENG, und er suchte diese gottverdammte Scheibe, aber er konnte nicht überall auf einmal hingucken, o nein, nein, die hatten diesen Reißverschluß, der zwischen den Titten anfing und irgendwo zwischen den Beinen auslief, DIESE MÄDCHEN BUMSTEN GARANTIERT IN IHREN OVERALLS, oh, beeil dich, finde diese Platte, beeil dich, Alter, er bekam nicht einen einzigen Akkord des ganzen Stückes mit, er hatte nur noch Augen, und alles, was er sah, das waren diese Mädchen, die ihre Körper in Schwung brachten, die alles aus sich rausholten, und er versuchte, alles zu erhaschen, natürlich, er geriet SCHWER in Fahrt.

Als Ned von oben runterkam, war er geladen, er hatte den ersten großen Krach mit Carol gehabt. Er war ganz zu Anfang raufgegangen, um sich auszuruhen und nichts sonst, verdammt, war es denn so schwer zu verstehen, daß ein Typ schlicht Lust hat, sich einmal GANZ ALLEIN hinzulegen, auch auf einem großen Bett, einfach die Hände hinter dem Kopf, die Zähne zusammengebissen und den Blick zur Decke gerichtet, schließlich war das 'ne Sache, die konnte auch einem Mädchen passieren, Scheiße, sie war aufgetaucht und hatte sich sogleich neben ihn gehauen. Er hatte keinen Ton gesagt. Sie hatte angefangen, sich an ihm zu reiben, mit ihren Beinen rumzuspinnen, er hatte immer noch keinen Ton gesagt. Als die ihm die kleine Spitze ihrer Zunge ins Ohr schob, hätte er am liebsten einen fürchterlichen Satz gemacht und SCHEISSE, HÖR AUF, LASS MICH EINEN MOMENT ZUFRIEDEN geschrien, doch statt dessen hatte er sie in seine Arme genommen und sich damit beholfen, ihre Arme zusammenzupressen, und wenn sie sich nicht bewegt hätte, vielleicht wäre es gegangen, er war sich nicht sicher, vielleicht hätte er sie weiter so gehalten, der kleine Batzen Spucke knisterte leise in seinem Ohr.

Sie war kräftig, sie entschlüpfte ihm spielend leicht mit einem spitzen Lachen. Im ersten Moment fragte er sich, wie sie es so schnell geschafft hatte, nackt zu sein, er erhielt ihre Titten voll ins Gesicht, und eine Hand fuhr in seine Hose.

– Scheiße, nein, sagte er.

Sie hatte nichts kapiert. Er nahm ihre Hand und zog sie aus seinen Klamotten.

– Was ist los? fragte sie. Er steht dir doch.

– Das hat nichts zu sagen. Ich würde mich gern ausruhen.

Sie saß auf den Fersen, neben ihm, sie spreizte ihre Beine, so daß er das kleine schwarze Loch ihrer Vagina sehen konnte, dieses Miststück hatte zu allem Überfluß eine wunderbare Möse, aber davon war er meilenweit entfernt, er schloß die Augen und massierte sich den oberen Teil der Nase zwischen Daumen und Zeigefinger.

– Ich weiß nicht, wie ich es dir erklären soll, sagte er. Du hast den falschen Augenblick erwischt.

– Meinst du? fragte sie.

Bevor er nur ein Auge aufmachen konnte, hatte sie sich rittlings auf ihn geschwungen, aber er stieß sie zur Seite und packte ihre Arme, diesmal schaute er ihr tief in die Augen, er meinte es ernst.

– Auf welche Weise soll ich es dir klarmachen? fragte er sie.

Sie atmete schwer, sie senkte den Kopf, und ihre Haare glitten von ihren Schultern.

– Laß mich los, sagte sie.

Er preßte ihre Handgelenke sehr fest zusammen, sie wiederholte:

– Laß mich sofort los.

Er gab sie unsanft frei, er schleuderte ihre Arme in die Luft. Bestimmt gab es in der ganzen Bude kein schöneres Mädchen, er wußte es, aber das zählte nicht. Sie warf ihm einen eisigen, harten Blick zu, aber da war sie auf dem Holzweg, da hätte schon was Kernigeres kommen müssen, um ihn zu erschüttern, manchmal war Ned wie ein Block aus Metall, doch das kapierte sie nicht sofort. Damit sie sich nicht unnötig mühte, sagte er zu ihr:

– Es ist nun mal so. Ich bin nicht immer verfügbar. Nimm's mir nicht übel.

– Das hat noch KEINER mit mir gemacht.

– Das hat mit dir nichts zu tun. Komplizier nicht alles.

– Ich mag das ganz und gar nicht, du hast mir weh getan.

– Schön, das ist sicher schwer für dich, ich weiß. Du kannst dir einfach nicht vorstellen, daß man dir etwas abschlägt, aber bedenke, daß das den andern laufend passiert, das Leben ist gerammelt voll von so einem Scheiß. Du hast Glück, dir passiert das nicht allzu oft, ich hab nichts kaputtgemacht. Wenn's dich interessiert, ich hatte noch nie so ein schönes Mädchen wie dich, aber das geht nicht bis zum Selbstmord.

– Sonst noch was?

– Ja. Es gibt Typen, die geben gleich zu Anfang nach, die sind bereit, alles zu akzeptieren, aber das läuft ungefähr auf dasselbe hinaus, als würden sie sich eigenhändig die Kehle durchschneiden, verlang das nicht von mir. Scheiße, das ist eine Sache, das kann ich mir nicht mal vorstellen, also verlang das auch nicht von mir.

Dieser Schweinehund, es bereitete ihm beinahe Vergnügen, ihr so etwas zu sagen, je schöner das Mädchen war, um so mehr Spaß machte das, man brauchte bloß ein wenig Mut, das war ein wenig leichter, wenn man eine andere in petto hatte, aber nicht viel, außerdem war das gut für die Nerven.

Sie zog sich langsam wieder an. Als sie mit dem Kopf aus ihrem T-Shirt hervorkam, sagte sie:

– Ich laß nicht zu, daß du mich einfach sitzenläßt.

Er seufzte, das mußte ja so kommen, die stellten sich immer gleich etwas in dieser Art vor. Ein Mädchen, das war schon happig, ein schönes Mädchen, das war 'ne Katastrophe, das war jedesmal ein einziges Kräftemessen.

– Meine Güte, darum geht's nicht. Ich werd mich nicht mehr groß ändern, ich sag ja nicht, daß alles gut ist, aber ich bin eben so. Faß es auf, wie du willst, aber wenn ich keine Lust hab zu bumsen, dann nur, weil ich keine Lust hab, und sonst nichts. Alles andere ist nur dein eigener Quatsch.

Sie sagte nichts mehr, sie schaffte es, an ihm vorbeizugucken. Die Musik drang langsam hoch, sie ging am Spiegel vorbei, ohne sich auch nur eines Blickes zu würdigen, das hieß, es sah VERDAMMT ÜBEL aus, scheiß drauf, sagte er sich, im Grunde hätte er das lieber noch lockerer genommen, aber sie war wirklich zu schön, sie schritt durchs Zimmer, immer noch gingen ihm die Augen über, sie gab ihm nichts, so gut wie nichts, hätte er etwas gefühlt, hätte er bestimmt irgendein blödes Zeug gesagt, bevor die Tür knallte.

Er versuchte, sich wieder auszustrecken, aber damit war es vorbei, unmöglich, den richtigen Platz auf diesem Bett zu finden, und sein Geist, anstatt sich treiben zu lassen oder zu entschlummern, klammerte sich weiter an dieses Zimmer, die Dinge bewegten sich kein bißchen, nicht das geringste Beben, die konnten garantiert Stunde um Stunde so bleiben, da brauchte man nicht zu hoffen, klar, erst hatte sie ihm den Scheiß eingebrockt, dann war sie abgezogen, und jetzt, wo er nichts Besseres zu tun hatte, jetzt hätte er sie liebend gern gebumst, das war nicht weiter verwunderlich.

Als er runterging, sah er sich eine Sekunde lang nach ihr um, aber es war bereits einiges los, er entdeckte lediglich Henri neben einer Lautsprecherbox, er kaute an einer Plattenhülle und seine

Augen waren wie Kugeln, direkt vor seiner Nase wiegten sich drei Mädchen in den Hüften, sein linkes Bein bewegte sich im Rhythmus, das rechte machte irgendwas anderes. Ned schlängelte sich in die Küche, Yan ließ ihn mit einem gequälten Lächeln vorbei. Der Dichter saß in einem weißen T-Shirt neben einer Schüssel, er ließ den Kopf zwischen die Beine hängen, in der einen Hand hatte er einen Schöpflöffel, die andere war bis zum Gelenk in die Schüssel getaucht, er wimmerte leise. Ned stieg über ihn hinweg, er hatte eine ganz schwache Ahnung von einem bestimmten Fach im Kühlschrank, er schnappte sich diese jüdische Wurst, eine wahre Delikatesse, und schnitt sich eine Scheibe ab, dick wie eine Faust.

– Na, biste soweit mit deinem Zeug? fragte er.

Der andere gab keine Antwort, er zog seine Hand aus der Punschschüssel und kratzte sich am Hinterkopf.

– He, Herr von und zu Arsch, was ist los mit dir? Geht's dir nicht gut?

Ned warf einen Blick aus dem Fenster, es war Abend, keine Sonne mehr, aber ein gelber Schimmer, es tat gut, einen solchen Moment zu erleben, in dem Viertel waren ein paar Bäume verschont worden, die Reichen mögen Bäume, zwei große Eukalypten strebten gen Himmel, er sah ganze zwei Häuser, ein rotes und ein blaues, zwei Holzhäuser, riesig und sehr fröhlich mit Treibhäusern und Pflanzen, Blüten, so groß wie Sonnenschirme, in dem roten wohnte ein Arsch ganz allein auf siebenhundert Quadratmetern, er dachte sich Werbespots aus, er war groß im Geschäft und umsatzbeteiligt, er verbrachte den lieben langen Tag damit, Gott und die Welt zu verarschen, in seiner Bude brannte die ganze Nacht Licht, das blaue war zur Zeit unbewohnt, die Alte, der es gehörte, lieferte sich ein weiteres Gefecht mit ihrem Körper, sie hatte von der neuartigen Methode gehört, sich mit einem Laser liften zu lassen, und war mit ihrem verquasten Hirn und den schönen Augen ihres Liebhabers abgehauen, eine Bougainvillea wütete auf einem Teil der Fassade, Ned kniff die Augen zusammen, der Farben wegen, während der Dichter zu sich kam:

– Ooooohhhh, ooohhhh, ich könnte sie umbringen, aber was soll's, die Sache ist versaut, probier mal.

Ned schnappte sich den Schöpflöffel, das Zeug war süß, Cointreau, Curaçao, Champagner, eine Mischung in dieser Art, aber da war noch etwas anderes, ein bitterer Nachgeschmack, total bitter, was hatte der da bloß verzapft, das schmeckte wirklich widerlich unter der Zunge, und Ned rannte zum Spülbecken, er spuckte zwei-, dreimal hintereinander, sehr schnell, dann schnitt er sich eine Scheibe Gegengift ab.

– Großer Gott, David, was haste'n da verbrochen?

– Was ich verbrochen habe? Ich will dir sagen, was ich verbrochen habe, irgendein Arsch hat was weiß ich für einen Dreck in diese Cognacflasche fabriziert, das ist alles, sonst nichts!!

– Wir fragen Lucie ...

– Ach was, die hat doch selbst keine Ahnung, alle möglichen Leute sind in dieser Bude am Werk, die könnte dir nicht einmal sagen, wo das Geschirr steht, nein, und jetzt habe ich sämtliche Flaschen leergemacht, es ist aus und vorbei, WAS SOLL ICH NUR MACHEN, GOTTVERFLUCHT??!!

– Warte, mal sehen. Wir müßten jemanden finden.

– Das ist nicht weiter schwer, was hast du vor?

– Wir lassen jemanden probieren, genau. Wenn es bei einem klappt, klappt es bei allen, diese Leute sind großartig.

– Dein Wort in Gottes Ohr, alter Freund.

Sie verhandelten dreißig Sekunden mit Yan, durch die halboffene Tür, hör zu, Alter, wir bräuchten ein Mädchen, mit 'nem Mädchen geht das einfacher, am besten nimmst du 'ne Tussi mit 'ner großen Klappe, eine Künstlerin oder eine, die beim Film ist, du machst das schon, wir vertrauen dir, halt dich ran, Alter, und du rettest uns das Leben, DU BIST EIN WAHRER FREUND, ALTER!

Eine Minute später kam diese Blondine rein, und sie guckten sich an, bevor sie sie aufforderten, näherzutreten, sie wußten nicht, wie sie es anfangen sollten, die trug eine Art Keilhose aus blau schimmernden Schuppen, eine Wahnsinnshose, man fragte sich, wie sie da reingekommen war, ihr Puls schien auf dreißig oder vierzig zu sein, sie schien zu schweben, und langsam, unsäglich langsam öffnete sie die Lippen, mit ihrer Stimme hätte sie einen Granitblock pulverisiert, mit einem Lächeln versuchte sie ihnen den Rest zu geben, sie sagte:

– Meine Freunde, kann ich etwas für euch tun?

– Ja, O JA, sagten sie.

Sie wiegte sich leicht in den Hüften, ah, ach du Scheiße, das ist nicht wahr, dachten sie, es gelang ihnen nicht, die Dinge rings um sie zu fixieren, die Kulissen blieben verschwommen, die Punschgefäße ähnelten Seesternen, Lichtkaskaden strömten die Wände hinunter, wenn sie dieses Lächeln nur noch dreißig Sekunden beibehielt, dann hatte sie sie in der Tasche, das war das reinste Mordinstrument.

– Nun gut, ich bin bereit, sagte sie.

Im gleichen Moment fiel ihnen die Sache wieder ein, eine Art Erleuchtung, Ned tunkte den Schöpflöffel in eine Schüssel und füllte ein Glas, die Farbe war vollkommen, er ging vorsichtig auf sie zu:

– Bitte, Madame. Mein Freund dort ist in der ganzen Welt bekannt...

– Oooohhooohhhhh..., sagte sie.

– Ja, er ist der berühmteste Cocktail-Erfinder der Welt, und heute abend ist eine Premiere, er will uns verwöhnen, nun ja, Madame, jetzt sind Sie eingeweiht.

– Ja? Madame ist wirklich sehr gerührt, sagte sie.

– Da ist nur ein kleines Problem, sagte Ned. Wir brauchen einen Namen für diese köstliche Mixtur, etwas ganz Starkes, verstehen Sie, eine Art Taufe, wie soll ich es nennen, und der Meister hat gedacht, eine so schöne und intelligente Frau könne ihm da bestimmt helfen.

– Oh, sie ist sicher, es wird ihr gelingen, murmelte sie.

– Probieren Sie.

Sie führte das Glas an ihre Lippen und zischte es in einem Zug, ohne mit der Wimper zu zucken, ohne nach Luft zu schnappen, und sie, sie warteten, sie taten nichts anderes, warten und schwitzen. Sie räkelte sich, sie hielt ihnen eine blaue Boa unter die Nase, sie waren längst hypnotisiert, sie ließ das Glas in die Schüssel fallen, blubb, das Ding kippte um und sank senkrecht auf den Grund.

– Sie brauchen ihm bloß meinen Namen zu geben, sagte sie.

– O ja, natürlich, ja, stammelte David. Ich bin wirklich sehr gerührt, Madame...

– Nennen Sie mich Lémie Loom.

– Ah, ich habe Sie bereits singen hören, Lémie, sagte David.

– Nein, eigentlich bin ich keine Sängerin. In diesem Film brauchte ich bloß ooohhhh, oooooooohh zu machen, während ich vergewaltigt wurde, aber die Leute haben geglaubt, ich würde singen, bald nehm ich meine erste Platte auf, ich kann Ihnen ein Autogramm geben, wenn Sie möchten, möchten Sie?

Der Poet stand direkt neben ihr, sie machte eine Bewegung mit ihrer Hand und zauberte einen Lippenstift zwischen ihre Finger, sie zog ihn an seinem T-Shirt zu sich heran, er taumelte und fiel gegen sie, VON LÉMIE LOOM, NUR FÜR DICH schrieb sie ihm mitten auf den Bauch, und darunter drückte sie ihre Lippen. Als sie ihn losließ, sank er auf die Knie, die Hände gegen den Bauch gepreßt.

Ned brachte sie zur Tür. Bevor er sie auf die anderen losließ, raunte er ihr ins Ohr:

– He, er verläßt sich ganz auf dich. Dieser Cocktail muß einschlagen wie eine Bombe.

– Die werden nicht genug davon bekommen, sagte sie. Der Lémie Loom wird um die Welt gehen.

Er blickte ihr nach, leicht wie ein atomgetriebenes U-Boot schwebte sie durch den Raum, die Typen lachten sich kringelig, während sie ihr Platz machten, ja, das will ich glauben, dachte er, ogottogott, ja.

Als er die Tür wieder schloß, schenkte sich der Poet gerade ein zweites Glas ein.

– Oh, das ist gut. Unglaublich gut, sagte er.

– Ja, ihr künstlerischer Leiter muß ein Genie sein.

– Sollten wir gezwungen sein, einander wiederzusehen, solltest du solche Überlegungen besser für dich behalten.

Ned schnappte sich eine Schüssel und steuerte damit auf die Tür zu.

– Es kann losgehen, wir haben es geschafft, sagte er.

– Eh, warte, sag mal, glaubst du, das Zeug läßt sich verdauen?

– Und ob, das ist klar wie dicke Tinte.

Eine halbe Stunde später hatten die Fans angebissen, die anderen auch, und Grüppchen bildeten sich, immer die gleichen, die Nervensägen, die mit anderen reden wollten, die Kranken, die andere betatschten, die Bekloppten, die sich davonmachen wollten, und die Arschlöcher, die sich gegenseitig ankotzten, es gab höchstens zwei, drei Idioten, die auf die Musik achteten, eine perfekte Kostprobe der gesamten Menschheit, selten die Tage, an denen man nicht da oder dort oder sonstwo irgendwelche Tobsüchtigen oder Hirnverbrannten trifft, die satte Mehrheit, der Königliche Pfad.

Ned hatte seine gute Laune wiedergefunden, und als ihn Henri am Ärmel zupfte und darauf bestand, ihm seine neuen Freundinnen zu zeigen, die Mädchen in dem kunterbunten Latex, ließ er sich mitten unter der ganzen Bande auf den Boden fallen, das Mädchen neben ihm, er verstand kein Wort von dem, was die quatschte, aber sie ulkten eine Zeitlang herum, der Lémie Loom ließ ihn Grimassen schneiden, aber immerhin war da Alkohol drin, und über fünfzig Watt kommt einem alles unwirklich vor, er hatte die Ohren direkt unter den Boxen, das schwappte ihm direkt in den Schädel, er war ganze zwei Zentimeter von einem Paar Titten entfernt, und er lebte noch.

Das Ideale ist, mehrere Eisen auf einmal im Feuer zu haben, er stand auf, er hatte seine körperlichen Fähigkeiten erst zur Hälfte erschöpft, bei den anderen weiß man da nie, er beschloß, einen kleinen Rundgang zu machen, Lémie war immer noch damit beschäftigt, einen nach dem andern mit ihrem Nina-Ricci-Stift niederzustrecken, ein Typ schwor, er werde ihr einen ganzen Kanister ›First‹ schenken, das teuerste Parfüm der Welt, für ein Kilo pures Blattgold kriege man nicht einmal einen Liter, nichts war gut genug für sie, Ned ging nach oben, im allgemeinen gab es da die interessanteren Dinge zu sehen, auf der Treppe begegnete er seiner Freundin, dem Mädchen mit der Schere, eine ganze Riege von Tussis mit grimmigem Blick, nicht eine darunter, die hübsch war, man hätte sie allesamt in ein Zimmer sperren sollen, er lächelte ihr ohne jeden Hintergedanken zu, aber sie hatte nichts vergessen, sie schenkte ihm einen verächtlichen Blick, er hatte ein klein wenig Bammel, als er an ihr vorüberging. Körper lagen auf dem Teppichboden des Flurs, arme Schlucker, abgesehen von einer Bande von Bartmännern, die den Teppich versengten, da sie in kleine Haschischpfeifen husteten, die heißer waren als die Lungen einer Lokomotive, man mußte sich vorsehen, daß man niemand zertrampelte, er störte drei Typen, die hinter einer Türe arschfickten, andere hatten ein ganzes Zimmer in ein Meditationszentrum verwandelt, er holte sie nicht alle auf den Boden zurück, als er im Schatten die Nase hochzog, im Badezimmer setzte ihm ein Typ ein Messer an die Kehle, ein ziemlich alter Knacker mit einer Nickelbrille, die Haare fielen ihm bis in den Nacken, ein fünfzehn oder sechzehn Jahre altes Mädchen saß auf dem Wannenrand, den Rock bis zur Taille hochgeschoben und ohne Schlüpfer, der Typ atmete schwer:

– He, du Schlaumeier, was suchst du hier?

– Ich wollte mir die Hände waschen.

– Ha, ha, hör dir den an, so ein Arsch. Ich glaub, der hat's auf mich abgesehn. Du glaubst wohl, ich wollte sie vergewaltigen, sag schon.

Das Mädchen rieb sich die Innenseiten der Oberschenkel, sie lehnte sich leicht zurück, sie blickte starr vor sich hin. Sie schien nichts mitzubekommen.

– Ich glaube nie, was ich sehe, sagte Ned.

– Ich laß mich nicht noch einmal von irgendeinem hergelaufenen Idioten ausstechen. Ich mach dich kalt. Dabei wollte sie, das hat sie mir gesagt.

Ned entfernte vorsichtig die Klinge von seiner Kehle, dann klappte er das Messer zusammen und behielt es in der Hand, das Mädchen hatte knallrote Wangen, ihre zu einem Knoten geflochtenen Haare ließen ein klitzekleines Ohr erkennen, der Hals einer Sechzehnjährigen, eine Augenweide.

Der Alte senkte den Blick, er hüpfte von einem Bein aufs andere in dem glasklaren Funkeln des Bidets und des Waschbeckens.

– Außerdem hat sie mich abgeschleppt, sagte er.

– Na fein, das ist das Beste, was einem auf der Welt passieren kann, sagte Ned. Ich geh jetzt, ihr braucht bloß abzuschließen.

Er wanderte noch ein wenig umher, und schließlich fand er die anderen im Garten, hinter dem Haus, Carol war immer noch sauer. Als sie ihn erblickte, rückte sie ein Stück näher an einen blonden, sonnengebräunten Riesen mit einem perfekten Gebiß heran, sie hätten ein tolles Paar für einen Propagandafilm über Reinrassigkeit abgegeben, Lili und Lucie hingen beieinander, sie standen mit einem Glas vor einem kahlgeschorenen Typen, der in einem fort über totale Kunst und diesen ganzen Scheiß schwätzte, keine Lust, da zu verschimmeln, die Nacht war warm und mild, aber es gibt Leute, die vergällen einem das Paradies durch ihre pure Anwesenheit, oh, der Mond war schön und die Nacht von einer unbeschreiblichen Wucht, oh, es gab trotz allem noch schöne Augenblicke.

Er ging ins Haus zurück. Die größten Schlitzohren hatten sich bereits die Süßigkeiten unter den Nagel gerissen, beim Toastbrot hatten sie sich weniger verausgabt, die Schnitten stapelten sich auf dem Tisch, schimmernde Scheiben, weiche Dreiecke, der Poet brachte unter starker Zuhilfenahme des Lémie Loom einen Trinkspruch nach dem andern aus, er hatte einen fiebrigen Blick und zerknautschte Jeans. Das war die Stunde, zu der sich diejenigen, die sich zu Tode langweilten, allmählich verzogen, zu der der Abend langsam seine wahre Gestalt annahm, Ned stöberte André in einer Ecke auf, das Mädchen saß direkt neben ihm, er hielt es regelrecht fest, verstehst du, sagte er, ich muß höllisch aufpassen, solange wir noch nicht verheiratet sind, ihr Vater hat ein kolossales Vermögen, danach sehn wir weiter, er guckte jedem Typ, der sich näherte, tief in die Augen, bis er sich zwischen ein paar Prisen Koks verhedderte, danach entspannte er sich allmählich, er flennte ein wenig an Neds Schulter, weil er sich nicht mehr zurechtfand, und Ned schüttelte ihn und sagte

Scheiße, wehe, du knutschst mich hier ab, ICH BIN'S, sie ist auf der andern Seite, und schieb mich nicht so rum, er versuchte, sich eine Prise von drei Kilo reinzuziehen, und das Zeug war gut und André küßte ihn auf den Hals. In diesem Moment kam Lili auf ihn zu, aber er schlug die Augen nieder, ihm war eher nach diesen Mädchen rings um Henri, mit denen war das nicht weiter kompliziert, die waren extra gekommen, um Scheiß zu bauen und durchzudrehen, die hatten 'ne Schraube locker. Er krabbelte zu der kleinen Gruppe hinüber, er machte sich aus dem Staub, bevor ihn Lili ans Kreuz schlug, er rutschte neben seine Freundin von vorhin, und das Mädchen trällerte ihm erneut die Ohren voll, doch er verstand immer noch kein Sterbenswörtchen von all dem Zeug, das sie ihm erzählte, er legte seinen Kopf an ihre Schulter, am Anfang sagte er noch, ich versteh nichts, mein Engel, ich versteh kein Wort, dann begnügte er sich damit, grinsend zu nicken oder ja, ja, ja zu sagen, im übrigen zogen sie lieber an ihren Joints, Ned rauchte sehr elegant, er hielt das Ende des Blättchens zwischen Zeige- und Mittelfinger, Henri hatte gleich zwei Mädchen, die ihn auf Trab hielten, von Zeit zu Zeit tauchte er wieder an die Oberfläche, der Platten wegen, noch nie hatte man einen Typen so schnell eine Scheibe umdrehen sehen, es gab welche, die nörgelten, als zum viertenmal *Sandinista* lief.

Der Streit entbrannte um den Poeten, mit ihm, durch ihn. Er hatte versucht, Lémie Loom mit dem Festival von Bayreuth anzumachen, *Tristan und Isolde,* er dachte, das müsse sie vom Hocker hauen, er hielt das für eines der Wunder dieser Erde, obendrein dirigierte dort dieser Jude, D. Barenboim, ein paar Jahre zuvor hätte er noch ein ganzes Parkett SS-Generäle in Reichweite seines Taktstocks gehabt, er mit seinem kleinen beschnittenen Ding und die anderen mit einer stählernen Träne im Auge, David fragte Lémie Loom, ob ihr die pikante Note der Situation klar sei, und ein Typ neben ihm, eine Art Vorstadtrocker, raunzte ihn an:

– Eh, Alter, merkste nicht, daß du uns mit deinem Siff auf die Eier gehst?

Der Poet drehte sich langsam um, und das kotzte ihn schon an, denn er stand nicht weit von Lémie, vielleicht drei, vier Millimeter, und jetzt mußte er wieder von ihr abrücken. Selbst mit seinen Kleidern brachte er nicht viel auf die Waage, sein rechter Arm war weniger kräftig, seit man ihm den Gips entfernt hatte, die Knochen seiner Schultern traten unter dem T-Shirt hervor wie Äste, aber er hatte gesoffen wie ein Loch, der Typ wog samt Tätowierungen bestimmt hundert Kilo, David machte nicht den Eindruck, als sei er sich dessen ganz bewußt:

– Du armer Irrer, sagte er. Der Tag, an dem man dir den Kopf abgehackt hat, da hättste besser aufgepaßt, als sie dir diesen Klumpen Scheiße dafür angepappt haben.

Der andere knirschte ein wenig mit seinen Lederklamotten, während er sich auf den Ellbogen stützte, er hatte eine kurze, aber sehr breite Stirn, platt wie ein Amboß, und wenig Platz zwischen den Augen.

– Sag das nochmal, murmelte er.

Der Poet versenkte sich wieder in Lémie Looms Augen, er sagte laut:

– Werte Freundin, hinter mir liegt dieses Schwein. Ich finde, es stinkt. Es gibt mehrere Grade von Scheiße, der letzte benimmt einem den Atem.

Er spürte, daß er am langen Arm hochgehoben wurde, seine Fußspitzen schleiften über den Boden, er sah das Lächeln des anderen, er fing die Kopfnuß mit seinem Kinn auf und drehte sich zweimal über dem Tisch, bevor er die Wand entlang zu Boden ging. Da ihn der Schlag nicht getötet hatte, rappelte er sich auf, der Alkohol vermittelte ihm nicht die leiseste Ahnung des Schmerzes, er blutete aus dem Mund, doch er kurvte um den Tisch, alle sahen ihm zu, er baute sich vor dem anderen auf. Das Lächeln des Typs wurde noch ein wenig breiter, er streckte eine Hand aus, er hatte lange und dreckige Nägel, er tunkte sie in Petroleum, um sie zu härten. Der Poet wich einen Schritt zurück:

– Nein, sagte er. Stop. So kannst du niemandem imponieren, du bist mindestens vierzig Kilo schwerer als ich.

– Jaja, das erinnert mich an den Kampf Primo Carnera gegen Lorighran.

– Stimmt. Wenn du keine Angst hast, mach ich dir 'nen Vorschlag. Ich hab das in 'nem Film mit John Wayne gesehn. Ich bin leichter, ich hab den ersten Schlag, wenn du wieder hochkommst, bist du an der Reihe. Hier, alle können es bezeugen.

Der Typ ließ nickend seinen Blick durch den Raum schweifen, er machte ein komisches Gesicht.

– Ich bin viel zu gut zu dir, sagte er. Aber danach mach ich dich fertig.

Er ging in Stellung, die Beine leicht angewinkelt, geübt darin, Schläge in die Fresse zu bekommen, er bot sein Gesicht zu drei Vierteln dar, er zog eine fürchterliche Fratze. Der Poet atmete tief durch und fing an, sich die Faust zu massieren, alle hielten die Luft an, kleine Blutstropfen zerschellten auf seinem T-Shirt.

– Schön, bist du bereit? fragte er.

Bevor der andere auch nur dazu kam, ihm zu antworten, schleuderte sein rechter Fuß mit voller Wucht durch die Luft, und die Eier des Rockers schepperten wie Glocken, der Typ verkrampfte auf den Zehenspitzen und hielt sie sich mit beiden Händen, dabei kreiste er ganz leicht mit dem Mund. Der Poet nutzte die Gelegenheit und verabreichte ihm eine schallende Ohrfeige. Und noch eine, auf die gleiche Seite, der Typ glich einem Vanille-Erdbeer-Hörnchen, zum Schluß quetschte er ihm eine Imitation der *Blonden Negerin* von Brancusi auf den Kopf. Der andere sank auf den Teppichboden, den Kopf voraus, Lémie Loom hatte sich erhoben, sie rieb sich an dem Sieger, David massierte sich weiter die Faust.

– Ich hätte ihn auch mit einem Schwinger oder einem Leberhaken niederstrecken können. Ich wollte mir bloß nicht die Hand an dem Metall auf seinem Leder aufkratzen, das ist alles.

Ned reichte ihm die Hand, um ihn aus dem Zimmer zu ziehen, draußen war es immer noch schön, wahrhaftig, die Nacht, mit der kann man machen, was man will, die ist immer so, wie sie sein soll. Den Rocker legten sie auf den Rasen, in der letzten Ecke. David wollte ihn noch weiter schieben, aber einen Meter dahinter begann der Abhang, sie konnten nicht bis untenhin sehen, da war eine Straße, sie hörten die Motoren brummen und röhren, das Leben ist heilig, das Leben ist heilig, Herrgott nochmal, sie keuchten wie die Irren, wie Walrosse, die auf eine einsame Insel im silberglänzenden Ozean voll glitzernder Fische robben, Scheiße, nein, wir lassen ihn hier liegen, sagte Ned, David brach in Lachen aus, und nachher bringt der mich um, sagte er.

– Hör mal, wenn der dich umbringt, bring ich ihn auch um.

– Jetzt hab ich Schiß. Wir hätten ihn da runterkippen sollen.

In diesem Augenblick hielt ihnen jemand einen dicken Lichtstrahl unter die Nase, hinter der Lampe war 'ne Art Bulle.

– Eh, Jungs, sagte der Bulle, ich beobachte euch von der Straße, was treibt ihr denn da, Jungs? Das ist Privatgelände.

– Selbstverständlich, sagte David. Wir tun bloß unsere Arbeit. Der Typ hier wollte in diesem Haus IRGENDWAS ANSTELLEN, wir mußten ihn rausschaffen, Sie verstehen schon, hey!, Sie sind ja gar kein richtiger Bulle, oder?

– Nein, aber sowas Ähnliches. Ich bin bei 'ner Wachgesellschaft, wir sichern den ganzen Bezirk. Die Leute hier bezahlen uns, um ihre Ruhe zu haben.

– Okay, dann kümmert ihr euch um ihn.

Der Bulle drehte Primo Carnera mit dem Fuß auf den Rücken, dann fing er an zu grinsen.

– Guckt euch das an, guckt euch diese Fresse an, verlangte er. Ich bin mal 'ner ganzen Bande von diesen Typen in die Hände gefallen, eine Stunde lang haben die mich verprügelt, eine geschlagene Stunde hat das gedauert, die haben mir die Klötze zu Brei geschlagen, ja, und 'nen Arm gebrochen, ja, und nicht einen Zahn habe ich seitdem mehr, hier, guckt euch das an.

Er steckte zwei Finger in den Mund, seine sämtlichen Zähne hingen an einem Gerät, das er mit ausgestrecktem Arm schwenkte, blendend weiße Zähne, und während sich die beiden anderen darauf konzentrierten, stieß er den Rocker unsanft mit dem Fuß auf den Abhang zu, der Körper fing langsam an zu rollen.

– Für jeden Zahn, sagte der Bulle, versuche ich mir einen von denen zu kaufen. Noch bin ich nicht durch.

Der Körper gewann an Geschwindigkeit, kleine Steinchen

kullerten mit ihm hinunter, dann und wann löste sich ein Adler von dem Leder und verschwand in der Dunkelheit, alle drei spitzten sie die Ohren, sonst konnten sie nichts tun, sie hörten vor allem die Kiesel, die den Abhang hinunterhüpften und zerschellten, Feuersteine, Ned wandte sich dem Bullen zu, er mußte sich ungeheuer zusammenreißen, dem Kerl nicht an den Kragen zu springen und ihn dem andern hinterherzuschicken, aber es war schlichtweg unmöglich, einen Kerl anzufassen, der seine Zähne in der Hand hielt wie eine Oma, und außerdem sind die Leute manchmal dermaßen beschissen, UNGLAUBLICH BESCHISSEN, das haut einen um, man braucht Tage, bis man sich wieder erholt hat, wenn man an einen richtigen SCHEISSKERL gerät, und die gibt es wie Sand am Meer.

Der Bulle setzte sich wieder in seinen Wagen, ohne einen Ton zu sagen, das kleine Blaulicht fing ekelhaft an zu zucken, wie das Auge eines Verrückten, total blau, ach du Schande, ein wunderschönes Blau. Ganz unten hörten sie die Karren bremsen und schleudern, im Grunde empfanden sie dabei nicht viel, so sind wir alle, es ist besser, nicht darüber zu reden, und der Lémie Loom dröhnte in ihren Schädeln, nichts ist zu retten, weil es nichts zu retten gibt, ha, ha, bescheuerte Ideen hat man immer, und wenn man noch so blau ist, sagte sich Ned, er stiefelte auf die Bude zu, sternhagelvoll, ohne sich darum zu scheren, ob ihm der Poet folgte, er rannte quer durch das Zimmer, und die Typen, die sich dort lümmelten, sahen ihn praktisch über sie hinweg fliegen, die Küche war hell erleuchtet, verlassen, er riß den Kühlschrank auf, in vollem Schwung, daß die Milchflaschen klirrten, die Bierflaschen, die koschere Salami, er aß sie im Stehen, am Fenster. Im Dunkeln, drüben in dem roten Haus, die Silhouette des Typen, die Hände in den Taschen, reglos, er guckte auf die Straße, das Leben, immer dasselbe, die Eukalypten, der Irrsinn, die Spiegel, die verwachsenen Bürgersteige.

10

Als Lili eines Morgens aufwachte, merkte sie, daß Carol direkt neben ihr lag, unter der Decke, sie schlief, das Haus war still, es mußte schon spät sein, das Zimmer war bereits sonnendurchflutet. Sie hatte bloß ein Auge aufgekniffen, ohne sich zu rühren. Sie lag auf dem Rücken, Carol schlief auf der Seite, dieses Gewicht, das sie auf ihrem Bauch spürte, das war Carols Bein quer über dem Bett, angenehm. Nun ja, sie kannte das, früher, wenn Franck früh wegmußte und Carol bei ihnen übernachtet hatte, da hatten sie es sich zur Gewohnheit gemacht, gemeinsam im Bett zu bleiben, vor allem am Anfang, als sich Franck und Carol noch einigermaßen vertrugen, sie erzählten einander, sie lachten, manchmal streichelten sie sich, aber das ging nie sehr weit, sie amüsierten sich.

Vorsichtig lüftete sie die Decke, sie waren beide nackt, sie weidete sich eine Weile an dem Anblick, lachend dachte sie, daß das kein Mann verstehen konnte, sie bewegte sich leicht, Carol schmiegte sich fester an sie, sie spürte sogar ihre Härchen, die ihre Hüfte kitzelten, sie strich ihr über den Kopf und über die Hinterbacken, sie spürte die kleine Pastille des Anus, als ihre Finger darüber strichen, sie überlegte, ob es ihr Spaß machen würde, ihren Finger dort reinzustecken, sie hatte das noch nie gemacht, bei dem Gedanken daran mußte sie lächeln, doch an diesem Morgen hätte sie bei allem gelächelt, es war inzwischen über einen Monat her, daß sie Franck verlassen hatte, sie wußte, daß das nichts hieß, aber sie hatte nicht mehr soviel Angst, ihr Körper verspürte nichts mehr, sie war sich der Gefahr nur noch abstrakt bewußt, sie konnte im Bett faulenzen und sich strecken wie eine Katze.

Sie drehte sich auf die Seite und nahm Carol in die Arme, sie schob ein Bein zwischen ihre Schenkel und sah zu, wie sich ihre Brustwarzen gegen Carols Brust drängten. So hätte sie hundert Jahre liegen können, ohne sich zu rühren, es war schon vorgekommen, daß sie stundenlang so liegengeblieben waren, einfach nur aneinandergeschmiegt, ohne etwas anderes zu versuchen, nie hatten sie gemacht, was man sich vorstellen könnte, nein, oder nur ein einziges Mal, einmal ist keinmal, ach wo, das zählte nicht, sie hatten herumgetollt, sie hatten ein Heidentheater auf dem Bett veranstaltet, die Decken waren geflogen, beide hatten sie die Kitzelei nicht mehr ertragen, sie hatten sich lachend hin und her geworfen und irgendwann war Carols Kopf zwischen ihren Beinen aufgetaucht, das Raufen hatte sie erregt, herausfordernd hatte Lili die Beine ganz breit gemacht, Carol hatte ihr einen kleinen, schnellen Zungenschlag verpaßt, ein kurzes Schweigen, danach waren sie in Lachen ausgebrochen, und an jenem Tag hatte sie Franck dabei erwischt, wie sie in der Badewanne zusammen einen tranken, das Wasser bis obenhin, er hatte grunzend die Tür zugeknallt.

Um ein Haar wäre sie wieder eingeschlafen, sie erinnerte sich wieder, gestern abend war es David gelungen, Ned und Henri dazu zu überreden, einem Freund von ihm beim Umzug zu helfen, er brauche sie unbedingt, mit dem Bus, das wäre ideal, und die beiden hatten sich rumkriegen lassen, vielleicht konnte sie noch bis Mittag weiterschlafen, vielleicht war auch schon Mittag, zwischendurch vergaß sie Carols Körper, sie fühlte sich einfach wohl, dann wieder gingen ihr wilde Gedanken durch den Kopf, sie wäre unfähig gewesen, auch nur die Hälfte in die Tat umzusetzen, garantiert, aber es war lustig, daran zu denken, im Grunde wußte sie nicht, ob es ihr gefallen würde, es war zum Kotzen, daß sie es nicht wußte. Sie mochte Henri, sie bumste gern mit ihm, aber etwas fehlte, er war eher ein guter Freund, keine Frau kommt bei einem guten Freund auf ihre Kosten, sie dachte darüber nach, während sie Carols Haare einatmete, und Ned, der sich immer noch entscheiden konnte, sie wußte, daß er gerne wollte, es verging kein Tag, an dem sie das nicht irgendwie spürte, sie selbst, sie hatte das von Anfang an gereizt, normalerweise kriegte sie jeden Mann rum, das wußte sie, das war sogar ziemlich leicht, die können nicht nein sagen, aber sie spürte, daß das nicht der beste Weg war, irgend etwas sagte ihr, daß es besser war, zu warten, das war allein eine Frage der Zeit, die Scheiße war nur, daß es sie eher drängte, sie wollte ihn unbedingt für sich, das hörte sich bekloppt an, noch nie hatte sie das empfunden, dieses Verlangen, etwas zu besitzen, aber sie wollte ihn, unbedingt, und Carol, die da mit drinhing, ja, sie gab ihr einen Kuß, ja, die Ärmste hatte keine Ahnung.

– Schläfst du? fragte Carol.

– Nein. Bist du schon lange hier?

– Puh, ich weiß nicht. Steh noch nicht auf, es ist schön so.

Ja, es war schwer, sich noch wohler zu fühlen, sie spürte überhaupt nichts, das kam dem Empfinden einer Schwerelosigkeit gleich, wenn sie wollte, konnte sich ihr Verstand mit Wasser füllen und ihr Körper machte mit, wenn sie wollte, konnte sie sich wirklich gehenlassen und über allem schweben wie ein Vogel, der von warmen Luftströmen getragen wird, sie zögerte einen Augenblick, Carols Stimme kam von weit her:

– Weißt du, ich glaube, mir wird es hier ein wenig langweilig.

Mit vierundzwanzig war das normal, irgendwann ödet einen alles an, das Leben muß schon allerhand aus sich rausholen, manchmal reicht eine Winzigkeit, es ist fürchterlich, man hat das Gefühl, man will alles, wo doch schon Krümel reichen, um die Illusion zu schaffen, ha, ha, das Leben ist großartig.

– Klappt es nicht mit Ned? fragte Lili.

– Ich weiß nicht. Doch. Manchmal ist er mir völlig fremd.

– Verlang nicht zuviel, träum nicht. So etwas gibt es nicht, man kann nicht alles haben.

– Er denkt, er sei stärker als ich.

– Glaubst du, er hat recht?

– Nein, da irrt er sich gewaltig. Ich hab ihm nicht alles gegeben.

– Es gibt Männer, die kann man nicht ganz haben, man muß ihnen aus dem Weg gehen oder sich damit abfinden.

– Du spinnst, ich kenn die. Das ist bloß ein bißchen schwieriger, aber früher oder später lassen die auch die Arme sinken. Ich werde rausfinden, wie ich es mit Ned anstellen muß. Ich will, daß er mich liebt.

Lili streichelte ihr über die Haare, darauf gab es nichts zu antworten, das war ganz normal, hätte er sie geliebt, hätte sie mehr verlangt, der Eigenliebe sind keine Grenzen gesetzt, und manchmal macht einen die eigene Schönheit verrückt, es ist nicht gerade leicht, ganz allein zu existieren. Lili hatte ein leichtes Kratzen im Hals, sie hatten geraucht wie die Wahnsinnigen, ein heißer Kaffee hätte geholfen, aber das hätte geheißen: steh auf, geh runter in die Küche, setz ihn auf, ach du Schande, das war teuer erkauft, außerdem wurde die Sache immer komplizierter, sie hatte noch nie erlebt, daß Carol wegen eines Typen Kopfschmerzen hatte, die waren einer wie der andere dahingeschmolzen, sie hatte sich eine gute Technik angeeignet, sie samt und sonders wieder loszuwerden, noch nie hatte sie die umgekehrte Erfahrung gemacht, und jetzt mußten sie beide ausgerechnet an diesen Kerl geraten, sie schaute sie an und küßte sie, sie hatte keine Lust, sie liebte sie ein wenig mehr als eine Schwester, dieser Typ käme sie wahrlich teuer zu stehen, und dann war sie ohnehin in der besseren Position, es ist schwerer, einen Mann zu halten als ihn zu erobern, sie beschloß, nichts zu unternehmen, für eine klitzekleine Sekunde jagte sie sich selber Angst ein, sie fragte sich, ob sie sich auf sich verlassen konnte, aber so sind wir alle, sie warf die Bettdecke zur Seite und rannte zur Tür, Carol stützte sich auf den Ellbogen und rief, wo läufst du hin, aber sie war unfähig, ihr zu antworten.

Sie stand vor der Mokkamaschine, die Händen in den Haaren vergraben, sie versuchte, nicht mehr daran zu denken, aber von Zeit zu Zeit zitterte sie, wegen Carol, wegen des Verlangens, das in ihr hochstieg, diese Scheißsituation und ihre Lebenslust, die nicht zu zügeln war, dieser beknackte Kaffee fing an zu kochen, was sollte sie tun, was war da so schwer zu begreifen, er brauchte bloß noch einmal die Hand nach ihr auszustrecken, worauf war er nur aus, der braungelbe Schaum quoll über, sie sah sich das an, ohne die geringste Reaktion, es mußte notgedrungen etwas geben, das die Mühe wert war, nur was, sie kippte die Schweinerei ins Spülbecken, und der ganze Horror verschwand durch den Abfluß, ihr Verstand rotierte wie eine Maschine, die durchdreht, er mühte sich vergebens, nie war er da, wenn man ihn brauchte, sobald nur eine Spur Verlangen im Spiel war, erstarrte das Ding wie ein kleiner Schlaukopf, den der Blitz trifft.

Sie schüttelte ein klein wenig den Kopf, und die Sache hörte auf. Sie erblickte den Kerl in dem Haus gegenüber, er konnte sie bestimmt nicht sehen wegen der Reflexe auf der Scheibe, Typen gibt es überall, sagte sie sich, doch diese Art Überlegung brachte sie auch nicht weiter, sie schüttelte erneut den Kopf, na schön, wir werden ja sehen, sagte sie, das war schon besser.

Sie kehrte mit zwei kleinen Frühstücksgedecken ins Schlafzimmer zurück, Carol saß auf dem Bett, im Schneidersitz, sie brauchte die Brust nicht herauszustrecken, um Unheil anzurichten, Lili setzte sich ihr gegenüber, sie fuhr sich mit der Zunge über die Lippen, ohne Carol anzusehen, sie sagte:

– Liegt dir wirklich daran?

– Ja.

– Du weißt, ich spreche von Ned.

– Ja. Natürlich, ich bin doch nicht blöd, warum fragst du?

– Weil wir immer miteinander reden.

– Ja, aber ich hab keine Lust, darüber zu diskutieren. Er denkt, frei sein hieße allein sein.

– Er hat recht.

– Red keinen Stuß, allein sind wir immer. Wenn er Angst um seine Freiheit hat, dann bin ich auf dem richtigen Weg.

– Vielleicht hast du recht, ich weiß es nicht.

– Auch wenn ich nicht recht haben sollte, gäbe ich nicht auf, in der Tat, ich glaube, mir gefällt das, er hat mich zumindest dazu gezwungen, zu kämpfen, das ist das erste Mal. Ich will keine Einschränkungen.

– Du gehst weit.

– Ich gehe so weit, wie ich kann.

– Man sollte immer eine Reserve haben.

– Wozu?

– Ich weiß nicht. Ich glaube schon. Kein Grund, lauwarmen Kaffee zu trinken.

– Das wäre im Moment das Schlimmste, was uns passieren könnte.

Sie tranken, und dabei sahen sie sich in die Augen, das war etwas, das konnten sie immer noch, das war ungeheuer gut, sie hielten sich für stark, sie dachten, das müsse etwas heißen, das Schweigen zwischen ihnen war wie Sahne, leicht und süß mit einem Hauch Vanille, das konnte ihnen keiner nehmen, sie hatten sich wirklich gern.

Während Carol unter der Dusche stand, drehte sich Lili einen kleinen Joint und rauchte und lag unter der Decke. Wenn man alles aus einem rosigen Blickwinkel sah, konnte man die Sache als eine Spazierfahrt mit zwei Typen auffassen, die ihr gefielen, Franck war der Motor der Geschichte, ihm war es zu verdanken, daß das Ganze funktionierte, es gab nur den gegenwärtigen Augenblick und nichts sonst, klar, das war Spinnerei, aber sie liebte es, ein wenig zu spinnen, sie wußte, daß das Leben nichts wert war, aber sie klammerte sich daran, jetzt hatte sie den Finger auf etwas Interessantes gelegt, die meisten Leute sind überzeugt, ihnen sei das Leben etwas wert, aber sie klammern sich nicht daran, alles läuft von Beginn an verkehrt, trotzdem, sie hatte es ein wenig übertrieben, sie stolperte in die Küche und schmierte sich einen ganzen Quadratmeter Zwieback, dreiundfünfzig verschiedene Marmeladengläser drehte sie auf, Scheiße, man bekam im Leben alles runter, man stelle sich nur den Geschmack eines Schweinehundes oder der Miss Welt vor. Der Typ stand am Fenster, er war immer noch da, in seinem roten Haus, wahrscheinlich guckte er sich die Augen aus, in dieser Welt blieb einem nichts erspart, man mußte hart sein, einstecken können, sich mit allem abfinden, man mußte sich mit diesen Marmeladen auskennen. Es machte ihr wahnsinnig Spaß, zu essen, sie guckte sich dabei zu, man mußte schon wahnsinnig sein, um ein solches Vergnügen zu empfinden, Herrgott nochmal, das konnte man seinem ärgsten Feind wünschen, das Leben so anzupacken, von seiner verdammten Seite.

11

Eines Morgens machten sie sich wieder auf den Weg, das Abschiednehmen hatte länger gedauert, als sie gedacht hatten, sie hatten versprochen, wiederzukommen, niemand glaubte daran, Ned hatte sich eine Mütze aufgesetzt und lenkte quasi mit geschlossenen Augen, das war das flache Land, wie man es sich ärmer, angsteinflößender nicht vorstellen konnte, die Sonne reiherte ihren Staub darüber, er bewegte sich keinen Millimeter, wenn man zweimal hinschaute, war das ein grausames Gelb, sie hatten eine alte Kassette von Dylan gefunden, und der gute alte Bob gab den Tieren Namen, das war eine Gegend, um sich auf die Lippen zu beißen, dieses gottverfluchte Land hatte sie schlicht und einfach VERSCHLUCKT.

Die Bullen jagten ihnen ziemlichen Schiß ein, sie hatten wahrscheinlich nicht mehr viel zu befürchten, aber trotzdem, mit ihrer Scheißmaskerade üben die Bullen immer die gleiche Wirkung aus, das ist so alt wie die Erde, das Funkeln auf ihren Helmen knallt einem immer wieder voll ins Auge, die hatten diese Dinger, die einen todsicher einholten, 750er, 1000er, wütende Biester, bei diesen Typen, da ist unser Leben immer das, was sie beschließen, die können einen WILD machen, o Bobby, Bobby, Bobby.

Sie schlugen sich ans Meer, zockelten eine Weile die Küste entlang. Ohne jemanden zu fragen, bog Ned ins Landesinnere ab, sie hatten keine Ahnung, wo sie waren, keine Karten, sie hatten nicht im entferntesten daran gedacht, eine zu kaufen, die Kaffs sahen immer seltsamer aus, die Visagen der Leute, das war eine ziemlich trostlose Gegend, die hatten ziemlich trostlose Visagen, die Hunde liefen nicht einmal über die Straße, die Männer waren ziemlich rot im Gesicht, dicke Arme, die Frauen waren Weiber mit dicken Hintern und bunten Hosen, Lockenwickler in den Haaren, ihr ganzes Leben war aufgewickelt.

Nanu, die Tage waren kürzer geworden, nichts war normaler,

aber sie hatten das Gefühl, die Temperaturen seien noch gestiegen, in dem Bus wirbelte die heiße Luft wie ein Orkan, der über glühende Kohlen fegt, die Mädchen saßen hinten und knackten Bierdosen, Lucie hatte ihnen einen dicken Batzen Kohle überreicht, verdammt, sie hatten nicht nein gesagt, ja, hatte Henri später gesagt, sie ist wie eine Schwester, es ist unglaublich, sie ist wie eine Schwester, und ich hab vor ihr noch nie eine gehabt, nein, so ein Mädchen gibt's nicht noch einmal, eh, du Schweinehund, ich danke dir, hatte Lili lachend gesagt, dieser Aufbruch, der stachelte sie alle an, Carol hatte ihre gute Laune wiedergefunden, mit Ned probierte sie etwas anderes, und er ließ sich während des Fahrens die Schultern massieren, mischt man Angst, Lachen und Energie, dann kribbelt es einem ganz komisch in einer Ecke des Bauches.

Der Typ kam ihnen entgegen, und zwar in einer Art Viehtransporter, Ned hatte ihn von weitem gesehen, die Straße war schnurgerade und die Landschaft platt wie eine Flunder, der Kerl fuhr mitten auf der Straße, guck dir diesen Arsch an, der muß voll sein, der pennt, Ned hupte und wich knurrend aus, so weit es ging, doch der andere streifte sie, Ned sah seine stumpfsinnige Visage, als sich die Blechteile verkeilten, der Typ schreckte hoch und riß das Lenkrad herum, der Laster stieg im Rückspiegel gen Himmel und landete mit dem Dach auf dem Straßenrand.

Der Bus war stehengeblieben, bevor sie sich nur rühren oder einen Muckser von sich geben konnten, sie stiegen aus und rannten los, die Karre war rund zweihundert Meter weit weg, der Staub wirbelte immer noch, alle zwei Schritte brüllte Ned Scheiße, Scheiße, SCHEISSE, Henri biß die Zähne zusammen, die Mädchen klammerten sich an ihre Möpse, sie dachten an nichts, noch nicht, das Ding lag da wie eine Pyramide aus Schrott, die Räder in der Luft, und das war anders als in den Filmen, die Räder drehten sich nicht quietschend weiter in einer unheimlichen Stille, nein, sie waren blockiert und die Hupe heulte.

Sie liefen um diesen Mist herum, ein Arm des Typen lag draußen, von der Türkante abgetrennt, sein Schädel hing platt unter dem Lenkrad, das Hirn war zerquetscht, und das Blut floß ihm aus den Nasenlöchern wie aus einem Wasserhahn, es war kein Wunder geschehen, bei dieser Sorte von Unfall fragt man sich, soll man sich erst um den Verletzten oder um die Hupe kümmern. Oder schleunigst das Weite suchen.

Um etwas zu tun, hielt Ned seinen Arm durch die Fahrertür, die Scheibe war zerplatzt, er packte den Schlüssel und stellte die Zündung aus, aber das reichte nicht, er mußte sich unter das Armaturenbrett bücken und ein ganzes Bündel Kabel rausreißen, er richtete sich in der nagelneuen Ruhe wieder auf, die anderen waren um ihn herum, höchstens zwei, drei Minuten standen sie jetzt in der sengenden Sonne, kein Lüftchen, sie sperrten weiter den Mund auf, um es auszuhalten, sie waren nasser, als wären sie durch einen verdammten Gewitterregen gerannt.

– Tja, da ist nichts mehr zu machen, sagte Lili. Es hat keinen Sinn, hierzubleiben.

Man brauchte sich bloß die unter das Lenkrad geknickte Visage des Kerls anzusehen, sie hatte recht, nur in Romanen und Filmen wird ein Typ bei einem genuschelten Gebet begraben, oder aber die Leute rufen die Bullen und handeln sich Scherereien ein, dem Tod ist das im allgemeinen scheißegal, und sie wollten gerade umkehren und versuchen, an etwas anderes zu denken, als sie den Lärm hörten.

Das war ein Peterbilt DL 12, ein 40-Tonner, acht Achsen, schwarz, mit Stoßstangen, die ein bißchen breiter waren als der Schild einer Planierraupe, sie hielten auf den Bus zu, aber das Ungetüm bremste mitten auf der Straße, höchstens ein Fahrrad hätte noch durchgepaßt. Die beiden Typen, die aus dem Ding sprangen, waren vom gleichen Zuschnitt, dick und kräftig, kurze blonde Haare, größere T-Shirts als die, die sie anhatten, konnte es kaum geben, doch selbst die drohten jeden Moment zu platzen, sie sahen nicht besonders alt aus, vielleicht fünfunddreißig, vierzig, aber niemand hätte sich darum gerissen, ihr Alter zu schätzen, denn das Fett frißt die Falten weg, und durch eine zehn Zentimeter dicke Fettschicht dringt nichts mehr durch, die ist wie Blei.

Trotzdem waren die Jungs gelenkig, die mußten Federn unter

den Füßen haben, sie schielten sogleich hemmungslos nach den beiden Mädchen, sie kamen mit wiegenden Schritten, der lustigere von beiden fragte mit heller Stimme:

– He, was läuft, was is'n los?

– Der Kerl hier hat 'nen Looping gedreht, sagte Ned. Der war blau oder eingeschlafen.

– Und ihr haut einfach ab, ihr laßt das alles so liegen?

– Wir wollten Bescheid geben, er ist tot, man braucht bloß noch die Bullen zu rufen.

Der andere trat auf den Viehtransporter zu, er hüpfte von einem Bein aufs andere und schrie:

– Ach du grüne Neune, das ist ja dieser Wichser von Max! Der ist nur noch Kleinholz, also sowas! Stell dir vor, mit dem hab ich vorgestern noch einen gezwitschert!

Der andere kniff die Augen zusammen, er besah sich die zerkratzte Seite des Busses und meinte mit verzerrtem Gesicht in Richtung Ned:

– He, ich würd sagen, ganz von allein ist das nicht gekommen...

– Nein, aber der ist direkt auf mich zugerast.

– Soso. Naja, den Abstecher kann ich euch ersparen. Ich kenn sämtliche Bullen der Gegend, das dauert nicht lang. Ich mach das schon.

Er schwenkte auf einem Bein herum. Er kletterte auf das Trittbrett das Peterbilt, öffnete die Tür und hielt sich da oben mit einem Mikro in der Hand fest. Tja, die Behauptung, er kenne sämtliche Bullen der Gegend, war kein leeres Gewäsch, o nein, er forderte sogar irgendeinen Hurensohn auf, ihm mal das Arschloch von Chef zu geben, und dann sagte er, na, du Schweinehund, ich hab Arbeit für dich, Max ist soeben von der Straße geflogen, und die Witzbolde, die das gemacht haben, die wollten gerade verduften, wir verwahren sie dir. Dann erklärte er, wo genau, aber Ned hörte nicht mehr zu, jetzt hatten sie den Scheiß, und er konnte nichts dagegen tun, neben ihm hatte Henri gerade die Hände in die Taschen gesteckt, er empfand offenbar dasselbe, die beiden Mädchen lehnten sich immer noch gegen den Bus, das mußte glühend heiß sein, so wie sie das machten, es gab tatsächlich keine Möglichkeit, diesen beiden Schwachköpfen zu entwischen, und wenn die Bullen erst mal eintrudelten, er holte tief Luft, mehrmals, der andere Typ kam langsam auf sie zu, er blieb genau vor den Mädchen stehen, er fing an zu lächeln, er brauchte die Klappe nicht aufzureißen, damit man wußte, wonach ihm zumute war, es bestand Aussicht, daß es nicht seine Art war, zu fragen, es bestand verdammt nochmal Aussicht, daß er das zu nutzen wußte.

Ned grübelte und grübelte, aber es fiel ihm nichts ein, die Zeit verstrich, und dieses Arschloch leckte sich sämtliche Finger nach den beiden Mädchen, sie taten so, als kapierten sie nicht, aber das war gar nicht so einfach, der eine, der die Bullen gerufen hatte, hatte auf dem Trittbrett Platz genommen und zog sich ein Bier rein, nach jedem Schluck rülpste er, Ned stand der Schweiß auf der Stirn, kleine Tropfen zerplatzten vor seinen Füßen, so langsam ging alles den Bach runter.

Der Typ streckte eine Hand nach Lilis Gesicht aus, eine schreckliche Hand mit roten Härchen und kurzen, dicken Fingern. Lili schrie auf, und im gleichen Moment machte der Typ einen lächerlichen Satz zur Seite, eine Pirouette wie in Zeitlupe, ein Blutstrahl stieg in die Luft, streifte die beiden Mädchen auf seiner Bahn und prasselte auf den Bus zurück. Der Typ rollte auf die Straße, sein halber Schädel war weggerissen, ihm fehlte ein ganzer Fleck Haare, er blieb reglos liegen, den Bauch nach oben, die Beine leicht angezogen.

Ach du Scheiße, ach du grüne Neune, der andere ließ sich wie eine Lakritzstange von seinem Laster fallen, und kaum hatte er sich unter die vierzig Tonnen Blech gewälzt, da explodierte irgendein Ding in seiner Hose, in Höhe des Oberschenkels, er zog seine blutende Haxe in den Schatten und fing an zu schreien, das klang wie das Schreien von jemandem, der in Panik ist, und dann platzte ein Reifen, sie hörten nichts, überhaupt nichts, das mußte ein Schalldämpfer sein oder irgendein Scheiß in dieser Richtung, der Typ hatte sich flach hingelegt, man erkannte ganz deutlich das Schlagen seines Herzens, aber vielleicht war das auch der Peterbilt, schwer zu sagen, und dann knallte der Kerl seine Stirn auf den Asphalt, er heulte, er quiekte, er hob nur ein klein wenig die Nasenspitze, und das Hirn quoll ihm aus den Ohren wie Zahnpasta, im gleichen Augenblick explodierte der Lastwagen, das Führerhaus machte einen Satz von zwei Metern und kippte auf den Kopf, dicker schwarzer Rauch stieg in die Landschaft, Wellen geschmolzenen Teers fluteten über die Straße. Ned taten die Beine weh, aber er schaffte es, die beiden Mädchen am Arm zu packen und in den Bus zu stoßen, sie rollten weich über den Boden, Lilis Kopf rasselte gegen das Metallrohr eines Sitzes, und ihr Fuß sauste zwischen Carols Augen, Henri sprang dermaßen schnell auf die Sitzbank, daß er beinahe auf Neds Knien landete, niemand fand das besonders spaßig, kurz bevor er losfuhr, warf Ned einen Blick in den Rückspiegel, NICHTS, die Straße war schnurgerade, so weit das Auge reichte, aber auf den Feldern standen diese hohen Dinger, gelb und rund wie Sonnen, sie fuhren im Schritt durch die Rauchwolke, sie sahen nichts, und sie mußten buchstäblich durch den Graben, der Bus schlingerte gewaltig, neigte sich bedenklich, bei sowas konnte man leicht über den Jordan gehen, ein schwarzes Sauzeug kreiste um die Windschutzscheibe, das war keine Hölle, das war schlimmer als die Hölle, nur daß sie in diesem Moment wieder ans Tageslicht kamen, Ned biß die Zähne dermaßen zusammen, daß der Bus mühelos auf die Straße zurückkam. Im gleichen Moment fanden sie einen Weg, der rechts abbog, ein Feldweg mit weißen Steinen, die unter den Rädern knallten, und dieser Mistweg führte mitten durch die gelben Blumen in einer unbeschreiblichen und gleißenden Hitze sanft nach oben.

– So, sagte Ned. Es ist soweit.

Lili klammerte sich an ihren Sitz, den Kopf gesenkt, die Haare fielen ihr vors Gesicht.

– Er ist verrückt, sagte sie.

Henri lachte nervös auf:

– Eh, ihr spinnt doch, ihr zwei. Scheiße, das kann der gar nicht gewesen sein.

– Ach nein, und was meinst du, wer sonst? sagte Ned. Jetzt sitzen wir echt in der Scheiße, o ja, und ob.

Trotz allem, der Rückspiegel war immer noch leer. Oben auf einem kleinen Hügel angelangt, bremste Ned ab und sprang aus dem Bus. Noch nie hatte er eine so ruhige, so leere Gegend gesehen. Weiter unten brannte das riesige Wrack vor sich hin, das Prasseln stieg bis zu ihm hoch und knurrte zwischen seinen Beinen. So weit er sehen konnte, nichts als gelbe Blumen und die Straße, die sich da durchzog wie ein Säbelhieb, aber keine Spur von einem Wagen, keine Spur von einem Mann, nichts, nicht die leiseste Andeutung von diesem Wichser unter dem blauen Himmel.

Es brachte zwar nichts, aber Ned setzte sich wieder ans Steuer und tobte sich aus. Er schleuderte den Bus wie einen Speer über die Felder hinweg, die Kiste rutschte alle paar Meter mit dem Heck weg, hinter ihnen stieg der Staub auf, ein satter Klumpen Watte, dick, stickig, Ned umklammerte das Lenkrad wie den Hals eines Pferdes, das kam gar nicht in Frage, daß er sich abmurksen ließ, und als er auf eine geteerte Straße einbog, drückte er erst recht auf die Tube, je mehr sie die Luft anhielten, um so höher stieg die Drehzahl, Ned gab sich wahrlich alle Mühe, ihm wehzutun, mit der ganzen Kraft seines Fußes trat er auf den silbernen Sporn, und dieser Scheißbus kapierte, an was für einen Bekloppten er geraten war.

Sie hielten an einer Tankstelle, ein Meisterwerk der modernen Kunst der sechziger Jahre, zum Kotzen, Resopal, dreieckige Hocker und an allen Ecken und Enden irgendwelche Spitzen, die letzten Scheißfarben, zwanzig Jahre später war das Ding immer noch zum Heulen, das kam wieder in Mode. Sie ließen sich auf schwarzweiß gestreiftes Skai fallen, in einer Ecke, von wo sie die Straße beobachten konnten, ganz hinten, sie konnten noch so sehr darauf schielen, sie blieb unglaublich leer, vielleicht hätten sie es vorgezogen, der Ford wäre aufgetaucht und die ganze Scheibe zersprungen, sie wußten es nicht, sie waren nicht einmal in der Lage, darüber zu sprechen, nicht sofort, sie hatten den Eindruck, daß es keinen Sinn mehr hatte, sich Gedanken zu machen, sie bestellten irgend etwas, es schmeckte nach nichts, sie mußten sich ganz seltsam aufraffen, um zu verschwinden, sie waren mit den Nerven am Ende. Ein Gewehr mit Zielfernrohr und Schalldämpfer ist ein Ding, das geht einem zwangsläufig auf die Nerven.

– Na schön, sagte Ned, dann zeigen wir ihm mal ein wenig die Landschaft, wir lösen uns ab. Dem werden bald die Augen aus den Höhlen treten. Er will mit uns spielen. Da wird er sich aber neue Karten kaufen müssen.

Später, in der Nacht, schliefen die Mädchen, sie waren kaputt, die Straße war breit und sie rasten drauflos, Ned hatte sich nicht ablösen lassen, er wollte fahren, bis er am Ende seiner Kräfte war, um sich dann hinten aufs Ohr zu hauen und zu schlafen wie ein Toter, sie hatten die Musik leiser gestellt, hinter ihnen war nichts zu sehen, sie schleuderten leere Bierdosen und anderen Unrat in den Trichter der Nacht, die Angst fiel von ihnen ab wie Zuckerwatte im Wind, dafür war die Nacht gut, sie schluckte alles, sie fragte nicht, sie schützte sie, baute sie wieder auf, der Mond ergoß sich über ihre Oberschenkel, verdammt, sie spürten, daß sie existierten, ihr Leben, von allem Ballast befreit, konzentrierte sich auf einige wenige Dinge, das war fast quälend, alles andere als lustig, aber es war eben so, für nichts auf der Welt hätten sie das eingetauscht, irgendwann räusperte sich Henri, er sagte:

– Wie lange fahren wir eigentlich so weiter? Das führt zu nichts.

– Mußt du irgendwohin?

– Nein.

Sie rasten in einen Nebelschwaden, spritzten auf der anderen Seite wieder heraus, die Augen sperrangelweit auf, ein wenig belemmert.

– He, setzte Henri von neuem an, glaubst du, sowas kann einem Spaß machen, glaubst du, sowas kann man tun?

– Ja. Von Zeit zu Zeit. Wir müssen aufpassen.

– Am Anfang hab ich nichts begriffen.

– Komisches Gefühl, was? Das heißt nicht, daß wir uns alles gefallen lassen. Das ist wie die Freude am Schwindel, wenn man sich gut festhält, doch, damit kann man das vergleichen. Im Grunde heißt das, daß dein Leben auf dem Spiel steht und du dem Spiel noch Geschmack abgewinnst.

– Klingt bescheuert. Ich bin nicht mutig.

– Ein Glück, du würdest alles verpfuschen.

– Ich hab auch keine Lust zu sterben.

– Das ist eine Bedingung. Ich will auch nicht sterben, das heißt aber nicht, daß ich LUST habe zu leben. Ich bin einfach nur da. Guck, ich bin müde, ich fahre, so langsam müßte ich unbedingt mal scheißen, ich erzähl dir den letzten Blödsinn. Ich bin da. Das ist alles, was mich interessiert.

12

An diesem Abend stand er vor dem Fernseher, ein Glas in der Hand, er hatte Mühe, sich auf den Beinen zu halten, zwischen zwei gestelzten Lächeln meldete der Journalist das Neueste aus aller Welt, es gab keinen Winkel, wo sich die Leute nicht gegenseitig umbrachten oder Geschäfte abschlossen, das lief aufs selbe hinaus, Franck juckte es nicht, nicht die Bohne, nur die Visage des Wichsers, die war unsäglich beschissen, ein falscher Fuffziger mit einem Getue, daß Franck lachend sein Glas leerte und ihm das Ding in die Fresse warf. Die Splitter flogen in alle Richtungen, doch der andere zuckte nicht mal mit der Wimper, dafür wurde er bezahlt, Helen tauchte aus der Küche auf, im Slip, mit verschlossenem Gesicht, sie sah ihn an und reichte ihm ihr Glas, es war voll, sie drehte sich wieder um, ohne einen Ton zu sagen, sie war schon 'ne ganze Weile besoffen. Franck folgte ihr mit einem schwerfälligen Lachen, er blieb im Türrahmen stehen.

– Herrgott, wenn du deine Visage sehn könntest! sagte er.

Es stimmte. Die leeren Flaschen stapelten sich im hinteren Teil der Küche, sie hatten sich wahrlich rangehalten. Wenn er nach Hause kam, kippte er als erstes zwei Gläser nacheinander, und wenn sie vor ihm kam, machte sie dasselbe, oder sie fing bereits im Laden an, und der Weg bis zu seiner Hütte war immer frei, sie guckte beim Gehen auf ihre Füße. Ihre Visage war nun mal so, bloß die Tränensäcke unter den Augen ein wenig eingedellter als sonst, der Rest unter der Schminke, er hingegen, er hatte rote Augen und eine graue Haut, sie waren schon ein prächtiges Paar, ihre Hände zitterten wie Espenlaub, ein-, zweimal hatten sie darüber gewitzelt, sie hatten sie miteinander verglichen, sie waren sich nicht einig geworden.

Dennoch war er ziemlich guter Laune, der Dicke war am Nachmittag aufgekreuzt, er hatte ihm von hinten eine Hand auf die Schulter gelegt, er hatte sich vorgebeugt, Franck, hatte er gesagt, ICH HAB'S, und Franck hatte sich nicht umgedreht, er hatte nichts gesagt, er hatte sich nur rücklings in seinen Sessel fallen lassen, er hatte langsam seine Hände auf seiner Hose abgewischt, mehrmals, er hatte die Augen geschlossen, und nichts auf der Welt hätte ihn während der drei Minuten stören können, die sein Herz schneller schlug. Er hatte sein Büro am hellichten Vormittag verlassen, der Ford hatte ihn ganz sanft nach Hause gebracht, in der Küche hatte er ganz für sich allein eine halbe Flasche leergemacht, und das Haus war still, er war ganz allein, sein erstes Lächeln explodierte in der Küche, er knallte sich mit dem Arsch auf einen Stuhl, streckte die Beine aus, die Sonne punktete über drei Banden, es war lustig, wie er langsam einen hochbekam, er beschloß, noch ein wenig zu warten, bevor er ins Badezimmer flitzen würde, er hatte noch Zeit, sich ein Glas reinzuziehen, aber die Zeit fing an zu spinnen, er schlug die Augen erst Stunden später wieder auf, in dem Moment, wo sie reinkam.

Er betrachtete sie wortlos, stand auf, überließ ihr den Raum. Als er an ihr vorbeiging, preßte sie sich an ihn, das hatte sie sich so angewöhnt, wenn sie sich wiedersahen, er ließ sie machen, er wartete, bis das vorbei war, zum Scherz schob er ihr das Kleid über den Kopf, aber sonst tat er nichts, er sagte sich, wenn es denn sein mußte, dann sah er sie am liebsten noch in diesem Aufzug durch die Bude spazieren, so konnte er sie ertragen, mit ihrem halbnackten Körper, mit der rasierten Muschi in diesen durchsichtigen Klamotten, sie schwieg, wenn er das machte, sie wußte Bescheid, sie hatte es sich so ausgesucht.

Sie wußte nichts von der Nachricht, aber sie spürte, daß es etwas Neues gab, außerdem hatte er ihr das ziemlich boshaft gesagt, sie ging auf ihn zu, ihre Augen waren weit aufgerissen, sie konnte kaum noch stehen, mit voller Wucht schlug sie ihn ins Gesicht. Er rührte sich nicht, sie hatte ihn mitten in einem Lächeln erwischt, und dieses Lächeln war es, was sie vertreiben wollte, sie holte erneut aus, aber diesmal fing er ihr Handgelenk im Flug auf, er verdrehte es nur leicht, trotzdem tat er ihr weh, sie sagte nichts und senkte die Augen. Er ließ sie los, zog sie an sich und schob eine Hand in ihren Slip, er streichelte ihr über die

Hinterbacken. Sie löste sich ganz vorsichtig von ihm, er blieb einen Moment reglos stehen, dann kehrte er ins Wohnzimmer zurück, er dachte schon nicht mehr daran.

Er griff wieder nach dem Glas, zog die Vorhänge zu und machte eine kleine Lampe auf dem Tisch an, das schien alles ganz leicht, aber er brauchte mehrere Anläufe, vor allem die Vorhänge, dieses beknackte System, entweder klappte das beim ersten Mal oder man hielt sich die halbe Nacht dran, er fiel auf alle viere und krabbelte diesem Scheißkabel hinterher, er fand es praktischer, auf dem Teppich zu bleiben. Er wälzte sich auf die Seite, stemmte sich halb auf einen Ellbogen, er schwankte ein wenig, aber die Gefahr hielt sich in Grenzen, die frohe Botschaft kam ihm wieder in den Sinn, er nahm sich die Zeit, sämtliche Einzelheiten auszufeilen, er brauchte ein vollkommenes Bild. Er wußte, er war voll, es kam ihm vor, als hätte er seit tausend Jahren darauf gewartet, oh, er hatte Angst, sich die Freude zu verderben, alle Chancen waren jetzt auf seiner Seite, er sagte laut: ich habe sie gefunden, ich habe sie gefunden, GE-FUN-DEN, die brachten gerade einen Pausenfüller über die Tierwelt, über das Jagdverhalten der Wölfe, wie sie ihre Opfer isolierten, ermüdeten, der phantastische Gang der Wölfe im Schnee, der Kleinkrieg und dann der Schlußangriff, fast hätte er Helen gerufen, damit sie sich das anguckte, aber sie war halb weggetreten, der Ton war abgestellt, aber Franck hörte den rasselnden Atem des Wolfs, das Schlagen seines Herzens und das heftige Knallen der Fangzähne, die immer wieder zuschnappten. Bis zum Sieg. Er war schweißgebadet.

Er hatte nicht einmal bemerkt, daß Helen währenddessen den Tisch gedeckt hatte, sie lehnte aufrecht an der Wand, die Finger um ihr Glas verschränkt, jemand klingelte an der Tür, aber sie rührte sich nicht, er sah sie an, völlig ausdruckslos. Beim zweiten Klingeln stand er seufzend auf, na schön, ich gehe, sagte er, sie warf ihm einen dieser Blicke zu, er verstand nicht einmal, warum, manchmal haben die eine Gabe, einem unverständliche Botschaften zu übermitteln, im Vorbeigehn strich er ihr über die Oberschenkel, vertragen wir uns, hieß das, das war wenigstens unkompliziert.

Will. Franck riß die Tür auf, er hatte sich kaum noch unter Kontrolle, der andere faßte das als Einladung auf, er sauste mit einem dämlichen Grinsen ins Wohnzimmer, hüftwackelnd wie ein mannstolles Mädchen. Helen war nicht darauf gefaßt, jemanden auftauchen zu sehen, sie brauchte gut eine Sekunde, um die Arme über der Brust zu verschränken, dann flüchtete sie sich aufs Sofa und preßte die Beine zusammen. Aber dieser verdammte Glückspilz von Will hatte schon alles gesehen, hehe, sowas kannte er aus den Büchern, Frauen, die wie kleine Mädchen waren, kein Härchen zwischen den Beinen, die da hatte obendrein dicke Titten, na klar, eine echte Schlampe, sie warf ihm wütende Blicke zu, doch das bekam er nicht mit, ihr Gesicht interessierte ihn nicht, nein, er war gesichtslose Mädchen gewohnt, sie waren ihm lieber. Als er Francks Stimme hinter sich hörte, fuhr er zusammen, er hatte vergessen, wo er war, mit einem Lächeln, seinem typischen Will-Lächeln, drehte er sich um.

– Und, was willst du? fragte Franck zum zweitenmal.

– Naja, er hat gemeint, ich sollte erst mit dir darüber reden. Er meint, du solltest das entscheiden.

– Na los, ich höre.

– He, ich war dabei, als rauskam, daß die gefunden worden sind. Ich bin nicht blöd, ich weiß, daß du das klammheimlich erledigen willst.

Er drehte sich wieder um, heftete seinen Blick auf Helens Bauch, er steckte die Hände in die Taschen, zog den Kopf ein, dann wandte er sich wieder an Franck, ohne ihn wirklich anzusehen.

– Kann ich reden, wenn sie dabei ist?

– Ja. Aber ich ahn schon, worauf du hinaus willst. Kommt nicht in Frage.

– Warte, warte, hör zu. Er hat gesagt, du solltest erst mal nachdenken. Es könnte sein, daß ihr mich bräuchtet. Wenn du mal freie Hand haben willst...

– Ich trau dir nicht.

Er hatte weniger zu Will gesprochen, eher zu sich selbst, um abzuwarten, um tiefer zu gehen, die Sache hatte nicht nur ihr Schlechtes, es stimmte, daß er ihn brauchen konnte, aber das war zum Kotzen.

Er kratzte sich am Kopf. Er schleuderte seine linke Hand wie eine Peitsche und erwischte ihn an der Lippe. Will fiel hintenüber, er kullerte wie eine Stoffpuppe vor Helens Füße, Franck packte ihn an den Haaren, bog ihm einen Arm sehr hoch auf den Rücken, er zerrte ihn zurück, zwang ihn, sich auf seine Fersen zu setzen. Er redete ihm ins Ohr, leise, das Reden fiel ihm schwer, die Worte kamen nicht einfach so.

– Hör zu, sagte er. Damit wir uns recht verstehen...

Will war erstarrt, er versuchte nicht einmal, sich zu wehren, er zog bloß eine seltsame Grimasse, und die Adern an seinem Hals blähten sich auf wie Windsäcke. Franck wiederholte:

– Damit wir uns recht verstehen, beim geringsten Scheiß mach ich dich alle. Du tust haargenau, was ich dir sage, und nichts anderes, dann können wir miteinander klarkommen.

Franck zog ihm den Kopf so sehr nach hinten, daß er seinen Speichel nicht schlucken konnte, sein Arm schmerzte, er sagte:

– Du brichst mir den Arm, Scheiße.

– Du hast mir noch nicht geantwortet.

– Ja, natürlich. Alles, was du willst.

Franck stieß ihn von sich und stand auf.

– Na schön, alles klar, ich spendier dir 'n Glas. Aber vergiß nicht, was ich gesagt hab.

Franck verschwand in der Küche. Will nutzte die Gelegenheit, um nach seiner Lippe zu fühlen, sie war geschwollen, sein Mund schmeckte leicht nach Blut, er betrachtete Helen mit diesem ebenso hohlen wie grausamen Lächeln, sie zog es vor, aufzustehen, und als sie an ihm vorbeiging, stützte er sich auf alle viere und schniefte laut, wie ein Hund, die Nase auf ihren Schlüpfer gerichtet, sie zuckte zusammen, er fand das urkomisch, Franck kam im gleichen Moment zurück, er sagte nichts, er reichte ihm das Glas, wenn der das mit Lili gemacht hätte... Nein, das hätte er sich nie erlaubt, dieser Bekloppte spürte den Unterschied, Franck versuchte, ihm in die Augen zu schauen, aber der andere ließ sich nicht darauf ein, er steckte den Kopf in sein Glas und vergnügte sich mit einem Eiswürfel.

Helen stand im hinteren Teil des Zimmers, im Schatten, er winkte sie zu sich. Sie zögerte einen Moment, dann löste sie ihre Schulter von der Wand, sie versteckte inzwischen weder ihre Brust noch sonstwas, sie wirkte müde, tatsächlich hatte sie der Alkohol in einen Dämmerzustand versetzt, sie war wie durchgepaust. Franck zog sie zu sich auf den Sessel, setzte sie auf seine Knie, sie war ein wenig steif, aber er streichelte ihr über die Brustwarzen, daraufhin ließ sie sich gegen ihn fallen und schloß die Augen. Will erstarrte. Die Warzen wurden langsam härter, sie riß die Augen auf wie ein zu Tode erschrockenes Tier, und sie sah diesen jungen Kerl, der sie anguckte und mit offenem Mund sein Glas liebkoste, ihr ging auf, der war verrückt, aber es gelang ihr nicht, sich davon zu lösen, der war höchstens zwei Meter weg, sie spürte Francks Hände, die ihre Schenkel auseinanderzogen, sie ließ ihn gewähren, dabei hätte sie am liebsten ihre Beine zusammengeschweißt, Will war kreidebleich, ein Finger glitt in ihre Scheide, sie hätte am liebsten geheult oder das Bewußtsein verloren, sie verstand nicht, wie ihr geschah, sie nahm all ihre Kräfte zusammen, aber dieser andere da machte ihr dermaßen angst, er schien ebenfalls zu leiden, Franck betrachtete sie alle beide, er lachte sich kaputt, zudem hatte er das Gefühl, daß ihn das erleichterte, ohne daß er so recht hätte sagen können, weshalb, er spürte, daß die Spannung stieg, noch nie hatte er andere zu seinem Vergnügen leiden lassen, das war 'ne komische Sache, er wußte auch nicht, wie er darauf gekommen war, er fühlte sich bloß bereit, Sachen auszuprobieren.

Er machte dem Spiel ein Ende, kurz bevor Will das Glas in der Hand zersprang, Helen drückte ihm ihre Nägel in den Arm.

Er ließ sie in den Sessel sinken und stand auf, er pflanzte sich direkt vor Will:

– Schluß jetzt, genug amüsiert. Mach, daß du wegkommst.

Da der andere nicht schnell genug reagierte, riß er ihm das Glas aus der Hand und packte ihn am Arm. Bevor er ihn rauswarf, meinte er zu ihm:

– Überleg's dir, vielleicht wird das alles andere als ein Spaß für dich. Ich häng dir auf der Pelle, er kann dir erklären, was das heißt.

Will ging rückwärts in den Garten hinaus, mit seinen mexikanischen Stiefeln knickte er sich auf dem Kies den Knöchel um, im Mondlicht wirkten seine Haare fast weiß.

– Hey, das ist ein Mordsweib. Mein lieber Mann.

– Alles klar. Geh dir einen wichsen. Trampel nicht auf die Blumen.

Will breitete die Arme aus, die Hände auf den Boden gerichtet, ein schrilles Lachen stieg aus seinem Bauch, er klopfte sich auf die Schenkel, Franck schloß die Tür zu, er hörte das Lachen dieses Idioten in der Nacht verhallen, und dieses Lachen glitt an seinen Nerven entlang, er hatte keine genaue Vorstellung, aber er wußte, daß ihm Will nützlich sein konnte, denn Will hatte Angst vor ihm, es gibt solche Hunde, die die Hand ihres Herrchens lecken und dem Rest der Welt an die Kehle springen, und Will war dazu fähig, man mußte ihn nur daran hindern, dem Befehl zuvorzukommen, er würde schon aufpassen.

Helen war in Tränen aufgelöst, in richtige Tränen, sie biß sich in die Faust, sie wußte nicht mehr, weshalb sie weinte, aber es war ihr unmöglich, damit aufzuhören, das stieg ihr aus dem Bauch, zwängte sich durch ihre Kehle, sie lag in einer obszönen Stellung, die Beine weit gespreizt, aber, Herrgott, sie war meilenweit davon entfernt, sie hatte diese Sache zwischen ihren Beinen total vergessen, und Franck starrte sie an, aber auch er dachte nicht daran, er war eher wütend, sie in solch einem Zustand vorzufinden, er fühlte sich außerstande, sie zu trösten, das war noch nie seine Stärke, Frauentränen, was für ein Scheiß, er zischte ein Glas, das auf dem Tisch rumstand, er ließ sich auf das Sofa fallen, und während sie weinte, fing er an nachzudenken, aber sie war zu laut, sie wimmerte, und seine Gedanken erstickten im Keim, er bemühte sich, nicht hinzusehen, doch so hatte das keinen Zweck, er stand auf, füllte ein Glas und ging zu ihr hin. Er nahm ihren Kopf, führte das Glas an ihre Lippen, sie versuchte, ihn zurückzustoßen, aber er preßte sie sehr fest an sich und kippte das Glas, so gut es ging, es gelang ihm, ihr die Hälfte des scharfen Zeugs einzuflößen, die andere Hälfte lief über ihr Kinn, rann zwischen ihre Brüste. Sie beruhigte sich, sie schniefte nur noch leicht, und auch dieses leise Geräusch wurde immer seltener, er war nervös, er ließ von ihr ab, der Fernseher rauschte, er stand auf, um ihn auszuschalten, aber er stellte sich die Ruhe vor und ließ davon ab, so war das nicht ganz so schwer, er füllte zwei Gläser, eins stellte er auf die Armlehne des Sessels, neben Helen, er sah sie an. Sie merkte es und schloß im gleichen Moment ihre Beine. Er zuckte mit den Schultern, jetzt, wo sie ihre Spalte verbarg, blieb nichts mehr, für den Bruchteil einer Sekunde hatte er sich von ihr angezogen gefühlt, er hätte sie aufgespießt, doch gleichzeitig hätte er sich um ihre Tränen gekümmert, er hätte es versucht, aber es war vorbei, er tigerte mit seinem Glas durch das Zimmer, und als er zum Sofa zurückkam, hatte er sie völlig vergessen, sie war still, er streckte sich aus und legte einen Arm über seine Stirn, die Gedanken kamen zuhauf, die Bilder prasselten auf ihn ein, ohne jeden Bezug, sie überlappten sich, betäubten ihn.

Er hielt Lili an einem Arm fest, sie schrie, hinter sich spürte er Wills Atem, er hatte keine Ruhe, und als er sich umdrehte, war da nicht Will, sondern die beiden anderen, die ihn von hinten erwischen wollten, also mußte er Lili loslassen, verflucht, und Lili war nicht Lili, manchmal hatte er Carol vor sich, oder es war Will mit sehr langen Haaren und Frauennägeln, die er ihm vors Gesicht hielt, dann verschwanden sie alle, und er blieb allein zurück, auf ein Bett gefesselt, im Dunkeln, und er hatte Angst, denn er war wehrlos und die Tür stand halboffen, er schwitzte, und die Mauern brachen lautlos über ihm zusammen, das nahm kein Ende.

Er war in eine Art Halbschlaf voller Alpträume versunken, der Alkohol, die Müdigkeit, und sein Verstand arbeitete wie ein randvoll gefüllter Kessel, ein Gefühl, als sei er tonnenschwer und die Dinge um ihn weich und finster, er erkannte sie nicht gut, vor allem spürte er, daß ihn ein Brechreiz überkam, und sein Körper reagierte prompt. Er versuchte aufzustehen, er schaffte es bloß, vom Sofa zu purzeln, er brauchte eine Weile, bis er die nötige Kraft fand, er kroch auf allen vieren in die Küche, es stank dermaßen nach Gas, daß er im Flur einen gewaltigen Schluckauf bekam, er kotzte ein wenig, aber er kroch weiter, Schleimfäden hinter sich herziehend, die Küche war dunkel mit ein wenig Mondschein, Helen saß am Tisch, den Kopf in der Armbeuge vergraben. Jetzt hörte er das leise Zischen, er rutschte über den Fliesenboden in Richtung Herd, an Helen vorbei, er dachte nicht einmal mehr an sie, und in diesem Moment fiel sie auf ihn, schwer, sie versuchte, sich an seinen Rücken zu krallen, ihn zurückzuziehen, aber sie war viel zu schwach, knurrend feuerte er sie zur Seite, er verbrauchte seine letzten Kräfte, er hörte Tisch und Stühle fallen, aber der Lärm schien weit weg. Er drehte sämtliche Hähne zu, übergab sich erneut, bevor er sich ans Spülbecken klammern konnte, er schaffte es, sich hochzuziehen, packte einen Teller und schleuderte ihn ins Fenster, er sah nichts, aber die Glassplitter flogen bis zu seinem Kopf, die frische Luft strömte in seine Nasenlöcher, er spuckte Klumpen zähen Schleims ins Spülbecken, er hatte weiche Knie, er hing über der Kante des Beckens, er drehte den Wasserhahn auf und hielt den Kopf unter den Strahl, seine Nase brannte wie Feuer. Als er wieder hervorkam, legte er sich ein Tuch aufs Gesicht, er tastete sich die Wände entlang und riß sämtliche Fenster auf, die er fand, jedesmal blieb er einen Moment stehen, um ein wenig Luft zu holen. Danach kehrte er in die Küche zurück, sie mußte sich auch übergeben haben, sie besprengte sich gerade das Gesicht, ganz nüchtern war er noch nicht, er stützte sich auf den Kühlschrank und betrachtete diese Frau, die ihn hatte umbringen wollen, er wartete darauf, daß die Wut in ihm hochstieg, doch es kam nichts, er empfand überhaupt nichts, er verstand, daß sie bis zum Äußersten hatte gehen wollen, er fand das normal, er konnte es ihr nicht verübeln, sie kämpfte, das war durchaus eine Art zu kämpfen, daß sie sich auf ihn gestürzt hatte, fand er beinahe großartig, und so schwer es ihm fiel, so etwas zuzugeben, sie ähnelte ihm. Plötzlich hatte er Lust auf sie, er näherte sich ihr, aber seine Hände zitterten, sie waren völlig feucht, er faßte sie an den Hüften, aber zu mehr war er nicht fähig, er war wahrlich viel zu kaputt und bekam nicht einmal einen hoch. Er preßte seine Backe gegen ihren Rücken. Sie faßte ihn an den Händen, sie drehte sich um, sie hatte ihr tragisches Gesicht, von den Wassertropfen verunstaltet, sie schien ihn durchdringend anzublicken, aber immer wieder schlitterten ihre Augen ins Leere, sie holte tief Luft, ihre Stimme war dermaßen schwer, daß er sie hätte anfassen können:

– Ich weiß nicht, sagte sie. Kann sein, daß ich es noch mal versuche.

– Ja, sagte er. Ich weiß.

– Ich wehre mich, wie ich kann. Du bist meine letzte Chance.

– Wir sollten uns hinlegen, das würde uns guttun.

– Ich glaub nicht, daß ich Lust hab zu bumsen.

– Nein, daran habe ich gar nicht gedacht.

Sie kraxelten mühsam ins Schlafzimmer, zweimal fehlte nicht viel, und sie wären die Treppe runtergestürzt, sie taten sich weh. Ohne Licht zu machen, fielen sie aufs Bett, sie verlangte nichts, aber er schob einen Arm unter ihren Nacken und kippte sie gegen seine Schulter. Sie sagten keinen Ton, schlechter konnte es ihnen nicht gehen, aber dieses Schweigen und diese Bewegungslosigkeit waren noch das Beste, was sie hatten finden können, sie warteten Stunde um Stunde auf den Schlaf, und als sie eingeschlafen waren, warteten sie immer noch, einfach nur warten und warten, und natürlich ist das Leben nichts anderes. Fast immer, ogottogott.

13

Sie fuhren einen Teil des Tages, sie hatten den Dicken ans Steuer gelassen, Will war hinten eingenickt, die Hände in den Taschen, er war umgekippt, Franck war in bestechender Form, Nerven wieder wie Drahtseile. Er fühlte sich wohl, er war schweigsam, er war der einzige, der nicht schwitzte. Das war phantastisch hinter seiner Sonnenbrille mit den hellroten Gläsern, er hatte es nicht einmal eilig, sie waren unterwegs, das reichte.

Er beobachtete den Dicken aus dem Augenwinkel, er hatte gut daran getan, ihm zu vertrauen, das Ganze war klammheimlich gelaufen, kein einziger Bulle steckte da drin, das hatte der Dicke einfach großartig gemacht. Als sie anhielten, um zu tanken, zahlte er die Getränke, er hatte eine ganze Menge Knete in der Tasche, und diese Knete brannte ihm unter den Nägeln, am Tag zuvor war er an der Bank vorbeigegangen, er hatte alles zusammengekratzt, zu Hause war es ihm nicht anders ergangen, stundenlang war er durch die Bude getigert und hatte überlegt, was er alles mitnehmen sollte, er fragte sich nicht, warum er das tat, er hatte das unbestimmte Gefühl, zu verreisen, ohne zu wissen, wann er wiederkam, er hatte diese verflixte Bude auf den Kopf gestellt, doch am Ende hatte er mit leeren Händen dagestanden, es gab nichts zum Mitnehmen, er warf bloß ein wenig Wäsche in eine Tasche, trotzdem sagte er sich Scheiße, es ist unglaublich, ich hab nichts gefunden, und das irritierte ihn ein wenig, er fühlte sich unbehaglich, Knete, Socken und Waffen, das war alles, was sich einzupacken lohnte, den Rest hatte jeder, das konnte er nicht so ganz als sein Eigentum betrachten. Helen hatte er nichts gesagt, er hatte nicht gewußt, wie er es anfangen sollte, seit dieser Geschichte war sie nicht gut drauf, sie hatten den Abend verbracht, ohne ein Wort miteinander zu reden, er hatte sich irgendeinen Stuß im Fernsehen angeguckt, er hatte so getan, als interessierte er sich dafür, was hätte er auch anders tun sollen, Tarzan küßte Jane, Fort Apache war gefallen, die Guten fickten die

Bösen, lauter solche Klamotten, gar so bekloppt fand er das nicht.

Als er die Tür hinter sich zuzog, fragte er sich, wo er den Schlüssel lassen sollte, er legte keinen Wert darauf, ihn mitzunehmen, er wollte ihn VERGESSEN, er scharrte mit dem Fuß in den Kieselsteinen, ließ den Schlüssel fallen und schob die Steinchen darüber, sie warteten weiter unten auf ihn, der Motor lief, als er sich mit seinem Hintern auf den Sitz quetschte, er fand das genausogut wie damals, als er zwanzig war. Oder sowas in der Richtung. Und sie rasten los.

– Wir sind da, sagte der Dicke. Die Bude hinten auf halber Höhe der Straße, die muß es sein.

– Vorwärts. Aber langsam.

Franck drehte sich um und gab Will ein Zeichen, sich in dem Rücksitz zu verkriechen. Die Straße war menschenleer, es mochte gegen acht, neun Uhr sein, sie ließen sich den Berg hinunterrollen, der Motor tuckerte im Leerlauf. Als sie an dem Haus vorbeikamen, waren dort sämtliche Fenster erleuchtet, es mußte einiges los sein, Franck renkte sich den Hals aus, während er sich umguckte, und dann SAH ER IHN, er sah diesen dicken gelben Schlitten, diesen Bus, er stand da seelenruhig, und dieser Anblick jagte ihm ein einziges Kribbeln in sämtliche Glieder, er zerrieb die Rückenlehne seines Sitzes wie ein Geisteskranker, das war das erste Mal seit Monaten, daß er den Geschmack der Freude wiederfand, das war beinahe schmerzhaft, das war kein Getue.

Sie hielten zweihundert Meter weiter an, kurz hinter einer Kurve, der Dicke ließ die Hände am Steuer, er starrte stur geradeaus, es gab wirklich nichts, was ihn hätte interessieren können, diese Welt war nicht für ihn geschaffen, und Will hatte sich vorgebeugt, um sich nichts entgehen zu lassen, er roch säuerlich, Franck störte dieser Geruch, aber er zwang sich, nicht darauf zu achten, er überlegte eine Zeitlang, der Dicke nutzte die Gelegenheit, um sich eine Zigarre, schwärzer als eine Lakritzstange, anzuzünden und die Karre vollends zu verpesten.

– Wir müssen 'ne Stelle finden, von wo wir sie beobachten können, sagte Franck. Hier dürfte zuviel los sein.

– Direkt gegenüber stehn ein paar Häuser, sagte der Dicke. Mal gucken.

– Da dachte ich auch grad dran.

Sie versteckten den Wagen zwei Straßen weiter, hinter einem Vorsprung, sie kamen im Schutz der Mauern zurück, Will kickte Steinchen durch die Gegend, Franck drehte sich halb um, das reichte, damit er kapierte, trotzdem knickte er im Gehen einen Eukalyptuszweig ab, dieser Kerl konnte nicht stillhalten, er schlug sich damit auf die Schenkel.

Das rote Haus lag am günstigsten, Franck schellte, das waren die ersten Takte von *Johnny goes...* er wartete und schaute dem Dicken in die Augen, schließlich fing er an zu lächeln. Der Typ, der aufmachte, war ein Blondschopf mit krausen Löckchen, einer Brille und Babyface. Er trug eine Latzhose mit roten Streifen, wie Zahnpasta, er wirkte schlecht gelaunt. Als er die drei Ellbogen an Ellbogen unter seiner Veranda sah, wurde er nervös.

– Was wollt ihr? Ihr stört mich.

Franck zückte seinen Ausweis und hielt ihn ihm unter die Nase. Der Typ atmete auf, bloß die Bullen, er kannte eine ganze Menge hoher Tiere, er speiste mit den Chefs ihrer Chefs, alles klar, seine Babyvisage wurde richtig böse, beinahe zornig.

– Macht, daß ihr wegkommt! knurrte er.

Der Dicke lachte dämlich. Franck besah sich seinen Ausweis.

– Scheiße, sagte er. Kann das Arschloch am Ende nicht mal lesen?

Babyface klammerte sich an die Tür, er war kreidebleich geworden.

– So, ihr werdet es alle drei nicht mehr lange machen, sagte er. Ich kenne...

Franck pflanzte ihm seine Faust knapp über das Ohr, und der Kopf des Kerls knallte mit dem Geräusch einer zerplatzten Wassermelone gegen die Tür, eine ganze Seite seines Gesichts schwoll rapide an, unterdessen setzte Franck einen Fuß über die Schwelle und packte ihn an seinen Hosenträgern, der Kerl war bereits weiß, er versuchte, wieder zu sich zu kommen. Franck preßte ihn gegen die Wand und stieß ihm sein Knie in den Bauch, er ließ ihn los, und die Latzhose bog sich wie ein Akkordeon, noch nie hatte der Typ seinen Teppichboden von so nah gesehen, die Fasern ähnelten Baumstämmen. Sie traten ein. Franck warf einen Blick auf die Straße, bevor er die Tür zudrückte, kein Mensch zu sehen, nicht mal eine Katze, in dieser Gegend poften die Katzen garantiert auf Seidenkissen, die fanden kein Vergnügen mehr daran, über die Straßen zu streunen, seitdem man ihnen die Dinger abgeschnitten hatte, die wurden nur immer dicker und fetter und schliefen und flennten, die Straße war still, eine samtweiche Stille.

Sie schleiften den Kerl in eine Ecke, die einer Küche ähnelte, nur komplizierter, Geräte mit Leuchtziffern, Skalen, Schaltern, Computermixer, mysteriöse Dinger, Franck pfefferte ihn in diese schwachsinnige Dekoration und ging nach oben.

Ein riesiges Zimmer, in den Zeitschriften trauten sie sich nicht mal, ein Zehntel dieses Luxus abzubilden, um Tumulten vorzubeugen, um einen im Glauben zu lassen, das Paradies sei erschwinglich, um die bittere Pille der Langeweile und des schlechten Geschmacks zu versüßen, er näherte sich der Fensterfront, sechs Meter lang, drei Meter hoch, ein Rahmen aus schwarzem Polyurethan, leicht glänzend, er machte sie auf, mit einem Finger verschob er diese Wand aus Glas, höchstens ein schwaches Reiben war zu hören, wenn überhaupt, die laue Luft strömte träge herein und verfing sich in den Vorhängen, er stand da, ohne sich zu rühren, ohne zu atmen, ohne an irgend etwas zu denken, er schaute bloß auf die Bude gegenüber, die gelben Rechtecke und das Schattenspiel, neben ihm stand ein dicker Ledersessel, er fand sich darin wieder, sein Körper hatte sich selbständig gemacht, er entdeckte eine Bar in der Armlehne, das Ding fuhr nach oben, er genehmigte sich ein großes Glas, praktisch ohne sich zu bewegen, er hätte endlos sitzen bleiben können, das war der angenehmste Anblick überhaupt, er suchte sie inmitten der vorbeiziehenden Schatten zu erkennen, es war unmöglich, aber er versuchte es.

Der Dicke muckste hinter ihm, er hatte ihn raufkommen hören, aber er wartete bis zur letzten Sekunde, ehe er sich aus der Süße der Leere riß, er zischte sein Glas.

– Was gibt's? fragte er.

– Nichts, ich hab ihn auf 'nen Stuhl gebunden, damit er uns nicht auf die Eier geht.

Franck stand auf, schritt über einen Orientteppich, total weich das Ding, sie waren im Schatten, der Dicke ähnelte einem Fels, an dem sich das Meer brach, die Dinge um ihn herum verschwanden, schmolzen, sein Ledergürtel leuchtete wie die Gischt, sein Atem ging schnell, er bewegte sich keinen Zollbreit, Franck blieb direkt hinter ihm stehen:

– Paß auf, mach dir keine Sorgen. Du warst unter meinem Befehl, du kriegst keine Scherereien.

– Ich weiß. Ich mach mir keine Sorgen. Und du?

– Ach was, ich hab ohnehin die Nase voll. Ich hör danach auf, ich hab mich für den Scheiß noch nie begeistert, das ging mir ständig auf die Eier. Ich hab das jetzt jahrelang gemacht, ich weiß selbst nicht, wieso, und was hab ich jetzt davon? Ich bin im besten Alter, und nichts ist passiert, nichts bleibt, vielleicht bin ich zu spät auf den Trichter gekommen, aber ich hör auf. Reg dich nicht auf, wenn ich über die Stränge schlage.

Der Dicke lachte, er drehte sich um:

– Ich glaub kaum, daß ich mich aufregen werde, über das Alter bin ich hinaus.

– Na gut, wir müssen es so deichseln, daß ich freie Hand habe. Keine Störenfriede, guck dir das an, die sind mindestens zu hundert in der Bude, wir müssen warten. Wenn die sich nicht entscheiden, finden wir schon einen Weg, daß die von hier abhauen. Paß auf Will auf, der könnte alles vermasseln. Dicker, selbst wenn du nichts mehr begreifst, laß mich nur machen, und wenn du meinst, es ist zuviel, dann nimm Will mit und verzieh dich, aber versuch nicht, mich aufzuhalten.

– Keine Bange, ich bin nicht deine Mutter. Wenn das dein letztes Ding ist, bin ich froh, dabeizusein. Ich glaub, ich versuch ein wenig zu schlafen.

– Hast du keinen Hunger?

– Ich hab unten nichts gesehn.

– Dicker, wenn ich in dieser verflixten Bude nichts zu essen finde, schlag ich hier alles kurz und klein.

Sie gingen runter in die Küche, aber Will hatte ihnen bereits die ganze Arbeit abgenommen, der Tisch war voller Sachen, und er kaute stillvergnügt.

– Großer Gott, wo haste 'n das alles her? fragte der Dicke.

Will deutete hinter sich, in eine Ecke:

– Ach, Scheiße, da kann man die halbe Wand verschieben. Ist genug da für 'n ganzes Jahr.

Der Typ zappelte auf seinem Stuhl, er war mit gut dreißig Lappen, sauberen Lappen, angebunden, die eine Hälfte seines Schädels war geschwollen wie eine gegrillte Paprika, er konnte es sich nicht verkneifen, die Klappe aufzureißen:

– HERRGOTT, WAS WOLLT IHR EIGENTLICH??!! WAS SUCHT IHR HIER BEI MIR??!

Der Dicke trat auf ihn zu, aber Franck schlug vor, noch einen Lappen zu suchen, damit der uns ein für allemal in Ruhe läßt, soll der sich selbst auf den Geist gehn, ich will den nicht mehr hören, Franck packte den Stuhl und drehte den Kerl zur Wand, während Will dreckig lachte und den Lappen wie ein Bekloppter zusammenknüllte.

Franck schmierte sich ein dickes Sandwich und ging zurück in das Zimmer auf der oberen Etage, in einer Ecke stand ein Schreibtisch mit leeren Blättern und einer riesigen Dose voller Filzstifte in allen möglichen Farben, er setzte sich auf einen Hocker, und mit dem Brot in der Hand fing er an, ein Blatt vollzumalen, er beschmierte es mit langen Filzstiftstrichen, sämtliche Farben probierte er aus, er konnte nicht zeichnen, aber für Filzstifte hatte er was übrig, manchmal kaufte er sich welche, er benutzte sie nie, aber es gefiel ihm, welche zu haben, Lili hatte ihn einmal nach dem Grund gefragt, keine Ahnung, hatte er geantwortet, die kann man immer gebrauchen, und um es ihr zu beweisen, hatte er seiner Mutter einen langen Brief geschrieben, an Ort und Stelle, liebe Mama, hatte er geschrieben, und danach alles, was ihm gerade einfiel, einfach nur aus Freude, die kleine Spitze über das Blatt huschen zu lassen, er hatte seine Mutter seit zwanzig Jahren nicht mehr gesehen, vielleicht war sie tot, vielleicht auch nicht, er hatte sich keine Gedanken darum gemacht und war auch nicht schlimmer als jeder andere. Nein.

Am frühen Morgen saß er zusammengesunken in dem Sessel, die Sonne stach und lutschte an seinen Beinen, er winkelte sie in dem gleißenden Licht an, gähnte, er bemerkte die Zigarettenkippen im Teppichboden und die braunen Ränder drumrum, er wußte nicht, ob er das mit Absicht getan hatte, sein Bart war mindestens zwei Tage alt und juckte, der Gedanke an Kaffee ging ihm durch den Kopf. Er stand auf, kein Laut war zu hören, im hinteren Teil schlief der Dicke in voller Montur auf dem Sofa, er drehte ihm den Rücken zu. Er ging nach unten, er riß die Türen auf, blieb eine Zeitlang auf der Toilette, um zu pinkeln und zu gähnen, in einem Zimmer entdeckte er Will nackt auf einem Bett, er war mager, sein Glied aufgerichtet, er hatte sämtliche Laken quer durch das Zimmer geschleudert, seine Klamotten waren auf dem Boden verstreut, selbst das Bettzeug war aus Seide, Falten wie leuchtende Schuppen, silberne Leuchtröhren, glitzernde Klunker, er wußte nicht, ob es gut war, daß er hier war, oder nicht, aber allzusehr beschäftigte ihn das auch wieder nicht.

Der Typ schlief in der Küche, auf dem Fliesenboden, er mußte Scheiß gebaut haben und mit dem Stuhl umgekippt sein, Franck fand löslichen Kaffee, das Wasser aus dem Hahn war kochend heiß, es war schwierig, schneller an einen derart widerlichen Kaffee zu kommen, und als der andere anfing zu knurren, packte Franck das Stuhlbein und stellte ihn auf die Füße. Er machte einen zweiten Kaffee, er befreite ihn von seinem Knebel, ohne ihn richtig anzugucken, er führte ihm die Tasse an die Lippen, der andere fing an zu brüllen und den Kopf zu schütteln:

– Oh, ich kann nicht! Das ist zu heiß!

Franck schüttete den Kaffee ins Spülbecken.

– War's bequem auf dem Boden? fragte er. Hättest den Unfug besser gelassen.

– ICH HAB NICHTS GEMACHT! DAS WAR IHR FREUND, DER JUNGE, DER HAT MICH UMGESTOSSEN!!

Franck trat mit dem Knebel an ihn heran.

– Alles klar, sagte er. Geh mir nicht auf die Nerven. Bleib ruhig, das dauert nicht bis an dein Lebensende.

Er fand auch Bier, die Arme vollbeladen kehrte er auf seinen Posten zurück. Der Dicke wurde im rechten Moment wach, er leerte eine Flasche, er hatte noch ganz kleine, schlaftrunkene Augen.

– Kacke, sagte er. Ich hab heute nacht ganz schön gefroren.

– Jaja, es geht los. Wir kriegen 'nen happigen Winter.

Er hatte sich ans Fenster gestellt, er betrachtete den Himmel, er konnte sogar voll in die Sonne sehen, das war dieses Glas, das mit zunehmender Helligkeit dunkler wurde, das kostete ein halbes Vermögen, er wollte gerade seine Hand darauf legen, um zu fühlen, ob das heiß war, da SAH ER SIE! Herrgott, es war kein Irrtum möglich, fast wäre er zurückgesprungen, aber er machte sich klar, daß sie ihn nicht sehen konnte, höchstens undeutlich, nicht bei der Verspiegelung und dem ganzen Scheiß, er hingegen, er sah sie klar und deutlich, sie war nackt, sie war NACKT, sie war allein in der Küche, splitternackt, Scheiße, trotzdem machte es ihm Spaß, sie zu sehen, langsam wurde ihm sehr heiß, er rührte sich nicht, einmal war er sich sogar ganz sicher, daß sie in seine Richtung schaute, sie guckte ihn an, sie hatte gerade etwas ins Spülbecken geworfen, sein Mund war voller Speichel, aber es fiel ihm nicht ein, ihn zu schlucken, das war unangenehm, fast gleichzeitig übermannte ihn wieder das Gefühl des Hasses, so nannte er das in seinem Kopf, in Wirklichkeit war das eine Sache, die ihm überall weh tat, die ihm den Atem raubte, die seine Muskeln anspannte, er brauchte nur daran zu denken, schon war sein Körper klatschnaß, manchmal konnte er dieses Gefühl schlotternd verscheuchen, manchmal nicht, und wenn er es schaffte, legte er sich hin, ein-, zweimal hatte sich Helen beunruhigt, sie dachte, er sei krank, das war wie Fieber. Er wußte, daß etwas Ungewöhnliches in ihm vorging, aber er hatte sich daran gewöhnt, ganz so, als hätte er einen Krebs zu seinem besten Freund gemacht, als hätte er ein greuliches und tobendes Tier verschluckt und bräuchte bloß den Mund zu öffnen, um es loszulassen, sobald er daran dachte, überkam ihn ein Brechreiz, er übergab sich nicht gern, doch wenn der Moment gekommen war, würde er es loslassen, die knurrenden Geräusche, die aus dem Krater seiner Kehle stiegen, die in seinem Bauch zusammengerollte Wut, der angehaltene Atem, eine Decke aus Blut.

Er wich zitternd zurück, diesmal war es zu stark gewesen, er war wie betäubt, er taumelte, Lili verschwand aus der Küche.

Den ganzen Tag über redete er praktisch kein Wort, Will schnüffelte überall herum, er hatte eine Gabe, Scheiße zu bauen, irgendwann fand er ein paar Pornohefte und gab ein wenig Ruhe, der Dicke schmökerte auf seinem Sofa und trank Bier, er ergötzte sich an den Comics von Steve Bell, die amüsierten ihn. Sie verbrachten den kürzesten und endlosesten Tag der Welt, sie aßen nicht richtig, hörten aber nicht auf, die kleinen Schweinereien zu knabbern, die unten in den Wandschränken herumflogen, Franck starrte weiter auf das Haus gegenüber, und als die Lampen angingen, fuhr er hoch, es wurde bereits dunkel, damit hatte er noch nicht gerechnet, er hatte sie alle im Laufe des Tages gesehen, er hatte Henri und Ned erkannt, sie waren da, und Carol auch und dieser dicke, lächerliche Bus, der in einer Ecke stand, Leute wanderten durch die Bude, exakt die Schwachköpfe, die er erwartet hatte, er hatte ein paar hübsche Mädchen mit unglaublichen Klamotten gesehen, und Typen, die letzten Arschlöcher.

Gegen zehn Uhr rauchte er seelenruhig vor sich hin, der Dicke schlief, Will fing an, hinter seinem Rücken hin und her zu laufen, er wollte etwas.

– He, sagte er, kannst du mir mal sagen, worauf wir hier eigentlich warten?

– Du wirst früh genug erfahren, wann's losgeht. Geh mir nicht auf die Nerven. Guck mal nach, ob der Arsch da unten was essen will. Hol ihm was.

– Soll ich vielleicht noch mit ihm Pipi machen gehn? Ihm den Arsch abwischen?

– Hör mal, du tust, was ich dir sage, und hältst die Klappe. Besser, du legst dich nicht mit mir an.

Will wich grinsend einen Schritt zurück, er zuckte mit den Schultern, er schlenderte aus dem Zimmer und lief flötend die Treppe hinunter. Nach einer Weile hörte Franck den Kerl schreien, Will lachte, dann das Geräusch splitternden Glases, er beugte sich vor, legte die Hände vors Gesicht, allmählich spürte er die Müdigkeit, er drückte ein wenig gegen seine Augen, straffte die Gesichtshaut mit den flachen Händen, vielleicht würde er einschlafen. Als er die Augen wieder öffnete, hörte er nichts mehr, gegenüber brannte immer noch Licht, aber das hieß nichts, die waren bestimmt fähig, Tag und Nacht sämtliche Lampen anzulassen, monatelang, das war so die Sorte, er besaß nicht viele Informationen über die Hauseigentümerin, der Dicke hatte gesagt, ein Mädchen mit massenhaft Kohle, das hieß, die Kohle hatte der Vater, klar doch, das war immer so, Franck hatte nichts gegen junge Leute, außer wenn sie Kohle hatten, dann konnte er sie nicht mehr ausstehen, in seinem Job hatte er deswegen schon ein paarmal Scherereien gehabt, den Zögling eines Reichen zu verdreschen war der Alptraum eines jeden Bullen, wenn erst die Eltern antanzten, wenn sie direkt vor dem Haupteingang parkten und markig die Türen ihres Silver Shadow zuschlugen, das hieß, daß der Ärger losging, und wenn dann das kleine Arschloch flennend auf einen zeigte, konnte man sicher sein, daß man einen dicken Bock geschossen hatte, dann glich die Zukunft einer endlosen Müllhalde, nein, wenn er es recht bedachte, hatte er für Jüngere nicht viel übrig, in der Tat, seit er das Gefühl hatte, ins Erwachsenenlager übergewechselt zu sein, konnte er sie nicht mehr leiden, er konnte sich nicht mehr erinnern, wann genau dieses Empfinden gekommen war, auch nicht, warum, er fand, die machten immer ein Gesicht, als wollten sie ihn verarschen, ein leicht hochnäsiges Gesicht, und das konnte er auf den Tod nicht ab, inzwischen machte er sich nicht einmal mehr die Mühe, sie anzugucken, es fand sich immer ein Grund, ihnen eine zu scheuern, danach ging es meist besser, naja, ihm zumindest, sie drehten durch, weil er sich nicht alt fühlte, alt ist man, wenn man sich nicht mehr bewegen kann, soweit war er noch lang nicht. Ihr Pech, wenn sie das nicht begreifen wollten.

Er ging runter in die Küche, um ein Glas Wasser zu trinken, er hatte einen trockenen Mund, er sah dem Kerl zu, der in seinem Schlaf zuckte, blonde schweißverklebte Löckchen, seine Unterlippe war geschwollen, der auch, so ein Schwachkopf, er hatte ihn rausgefordert, aber es war besser so, jetzt hatten sie ihre Ruhe, all diese Kerle hatten zu kapieren und ihm nicht länger in die Quere zu kommen, sonst würde er sie zerfetzen. Er ließ das Wasser laufen, um der ganzen Welt auf die Eier zu gehen. Typisch Franck war das.

14

An dem Morgen, wo er sie aufbrechen sah, sauste Franck in die Küche, er blieb im Türrahmen stehen, völlig außer Atem, mit leuchtendem Blick, und das, das war kein Witz, seine Augen schleuderten wahrlich Blitze. Die beiden anderen standen sogleich auf, überflüssig, es ihnen lang und breit zu erklären.

Sie ließen die Bude in einem schrecklichen Zustand zurück, lauter Dreck und volle Aschenbecher, sie schlugen nicht einmal die Tür zu, sie rannten zum Wagen, bogen um die Ecke und warteten. Seit vier Tagen hatte sich Franck weder gewaschen noch rasiert, schwarzgraue Stoppeln höhlten seine Wangen aus, er hatte sich kein einziges Mal umgezogen, sein Körper interessierte ihn nicht mehr, manchmal zitterten seine Hände. Die beiden andern hatten sich immerhin ein wenig Mühe gegeben, Will hatte einen tadellos sitzenden weißen Jeansanzug an, und der Dicke hatte am Abend zuvor geduscht, am Nachmittag hatte er sich am Kopf gekratzt, ich hab 'ne Idee, hatte er gesagt, warum kleben wir denen nicht einfach 'ne Wanze unter den Bus, ich schaff das, kein Problem, dann sind wir wenigstens sicher, daß wir die nicht verlieren, aber Franck hatte bloß gelacht, er hatte dem Dicken einen irren Blick zugeworfen, er hatte den Kopf geschüttelt:

– O nein, keine Bange, mach dir keine Sorgen. Die verlieren wir nicht, das ist völlig UNMÖGLICH. Nein, wenn du unbedingt was tun willst, dann kauf lieber ein paar Karten, die können uns noch nützlich sein.

Der Dicke hatte alles mitgebracht, was er hatte finden können, er hatte einen kleinen Spaziergang gemacht, eine Strähne im Wind, an einem Nachmittag, so zuckersüß und mild wie diese chemischen Bonbons, er hatte das Ganze in einen Karton gepackt, supergenaue Dinger mit sämtlichen kleinen Straßen, die Rechnung hatte er fein säuberlich geknickt in seine Brieftasche gelegt, mit sowas spaßte er nicht.

Franck überprüfte aus dem Augenwinkel die Benzinuhr des Ford, dreiviertel voll, ein Glück, Scheiße, er hatte total vergessen, sich darum zu kümmern, dabei war das das mindeste, so was Blödes, er war beknackt, er hätte einen anderen Wagen nehmen müssen, den da kannten sie, damit würde er ihnen höchstens Schiß einjagen, mehr kam dabei nicht rum, er schloß die Augen und versuchte, sich zu beruhigen, ja, ja, halb so schlimm, dieses Warten war daran schuld, daß er die Dinge aus dieser Warte sah, er hatte einen vollen Kanister im Kofferraum, und schwarze Fords, die gab's an jeder Ecke. Als der Bus aus dem Garten fuhr und in die Straße einbog, dachte er überhaupt nicht mehr daran, sein ganzer Körper fing an zu lächeln, das konnte überhaupt nicht schiefgehen, er wußte es, manchmal trifft alles so ein, wie man es sich wünscht, man hat die ganze Welt fest an der Kandare, das kommt vor, es gibt eine Weise, es so zu deichseln, aber das ist wahrlich hart für die Nerven.

Der Dicke, er hätte ihn knutschen können, er war phantastisch, das war Millimeterarbeit, was er da machte, er folgte ihnen mit weitem Abstand, kaum noch auf Sichtweite, im Rückspiegel des Busses waren sie bestimmt nicht größer als Fliegendreck im Gegenlicht, aufgelöst in den Wellen der Hitze und dem Flimmern. Kaum waren sie aus der Stadt, hatte Franck seine Waffe aus dem Kofferraum geholt, dann waren sie wieder losgedüst, für Will hatte er einen Revolver vorgesehen, aber nur im Notfall, der Dicke hatte seinen stets dabei, er trug ihn einfach in seinem Hosengürtel, auf der Haut, unter seinen Hawaiihemden, er war ein guter, aber kein schneller Schütze. Franck befestigte den Schalldämpfer sowie das Zielfernrohr auf dem Karabiner, das war eine großartige Waffe, er legte sie vor seine Füße und preßte sich in den Sitz, die Hände hinter dem Kopf, er hatte seine Brille aufgesetzt, ein altes Schildpattgestell mit hellroten Gläsern, wie er es liebte, die Farben waren wärmer, relativ unecht, aber er hatte sich daran gewöhnt. Die Straße verlief schnurgerade, der kleine gelbe Punkt vor ihnen blieb unverändert, der Dicke hielt exakt das richtige Tempo, er hatte ein perfektes Gefühl für die Entfernung, das war fast schon harmonisch, Franck fühlte sich wohl, er war entspannt und wachsam zugleich, das war angenehm, er dachte an bestimmte Dinge, er sagte sich, er hätte sie durchaus auf dieser Straße schnappen können, es war niemand zu sehen, oder sie abknallen wie Hasen, er ließ sich das nur so durch den Kopf gehen, um sich zu amüsieren, um es ein wenig zu erleben und sein Vergnügen zu vervielfältigen, in Wirklichkeit wollte er das ganz anders regeln, er wollte das große Spiel eröffnen, er brauchte einen besonderen Rahmen, etwas, das dem angemessen war, was er empfand, Herrgott, er konnte das schließlich nicht durchziehen wie den letzten Dreck, das war eine Liebesangelegenheit, da durfte er sich nicht gehenlassen, er wußte, wie schön das vorher war, und die Trübsal, die danach kam, es galt, sich zusammenzureißen, sich nicht von diesem wahnsinnigen Verlangen überwältigen lassen. Bloß nicht.

Er saß da, leicht durchgeschüttelt, von der Hitze gebeutelt, in seine Träume versunken, er kapierte nicht, was vorging, der Dicke kurvte in den Straßengraben und hielt am Rande eines Feldes mit gelben Blumen, die höher waren als die Chaise, sie standen beinahe im Schatten.

– Verdammt, was machst du? knurrte Franck.

Der Dicke hatte noch die Hände am Steuer, er guckte geradeaus, aber sie waren unterhalb der Straße, er sah nichts, er schaltete den Motor aus, er sagte:

– Ich glaub, die sind von der Straße geflogen.

– WAS???

Franck stieß die Tür auf, das Gras störte, er half mit dem Fuß nach, rupfte alles aus, was ihm auf die Nerven ging, er warf einen Blick auf die Straße, aber sie waren zu weit weg, er rannte zum Kofferraum, wo genau, wußte er nicht, aber daß er eins hatte, wußte er, er fing an zu wühlen, doch sein Verstand hämmerte wie verrückt, Scheiße, vorne, unter dem Sitz, es fiel ihm wieder ein, er hechtete in den Wagen, drückte die Beine des Dicken auseinander, fand es sofort, ein 20×80er, letztesmal hatte er ziemlichen Blödsinn damit angestellt, das Ding war zu stark, und wenn er es noch so festhielt, das flackelte immer noch, er hätte es auf ein Stativ stellen müssen, er hatte keins. Er legte sich ins Gras, rammte die Ellbogen in die versengte Vegetation, das roch intensiv, als er endlich die Schärfe eingestellt hatte, hatte ihn die Sonne schon in den Nacken gebissen.

Er hielt den Atem an. Er sah den umgekippten Laster auf der Straße, das sah nach einem dieser Dinger aus, mit denen man Tiere transportiert, der Bus stand ein Stück weiter, sie waren ausgestiegen, Scheiße, was hatte das mit ihrer Geschichte zu tun, das paßte ihm ganz und gar nicht, jetzt erst merkte er, daß er die ganze Zeit diese Dreckshupe hörte, ein Krach, um das ganze Land aufzuschrecken, GOTTVERFLUCHT, er sah, wie sie sich über den Transporter beugten, und allein an ihren Visagen erkannte er, daß ihnen der Arsch auf Grundeis ging, verdammte Scheiße, sagte er laut, haut endlich ab, was trieben die bloß da, eine Spinne kroch ihm über den Arm, er sprang auf und die Hupe verstummte, er stürzte sich wieder in sein Fernglas, na endlich, sie verzogen sich, er wollte gerade aufstehen, als er das Ungetüm kommen sah und Blitze schleudernd anhalten sah, das fehlte gerade noch.

Er robbte zu dem Ford zurück, die beiden andern hatten sich nicht gerührt, der Dicke zog bloß eine Augenbraue in die Höhe, als er sah, daß Franck den Karabiner ergriff, Franck zwinkerte ihm zu und legte einen Finger auf den Mund, dann duckte er sich und kletterte wieder hoch zum Straßenrand. Er preßte das Zielrohr an sein Auge, entdeckte die beiden Typen aus dem Peterbilt mitten in dem kleinen Kreuz. Eine komische Sache, um ihn herum herrschte tiefe Stille, und er sah die Typen quatschen, das war wie in einem Stummfilm, über ihm strömte tonnenschwer die heiße Luft, das war an der Grenze des Erträglichen, als sie sich auf ihn legte, aber er atmete ganz flach, er schluckte seinen Speichel nicht mehr hinunter, das einzig wirklich Störende war dieser Schweißkranz um sein Auge, voll Salz, aber jetzt war nicht der Augenblick, er wußte genau, was sich da drüben abspielte, als wäre er dabei, der Typ mit dem Mikro in der Hand rief garantiert nicht seine Mutter an, und dann der andere, der sich mit seinem Hammelgesicht vor Lili aufbaute. Naja, das stellte ihn nun wirklich nicht vor Probleme, als der Kerl eine Hand nach Lili ausstreckte, hatte Franck sein Ohr voll im Visier, und er drückte ab. Er hatte den Karabiner lange nicht mehr benutzt, aber er kam noch ganz gut damit zurecht, der Typ hob ab, er schraubte sich in die Höhe, im Zirkus hätte er mit solch einem Sprung Furore gemacht. Franck nahm den zweiten aufs Korn, der Kerl verkrümelte sich unter seiner Maschine, Franck sah bloß ein Bein, das noch im Freien lag, besser als gar nichts, er zielte auf den Oberschenkel und markierte einen weiteren Punkt, aber der Kerl war nicht zu sehen, der mußte sich hinter einem Reifen versteckt haben, und noch während er das dachte, schoß er erneut, und der Reifen flog in die Luft. Jetzt erblickte er ihn, er lag auf der Straße, genau unter dem Motor, er sah ihn nicht besonders gut, aber er hatte eine ziemlich klare Vorstellung, wo sich der Kopf befand, und das war der Moment, den der Typ wählte, um seine Nase in den Wind zu halten, und Franck dachte, man muß bekloppt sein, sowas zu tun, und sein Finger hatte längst wieder abgedrückt, er traf den Kerl mitten in die Stirn, der Hammer war, daß er gleichzeitig den Peterbilt erwischte, das Ding hob feuerspeiend ab und landete im Sturzflug auf der Straße, selbst dort, wo er war, hörte Franck deutlich das Scheppern des zerfetzten Metalls. Er wischte sich über die Stirn, das Spiel hatte begonnen, er hatte sich warm gelaufen, kleine schwarze Rauchkronen swingten in den Armen des karamelisierten Himmels.

DREI

I

Sie fuhren drei Tage und drei Nächte, in der zweiten Nacht passierten sie die Grenze, ein kleiner, mickriger Übergang, der Typ war dermaßen eingedöst, es war dermaßen dunkel, kurz darauf fing Lili an zu brechen, Ned und Henri guckten vorne einander an, während sich Carol um sie kümmerte, nachts tanzte dieser kleine Lichtfleck in ihrem Rückspiegel, sie wußten, was das war, tagsüber sahen sie nichts, das war noch schlimmer. Dennoch fuhren sie, so schnell sie konnten, der Bus war in gutem Zustand und der Ford längst nicht mehr der jüngste, aber er hängte sich dran, jetzt waren sie sicher, daß Franck nicht allein war, und dieser Wichser versuchte nicht einmal, sie einzuholen.

– So ist er. Er wartet den rechten Moment ab, hatte Carol gesagt.

Ned hatte nur genickt, er wußte es, sie alle wußten es.

Als der Tag anbrach, erblickten sie eine seltsame Landschaft, eine rote Erde mit ein paar dornigen Büschen, ringsum standen kleine Berge mit rundem Gipfel, wie Finger, wie Würstchen, die in einem Teller voll Ketchup staken, am Himmel zogen pfeilschnell ein paar Wolken, vom Winde zerfetzt und sogleich wieder gekittet, sie kamen durch ein schneeweißes verlassenes Dorf, die Straße war weniger gut, Lili fühlte sich überhaupt nicht gut, sie übergab sich erneut, sie machte schreckliche Geräusche und hustete zugleich, sie konnten nichts tun, Carol hielt ihre Hand, sie hatten bloß ein Handtuch, und das sah ekelhaft aus.

– Ich glaube, sie hat Fieber, sagte Carol. Es geht ihr gar nicht gut.

Die letzte Tankstelle vor der Grenze, ein unglaubliches Ding, sie hatten alles bekommen, Fressalien, Zeitschriften, sogar Klamotten verkauften die da drin, Souvenirs und Waffen, und Ned hatte auf das Regal mit den großen Kalibern geschielt, Herrgott, die hatten die Century 45,70 im Schaufenster, dieses monströse Geschoß, was Dickeres konnte man nicht finden, und außerdem, Scheiße, ein, zwei Waffen brauchten sie mindestens, das war das absolute Minimum, er kannte sich nicht besonders damit aus, und der Verkäufer trat lächelnd auf ihn zu, er legte ihm ein paar von den Dingern in die Hände, dieser Schweinehund wußte um den Zauber der Waffen, und Ned war einfach hin und weg. Henri beglich schweigend die Rechnung, drei Schachteln 357er Magnum Patronen und zwei belgische Revolver, Barracudas, die Typen mußten nach einem besonders fiesen Namen gesucht haben, an Inspiration hatte es ihnen nicht gefehlt.

Ned parkte am Straßenrand, schob eine Waffe in seine Tasche und stieg aus. Der Ford mußte ebenfalls angehalten haben, bestimmt hatten sie das getan, er war sich sicher, als wären die beiden Kisten mit einer Eisenstange verbunden, aber vorerst wollte er sie nur ermüden, ihnen auf den Keks gehen, damit sie die Nerven verloren, ihn, noch ödete ihn die Fahrerei nicht an, noch nicht. Er öffnete die Hecktüre und beugte sich über Lili, Scheiße, vielleicht war das nur 'ne normale Übelkeit, manchmal kann auch das ganz schön schrecklich sein, er hoffte, daß es das war, aber sie machte schon ein komisches Gesicht, sie schwitzte, sie roch nicht besonders gut, Jessesmaria, er konnte sich ihr beim besten Willen nicht nähern, der Geruch des Erbrochenen war für ihn etwas Furchtbares, sie guckte ihn an, er zog eine Art schmerzliche Grimasse, er mußte sich abwenden, tief Luft holen, bevor er sich wieder über sie beugte, er streichelte ihr ungeschickt über die Wange, Carol sah ihn durchdringend an, roter Staub wirbelte in dem Bus, Lili faßte seine Hand und drückte ihre Lippen darauf, er schlug die Augen nieder und verpaßte der Karosserie einen kurzen, heftigen Schlag, dann betrachtete er Carol, ihre Wangen waren gerötet, diese Zicke, ihre Augen funkelten, sie versuchte, ihm damit weh zu tun, es scherte ihn einen Dreck, er sah sie scharf an, ohne seine Hand wegzunehmen, bis sie mit dem Scheiß aufhörte, dann sagte er:

– Ja, sie hat Fieber. Ich weiß nicht, hier können wir nichts machen, vielleicht ist es halb so schlimm.

In Wirklichkeit hatte er Mordsschiß, sie glühte, er hatte ein ganz komisches Gefühl, er hatte noch nie von einer Magenverstimmung gehört, bei der man vierzig Fieber hat.

Es kam richtig Wind auf, er hatte Schwierigkeiten, die Türen zu schließen, die kleinen Staubkörnchen peitschten ihm in den Rücken, sie fuhren weiter und schwiegen eine ganze Weile, er guckte Henri an und zog die Augenbrauen in die Höhe, er kannte sich mit dem Tod aus, nicht mit Krankheiten, er verstand überhaupt nichts, und Henri meinte nein, ich hab keine Ahnung, komische Sache, er redete ziemlich leise, oder sie hat irgendwas geschluckt, hinten im Bus, sagte er, Lili fing wieder an zu husten, zu spucken, zu brechen, sie ging sichtlich vor die Hunde, und das nächste Dorf konnte hinter dem Hügel auftauchen oder Hunderte von Kilometern entfernt sein, sie wußten es nicht, und was wäre, wenn sie tatsächlich anhalten müßten, was würde dabei wohl herauskommen?

Er kippte zwei lauwarme Bier nacheinander in sich hinein, daß ihm die Augen aus den Höhlen traten, und am frühen Abend gelangten sie in ein Dorf, das ein wenig ansehnlicher war als das erste, Ned hielt auf einem kleinen Platz mit einem Brunnen in der Mitte, Kinder spielten mit einem gelbschwarzen Hund, der Hund lief bellend auf den Bus zu, und eins der Kinder trat näher, nahm ihn auf die Arme. Henri hielt den Kopf durchs Fenster und winkte den Kleinen zu sich:

– Eh, kannste mir sagen, wo's hier 'nen Arzt gibt?

Der Junge gab keine Antwort, der Hund knurrte auf seinen Armen, das Wasser lief aus dem Brunnen mit einem Geräusch wie von raschelndem Papier, die anderen Kinder hatten aufgehört zu spielen und guckten herüber.

– Eh, Kleiner, weißte das nicht? versuchte es Henri erneut.

Der Junge antwortete irgend etwas, aber sie verstanden kein Sterbenswörtchen, sie waren nicht sprachbegabt, Henri winkte ab, schon gut, macht nichts, er wandte sich an Ned:

– Verdammt ... und was jetzt?

Ned stieg aus, er glaubte den schwarzen Ford um eine Ecke biegen zu sehen, aber er sagte nichts, er war sich nicht ganz sicher, er öffnete die Hecktür und winkte den Jungen zu sich. Der Kleine kam näher, den Hund auf den Armen, er trug ein vor Dreck schwarzes T-Shirt, doch sein Körper wirkte sauber, er hatte große Augen, er hatte keine Angst, er schien neugierig zu sein. Ned zeigte ihm Lili, die auf den Decken lag, er tat so, als horchte er sie ab, als setzte er ihr eine Spritze in den Arm, der Junge nickte und packte ihn am Ärmel, er zog ihn nach links, in ein schmales Sträßchen, er zeigte Ned das schwarze und kühle Loch eines Eingangs, er zählte mit den Fingern bis zwei und deutete auf ein Fenster, der Himmel war plötzlich violett geworden, es war weniger heiß. Ned dankte ihm und ging zum Bus zurück, er kletterte auf seinen Platz.

– Nun gut, sagte er, ich glaube, es gibt 'nen Arzt in der Gegend. Keine Ahnung, ob wir ihn herholen oder Lili zu ihm hochbringen sollen.

Neben ihm kaute Henri an einem Nagel, Carol stützte sich mit den Ellbogen zwischen ihnen auf, sie war müde, erneut nahm Ned den Geruch des Erbrochenen wahr, er packte das Lenkrad und starrte geradeaus. Er zündete sich eine Zigarette an, warf sie nach zwei Zügen weg, einer der Jungen stürzte vor und steckte sie sich in den Mund, die anderen umringten ihn.

– Ich nehm Lili mit, sagte er. Versucht den Bus ein wenig zu reinigen, ohne Quatsch, ich kann diesen Geruch nicht länger ertragen, der macht mich krank. Direkt nebenan ist Wasser. Vielleicht sind wir gleich wieder zurück.

Er überquerte den kleinen Platz und stützte Lili, trug sie fast, sie war wie eine große Stoffpuppe, er drückte sie an sich. Als sie in die kleine Straße einbogen, schlug eine Glocke sechs Uhr, außer den Kindern hatten sie noch niemanden in ihrer Nähe gesehen, die Häuser waren weiß, beleuchtet, verglichen damit sah Lilis Gesicht so grau aus wie ein Haufen Asche, dieses Mädchen, bis zum Ende der Welt hätte er es so tragen können. Oder zumindest verdammt lange.

Sie stiegen die Treppe hoch, es roch ranzig, aber es war kühl, fast wunderbar, Lilis Kopf war auf ihre Brust geklappt, mehrmals hatte er sie gefragt, ob's ging, aber sie hatte ihm nicht geantwortet, innerhalb weniger Stunden war sie wahrlich abgesunken, Ned hielt sich am Geländer fest, morsches Holz, das unter seiner Hand knackte und knarrte, sie taumelten vor eine mauvefarben bepinselte Tür, die einzige, er hämmerte dagegen wie ein Verrückter.

Die Tür öffnete sich, und alles, was Ned sah, war diese schmale, mit einem gestreiften Stoff bezogene Liege in der Mitte, er trat ein und bettete Lili darauf, jetzt erst drehte er sich um. Der Typ war ziemlich klein, ein Dicker mit finsterem Blick, und der kleine Mann trat vor, mit einem Taschentuch wischte er sich den Nacken ab, VERDAMMT NOCHMAL, WENN DER KERL ARZT IST, FRESS ICH 'NEN BESEN, dachte Ned, aber das war bloß sein Eindruck, und der Typ beugte sich über Lili und betrachtete sie eingehend, er murmelte ein paar Worte, die Ned nicht verstand, aber er meinte ihn nicht, er redete zu sich selbst, und in dem Moment, wo er seine Instrumentensammlung hervorholte, drehte sich alles um Ned, nicht wegen dieser chromblitzenden Drecksdinger oder weil sich Lili erneut übergab, nein, aber er fühlte sich dermaßen müde, ihm hing das alles dermaßen zum Hals heraus, das dauerte nur eine Sekunde, aber er spürte, daß seine Beine nachgaben, und er mußte sich am Bettpfosten auffangen, alles zum Teufel schicken, abhauen, so eine Scheiße, er schloß die Augen, stundenlang, und als er sie wieder aufmachte, flitzte der Typ durchs Zimmer und wühlte in einem Wandschrank.

In Lilis Arm, in die dicke Ader jagte er seine Nadel, und Ned sagte sich, das ist nicht wahr, er macht nichts mit ihr, nicht die geringste Untersuchung stellt er mit ihr an, großer Gott, er hatte einen Horror vor diesen Scheißärzten, sie machten ihm angst, was der ihr wohl in die Adern gehauen hatte, er wollte nicht daran denken, der andere reichte ihm zwei Schachteln Medikamente und stürzte sich in Erklärungen, aber Ned winkte ab, überflüssig, ich versteh nichts, daraufhin zog ihn der Typ in den hinteren Teil des Zimmers und deutete auf einen Kalender, der an der Wand hing, ein drei Jahre altes Ding, er veranstaltete ein Heidentheater, um Ned begreiflich zu machen, daß Lili dieses Zeug dreimal am Tag schlucken sollte, Ned nickte, und der andere zupfte ihn am Ärmel und lächelte. Ned legte einen Schein auf das Bett, neben Lilis Kopf, und er hörte überhaupt nichts mehr, er nahm sie einfach in seine Arme und verließ das Zimmer.

Als er vor die Tür trat, war es fast Nacht, Leute standen auf der Straße, die Kühle hatte sie hervorgelockt, sie blickten hinter ihm her, als er mit dieser Frau auf den Armen vorüberging, Henri und Carol saßen auf dem Brunnenrand, Henri sprang auf, als er sie kommen sah, und er rannte los, um ihnen die Türen des Busses zu öffnen. Ned legte Lili auf die Decken und verschnaufte einen Augenblick; die beiden anderen sahen ihn an, er drückte die Türen zu und sagte:

– Wir sind keinen Deut weiter. Er hat ihr 'ne Spritze gegeben, ich hab Medikamente. Keine Ahnung, was sie hat.

– Wir haben etwas zu essen aufgetrieben, sagte Henri. Irgendwelche Dinger mit Fleisch drin. Und Obst. Die Wasserkanister haben wir auch gefüllt.

– Schön, hauen wir ab, sagte Ned. Wir halten ein Stück weiter draußen.

Er wußte, was das hieß. Die beiden anderen auch, aber niemand sagte etwas. Ned spürte die Barracuda in seiner Tasche, er hatte sie vergessen, natürlich würden sie halten, o ja, sie war dermaßen krank, und Franck war nichts als ein Haufen Dreck, sie würden sich ein ruhiges Plätzchen suchen, und wenn der andere aufkreuzen sollte, er hoffte, er würde aufkreuzen, würde er der Sache ein für allemal ein Ende machen.

2

Manchmal brach ihm der kalte Schweiß aus, das hing mit der Müdigkeit zusammen, er sperrte die Augen auf, aber wenn sein Verstand diese verdammten Dinger aufwühlte, die ihm Dolche ins Kreuz stießen, ächzte er, und dann sagte er sich, ICH BRING SIE UM, ich bring sie um, ich schnapp sie mir auf dieser Straße und jag sie allesamt in die Luft, Herr im Himmel, er war dermaßen müde, daß er keinen Schmerz mehr empfand, aber er blieb reglos sitzen, die Kinnbacken zusammengepreßt, er guckte den Dicken an, er wollte ihm sagen, los, hol sie ein, wir machen der Sache ein Ende, er betrachtete seinen leblosen Arm, dabei wollte er den Dicken SCHÜTTELN, das Ganze dauerte vielleicht eine Minute, manchmal länger, unmittelbar danach fühlte er sich kraftlos, manchmal wechselte er sich mit dem Dicken ab, Will fuhr seltener, meistens verbannten sie ihn in die widerliche Einsamkeit des Rücksitzes.

Als sie über die Grenzen kamen, saß er selbst am Steuer, die beiden anderen schliefen, er hörte Will sogar mit den Zähnen knirschen, Scheiße, sie waren mindestens fünfzig Stunden in einem Stück gefahren, er hatte sich dermaßen an das Geräusch des Motors gewöhnt, daß er eine auf einem Bein landende Fliege gehört hätte, er setzte sein breitestes Bullenlächeln auf und hielt es dem Grenzbeamten samt Ausweis vor die Nase, aber der Kerl sah dermaßen wach aus, dermaßen begeistert, diesen Job auszuüben, er winkte sie mit einer laschen Geste durch, rings um seine Hand wirbelte der Wind rote Staubkörnchen auf.

Er fuhr weiter in dem Pfeifen der offenen Fenster, dem schwachen gelblichen Licht des Armaturenbretts, die Straße war weniger gut, die Schlaglöcher knallten wie Haifischkiefer, sobald er mit einem Rad darüberfuhr; er war um zehn Jahre gealtert, er spürte es in seinem Rücken und seinen verspannten Muskeln, ZEHN JAHRE, Franck, und was treibst du hier, düst wie ein Bekloppter durch dieses Land, du baust vielleicht einen Scheiß, was ist in dich gefahren, was bezweckst du damit, und er, er knurrte, scheißegal, sagte er, ich warte ab, bis es soweit ist, die sind auch müde, sieht nicht so aus, als könnten die mich abhängen, und die Stimme antwortete, aber Franck, was erzählst du denn da, du drehst durch, das ist doch nur THEATER, in Wirklichkeit weißt du nicht, was du tun sollst, bist zwar 'n großes Schlitzohr, hast aber Schiß, sie einzuholen, Franck lachte hämisch, zisch ab, fick dich ins Knie, sagte er, du bist auf dem Holzweg, ich warte, bis ich es im GESPÜR habe, weißt du, ich will da 'ne große Sache draus machen, er sah den Mond nicht, das war bloß ein Schein, der aus der obersten Etage kam, diese Art Gespräche taten ihm gut, er entspannte sich, am Nachmittag hatte er sich großartig geschlagen, der Dicke hatte sich auf seinem Sitz gewunden und gestöhnt:

– So nimmt das nie ein Ende.

Franck hatte ihm keine Antwort gegeben, manchmal konnte der Dicke blöder sein als ein Hund, er hatte sich in seinen Sitz gepreßt und die Arme auf diesem Wald roter Kokospalmen verschränkt, ein mauvefarbener, schweißtriefender Himmel zuckte auf seiner Brust:

– Wir kommen bald über die Grenze, fügte er hinzu.

– Ich fahr über sämtliche Grenzen, wenn es sein muß. Du kannst aussteigen, wann immer du willst. Danach reden wir nicht mehr darüber.

Der Dicke lockerte sämtliche Muskeln seines Gesichts, das bewirkte zwar nicht unbedingt ein Lächeln, aber es verriet eine Art Wohlbehagen, als streichelte ihm eine zwanzigjährige Blondine über die Oberschenkel, das verlieh seinem Gesicht einen widerlichen Ausdruck, wie dem auch sei, Franck hatte mit diesen Flausen gründlich aufgeräumt, er hoffte, Will hatte zugehört, er warf einen Blick in den Rückspiegel, der Typ drückte sich hinten die Nase an der Scheibe platt, spielte mit seinem Finger auf den beschlagenen Flächen.

Er raste unter dem roten Himmel, er hatte nicht das Feeling des Dicken, er mußte näher an den Bus heran, er beschleunigte, bremste ab, nachts waren diese kleinen Rücklichter, die einem vor der Nase tanzten, tagsüber jedoch durfte er ununterbrochen in die Ferne starren, nervlich gesehen war das verdammt HART.

Will reichte ihm eine Tasse heißen Kaffee, den er aus einer Thermosflasche zapfte, er hatte sich gähnend mit den Ellbogen auf den Vordersitz gestützt:

– Scheiße, wir fahren ja immer noch. Wo sind wir?

– Wir haben heute nacht die Grenze überquert. Seitdem haben wir diesen Scheißwind.

Er sah den Bus anhalten, in der Ferne, kurz hinter einer Kurve, er nahm den Fuß vom Gas und ließ den Wagen auf den Seitenstreifen rollen, er bremste mitten in einer Gruppe von stacheligen Sträuchern, die über den Lack kratzten. Sie nutzten die Pause, um pinkeln zu gehen, der Wind roch nach heißer Erde, es war gar nicht so einfach, sauber zu pinkeln, Will grölte, als er sich ein Hosenbein besprühte, dann sagte er:

– 'n hübscher Ausflug, den wir uns hier leisten, was?

Franck schüttelte sein Ding, er ließ die Stelle, wo sich der Bus befand, nicht aus den Augen, die Sonne fing an zu knallen, und die Luft war glühend heiß.

– Außerdem kommen wir hier in 'ne ruhige Gegend.

– Eben, das will ich ja nur.

Der Dicke ging wortlos an ihnen vorüber, eine Rolle Klopapier in der Hand, himmelblau, die letzten drei Blätter ratterten im Wind wie ein Nest Klapperschlangen.

– Halt dich nicht drei Stunden auf, sagte Franck.

Der Dicke ging zwei Meter weiter und ließ seine Hose runter. Franck kehrte zum Wagen zurück, die Toastbrotscheiben waren total ausgetrocknet, verschrumpelt, Will hatte einen derartigen Saustall hinterlassen, daß er es vorzog, sich eine Zigarette anzuzünden, seine Kehle war rauh, Hunger hatte er ohnehin nicht, sein Magen war bloß ein wenig leer. Die Zigarette fiel ihm aus den Fingern, er fuhr von seinem Sitz hoch und hechtete unter das Armaturenbrett, suchte das kleine glimmende Auge, das Ding hatte sich unter die Sitzbank verkrümelt, er bekam es zu fassen. Als er wieder hochkam, machte der Wind was ganz Komisches, er nahm Anlauf von den Bergen, sauste im Zickzack mindestens einen Kilometer durchs Tal, pfiff am Wagen entlang und wirbelte durch die hintere Tür hinein. Der gesamte Staub der Erde flog in den Wagen, der Aschenbecher wurde mit einem Schlag leergefegt, und Franck machte große empfindsame Augen, wie Michael Strogoff. Er preßte die Fäuste auf die brennenden Stellen, und unter Tränen sagte er ah, verDAMMte SCHEIße, verDAMMte SCHEIße, er ließ die Luft durch seine Zähne zischen.

Er brauchte gut eine Minute, bis er hinter seinen Tränen hervorkam, und als er nach dem Bus Ausschau hielt, stellte er knurrend den Motor an:

– Die sind abgehauen. Fahren wir.

Will saß schon auf seinem Platz, aber der Dicke war noch nicht zurück.

– SCHEISSE, ES GEHT WEITER! grölte Franck. BEEIL DICH!!!

Er wartete darauf, den Dicken hinter dem Busch auftauchen zu sehen, er trat ein paarmal aufs Gaspedal, seine Augen schmerzten immer noch, man hätte meinen können, er heule vor Wut, seine Augenlider sahen aus wie Spaghetti in Tomatensauce, sie konnten längst zwei, drei Minuten Rückstand haben, vielleicht mehr, und dieser Kerl kackte munter weiter, wie lange brauchte der denn noch, er drückte auf die Hupe, und der Dicke kreuzte seelenruhig auf, die roten Haare zu Berge, er schnitt eine unglaubliche Grimasse, die Rolle hatte er sich unter den Arm geklemmt, er schnallte sich im Gehen den Gürtel zu.

Statt zurückzusetzen, fuhr Franck geradewegs durch den Busch, und der Ford schleuderte quietschend auf die Straße. Das gesamte Heck der alten Gurke erzitterte, er hatte keine Angst, die anderen zu verlieren, aber er mußte sie sehen, die Windstöße schienen nachzulassen, die Sonne stieg sehr hoch und tropfte auf die Motorhaube, sie drehten die Scheiben wieder runter, lieber Feuer atmen als gar nichts.

Sie holten den Bus nicht mehr ein. Manchmal glaubt man, die ganze Welt in Händen zu halten, und plötzlich knallt einem alles ins Gesicht wie ein zu strammer Gummi, das liegt an dem tiefen Geheimnis der Dinge, das Leben hat diesen aggressiven Humor, es erwartet von dir ein Lächeln, oder es schlägt dir seine Nägel in den Schädel, das passierte kurz vor einer leichten Steigung, der Motor drehte langsamer, Franck schaltete zurück, aber das machte es nur schlimmer, irgend etwas schien den Ford zu bremsen, Francks Magen schrumpfte wie ein Schwamm in der Sonne, ging ab in Richtung Schwarzes Loch, der Motor zog sich zusammen, das klappte wie geschmiert, und dann starb er ab, er umgab sich mit einer makellosen Stille. Franck mühte sich vergeblich, ihn wieder in Gang zu bringen.

– Der ist hin, da kannste Gift drauf nehmen, meinte der Dicke.

Franck hatte eine irre Lust, auf irgend etwas einzudreschen. Die Hände am Lenkrad, wartete er darauf, daß das vorüberging, er guckte starr geradeaus, doch sein Blick registrierte nichts. Er stieg aus, in die pralle Sonne, steckte die Hände in die Taschen und bog sich zurück, er atmete tief durch, der Bus entfernte sich mehr und mehr, er spürte es in seinem Bauch.

Will stieg seinerseits aus, er wimmerte:

– Das ist doch nicht möglich, Menschenskind, das ist nicht möglich. Was machen wir denn jetzt?

Franck schaukelte vor und zurück, ohne ihn anzusehen, er sagte:

– Wir gehen zu Fuß.

– Zu Fuß? Bist du bescheuert? Weißt du, was das heißt, zu Fuß, da gehn wir kaputt, und ob, das ist hier schlimmer als 'ne richtige Wüste. Ah, so eine Scheiße, das mußte ja so kommen.

Franck beugte sich in den Wagen und schnappte sich den Stapel Karten, er suchte eine heraus und warf den Rest auf den Rücksitz. Er faltete sie auseinander, drückte sie auf die glühende Motorhaube, der Wind hielt unterdessen still. Es war eine Straße eingezeichnet, eine einzige Straße in gut hundert Kilometer Umkreis, das war keine besonders genaue Karte, sie enthielt nur die etwas bedeutenderen Dinger, er versuchte sich zu orientieren, zählte ein paar Zahlen im Kopf zusammen, während Will auf und ab lief und über die Karre fluchte.

– Bis zum nächsten Kaff dürften es gut vierzig Kilometer

sein. Das schaffen wir bis heute abend. Das ist nicht die Welt. Vielleicht können wir 'nen Wagen anhalten.

– Das denkst auch nur du. Ich hab den ganzen Tag noch keinen gesehn, knurrte Will.

– Du kannst ja hierbleiben und versauern, mach doch, was du willst. Es ist mir scheißegal.

Er machte sich daran, seine Sachen zusammenzuraffen, der Dicke hob eine halbe Minute lang die Motorhaube hoch, dann ließ er sie behutsam wieder sinken, er guckte Franck an, er zeigte ihm die Faust, den Daumen nach oben gereckt, dann schwenkte er ihn langsam nach unten.

3

Herrgott, todunglücklich setzte er sich wieder ans Steuer und raste drauflos, die Leute spazierten mitten auf der Straße, er mußte aufpassen, normalerweise wäre ihm so etwas nie in den Sinn gekommen, aber er drückte auf die Hupe, und die Leute traten gemächlich zur Seite, sie fuchtelten mit den Armen, hämmerten gegen die Karosserie, und sie hatten recht, er ging ihnen auf den Keks, trotzdem hätte er am liebsten zwei oder drei von ihnen über den Haufen gefahren, er war in einem Zustand, er empfand nichts mehr, Herrgott, diese Straßen waren wirklich schön, und das war nur noch entsetzlicher, er empfand diese Schönheit auf eine ziemlich merkwürdige Art. ER FÜHLTE SICH NOCH MIESER!!! Die Schönheit ist der letzte Mist, wenn man leidet, ringsum war eine ganze Meute Hunde, und Leute, Frauen und Männer, da waren Bürgersteige entlang den Mauern, weiße Mauern, Musik, miserable Musik, und diese Arschlöcher spazierten mitten auf der Straße, mit ihren Hunden, die Hunde drehten sich nach den Mädchen und nach den weißen Mauern um, die Mauern waren von einem intensiven Weiß, Girlanden aus Früchten wie für ein Fest, und die Straße stieg sanft an und am Ende war nichts mehr, nur die Nacht, die Musik, die Hunde flitzten dicht vor den Rädern des Busses her, überall diese nackten Glühbirnen an den Mauern, und diese verdammten Falter, die in dieser beknackten Musik herumflatterten, selbst die Hunde waren beknackt, selbst die Leute, die Mädchen und die Männer auf den Bürgersteigen, sie brachten die Glühbirnen und die Schatten an den Mauern zum Tanzen, von einem Ende zum andern, und sonst nichts.

Die Barracuda in seiner Tasche fiel ihm ein.

Und Lili, das verwirrte ihn, es machte keinen Unterschied, sie mitzunehmen oder alles zum Teufel zu jagen, beides war gleich schrecklich, jetzt waren sie aus der Stadt, sie waren wieder auf dieser beschissenen Straße, er versuchte, ein wenig an seinen Tod zu denken, es gelang ihm nicht, jedesmal, wenn er sich in die Enge getrieben fühlte oder wenn er zu ersticken glaubte, jedesmal, wenn es ihm dreckig ging, versuchte er, an seinen Tod zu denken, und manchmal klappte das.

– Weißt du, sagte Henri, was kann uns schon passieren?

Ned war nicht nach Lächeln zumute, aber er entspannte sich, er mochte diesen Kerl, sie waren nun schon 'ne ganze Weile zusammen, es hatte ein paar gute Sachen zwischen ihnen gegeben, sie kapierten schnell, was der andere meinte, das erinnerte ihn ein wenig an das Verhältnis, das er zu Jimmy gehabt hatte, nach zehn Jahren verstand er sich mit Jimmy noch genausogut wie früher. Sie fuhren durch eine trostlose und karge Gegend, sie waren vielleicht eine halbe Stunde unterwegs, die Telegrafenmasten reihten sich endlos, der Mond briet Eier am Himmel, Ned verließ die Straße und fuhr in den Staub.

– Ob nun hier oder woanders, sagte er.

Henri stieg mit ihm aus, sie gingen um den Bus herum und öffneten die Hecktüren, sie schlief, das hieß, sie hatte die Augen geschlossen, Ned schaltete das kleine Oberlicht ein, die Decken waren durchgeschwitzt, sie lag da mit angewinkelten Beinen und schlotterte. Neben ihr lag die Schachtel mit den Medikamenten, er nahm sie und versuchte, ihr eines dieser schwarzen Drecksdinger in den Mund zu schieben, aber sie biß die Zähne zusammen, er fragte sich, ob er sie wecken sollte, was überhaupt zu tun war, er zog sich einen Pulli über, den Carol ihm reichte, tatsächlich, es war kalt, kein Wunder, daß sie fror, daß sie zitterte, das war normal, er stieg aus dem Bus, er sah Carol an, er sagte zu ihr:

– Deck sie zu. Da müssen irgendwelche Sachen sein, sie friert.

Er zündete sich eine Zigarette an und trabte ein Stück davon, er hörte lediglich das Geräusch seiner Sohlen, am Ende zwängte sich die Erde in seine Brust, die kleine schwarze Tablette schmolz in seiner geballten Faust, die Magie zerfloß.

Der Bus mußte mit der brennenden Innenlampe kilometerweit zu sehen sein, und er hatte nicht einmal daran gedacht, die Scheinwerfer auszuschalten, ein seltsames Bild, und eine Eidechse huschte vor seinen Füßen her, da war diese verdammte

Straße, die auf sie wartete und die irgendwohin führte, aber er hatte genauso Lust, hier zu warten, er vernahm einen fürchterlichen Lärm, das war wie in den Büchern Castanedas, wenn Don Genaro hinter den Bergen anfängt zu scheißen und die ganze Welt ins Beben bringt, er rannte auf den Bus zu, doch die ersten Tropfen zerplatzten auf seinem Schädel, bevor er ihn erreichte, sie höhlten kleine Krater rings um seine Füße aus, verdammt, das hatte gerade noch gefehlt. Als er seine Hand an den Türgriff legte, schüttete es von überall, ein unglaubliches Gewitter mit wahren Ozeanen, die vom Himmel fielen, innerhalb einer Sekunde war er klatschnaß, er zuckte nur leicht die Schultern, er wußte, es war kalt, aber er spürte nichts mehr, er glaubte, der Regen sei lauwarm, er dachte, vielleicht liegt sie im Sterben und ich kann nichts dagegen tun, er erblickte Henri auf der anderen Seite der Scheibe, sie sahen sich an, und nach einer Weile zwinkerte er ihm zu, dann sagte er sich, ich könnte sie hierlassen mit einer Decke über dem Rücken und einem Gewehr zwischen den Beinen, sie wird sich bis zum letzten verteidigen, sie hatte eine gute Chance, ihn zu erwischen, er mußte lächeln, inzwischen war er naß bis zum Arsch und seine Klamotten wurden immer schwerer, ihm war, als klebte etwas Lebendiges an ihm, er schloß die Augen, er spürte, daß sich eine Haarsträhne langsam über eine Kante seines Augenlids schob, er brach in ein schallendes Gelächter aus, beruhigte sich aber sogleich wieder, später, als ihm Carol, die Augen zum Himmel verdreht, ein Hemd reichte, da stieg ihm das mit einem Schluckauf aus dem Bauch und erfaßte ihn erneut, Tränen und der ganze Scheiß, der Bauch in den Backen eines Schraubstocks.

Lili verbrachte eine fürchterliche Nacht, es hatte nicht viel gebracht, anzuhalten, sie übergab sich zwar kaum noch, dafür wurde sie von Krämpfen geschüttelt, sie versuchte, nicht allzusehr zu klagen, aber zuweilen jammerte sie, und die anderen klammerten sich an ihre Decken, das war alles andere als lustig, am frühen Morgen dämmerte sie in einen unruhigen Schlaf, Ned und Carol lagen nebeneinander, sie sahen sich an, sie versuchte, ihn mit den Augen rumzukriegen, und er ließ sich rumkriegen, weil sie ein schönes Gesicht hatte, ihr fehlten bloß ein paar Fältchen, das mochte er, sie wichsten sich gegenseitig, so leise wie möglich, sie brauchte dermaßen lange, bis sie kam, daß er Krämpfe in der Hand hatte, sie war nervös, sie biß sich schon seit einer ganzen Weile auf die Lippen.

Sie fuhren eine Stunde lang, dann änderte sich die Landschaft vollkommen, sie gelangten an einen gewaltigen Fluß, einen morastigen Fluß, am Straßenrand standen ein paar Eukalypten, die Berge hatten sich weit zurückgezogen, die heiße Luft war feuchter, sie packte einen an der Gurgel.

– Scheiße, ich krieg nicht mal Luft durch die Nase, sagte Henri.

Carol nahm die Rückbank in Beschlag, beide Arme um die Rückenlehne gewickelt, im Slip und das Hemd offen, man sah vor allem eine Brust, das war toll, weil sie schön war und so tat, als schliefe sie, wäre Lili nicht gewesen, hätten sie angefangen, Scheiß zu bauen, sie trauten sich kaum, Musik zu machen.

– Glaubst du, wir können? hatte Henri gefragt.

– Ja. Stell aber nicht so laut.

So kam es, daß sie Musik hörten wie alte Leute, ein Konzert der Who mit dem Lautstärkeregler irgendwo zwischen eins und zwei, o jemine!

Sie waren auf einer Geraden, Ned bremste ab und kurvte auf den Seitenstreifen, er warf einen Blick in den Rückspiegel. Er wendete in aller Ruhe quer über die Straße und fuhr in Gegenrichtung weiter. Carol stürzte sich auf seinen Rücken, sie schlief nicht mehr, sie schrie ihm sehr laut ins Ohr:

– HEY, WAS MACHST DU??!!

Er schüttelte die Nägel ab, die sich in seine Schulter krallten.

– Wir kehren um. Der Spaß ist vorbei.

– Was machst du? wiederholte sie. Was erzählst du da??!!

– Guck dich um, sagte er. Guck dir die Gegend an, was sollen wir hier? Hast du nicht auch die Nase voll? Ich fühl mich wie auf 'ner Spazierfahrt, wir haben den verkehrten Moment erwischt, macht dir das nichts, spürste das nicht?

Sie sagte nichts, aber sie atmete weiterhin sehr heftig hinter ihm, Henri hatte sich keinen Millimeter bewegt, er sah eher zufrieden aus, er war vollkommen, sie merkte, daß er mit Ned einer Meinung war, daß sie ganz allein war, trotzdem sagte sie mit leiser Stimme:

– Du weißt, daß wir ihnen begegnen werden?

– Ja, jetzt liegt die Entscheidung nicht mehr bei ihm. Wir nehmen das Heft in die Hand.

Er war darauf gefaßt, den Ford jeden Moment am Ende der Straße auftauchen zu sehen, sie schwiegen, und die Sekunden verstrichen, Ned trat das Gaspedal voll durch, nach einer Weile knurrte er:

– Scheiße, wo stecken die?

– Vielleicht haben sie sich verfahren, sagte Henri. Wir hätten sie schon gestern abend sehen müssen, oder er hat's nicht eilig, was Besseres als die Kante, in der wir geschlafen haben, konnten wir ihm nicht bieten.

– Man weiß nie, der ist kompliziert, vielleicht hat er irgendeinen Scheiß ausgeheckt, wir müssen aufpassen. Wir fahren in eine Stadt, wir kümmern uns um Lili. Ich werd mich nicht damit aufhalten, ihn zu suchen, aber vergessen werd ich ihn auch nicht.

– Wir hätten weiter in die andere Richtung fahren sollen. Wir hätten bestimmt was gefunden.

– Nein, hätten wir nicht. Ich will eine Stadt, eine richtige Stadt, Dinge, die ich kenne, hier find ich mich nicht zurecht, die Gegend ist stärker als ich, es kommt mir vor, als wäre ich nicht mehr in meiner Haut, und dazu ist jetzt nicht die Zeit.

– Wir sind verdammt weit gefahren, sagte Henri. Auch aus dem Grund.

– Ja, die Sache wurde zu unwirklich. Wir mußten umkehren.

– Man darf nie umkehren, sagte Carol.

– Carol, ich kenn 'ne ganze Menge Stuß in dieser Art. Wenn man das geschrieben vor sich sieht, macht sich das gut, in Wirklichkeit ist das nur hohle, überflüssige Scheiße, da steckt nichts hinter, es steckt nie was hinter Worten. Bleib mir damit vom Hals.

Sie wurde kreidebleich, sie versuchte, ihn im Rückspiegel

fertigzumachen, aber er hatte keine Lust, er raste, als käme er aus der Hölle, ohne einen Blick zurück, als käme er mit angehaltenem Atem wieder an die Oberfläche, sie fuhren durch die gleiche phantastische Gegend, er sah sich um, so weit er konnte, aber er fühlte sich befreit, jaja, auch er spuckte große Töne, er bauschte die Sache auf, er hatte sich ganz und gar nicht befreit, er hatte nur einer Laune nachgegeben, aber er suchte sich zu überzeugen, daß er irgendeiner tieferen Sache gefolgt war, er vertrieb sich damit die Zeit.

4

– Paß auf, hör mir gut zu. Du kannst ruhig weiter neben mir her gehen, das ist mir egal, ABER HÖR AUF ZU HEULEN, HÖR AUF, IN EINEM FORT ZU JAMMERN! Scheiße, zu nah brauchste mir auch nicht auf die Pelle zu rücken.

Will blieb mitten auf der Straße stehen, Franck sah ihn an und fuhr sich mit der Hand über die Stirn, der Dicke schleppte sich fünfzig Meter hinter ihnen voran, das war ein Martyrium für ihn, aber er hielt die Klappe. Franck stellte seine Tasche auf den Boden und setzte sich darauf, den Karabiner zwischen den Beinen.

– Du bist nur schlecht gelaunt, sagte Will. Das kommt von diesen Scheißstiefeln, meine Füße brennen wie Feuer.

Franck warf einen Blick darauf, sie waren rot, er seufzte, das waren diese blödsinnigen Dinger mit den schrägen Absätzen, man mußte bescheuert sein, in sowas rumlaufen zu wollen, das geschah dem Knallkopf nur recht.

– Ich wette, am Ende läufst du barfuß, sagte Franck.

– Nein, ehrlich, das ist grausam.

Der Dicke schnaufte heran, er war rosa mit weißen Flecken, er trug die Tüte mit den Fressalien und dem Fernglas, durch seine Sandalen sah man seine verstaubten Zehen, sein dicker Zeh blutete.

– Hast du Steine getreten? fragte Franck.

– Ich hab mir den Nagel eingerissen. Ich hab dran gespielt.

Franck zündete sich eine Zigarette an, während sich der Dicke neben ihm in einer Staubwolke auf dem Arsch niederließ. Er angelte sich eine Zigarette aus Francks Päckchen, nach einer Weile sagte er:

– Ich hätte Lust, es einmal mit Zielfernrohr zu probieren. Auf das Ding da?

Er redete von Francks Karabiner, er zeigte auf eine Art verrosteten Kanister, der halb im Sand verschüttet war, zwischen zwei

Sträuchern. Franck reichte ihm die Waffe, der Dicke nahm sie behutsam und untersuchte sie lächelnd, dann legte er drei-, viermal sehr schnell an, um sie erneut lächelnd zu bestaunen. Er zielte, der Kanister flog in die Luft. Will wollte auch einmal, der Dicke blickte Franck an, und da Franck mit den Schultern zuckte, reichte er ihm die Waffe. Will schnappte sich den Karabiner und drehte sich einmal um die eigene Achse, das Auge gegen das Zielrohr gepreßt, der Lauf zeigte deutlich über Francks Kopf, dennoch war ihm in diesem Moment mulmig, Will merkte es und lachte. Er zielte auf ein kleines Tier, das in der Ferne vorbeilief, aber er verfehlte es, und Franck stand bereits neben ihm und nahm die Waffe aus der Hand. Will murrte:

– Ach, Scheiße, warum? Ich hätte es bestimmt erwischt. Was stört dich daran?

– Ich muß für meine Kugeln selbst aufkommen. Außerdem müssen wir weiter.

Will zog seinen halbleeren Rucksack über, ein irres Ding, formlos, aber mit Pailletten, was für ein Stuß, Franck wußte nicht einmal, daß es so etwas überhaupt gab, und sie machten sich wieder auf den Weg und Will ging vor und dann kam Franck und dann der Dicke, sie gingen mit leicht gesenktem Kopf, sie sagten nichts mehr, sie gaben ein komisches Bild ab, im Gänsemarsch, stinkend, verdreckt, bewaffnet, halb bekloppt vor Sonne, vor Hitze, die Kiefer zusammengebissen, einmal stellte sich Franck mitten auf die Straße und pinkelte WUTENTBRANNT. Sie hatten die Schnauze voll. GESTRICHEN VOLL.

Sie sahen den Kerl von weitem. Er saß am Straßenrand, an einer der wenigen Stellen, wo es Bäume gab, er hatte eine Menge Schatten für sich allein, je näher sie kamen, desto mehr bildeten sie sich ein, der Schatten sei kühl, und sie beeilten sich.

Der Typ war groß, hager, eher mattbraun in einer weißen Hose und einer verwaschenen Jacke, die ihm viel zu klein war, außerdem trug er Armreifen, und all seine Zähne waren aus Silber, das verlieh ihm ein komisches Lächeln.

Die drei kamen gleichzeitig unter dem Baum an, nicht außer Atem, sondern halb erstickt und mit kleinen weißen Punkten vor den Augen, der Typ schien sich nicht zu ängstigen, er guckte sie lachend an. Franck ließ seine Tasche fallen und legte den Karabiner darauf.

– He, Freund, sagte er. Unser Wagen hat 'ne Panne. Gibt's hier irgendwo 'ne Werkstatt?

Er fragte nur, um etwas zu sagen, Franck hatte kapiert, daß es in dieser Scheißgegend nichts gab, er fuhr ungern aufs Land, und das hier war schlimmer als das Land, das war einmalig.

Der Typ saß an einem Baumstamm, seine langen Beine unters Knie gewinkelt, er kitzelte sich das Gesicht mit einem vertrockneten Grashalm, er neigte den Kopf zur Seite. Franck hockte sich neben ihn, er überlegte, wie er ihn behandeln sollte:

– He, verstehst du? Wir brauchen einen Wagen, und wir sind müde. Und Durst haben wir. Durst, verstehst du?

Franck drehte sich zu dem Dicken um, der neben ihm schnaufte:

– Na schön, der kapiert nichts, der ist bekloppt. Aber hier ist garantiert ein Dorf in der Nähe. Irgendwo muß der ja wohnen, Scheiße, der lebt doch nicht unter 'nem Baum.

– Hey, alter Freund, wenn du diese Straße immer weiter geradeaus gehst, ohne stehenzubleiben, dann schaffst du es bis heute abend. Aber einen Wagen wirst du nicht finden, o nein.

Franck drehte sich langsam wieder um.

– Ich find hier keinen Wagen, meinst du?

– O nein, bestimmt nicht, alter Freund. Du wirst sehen, ist 'ne rückständige Bande hier, nichts als Bauern. Was sollen Bauern mit 'nem Wagen? Hauptsache, die können ihre Nase in die Scheiße stecken, sonst nichts, der Rest interessiert die nicht. Noch fünfzig Kilometer weiter, und du findest kein Aas mehr, das nur ein Wort von dem, was du erzählst, kapiert.

– Soso. Verstehe, sagte Franck.

Er richtete sich auf, kniff die Augen zusammen, verschränkte die Arme hinter dem Kopf:

– Und wenn man hier 'nen Schluck trinken will, was macht man dann bei dieser Hitze?

– Meine Schwester hat 'nen Armeekühlschrank, der ist riesig.

Vielleicht verkauft sie euch 'ne Flasche. Sie ist großartig, bislang hat sie noch jedem 'ne Flasche verkauft, egal wem.

– He, Kerl, wohnt die weit, deine Schwester? fragte der Dicke.

– Nein, und sie freut sich, wenn ich ihr Leute bringe, sie langweilt sich zu Tode. Sie unterhält sich gern mit andern. Wir brauchen bloß ein Stück zu gehen, dann sind wir da.

Franck hob seine Sachen auf und trat nickend auf den Typen zu:

– Sieht aus, als wärst du unsere Rettung. Wir wollen dich ja nicht drängen, aber wir würden gern sofort losgehen, verstehst du?

Der Typ fuhr mit einem schallenden Gelächter in die Höhe, er wedelte wie wild mit den Armen:

– Herrgott nochmal, und ob ich das verstehe. Na los, kommt mit, Jungs.

Sie hatten Mühe, ihm zu folgen, er hatte Beine wie eine Wüstenheuschrecke, sein Körper wog offenbar gar nichts, er führte sie auf einen schmalen Weg, der sich durch die verkümmerten Sträucher schlängelte, Franck erblickte Reifenspuren auf dem Boden, die Hitze rauschte ihm in den Ohren, alles, was jetzt zählte, er wollte sich in den Schatten setzen und einen gehörigen Schluck trinken, anschließend konnte er überlegen. Der Weg führte plötzlich nach unten, verschwand in einer Schlucht, das sah aus wie ein ausgetrocknetes Flußbett, sie bogen um eine Ecke und landeten in einer Gruppe von Bäumen.

Im Schatten standen zwei selbstgebaute Baracken, beinahe Schuppen aus Holz, zurechtgeflickt mit Altmaterial, auf einer Seite lagen halb ausgeschlachtete Autowracks, in den Ecken alte Motorenteile, das ergab eine Art Vorhof, ein ziemlich großes Ding. Im Hintergrund stand eine kleine Hütte, und drei große Scheinwerfer hingen über dem Hof, Apparillos von vor dem Krieg, die in der Sonne brieten. Franck glotzte zu ihnen hoch.

– Was sollen die denn da?

– Nichts, mein Freund, überhaupt nichts, ich find die phantastisch, manchmal mach ich die an, um mich kaputtzulachen, die hat mir mal einer geschenkt. Alter, das ist wie am hellichten Tag!

Vor der größeren der beiden Baracken war eine Estrade aus schwarzen Planken, man mußte zwei Stufen nehmen, um da hinaufzugelangen, und dort saß ein Mädchen von vielleicht zwanzig Jahren, dunkelhaarig, in einem kurzen, geblümten Kleid von einem Millimeter Dicke und zwangsläufig nicht viel drunter, ein fast schwarzes Mädchen mit einem irren Blick und teuflischen Schenkeln, gottverflucht, das war beinahe zuviel, sie waren mitten im Hof stehengeblieben und betrachteten sie, einer wie der andere, sie saß auf der untersten Stufe, die Ellbogen zwischen den Beinen, sie preßte ein kleines Transistorgerät gegen ihr Ohr, sie war barfuß, die Schenkel leicht gespreizt, und obwohl sie alle darauf schielten, bewegte sie sich nicht die Spur.

– Hey, Schwesterchen, ich bring Besuch mit, johlte der Typ. Hol uns was zu trinken.

Das Mädchen wartete einen Augenblick, schnitt eine Grimasse und stand sanft auf, das war wie eine Schlangenbeschwörung, oh, auch von hinten war sie großartig, es gibt Mädchen, die haben einen unglaublich schönen Hintern, und die da hatte ein Gesäß, daß einem flau wurde, das war einfach zuviel, und sie wußte damit umzugehen, dieses Mädchen hätte einen jeden dazu gebracht, vor ihr auf die Knie zu fallen und sie anzuflehen, und allein ihr Geruch hätte gereicht, einen um den letzten Funken Verstand zu bringen, und der Geist hätte einem bloß weiter Gift injiziert, da ist nichts gegen zu sagen, das ist etwas ganz Normales, es gibt Mädchen, die haben den Teufel im Leib, die SPRECHEN zu einem mit ihrem Körper.

– Meine Fresse, sagte Will. Es gibt Blumen, die wachsen mitten in der Wüste.

– Treffend gesagt, meinte Franck.

Der große Bruder machte sich hinter ihnen bemerkbar:

– He he he, Jungs. Das ist meine Schwester, diese Schlampe ist meine Schwester, sie heißt Roxie, ich hab sie so getauft, und Roxie ist unterwegs, um uns was Kaltes zu servieren, selbst die Sonne traut sich da nicht näher ran, hu huuuuu... Kommt, setzt euch drüben hin, Freunde...

Er führte sie zu der Estrade, er ließ sie einen Moment ganz

allein, sie sagten in der Zeit keinen Ton, sie blickten sich um, während das Transistorgerät vor ihre Füße kotzte, der Typ kreuzte mit einer Bank und zwei Stühlen wieder auf, er lächelte unentwegt. Roxie erschien mit einem Tablett und Gläsern, sie schleppte weitere Stühle heran und setzte sich wieder auf ihre Stufe, ohne ihnen jedoch den Rücken zuzukehren. Der andere stellte sich hinter sie, er massierte ihr sanft die Schultern.

– Bedien uns, ich dreh uns in der Zeit einen, sagte er.

Er setzte sich auf die Bank, direkt neben Franck, er klemmte sich eine kleine Dose zwischen die Beine, mit einem kurzen Zungenschlag öffnete er eine Camel-Filter und legte sie dann auf seine Knie, in der hohlen Hand braute er sich seine Mixtur zurecht, er hielt seine Blättchen gegen das Licht, bevor er sie zusammenklebte. Franck markierte den Eingeweihten, er lächelte dem Dicken mit entspannter Miene zu, während Roxie ihre Gläser mit Zitronenlimonade füllte. Er spürte, wie sich seine Knie elektrisch aufluden, als sie an ihm vorbeiging, hellrote Wolkendecken schoben sich über den Himmel, so langsam atmete er auf.

– Was hat Bob gesagt, Sie haben 'ne Panne? fragte sie.

– Ja, antwortete Franck. Wir sind stundenlang gelaufen, und dann sind wir Bob begegnet, wir waren halb verdurstet. He, das ist aber 'ne komische Gegend hier zum Leben.

– Ja, 'ne üblere gibt's nicht, aber man gewöhnt sich dran. Eines Tages gehn wir von hier weg, Bob und ich.

Bob inhalierte einen tiefen Zug, er guckte sie lachend an und nickte, er saugte erneut an seiner geballten Faust, und in diesem Moment erschien eine alte Frau im Türrahmen, die Haare straff zurückgekämmt, sie war dick und schweißgebadet, sie fächerte sich mit einer Ecke ihrer Schürze Luft zu, Bob winkte sie hektisch herbei:

– He, Mama, komm, komm her, M'ma, was treibst'n da drin, setz dich zu uns!

Die dicke Frau pflanzte sich hinter ihren Sohn, ohne sie eines Blickes zu würdigen, ohne ein Lächeln, Franck hatte ihren Geruch wahrgenommen, einen Duft nach Küche und feuchter Erde,

Bob faßte hintenüber nach ihren Händen und hängte sie sich um den Hals, er reichte ihr den Joint. Sie pferchte sich das Ding zwischen die Lippen und ließ sich gegen ihn fallen, seine Haut war heller als die seiner Mutter, sie kniff die Augen zusammen, und der Kerl tickte nicht mehr ganz echt unter ihren Titten, er sagte:

– Huuuuuuu, und das, das ist meine Mutter, und die Dicke weiß genau, daß ich sie vergöttere, als sie jung war, winselten sämtliche Männer des Landes vor ihrer Tür, was, mein Täubchen, und jetzt haben sie dich vergessen, aber ich, ich bin noch da, huuuu, huuuuuuuu...

Sie gab ihrem Sohn den Joint zurück, und Bob reichte ihn Franck.

Roxie schaute ihn an, er tat ein paar kurze Züge und mußte dennoch ein wenig husten, der Dicke saugte seelenruhig daran, und Franck machte große Augen, auch Will schien zu wissen, wie man damit umging, na gut, aber der Dicke, das war ein starkes Stück, für Franck war das die beschissenste Epoche, die er sich vorstellen konnte, er leerte sein Glas in einem Zug und lachte in sich hinein. Die Alte schob einen Kamm in ihrem Haar zurecht und kehrte ins Haus zurück, der Tag neigte sich langsam seinem Ende zu, Bob ließ ein Streichholz aufflammen und zündete eine Petroleumlampe über ihren Köpfen an, es hing zwar ein Kabel von der Decke, aber die Fassung war leer, sie saßen unter dieser Art Veranda, und sie ließen sich sanft treiben.

– Scheiße, sagte Franck. Es wird bald dunkel.

– O ja, es wird bald dunkel, Alter, meinte Bob. Und es wird kalt. Aber ihr könnt nebenan schlafen, wenn ihr wollt. Is' genug Platz da.

Franck wollte gerade ablehnen, ohne groß zu überlegen, er wollte sich wieder auf den Weg machen, er wollte nicht bleiben und nichts tun, aber in diesem Moment guckte ihn Roxie ganz seltsam an, und neben sich hörte er Bob sagen:

– Ich kann euch morgen früh mitnehmen, ich hab 'nen Kumpel, der kommt mit dem Wagen vorbei, wir können euch abschleppen, vielleicht klappt's, oder euch irgendwo absetzen. Wir haben hier nicht oft Besuch, vielleicht kauft ihr meiner Schwester 'n paar Flaschen ab, was meinst du, Roxie, zwei, drei Fläschchen?

Franck warf einen Blick auf die beiden anderen, sie machten nicht den Eindruck, als hätten sie große Lust, sich zu rühren, und da war dieses Mädchen, und morgen würden sie mit dem Wagen weiterfahren, er würde ihnen ein paar Scheine schenken, ja, das war das beste, er schwieg, und als der Joint wieder auf ihn zu kam, zog er daran und betrachtete das Licht der Petroleumlampe, dieses Zeug brachte ihm nichts, allmählich wurde es angenehm, und eine Zeitlang sagte keiner mehr einen Ton, es tat wahrlich gut, sich ein paar Stunden Ruhe zu gönnen, er zog ein paar Geldscheine aus der Tasche und legte sie neben sich auf die Bank:

– Einverstanden, sagte er. Ich hoffe, du hast Bier da. Kühles Bier, meine ich.

Bob nahm die Scheine an sich und schob sie in seine Jackentasche, er legte Franck eine Hand auf die Schulter, lächelnd beugte er sich zu ihm hinüber:

– Alter, das müßtest du doch wissen, für Geld kannst du alles haben, dieses ganze verflixte Land kannst du dafür haben, VERSTEHST DU??

Der Dicke erhob sich von seinem Stuhl und setzte sich auf den Boden, mit dem Rücken gegen die Holzwand, die Beine ausgestreckt, die Hände flach auf den Oberschenkeln, den Kopf leicht nach hinten geneigt, ab und an stieß er zwei blaue Rauchsäulen durch seine Nasenlöcher, ein Häufchen Asche kullerte über sein verstaubtes T-Shirt, verschwand zwischen seinen Beinen, er atmete langsam. Urplötzlich, mit dem Untergang der Sonne, wurden Milliarden und Abermilliarden von Insekten wach, der Himmel hatte eine violette Färbung, Will richtete sich auf seinem Stuhl auf:

– He, das is' ja 'n Ding. Wie schaffste 'n das eigentlich, in diesem Loch zu leben?

Bob verschränkte die Arme hinter dem Kopf und guckte Will starr an, aber vielleicht sah er ihn gar nicht:

– Das ist 'ne gute Frage, sagte er. Diese Gegend ist noch scheußlicher, als du denkst, mein Freund. Aber es ist nun mal so, mehr ist nicht drin für die schöne Roxie und den armen Bob und unsere alte Mama, die sämtliche Tränen ihres Körpers vergießt, wenn sie sieht, wie ihre beiden Kinder in diesem Loch versauern, aber weißt du, das Größte ist, sie glaubt, wir kommen von hier weg, he, was sagst du dazu? Glaubst du, man kommt aus solch einem Loch jemals raus? Roxie glaubt das, stimmt's, mein Engel, aber ich kann ihr nur versprechen, daß wir's versuchen, stell dir vor, wenn wir genug Knete haben, dann steigen wir in eine dicke Kiste und halten nie mehr an, wir fahren in die Städte, und nichts ist zu schade für uns, he Jungs, hört euch diesen alten Bob an, wie er rumspinnt, er sieht sich schon durch die Straßen rennen, seine kleine Schwester im Arm, hi hiiiii, das ist eine verdammte Scheißwelt, aber wir, wir finden sie toll, sämtliche Frauen drängen sich um meinen Pimmel, hu huuuu, und Roxie treibt's mit den Profs von der Uni, die beißen sich ihretwegen in den Schwanz, ho hoooo...

Er bog sich vor Lachen. Schlaff in seiner Ecke fing der Dicke an zu kichern, er setzte sich gerade hin, er sagte:

– Und deine Mutter betreibt das größte Puff der Welt...

Er hielt inne, denn er wurde von einem unbändigen Lachen geschüttelt, und währenddessen schlug sich Bob auf die Schenkel, der Dicke schwamm in unglaublichen Tränen, er drückte das Kinn gegen seine Brust.

Es gelang ihm zu stammeln:

– DU... KLEI...NER... ARSCH!

– Huuuu, und du mußt mehr bezahlen als die andern, was, mein Freund...

Der Dicke versuchte aufzustehen, aber er schüttelte sich dermaßen, daß er auf die Seite rollte, und Will fing auf seinem Stuhl ebenfalls an zu kichern, als er ihn so sah, er war gespannt wie ein Flitzbogen, einen Arm über der Rückenlehne und die blonden Haare lichtdurchdrungen, kleine Insekten kreisten um die Petroleumlampe und suchten den Tod.

Roxie tauchte mit dem Bier auf, die anderen lachten immer

noch, es gab nur sie beide, sie stellte das Tablett direkt neben ihn, sie streifte mit der Spitze ihrer Brust über seinen Arm. Sie ging in die Hocke, um die Flaschen zu öffnen, sie hatte einen weißen Slip, der sich zwischen ihre Beine schmiegte, und Franck starrte genau dorthin, wo das eine Beule ergab, das ging ihm durch und durch, aber er konnte nichts dagegen tun, und als sie sich erhob, hatte er einen steifen Nacken und eine trockene Kehle, mechanisch schenkte er sich ein Bier ein. Er sah sich nach ihr um, sie hatte sich ein wenig entfernt, sie stand an der Tür, die Hände hinter die Pobacken geklemmt, leicht gebeugt.

Er stand auf, steckte die Hände in die Taschen und ging auf sie zu, er hatte das Gefühl zu taumeln, oder diese verdammten Planken gaben nach, ein Lächeln spielte um seine Lippen, ohne daß er es wußte, und seine Augen waren hart.

– Gib mir Geld, dann kannst du mich haben, sagte sie.

– Ich hätte dich sowieso gekriegt, sagte er.

– Nein, glaub das nicht. Ich mach es nie umsonst. Ich mach's gern mit Weißen.

Jetzt betrachtete Franck sie in dem Bewußtsein, daß er sie bumsen würde, und er fand sie noch schöner, er bekam einen hoch, er hatte Durst, sie sah ihn nicht an, er hatte all seine Müdigkeit vergessen, ein schwacher lauwarmer Wind wehte um die Ecke, er trat zur Seite, um die alte Frau vorbeizulassen, die aus dem Haus lief, einen großen, dampfenden Topf in den Händen. Sie rannte die Stufen hinunter und stellte den Kessel mitten in den Hof. Sie hatte noch nicht kehrtgemacht, als ein riesiges Schwein grunzend hinter dem Haus hervorkam.

Franck beobachtete das Ungetüm, das sich mit einem fürchterlichen Schmatzen den Bauch vollschlug, von Zeit zu Zeit hielt es inne, es hob den Kopf und blickte zu ihnen herüber.

– Entscheide dich, sagte Roxie.

Franck konnte seinen Blick nur schwer von dem Tier abwenden, er sagte:

– Ich werde dir Geld geben.

– Schön. Komm mit.

– Und die andern ...? fragte Franck.

– Was scheren mich die andern? sagte sie. Meinst du wegen meiner Mutter? Wir wechseln schon seit Jahren kein Wort mehr, ich weiß nicht mal, ob sie noch existiert. Es ist ihre Schuld, daß ich hier bin.

Sie trat in die Baracke, und Franck folgte ihr, ohne jemanden anzusehen, sie schritten durch ein großes Zimmer, das ein wenig zu allem da war, am anderen Ende zog sie einen Vorhang zur Seite und forderte ihn auf, einzutreten. In der Mitte stand ein Bett, dazu ein Fenster ohne Scheibe, nur ein Moskitonetz war quer davorgespannt, die Wände, irgendwie angestrichen, schimmerten in allen möglichen Farben.

– Du findest das häßlich, sagte sie. Ich liebe das so. Ich bin die einzige, der das gefällt. Ich hätte das Geld gern vorher.

Franck wühlte in seiner Tasche und reichte ihr zwei, drei Scheine, er wußte selbst nicht, wieviel, er hätte ihr alles gegeben, wenn sie weiter die Hand aufgehalten hätte, es war nicht besonders hell, sie behielt das Geld in der Hand und kam auf ihn zu. Sie fing an, ihn zu streicheln, sofort, brutal.

5

Als sie die Grenze hinter sich hatten, wählte Ned die schönsten Straßen, die breitesten, und auf den Schildern entdeckte er eine Stadt, die er kannte, er hatte Freunde dort, mindestens zwei plus ein paar Typen, die ihm aus der Klemme helfen konnten, Scheiße, war das nicht ein Traum, hatte sich der Wind nicht endlich gedreht? Lili mußte es schlimm erwischt haben, aber er konnte nichts tun, nur drauflos rasen, er wandte sich nicht mehr um, aber von Zeit zu Zeit hörte er sie wimmern, das reichte ihm, Henri pendelte zwischen vorne und hinten, und jedesmal, wenn er zurückkam, verzog er das Gesicht, und Ned sagte zu ihm, Herrgott, ich kann nicht schneller, wir bringen sie ins Krankenhaus, Carol hatte ihr eine neue Ration Medikamente verabreicht, aber sie wirkten nicht.

– Noch drei Stunden, dann sind wir da, sagte er.

– Das war ein feiner Ausflug, sagte Carol.

Er hätte sie am liebsten erwürgt, aber sie hatte recht, er kannte diese Stadt, er suchte sich zu erinnern, wo er das Krankenhaus gesehen hatte.

– MENSCH, ICH BIN BEKLOPPT! WIR FAHREN ZU JOËL! brüllte Ned. Joël ist Arzt, der holt uns aus dem Schlamassel raus, und außerdem kocht der die besten Spaghetti der Welt, WIR SIND GERETTET!!

Die beiden andern guckten sich mit großen Augen an, er lachte, er sagte:

– Das klappt schon, besser können wir es nicht antreffen.

Henri und Carol schöpften wieder Mut, als sie ihn so sahen, sie fanden ein wenig zu ihrer guten Laune zurück, diese ganze Strecke hinter ihnen, an die dachten sie kaum noch, das würde alles bestimmt super laufen, Henri drehte sich um und strich Lili eine Strähne aus dem Gesicht:

– He, ich glaub, es geht ihr schon besser, sagte er.

Ned sah nur einen Haufen zerknüllter Decken im Rückspiegel, aber er glaubte ihm, er hatte ein Rettungsboot in dieses Meer von Katastrophen geworfen, und alle drei klammerten sich daran und glaubten, das würde dem Sturm Einhalt gebieten, sie waren reizend. Trotzdem heizten sie jetzt, der Bus glühte, nur noch die schnellen Wagen schafften es, sie zu überholen, Ned sah sie kommen, nie war es der, den er erwartete, sie redeten schon seit einer ganzen Weile nicht mehr davon, aber er wußte, daß er da war, dieser kleine schwarze Punkt am Horizont, dieses leichte Stechen in der Magengrube, er hatte es nicht vergessen, der Unterschied war nur, sie waren zu allem entschlossen und Franck in der Position eines Typen, der versucht, eine Lokomotive mit einem Bein aufzuhalten.

Sie waren sich einig, daß sie bestimmt eingeschlafen war, daß sie schnell machen mußten, sie drückten vorsichtig die Tür zu und rannten in Richtung Theke. Der Bus stand genau hinter der Scheibe, sie konnten die Straße ziemlich weit überblicken, sie gingen kein allzu großes Risiko ein, und das war ein gutes Bier, selbst Carol ließ sich von diesem Bier hinreißen, kein Witz, das war WAS, ein wahrlich erfüllter, vollkommen harmonischer Augenblick, so harmonisch, wie sich ein Ei in den Handteller schmiegt, die erste wirklich vollkommene Sache, seit sie unterwegs waren, genau die richtige Dosis Lächeln und Entspannung, und das Zeug schäumte in ihnen und ließ ihre Beine in dem mit Sägemehl bedeckten Fliesenboden versinken, o Herr, und sie erlebten das gemeinsam, sie ließen sich nichts entgehen, der ganze Stuß, der sie umgab, die Scheißkerle, die am anderen Ende der Theke krakeelten, der wilde Duft der Straße, wenn die Türen aufgingen, die verschrumpelten Salatblätter in den miesen alten Sandwichs, die miese Musik, die die Wände hinunterrieselte, diese unglaubliche Transparenz, die an diesen Orten herrscht, Herrgott, sie hatten Lust auf dieses Glas und sie amüsierten sich königlich.

Es war noch keine zehn Uhr, Carol setzte sich auf einen Hocker, sämtlichen Typen blieb die Luft weg, die Art, wie sie sich darauf GESCHLÄNGELT hatte, sie packte Ned am Kragen und verpaßte ihm den schönsten Zungenschlag, den man sich nur vorstellen kann, dann sagte sie:

– Warum sind wir zusammen? Wie kommt das?

– Woher soll ich das wissen? sagte er.

– Weil es wenigstens einer von uns beiden wissen sollte.

Sie sagte das halb aus Quatsch, auf einmal fühlte sie sich sehr erregt, sogar aggressiv, aber sie lachte, und Henri lachte auch, während er ein zweites Bier in sich hinein schüttete, und ein drittes, und Ned tat es ihm nach, er drückte Carol gegenüber ein Auge zu, er nahm es ihr nicht übel, er antwortete ihr halb.

– Und du, Henri, sagte sie. Vielleicht hast du da eine Idee, vielleicht kannst du uns weiterhelfen...

– Na klar, klar doch, laß mich nachdenken...

– Scheiße, sagte Ned, die will uns doch nur verarschen, nachher fragt die uns noch, warum es Tag ist, warum wir leben.

Sie schnappte sich von beiden einen Arm und legte die Hände auf ihre Titten, die drei Typen an der Theke begannen eine Schweigeminute, ihr war nach Lachen zumute, aber sie runzelte die Stirn. Ned steckte den Daumen in den Mund und neigte den Kopf zur Seite. Henri spritzte sie allesamt mit Bier voll, er hatte versucht, sich zurückzuhalten, aber er hatte ein wenig getrunken, das Lachen lief ihm im Mund zusammen und plusterte seine Backen auf, er war rot, sein Mund schuftete wie ein Schlauch, er hatte einen sitzen. Und Ned brach seinerseits in Lachen aus. Ja, das Leben kann einen noch so durchbleuen, gegen das Lachen kommt es nicht ein, denn dieses Ding klemmt einen ab, das ist der Moment, wo sich die Welle überschlägt und die Muscheln wendet wie Crêpes. Carol schob die Hände von ihrer Brust, ohne sie anzusehen, sie sagte:

– Ihr Schweine...

Sie lachten noch lauter, drei mickrige Bierchen, sie hatten nichts in den Adern, aber sie bepißten sich vor Lachen für jedes bißchen. Carol packte Ned am Hals und drückte ihre Stirn gegen seine, sie brauchte nicht lange, um den gleichen Zustand zu erreichen wie die beiden anderen, und Ned versuchte, eine Hand zwischen sie zu schieben, um sich über die Augen zu wischen, er ließ sich noch einmal küssen, doch Henri war in der schärfsten Phase seines irren Lachens, er hielt sich den Bauch und brüllte zur Decke, ah, ER BEGEIERTE SICH, und Ned, wenn er ihn nur hörte, erstickte beinahe an seinem Rotz, er drückte Carols Kopf auf seine Brust, um dem ordentlich Abhilfe zu schaffen, die drei Typen am anderen Ende klammerten sich an ihre Gläser, sie hatten Visagen wie Versicherungsvertreter, sie verstanden überhaupt nichts mehr.

Sie zahlten, sowie sie konnten, jeden Moment stiegen ihnen neue Geräusche aus der Tiefe des Bauchs, sie brauchten keine Sekunde, um von neuem Tränen zu lachen, sie kauften drei weitere Flaschen und nahmen sie mit, der Schaum zuckte auf dem Parkplatz wie ein Genie, das seine Form noch nicht wiedergefunden hat, sie leerten die Flaschen im Schatten des Busses, und erst als sie den Rücken gegen die Karosserie knallten, beruhigten sie sich ein wenig, sie lachten nur noch halb so laut, sie war jetzt ganz nah bei ihnen, direkt hinter dem Lack, und dann kam Wind auf und trieb sie auseinander, sie stiegen jeder durch eine andere Tür.

Sie wandten sich um.

– Sie hat sich nicht bewegt, sagte sie. Ich weiß nicht, sieht aus, als ginge es. Sie sagt nichts.

– Soso, sie sagt nichts, sagte Ned. Was soll man davon halten?!

Er drehte sich um und schaltete die Zündung ein. Er beugte sich vor, um zu gucken, ob da nicht ein Wagen wie ein Torpedo heranschoß, und stotterte auf die Straße, Carol saß direkt hinter ihnen, und Lili lag weiter weg, GANZ HINTEN, als wäre der Bus kilometerlang und die kleinen Lämpchen an der Decke durchgebrannt.

Ned fand Joëls Haus schnell wieder, er hatte ihn mindestens ein Jahr nicht mehr gesehen, es war gegen ein Uhr und es war schwül, die Straße fiel steil ab, unten war ein Lebensmittelgeschäft.

– Paß auf, Carol, du wartest auf uns, es ist vielleicht besser, sie nicht allein zu lassen, oder ...? Wir kommen sofort zurück.

Er tat so, als merkte er nicht, daß sie nicht gerade entzückt war bei der Vorstellung, allein in dieser stinkenden Schrottmühle zurückzubleiben und Däumchen zu drehen, er stieß Henri mit dem Ellbogen an und hüpfte durch die Tür. Die Straße war menschenleer, Ned tänzelte einen Moment auf dem Bürgersteig, vor dem Hauseinang.

– Hier ist das also, gehn wir? fragte Ned. Was ist los?

– Hm, nein, nein, nichts, ich hab den Kerl bloß seit 'ner halben Ewigkeit nicht gesehn, verstehst du…

Er setzte ein dummes Grinsen auf, hektisch stopfte er sich sein T-Shirt in die Hose, dann traten sie ein. Sie gingen durch einen kleinen Hof und stiefelten wortlos nach oben, bis in den vierten Stock, den obersten, und Ned klingelte an der Tür, der einzigen, sie hörten Musik dahinter.

Joël war ein Rotschopf mit einem Kupferreifen ums Handgelenk, er war von Kopf bis Fuß voll Sommersprossen, er versteckte sein Ding hinter vorgehaltener Hand.

– Ach du Scheiße, sagte er. Du bist das, du!

– He, alter Schweinehund, gibt's keinen Begrüßungskuß?

Joël schüttelte den Kopf und trat zur Seite, um sie hereinzulassen. Das war ein großes, helles Zimmer, jede Menge weißes Holz und Zentner von Kissen. Ein Mädchen tauchte daraus auf, ebenfalls nackt, es winkte ihnen zu und flitzte in ein anderes Zimmer.

– He, ist das deine neue Freundin? fragte Ned.

Joël preßte die Hände gegen die Hüften und nickte.

– Mir geht's ja nicht um die Knete, sagte er, aber ich hab geschlagene drei Stunden in dieser Kneipe auf dich gewartet, es kommt mir vor, als wär das GESTERN!

– He, komm, ich erklär's dir, aber nicht jetzt, ich steck bis zum Hals in der Scheiße, ich wußte nicht, daß du so lange warten würdest…

– VERDAMMT UND ZUGENÄHT, DU HAST GESAGT, KEIN PROBLEM, ALTER, ICH BIN IN FÜNF MINUTEN WIEDER DA, UND DANN HASTE MICH EINFACH SITZENLASSEN…!

– Ah, reg dich nicht auf, es gibt Dringenderes.

– DAS SAGST DU!

– Hör mal, keine Ahnung, zieh dich an. Ich weiß es nicht mehr, es gab bestimmt 'nen Grund, wir reden später darüber.

– WEISST DU, AUF DEN MOMENT HAB ICH SEHNSÜCHTIG GEWARTET, JETZT KANN ICH MICH AUSTOBEN!!

– Ich hab unten 'ne Frau dabei. Sie ist sehr krank.

– IN EIN PAAR MINUTEN GEHT'S DIR AUCH NICHT BESSER!!

– Hör zu, ich bitte dich.

– LENK NICHT AB!

– GOTTVERFLUCHTE SCHEISSE, ICH HAB DIR GESAGT, ICH HAB 'NE FREUNDIN DABEI, DIE ERNSTLICH KRANK IST, DU WICHSER, HIER UNTEN VOR DEINER TÜR, ICH BRAUCH DICH, DEN ARZT WOLLTE ICH SPRECHEN, HÖR AUF, MIR MIT DIESER BESCHEUERTEN GESCHICHTE AUF DIE EIER ZU GEHN, MACH LIEBER VORAN, HEILIGER STROHSACK, HÖR ENDLICH DEN SCHEISS AUF!!!

Joël fuhr sich mit der Hand übers Gesicht, er biß sich in den Finger, dann hüpfte er in ein Hosenbein und sagte:

– Was hat die wieder mit meinem T-Shirt angestellt, diese blöde Kuh, ist die damit abgehauen, Scheiße?

– Nein, nein, sagte Henri. Sie hatte kein T-Shirt.

Der andere guckte ihn mißtrauisch an:

– Bist du dir da sicher? fragte er.

– Ich könnte es fast beschwören.

– Trotzdem, das macht die jedesmal mit mir. Das ist 'ne MANIE bei der.

Er hob ein reichlich mit Pailletten besticktes Ding vom Boden auf:

– Scheiße, das ist ihres, sagte er. Das kratzt. Na schön,wo ist sie? Was hat sie?

– Wissen wir nicht. Sie hat Fieber, sie übergibt sich seit drei Tagen.

– Schön, wenn du mir sagen würdest, was sie geschluckt hat, wären wir schon weiter.

– Nein, das ist es nicht, sie hat sich irgendeinen Scheißdreck gefangen.

– Und du bringst sie mir drei Tage später... Das ist 'n starkes Stück.

Er zog das fluoreszierende T-Shirt an, drei Nummern zu klein, er angelte sich eine Nickelbrille mit dunklen Gläsern, schlüpfte in seine Sandalen und stand auf, um rauszugehen, als das Mädchen seine Nase durch eine Tür steckte:

– Eh, das ist MEIN T-Shirt! sagte sie.

– Nie im Leben! Ehrlich, du GEHST ZU WEIT!!!

Carol war ausgestiegen, sie hockte vor dem Bus, sie richtete sich auf, als sie sie kommen sah, Ned sagte zu Joël, sie ist da drin, was tun, bringen wir sie rauf, aber Joël drehte sich um, Augenblick, warte, ich will sie erst sehn, und er öffnete die Tür und verschwand in dem Bus. Die anderen atmeten auf, das ist immer toll, wenn der liebe Gott die Dinge in die Hand nimmt. Und ER war superschnell, es vergingen keine fünf Sekunden, da steckte er den Kopf durch die Öffnung, ER schaute Ned ganz komisch an.

– He, du willst mich wohl verarschen. Ich kann keine Wunder wirken.

Ned stand wie angewurzelt an der Hauswand, er guckte in die Luft, das Licht war durchaus erträglich, gut möglich, daß das Regenwolken waren, sie waren dick und schwarz, aber sie zogen ziemlich schnell, er wußte nicht so recht, er kannte sich da nicht aus, das hieß, daß er sie nie mehr wiedersehen würde, etwas in der Richtung, das war nur schwer vorstellbar, er fühlte nichts Bestimmtes, aber er fing an zu atmen wie bei den Entspannungstechniken, der da, der sah aus wie ein Hund, ein Hundekopf, er blickte ihm einen Moment nach, die Sonne schien Ned direkt in die Visage, wenn er sich leicht nach vorne beugte, konnte er ihr ausweichen, aber das erheiterte ihn eine Sekunde, er hatte das Gefühl, eine ganze Schachtel Amphetamine geschluckt zu haben und in eine Rüstung gezwängt zu sein, dabei kannte er das alles, diese Sache mit dem Tod, die Lähmung und fünfzig Tonnen im Nacken, hätte er eine Zigarette gehabt, hätte er ein paar Ringe blasen können, tadellose Signale hätte er Lili übersandt, o Herr, es ist so schwierig, nicht bekloppt zu sein, manchmal ist es ZU SCHWER!!

Das Mädchen hieß Tina, das war genau das, was Carol brauchte, eine Schulter, um sich auszuweinen, Tina drückte sie an sich und streichelte ihr über die Haare, die Schreie waren verstummt, das war jetzt die Phase des Schneuzens, die Faust im Mund, sie hatten eine Decke über Lili gebreitet und den Bus abgeschlossen, sie waren wieder nach oben gegangen, sie wären hundert Jahre dort stehengeblieben, wenn ihnen Joël nicht gesagt hätte:

– Na schön, sie wird schon nicht wegfliegen. Oder was glaubt ihr?

6

Franck schob ihr seinen Schwanz bis zum Anschlag rein. Ein Kind von zwölf Jahren hätte sich geschickter angestellt, er hörte das Schwein im Hof grunzen und sein Glied, das in dem Mädchen quietschte, er schwitzte bereits, das Summen der Insekten draußen, alles, was noch an Licht da war, fiel durchs Fenster, sie zog ihn an sich und guckte zur Decke, er ergriff Roxies Kleid auf dem Bett und zerknüllte es zwischen seinen Fingern. Er entlud sich derart stark, das Zeug schoß raus wie ein Feuerstrahl, er erdrückte sie mit seinem gesamten Gewicht, noch nie war es ihm so schnell gekommen, sein Herz hämmerte, aber es war vorbei. Er zog sein Ding heraus und nahm es in die Hand, er erhob sich und fiel auf die Seite, schließlich zog er seine Hose hoch. Er blieb einen Moment auf der Bettkante sitzen, sie hatte sich nicht einmal bewegt, kaum die Beine zusammengenommen, und sie guckte immer noch zur Decke. Als er aufstand, drehte sie sich auf einen Ellbogen.

– Warum hast du ein Gewehr? fragte sie.

– Nur so.

– Ich hab Lust, daß du nochmal kommst.

– Paß auf, ich bin nicht besonders in Form. Wir sind 'ne halbe Ewigkeit durch diese Scheiße gelatscht. Später, jetzt nicht.

Sie zog sich wieder an, sie kniete auf dem Bett und schlüpfte in ihr Kleid, von Zeit zu Zeit blickte sie ihn für den Bruchteil einer Sekunde an, er sah nur das Funkeln ihrer Augen, er sah sie kaum, zum erstenmal, seit sie losgefahren waren, fühlte er sich vollkommen ausgepumpt, mit der Müdigkeit hatte das nichts zu tun, er faltete seine Hände hinter dem Kopf und seufzte, sein ganzer Körper schmerzte, seine alte Wunde am Bein brannte wie Feuer.

– Hast du schon mal mit einer Schwarzen gebumst? fragte sie.

– Weißt du, vielleicht hab ich nachher wieder Lust.

– Nachher?

– Ich zahle auch.

– Ich weiß nicht, vielleicht hab ich für heute abend genug Kohle verdient. Ich tu, was mir gefällt, wenn mich das ankotzt, könntest du mich nicht mal kriegen, wenn du deine Taschen leer machst.

– Verdammte Scheiße, wofür haltet ihr euch eigentlich? Glaub das nicht, ich könnte dir die Hände aufbiegen und dir dabei sämtliche Finger brechen. Das wär mir scheißegal.

– Auf die Tour erreichst du nicht viel.

– Auch egal, ich erwarte nicht viel. Was könntest du mir schon bieten, was ich mir nicht ohnehin nehmen kann, hm? Was meinst du?

– Herrgott, sagte sie. Du bist total bekloppt!

Er war steif wie ein Stück Holz, aber er troff vor Schweiß, er nahm ihren Geruch wahr, als sie an ihm vorbeiging, er blieb allein zurück, reglos in diesem Zimmer mit schmerzenden Kieferbacken, er kratzte sich über die Wange, die Bartstoppeln drückten sich unter seine Nägel.

– Scheiße, was kann ich dafür, daß die so einen Arsch haben, knurrte er. Die bringen alles durcheinander. Die können mich mal.

Als er nach draußen zurückkehrte, unter die Veranda, hatten sie eine Art Tisch rausgestellt mit einem Topf rote Bohnen, die an der Oberfläche schwammen, und die beiden anderen hatten alles, was an Proviant noch übrig war, aus der Tüte geholt, ein Scheißfraß, zusammengekauft an den Straßenecken, der nach Plastik und fast nichts anderem schmeckte.

Sie drehten sich nach ihm um, alle, außer der alten Frau, die mit der Nase in ihrem Teller steckte, die drei anderen hatten ganz kleine Augen, sie lachten halblaut, über irgend etwas, sie hatten eine Flasche Whisky vor sich stehen, und Roxie schüttete sich ein großes Glas voll, es erschien ihm unglaublich, daß er sie gerade eben gebumst hatte, sie jetzt so zu sehen, mit diesem wilden Blick, den sie ihm zuwarf, sie wirkte unberührbar und schön, vielleicht hatte sie recht, sie hatte ihm nicht viel gegeben, zumindest sah man nichts davon.

– Komm, setz dich zu uns, iß was, sagte Bob.

Er wedelte mit den Armen zu ihm hinüber, Franck raffte sich endlich auf, er hatte keinen Hunger, aber er wollte gern einen Schluck trinken, er trat heran und blickte Roxie dermaßen brutal an, daß sie nur eine Sekunde standhielt, ehe sie die Augen niederschlug, hätte sie das nicht getan, hätte er sie todsicher geschlagen, zu halsstarrig durfte sie nicht sein, das war nicht der rechte Zeitpunkt, es war nicht besonders heiß, aber er zerfloß zwischen den Schultern, fast seine gesamte Muskulatur war verspannt, diese Insekten, die in der Dunkelheit kreischten, der Geruch der von der Sonne gemarterten Erde, seine Klamotten klebten ihm am Leibe, o Scheiße, er versuchte zu lächeln, als Will auf seinem Stuhl hochfuhr und eine Eidechse aus seiner Hose zog, der Dicke vergoß Tränen über seinem Teller, und Bob beugte sich über den Tisch, er sagte, fang sie, na los, Scheiße, fang sie schon, die schmeckt irre, ich sag's dir, und Will zertrat den Kopf der Eidechse mit dem Absatz, traute sich aber nicht, sie in die Hand zu nehmen, er klammerte sich an die Stuhllehne, Bob lief um den Tisch herum, er nahm das Tierchen und redete auf seine Mutter ein und die dicke Frau nickte, er legte die Eidechse vor sie auf den Tisch, und das Blut lief zwischen die Planken, Franck schluckte seinen Whisky, ihm war, als wäre er gehäutet und seine Nerven lägen blank, die ganze auf dieser Reise angestaute Wut, er spürte, wie sie in seinem Körper hochstieg, sie war da, in seiner Kehle, und er wußte nicht, was er mit ihr anfangen sollte, er wollte sie nicht vergeuden, diese Sache, so rein wie ein Diamant in diesem Rattenloch, wenn er Lili wiederfinden sollte, würde er ihr all das erzählen, er fand, da konnte man stolz drauf sein, etwas so Großes in der kleinen Grube seines Magens zurückzuhalten, das war eine Art Liebe, eine negative Leidenschaft, viel stärker als die andere, Herrgott, am liebsten hätte er den Tisch gepackt und zwischen seinen Händen zerquetscht, die ganze Baracke mit den Fäusten demoliert, er hatte prachtvolle Hände, er hätte Bäume fällen können, sein Schrei wäre durch die Nacht gedrungen wie ein atomgetriebenes U-Boot, er hätte Roxie gepackt und ihr alles mögliche in den Arsch gesteckt, seine Hände, die Flasche, seinen Fuß,

Schlangen, und sie hätte kein Wort gesagt, das war es doch, was sie wollte, daß sich jemand um ihren verdammten Arsch kümmerte, den Gedanken hatten sie alle, Franck war da sehr schnell hintergestiegen.

Ohne sich in acht zu nehmen, zog er an dem Joint, den ihm Bob unter die Nase geschoben hatte, er fand das noch genauso widerlich wie vorher, aber er hatte Lust zu rauchen, und ein bißchen Tabak mußte da ja drin sein, die Alte steckte die Eidechse ein und kehrte ins Haus zurück, Bob stand auf, um die Flamme höher zu drehen, er sagte zu Roxie:

– He, was meinst du, wir haben heute abend Freunde zu Besuch, morgen sind sie vielleicht schon wieder weg, vielleicht solltest du dich ein wenig antörnen und ihnen zeigen, was du kannst...

– Ho, ich bitte dich, verpiß dich, sagte sie.

– Scheiße, sagte er, warum denn nicht?

– Laß mich, ich bin müde.

Franck zog einen Batzen Scheine aus der Tasche und legte ihn auf den Tisch, ohne einen Ton zu sagen, Bob sperrte die Augen auf, er schaukelte langsam vor und zurück, dann verfiel er in einen schnelleren Rhythmus, indem er sich mit der flachen Hand auf die Oberschenkel schlug, Scheiße, sagte er, das ist, als würde mir jemand mit 'ner Trompete ins Ohr dröhnen, alter Freund, du legst dich mächtig ins Zeug, ich hoffe, sie macht es, o Roxie, spann uns nicht auf die Folter, ich liebe dich, du weißt, daß ich dich liebe, ich hol dich hier raus, aber du mußt mir HELFEN, und in diesem Moment erklang eine Mundharmonika in der Dunkelheit, Bob hielt für einen kurzen Augenblick inne, dann nahm er den Rhythmus wieder auf, Franck lachte sich kaputt, das war ganz so wie in *Beim Sterben ist jeder der Erste (Déliverance),* Lili hatte immer wieder davon angefangen, die Stelle, wo der Typ mit dem Idioten Gitarre spielt, sie hatte sich regelrecht daran aufgegeilt, er weniger, und das hier war die gleiche Stimmung, nur daß Franck jetzt zwei Idioten sah und es Nacht wurde, allmählich wurde ihm kalt, das waren zwei junge Typen mit dunkler Haut, die gleiche Figur wie Bob, sie rückten vor bis zur

Mitte des Hofs, Bob raffte eilig den Zaster auf dem Tisch zusammen und steckte ihn in die Tasche, dann stand er auf und winkte ihnen zu:

– Ja, so schaffen wir es, sagte er. Sie braucht Musik.

Die beiden Typen kamen näher, sie nahmen auf den Stufen Platz, der Wüste zugewandt, Will hing leicht weggetreten auf seinem Stuhl, den Kopf nach hinten verdreht, und der Dicke stach die Spitze seines Messers in die Planken, dann zog er es durch das Holz, er tat das der Maserung nach, Franck fühlte sich langsam ein wenig besser, inzwischen war es ihm scheißegal, was passiert war, hin und wieder achtete er auf die Mundharmonika, und dann lehnte er sich zurück, er konnte nicht überall auf einmal sein, der Typ, der nicht spielte, war aufgestanden, er hatte sich hinter Roxie gestellt und massierte ihr die Titten mit beiden Händen, Franck sah sich das an, dieses Mädchen, das ihn anlächelte, das vielmehr ins Leere lächelte, fast alle verstanden sie sich auf diese Sorte von Lächeln, er kannte ein Stück darüber. Franck wurde auf den Typen aufmerksam, der auch ihn anblickte, ihm gefiel diese Fresse nicht, und der Typ ließ ein, zwei Knöpfe aufspringen und holte die beiden Titten an die Luft.

– Die ist großartig, sagte Bob. Die weiß, wie man Stimmung schafft.

Roxie stand auf, schon möglich, daß sie ein wenig tanzte, vielleicht schaukelte sie auch nur ein wenig hin und her, sie zog ihr Kleid über die Hüften, in diesem Licht wirkte ihre Haut hell, sie hatte tatsächlich eine Muschi wie ein Kind, mit sehr wenig Härchen, bloß ein kleines, schmales Büschel am Rande der Schamlippen, aber sie hatte unglaubliche Schenkel, rund und aufregend, und breite Hüften, der junge Kerl ging zum Tisch und wischte alles, was drauf stand, in eine Ecke, Gläser purzelten zu Boden und ein Schuß Soße spritzte aus dem Topf, Roxie setzte ihre Hinterbacken auf die Tischkante und ihre Füße lösten sich vom Boden, sie warf den Kopf zurück und spreizte ihre Beine, gleichzeitig massierte sie sich die Brüste. Der Typ knöpfte mit einem hellen Gackern seine Hose auf, ein wahrlich unerträgliches Geräusch, er war bereits zwischen Roxies Beinen in Stellung gegangen, direkt unter der Lampe, Franck warf rasch einen Blick hinter die Bank, der Karabiner war noch da, auf seiner Tasche, der Hintern des Kerls erschien im Licht. Franck stand in aller Ruhe auf, er packte den Kerl an den Haaren und pflanzte ihm blitzschnell sein Knie in den Bauch. Er ließ ihn sogleich wieder los, und der Typ knickte weg und verschwand unter dem Tisch, Franck ließ ihnen nicht einmal Zeit, die Musik auszustellen, in Nullkommanichts hatte er den Karabiner in der Hand und packte Roxie am Arm.

Der Dicke blickte auf, aber er blieb regungslos sitzen, einzig die Musik war langsamer geworden, und sie guckten ihn an, Roxie versuchte sich loszureißen, aber er drückte mit voller Kraft zu, er entschied sich für die Hütte am anderen Ende, und sie überquerten den Hof praktisch im Laufschritt, das Schwein stieß ein entsetzliches Grunzen aus, als sie an ihm vorbeikamen. Er stieß sie in die Hütte und schloß die Tür. Er preßte sie gegen die Wand. Er sah die Baracke durch die Ritzen, er sah die anderen unter dieser Art Veranda, und nicht einer hatte sich von seinem Platz gerührt, dieser Wichser da kam kaum auf die Beine, sie waren ungefähr hundert Meter weit weg, irgend etwas war seltsam, aber das war nur, daß sie die Musik ausgestellt hatten, Franck hatte es nicht bemerkt, er machte weiter, er quetschte Roxie gegen die Bretter, er preßte sich mit seinem ganzen Gewicht gegen sie, daß sie die Beine nicht mehr bewegen konnte, sie sagte ihm ins Ohr:

– Das war nicht nötig.

Sie fuhr mit der Hand über seine Hose und drückte auf sein Glied, Franck riß die Hand zurück und knallte sie brutal gegen die Wand, sie schrie auf, und er fing von vorne an. Genau in diesem Moment versank alles im Dunkel, irgendein Schlaukopf mußte sich um die Lampe gekümmert haben, es brannte bloß noch ein schwaches gelbes Licht, in der Baracke, da, wo die Alte saß, er konnte die anderen nicht mehr sehen, was sollte der Quatsch, was hatte das zu bedeuten, er ließ ein, zwei Sekunden verstreichen und rief:

– He, Dicker, was treibst du, was ist los?

Er hörte Lärm, doch der Dicke antwortete nicht, Herrgott, das hatte er überhaupt nicht bedacht, höchstens ’ne kleine Schlägerei mit diesem Hohlkopf da, er biß sich bedächtig auf die Lippen, und dazu dieses Mädchen, das an ihm hing, er zwängte sein Knie zwischen ihre Beine.

– Du tust mir weh, murmelte sie. Mir wäre lieber, du machst das anders.

– HEY, DICKER! HERRGOTT, WILL! WO STECKT IHR, VERDAMMTE SCHEISSE??!!

Jetzt herrschte wirklich eine Todesstille, er hätte das Knacken eines dünnen Zweiges hören können, seine Augen hatten sich vollständig an die Dunkelheit gewöhnt, er war voll, doch er dachte, er sei in Hochform, silberne Drähte verliefen über seinen Arm und schweißten ihn an den Karabiner, verlängerten ihn, er war ganz ruhig, während sich Roxie richtig gehenließ, Franck hielt sie fest, aber er spürte ihr Gewicht auf seinem Arm, und sie blickte ihn unverwandt an, die Titten im Freien, dieses Knie zwischen den Beinen, sie bedeckte ihre Augen mit der Hand, sie sagte zu ihm:

– Laß mich raus, ich fleh dich an, laß mich raus...

Er lachte, Lili hatte letztens genauso gewimmert.

– Ich glaube, du hast mehr Chancen, wenn du bei mir bleibst, sagte er.

– Später. Wir machen es, so oft du willst. Ich rede mit ihnen.

– Eigentlich hab ich keine große Lust, dich zu bumsen.

– Das sagst du nur.

– Nein. Dieser Typ hat mich aufgeregt. Du auch. Und verarschen laß ich mich nicht, das ist alles. Ich empfinde nichts mehr.

– Hör zu, die sind verrückt da draußen, ich kenn die, die sind bekloppt, diese beiden Kerle, die haben nichts zu verlieren.

– Soso, und du meinst, dein Bruderherz mischt da nicht mit?

– Ich will hier nicht sterben, sagte sie.

– Noch sind wir nicht tot. Schon als wir ankamen, wußte ich, daß das schiefgehen würde.

– Die hätten die Nacht abgewartet, um dich auszurauben, das haben sie schon einmal gemacht, das liegt an dieser Hölle.

– Ich verlange nichts von dir, sagte er. Ich hab mit dir nichts am Hut.

Sie zitterte, und nicht, weil ihr kalt war, und beim Sprechen wimmerte sie halb, auf ihrer Zunge war eine Spur Panik, das war ziemlich widerlich, klebriger Schleim verstopfte ihr den Mund, dieses Knie tat ihr weh, sie wand sich:

– Das tut weh, sagte sie.

– Wenn es hell wird, haben die keine Chance mehr, das wird schnell über die Bühne gehen. Ich frag mich, ob dir das gefallen wird.

Er ließ von ihr ab, und sie ließ sich zu Boden fallen.

– Sowas Blödes, sagte er. Sowas wie das hier hab ich gesucht, die hätten ruhig hier in der Gegend anhalten können, ich weiß es genau, etwas in dieser Art schwebte mir vor.

– Danach nimmst du mich mit, sagte sie.

– Ja, wie im Film.

– Bring mich über die Grenze, das schaffst du.

– Auf der anderen Seite ist es auch nicht anders.

– Woher willst du das WISSEN? Ich bitte dich nur, mich rüberzubringen, sonst nichts.

– Einverstanden. Gib mir etwas.

– Was möchtest du?

– Irgend etwas. Gib mir irgend etwas.

Sie richtete sich langsam auf, kniend schlang sie ihre Arme um seine Beine und drückte ihre Lippen auf die Ausbeulung seiner Hose. ER stieß sie von sich, er wich sogar einen Schritt zurück.

– Nein, sagte er. Du sollst mir etwas GEBEN. Wenn du irgend etwas findest, das ich wirklich haben möchte, dann bin ich einverstanden.

In diesem Moment fing Bob an zu brüllen:

– HE, SOLL ICH DIR SAGEN, WO DU STECKST, ALTER FREUND? HIER GIBT'S WEIT UND BREIT KEIN HAUS, KEIN EINZIGES, FRAG ROXIE... HE, DU ARSCH, WORAUF WARTEST DU?

Merkwürdig, Franck hatte das Gefühl, als käme das aus einem Lautsprecher, er hörte eine Art Rauschen.

– Womit spricht der da? fragte er.

– Die haben die Anlage angestellt. Die haben 'nen Verstärker, aber das Ding ist beschissen, manchmal machen sie Musik, die spielen nur Scheiße.

– Die sind wirklich beknackt, sagte Franck.

– HE, HÖR GUT ZU ... WENN WIR DICH KRIEGEN, WIRST DU DEINEN PIMMEL FRESSEN, ALTER, STELL DIR DAS RUHIG VOR, DU ARSCH, DU WIRST DRAN GLAUBEN MÜSSEN WIE DEINE KUMPEL, ES IST NUN MAL SO, ALTER, HE, HALT DICH BEREIT, HUUUUUUUU HUUUUUUUU, HALT DICH BEREIT, MEIN JUNGE...!

Roxie stand auf, sie rieb sich die Arme und ging in den hinteren Teil der Hütte, er hörte sie im Dunkeln stöbern, er rückte ein Stück zur Seite:

– Was machst du da? fragte er.

– Ich suche etwas für dich. Du wirst mich mitnehmen.

– Wieviel Uhr ist es, was meinst du?

– Ich weiß es nicht. Drei Uhr, vier Uhr, keine Ahnung.

– Vier, würde ich eher sagen. Ich wollte, es würde bald hell.

– Schau her, sagte sie. Hier hab ich all meine Sachen. Sie stehen immer bereit. Das ist alles, was ich mitnehmen möchte, ich krame nie darin rum, ich will nicht daran denken.

Er trat näher, und Bob grölte weiter:

– HE! GIB ROXIE DEINEN ZASTER, SIE SOLL IHN UNS BRINGEN... VIELLEICHT LASSEN WIR DICH LAUFEN WIE EINEN HASEN, ALTER FREUND!!!

Sie hatte einen kleinen Metallkoffer geöffnet, ein Ding aus der Armee, Franck sah ein paar Klamotten und allen möglichen Krempel.

– Siehst du, sagte sie, jedesmal, wenn ich etwas finde, das mir gefällt, lege ich es hierzu. Ich werde dir geben, was ich am meisten liebe, mehr kann ich dir nicht bieten.

Sie blieb einen Moment reglos stehen, dann wühlte sie in ihren Schätzen.

– Er denkt, das ist alles ganz einfach, sagte Franck. Er denkt, er hat's schon geschafft.

– Hier, sagte sie.

Sie reichte ihm ein kleines Fläschchen, N° 5 von Chanel war das, dreiviertel voll.

– Schön, sagte er. Einverstanden.

Er schraubte den Stöpsel ab und fing an, sich das Zeug über den Kopf zu gießen, er schüttelte das Ding, damit das schneller ging, und das Parfüm brannte auf seinen Backen, tropfte von seinem Kinn, und sie hielt sich die Ohren zu, sie schnitt eine fürchterliche, bestimmt schmerzhafte Grimasse.

– DU HÄLTST UNS WOHL FÜR BLÖD, DABEI BIST DU DER BLÖDMANN, WIR KÖNNEN DICH AUF TAUSEND ARTEN KRIEGEN, ICH KANN DIR SAGEN, ES IST UNS SCHEISSEGAL, OB WIR DICH UM DIE ECKE BRINGEN ODER NICHT, RÜCK DEINE KOHLE RAUS, BEVOR WIR SAUER WERDEN, DU KLUGSCHEISSER, HE, HÖRST DU, SEID IHR AM BUMSEN ODER WAS?

Franck zwinkerte Roxie zu, dann schritt er zur Tür und öffnete sie vorsichtig. Bevor er sich rausschlich, drehte er sich kurz um:

– Siehst du, sagte er. Es hat dich nicht viel gekostet...

– Du hast nichts verstanden. Das war kein Scherz.

– Was ist daran so schwer zu verstehn? Da ist nichts zu verstehn.

– Verpiß dich, sagte sie.

– Diese Dinger, wie funktionieren die?

– Welche?

– Der Scheiß da oben, die Scheinwerfer. Ich brauch Licht.

– Rechts von der Baracke ist eine Tafel. Der oberste Schalter.

Er machte sich in der Hocke davon, auf die Autowracks zu, dort, wo er war, konnte er die dunkle Masse der Baracke erkennen, immer noch war eins der Fenster erleuchtet, das war ein verdammt langes Stück ohne Deckung, es sei denn, er pirschte sich durch die Bäume, der Horizont wurde langsam heller, ein fahlblauer Streifen, aber man sah nicht viel, er mußte an diese verflixten Scheinwerfer rankommen, und genau in diesem Moment ging einer der Schwachköpfe ganz nah an ihm vorbei, ohne ihn zu sehen, er schlich in gebückter Haltung, langsam, erst kurz vor der Tür der kleinen Hütte richtete er sich auf.

Die waren wirklich beknackt, Franck stand direkt hinter ihm, er hätte ihn schon längst umlegen können, aber er hielt den Karabiner verkehrt herum, er hatte den Lauf in der Hand, und dieses Gewicht am Ende seiner Arme, das war seine gesamte Kraft hoch hundert, er würde diesen Kerl nicht töten, er würde ihn total zerschmettern, er verursachte nicht das leiseste Geräusch, aber er stank dermaßen, das Zeug roch dermaßen intensiv, daß sich der andere umdrehte, das Leben will es manchmal so, dann, wenn es zu spät ist, macht es sich einen Spaß daraus, einem die LETZTE BOTSCHAFT zu übermitteln, es macht sie uns zum Geschenk, man kann das aber auch als eine Schweinerei auffassen. Der Kopf des Kerls explodierte buchstäblich an den Brettern, Franck wäre unfähig gewesen, zwischen dem Knacken des Holzes und dem Bersten der Knochen zu unterscheiden, ein Blutstrahl spritzte aus dem Ohr des Typen und traf Franck mitten auf die Brust, er sah sich das mit angewiderter Miene an, während der andere wie eine weichgekochte Nudel zu Boden flutschte, auf halbem Weg drückte er auf den Abzug seines Revolvers und durchbohrte sich den Fuß. Franck hob die Waffe auf, eine P.38 mit einem Griff aus dunklem Holz und Jade-Intarsien, der Dicke stand auf Jade, er hatte ganze Abende damit verbracht, das zu basteln, direkt nach dem Gürtel, es gibt eben Dinge, die einen grundlos fesseln, das kann irgend etwas sein, aber niemand sollte darüber lachen, es sei denn, er ist wirklich bekloppt, und da kommt keine Macht der Welt gegen an, er schob die Waffe in seine Hose und rannte auf die Bäume zu, den Kopf vollkommen leer, der Griff des Karabiners war total verschmiert und lauwarm, er wischte sich die Hände an den Oberschenkeln ab.

– HE, DINGSDA, brüllte Bob, WIR HOLEN DICH DA RAUS, DER SCHLAUSTE SCHEINST DU JA NICHT ZU SEIN, ABER ICH VERSTEH DAS, DIESER ZASTER MACHT UNS GANZ KRANK, ICH VERSTEH JA, DASS DU DEN NICHT EINFACH RAUSRÜCKST, DU HAST

RECHT, WIR HABEN NICHTS GEGEN DICH, ABER DU HAST DIESES GELD, DU WEISST SCHON, UND DU, DU NUTZT UNS NICHTS, DU GEHST UNS EHER AUF DIE EIER, WÜRDE ICH SAGEN, HE, WIR SIND ALLE GANZ KRIBBELIG, WIR KÖNNEN NICHT LÄNGER FAUL AUF UNSEREM ARSCH SITZEN, WIR KOMMEN JETZT, HALT DIE AUGEN AUF, MEIN JUNGE!

Franck rührte sich nicht, er hatte den Finger auf dem obersten Knopf, er versuchte, sich die beiden Idioten in der Baracke vorzustellen, schnell noch einmal durchatmen, das Mikro weglegen, rausgehen, ganz so eilig konnten die es trotz allem nicht haben, er machte nicht einmal den Versuch hinzusehen, es war noch zu dunkel, er starrte auf seine Füße, er stellte sich den Hof vor mit den beiden Kerlen, die sich auf den Weg machten, er wartete, bis sie auf halbem Weg waren, er fragte sich, ob er nicht überschnappte. Als er auf das kleine Ding drückte, fluteten dreitausend Kubikmeter Licht in den Hof, Franck erblickte sie in Sekundenbruchteilen, Bob stand noch auf den Stufen, der andere war in der Mitte des Hofs angelangt, er war ungefähr fünfzehn Meter von Franck entfernt, er riß die Augen auf, Franck war blutverschmiert, und man muß schon sagen, daß da selbst dem dümmsten Idioten die Nerven durchgegangen wären, das war eine ganz seltsame Atmosphäre, der Typ stieß einen Schrei aus und Franck ließ ihn nicht aus den Augen, und als er schoß, pendelte sein gesamter Körper leicht nach vorn, um den Schuß zu begleiten, es ist Blödsinn, zu glauben, man könne nur mit blanker Waffe mit dem anderen richtig in Berührung kommen, nein, Francks Kugeln, jede war wie eine Fingerspitze, wie eine Faust, er traf den Kerl voll in den Bauch, ohne zu zielen, und der Kerl hob vom Boden ab, er drehte sich zweimal um die eigene Achse, bevor er auf die Erde zurückfiel, man hätte meinen können, er habe einen Volleystopp mit einem Meteoriten geübt.

Franck praktizierte in der Zeit den üblichen Stuß, sich ins Gestrüpp werfen und sich in eine ruhige Ecke wälzen, und das in kürzester Zeit, dabei den Karabiner festhalten, Bob war abgezischt, er war in die Baracke zurückgelaufen, und das war allerdings sehr beschissen, Franck kannte sich in der Bude kein bißchen aus, die Ausgänge, die Bretterwände, der ganze Scheißkram, das war ein verdammtes Handicap, außerdem hatte er es hingekriegt, sich die Wange zu zerschrammen, diese verflixten Dinger waren schlimmer als die Krone Christi, o Gott, er mußte an eine Frau denken, völlig grundlos, eine Frau ohne Gesicht, nur eine namenlose Gegenwart, ALLES rings um ihn wandelte sich zum Schlechten, er war in eine andere Welt geraten und das konnte alles mögliche sein, das konnte sein wie in dem Bauch einer Frau, er konnte sich einen solchen Quatsch durchaus vorstellen, und Herrgott nochmal, für ihn stellte das wirklich etwas dar, er fand, daß alles weich und glitschig und grausam wurde, er sandte Zeichen ins Leere und nichts antwortete ihm, hier war nichts von seiner Welt, nicht daß er Angst hatte, aber das war ein wenig so wie mit den Quallen, er kannte das, einmal hatte er eine in einem Netz gefangen, er hatte das Ding vor seine Füße fallen lassen, in den Sand, und der ganze Scheiß war in der Sonne geschmolzen, eine einzige Sauerei, das machte ihm keine Angst, aber er hätte das um nichts in der Welt mit den Fingern berühren wollen, und hier hing er in einer Ecke und es war NACHT, es war FEUCHT, es roch nach ERDE, und der andere hatte sich VERSTECKT, DAS LICHT, DER SCHMERZ, DER TOD, DAS LEBEN, DIE SCHEISSE IST, MAN WEISS NIE, WENN EIN MÄDCHEN DIE BEINE BREIT MACHT, WO ES DRAUF HINAUSWILL.

Während er darüber nachdachte, brach Franck der kalte Schweiß aus, und es dauerte eine Weile, bis sein Verstand wieder vernünftig arbeitete, schön, es wurde nur ganz langsam hell, und das war wichtig, denn außerhalb des Hofs lag alles noch im Schatten, er entfernte sich ein Stück. Direkt hinter den Bäumen verengte sich die Schlucht rasant, er kletterte auf den kleinen Hang, der sich dahinter erhob, Berge von gelben Steinchen lösten sich unter seinen Füßen, es war so gut wie unmöglich, keinen Lärm zu machen, aber das war, Herrgott nochmal, das war trotzdem das einzige, was er tun konnte, sich auf die andere Seite dieser vermaledeiten Baracke schlagen, er hielt den Karabiner mit ausgestrecktem Arm, den anderen nahm er, um nicht durch die Luft zu fliegen, er erblickte das Fenster des Zimmers, in dem er mit Roxie gebumst hatte, daneben, ein Stück weiter, war noch eins, und das war alles, was man sehen konnte, keine Tür, die großen Blechleisten stellenweise vernagelt, mit der Shell-Muschel verkleidet, vom Rost zerfressen.

Der Lichtschein aus dem größeren Zimmer reichte bis zu Roxies Fenster, es war niemand zu sehen, aber als er an dem zweiten vorbeikam, kriegte er ein wenig Schiß, er verdrückte sich, die Waffe auf das schwarze Loch gerichtet, in Nullkommanichts war er auf der anderen Seite der Baracke, es bestand Aussicht, daß sich dieser Wichser da drin versteckt hielt. Er rannte zu der Hütte zurück, er mied das Licht, manchmal tunkte er einen Fuß hinein. Er wälzte den Typ, der vor der Tür lag, zur Seite, Roxie hatte sich keinen Zentimeter bewegt, er trat ein.

– Wir warten ein wenig, sagte er. Es wird bald hell. Vielleicht kreuzt er auch früher auf, weil er glaubt, daß ich um die Baracke herumstreiche, vielleicht sagt er sich, daß ich ihn hier nicht suchen werde, er wird kommen, um zu gucken, was du treibst, genau so wird es sich abspielen, also rühr dich nicht, sag keinen Ton, danach machen wir es so, wie wir gesagt haben, wir fahren sofort los.

Er ließ sich ihr gegenüber nieder, im hinteren Teil, er wußte, Bob würde kommen, er war ruhig, aber trotzdem drängte es ihn, der Sache ein Ende zu machen, sein Schädel war leer, außer daß von Zeit zu Zeit der gelbe Bus wie ein Blitzlicht aufzuckte, das ließ ihn eher kalt, das war eine Frage der Zeit, und die Zeit war ihm mittlerweile scheißegal, dieses Ding kratzte ihn nicht mehr, er war längst im Himmel oder in der Hölle, er hatte die Ewigkeit, und darüber kann man denken, wie man will.

Als erstes hörte er diese Scheißstimme, sie winselte an der Tür:

– Roxie... He, Roxie, Scheiße...

Franck warf einen Blick auf das Mädchen, in der Hütte herrschte noch Schummerlicht, aber er konnte die Konturen erkennen, sie saß immer noch da, den Kopf zwischen den Beinen, die Hände flach auf den Ohren, und dieser dumme Hund hatte endlich seinen Arsch in Bewegung gesetzt, Jesus, er hatte seine Schwester mit einem lächerlich feinen Stimmchen gerufen, und Roxie juckte das nicht, sie konnte nichts sehen, nichts hören, ihr Hintern war so hart wie festgestampfte Erde, sie war eingefroren, ihr tat alles weh, tatsächlich interessierte sie nichts mehr, sie hatte sich absichtlich ausgeklinkt.

Die Tür ging unmerklich auf, nach außen, zu Francks Vorteil, nach einer Minute sah er Bob reinkriechen, auf allen vieren, und das Tageslicht steckte zwischen seinen Beinen, ein schönes Rot. Bob hielt direkt auf sie zu, er hatte einen Revolver in der Hand, er verpaßte Roxie einen Schlag auf den Kopf:

– He, was ist, SCHEISSE, sagte er, kannst du nicht antworten?

Er setzte sich neben sie, auf die Fersen, er wußte es nicht, aber er hätte keinen ungünstigeren Platz finden können, Don Juan sagte zu Carlos, hey man, wirf mal schnell 'nen Blick über die Schulter, dann siehste deinen Tod, und es stimmte, genau das hätte Bob in eben diesem Moment gesehen, seinen Tod, stark parfümiert, breit lächelnd, mit dieser Elefantenbüchse und diesem Blutflatschen mitten auf der Brust, seinen Tod, der schweigend näherkam, aber er durfte noch zwei, drei Sachen sagen:

– Scheiße, der geht uns auf die Eier, knurrte er. He, hörst du, wenn du nicht wärst, würde ich alles in Brand stecken, ich schwör's dir, ich würd den abfackeln, den Kerl, wo steckt der überhaupt, kannste mir mal sagen, wo der jetzt steckt? Scheiße, Scheiße, SCHEISSE!

Roxie schlug die Augen auf. Sie betrachtete Bob und dann Franck, der dahinter stand. Bevor Bob aufging, daß JEMAND hinter ihm war, schob ihm Franck sachte den Lauf des Karabiners in die Wange, genau zwischen die Zähne, zwischen seine silbernen Zähne.

– Denkst wohl, du bist der King, was? sagte Franck. Na schön, laß das Ding los, und die Hände auf den Boden.

Bob rührte sich nicht sofort, Roxie sah ihn an, doch ihre Augen waren eher leer, dabei war er ganz nah, und sein Körper strahlte wie ein überlasteter Reaktor, wie ein Kerl, der sich in die

Hosen macht und seinen Schiß ausschwitzt und eine Wasserlache um sich verbreitet und tausend- und abertausendmal in einer Sekunde stirbt und anfängt zu stinken, o Gott, sie schaffte es, über all das hinwegzugehen, sie blickte durch Bobs erschrockene Augen hindurch, sie sagte zu ihm:

– Er nimmt mich mit.

Franck rückte ein Stück zur Seite, wegen Roxie, er mußte den Schußwinkel ändern, er schoß in Bobs Ohr, und Bob zerschellte an der Wand, das war, als wäre er geplatzt, überall Blut und anderes Zeug, vielleicht zehn Sekunden später fuhr sich Roxie mit dem Finger über die Lippen, etwas Klebriges war auf ihrem Mundwinkel gelandet, sie guckte starr geradeaus, und dieses Ding hatte sie gestört.

Er stand nicht weit von der Tür, vielleicht zwei Meter, und es war sehr früh, er war den frühen Morgen nicht gewohnt, dieses Licht und den Bodennebel, kein Ton war zu hören, das war wie ein Schnitt in der Zeit, und er sah sich das an, die Nebelschwaden, die in die Hütte krochen und sich auf seine Füße rollten, er betrachtete die kleinen aufgeschwemmten Tropfen, die einander umstießen, er hatte zu nichts Lust, nicht zu der geringsten Handbewegung. Trotzdem ging er zur Tür und blieb auf der Schwelle stehen, direkt vor ihm traf der Tag ein, er schloß leicht die Augen, er spürte die Müdigkeit, die ihn umhüllte, die über ihn herfiel, es war noch so viel zu tun, die anderen einholen, diesen Bus, der davonraste, und erst mal aus diesem Loch rauskommen, eine Karre finden, er guckte Roxie an, die Grenze lag nicht gerade auf seinem Weg, er mußte eher ins Landesinnere vordringen, aber was kratzte ihn dieses Mädchen, gegen so etwas hatte man ihn gewappnet.

– Er hat von einem Kumpel geredet, der mit ’nem Wagen vorbeikommt, sagte er.

– Ja. Bald.

– Schön, kann sein, daß ich dich brauche.

– Du wirst mich nicht zurücklassen, sagte sie. Du bist wirklich ein Schuft, aber du wirst mich hier nicht zurücklassen.

Er lachte:

– Woher weißt du das?

– Scheiße, das ist, als würdest du laut denken, sagte sie. Ich verlang nicht viel von dir. Was macht dir das schon aus?

Er schwieg einen Moment, er sah hinaus, auf den Hof und einen Teil der Baracke, das Schwein, das reglos vor den Stufen lag, eine Stille, die kilometerweit reichte, wie unsichtbare Pfeile.

– Paß auf, sagte er. Ich kann dir einen Vorschlag machen...

Er ging vor die Tür. Nur einen Schritt. Als er sie sah, riß er den Mund auf und verschluckte eine riesige Kugel dicker eukalyptusgeschwängerter Luft, sie hatte sich direkt hinter der Tür versteckt, sie schwang diese Axt über ihrem Kopf und eine graue Haarsträhne fiel ihr ins Gesicht, ihr Arm senkte sich rasend schnell, vor Anstrengung verzerrte sich ihr Mund, sie hatte kein Wort gesagt, ach du großer Gott, die hatte er total vergessen, er sprang zur Seite und hob einen Arm vor die Augen, und es ist wahr, im ersten Moment spürt man überhaupt nichts, das ist höchstens ein bißchen heiß, aber er hatte einen solchen Satz gemacht, daß er hintenüber fiel mit diesem Stumpf, aus dem es spritzte wie aus einem Gartenschlauch.

Die Alte wollte erneut zuschlagen, er war auf dem Rücken gelandet und er hatte den Karabiner nicht losgelassen, er drückte ab und eine der beiden dicken Titten der Alten explodierte vor seinen Augen, er zog die Beine auf den Bauch, bevor sie über ihm zusammenbrach, die Stirn der Alten prallte auf seinen Mund und seine Lippe platzte auf. Er kam unglaublich schnell darunter hervor, mit einem schrillen Quieken, noch nie hatte er einen derart beschissenen Schrei ausgestoßen, er stand auf und ging in die Knie, halb vornübergebeugt, er hatte seine Waffe immer noch nicht losgelassen, und jetzt fing er erst richtig an zu schreien und sein Körper öffnete sich vollständig dem Schmerz, er konnte nichts dagegen tun, das Ding schwoll an wie ein Atompilz, er preßte die Beine dermaßen zusammen, daß er in die Hose pinkelte, ein-, zweimal sah er auf seine Wunde, ohne etwas zu verstehen, er spürte bloß, daß er bald in Ohnmacht fallen würde oder kotzen oder scheißen oder sterben, egal was, es hätte ihm geholfen, er heulte wie ein Bekloppter.

7

Joël hatte es trotz allem geschafft, seine berühmten Spaghetti aufzufahren, Ned sah sich diese Drecksdinger an, die da auf seinem Teller dampften, und die drei Kilo Tomatensauce verpaßten ihm wütende Schläge in den Magen, es war dunkel, Carol hatte anstandslos die Schlaftabletten geschluckt, und sie hatten sie in ein Zimmer verfrachtet, Tina war bei ihr geblieben, und Henri fraß seine Nägel auf. Nach jedem Bissen guckte Joël sie aus dem Augenwinkel an.

– Ihr dürft nicht warten, sagte er. Kalt ist das nichts.

Es war einfacher, Scheiß zu verzapfen, als ein winzig kleines Sätzchen vorzubringen, Ned pflanzte seine Gabel mittenrein und fing langsam an, sie zu drehen, innerhalb von dreißig Sekunden hatte er den ganzen Brei um seine Gabel gewickelt, er war der letzte, der darüber lachte, der erste, der weinte.

– Was hast du vor? fragte Joël.

– Ah, das schieb ich mir in den Arsch, was sonst...

– Na klar, aber ich meinte, mit dem Mädchen?

Sie ließen darüber ein wenig Schweigen verstreichen, das war alles andere als störend, das war ein sanftes Ding, wie Federn und transparent, sie sahen sich an, und der Tod hatte nicht mehr diesen widerlichen Geschmack, es fehlte nicht viel, und Ned hätte ein paar Nudeln gegessen, er trank sein Glas Wein, und die Lust, sich vollaufen zu lassen, entlockte ihm ein Lächeln, o ja, Herr, das war wirklich das Vernünftigste, was er tun konnte, na schön, er stand auf und ging zur Tür.

– Wo willst du hin? fragte Joël. Die muß allmählich anfangen zu stinken.

Ned kehrte ihnen den Rücken zu, er blieb abrupt stehen, steckte die Hände in die Gesäßtaschen seiner Jeans und drehte den Kopf, er lachte, ein leises, trockenes Lachen:

– Herr im Himmel, sagte er, dieser Typ vergeht vor Zartgefühl, warum ist der nur dermaßen bekloppt?

Joël warf Henri einen leeren Blick zu:

– He, was hab ich denn jetzt schon wieder gesagt?

Ned ging und warf die Tür hinter sich zu. Während er die Treppen hinunterlief, versuchte er sich klarzumachen, ob das möglich war, ob sie so schnell verwesen konnte, er gelangte zu keinem Ergebnis, es war ihm schon einige Male passiert, daß er Fleisch gekauft und dann vergessen hatte, er konnte sich nicht mehr erinnern, wann das Zeug angefangen hatte zu riechen, er hatte es mit dem Fuß tief in den Abfalleimer gedrückt, manchmal, allein bei der Vorstellung, was ihn erwartete, hatte er sich tagelang nicht nach Hause getraut, und er kam unten an, ohne sich über diese Geschichte Klarheit verschafft zu haben, ob sie nun stank oder ob sie nicht stank.

Er lehnte sich gegen den Bus und zündete sich eine Zigarette an, es war noch warm, aber er fand das gut, vielleicht hätte er einen anständigen Regen vorgezogen, doch da es dunkel war, konnte er ein wenig aufatmen, zwei Mädchen staksten auf ihn zu, sie krakeelten auf dem Bürgersteig, er achtete nicht darauf. Diese beiden Mädchen, mit irgendwas mußten die vollgestopft sein, aber es gab mittlerweile dermaßen viel Zeug, das im Umlauf war, unvorstellbare Klamotten, kein Mensch kannte sich mehr damit aus, nun ja, wie dem auch sei, sie waren aufgekratzt, eine Dunkelhaarige und eine Blondine, die richtige Mischung, sie versuchten, ihre Körper sprechen zu lassen, sie blieben vor ihm stehen.

– He, sagte die Blonde, Donnerwetter, guck mal hier, mein Schatz, wir haben einen gefunden!

– Da steckt was hinter, sagte die andere. Vielleicht sucht der ein Arschloch?

– Na und, was macht das schon? Wir haben doch auch eins, ein Arschloch, oder?

Ned blickte auf die beiden Mädchen, die Blonde stemmte die Fäuste in die Hüften, und die Dunkle hielt ihr Täschchen mit beiden Händen, es hing zwischen ihren Beinen, sie sah ordinär aus, ihre Freundin eher nach Disko, Stuß gepaart mit schlechtem Geschmack, was sollte es, Ned hatte mit diesen beiden Tussis nichts am Hut, er kapierte nicht, was sie von ihm wollten, er wartete darauf, daß sie abzogen, um weiter nachzudenken, er fand das normal, daß die Leute Lust hatten, total durchzudrehen, und die beiden konnten das nicht wissen.

– He, haste gesehn, der steht da wie ein Pfahl, vielleicht wartet der, daß ihm was in den Schoß fällt, he, du da, willste uns nich'n Schluck spendiern, willste nicht wohin mitkommen, wo's Musik gibt, is' doch kotzlangweilig hier...

– Vielleicht sin' wir ihm nich' gut genug, vielleicht ist der 'ne komische Nummer, der Kerl...

– He, warum sagst du das? fragte Ned. Was gehst du mir hier auf die Eier? Ihr könntet ein Stück weitergehen, zwei-, dreihundert Meter, da ist mehr los. Ich bin sicher, mit euch lohnt es sich.

– Scheiße, sagte die Dunkle, das kannste glauben, daß es sich mit uns lohnt. Das wußten wir schon vor dir. Und du, du bist sicher der letzte Geizkragen oder ich raff nichts mehr, diese Kerle, wennse nicht mindestens zu zweit sind, dann kneifense 'n Schwanz ein.

Die Blonde stand nicht weit von ihm weg, lachend streckte sie eine Hand nach Neds Eiern aus, er stieß sie brutal zurück. Das Mädchen verzog vor Wut das Gesicht, dieser Schlag auf ihre Hand, der hatte ihr ganz und gar nicht gefallen, Scheiße, nachts waren diese Mädchen Königinnen, in sämtlichen Ecken dieser Scheißstadt bimmelten die Krankenwagen, Typen purzelten auf die Bürgersteige, o HERR!, die Augen dieses Mädchens waren Vorboten der Verrücktheit, und jetzt lächelte sie ihn an.

– Wieso? sagte sie. Sind die aus Gold?

Ned drehte ihnen den Rücken zu und verschränkte die Arme auf dem Bus, er biß sich auf die Lippen, er hörte die beiden Mädchen, sie lachten sich hinter ihm kaputt, sie fanden kein Ende mit ihrem Stuß, er verstand nicht, was sie sagten, allmählich gingen ihm die Nerven durch, das war ein wenig zu einfach, er war nicht gerade stolz darauf, diese beiden Zicken würden für Lili büßen, aber es gibt Momente, da muß man halt weniger als nichts taugen, um zu Rande zu kommen, doch als er sich mit einem widerlichen Lächeln umdrehte, waren die beiden schon abgezischt, sie wackelten mit ihren Körpern um die nächste Ecke.

O Herr im Himmel, die Fahrertür des Busses, er riß sie buchstäblich heraus, und er sprang auf den Vordersitz, und als er ausscherte, ohne Licht, die Unterarme starr auf dem Lenkrad, verhinderte ein Kerl die Katastrophe, indem er voll in die Bremsen ging, das war ein Auto des Jahres, aber der Typ flog trotzdem durch die Windschutzscheibe wegen eines Lieferwagens, der in seinen Kofferraum schlitterte. Ned fuhr die ganze Straße hinauf, ehe er endlich dem Lichtschalter einen Faustschlag verpaßte, und jetzt spürte er SIE wirklich hinter sich, der Rückspiegel war eisiger als ein schwarzes Loch, aber sie war da, und dann dachte er wieder an den Geruch, seine Nasenflügel gerieten in Panik, er roch nichts, aber das konnte von einer Sekunde auf die andere kommen, wie ein Riß im Anzug eines Tauchers, und dafür gab es nur eine Lösung, in der Tat war das nicht teuer erkauft für das, was es einem brachte, er kannte sich da aus, er wußte, eine einzige Flasche konnte es bringen. Er fand eine Ecke, um den Bus abzustellen, er klatschte einen Schein auf die Kasse und verließ den Laden im Laufschritt, er blieb mitten auf dem Bürgersteig stehen und zischte die Hälfte der Ginflasche, mit Gin schaffte er so etwas, das war ein leichter Alkohol. Eine Alte war neben ihm stehengeblieben, um ihm zuzusehen, sie schüttelte den Kopf wie eine Glocke ohne Klöppel.

– Wie kann es so weit mit einem kommen? fragte er.

Die Alte guckte ihm weiter unter die Nasenlöcher, ohne zu antworten, danach wedelte sie lachend mit einer Hand:

– ICH VERSTEH NICHTS!! ICH VERSTEH ÜBERHAUPT NICHTS!! brüllte sie, KOMM NÄHER, WAS ERZÄHLST DU DA, MEIN JUNGE???

Ned kehrte zum Bus zurück, er hielt die Flasche mit ausgestrecktem Arm von sich, und er sah nichts mehr, überhaupt nichts.

Er setzte sich ans Steuer und schüttete sanft den Rest der Flasche in sich hinein, hhhuuuu, plötzlich wurde ihm ganz heiß, und er sah Leute auf den Bürgersteigen und die erleuchteten

Läden, er hörte Lärm, das wirkte alles recht lebendig, er wischte sich über die Stirn, er sagte laut zu IHR, ohne sich umzudrehen:

– Na schön, und was mache ich jetzt mit dir? Hilf mir mal ein bißchen ...

Er schaltete das Radio ein, eine kleine Melodie lief darin, er nutzte die Gelegenheit, mit einem Bein über den Sitz zu steigen, er riß sich den halben Schädel an der Decke ab, dann arbeitete er sich zu ihr vor.

Er sah sie kaum, sie war unter Bergen von Decken verschwunden, als erstes fand er ihren Arm, in aller Schnelle legte er den Rest frei, ein schöner Frauenkörper, ein weißes T-Shirt und eine enganliegende Jeans, er fand das wunderbar so, er hob sie in seine Arme und kämpfte sich in den vorderen Teil des Busses zurück.

Diese Mädchen, eine wie die andere hatten sie diese unglaublichen Dinger, Titten, und während er Lili auf dem Vordersitz befestigte, direkt neben sich, rutschten diese beiden sagenhaften Apparate zwischen seine Hände, er knetete sie eine Sekunde lang wild entschlossen, aber es fehlte der Atem des Mädchens ganz nah an seinem Ohr und dieses Gefühl, das man da hat, daß sie in tausend Stücke zerspringt, wenn man überschnappt, das waren unwirkliche, leblose Titten, er bekam nicht mal einen hoch. Außerdem strich er ihre Haare nach hinten, auf die Tour konnte er ihr Gesicht sehen, es kotzte ihn an, daß er in eine derart wilde Gefühlsduselei verfiel, aber es war nicht verboten, sich von Zeit zu Zeit etwas Gutes zu gönnen, wäre er nicht so voll gewesen, hätte er vielleicht leicht feuchte Augen bekommen, aber so fing er regelrecht an zu flennen, huuu huuuuu machte er, es tut gut, voll zu sein, oder auch stockbesoffen, ordentlich gebeutelt, wie soll die Trauer dagegen ankommen, die kann zwar das große Spiel aufziehen und versuchen, einen ein für allemal fertigzumachen, aber in der nächsten Sekunde steht man auf und pinkelt hinter ihrem Rücken, das kann praktisch die halbe Nacht so gehen, das nennt sich die Szene des Großen Herzzerreißens, ihr Kinn hing auf ihrer Brust, einen

Augenblick lang starrte er wie hypnotisiert auf ein winziges Ohr, weiß wie Porzellan und makelloser als ein Mantra, er quiekte, bevor er losfuhr, die Straße, das war ein Ding, das er zwischen zwei Fingern hätte zerbröseln können.

Ogottogott, o nein, nein, an einer Kreuzung stand er mit einemmal Felix gegenüber, jaja, genau die Sorte, die man sich vorstellt, und fast hätte er ihn über den Haufen gefahren, ja, da waren diese Scheißdinger quer über die Straße, und diese Arschlöcher glaubten, sie könnten zwischen MAUERN VON DREI METERN DICKE rübergehen, er bremste im letzten Moment und Felix schien einen Tobsuchtsanfall zu kriegen, er trampelte voll gegen die Stoßstange, KKLLAAANNGG, mitten in den Kühlergrill, dann blickte er mit grimmigen Augen hoch und erkannte Ned. Seine Grimasse verwandelte sich in ein Lächeln, er rannte zur Fahrertür und brüllte HO HO HOOOO und hämmerte gegen die Scheibe, Ned dachte danke, meine liebe kleine Scheibe.

– HE, DU ARSCH, kreischte Felix. DU BIST DAS!! MACH DEN MIST HIER MAL AUF!!

Er fuchtelte mit den Armen, er schien hoch erfreut, Ned zu sehen, er versuchte, diese verfluchte Scheibe einzuschlagen. Ned breitete resigniert die Arme aus, er bewegte die Lippen, als spräche er zu einem Stocktauben, er murmelte:

– Ich kann nicht, ich schwör dir, ich kann nicht, verklemmt.

– HEY MAN, WIRST DU MIR WOHL DEN SCHEISS HIER AUFMACHEN, HEY, SPINN NICHT!!

– Jaja, laß mich in Ruhe, Alter, rutsch mir den Buckel runter...

Aber auf Neds Gesicht stand eher geschrieben: o mein alter Felix, das ist eine Katastrophe, ich würde dich so gern an meine Brust drücken, aber diese Kiste steht ZWISCHEN UNS.

– HE, fuhr Felix fort, WAS MACHST DU DENN DA??? IST DAS DEIN NEUSTER QUATSCH, WAS HECKSTE 'N JETZT WIEDER AUS???!!

Er drosch auf diese verflixte Scheibe ein, er ließ sämtliche Reflexe erzittern, sämtliche Lichtflecken, er schnitt fürchterliche

Grimassen, und diese Scheißampel, die auf ROT eingeschlafen war, Ned klammerte sich ans Steuer und starrte geradeaus, er hörte beinahe nichts mehr, jetzt ging es besser, er hätte stundenlang so warten können in seiner Sekuritblase und *Don't cry, sister cry* pfeifen oder etwas in der Art. Als die Ampel auf Grün sprang, waren nur noch diese lautlosen Schläge, und er warf ihr sogar einen Blick zu, ehe er losfuhr, in dieser Hinsicht war eher Schweigen, ein hartes und eisiges Schweigen, man stelle sich eine Sache im Schnee vor, noch verzwickter als das kleine Mädchen mit den Schwefelhölzern, mit Rasierklingen in den Bäumen und einem blaugrünen, total zugefrorenen Sturzbach, etwas ganz Kompliziertes, man erkennt ein Rinnsal, das umherfließt und an dem großen durchscheinenden Schneemann leckt, so ungefähr war das Bild, das ihm durch den Kopf ging, jedesmal, wenn er in einen anderen Gang schaltete, kippte sie ein wenig nach vorn, und ihre Haare sausten nach unten wie Geldstücke, wenn man die richtige Ausspielung erwischt hat, er drehte vollkommen durch.

Er fuhr wie ein Arsch, diese verdammten weißen Linien zuckten vor ihm hin und her, und manchmal kaufte er sich den Kotflügel irgendeines Knackers oder ein Stück Stoßstange, und die Typen konnten ruhig 'nen Nervenzusammenbruch kriegen oder mit der Faust auf der Hupe anfangen zu flennen, er achtete nicht darauf, er sagte, verreck doch, du Wichser, das scherte ihn nun wirklich 'nen Dreck, sollte doch die ganze Stadt abbrennen, er war weder glücklich noch unglücklich, er stand unter Strom und sein Geist schäumte, er war wie ein wildes Pferd, das sich mitten im Gewitter losreißt und in den Elektrozäunen verfängt.

Das war bloß eine kleine Kabine in einer Nische, er warf einen Blick darauf, ohne sich etwas dabei zu denken, er guckte einfach nur hin, er fragte sich, was er mit sich anfangen sollte, und mit ihr natürlich auch, er wühlte in seinem Herzen, aber besonders weit kam er da nicht, er mußte wieder hoch, um nach Luft zu schnappen, er wußte, daß das nichts einbrachte, er hatte den härtesten Weg gewählt, den, auf dem man ständig mit der Nase in den Dreck fällt und der einem den Nacken lockert, das war der Weg

Der Hand Mit dem Hochgereckten Mittelfinger, er fuhr mindestens zweihundert Meter mitten durch die existentielle Scheiße, und das Ding explodierte in seinem Schädel wie eine mit Orangenlikör gefüllte Praline, ja, ja, das war eine dieser Sperrholzkisten, die einem DIE SCHÖNSTEN FOTOS DER WELT anpriesen. Er bog an der nächsten Kreuzung ab, trudelte durch eine schwarze Straße und durch noch eine, ein Rundkurs, er mußte sich beeilen, die Lust konnte ihm urplötzlich vergehen, er fand einen Parkplatz direkt davor, ja, und seine Taschen waren voller Kleingeld.

– Oh, sagte er, mit dir bleibt einem nichts erspart.

Er band sie los, er drückte sie dermaßen fest an sich, daß sie ausstiegen wie ein Typ und 'ne Tussi, die vor Lust wahnsinnig werden, sowas fanden die Leute nicht mehr seltsam, sie gingen vorüber, ohne hinzusehen, das war ein fortschrittliches Zeitalter, die Fummelszenen interessierten niemanden mehr, die Frauen blätterten in einem Pornoheft, während sie einem in ihren Küchen eine kalorienarme Suppe zubereiteten, die Männer quiekten im Dunkeln, seit sie wußten, was einer Frau durch den Kopf gehen konnte, das war eine Zeit, wo sie vor Angst bekloppt wurden, noch nie hatten sie so viel von ihren Körpern geredet, noch nie hatten sie dermaßen Angst gehabt, na schön, er hatte Lilis Arm um seinen Hals geschlungen, sie brauchten bloß über den Bürgersteig zu gehen, sie waren wie zwei vakuumverpackte Würstchen, die auf einen Senftopf zusteuerten, und der Bürgersteig geiferte.

Doch, das kann man sagen, daß er in dem Ding zusammenbrach, aber es gelang ihm, Lili auf den Hocker zu plazieren, und er quetschte sich hinter sie, um sie zu stützen, er packte eine ganze Handvoll Münzen, ihm war heiß, der kleine Geldschlitz war am Ende der Welt, und dieses Drecksding preßte die Beine zusammen, er lachte auf, als die Münze darin verschwand.

Beim ersten Zucken des Blitzlichts versteifte er sich in der Enge der Kabine, er hatte vergessen, daß es so eine Scheiße gab, tatsächlich blieb er eine halbe Stunde in diesem Ding, duschte unter den Blitzen und in dem Surren des Apparats, und er fühlte sich eher wohl da drin, ihm wurde warm an ihrem Rücken, das war, als wäre sie noch nicht ganz tot, er probierte Posen aus, er zog ihren Kopf nach hinten und küßte sie auf die Lippen, er packte sie an den Haaren, eine Hollywoodklamotte, er hoffte, daß man seinen Arm nicht sah, oder eine andere, Ned und Lili guckten einander in die Augen, während sie sich bald die Ohren abbeißen, miteinander reden, Herrgott, was war dieses Mädchen fotogen, er war froh, daß sie so schön war, es erschien ihm natürlich, daß sie die Augen noch offen hatte, und es erschien ihm auch natürlich, daß sie tot war, sie hatte sogar einen tiefen und sanften Blick, das war kein Mädchen, das mit den Wimpern klimperte, und sie sagte keinen Ton, naja, aber er hörte auch nicht hin, er war damit beschäftigt, den Apparat in Gang zu halten, klack klack klack, und das mit einer Hand, mein Freund, und voll bis oben hin und in tausend Stücke zerrissen, er lachte sich über jeden Blödsinn kaputt, ihm waren in ein paar allzu starken Momenten ein paar tolle Grimassen gelungen, und er hätte es nicht beschwören können, aber sie lächelte, klack klack klack, dieser Schwachsinnsapparat kostete ihn ein halbes Vermögen.

Diese Bekloppten, vier Minuten stand da drauf oder auch fünf oder sechs, er hätte es nicht gemerkt, er hätte nichts gesagt, er hatte schon ein paar noch feuchte Streifen in seine Tasche geschoben, vor allem die letzten, die wollten ihn wohl auf den Arm nehmen, das dauerte mindestens zehn Minuten und sie wurde immer schwerer, er quetschte sie gegen die Kabinenwand, dieser Scheißapparat, er wollte ihn mit einer Faust demolieren, er fing an zu schreien, und das, das interessierte die Leute, sie witterten den Braten, dieser Bescheuerte mit dem ausgeklinkten Mädchen in den Armen, sie standen da schon zu mehreren, zumeist Alte, oder Junge mit alten Hirnen, sie machten die gleiche Visage wie im Kino, als sie *M* gesehen hatten, er bemerkte sie nicht sofort, da er mit dem Rücken zur Straße stand, trotzdem hörte er urplötzlich auf zu schlagen, er spürte so etwas wie den leisen Kitzel eines Abgrunds hinter sich, die Sache, bei der einem der kalte Schweiß ausbricht, bei der man graue Haare bekommt, er hörte auch auf zu schreien, er wollte sagen MACH SCHON, ELENDE SIFF-

KISTE, all diese Worte, die man denkt und nicht sagt, er konnte nicht glauben, daß sie sich in Schmetterlinge verwandelten, das war Stuß à la Jimmy, jedermann wußte, daß die eher zu Steinen wurden, ja, zu ordinären Kieselsteinen.

Waaap, fast hätte er sich lang hingelegt, als er sie unter einen Arm nahm, ach du liebes bißchen, eine scharfe Kante drang ihm in die Hüfte wie ein Assagai, er klappte zusammen, das ganze Gewicht dieser Frau mit ausgestrecktem Arm, irgendeine bescheuerte Alte schrie Achtung, der geht in Kampfstellung, und ihr Macker fing gemeinsam mit seinem Kumpanen hinter ihm an, den Oberkörper zu rollen, trotzdem richtete sich Ned auf, da war diese Lanze, die ihn durchbohrte, aber er hatte kapiert, daß jetzt nicht der geeignete Moment war, sich gehenzulassen, ihm schwante nur Scheiße mit diesen Leuten, die Frauen waren bekloppt und die Kerle der letzte Dreck, die Leute, die kotzt es an, wenn sie was nicht schnallen, also nehmen sie einen und versuchen einen in ihren Kopf zu zwängen, und was dabei rauskommt, ist wirklich zum Kotzen, wie ein Foto von Marilyn voll Schmier, oder ein Zelluloidspielzeug, das vor einen Flammenwerfer geraten ist, man kommt da zwangsläufig wieder raus wie ein greuliches Tier, das alle Sünden der Welt mit sich rumschleppt, in diesem Moment muß man laufen können oder wenigstens die Augen verschließen.

Es war einiges los, eine Menge Leute inzwischen, und hinten die sahen überhaupt nichts, aber sie regten sich trotzdem auf, Scheiße, manchmal ist die Idiotie ein harmloses Ding, das Augenzwinkern der Verrücktheit oder das Gähnen der Verzweiflung, aber das ist kein Grund zu toben, manchmal ist das noch um einiges schlimmer, das ist die Sache, die eines Tages alles in die Luft jagt, die einen von innen zerfrißt, daß man sich selbst nicht mehr erkennt, das ist wie die Geschichte mit dem Werwolf, ein Mensch sollte sich nicht von einem Bekloppten beißen lassen, man muß schon verdammt pingelig sein, um da noch was gegen einzuwenden, und von Anfang an sah Ned bloß eine Bande Wichser auf dem Bürgersteig, sonst nichts, ein Haufen von im Licht entstellten Typen, eine Laterne sabberte über ihnen, rund wie ein Eigelb. Ned rückte mit weichen Knien vor, und ein Zucken hatte sein linkes Augenlid gepackt, zum Kotzen, die in der ersten Reihe machten murrend Platz, Scheiße, als er mitten unter ihnen war, drehte sich ihm der Magen um in diesem Geruch von Schweiß und Sex, ihm war dieser Geruch schon einmal untergekommen, in einem Boxsaal, er hatte nur gesehen, wie dem Kerl drei Liter Blut aus der Nase flossen, und war abgehauen, den Geruch hatte er noch tagelang mit sich rumgetragen, er hatte nie gewußt, ob er das angenehm fand oder nicht, jetzt wußte er es. Er ging weiter, und die Menge teilte sich und schloß sich hinter ihm sogleich wieder, die Typen fingen an, dummes Zeug zu brüllen, er spürte, daß man ihn schüttelte, he, der Bürgersteig war vielleicht fünf, sechs Meter breit, aber Ned hatte das Gefühl, daß er sich einen Weg durch kilometerlange Menschenmengen bahnte, er guckte nach oben, um zu sehen, ob Sterne am Himmel standen, in diesem Moment setzte ein Kerl, dicker Kopf voraus, über die anderen hinweg. Ned sah ihn kommen und drehte den Kopf, die beiden Schädel stießen zusammen, aber das Ohr, das dazwischen zerquetscht wurde, das gehörte Ned, ihm war, als hätte man ihm eine glühende Kochplatte auf eine Gesichtshälfte gedrückt, der Aufprall ließ ihn von einem Bein aufs andere tanzen, und eine Hand krallte sich seine Haare und zog seinen Kopf nach hinten, sehr fest, er stieß eine Art unmenschliches Knurren aus, das sich in der Nacht verlor, aber plötzlich hatte er die Barrakuda in der Hand, er wedelte damit über seinem Kopf und schoß in die Luft und schrie KOTZE KOTZE KOTZE, und er drückte erneut auf den Abzug, er beschrieb Kreise mit seiner Waffe, O VERDAMMT, VIELLEICHT WILL NOCH EINER DIE KLAPPE AUFREISSEN, MIR SOLL'S RECHT SEIN, ICH KAUF MIR EINEN VON DIESEN WICHSERN, O GOTT, GIB, DASS EINER NÄHERKOMMT, NUR EIN EINZIGER VON DIESEN PISSERN!!

Nach dem ersten Schuß war kaum noch jemand da, und nach dem zweiten hatten sich die letzten flach auf den Boden geworfen, ins Laub, auf die fettigen Papierchen, Ned schwankte ein wenig auf seinen Beinen, die Nerven und dann diese Flasche Gin, die er gekippt hatte, er entdeckte den Typ vom Anfang, den, der mit dem Oberkörper wackelte, seine übergeschnappte Tussi und seine Kumpel. Er kam nicht auf den Gedanken, zum Bus zu rasen und abzuhauen, außerdem spürte er Lili kaum noch in seinem Arm, er ging auf den Kerl zu, der auf dem Bürgersteig zusammengeschrumpft war, beide Hände auf dem Kopf, er hielt ihm die Barrakuda an den Schädel, er brüllte ihm ins Ohr:

– AH, DA BIST DU JA, DU, BEWEG DICH BLOSS NICHT, ODER ICH JAG DEINEN SCHÄDEL AUF OFFENER STRASSE IN DIE LUFT, DU ARSCH, WEHE, DU ZUCKST AUCH NUR!!

Niemand zuckte, bloß das Mädchen, es blickte hoch, als Ned an seinem Hosenstall nestelte, und bis zum Schluß sagte sie nur o nein, o nein, o nein, während Ned ihrem Macker auf den Kopf pinkelte, und selbst danach, als Ned sein Ding einpackte und der Kerl sich immer noch nicht rührte, gab es Leute, die sich das von weitem anguckten, hinter Autos, hinter Bäumen, und ihren Spaß daran hatten, Leute, die das echt toll fanden, HERRJEMINE!!!

8

Vielleicht verlor er ein, zwei Minuten das Bewußtsein, aber mehr nicht, nein, als er die Augen aufschlug, war der Himmel mit Pastelltönen beschmiert und der Nebel teilte sich, Roxie beugte sich in einer vollkommenen Stille über ihn, sein Kopf fiel zur Seite, und jetzt sah er seine abgehackte Hand, direkt neben ihm, zur Faust geballt, und er ERKANNTE SIE, der Schmerz knallte am Ende seines Armes wie ein ganzes Waffenarsenal und stieg zu seinem Herzen, er holte tief Luft, dann packte er Roxie an ihrem Kleid und stieß ein Knurren aus. Sie wich schreiend zurück, er hatte ihr wahrlich Schiß eingejagt, aber er verkrallte sich in dem feinen Stoff und schaffte es, ein Stück herauszureißen, ein geblümtes Ding, todhäßlich.

Er richtete sich auf, rollte den Fetzen zu einer Kugel zusammen und drückte es auf seinen Stumpf. Er schützte das Ding, indem er es gegen seinen Bauch preßte und sich leicht darüber beugte, der Schmerz feuerte weißglühende Raketen in seinen Schädel, er schaukelte auf den Knien vor und zurück. Roxie hatte immer noch ihr Kleid in der Hand, reiß von einem Minirock einen Streifen von vierzig Zentimeter ab und du siehst das Paradies, aber Franck war mit den Gedanken woanders.

– Komm her ... Komm her, sagte er zu ihr.

Die Sonne ging auf, das war das reinste Chaos bei den Grillen, der Nebel wand sich in dem Durcheinander, er vollführte gewagte Sprünge in Zeitlupe, Roxie kam langsam auf ihn zu. Er, er lag noch im Blau der Nacht, sie hingegen, ihr ganzes Gesicht war goldgetränkt, er mußte den Kopf heben, und die Adern seines Halses waren geschwollen wie Schläuche, der Schmerz, er dachte an den Schmerz, fast wäre es ihm gelungen, ihn zu orten, das war schon besser. Das Zittern in seiner Stimme konnte er noch nicht unterdrücken, das war nervlich bedingt:

– Schön ... du mußt mir helfen. Ja ... Herrgott, komm ... her ... was machst du denn?

Sie hatte die Augen geschlossen, er packte sie am Oberschenkel, zwang sie zu ihm hinab. Danach klammerte er sich an ihren Hals.

– Ich will mich ... Ich will mich stellen, sagte er.

Sie richtete sich auf und zog ihn mit aller Kraft, sie biß sich auf die Lippen, und er, er twistete einen Moment im Staub, den Arm angewinkelt, er hielt sich den Ellbogen. Er blickte sich um, die Augen leicht zugekniffen wegen des triefenden Schweißes, er überquerte den Hof mit Beinen, steif wie chinesische Stäbchen, er stieg auf die Estrade und drehte sich um.

– PACK DEINE KOFFER! brüllte er.

Es interessierte ihn nicht, ob sie einen Freudensprung machte oder den Karabiner aufhob, um ihn umzulegen, er kehrte ihr den Rücken zu und ging auf den Teil der Baracke zu, den er nicht kannte, da, wo die Kerle die großen Töne mit dem Lautsprecher gespuckt hatten.

Er lehnte sich gegen den Türrahmen, das war ein großes Zimmer und die Anlage stand in der Nähe des Fensters, auf einem großen Tisch, und unter dem Tisch lag der Dicke, die Kehle fachmännisch durchgeschnitten, ein komischer Geruch herrschte in dem Zimmer, wie Teer, Will lag zusammengekrümmt am anderen Ende, im ersten Moment hatte Franck das für eine Decke gehalten, aber das waren bloß Liter von Blut, die sich verteilt hatten, das war eine total bescheuerte Sache, er empfand nichts Großes dabei, aber es war gar nicht so einfach, sich davon loszureißen, jetzt erst merkte er, daß er die Hosen voll hatte, das war genau das, was er schrecklich fand, es machte ihn rasend, daß er sich so sehr hatte gehenlassen, der Schmerz wandelte sich in Wut, und die Wut trocknete seine Hose, aber sicher.

Als er sich umdrehte, war die Sonne höher gestiegen und spritzte nun auf den Boden des Hofs, Roxie war schnuckelig, es ist einfach unglaublich, wie so ein Mädchen alles in die Knie zwingen kann, was um sie herum ist, sie stand mitten im Hof, den kleinen Koffer vor ihren Füßen, sie hatte nicht mal ihr zerfetztes Ding gewechselt, Franck war nicht gerade auf der

Höhe, aber das bekam er trotz allem mit, er riß seine Schulter von dem Türrahmen und ging auf sie zu.

Sie sah ihn nicht an, sie warf entsetzte Blicke in die Runde, aber ihr Körper war großartig, es gibt Frauen, die tun einem sowas an, manchmal ist man drauf und dran zu sterben, manchmal möchte man dieses Ding packen und kaputtmachen.

– Eigentlich, sagte Franck, wollte ich dich mitnehmen und erst später über die Grenze bringen. Na schön, jetzt müssen wir sofort rüber. Um mich verarzten zu lassen. Ich werde dich brauchen.

Sie sah ihm zu, als er den Karabiner aufhob, sie ließ ihr Gesicht nicht sprechen, aber sie sagte:

– So kommst du nicht weit.

– Jaja, nur keine Bange. Ich halt schon durch, ich bin bis obenhin VOLL mit Blut.

– Was soll ich tun?

– Der Typ mit dem Wagen, wann kommt der?

– Der wird gleich kommen.

– Na schön, komm mit, steh da nicht rum.

Er ging bis zu der Hütte, er versteckte sich hinter den alten Karosserien, er ließ sich gegen eine von ihnen fallen, das ganze Ding wurde langsam taub und seine Beine knickten weg, er schnaufte wie ein Verrückter. Sie setzte sich neben ihn, von hier aus konnte er einen Teil des Wegs überblicken, das reichte, komisch, es wollte ihm nicht in den Kopf, daß er seine Hand verloren hatte, dabei hielt er den Stumpf mit der flachen rechten Hand, das tat ihm in der Seele weh, aber er schaffte es nicht, sich die Sache einzubleuen. Er blinzelte zwei-, dreimal, um die Schweißtropfen loszuwerden, die auf seiner Stirn standen, er stieß sie mit der Zunge zur Seite, bevor sie ihm in den Hals liefen.

– Wußtest du es? fragte er.

– Was? Daß sie hinter der Tür stand? Nein, aber irgendwo mußte sie sein.

Die Wunde setzte ihm dermaßen zu, daß er das Gesicht verzog, und als er den Kopf hob, kreuzte ein Wagen langsam in einer Staubwolke auf, eine blaue Kiste mit roten Streifen, er schüttelte Roxie:

– Herrgott, geh schon, hau dich mitten auf den Hof, hol ihn aus der Kiste raus, schnell!

Sie tat, wie er gesagt hatte, sie winkte wie wild, komm her, sagte sie mit ihren Armen, und ein junger Schwarzer stieg daraus aus, er hüpfte wie auf Federn.

Während er mit dem Mädchen sprach, tauchte Franck taumelnd hinter ihm auf, und der junge Kerl wandte sich um. Dreh dich um, dreh dich um, brüllte Franck, während er auf ihn zuwankte, der Typ gehorchte genau in dem Moment, wo Franck direkt hinter ihm stehenblieb.

Franck drehte sich auf dem Absatz und schmetterte ihm den Kolben mit voller Wucht an den Hinterkopf, der junge Kerl kam nicht einmal dazu, einen Ton zu sagen, er machte bloß dieses Geräusch mit seinem Kopf und seiberte gegen das Licht, er wurde total schlaff.

Franck hangelte sich um die Chaise herum, er setzte sich ans Steuer, Automatikgetriebe, was Besseres konnte er sich gar nicht erträumen, er stierte sie durch die Windschutzscheibe an, da steht die, sagte er sich, was macht die da, worauf wartet die? Der Motor lief weiter. Die sehen immer so aus, als warteten sie auf etwas.

9

Er stieg in den Bus zurück und verriegelte die Türen. Er lehnte sie gegen sich, und das war der letzte Scheiß, denn er war gezwungen, sie festzuhalten und mit einer Hand zu fahren, die Füße verkeilt und den Kopf vollgestopft wie der Sack des Weihnachtsmanns, aber in Wirklichkeit kam er ganz gut zu Rande, er war noch keine hundert Meter weit gekommen, da schoß ihm eine Bohrstange quer durch den Kopf, er hatte den schwarzen Ford im Rückspiegel entdeckt, vielleicht vier, fünf Wagen hinter ihm, aber er hätte ihn unter Tausenden wiedererkannt, er SPÜRTE ihn, er brach in ein leises, schwachsinniges Kichern aus, und Stahl durchfloß seine Adern, er hätte ein Bällchen aus Wolframcarbid zwischen seinen Zähnen zermalmt. Er klemmte sich die Barracuda zwischen die Oberschenkel, irgendwelche Dinger stiegen ihm aus dem Bauch, und er rülpste geräuschvoll, er versuchte nachzudenken, währenddessen fuhr der Bus ganz von allein, er bog rechts ab und dann links und wieder links, das war ein verdammter Verkehr und die Typen kurvten mit verdammt neuen Wagen durch die Gegend, diese Horrorkisten schnappten das Licht im Flug und brachen es, die Kerle meinten, Diamanten zu steuern, sie hatten ordentlich dafür bezahlt.

Mehrmals dachte er, er hätte ihn verloren, aber jedesmal tauchte er wieder auf, er kam aus einer Seitenstraße oder fuhr direkt vor ihm oder direkt hinter ihm, Scheißdreck, er fühlte sich aufgekratzt, Lilis Haare kitzelten ihn im Nacken, er sagte zu ihr:

– Was will der? WAS HAT DER VOR??!!! Warum kommt der nicht näher, das ist vielleicht ein Sack, dieser Kerl, ich kann gar nicht glauben, daß du dich mit dem eingelassen hast! Halt, nicht wackeln, guck dir das mal an!

Der Ford fuhr auf der gleichen Spur wie er, fünf Wagen weiter vorne, Ned bremste mitten auf der Straße, ließ Lili auf die Sitzbank fallen, er klammerte sich an die Tür, um auszusteigen, schön, der Alkohol hatte seine Beine zerfressen, das mußte er zugeben, und ihm blieb nur ein Knie, das er an einer Stoßstange zerquetschte, die aus der Reihe herausragte, der Schmerz stieg ihm bis in die Schulter und verschwand sogleich, er geriet ins Straucheln, als die größten Schlauköpfe nach ihren Hupen griffen, die, die ausscheren wollten, die, die drauflosrasen wollten, ein böses Grinsen machte sich in den Kisten breit, die Wut, die aufflammte wie der Schwefel am Ende eines Streichholzes.

Er hinkte zu dem Ford und pflanzte sich direkt davor, er sah das wie durch ein Weitwinkel, die schwarze Motorhaube, größer als ein Olympiabad, er sah seine beiden Fäuste darauf niedergehen wie Mammutbäume, und er stieß einen fürchterlichen, schaurig schönen Schrei aus, er schoß durch die Windschutzscheibe, nicht auf Franck, sondern links drüber weg, der andere hatte sich geduckt, PAAAAAFF, es rieselte kleine, durchsichtige Glasbonbons, sie sausten über die Motorhaube. Er lief um den Wagen herum, die Sache fing an, Spaß zu machen, Franck hatte die Arme auf dem Lenkrad verschränkt und versuchte, sein Gesicht dazwischen verschwinden zu lassen. Ned zerbeulte die Motorhaube mit einem weiteren Faustschlag, bevor er den andern an den Haaren packte, Scheiße, er hätte ihn am liebsten der Länge nach aus dem Ford gerissen, ihn durch die offene Windschutzscheibe ins Freie gezerrt, er knallte ihm die Barrakuda gegen das Ohr, und jetzt versuchte Franck, seinen Scheißkopf einzuziehen, das war nicht besonders schwer, in diesem Moment spürte Ned, daß ihn eine unglaubliche, völlig unsinnige Lust überkam, das war alles, was er an Haut noch sah, vielleicht lag das daran, jedenfalls hätte er wahrhaftig dieses komische Ohr am liebsten aufgefressen, es wie einen alten, zähen Kaugummi zerkaut, das könnte dem ernstlich weh tun, sagte er sich, aber er konnte sich nicht weit genug vorbeugen, unmöglich, er hatte dieses Büschel Haare in der Hand, er zerrte daran wie ein Wahnsinniger, und der andere fing an zu schreien, Ned warf einen Blick in die Runde, all diese Idioten klammerten sich an ihre Türen, das war die Epidemie von verklemmten Türen und Sekuritglas.

Er zerrte heftig an Francks Kopf, er knurrte:

– SO, DU ELENDER SCHEISSWICHSER, ICH BIN FROH, DASS DU DA BIST, EIN SEGEN, DU SIEHST, WIR SIND NOCH NICHT ANGEKOMMEN, ABER FÜR DICH IST ENDSTATION, VERDAMMT, DU WIRST MIR FEHLEN, ALTER SCHWEINEHUND!!

Franck hob quiekend den Kopf, aber das war nicht Franck, das war ein Kopf von fünfzig Jahren mit einem offenen Mund in der Mitte einer Fratze und einem entsetzten Blick, ein Typ, der zu seinem Leidwesen in diese Sache geraten war, sowas passiert tagtäglich, Ned starrte ihn einen kurzen Moment verständnislos an, er fragte sich, ob er ihm am Ende schon eine Kugel in den Kopf gejagt hatte, er war sich nicht sicher, probehalber sagte er sanft zu ihm:

– Und du, was hast du hier zu suchen? Was willst du, mein Freund?

– Ich will nicht! Ich will nicht! jammerte der Kerl.

– Was hast du? Was ist mit dir LOOOOOS...?

– Ooohhh... ooohhh... oooohhhh...

Ned wischte seine Lippen an seiner Schulter ab, das war, als müßte er pissen, er riß sich zusammen, er verknotete seine Beine, er mußte auch sehen, daß er wegkam, und außerdem spürte er diese fliegende Hitze, die ihn überflutete, er betrachtete den Kopf des Kerls an seinem ausgestreckten Arm und hielt ihm die Barracuda vor die Nase. Bevor der andere in Ohnmacht fiel, richtete er die Waffe zur Seite und schoß über die Schulter des Kerls hinweg, dabei guckte er ihm starr in die Augen. Unmittelbar nach dem Knall fing das Auge des Typen sehr schnell an zu blinzeln, Ned trat zurück und riß sich von dem Bild los, dann lächelte er die Leute an wie ein Kind, aber es ist allgemein bekannt, daß die Leute Kinder nicht mögen, die machen ihnen angst.

Herrgott, er konnte sie nicht einmal hören, diese Leute, die auf den Bürgersteigen grölten, die Hupen, die im Leerlauf aufheulenden Motoren, dieser ganze unsägliche Lärm, er schritt zu dem Bus zurück, winkend, sich verbeugend, er fand das alles eher lustig, aber er war der einzige, der das so sah, die Leute waren wilde, in ihren Käfigen eingesperrte Tiere, und jetzt fauchten sie auf den Bürgersteigen, Scheiße, ganz allein hatte er in einer einzigen Nacht ein heilloses Tohuwabohu in dieser Stadt angestellt, man brauchte bloß eine anständige Flasche und einen guten alten Revolver, um Staub aufzuwirbeln, und dann prallte er gegen eine Frau, die auf den Zehenspitzen stand, sie linste in den Bus.

– He, Madame, sagte er. Verschwinden Sie.

Eine Frau mit Faltenrock und Handtasche war das, eine von dieser Sorte, mit gelackten Haaren, ohne Brust, ohne Hüften, eine Art Bekloppte. Er schlug ihr auf die Schulter, er stieß sie mit der flachen Hand.

– Scheiße, hauen Sie ab, los, los, sagte er.

Sie drehte sich zu ihm um, mit flackerndem Blick, obendrein stank sie, das hieß, er mochte das Parfüm nicht, das die mit sich rumtrug, das konnte gar kein Parfüm sein.

– Ist sie tot? fragte sie. Ist sie tot?

– Eh, ich sag's dir nicht noch einmal, hau ab, hau schleunigst ab!

Die Alte rührte sich nicht, sie preßte ihre Handtasche gegen ihren Bauch.

– Sie waren das, sagte sie. Sie haben sie umgebracht, Sie waren das...

Ned versuchte, ihr einen Tritt zu verpassen, aber sie sprang zur Seite wie eine Ziege, und fast wäre er in seinem Schwung der Länge nach hingeschlagen, er ging auf sie zu, aber sie wich kreischend zurück:

– ER HAT SIE UMGEBRACHT! ER HAT DIE FRAU HIER UMGEBRACHT...!!

Er tat so, als wollte er ihr nachrennen, aber sie fiel nicht darauf rein, das war eine ECHTE Bekloppte, sie hielt genau den richtigen Abstand, und Ned brach allmählich der Schweiß aus. Er ließ mit einer obszönen Geste von ihr ab und stieg in den Bus. Die Alte kreuzte wieder auf und fing an, gegen die Tür zu trommeln. Er richtete die Barrakuda auf sie, durch die Scheibe, sie trat einen Schritt zurück, ohne mit ihrem Schreien aufzuhören, sie hob die

Handtasche vor ihr Gesicht, um sich zu schützen, bei all dem, was man heute macht, bei all diesen Waffen, diesem unterdrückten Zorn, all diesen getürkten Informationen und der in der Luft liegenden Verrücktheit wunderte er sich, daß er noch keine Kugel in den Rücken bekommen hatte, jede Sekunde, die verstrich, wurde jetzt anstrengend.

Weiter vor ihm standen Wagen mit Leuten, die sich auf den Rücksitzen fläzten, sie ließen sich kein Fitzchen entgehen, aber davor war eine Seitenstraße und der Weg schien frei, nur ein Haufen Leute, zusammengeballte Fußgänger, er warf den Motor an und die Kerle wichen mit Lichtgeschwindigkeit und einem Puls von hundertsechzig zur Seite, Ned bog zähneknirschend in die kleine Straße ein, während Lili auf den Boden glitt.

10

– Ich schlaf bald ein. Erzähl mir was, sagte Franck.

– He, bring uns bloß nicht um die Ecke.

– Teufel, ich möchte dich dabei sehen!

Sie nahm die Beine vom Handschuhfach und beugte sich über den Rücksitz.

– He, hier ist was zu trinken. Willste nicht was trinken? Das ist Whisky.

Sie klemmte die Flasche zwischen ihre Beine, er warf einen Blick darauf. Trotz seiner aufgeplatzten Lippe brachte er es fertig, ein Lächeln aufzusetzen.

– Wenn ich schon das Etikett sehe, das ist bestimmt der letzte Scheißfusel. Zeig her, reich mir mal die Flasche.

Sie schob ihm den Hals zwischen die Lippen, und er trank einen Schluck, er hustete.

– Hast du immer noch solche Schmerzen? fragte sie.

– Wo denkst du hin? Mir geht's super, sagte er.

Das komischste war, es stimmte, das war eine erträgliche Sache, als hätte er sich gestoßen, ein diffuser Schmerz, das schlimmste war sein Herz, das mit letzter Kraft schlug, doch sein Geist war dermaßen müde, daß selbst der Schmerz abgestorben war. Bevor sie losgefahren waren, hatte sie ihm geholfen, sie hatten einen dicken Wattebausch fabriziert und auf die Wunde gepreßt, um die Blutung zu stillen, und sie hatten dieses Ding straff um seinen Arm gebunden, und jetzt saß er in dieser fetzigen Kiste, den Bauch um dieses Desaster gewickelt. Doch auch sein Körper war müde, und sogar mehr als das, und dieses Verlangen nach Schlaf schwächte ihn, jedesmal, wenn ein Reifen in einem Loch versank, machte der Wagen einen irren Schlenker, er hatte Mühe, ihn mit einem Arm aufzufangen, und sein Verstand ließ die Zügel schleifen, manchmal schloß er die Augen ganz fest, er fand, das Licht bewirkte gar nichts.

Sie schob ihm eine brennende Zigarette zwischen die Lippen,

sie war lustig, sie war wie ein kleines Mädchen, sie konnte kilometerweit mit verschlossenem Gesicht dreinblicken, ohne einen Ton zu sagen, die Augen unglaublich weit aufgerissen, und im nächsten Moment konnte sie nicht mehr stillsitzen, sie rauchte und sagte zu ihm:

– He, da, DA, haste gesehn?

Sie schraubte ihren Finger gegen die Windschutzscheibe, und es kostete ihn Überwindung, den Kopf zu heben, die Sonne mitten ins Gesicht zu bekommen.

– Was denn, was ist los?

– Haste das Kaninchen da nicht gesehn?

– Hm...? Nein.

– Wie denn das, das ist direkt vor uns her gelaufen...

– Nein, ich sag doch, ich hab's nicht gesehn.

– HEY, MACHST DU DICH ÜBER MICH LUSTIG???

Kurz darauf ließ sie sich in den Sitz zurückfallen und nahm die Knie zwischen ihre Arme, sie trampelte leicht gegen das Handschuhfach.

– Scheiße, ist das weit, murrte sie. Ich hab gedacht, das wär ganz in der Nähe, ach du Scheiße, du kannst bald nicht mehr, Bob hätte mir da drüben bestimmt geholfen, ja, und jetzt bleib ich ganz allein zurück, ich kenn niemand, ganz allein ohne einen Menschen, was soll ich nur tun...?

– Ach was, du hast gute Karten, du wirst schon sehn, das klappt auch ganz allein, doch, doch, ein schönes Mädchen kommt da drüben immer zurecht, logo.

– Ist das wahr, bist du sicher? fragte sie.

– Scheiße, ja kommst du denn vom Mond, meine Liebe? Du wirst Leute abwimmeln müssen, wo denkst du hin?

Als er das gesagt hatte, war sie für eine Weile verstummt, sie hatte die Hände zwischen den Beinen gefaltet, dann hatte sie zu ihm gesagt:

– Weißt du, eigentlich mag ich das gar nicht so sehr, naja, ich mein, ich hab oft keine Lust dazu, aber was soll's, wenn's anders nicht geht, macht das auch nichts, ich kann schauspielern.

– Jaja, das ist genau das Richtige, doch, es gibt ein altes Sprichwort: »Kannst du schauspielern, öffnest du dir die Pforte zum Paradies.«

– He, spuck nicht so große Töne, guck lieber, wohin du fährst...

Er bat sie um einen weiteren Schluck Whisky, aber sie fummelte gerade an den Knöpfen des Radios herum, manchmal wirkte sie tatsächlich wie eine Frau, hart und abwesend, als scherte sie sich einen Dreck um ihn, als gäbe es ihn gar nicht, er fing an zu brüllen:

– VERDAMMT NOCHMAL! REICH MIR DIESE FLASCHE!

Sie ließ zwischen zwei Sendern, mitten in einem entsetzlichen Rauschen, von dem Gerät ab, sie guckte ihn ganz komisch an, während sie ihm zu trinken gab, er hätte schon total blöd sein müssen, es zu übersehen.

– Hör mal, sagte er, guck mich nicht so an, mit mir nicht, oder ich schmeiß dich aus der Karre, o verdammt, dazu bin ich noch fähig, sollen wir wetten?

Sie schlug die Augen nieder, aber nicht als Geste der Unterwerfung, eher so, als sei es ihr schnuppe, was er sagte, danach, als er fertig war, drehte sie wieder an den Knöpfen des Radios. Als endlich Musik kam, warf sie sich zurück und fing an, diesen alten Schlager über Bonnie zu trällern.

11

Er parkte den Bus unten vor Joëls Tür, er raste die Treppen hinauf, Henri saß allein im Wohnzimmer, im Schneidersitz, voll im Licht und die Augen geschlossen. Er rüttelte ihn an der Schulter.

– He, Henri ... Henri, was sollen wir machen?

– Hm?

– Es ist unglaublich, ich weiß nicht, was ich mit ihr machen soll. Komm mit, Henri, wir müssen uns was einfallen lassen.

– Paß auf, das ist doch nicht weiter kompliziert. Das ist 'ne Kleinigkeit. Wir könnten sie in die Mülltonne stecken, das würde nichts ändern.

– He, solche Klamotten, die kannst du für dich behalten. Wenn du sie sehen würdest, du würdest nicht glauben, daß sie tot ist, eh, hier, guck dir das mal an.

Er holte die Fotos aus der Tasche, sie klebten aneinander, er hielt das zwischen den Fingern. Warte, du wirst sehen, sagte er, aber so vorsichtig er auch zu Werke ging, die Bilder rissen ein, er hatte das Gefühl, als wären seine Finger erfroren, er war ungeschickt und nervös, es gelang ihm mit Ach und Krach, drei oder vier zu retten, und auf denen war nur er zu sehen, von hinten, und gerade mal eine Locke von Lili, die über seine Schulter fiel, das war der Moment, wo er nicht hatte aufhören können, sie zu küssen, er sah sich die Fotos einen Moment an, ohne einen Ton zu sagen, und stopfte sie wieder in seine Tasche.

– Verdammt, sagte er, verstehst du denn nicht? Wir müssen uns ranhalten, wir haben nicht ewig und drei Tage Zeit. Eh, ich weiß, das klingt bekloppt, aber es kam mir vor, als hätte ich sie unten verlassen ...

– Na schön, ich komm mit. Sollen wir Carol wecken?

– Oh, paß auf, ich glaub nicht ... Nein, ich weiß nicht, lieber nicht, nein.

Sie hüpften in den Bus, sie klemmten Lili zwischen sich, Ned schwitzte, er wischte sich mit einer Hand über das Gesicht und blickte vor sich hin, das war wie ein Brunnen mit Lichtreflexen ganz unten, und das Wasser konnte klar sein oder vergiftet, es hatte immer einen komischen Geschmack, ganz gleich, wie man es anfing.

– Es gibt da 'ne ganz romantische Sache, sagte Henri, das ist, sie in die Wellen hinaus zu tragen, und dann hätten wir noch das Feuer, jaja, das Feuer, oder sie mit elektrischen Drähten einwikkeln und uns ganz nah an den Hauptschalter stellen, und dann würden wir keinen an sie ranlassen, wir lassen sie in blauen Blitzen schweben, und die Kerle müßten uns schon umbringen, um das abzustellen, oder den Bus einen kilometerlangen Abhang runterstürzen, wenn wir gut nachdenken, kommen wir schon auf ein tolles Ding.

Ned drehte sich langsam um, und Henris Gesicht war ganz erhellt, er wußte nicht, wie er das auffassen sollte, er wußte nicht mehr viel, er schob Lilis Kopf zurück, um Henri besser sehen zu können.

– Warum spinnst du damit rum? fragte er. Warum machst du dich darüber lustig? Ich hab keine Lust, daß du mir auf die Eier gehst, ich dachte, du wolltest mir HELFEN!

– Ich spinn nicht rum. Ich hab nachgedacht, aber nicht aus Spaß, ich weiß nicht, fahr erst mal los, dann sehn wir weiter. He, ich hab Shit dabei, wenn du willst, da oben war jede Menge, ich glaub, das fällt gar nicht auf, daß ich dem ein wenig stibitzt habe...

– Scheiße, ich hab gesoffen wie ein Loch.

– Macht nichts, das ist auch nicht schlecht.

– Jaja, das heißt aber, du mußt fahren, Henri, setz dich auf meinen Platz.

Sie tauschten, dabei quetschten sie sich direkt vor Lilis Nase aneinander vorbei, für einen Moment blieben sie stecken und ächzten und quiekten, dann lösten sie sich voneinander und Henri rauschte los.

– Man sieht kaum etwas, sagte er.

– Klar, die Fenster sind beschlagen.

Ned drehte sich still einen Joint, das konnte er sogar beim Fahren, halb besoffen und im Dunkeln, es gibt so viele Dinge, die man einfach so schafft, es ist jammerschade, daß das nicht zählt.

12

Drei Kilometer vor der Grenze hielten sie an. Eine total öde Gegend, sie stiegen aus der Kiste, und das war, als hätten sie die Türen eines Backofens geöffnet. Franck taumelte im Zickzack über die Steine und ließ sich unter einem Baum fallen, das Ding da hatte man todsicher extra für ihn gepflanzt, im Umkreis von mehreren Kilometern konnte er keinen anderen erblicken, und die Blätter fingen sanft an zu zittern, und der Baum sandte ihm einen Schwall frische Luft, Franck glaubte, wenigstens eine Sekunde lang die Augen schließen zu können.

Sie stürzte sich auf ihn und schüttelte ihn:

– He, warum halten wir? sagte sie.

– Ach, Scheiße, sagte er.

Sie schüttelte ihn ein wenig fester, sie zerrte ihn sogar, und er packte eine ihrer Hände, er hatte vor, ihr das Handgelenk zu verdrehen, aber er schaffte es nicht, dieses verflixte Ding zu verdrehen.

– Herrgott nochmal, kannst du nicht eine Sekunde nachdenken? sagte er. Glaubst du, der Typ guckt sich ein wenig deine Titten an und läßt uns dann passieren, glaubst du das?

Sie ließ sich neben ihm auf die Knie fallen und begann, ihre Lippen aufzuessen. Scheiße, er hätte sie einfach sitzenlassen können, er hätte aufstehen können, ohne daß sie einen Muckser getan hätte, sie war auf die Rutschbahn der Teilnahmslosigkeit geraten, sie versuchte nicht einmal, die Lage mit eigenen Augen zu überprüfen. Franck hatte die Flasche mitgenommen, er zog sich einen gehörigen Schluck rein, sein Verstand flocht Zöpfe aus Schmerz, Rausch und Müdigkeit, eine Art pathetisches Stirnband, komplizierter als das Netz einer mit Säure vollgepfropften Spinne. Er wischte sich den Mund ab, sein Absatz kratzte durch den Staub, er stieß Roxie mit dem Fuß an, der Wagen stand genau hinter ihr, am Rande eines Mondkraters, so ein Ding gab es als Kinderspielzeug, mit diesen roten Streifen, original der Wagen von Superman, und er, er lag hier, er konnte nicht einmal einem Mädchen den Arm brechen oder sich auf den Beinen halten, es sah nicht besonders gut aus, und eine Mundharmonika hätte einem gut einen kläglichen kleinen Walzer darüber flüstern können, ein paar melancholische Noten über ein leicht schlaffes Thema, Franck wäre in einer gelben Staubwolke verschwunden, die kleinen hellen Sandkörnchen, die auf Roxies Schenkel tanzten, der Himmel, der umstürzt und wie eine Klinge runtersaust und in dem Lächeln der Wolken in tausend Stücke zerspringt, er knurrte mitten in all dem, er knurrte sie an.

– He. He, ich steck dich in den Kofferraum, hörst du? Okay, und danach fährst du, ich bin kaputt.

Sie guckte ihn an, sie schüttelte den Kopf:

– Ich kann aber gar nicht fahren, sagte sie.

– So'n Ding kann jeder fahren, sagte er. Ich bleib neben dir sitzen. Ich bräuchte etwas, um meinen Arm zu verstecken, eine Decke, was weiß ich, irgendwas, vielleicht liegt was im Wagen, hm?

Beinahe hätte sie sich richtig gehenlassen, sich im Dreck gewälzt oder sich an ihn geklammert und geschluchzt, wir sind doch ganz in der Nähe, wir sind so nah, das darf einfach nicht schiefgehn, du hast doch gesehn, ich hab all meine Sachen dabei, und ich kann nicht mehr zurück, weißt du, du bringst mich um, wenn ich's nicht schaffe, aber diese Pastille der Verzweiflung schmolz in ihrem Hirn, und sie erdolchte sich mit einem vertrockneten Grashalm und sagte nur:

– Schön, fahren wir?

Franck sann vor sich hin, denn sie war wirklich ein schönes Mädchen, er hatte ein Faltposter des *Playboy* vor Augen, sie konnte egal welche Stellung einnehmen, sie war immer wieder toll, und in dieser Zeit dachte er nicht an seinen Arm, er dachte an seinen Unterleib, er glaubte, ein Bild sei wie die Wirklichkeit, in einer gewissen Weise irrte er sich, aber das kratzte ihn nicht, im Reich des Sex sind die Bilder das Beste. Er phantasierte drei Sekunden lang über diese leuchtende Haut, die straff war wie die eines Hais, er sah ihr zu, als sie aufstand, und das kriegten selbst die bekloppttesten Mädchen auf den Fotos nicht hin, Herrgott, all diese kleinen Muskeln, die sich in Bewegung setzten und einem zuzwinkerten, und die Luft fauchte und spie wie ein wütendes Tier und die Sandkörnchen purzelten von ihren Schenkeln und stürzten kilometertief mit dem Grollen einer Lawine. Fast wäre Franck umgekippt, irgendwie hielt er sich im letzten Moment zurück.

– Warte, ich kann nicht aufstehen. Nicht allein. Du mußt mir helfen, komm her.

Sie hatte eine Art lähmendes Gift geschluckt, sie wußte selbst nicht, wie lang das anhalten mochte, sie brauchte nicht zu atmen, Franck feixte:

– He, glaubst du, du kommst ohne mich zu Rande? Du pfeifst auf die Welt...

Er saß da, einen Arm in die Luft gereckt, und als sie sich neben ihm niederließ, schloß er einfach diesen Arm um Roxies Hals, er kam auf die Beine und die Kiste war am anderen Ende der Welt, aber er schaffte es trotzdem, schweißgebadet und ein nervöses Zittern im Kiefer. Sie schob ihn hinters Steuer, und er warf den Kopf zurück, während sie die Kiste durchsuchte, das Wagendach, von innen war das gar nicht so häßlich, ein helles Acryl, er sagte, laß mich nicht einschlafen, ich bleib bei dir, aber laß mich nicht einschlafen, mein kleines Wagendach, und in diesem Moment kreuzte sie auf, sie machte ein zufriedenes Gesicht:

– Guck mal, das hab ich gefunden. He, das ist super, das ist ein Poncho.

– Ein Poncho, sagte er. Kannste dir vorstellen, was ich darin für'n Bild abgebe?

Das war ein irres Ding mit bunten, diagonal verlaufenden Streifen, er schlüpfte mit dem Kopf dadurch, und plötzlich hatte er einen Regenbogen auf den Beinen, sein Gesicht war kreidebleich mit großen, mauvefarbenen Ringen unter den Augen und beinahe fuchsroten Stoppeln, seine Lippe war aufgeplatzt und seine Haare zerzaust, aber zum Glück hatte er seinen Bullenausweis, und was Besseres konnte man sich in dieser Welt nicht wünschen, als mit 'nem Bullenausweis in der Tasche durch die

Gegend zu zuckeln, nimm noch zwei, drei Kreditkarten dazu und du bist der Herr der Erde, natürlich, das ist eine mickrige Welt, aber erzähl das nicht rum, es gibt Leute, die leiden darunter.

Danach kroch sie in den Kofferraum, und er fuhr los. Drei Kilometer, drei lausige Kilometer, ein Wanderfalke im Sturzflug hätte die Distanz in unter dreiunddreißig Sekunden geschafft, aber Franck war nur noch ein altes, müdes Nashorn in einer tonnenschweren, klapprigen Rüstung, er fragte sich, ob ihm die Straße am Ende den alten Streich mit dem ausgeleierten Gummi spielen werde.

13

Sie fuhren durch die ganze Stadt und versuchten, auf eine Idee zu kommen, aber ein bißchen Shit hilft einem nicht unbedingt, zu finden, was man sucht, er kann dich zum Heulen bringen, wenn dir nach Lachen zumute ist, oder sonstwas, der Shit ist genau die Sache, die einen vergiftet oder vorantreibt, man schwingt sich da auf ein wildes Pferd und muß sehen, daß man die Zügel erwischt, das ist diese Art von Rodeo, bei dem man auf dem Arsch landen kann, und die zwei, alles, was sie im Sinn hatten, das war, sich so gut wie möglich aus der Affäre zu ziehen.

Sie waren noch keinen Kilometer weit gekommen, als Ned anfing, sich auf seinem Sitz zu winden, er fühlte sich wie ein Wasserschlauch mit einem Leistenbruch zwischen den Beinen, es gibt nur wenige Dinge, die im Leben wirklich unerträglich sind, aber diese Sache, die kann wirklich tragisch enden, wir sind nicht viel, wahrhaftig.

– O jemine, halt sofort an ... Aaahh, ich bitte dich, VERSUCH MICH DOCH ZU VERSTEHN!!!

Ein Stück weiter fand Henri einen Weg, und ganz am Ende gerieten sie an eine Gipsfabrik, alles in dieser Gegend war WEISS, die Baracken, der Boden, die Lastwagen und die Blätter an den Bäumen und die Leitungsdrähte, das war, als wäre eine große Bombe Rasierschaum explodiert, und die Gebäude waren mit leuchtenden Perlenketten umgürtet, eine blaue Perle, eine gelbe Perle, eine blaue Perle, es war niemand da, aber die Lichter strahlten.

– Mein Junge, wir sind im Land des Ewigen Schnees, zischte Ned.

Henri zog an dem Joint und nickte:

– Jaja, Scheiße, das ist alles ganz weiß, sagte er.

Ned stieg aus und pinkelte geradewegs in die Dunkelheit, er achtete nicht auf den Krater, der sich vor seinen Füßen auftat, er schloß die Augen und taumelte in der Stille, er brauchte eine

Luftveränderung, er spürte es, manchmal spürt man das, wenn man durch einen Hafen bummelt oder eine Boeing über einen wegfliegt und einem die Haare zerzaust, oder eines Abends, wenn man fix und alle mitten unter den Flaschen liegt und der Streifen Speck baumelt über einem und man muß ihn abschneiden.

Danach gingen sie auf die Baracken zu, mittendrin war ein Hof, groß wie ein Stadion, sie rückten langsam auseinander, vom Himmel aus hätte man zwei Liliputaner auf einem Stück Zucker sehen können. Sie waren rund zwanzig Meter voneinander entfernt, sie waren stehengeblieben, Ned nutzte die Pause, um die Hände in die Taschen zu stecken, er wußte nicht, was er im Augenblick mit seinen Händen anfangen sollte, und kurz darauf hatte er dazu Lust:

– HE, DU ARSCH, SCHAFFST DU DAS AUCH? brüllte er. SPERR DIE AUGEN AUF!

Vielleicht wollte er einen gefährlichen Sprung versuchen oder etwas in der Art, ohne Arme und Beine, jedenfalls nahm er Anlauf und stieg in die Luft wie eine Rakete zu Großvaters Zeiten, eine Sekunde später schlug er der Länge in eine Gipsschicht mit gestampfter Erde darunter. Henri stürzte auf ihn zu und schrie: Herrgott, was sollte das denn???, doch Ned kniete bereits wieder und rieb sich die Schulter.

– Normalerweise hätte ich das hinkriegen müssen, knurrte er. Ich bin bloß ausgerutscht, kein Wunder bei dieser Scheiße. Guck dir das an!

Er sammelte Gips in der hohlen Hand und schleuderte den Batzen in die Luft, man kann das gleiche tun, indem man diese Dinger von der Jungfrau Maria hin und her dreht, die gibt's in allen Farben, für jeden Geschmack, sie ist Unser Aller Mutter, Jungs, kein Grund, sich aufzuregen. Henri bekam die Ladung voll in die Haare, er schüttelte sich heftig.

– Diese Zaubertricks, die man so drauf hat, sagte Ned. Sobald es einem einfällt sie zu verraten, ist die Sache verpfuscht.

– Wo hast du das denn gelernt? fragte Henri.

– Ich hab das nirgendwo gelernt, ich sag doch, das ist'n Zaubertrick, mein Junge, Herrgott, dabei hatte ich's im Gefühl!

Er sammelte erneut Gips und warf ihn wieder in die Luft. Henri versuchte nicht einmal, zur Seite zu springen. Sie verstummten für eine Weile, Ned fabrizierte große Zeichnungen auf dem Boden, Henri wand sich, er steckte die Hände in die Gesäßtaschen und guckte in die Luft.

– He, sagte er, das wäre nicht das Dümmste, wenn wir zusammenblieben. Wir könnten allerhand erleben ...

Ned gab keine Antwort, er fühlte sich ein wenig belemmert, er war ganz weiß.

– Ich weiß nicht, kotzt dich das nicht an? fuhr Henri fort. He, diese Ecke hier macht mich total schlaff.

– Es gibt Typen, die können fliegen, weißt du das?

– Jaja, kann ich mir denken.

– Es gibt Typen, die schießen geradewegs in den Himmel, das ist wie bei den Vögeln, und ich, ich schaff nicht mal 'nen kleinen Hopser mit 'ner Drehung, warum muß sowas ausgerechnet mir passieren?

– Vielleicht klappt's beim nächsten Mal.

– Na klar klappt das. Mir wäre nur lieber gewesen, wenn es diesmal geklappt hätte.

Sie sahen sich nicht an, da war dieser Himmel und diese Gegend, die nie die Augen schloß, die die Nacht hinterging, Ned stand auf, und sie schritten Seite an Seite, sie kamen an den leeren Gebäuden vorbei und gelangten zu einem Hang aus kleinen weißen Kieselsteinen, der gut hundert Meter abfiel, Ned guckte ein paar Sekunden nach tief unten, er schüttelte den Kopf, er sagte:

– Weißt du, wir sind vielleicht nicht schlau genug, ihr ein sensationelles Ende zu verschaffen, aber hier hat sie immerhin ein schönes Grab. All die Lastwagenladungen, die man ihr auf den Bauch kippt, das ist bestimmt schwer, die wieder wegzukriegen.

Henri stellte sich an den Rand und nickte:

– Mit dem, was wir noch haben, halten wir noch 'ne Weile durch.

Ned hockte sich hin, er ließ ein paar Steine ins Dunkle kullern.

– Irgendeine Gegend, die wir noch nicht kennen, sagte er. Wir hauen uns in die Sonne, wir nehmen 'n Flugzeug.

Henri stieß eine Art leises Quieken aus:

– Hhiiiiii, du wirst es nicht glauben, sagte er. Verdammt, Alter, weißt du was?

– Ah, nein, Scheiße, ich weiß gar nichts, nein.

– Ich hab noch nie 'nen Fuß in eins dieser Scheißflugzeuge gesetzt, noch nie, verstehst du? Aber das geht klar, ich bin vollkommen einverstanden, Scheiße, und ob, du kannst auf mich zählen, ich hab schon seit langem Lust dazu, ach du Scheiße, nicht daß du dir's anders überlegst...!

– He, hör mir gut zu, guck mich an, ich werd dich am Arm nehmen und dich zu deinem Platz führen, ich leg dir den Gurt an, und dann sag ich der Stewardess, sie soll sich GANZ BESONDERS um dich kümmern. Ich geb dir mein Wort, alter Schweinehund.

Er fing an, um Henri herumzutänzeln, ihm aus Jux ein paar leichte Schläge zu verpassen, aber Henri zog den Kopf ein und bearbeitete ihm die Rippen, Ned wich mit großen Sidesteps aus, er war beinahe so behende wie eine Katze, bis zu dem Augenblick, wo er das Gleichgewicht verlor und auf den Hintern fiel.

Er rappelte sich ziemlich langsam wieder hoch, steif wie ein Bambusstab in der Rückenlehne eines Stuhls richtete er sich auf, er starrte auf seine Füße und faßte sich an der Schulter.

– Na schön, sagte er, ich hol sie dann mal.

– Und danach düsen wir los, fügte Henri hinzu.

Ned nickte, er nickte mit seinem drei Zentner schweren Kopf.

14

Hundert Meter vor dem kleinen Grenzübergang, dieser Bekloppte, er hielt den Kopf durch das offene Fenster, halb ohnmächtig, halb besoffen, und die lauwarme Luft tat ihm gut, seine Haut war fast grau, seine Hand rutschte über das Lenkrad.

So kam er bei diesem Schwachkopf an, er lächelte traurig, ohne es zu wollen, und der Kerl beugte sich gähnend vor:

– Nanu, Monsieur, schon vorbei, der Ausflug?

– Ich hab nichts zu verzollen, murmelte Franck.

Er hatte alles bedacht, die Papiere flach auf den Knien, unter dem Poncho, er fuhr mit der Hand darunter und holte seinen Ausweis hervor, er reichte ihn ihm.

– Jaja, schon gut, kein Problem, sagte der Typ. Weshalb sollte ich Ihnen auf die Nerven gehen, wir gehören doch ungefähr zur gleichen Zunft, was?

– Nein, Sie gehen mir nicht auf die Nerven, sagte Franck. Das ist Ihr Job.

– Ja, ich weiß, aber ich meine, was ich sagen wollte, ich WOLLTE Ihnen nicht auf die Nerven gehen, wissen Sie, das ist ein Unterschied …

Dieser Typ, er hatte die Sonne direkt hinter seinem Kopf, Franck sah ihn im Gegenlicht, wie eine Sonnenfinsternis, er kapierte nicht so recht, was ihm der Kerl erzählte, er blinzelte, sein Kopf hing immer noch raus, er zerrte an seinem Hals wie ein Kurzsichtiger auf der Suche nach seiner Brille, er sagte:

– Hm … hm …

– Eh, ist Ihnen nicht gut, stimmt was nicht? fragte der Typ.

– Doch, doch, das ist die Hitze …

– Wissen Sie, ich krieg hier nicht viele Leute zu sehn …

– Klar … Kann ich fahren?

– Ich sitz hier Stunde um Stunde, ohne jemanden zu sehen. Ich wünsch ’ne gute Fahrt, der Herr.

Franck fuhr träge los, er versuchte, dem Kerl zuzuzwinkern,

aber das war zu schwer, der Asphalt war ungefähr bei hundert Grad, und die Kiste troff jaulend darüber hinweg.

Er fuhr ein, zwei Minuten, dann hielt er an. Eine ganze Weile blieb er reglos sitzen, den Kopf nach hinten, die Szenerie hatte sich nicht groß geändert, ein verlassenes und ausgetrocknetes Land, die Sonne hatte in dieser Gegend dermaßen geknallt, daß die Erde rot war, an manchen Stellen waren leicht violette oder gelbe Streifen, auf der Windschutzscheibe war ein Lichtreflex, der ihn störte, er drückte die Tür auf und stieg mühsam aus, er hangelte sich den Wagen entlang, das war ein echter Dreckskofferraum, mindestens ein, zwei Tonnen wog der, das Ding zwang ihn zu einer schmerzverzerrten Fratze. Sie schoß da raus wie ein an Amnesie leidender Panther:

– Wo sind wir? fragte sie.

Er gab keine Antwort, er sah aus wie ein von Koliken geplagter und vom Feuerwasser zerfressener Indio auf den Hochebenen, er ging wieder nach vorn und setzte sich auf den Beifahrersitz, eine Mikrosekunde später, und seine gesamte Muskulatur hätte ihn im Stich gelassen, er schnitt die Stille in Scheiben mit seinem Atem.

Sie rutschte neben ihn, hinters Lenkrad, aber ihr fiel nichts Besseres ein, als die Hände zwischen die Oberschenkel zu quetschen und die Zunge durch die Lippen zu schieben.

– Wir halten erst wieder in der nächsten Stadt, sagte er. Fahr los.

– Ich weiß nicht, ob ich das schaffe.

– Hör mal, diese Horrorkiste ist ein Spielzeug, das ist gar nichts, die hat nicht mal 'ne Gangschaltung. Brauchst bloß den Lenker, und jetzt nimmst du deinen Fuß, du bist jetzt auf der anderen Seite, in diesem Land hier kann jede Frau fahren...

Was ihn am meisten wunderte, das war, daß er weiterredete, diesen ganzen Stuß aneinanderreihte, wo er doch halb tot war, praktisch mit der Kraft am Ende, aber er war auch halb lebendig, also zeigte er ihr, wie man mit der Kiste losfuhr, und sie fuhr einen Moment mit einem Rad auf dem Seitenstreifen, bevor sie sich dafür entschied, auf die Straße zu kurven.

– Na also, sagte er. Gut so, du packst das schon, ich bin bei dir.

Nach zehn Minuten entspannte sie sich allmählich, Franck verlor von Zeit zu Zeit das Bewußtsein, nur für ein paar Sekunden, jedenfalls zu kurz, als daß sie es merkte, sie sah bloß, daß sie dabei war, dieses Ding zu STEUERN, und das war ganz einfach wunderbar, das war dermaßen leicht, dermaßen gut. Sie schüttelte lachend ihre Haare, sie sagte:

– Hey, ich hab's raus, was?

Er wachte genau in diesem Moment auf, er sah sie an:

– Du bist großartig, sagte er.

Sie schenkte ihm ein seltsames Lächeln, sie fuhren durch eine Gegend voller Kraft, mit riesigen Bäumen und kleinen Bergen, die Straße drang da ein wie ein Handkantenschlag von Bruce Lee, das war eine gepeinigte Gegend, und die Sonne wütete darüber, die Sonne ist ein Engel der Hölle.

– Huuu, huuuuuu, sagte sie. Soll'n wir Musik machen?

Das war keine Frage, sie streckte den Arm aus und spielte mit den Knöpfen herum, wenn er sie in diesem Moment hätte sehen können, wenn er nicht während dieser verflixten Sekunden in Ohnmacht gefallen wäre, hätte er gesehen, welche Art von Mädchen sie war und was sie mit ihm vorhatte, sie war schöner noch, als er glaubte, und auch viel intelligenter, jedenfalls kann jemand, der auf Anhieb an eine gute Musik gerät, nicht vollkommen blöd sein, und sie, sie hatte *Woke up laughin* gefunden, dieses wahre Wunder von R. Palmer.

Franck versuchte verzweifelt, sich ein wenig aufzurichten, aber das war ein Ding der Unmöglichkeit, seine Augen waren dicht vor der Windschutzscheibe.

– Du wirst es nicht schaffen, sagte sie.

Er begriff einfach nicht, was sie da zu ihm sagte, sein Verstand war verschlossen wie eine von den Wellen ermüdete Muschel, er gab auf, langsam, er sperrte die Augen auf, auf eine lächerliche Weise, seine Lider waren vom Schweiß verklebt. Trotzdem, er hatte das Gefühl, sie hatte ihm nichts Nettes gesagt, er spürte die veränderte Stimmung im Wagen, als hätte sie den Gashahn aufgedreht und ihm die Leitungen in die Nasenlöcher gesteckt, aber er konnte nichts dagegen tun, er konnte sich nicht einmal rühren, er konnte bloß zusehen, wie sich das Monster vor seine Füße schlängelte und zornig hin und her wackelte.

– Hey, stell dir vor, ein Mädchen wie ich, ich hab nicht mal gültige Papiere, und dann kreuz ich in der Stadt mit 'nem Typen auf, der keinen Tropfen Blut mehr in den Adern hat, was meinst du, was ich für 'nen Start hab?

Sie fuhr sogar ziemlich schnell, sie nahm sich Zeit, ihm ein paar Blicke zuzuwerfen, sie war ganz und gar nicht wie diese Leute, die den Führerschein machen und jahrelang die Hosen voll haben, sie fühlte sich wirklich wohl, sie hatte wahrhaftig ihr Leben lang nichts anderes gemacht.

Jetzt kapierte er, er fand die Kraft, ihr den Kopf zuzuwenden, und trotz allem, trotz seiner abgehackten Hand, trotz all dieses Leids, das er angehäuft hatte, trotz Lili und Helen, trotz all dieser Scheiße, dieser unfaßbaren Sache, die alles kaputtgemacht hatte, trotz des Lichts und der Hitze und vielleicht auch aufgrund all dessen, er hatte keine Zeit, darüber nachzudenken, leistete er sich ein Lächeln des Wohlbehagens, ein in weißen Marmor gehauenes Dreckslächeln, und als sie das sah, bremste Roxie jäh, sie hielt am Straßenrand, Franck, fand, es roch nach verbranntem Gummi.

– Wir sollten nach dem Öl sehn, sagte er.

Roxie klammerte sich weiter an das Lenkrad, sie legte den Kopf darauf.

– Ich hab nur eine Chance, sagte sie. Nur eine einzige.

Sie wandte sich weder an Franck noch an sonstwen, aber er war da, er hörte zu, das Fahren hatte ihn ermüdet, fertiggemacht, aber jetzt ging es ihm langsam wieder besser, er konnte sich immer noch nicht bewegen, aber wenigstens war er nicht alle fünf Minuten über den Jordan, er vermochte kleine, kurze Sätze zu bilden, kein Problem.

– Das ist schon nicht übel, sagte er.

– Hör zu, du verdammter Wichser, es gefällt mir nicht besonders, dir sowas anzutun, aber du würdest das auch tun.

– Natürlich, sagte er.

– Du, ich glaube nicht, daß du begreifst, daß ich nur einmal lebe.

Er guckte nach vorne, durch die Windschutzscheibe, das war nicht gerade lustig draußen, das war die letzte Gegend, in die er gefahren wäre, er verzog das Gesicht, aber er sagte zu ihr:

– Na schön, ich glaub, du gehst mir langsam auf die Eier mit deinem Zinnober...

Sie stierte ihn an, und sie wartete bis zu dem Moment, wo dieses Lächeln wieder auf seinem Gesicht erschien, um sich quer über seine Knie zu legen, Brust voraus und Arme ausgestreckt. Darauf war er nicht gefaßt, daß sie sich in seine Arme warf, er hatte eher mit einem Dolch oder einem Wagenheber gerechnet, er wollte ihr gerade mit seiner einen Hand durch die Haare fahren, wollte ihr sagen, he, Roxie, schon gut, wir machen uns besser wieder auf den Weg, oder sonstwas in der Art, als er den Griff der Tür klicken hörte, den auf seiner Seite, und sie drückte dagegen, damit sie aufging, SPERRANGELWEIT, UND JETZT RICHTETE SICH DIESE SCHLAMPE WIEDER AUF UND VERSUCHTE, IHN RAUSZUSCHMEISSEN!!

Sie hatte sich am Lenkrad und an der Rückenlehne des Sitzes festgeklammert, sie stieß ihn wütend mit den Füßen, sie versetzte ihm ordentliche Tritte mit dem Absatz, und Franck fing an zu kippen, über das Kunstleder zu rutschen, er hatte nur noch seinen Kopf, um sich zu verteidigen, er konnte auf nichts anderes mehr zählen, und sie trat kräftig zu, auf alle Fälle tut sie mir nicht weh, wenn es das ist, was sie will, sagte er sich, als er aus dem Wagen purzelte, er betrachtete die Bäume von unten, und sie drehten sich. Er schlug in den Staub, und seine Backe verklemmte sich im Türrahmen, das verdrehte seinen Hals ganz merkwürdig. Er sah Roxie über sich, er hechtete ein letztes Mal zwischen ihre Schenkel, denn er war nicht total blöd, er hielt sich lieber fest, statt zu laufen, und Roxie guckte ihn ein letztes Mal an, bevor sie ihm einen Tritt auf den Schädel verpaßte, er hatte dieses Gefühl, von allem abgeschnitten zu sein, wie bei einem Sprung mit dem Fallschirm.

Er rollte auf die Seite und kratzte sich die Backe auf, das war nicht viel, aber immerhin, das war immer wieder die gleiche, die etwas abbekam, er hörte die Tür schlagen und den Wagen mit Volldampf davonrasen, mindestens dreißig Sekunden lang regnete es Staub rings um ihn, am Ende hustete er, dann war er von einer beunruhigenden Stille umgeben, als würde sich die Erde unter ihm spalten. Aber die Erde blieb ganz heiß an seiner Backe, sie stach, und ein vertrockneter Halm kitzelte ihm die Nasenflügel, er verzog das Gesicht, es war ihm noch in den Sinn gekommen, sich zu bewegen, und vielleicht hätte er das ohnehin nicht gekonnt, er lag dort der Länge nach, fast auf der Seite, aber er wußte überhaupt nicht mehr, was das war, ein Körper, und Arme, und Beine, und den Halm, den knickte er mit den Zähnen ab.

Er verlor für eine ganze Weile das Bewußtsein, und als er die Augen aufschlug, war da diese dicke Eidechse nur wenige Zentimeter vor seiner Nase, und dieses Ding hatte einen außergewöhnlichen Blick, sie hatte sich seelenruhig in die Sonne gelegt, sie ließ im Licht ihre Schuppen spielen, sie betrachtete Franck amüsiert, sie fächerte die Luft mit ihrer gespaltenen Zunge, sie zog sie wieder ein und sagte:

– Na, mein Freund, wie gefällt dir dieser Tag, diese himmlische Hitze?

– Der erste Wagen, der vorbeikommt, um mich mitzunehmen, der fährt dir über den Wanst, antwortete Franck. Spuck nicht so große Töne.

– Jaja, dein Coup ist voll in die Hose gegangen, ich versteh das.

– Was faselst du da?

– Sämtliche Typen, die ich im Dreck hab liegen sehen, die lagen da aus demselben Grund.

– Du irrst dich gewaltig, das ist immer dasselbe mit diesen Mädchen, diese Roxie ist mir gehörig auf die Nerven gegangen, jetzt habe ich ’ne verdammte Last weniger.

– Na fein, das ist das Wichtigste.

– He, versuch mich nicht durcheinanderzubringen, ich will dir eins sagen, das wichtigste ist, daß schleunigst ein Wagen vorbeikommt.

– Du bist bekloppt, willste nicht in Schönheit sterben?

– Nein, damit hab ich nichts am Hut, ich will 'nen Wagen.

– Ganz gleich, was passiert, für dich ist es aus. Du solltest dich lieber ein wenig entspannen, streck dich aus, na komm, streck dich aus. Weißt du, für mich ist der Winter die letzte Scheiße, ich kann nicht raus, jedesmal hab ich das Gefühl, das nimmt kein Ende, also entspann dich, genieße ein wenig diese letzte Runde, denn der Winter wird bald kommen, und das kann ich dir sagen, das ist was Schreckliches, man weiß nie, ob man das Licht wiedersieht, alter Freund.

Franck schwieg eine Zeitlang, leichte Windstöße fegten ihm Sandklumpen in die Augen, aber das störte ihn nicht sonderlich, auch die Sonne störte ihn nicht sonderlich, bloß zwei Scheinwerfer weit hinten in seinen Augenhöhlen, so gut wie nichts, mehr war das nicht, das erinnerte ihn an die vierhundert Meter Hürden, als er jung war, diese Art schwarzes Loch ganz am Ende, die funkelnden Sternchen im Schädel, er fing leicht an zu lächeln, es gelang ihm jetzt sogar, die Dinge ganz leicht zu erledigen, er hatte sich abgeplackt, aber er hatte ein gutes Rennen geliefert, gegen Ende war er stark aufgekommen, kein Wunder, daß er sich müde fühlte, er spürte seinen Körper nicht mehr, aber bildlich entspannte er sich, mit den Zehenspitzen zog er einen Kreis in den Staub, das war irre gut.

– Ich hab sie keine Minute losgelassen, sagte er. Ich hab sie an der geballten Faust zappeln lassen, ich könnte das gleiche nochmal machen.

– Jaja, ich versteh, was du meinst.

Franck stellte fest, daß er den Kopf bewegen konnte, er reckte seinen Hals zurück und betrachtete ein wenig den Himmel.

– Es schert mich 'nen Dreck, ob das was gebracht hat, sagte Franck. Dieses Stückchen Himmel, damit kann ich machen, was ich will.

– Da steckt keine Moral drin.

– Ich bin nicht deine Mutter.

– Trotzdem, ihr habt euer Leben, dem muß man sich anpassen, meinte der andere.

Franck verdrehte den Kopf noch ein wenig weiter, um diese verdammte Eidechse verschwinden zu lassen, und die Sache klappte, er hörte das Ding kichern, so ein Arsch, aber das war wirklich nicht schlimm, Franck brauchte keine zwei Sekunden, um dieses Geräusch zu verwandeln und es mitten unter das Knacken der trockenen Halme zu werfen, in das Zischen der Hitze, sssssssssssssss, Rasierklingen, die durch die Kehle der Stille fuhren, sonst nichts. Die Erde war wie ein Kopfkissen unter seiner Backe, das war die ideale Lage, um gemeinsam mit einem Sonnenuntergang zu warten, der einem die Augen ausriß, und die Luft roch gut, er achtete darauf, der Tag würde bald enden, und so würde er den Wagen schon von weitem erkennen können und die Eidechse würde zermatscht werden und dann könnte er ein wenig schlafen, in die Nacht eindringen wie ein vergnügtes Zäpfchen, jeder Tag ist wie der Feuerreif, den die Löwen zu durchspringen lernen, sagte er sich, das stand nicht unbedingt im Zusammenhang, aber er fand Gefallen daran, es zu wiederholen, jeder Tag ist wie der Feuerreif... eine Art komisches Mantra, um große Töne zu spucken, und er fühlte sich sogar unheimlich gut, sein Körper war wie eine verliebte Feder, dermaßen ruhig, daß die Landschaft rings um ihn anfing zu tanzen, und überflutet von dieser unglaublichen Reinheit sperrte er eine ganze Weile die Augen auf, inmitten der Nacht, ihm war weder kalt noch warm noch sonst etwas, er wartete schlicht auf einen Wagen, aber nicht wirklich, er amüsierte sich mit seinen Augen, ein Trick, um die Sterne zu vervielfältigen, später könnte er mit seiner Nase spielen, mit seinen Ohren, er lief nicht Gefahr, sich zu langweilen, er versuchte sich an diese Melodie zu erinnern, die er im Radio gehört hatte, *Wake up laughin*, und er fing leise an zu pfeifen, verloren in der Nacht und in der Stille, wie alle Welt.

15

Er kreuzte mit Lili auf den Armen wieder auf, er trat einen Schritt vor, und er sagte sich, er sei imstande, für sie zu sterben, aber im nächsten Augenblick dachte er an etwas vollkommen anderes, das war ein gehöriges Stückchen bis zu Henri, er geriet außer Atem, ein schönes Mädchen wiegt immer mehr, als man meint, die letzten Meter waren wie die Pflastersteine der Hölle, er blieb genau am Rande des Abgrunds stehen, das Herz im Mund. Henri sah ihn von unten an:

– He, sagte er. Hast du keine Angst?

– Ach was, ich werd auf dem Arsch runterrutschen.

– He, die Dinger werden mit dir runtersausen.

– Scheiße, ich schaff das trotzdem. Du denkst wohl, ich bin hinüber, ich bin nicht mal mehr fähig, diese Scheiße runterzukommen, denkst wohl, ich weiß mit meinen Armen und Beinen nichts mehr anzufangen, Scheiße, da muß schon mehr her, um mich kaputtzukriegen, ich rutsch jetzt runter, und du kannst mir schon mal 'nen neuen Joint drehn, ich bin nämlich in Nullkommanichts wieder oben.

Er setzte sich auf die Kante des Abhangs, Lili quer auf dem Schoß, er hielt sie fest und streckte die Beine aus, wie auf einem Schlitten.

– Na los, schieb mich an, knurrte Ned.

Henri stemmte hinter ihm ächzend die Beine in den Boden, das war ein äußerst schwerer Start, diese Trägheit und Ned, der keinen Finger rührte, um ihm zu helfen, der dümmlich lachte, schließlich ging die Sache doch los, urplötzlich, wie ein Pfeil, das war, als würde Neds Hose anfangen zu brennen, es gab kleine Flammen und eine Staubwolke, und er fand nicht einmal eine Träne, um diesen Saustall zu löschen, das war eine höllische Abfahrt, irgendwelche Dinger versuchten ihn umzukippen, überall lauerten Fallen, aber er hielt sich gut, man brauchte einen unerschütterlichen Willen, um sich in diesem Rodeo des Todes zu behaupten, das Geheimnis bestand darin, einen Punkt zu fixieren, sich nicht von den Trugbildern der Trauer unterkriegen zu lassen.

Als er den Boden berührte, rollte er tadellos ab, allerdings hatte er Lili verloren, doch sie war nicht weit, sie war ganz nah, direkt hinter ihm. Er fingerte nach einer Zigarette und zündete sie sich an, von Zeit zu Zeit löste sich ein kleiner Kieselstein, und er blickte ihm nach, er dachte an diese Milliarden und Millionen von Steinen, die sich über Lilis Leichnam häufen würden, das war nur schwer vorstellbar, das war wie das Unendliche oder der Tod oder Gott oder die Möglichkeit, selbst Gott zu sein, das war eine unvorstellbare Realität, eine Sache, die einem durch Mark und Bein ging, er schneuzte sich ein-, zweimal wegen des Staubs, er fragte sich, ob er sie in eine bestimmte Richtung legen sollte oder irgendeinen Stuß dieser Art, Nord-Süd, Süd-Nord, aber was soll man mit einem Mädchen anfangen, das ein SUZUKI-T-Shirt trägt und hautenge Jeans und im Grunde nur so tut, als sei sie tot, wie soll man da mit seinen Gedanken auf der Höhe sein, wie soll man da irgend etwas kapieren, ganz gleich, was es ist?

Er stand auf, er ließ sie so, wie sie war, er blickte diesen teuflischen Hang hoch, Mamma mia, von unten gesehen war das alles andere als ein Klacks, er wollte, er wäre stark genug, seelenruhig und ohne einen Blick für sie hochzuklettern, aber ihm war, als hielte sie ihn am Hosenbein fest, als hätte ihm ein Braunbär seine Pranken in den Rücken geschlagen, also ließ er sich gehen, er schenkte ihr ein schwaches Lächeln, viel war das nicht, das war alles, was sie verlangte, doch für ihn war das die schwerste Sache seines ganzen Lebens, er spürte, daß seine Beine wegknickten, aber noch war es nicht aus mit ihm, er stieß eine Art trübes Knurren aus, er stellte sich innerlich gut ein und fegte mit hundertfünfzig Sachen los, und bis auf halbe Höhe kletterte er nicht, er flog, die Dinger sausten unter ihm weg, das waren eher Abpraller von seinem Bauch, er berührte sie nicht wirklich, er hörte nicht einmal den fürchterlichen Lärm des Berges, der unter ihm zusammensackte, nein, er war eher aufgekratzt, das war fast schon zu leicht, manchmal ist auch das Leben zu leicht, aber das ändert nichts am Problem, er blickte hoch und er sah Henri ganz oben, er saß auf der Kante, mit baumelnden Beinen, und wahrscheinlich deswegen bekam Ned Lust, nach unten zu gucken, und er blieb stehen.

Schön, jetzt war sie nicht mehr zu sehen, er hatte dermaßen viele Steine ins Rollen gebracht, daß er einen Zeppelin oder eine Titanrakete hätte verschwinden lassen. Er nutzte die Gelegenheit, um ein wenig zu verschnaufen, tatsächlich hatte er sich mehr verausgabt, als er dachte, er war klatschnaß und er zitterte wie Espenlaub, er fing an zu husten, das macht man immer, wenn man Feuer spuckt, husten, er suchte nach ein wenig Speichel für seine Lippen, und in diesem Moment wurde ihm klar, daß er sich eine komische Sache eingebrockt hatte, das war ein schöner Mist, ein echter, denn jetzt gaben die Dinger unter ihm nach, sobald er sich auch nur einen Millimeter bewegte, und er rutschte hinunter, und das ist ein unangenehmes Gefühl, es gibt Leute, die schneiden sich deshalb die Kehle durch, die macht das krank.

Anfangs behielt er die Ruhe, er konzentrierte sich, das wirkte auf ihn wie eine elektrische Lampe auf der Stirn, er benutzte sie wie eine dritte Hand, aber mit ein wenig Glück schaffte er es so gerade, auf der Stelle zu treten, auch sein Verstand rutschte ab, und so fing er an, wie rasend zu klettern, er griff mit beiden Händen nach den Steinen und schleuderte sie schreiend in die Luft, es herrschte ein solcher Krach, daß er seine Stimme nicht hörte. Er blieb stehen, er breitete die Arme aus und spreizte die Beine und blieb mit verdrehter Lunge auf seinem Schmerzensbett liegen, er blickte zu Henri hinauf, ganz langsam, er versuchte, das Ganze als einen Jux aufzufassen:

– He, haste den Scheiß gesehn, haste das gesehn? sagte er.

Henri kauerte an der Kante, er saß auf den Fersen, die Arme nach vorne gestreckt, mit den Fingerspitzen winkte er Ned zu, er solle kommen.

– Jaja, aber das liegt nur daran, daß du dich aufregst, sagte er.

Ned rammte hämisch lachend den Kopf in die Steine:

– Herrgott nochmal, da sagt der, ich rege mich auf. JA SIEHST DU NICHT, DASS ICH FESTSTECKE, GLAUBST

DU DENN, ICH SPINNE??!! Scheiße, ich komm aus diesem Saustall nicht mehr raus.

– Na klar kommst du raus, aber sicher.

– MIR GEHT'S WIE DIESEM VERFLIXTEN CHRISTUS!!

– Ich bin doch da, ich hol ein Seil.

– NEIN, LASS MICH NICHT ALLEIN.

– He, reg dich nicht auf, ich hol bloß dieses Seil, ich bin gleich zurück, glaub doch nicht, ich laß dich zurück.

– ICH FALL HIER RUNTER!

– Scheiß nochmal, halb so wild, so hoch biste nicht, du kannst dir bei der Sache nicht mal 'nen Finger verstauchen.

– DAS SAGST DU SO!

– Schön, du bist voll, du bist viel zu blau, du bauschst die ganze Sache bloß auf, laß mich machen. Du könntest es sogar allein schaffen.

– Nie im Leben, ich möchte dich dabei sehen. Es gibt einen Moment, da steckt man fest, sobald man sich nämlich umdreht. Ich wußte es.

– Red keinen Quatsch, es ist nichts mehr zu sehen. Komm rauf.

– Ich glaube, du solltest lieber ein Seil holen. Oder was anderes.

Henri verschwand, und Ned horchte in das Schweigen, das sich hinter Henris Schritten abspulte, das tat beinahe gut, das war, als bisse man auf den Gehwegen der Hölle in ein Eishörnchen, er wälzte sich langsam auf die Seite und schloß die Augen, ich werd erneut sterben, sagte er sich, ich werd schon wieder sterben, das ist kein Scherz, und ich werd all diese Zimmer wiederfinden, ich werd zehn Jahre brauchen, um nach so einem Ding von neuem loszulegen, ich werd auf Betten liegen, den Kopf vollgepfropft, und die Sonnenuntergänge und die U-Boote und die Grenzen, ich kenne sämtliche Leben, die auf mich zukommen könnten, und danach atmete er ein wenig auf, er schauderte, das war eine seltsame Nacht, schwer und weich wie eine Gummimatte, von der hatte er nichts zu erhoffen, weder Leben noch Tod noch Licht, er war wie ein Seestern, der in einem Kaufhaus festgepinnt ist, mit steifen Beinen und ausgebreiteten Armen, und das Tageslicht, das nicht kam, und die Lippen patschnaß und eisig, und er war müde, kein Stuß der Welt konnte bis zu seinen Ohren vordringen, er stopfte sich zwei, drei Handvoll Kies in den Mund und blickte gen Himmel, nichts, nichts gab es heute, kein besonderes Zeichen, höchstens, daß er sich noch nie so allein gefühlt hatte, das war etwas Unwahrscheinliches, als hinge er an einem Pfahl und ein Büffel zerfetzte ihm den Bauch, er ließ dieses Gefühl in seine Brust steigen wie eine magische Banane, ohne sich dagegen zu wehren, das tat nicht weh, das ließ ihn kalt, er dachte, der vergißt mich glatt, dieser Arsch, der vergißt mich, das war garantiert die unmöglichste Sache der Welt, dennoch, er spuckte all diese Steine wieder aus und fing an, nach Henri zu rufen, bis sein Name am Himmel hing, neben den Sternen und den Leuchtgirlanden, den Glimmerplättchen, O HENRI, und nach einer Weile konnte er nicht mehr, O HENRI, kein bißchen mehr, O HENRI, IN DEM KLEINEN LÖFFEL DIESER WELT SCHAFFT MEIN BLUT NICHT EINMAL EINE RUNDE, O HENRI, und das war eine Nacht ohne Zeichen, ohne Wunden, ohne alles, er konnte bloß abwarten und große Töne spucken, O HENRI, hob er wieder an zu schreien, JEDER TAG, DER VERGEHT, IST WIE DER FEUERREIF, DURCH DEN DIE LÖWEN ZU SPRINGEN SUCHEN.

Philippe Djian im Diogenes Verlag

Verraten und verkauft

Roman. Aus dem Französischen von Michael Mosblech. detebe 21851

»Djian sieht ganz genau hin, seine Bilder sind nur scheinbar so simple, so einfach. Indem er das banale, das scheinbar triviale, das alltägliche Leben respektlos in die Literatur bringt, führt er das gekünstelte Wort ad absurdum. Dabei ist sein Stil so rein wie das kristallklare Wasser jenes kleinen Waldsees, auf dem er tagelang erfolglos angelt, um die Forelle dann mit einer gutherzigen Geste wieder ins Wasser zu werfen, die Hemingway hätte erstarren lassen. Sein Stil ist so rein wie der Schoß der Frau, die er liebt, und wenn er sich ihr hingibt, würde Henry Miller, so er noch könnte, mit seinen großen, roten Ohren schlackern. Zorc ist die Personifikation einer neuen nachmodernen, reinen Minne, und Philippe Djian ist sein Meister. Deshalb ist *Verraten und verkauft* mein Buch des Jahres.«
mid-nachrichten, Frankfurt

Betty Blue

37,2° am Morgen

Roman. Aus dem Französischen von Michael Mosblech. detebe 21671

Die Geschichte einer buchstäblich wahnsinnigen Liebe.

»Wirklich bemerkenswert ist, mit welch stilistischer Sicherheit Philippe Djian diese Story vor dem Absturz in Gefühlskitsch oder Beziehungskisten-Knatsch bewahrt. Alles geschieht wie selbstverständlich, vorwärtsgetrieben von einer Atmosphäre nervöser Spannung, die Djian ganz konzentriert und doch wie

beiläufig aufbaut. Ein Roman wie flirrende Saxophon-Klänge in der Nacht.«
Hessischer Rundfunk, Frankfurt

»Der Rolls-Royce unter den Neuerscheinungen der letzten Zeit, zumindest für Leute, die was von Literatur verstehen. So berauschend kann der Alltag sein in seiner ganzen Tristesse.« *Pin Board, Düsseldorf*

»Betty Blue als Film in den Kinos: auch wenn Beineix die Regie führt, kein Bild kann dieses Buch ersetzen.«
Szene Hamburg

»Für jemanden, der verrückte und besessene Liebesgeschichten mag, eine Pflichtlektüre.« *Wienerin*

Erogene Zone

Roman. Aus dem Französischen von
Michael Mosblech. Leinen

Niemand kann eine Frau lieben und gleichzeitig einen Roman schreiben. Soll heißen: einen *wirklichen* Roman schreiben, eine Frau *wirklich* lieben. Philippe Djian hat es versucht. Und ist um ein paar Illusionen ärmer geworden. Dafür ist er einem leicht perversen, ziemlich intelligenten Mädchen begegnet. Er hat (wenig) gegessen. Er hat (viel, vor allem Bier) getrunken. Sich Joints gedreht. Musik gehört. Gelesen und gelesen. Er ist dem Geld nachgerannt, den Frauen, den Wörtern. Er hat sein Bestes gegeben. Er hat ein Buch geschrieben. Ungekünstelt, unprätentiös hat er das Unbeschreibliche beschrieben. Das Leben. In all seiner Derbheit, Schlichtheit und Hoffnungslosigkeit. Einfach großartig.

»Djian schreibt glasklar und in einem Tempo, dem ältere Herren wie Grass und Walser schon längst durch Herzinfarkt erlegen wären.« *Plärrer, Nürnberg*

Jakob Arjouni im Diogenes Verlag

Happy birthday, Türke!

Roman. detebe 21544

»Privatdetektiv Kemal Kayankaya ist der deutsch-türkische Doppelgänger von Phil Marlowe, dem großen, traurigen Kollegen von der Westcoast. Nur weniger elegisch und immerhin so genial abgemalt, daß man kaum aufhören kann zu lesen, bis man endlich weiß, wer nun wen erstochen hat und warum und überhaupt.
Kayankaya haut und schnüffelt sich durch die häßliche Stadt am Main, daß es nur so eine schwarze Freude ist. Als in Frankfurt aufgewachsener Türke mit deutschem Paß lotst er seine Leserschaft zwei Tage und Nächte durch das Frankfurter Bahnhofsmilieu, von den Postpackern zu den Loddels und ihren Damen bis zur korrupten Polizei und einer türkischen Familie.
Daß *Happy birthday, Türke!* trotzdem mehr ist als ein Remake, liegt nicht nur am eindeutig hessischen Großstadtmilieu, sondern auch an den bunteren Bildern, den ganz eigenen Gedankensaltos und der Besonderheit der Geschichte. Wer nur nachschreibt, kann nicht so spannend und prall erzählen.«
Hamburger Rundschau

»Er ist noch keine fünfundzwanzig Jahre alt und hat bereits zwei Kriminalromane geschrieben, die mit zu dem Besten gehören, was in den letzten Jahren in deutscher Sprache in diesem Genre geleistet wurde. Er ist ein Unterhaltungsschriftsteller und dennoch ein Stilist. Die Rede ist von einem außerordentlichen Début eines ungewöhnlich begabten Krimiautors: Jakob Arjouni. Verglichen wurde er bereits mit Raymond Chandler und Dashiell Hammett, den verehrungswürdigsten Autoren dieses Genres. Zu Recht. Arjouni hat Geschichten von Mord und Totschlag zu erzählen, aber auch von deren Ursachen, der Korruption durch Macht und Geld, und er tut dies knapp, amüsant und mit bösem Witz. Seine auf das Nötigste abgemagerten Sätze fassen viel von dieser schmutzigen Wirklichkeit.« *Klaus Siblewski / Neue Zürcher Zeitung*

Mehr Bier

Roman. detebe 21545

Vier Mitglieder der ›Ökologischen Front‹ sind wegen Mordes an dem Vorstandsvorsitzenden der ›Rheinmainfarben-Werke‹ angeklagt. Zwar geben die vier zu, in der fraglichen Nacht einen Sprengstoffanschlag verübt zu haben, sie bestreiten aber jegliche Verbindung mit dem Mord. Nach Zeugenaussagen waren an dem Anschlag fünf Personen beteiligt, aber von dem fünften Mann fehlt jede Spur. Der Verteidiger der Angeklagten beauftragt den Privatdetektiv Kemal Kayankaya mit der Suche nach dem fünften Mann...

»Kemal Kayankaya, der zerknitterte, ständig verkaterte Held in Arjounis Romanen *Happy birthday, Türke!* und *Mehr Bier* ist ein würdiger Enkel der übermächtigen Großväter Philip Marlowe und Sam Spade. Jakob Arjouni strebt mit Vehemenz nach dem deutschen Meistertitel im Krimi-Schwergewicht, der durch Jörg Fausers Tod auf der Autobahn vakant geworden ist.« *Stern, Hamburg*

»Jakob Arjouni: mit 23 der jüngste und schärfste Krimischreiber Deutschlands!«
Wiener Deutschland, München

Doris Dörrie im Diogenes Verlag

Liebe, Schmerz und das ganze verdammte Zeug

Geschichten. Leinen

Vier großartige, liebevolle, traurige, grausame Geschichten. *Mitten ins Herz, Männer, Geld, Paradies.* Geschichten von befreiender Frische.

»...ohne stilistische Bedenken, theoretische Skrupel oder methodische Zweifel. Doch lesen wir sie mit einer Begeisterung wie ein belletristisches Debüt schon lange nicht mehr.« *Frankfurter Allgemeine Zeitung*

»Doris Dörrie ist eine beneidenswert phantasiebegabte Autorin, die mit ihrer unprätentiösen, aber sehr plastischen Erzählweise den Leser sofort in den Bann ihrer Geschichten schlägt, die alle so zauberhaft zwischen Alltag und Surrealismus oszillieren. Ironische Märchen der 80er Jahre – Kino im Kopf.«
Der Kurier, Wien

»Ihre Filme entstehen aus ihren Geschichten.«
Village Voice, New York

»Was wollen Sie von mir?« und 15 andere Geschichten

Leinen

Mit diesen knappen, manchmal melancholischen, manchmal sehr komischen, manchmal märchenhaften Geschichten gelingt Doris Dörrie ein kleines Panorama unserer ver-rückten Gesellschaft.

»Es ist vollkommen gleichgültig, ob Sie Doris Dörrie in der Badewanne, im Intercity-Großraumwagen, im Lehnstuhl oder in der Straßenbahn lesen, nur: Lesen Sie sie! Lassen Sie sich nicht irre machen von naserümpfenden Kritikern, diese sechzehn Short-Stories gehören durchweg in die Oberklasse dieser in Deutschland stets stiefmütterlich behandelten Gattung.« *Deutschlandfunk, Köln*

»Vor allem freut man sich, daß Doris Dörrie den eitlen Selbstbespiegelungen der neuen deutschen Weinerlichkeit eine frische, starke und sensible Prosa entgegenstellt.« *Kölnische Rundschau*